Mit dem fröhlichen *Egészségdre Palinka* der Tante fing es an, mit dem Schnüffeln am Rumtopf ging es weiter. Dann folgten Eierlikör, die selbstgebraute »Schwarze Johanna«, fröhliche Trinkrunden mit Freunden, Mutproben, die Unsicherheiten der Adoleszenz, Bier, Wein, ein wildes Leben für die Kunst, Frauen, Feiern, Probleme, Abstürze. Der Schmerz des von den Eltern verstoßenen Helden und der Versuch, ihn zu vergessen, führen in die Abgründe des Exzesses. Doch wie der Autor selbst, schafft es auch seine Romanfigur, sich auf geradezu mirakulöse Weise am eigenen Schopf aus dem Sumpf des Alkohols zu ziehen. Bei allem bodenlosen Schrecken gelingt Peter Wawerzinek ein Buch ohne Selbstmitleid. In »Schluckspecht« mischen sich explosive Lebensfreude, Verzweiflung, Komik, Schmerz, Poesie, tiefe Menschenliebe und ein aus dem Reservoir einer abenteuerlichen Biografie geschöpftes Weltwissen auf einzigartige Weise.

PETER WAWERZINEK wurde 1954 unter dem Namen Peter Runkel geboren. Er wuchs in verschiedenen Heimen und bei verschiedenen Pflegeeltern auf. Seit 1988 freier Schriftsteller, Regisseur und Hörspielautor. Veröffentlichungen u. a.: »Moppel Schappiks Tätowierungen« (1991), »Das Kind, das ich war« (1994). Nach einem längeren Rückzug aus dem Literaturbetrieb gelang Wawerzinek 2010 eine triumphale Rückkehr: Für einen Auszug aus seinem Roman »Rabenliebe« erhielt er den Ingeborg-Bachmann-Preis und den Publikumspreis in Klagenfurt, im Herbst desselben Jahres landete der Roman auf der Shortlist für den Deutschen Buchpreis und wurde ein sensationeller Erfolg.

PETER WAWERZINEK BEI BTB
Rabenliebe

Peter Wawerzinek

SCHLUCKSPECHT

Roman

btb

Der Autor bedankt sich beim Deutschen Literaturfonds in Darmstadt für die Unterstützung der Arbeit an diesem Buch.

Verlagsgruppe Random House FSC® N001967
Das für dieses Buch verwendete FSC®-zertifizierte
Papier *Lux Cream* liefert Stora Enso, Finnland.

Für Frau Hannelore Kayn †

TANTE LUCI

Der Alkohol ist ein Gift. Das haben die Physiologen bewiesen. Aber gegen den Alkohol ist damit gar nichts bewiesen. Denn ein Gift kann immer noch eine Medizin sein.

Egon Friedell

Hätte ich besser auf Tante Luci gehört, es wäre nicht so schlimm mit mir gekommen. Hätte ich die Augen fest verschlossen und meine Nase gut abgedichtet, wie es die Delphine tun, wenn sie abtauchen, und nicht an Tante Lucis Likörglas gerochen, als Tante Luci es mir unter die Nase hielt, ich wäre vielleicht davongekommen. So aber kam es, wie es kommen musste, und ich sehe Tante Luci vor mir in eindeutiger Absicht. Mich zu warnen, schenkt sie sich einen ein, ruft: Egészségedre Palinka.

Und ich denke: Das muss ein wichtiger Mann in ihrem Leben gewesen sein, jener Egészségedre Palinka, den sie lieb gehabt hat oder nicht haben konnte, der sie umschwirrt und interessiert hat oder betrogen. Oder er ist ihr genommen worden, neunzehnhundertsechsundfünfzig bei den Straßenkämpfen in Budapest, wenn Tante Luci dort je gewesen ist. Egészségedre Palinka!, sagt sie kampfeslustig, während sie die Flasche wieder verkorkt:

Ich trinke, wie du weißt, Junge, nur ganz, ganz selten Alkohol. Und wenn, dann trinke ich immer nur Heiligabend diesen einen Likör.

Und steht in ihrem dunkelroten Cha-Cha-Cha-Seidenkleid mit dem Likörglas in der Hand am Kachelofen. Kirsche mit Nussgeschmack. Sonnengereift.

Egészségedre Palinka.

Da, schau nur her, mein Junge.

Das alles ist passiert. Wie ich es sage. Steht vor dem giftgrünen Kachelofen, das violette Glas mit zackigem Schliff in ihrer Hand. Hebt es bis an ihr Kinn. Schaut mich mit dunklen Adleraugen an. Ein Blick wie eine Hundeleine, stramm an meinen Blick gebunden. Und ich kann nicht von ihrem Blick ablassen und auch nicht weggucken. Sie sagt:

Egészségedre Palinka.

Und schaut jetzt aus wie Greta Garbo, ihre Lieblingsschauspielerin in dem Tonfilm, neunzehnhundertdreißig, in dem sie eine alkoholsüchtige Nutte mit Namen Anna Christie spielt. O ja doch. Tante Luci kann locker auf die besoffene Garbo machen, wenn sie nur in Laune dazu ist. Tante Luci sitzt dann am Küchentisch und legt ihren Kopf in beide Hände und lallt sehr gekonnt: *Gimme a whiskey, ginger ale on the side and don't be stingy, baby.* Whiskey, aber nicht zu knapp!

Und nippt den kleinen Schluck, von dem sie sagt, dass er ihr hinreicht.

Merke es dir gut!

Alkohol ist der schlimmste Teufel dieser Welt.

Und trinkt die zweite Hälfte des Glases, sagt weiter nichts, lässt ihre Augen für sie sprechen. Schüttelt sich. Atmet laut aus und ein. Hechelt ihre Atemluft, als würde sie mit Egészségedre Palinka um ihr Leben ringen. Und drückt mir das Glas unter die Nase, faucht, wie eine Klapperschlange zischt:

Hast du es gesehen, Junge?

Hast du gesehen, wie es mich geschüttelt hat?

Riech nur, da riech, wie des Teufels Atem riecht.

Presst mit dem schönen Glas die Nase mir zur Zimmerdecke nach oben, dass ich mit meinen Nasenlöchern hätte in Tante Lucis feurige Augen sehen können, wenn in den Nasenlöchern Pupillen wären. Ist nicht zufrieden mit meiner Reaktion. Drückt meinen Hinterkopf nach hinten und meine Nase füllt das Glas, dass ich nicht riechen noch atmen und den Teufelsatem auch nicht übel finden kann. Speit: Egészségedre Palinka.

Erst nachdem sie ablässt, setzt mein Geruchssinn ein. Nusslikör kitzelt meine Nasenlöcher, dass ich huste und den Teufelstropfen von meiner Nase wische, den Tropfen vom Finger lutsche, zum Ärger der Tante innehalte, seltsam breit grinse und zu ihr sage: Egészségedre Palinka.

Steter Tropfen höhlt jedes Hirn, sagt Tante Luci. Tante Lucis Warnungen haben mich nicht abgeschreckt, eher angezogen, mich auf den schlechten Pfad geführt. Meine Träume hießen allesamt Egészségedre Palinka und spielten in lila gefärbten Räumen aus Glas mit raffiniertem Schliff wie Tante Lucis Likörglas. Egészségedre Palinka hat mich verführt und fallen gelassen.

Werd mir bloß kein Schluckspecht!

Versprich mir fest in die Hand, kein Schluckspecht zu sein.

Ein Schluckspecht zu werden, bereitet mir keine Angst. Er trägt einen roten Hut. Er hat einen langen Hals aus Glas, eine Kugel zum hinteren Ende hin ist der Bauch. Er senkt sich zu einem Becher vor sich, nippt von der Flüssigkeit. Braucht keine helfende Hand dafür. Er taucht sein Schnabeldings in die Flüssigkeit, labt sich an ihr, lässt ab vom Glas. Schwappt unerwartet empor, juhu.

Steht auf dem Fensterbrett im Wohnzimmer der Tante zur Straße, der Wippvogel. Und Tante Luci singt dazu: Es sitzt ein Vogel auf dem Leim. Er flattert sehr und kann nicht heim. Ein schwarzer Kater schleicht herzu. Die Krallen scharf, die Augen gluh, kommt er dem Vogel näher.

Tante Luci ist dürr wie eine Büroklammer, von geschickten Fingern in eine menschliche Figur umgewandelt. Dürre Ärmchen. Dürre Beinchen. Brustkorb. Bauch. Als wäre da nichts dahinter. Das pure Knochengerüst unter ihrem Kittel.

Kahl und nadellos. Wie ein abgehalfterter Tannenbaum. Und all die inneren Organe, sagen wir Herz, Leber, Lunge, Milz, Magen, Galle, Blase, Darm, aus Spaß an der Freude wie Weihnachtskugeln in die Zweige gehängt.

Wenn sie sich kleidet, wird sie zur bunten Büroklammer. Mal gelb mit Punkten. Mal rot gestreift. Und ausschließlich bläulich mit Blümchen geschmückt. In dem Wort natürlich ist die kleine Tür eingebaut, die man mit dem Wort ausschließlich öffnet und schließt.

Ist ständig im Kittel, die Tante. Geht gar nicht andersherum. Kurzärmlig. Über den Strickpullover gezogen. Damit sie nicht so dürre wirkt, friert und bibbert. Zieht am liebsten rote Stricksachen mit Faserflaum an, die zusätzliches Volumen gaukeln. Und dass sie nicht so dürre ausschaut und weniger fröstelt. Sagt mit den Zähnen klappernd schon am Morgen, wenn sie die Küche betritt:

Ist kalt hier heute.

Junge, findest du nicht auch?

Mehr als sich was überziehen kann der Mensch doch nicht.

Und ich höre dieses Lachen so hell, so von meinen Kindheitstagen her in unsere Gegenwart hinein von ihr ausgestoßen, dass es in meinen Ohren in der gleichen Lautstärke hallt wie kein Lachen wieder in meinem Leben. Ein Lachsack in Kittelschürze, sagt Onkelonkel von Tante Luci.

Ich finde sie passend gekleidet, muss ich gestehen. Ich habe mich an den Anblick gewöhnt. Und alle anderen mit mir auch. Viele kennen die Tante gar nicht anders. Tante Luci wäre nicht Tante Luci ohne eine ihrer vielen Kittelschürzen am Leib. Man redet über Kittelschürzen und meint die Tante. Und spricht von der Tante und sieht nur die Kittelschürze, in der sie steckt. Und ob nun Kittelschürze oder Tante, ist ein und dasselbe. Woraus nicht hervorgeht, warum die Tante eine Kittelschürzentante ist.

Tante Luci erwacht, putzt sich, schlüpft in ihre stoffliche Hülle. Und man kann sich sagen: Es ist, weil die gern kocht, jeden Tag für alle das Essen zubereitet. Und im Garten ist. Und auch so viel gute Kochrezepte kennt. So viele, dass sie jeden Tag etwas anderes kochen könnte. Ohne sich zu wiederholen. Jahrzehntelang. Kochen könnte sie die Gerichte locker, nur würde sie oftmals keiner essen, außer sie selbst und ich.

Und oben aufgesetzt auf den dürren Hals sitzt der Kopf. Wie ich es sage. Aus dem gleichen Draht geflochten und mit Haut bespannt. Dass sich die Lippen gerade so schließen. Lippen, die sie nicht übereinanderlegen kann. Wer sich für Mumien interessiert und ihr zufällig unterwegs begegnet, wird meinen, ihm laufe eine lebende Mumie entgegen. Und Tante Luci weiß um ihr altehrwürdig ägyptisches Aussehen.

Wem es nicht passt, der kann ja weggucken, faucht sie.

Man kann sich Tante Luci auch als eine aus Pappe gerissene menschliche Gestalt vorstellen. Pappe mit Röhren zwischen den einzelnen Packpapierschichten, die dadurch an Stabilität gewinnen.

Ihre Haare wie von einer gut gemachten Puppe aus Omas Zeiten. Allzeit zu dünn frisiert. Mehr ein Gespinst aus Baumwollfasern. Ein hohler aufgeblasener Kokon. Wie er entsteht, wenn man Luft in einen Luftballon hineinbläst und den Luftballon sodann mit störrischen Fäden umspannt, ihn mit der spitzen Nadel zum Platzen bringt. Die übrig gebliebene wirre Fadenkugel ist dann Tante Lucis toupierte Frisur. Sei es drum.

Sehe ich aus wie eine Pusteblume.

Nur dass mir kein Haar wegfliegt bei Wind.

Sagt das im Brustton der Überzeugung ohne Brust. Mit ihrer kräftigen, rauen, warmen Stimme, die gar nicht zu ihr passen will. Klingt wie Wuchten, Sägen, Hacken, Knarren, Tante Lucis Alltagsstimme. Wenn ich still und erwartungsvoll im dunklen Kino sitze und die Filme mit dem Löwen zu brüllen beginnen, höre ich Tante Luci brüllen. Kann dabei auch so weich werden, die knarrende Stimme. Weich und sanft wie

Rasierschaum am Ohr des Mannes, der nur vergessen hat, den Schaum wegzuwischen. Sie fällt durch ihre Stimmgewalt auf. Wie leise sie sich auch bemüht zu reden. Meist aber ist sie nicht bemüht. Man muss sie nicht sehen. Und hört sie doch drei Ecken vor der Ecke, um die sie biegt.

Ich muss, wenn ich Janis Joplin in Ekstase höre, an Tante Lucis Stimme denken. Ich höre Tante Luci, wenn ich Janis Joplin auf einem Foto sehe. Ich mag Janis Joplin, weil sie mit der Stimme meiner Tante singt. Ich glaube nicht nur in diesem einen Fall an Wiederauferstehung. Nein, nein. Ich bin fest davon überzeugt, dass Janis Joplin in die körperliche Hülle meiner Tante geschlüpft ist und in ihr stimmlich wohnt. Nur weiß die Tante nichts davon. Kennt Janis nicht einmal. Würde deren Gesang für Katzenjammer halten. Bei dem Wort Katze denkt man gleich auch Tatze. Ich mag Tante Luci in ihren zornigen Momenten, weil das die Momente der Janis Joplin auf der Bühne sind.

Wenn Tante Luci Onkelonkel ausschimpft, dabei mit ihren Armen fuchtelt, mit den kleinen Füßchen stampft, den Kopf dabei hin und her wirft, den Oberkörper nach vorne, nach hinten, nach oben, nach unten, zurückwippt, dann ihre Finger wie Stachelflossen spreizt, singt Tante Joplin Luci für mich *Try, just a little bit harder.*

Ihre Kittelschürzen zusammengenommen sind so bunt wie die Kleider und Hosen der Joplin. Ihr Haar ist nach dem Aufstehen zumindest genauso verwegen wie das der wilden Janis. Sie hat auch den Hang zu solch extremem Klunker und glänzendem Kettenschmuck um ihren Hals.

Tante Luci raucht wie der Schlot. Ihre Wangen höhlen sich und werden durchsichtig, zieht sie den Lullenrauch nach innen ein. So verharrt sie für Sekunden. So. Ja, richtig. Das Kinn leicht erhoben. Schaut dabei aus wie ein Fisch, der sein Maul spitzt und die Kiemen einzieht. Bittersüßes Brackwasser im Nebelrachen. Aus dieser Pose heraus stößt sie, wenn ihr danach ist, Rauchringe aus. Kann sie echt richtig wunderschön. Hellgrau wabern sie. Wie rauchige Reifen von ihrem Gesicht weg auf dich zu. Als seien sie Teil einer kleinen Zaubershow, schweben ihre rauchigen, bauchigen Ringe im Raum.

Oftmals sehr, sehr lange, ehe sie, plopp, vergehen. Stellt manchmal uns zur Freude sieben, acht, neun, zehn solcher Ringe schräg-horizontal in eine luftige Reihe. Wie Rauchsoldaten. Brav von ihrem Mund weg. Wie von einer unsichtbaren Peitsche angetrieben trotten sie. Sie kann jeden einzelnen Ring in seinem Drehmoment verlangsamen, stillstehen lassen. Dass sie sich dann von ihren Rauchringrändern her in Luft verstieben. Rauchringe, Bauchringe reime ich. Und sehe jedes Mal wieder rauchige Tiger durch die sich auflösenden Ringe springen, die sich auch in Auflösung befinden. An Auflösung finde ich schön, dass es in dem Wort eine Lösung gibt. Besetzt in der Küche das Eckchen zwischen Fenster und Kühlschrank. Auf dem Tisch steht der runde Aschenbecher. Drückst du den Mittelknopf, fährt die Kippe Karussell. Wie die Musik auf dem Plattenteller Karussell fährt und nach außen bis in unsere Ohren drinnen wirbelt. Sieht festlich aus, wenn die brennende Kippe hinfort ins Innere gesogen wird. Simsalabim vom dunkelschwarzen Loch geschluckt. Und der Deckel surrt in seine Ausgangsstellung zurück. Und schließt sich. Als wäre da nichts passiert. Stille. Kein Rauch dringt von innen nach außen. Kein rauchiger Hilferuf. Nur jedes Mal wieder dieses: Ja, das ist noch wahrhaft feine Technik von damals, lobt Tante Luci ihr Kettenraucherkippenkarussell. Der Mensch kann recht sinnvolle Sachen erfinden, sagt sie, klatscht in die Hände, als wären dort kleine Fliegen zu erledigen.

Sieh an, sieh aus.

Rauchen ist ein internationales Menschenthema, sagt Tante Luci. Auf einer Zugfahrt hat sie ein Paar im Abteil angetroffen, das sich in einer ihr fremden Sprache unterhalten hat, vielleicht Italienisch. Vielleicht auch Serbokroatisch.

Kann sein, kann nicht sein.

Das Wort vielleicht mag ich wegen dem »viel« vor dem »leicht«. Viel leicht ist ein Wort, das sich versprüht, wie die Zeit sich in Luft auflöst, zisch, zisch, schwups. Zeit, in der die beiden Frauen leben, von denen Tante Luci erzählt. Die so lebhaft miteinander geredet hätten, dass sie ihr Buch, in welchem sie noch innig liest, in den Schoß sinken ließ, den beiden Frauen zuzuhören. Stellt sich eigens schlafend. Die Augen nur zum Blinzeln kurz hin und wieder aufgetan. Sich an den Gesten der zwei Redenden ergötzt.

Mit den Wimpern. Mit den Augenbrauen. Mit den Falten um ihre Münder hätten sie geschwatzt. Eine lustige Gesichtspantomime. Über zwei Stunden. Und dann erst habe sich die eine der beiden Frauen erhoben, den Zug zu verlassen. Von der anderen zur Tür gebracht, hätten sich die beiden Frauen nur so ungern voneinander verabschiedet. Rasch noch die Adressen ausgetauscht. Man hätte das Thema nur gestreift. Es gäbe so viel mehr zu bereden, wimmern sie. Umhalsen, umarmen, halten sich. So eindeutig traurig und unmotiviert ihre Abschiedsgesten. Dass man sie förmlich vor Augen hat.

Als die Frau auf ihren Platz zurückgekehrt war, habe Tante Luci sich ein Herz gefasst, die Frau mit einem Kauderwelsch gefragt, worüber genau gesprochen wurde. Die Frau ist zu ihrem Erstaunen eine Deutsche, des Deutschen mächtig. Nun ja. Es sei ein bisschen meschugge, gestand sie, sich über nichts anderes als über das Rauchen zu unterhalten, über die Schaumpfeife rauchende Großmutter zum Beispiel, den Bruder, der weiße Zigarillos gepafft hat. Oder den Vater, der alt wie ein Methusalem geworden ist. Nicht, weil er nicht, sondern bestimmt, weil er wie ein Teufel geraucht hat, und ich wage einmal vorsichtig zu behaupten: Seither raucht Tante Luci mit einem internationalen Hintergrund.

Rauchen ist ihre Morgenmesse, ihr Mittagsgebet und ihr Nachtgesang, sagt Onkelonkel. Sie wäre, was das Rauchen betrifft, eine sehr gläubige Person. Die verrauchte Küche hier käme einem Kloster gleich. Zigarettenqualm wäre der Weihrauch, Halleluja. Ich und Kirche, kichert Tante Luci in sich hinein. Ich werde im Leben nicht in die Kirche gehen. Meinen Körper können sie auf die morsche Bank binden und verbrennen. Meine Asche sollen sie in Flaschen füllen, die Flaschen gut verkorkt als Flaschenpost dem Meer übergeben.

An dem Wort Flaschenpost mag ich, dass die Asche in dem Wort Flasche schon drinnen steckt, was Tante Luci bestimmt nie aufgefallen ist. Sie wäre so gern Matrose geworden, wenn man Mädchen damals genommen hätte. Und schweigt dann eine Weile, denkt darüber nach, wie es geworden wäre mit ihr, wenn man Mädchen unterrichtet hätte, sie eine von den Auserwählten gewesen wäre.

Über den Horizont.

Um den Globus herum.

Auf einer Südseeinsel sterben.

Onkelonkel singt oder summt nur: Weißt du, wie viel Mücklein spielen in der heißen Sonnenglut, wie viel Fischlein auch sich kühlen in der hellen Wasserflut. Und schon freut die Tante, dass Onkelonkel ein Angler ist, es deswegen immer bei uns frischen Fisch auf dem Tisch gibt. Wäre es nicht an dem, sie wären nicht zusammen all die Jahre.

Glitschiger Fisch hat uns aneinandergebunden.

Und immer denke ich heute beim Flunderessen an Tante Luci. War einmal ein Armeleuteessen, sagt Tante Luci. Wird heutzutage in den besten Restaurants zum horrenden Preis angeboten. Was man sich oftmals wünscht, ist, dass Armeleuteessen den armen Leuten erhalten bleiben, sich nicht die reichen Leute noch der letzten billigen Kost armer Leute bemächtigen. Wo es Essen für arme Leute gibt, sollen die armen Leute auch richtig Fisch essen können.

Der Butt ist der Fisch, der zu ihr wie kein anderer Fisch passt. Zierlich, wie sie ist. Schmalbrüstig. Ein Hemd wie man sagt.

In ihrer roten Strickjacke. Und hat dann aber auch etwas von einer Stierkämpferin, wie sie das Messer in der Hand hält. Meine ach so gute und immer auch wieder so tollkühne dünne, kleine Matadorin ohne Stier.

Karpfen ist ihr nicht koscher.

Karpfen findet sie teuflisch.

Karpfen braucht er erst gar nicht anschleppen.

Ein unheimlicher Fisch, dieser Karpfen, schimpft Tante Luci.

Ich sehe dem Onkel erregt beim Schlachten des Karpfens zu. Er entschuppt ihn, legt eine große Goldschuppe für mich beiseite, nimmt den Fisch aus, schneidet ihn in Fischteile. Und so zerlegt liegt der Karpfen dann auf dem Küchentisch. Die Nerven unter seiner Haut, sagt Onkel, drückt meinen Kopf ganz nahe über die Fischhaut, sie zucken. Und nimmt dann die einzelnen Fischstücke, wirft sie in die Pfanne, wo sie noch einmal so richtig aufleben. Totgeglaubt, springen die Karpfenstücke aus der Pfanne, hüpfen über den Küchenboden, entkommen der Küche nicht.

Seid ihr so weit?, ruft Tante Luci.

Der Fisch ist geputzt, antwortet Onkelonkel.

Tante Luci kommt in die Küche, bereitet den Fisch zu, stellt Kartoffeln und Soße auf den Tisch. Vom Fisch zu essen, zwingt sie keiner. Onkelonkel lacht immer wieder darüber, wie akkurat ich den Fisch in seine Bestandteile zerlege, ganz so wie es mir Tante Luci beigebracht hat, oder besser gesagt, wie ich es bei ihr abgeschaut habe.

Ich fahre mit dem Messer entlang der Mittellinien, nehme die Haut ab. Und erst dann widme ich mich mit Hochachtung seinem inneren Fleisch. Ich trenne wie eingeübt zuerst das Fleisch von der mittleren Gräte her. Ich putze den Fisch von der Gräte her blank, dass sie am Ende blank gegessen und von allem Fischfleisch befreit wie für das Meeresmuseum vorbereitet daliegt. Und fühle mich bei dieser Art Arbeit wie ein Safeknacker.

Walle, walle manche Strecke, dass zum Zwecke Wasser fließe,

und mit reichem, vollem Schwalle zu dem Bade sich ergieße!, schnell weitererzählt, nicht lange bei diesen kleinen Seltsamkeiten sich aufgehalten. Wenn Leute Tante Luci am Telefonhörer haben, halten sie diesen weit vom Ohr weg zum Beispiel. Und sind sie bei uns zu Besuch, blicken sie sich fragend nach einem Riesen um. Und dann kommt da diese kleine Person angewackelt. Nicht viel größer, als eine Türklinke hoch ist. Und sie weiß um den Effekt. Hat es sich zur Gewohnheit gemacht, in der noch ganz und gar verschlafenen Morgeneinkaufshalle alle trüben Tassen mit ihrer markanten Stimme zu erschrecken und zum Klirren zu bringen. Kann krächzen und trompeten. Kann schmusen und schmettern. Kann den Amboss in deinem Ohr massieren, am Hammer zum Amboss reißen.

Tante Luci kann nervend sein.

Sie sitzt und überlegt und rennt nicht hin und her, ist nicht außer sich in der ganzen Wohnung unterwegs. Sie geht gezielt an den Schrank. Sie weiß, was sie will, bevor sie in der Schublade kramt. Und zieht mich jedes Mal mit hinein, wenn sie sich anzieht. Anziehen. Mit reinziehen. Ich muss sie ansehen. Ich soll ihr sagen, ob der Schal nicht oder doch der Armreifen passabel zur Bluse passt, die Hose nicht zu kurz, nicht zu gewagt, vom Outfit her betrachtet ausgefallen ist. So umfassende Sachen verlangt sie mir ab.

Ein Kleid ist ein Kleid ist ein Kleidungsstück, dass ich von einem falschen Faltenwurf nicht mitreden kann, den das Kleid angeblich aufweist. Woher soll ich denn nur wissen, ob ihre Ohrclips längst aus der Mode sind, die runde braune Brosche nicht nach Friedhof riecht, die Schuhe für den Anlass viel zu elegant ausfallen, sie in der Jacke wohl schnell ins Schwitzen geraten wird?

Ich sehe sie an. Ich stecke da nicht drinnen. Ich nicke. Ich stimme ihr zu. Ich bin wie eine Wand, von der ihre Worte wie Bälle zurückgeschmettert ihr in die Ohren schießen. Ich bin nur ihr Echo. Ohne mich geht es nicht, sagt sie. Ob ich nun etwas sage oder nicht. Ich soll immer und überall freiheraus meine Meinung kundtun, ihr nicht nach dem Munde reden, sagt sie. Und ist es zufrieden, wenn ich unsicher dastehe, nach Worten ringe, bis sie fertig ist und ihr Gutgemachtjunge zu mir sagt.

Sie braucht mich als ihren Ankleider, sagt sie. Ich finde die Silbe leider in Kleider passend für die Tortur. Der Stein klatscht mit Wucht auch in die kleine Pfütze, sagt sie. Tätschelt meine Wange. Der Stein spritzt auch den nass, der es von der kleinen, pfiffigen Pfütze nicht gedacht hat. Und ist sie dann mit mir und allem durch, trägt sie, was sie immer trägt. Rot zu Gelb. Lila zu Blau. Das Ewiggleiche in leicht abgewandelter, neuer Kombination, sagt sie, sei das Beste. Und ist, wenn sie sich im Spiegel betrachtet, jedes Mal wieder so revolutionär gestimmt, dass sie ihren Lieblingsausruf anstimmt, der da heißt:

Nun lasset uns die feste, starre Hülle Alltag sprengen.

Ballt ihre kleine Faust. Kneift freudig meine andere Wange. Flattert durch die Tür wie ein Schmetterling. Schwebt zur Tür hinaus. Und weg sind wir. Hinaus aus dem Haus. Ich und die kleine Maus.

Ich sehe uns in der Küche sitzen. Und ihr Mann, den ich Onkelonkel nenne, lebt da noch. Und ist der Fisch gegessen, klatscht Onkelonkel in die Hände, wendet sich an die Tante, die erst tut, als ahnte sie nicht, was nun kommt, wenn er:

Her mit dem Schnaps, Fisch muss schwimmen, ruft.

Dann stellt sich die Tante stur, verschränkt die Arme vor der Brust, weigert sich aufzustehen, ins Wohnzimmer an den Schrank zu gehen, wo die feinen Sachen stehen. Und jedes Mal sagt sie zum Onkel:

Schämt euch.

Nicht vor dem Jungen.

Sie sagt zum Onkel »euch«, und nur deswegen schäme ich mich für den Onkel mit, der sich jedes Mal wieder neu darüber freut, dann aber selbst ins Wohnzimmer geht, den feinen schottischen Whisky hervorholt, von dem er meint, dass er am besten zu Karpfen passt.

Nach der Scholle zum Beispiel ist ihm nach Gin. Den Dorsch spült er mit Wodka nach. Hering begießt er mit Wacholderschnaps. Aal geräuchert verlangt einen trocknen Sherry, sagt er, während Aal gekocht mit einem schönen Calvados abgeschlossen wird. Onkelonkel ist den Großteil ihres Lebens der einzige Mann an Tante Lucis Seite. Das nur kurz zur Erklärung. Sitzt in seinen Arbeits- oder Gartenklamotten auf seinem Stuhl gleich neben der Tür. Redet nicht viel, der Mann. Schenkt Tante Luci mit seinen himmelblauen Augen Schmachtblicke. Das regt sie jedes Mal wieder auf. Und sie fährt ihn an.

Wie der mich wieder anschaut.

Hör auf, mich so anzugucken wie Junggemüse.

Geh besser da draußen die alten Weiber begaffen.

Und dann wieder sitzen sie schweigend am gleichen Tisch und reden kein Wort miteinander, sehen sich nur an wie ein Liebespaar, dass ihre Augen Funken sprühen. Tante Luci, sagt der Onkel, und sie führen Augengespräche, reden miteinander über Blicke, schütten einander mit stummen Blicken ihr Herz aus. Sie müssten dabei ihre Lippen nicht bewegen. Es herrscht eine Art von Gedankenübertragung zwischen ihnen, die ohne gesprochene Worte auskommt. Ich werde mich an diesen Fakt gewöhnen, mich bald schon darauf einlassen, ihnen folgen können.

Mochte am liebsten Bratwurst, von Tante Luci mit dem Messer in die Pelle geritzt und zu kleinen Igelwürsten gebraten. Und Tante Lucis Pommes dazu. Aus rohen Kartoffeln geschnitten. In Öl gewendet. Und hat, sagt die Tante, wenn er was gesagt hat, genau das Falsche zur falschen Zeit im richtig falschen Zusammenhang von sich gegeben. Wie zur Hochzeit damals, zum stolzen Bräutigam vor versammelter Gesellschaft, deutlich und laut für das Ohr der Braut:

Die du da jetzt heiratest, die passt gar nicht zu dir.

Und hat recht behalten, der verdammte Nörgelkerl mit seiner Weissagung. Keine drei Jahre und sie waren getrennte Leute, die einst so glücklich Verheirateten.

Tatsache ist, Tante Luci hat mich zu sich genommen. Sie nennt das eine tiefe, menschliche Herzensangelegenheit. In der Nachbarschaft wissen sie, dass Tante Luci nicht meine Mutter, Onkelonkel nicht mein Vater ist. Auf bohrende Fragen muss ich niemals lügen. Die Lügenstelzen bleiben unbenutzt.

Tante Luci ist die Schwester von meinem Vater, dem großen Schauspieler in der Stadt, der nichts mit mir zu tun haben will. Bin nicht der Einzige auf dieser Welt, wird gemunkelt. Da gibt es einige unbekannte Größen, sagt Tante Luci. Ist ein Schwerenöter, Lindemann o Lindemann, der das Küssen nicht lassen kann. Sieht er nur ein hübsches Mädchen, gleich ist er dem hinterher mit Dutzend Küssen mehr, ob groß oder klein. Was hab ich geredet, Mensch, lass den Unsinn sein, Lindemann, was gehen dich die Mädel an, pass auf mit deinen Küssen und dem etwas mehr, das endet im Malheur, das führt zu ungewollten Kindern, blutender Nase, fehlendem Vorderzahn, o Lindemann.

Ist nichts zu fürchten.

Wirst nicht wie dein Vater enden.

Da passt deine Tante aber gewaltig darauf auf.

Ich lege den Vater auf Eis. Ich lege die Mutter auf Eis. Mein Kopf ist ein Kühlfach. In ihm gefriert der Wunsch auf Vollständigkeit und Familie. Das heile, perfekte Familienleben, ich habe es bei Onkel und Tante. Und finde es wiederum nicht bei ihnen. Und bin ein kindliches Pendel, von Sehnsüchten angezogen und auch wieder abgestoßen. Sehnsucht, die ausschlägt und jedes Mal wieder tief ins Herzfleisch schneidet. Vaterverlust, der wie Blut aus den kleinen Schnitten quillt. Vaternot, die erfinderisch werden lässt. Man kümmert sich nicht um den Mangel, wenn der Ersatz so gut ist wie Tante Luci und Onkelonkel.

Am Küchentisch geschieht uns alles Familiäre. Und ich kenne keine bessere Kindheit als die bei Tante Luci und Onkelonkel. Wenn ich an die beiden denke, die gemeinsamen Jahre in der Küche, erfüllt einzig die kräftige Stimme der Tante den Raum, die im Alter keine Spur schwächer geworden ist. Und die Blicke von Onkelonkel schmachten sprungbereit und unbenutzt an der Deckenleuchte.

Es ist ein Brauch von alters her, wer Sorgen hat, hat auch Likör, sagt Onkelonkel und krächzt dazu wie ein Gockelhahn. Die Brücke kömmt, Fritzilein, Fritz. Und zeigt auf mich. Und sagt:

So einer kann dem Jungen hier doch nimmer ein Vater nicht sein. Solch einer sieht überall Hunde, groß wie Ackergäule. Cave canem. Sieh dich vor vor solchen Hundepferden. Hunde sind es. Bleiben bissig, sagt er.

Und die Tante schlägt mit der Zeitung nach ihm wie nach der fetten Fliege. Und er hält die Hand schützend vor das Gesicht. Und beugt sich nach hinten. Und nennt meinen Vater oft einen Halunken, der meiner Mutter den Kopf verdreht, ihr das Hirn verrührt hat. Was der gefallen hat, die sich fallen gelassen hat. Und immer nur gehimmelt, statt sich zu wehren und kräftig hinzulangen, wo hingelangt hätte werden müssen.

Backpfeifen bewirken Wunder.

Und sagt, dass er sich im Grab noch umdrehen würde, deswegen. Weil er mit angesehen hat, wie die Mutter mit diesem Mann schon verunglückt war, als sie gerade zum ersten Mal aufeinander zugerauscht sind. So unheilvoll einander verfallen. So kopflos übereinander hergefallen. Und bietet sich ihm die Gelegenheit dafür, zischt er mir ins Ohr.

Dein Vater hat es fett hinter seinen Ohren. Hat viel Unglück über die Frauen gebracht, sagt Onkelonkel. Schickt sie mit seinen Schmeicheleien ins Verderben. Liebt seinen verruchten Ruf, die unter seiner Hand verbreiteten Geschichten und Skandale. Hat einige Frauen auf dem Gewissen. Hat sie in sich verliebt gemacht, nie wirklich ernsthafte Absichten gehegt, nur den Flirt gesucht. Hat eine Menge Kummer und Herzleid verursacht.

Ein Schauspieler halt.

Was will einer da erwarten.

Durchtrieben durch und durch.

Sagt mit bissigem Unterton: Verschafft sich die Gunst deiner Mutter. Und nach ihr die anderer Frauen. Ein Herzensbrecher ist er. Wie er in keinem Buche steht. Ein Dieb, der Unschuld klaut und Frauen bricht, ewig den jugendlichen Liebhaber gibt, sagt Tante Luci. Und sagt, dass sie da dem Onkel ausnahmsweise zustimmen muss. Leider.

Ist spannend, sie so reden zu hören, etwas wirre auch, und stimmt mich traurig, dass es so und nicht anders bestellt ist um meine Eltern. Ist, wie es ist, sagt die Tante und Onkelonkel wippt mit seinen Schultern dazu, sagt, dass sie sagen wird, was gesagt werden muss. Und nennt meinen Erzeuger einen Hallodri, schlimmen Finger, Playboy, Schürzenjäger, Frauenheld. Ist ein schlechtes Vorbild für dich. Und singt dazu das Lied, das behauptet, die Herzen der stolzesten Frauen zu brechen.

Ich glaube, ich erwähne an dieser Stelle schnell, dass meine Tante diese seltene Gabe besitzt:

Wärme.

Wärme für Menschen, die nichts von ihr erwarten, nichts von ihr wollen, sich nie bei ihr bedanken werden. Menschen, die neben uns existieren und etwas anderes sind als wir. Also außerhalb aller Wertung. Menschen, von denen sie gut denkt. Personen, die im Dorf leben und sich von den anderen Menschen im Dorf nichts groß erhoffen, wie die Tante sagt. Und drückt mich fest an sich, wenn sie sagt:

Mir ist jede Dorfdoofe lieb.

Sage mir keiner was gegen den Klosettreiniger.

Was kann der Kohlenlude dafür, dass er kein Professor geworden ist.

Menschen also, die einfach da sind und denen sie es ansieht, dass sie in der Klemme klemmen, Patsche patschen, Notlage liegen. Und sie hilft dann aus. Und lässt auf die unfreiwillig in ihr Dilemma gestürzten, in Not geratenen Personen nichts kommen. Im Gegenteil. Da ist es möglich, dass sie sehr ungehalten wird und rasch auch einmal ausflippt, wenn sich jemand gegen sie und die Person ausspricht, im Ansatz auch nur aufmüpfig wird. Wenn große Hagelkörner fallen, bekommen die Karossen Sommersprossen.

Oh, weh.

Deine Mutter, o weh.

Die arme, irre, kranke Frau.

Hatte damals gerade ein wichtiges Engagement angeboten bekommen, deine Wertefraumutter am großen Theater. Hat sich daraufhin Trockenbrot und Wasser verordnet. Der Figur wegen. Hat verrückte Sachen angestellt. Mit dir im Bauch. Ist gegen die Wand angerannt und der Hungerlust verfallen.

Warst ihr kein Rosenkind.

Warst ihr mehr der Dorn in ihrem Leib.

Dir aber hat das alles nichts anhaben können. Bist in ihrem Leib redlich gewachsen und ein Wonneproppen geworden. Bist der Welt drei Wochen vor dem Termin geschenkt worden. Pünktlich zu Beginn der neuen Spielzeit. Und was dein körperliches Wachstum anbelangt, weigertest du dich strikt. Spucktest, was man dir gab, nur so um dich. Nahmst ab und ab. Und landetest schließlich unter meinen Fittichen. Kann nun einmal mit Schauspielern absolut nichts beginnen, der Onkel. Wäre und bliebe halt ein Bauernlümmel, lästert die Tante.

Unsinn.

Faulenzer sind es.

Braucht kein Theaterspiel.

Was einer auf einer Bühne so klug von Dingen daherredet, von denen er nichts weiß, die er vom Textblatt abliest und fürs Publikum hersagt. Textblatt, Tablett. Sieh einer an, wie ähnlich sich die Worte sind. Wahnsinnige seien sie, die sich in Wahn verrennen. Wie man nur sein Leben für die Kunst opfern kann. Und Tante Luci drückt mich immer fester an sich. Wie man der Karriere zuliebe nur solch einen Sohn beiseiteschieben kann. Und das alles ohne Arbeit, erregt sich der Onkel. Arbeit wäre das, kontert die Tante. Das solle er nur nicht denken.

Texte seien zu lernen. Er solle doch selbst einmal nur überlegen, wie wenig er damals in der Lage gewesen ist, sich eine Strophe von einem der Lieder, die sie hundertmal in der Schule gesungen haben, zu merken, geschweige denn ein Gedicht aus dem Gedächtnis nachzusprechen, fehlerlos.

In Teufels Küche bringt es uns, sagt Tante Luci.

Sagt, wenn sie darüber redet zu meiner Mutter, nur die Wertefraumutter, wie man der Bösesteuerfahnder sagt. Als wäre Wertefraumutter ein Beruf. Wäre nicht viel zurückhaltender als mein Vater gewesen. Das Unschuldslamm. Das Luder. Lässt auch keine schöne Mannsperson aus. Spielt die große Verführerin. Ist wie eine Sucht, allen Männern immer nur gefallen zu wollen. Sind im Grunde zwei armselige Schaufensterpuppen. Gehüllt in nichts weiter als das Tuch der Eitelkeit. Unbefriedigt. Gelangweilt. Durstig beide. Das doppelte böse Bündel. Bis zum Ende in den Spelunken. Bis in die Puppen dann auf ihren Bärenhäuten. Müssen ja erst wieder am Abend aktiv sein.

Er versteht die Tante gut und versteht sie nicht. Er nennt sie Retterin und sagt, dass es vielleicht nicht recht gehandelt war, das Kind anderer Leute großzuziehen.

Was, anderer Leute, erregt die Tante sich.

Ist kein Anderer-Leute-Kind, der Junge.

Musst ja nicht mittun, schaffe ich auch allein.

Ungeeignet, eine Kindfrau zu sein, wäre die Frau, sagt Tante Luci. Ehe die Löwin ihr Kleines totbeißt, nimmt man es ihr lieber weg. Ums Kind der Löwin geht es dabei, um die Löwin doch wohl am wenigsten. Im Grunde ist so eine Frau zu bedauern, die so gar nicht das Zeug hat, Mutter zu sein.

Und doch lässt Onkelonkel nicht locker. Nennt meine leibliche Mutter lolitahaft. Sagt von ihr, dass sie ein Püppchen in seidig kurzen Höschen mit durchsichtigem Oberteil ist. Was immer sie trägt, alles sieht bei ihr nach Schlafanzug aus. Schnell abzulegen, und schon ist sie nackt und bereit.

Ein Püppchen, beharrt er.

Eine einzige menschliche Tragödie, sagt Tante Luci.

Ein Babydoll, sagt Onkelonkel. Puppenhaft aufs schöne Äußere bedacht. Und dabei so stocknaiv von sich überzeugt, dass es verboten gehört. Das löchrige Sieb hält das Wasser nicht.

Geh zu deinem Boot.

Erzähl deinen Fischen das.

Füttere die mit deinem Gerede.

Trinken immer noch eins, zitiert Onkelonkel Tacitus ungefragt dazwischen. Der einzige Schreiberling, den er gelesen hat, in und auswendig kennt. Jedenfalls wirft er immer mal wieder einzelne Zitate ein, die nicht zu der Situation passen. Der Tante gelingt ein Kuchenboden nicht und Onkelonkel sagt dazu nur: Den Erfolg nehmen alle für sich in Anspruch. Der Misserfolg aber wird immer nur einem einzigen zugerechnet.

Die Tante wartet auf eine wichtige Postsendung, und der Onkel geht in der Küche auf und ab und wiederholt immerfort: Es entspricht dem menschlichen Wesen, den zu hassen, den man verletzt hat.

Was hat das damit zu tun?, schmettert die Tante.

Und er sagt, dass alles mit allem verwoben ist, es keine Zufälle gibt und nur Zusammenhänge. Und deswegen stimme auch das Wort, von dem man es nicht denkt. Die Uhr, die steht, zweimal am Tag zeigt sie die richtige Zeit an, auf die Sekunde.

So sieht es aus.

Und dass die Eltern immer betrunken sind, immer beschwipst, ist genauso wahr. Wie Feuerwerkszunder zu Beginn. Später dann zwei aus einem Schandmaul speiende Vulkane. Bei jedem Aufruhr dabei. An jedem Streit interessiert. Überall zündelnd. Und wo sie nicht sind, fehlen sie nicht einmal. Und nach dem Krawall, sie bei ihm untergehakt. Auf dem Weg in die nächste Kneipe. Wo es dann durch sie schnell genauso wild wird. Und enden nicht viel anders als jedes Mal wieder im Chaos. Zwei, die sich gegenseitig herunterziehen und ruinieren.

Aus, vorbei.

Mir wächst der Kamm.

Genug darüber gesprochen.

Es wird immer Eltern geben, die sich um ihre Kinder nicht kümmern. Ich habe es gut, weil ich nicht ins Heim gesteckt worden bin. Wo die armen anderen Kinder wohnen. Misshandelte Waisen. Seelen in engen Käfigen. Und selten habe ich Onkelonkel je wieder so reden gehört. Schon gar nicht in dieser Länge. Das kommt davon, dass die Tante es nicht zulässt, ihn anherrscht.

Herkunft?

Stör dich nicht daran.

Glück gehabt, mein lieber Junge.

Und spricht vom Albatros, dem Vogel, den sie so bewundert, weil er sein Leben über dem Meer im Flug verbringt. Die Beine des Albatros hätten sich zurückentwickelt, weil er sie so selten braucht, dass der Vogel Schwierigkeiten hat beim Landen. Er müsse aber an Land gehen, Eier legen, Eier ausbrüten, sich um den Nachwuchs kümmern. Landet mehr auf dem Bauch. Überschlägt sich mitunter. Rutscht über den glatten Felsen ins Meer. Baut sein Nest neben die lange Anlaufbahn. Sind einige Tricks und Mühen nötig, eh so ein Federfleisch seine Erdhaftung verliert, zurückfindet in sicheren Luftbereich.

Tante Luci sagt, sie wäre auch wie der Albatros, so über den

Dingen schwebend. Und rezitiert aus dem Kopf ein Gedicht dazu: Oft kommt es, dass das Schiffsvolk zum Vergnügen die Albatrosse, die großen Vögel, fängt, die sorglos folgen, wenn auf seinen Zügen das Schiff sich durch die schlimmen Klippen zwängt. Kaum sind sie unten auf des Deckes Gängen, als sie, die Herrn im Azur, ungeschickt die großen weißen Flügel traurig hängen und an der Seite schleifen wie geknickt. Der sonst so flink, ist nun der Matte. Der Weiche verfällt in Steife. Der Lüfte König duldet Spott und Schmach. Der eine neckt ihn mit der Tabakspfeife. Ein andrer ahmt den Flug des Armen nach. Der Dichter ist wie jener Fürst der Wolke. Er haust im Sturm. Er lacht dem Bogenstrang. Doch hindern drunten zwischen frechem Volke die riesenhaften Flügel ihn am Gang.

Sie könnte gut als Andenkondor auftreten, scherzt der Onkel dazu. Wenn sie, die Arme gebreitet, dasteht und nachsinnt, wie es ihre Gewohnheit ist, fliege sie für ihn.

In der Küche hängt noch das Bild vom Onkel an der Wand. Mächtiger schwarzer Greifvogel. Nackte rötlich braune Kopfhaut. Und dieser Haarflaum drum herum, wie die Tante doch aussieht, mit ihrer auf Ballon geföhnten Frisur. Ist ein Wappenvogel. Wird in mehreren südamerikanischer Staaten verehrt. Ist eine herausragende Erscheinung. Unverwechselbar, sagt Onkelonkel, witzelt, die Haut verfärbe sich tiefrot bis rotviolett bei größerer Erregung. Und die Tante drückt ihm den Mund zu, zischt ihn an.

Nicht vor dem Jungen.

Löscht besser den nächsten Satz.

Und wenn er dir noch so auf der Zunge brennt.

Es gibt nicht viele solch schöne Momente mit dem Onkel. Er ist abwesend, als sei er nur zu Besuch im Haus. Man sieht ihn kaum. Er stört nicht. Er fehlt nicht einmal, wenn er da ist, sagt die Tante. Still und genügsam wie eine Zimmerpflanze. Mischt sich nicht mehr ein, gibt der Tante nie wieder Kontra. Ist viel zu sehr auf Wohlwollen bei ihr bedacht.

Und der Onkel sagt, er habe im Traum meinen Vater mit einer Axt in der Hand gesehen, wie er sich einen Finger von der Hand abhackt. Das Beil fällt ihm aus der Hackhand gegen die Ferse, trennt die Ferse ab. Blutrot, der Traum. Als hätte man einen Eimer Farbe in ihn hineingegossen.

Was er mir damit nur sagen will, seufzt Tante Luci, schüttelt den Kopf, schickt hinter seinem Rücken eindeutige Gesten zu mir herüber, wischt mit der flachen Hand langsam vor dem Gesicht hin und her.

Und es ist kein Traum, auch wenn ich die Erinnerung traumschön vor meinem Auge flimmern habe. Und Tante Luci als meine Retterin sehe, mit einem Flimmern um ihre Frisur herum. Mag sein, es gehört zum Traumhaften an der Erinnerung. Mag sein, der Tiefstand der Sonne findet in dem Flimmern seinen Ausdruck. Eine frühe Sonne, die hinter ihr steht, über ihre Schultern blinzelt, während ich im Gras zapple, trampelnd um Hilfe rufe.

Tante Luci sagt:

Besser, wir reden nicht weiter davon.

Ich wäre in keinem guten Zustand gewesen, bevor sie sich meiner angenommen hat. Annehmen musste, verbessert sie der Onkel. Schweig, sagt sie barsch. Und er schweigt. Und nennt mich liebevoll ihr Schmerzenskind, ihren kleinen, minderschweren Fall.

Meine kleine, dünne Tante Luci hat die große Bedrohung abgewendet und sich für mich starkgemacht. Weil ich so zart gewesen bin und zurückgeblieben. Das Küken im Nest. Unter welchen Umständen ein Kind in dieser schönen großen weiten Welt groß wird, piepegal. Wo die Hütte klein ist, kann man in ihr schneller die Wände fassen. Und piepegal ist nun einmal nur die Steigerungsform zu egal.

Piepegal holen sich die Vögel und streiten sich darum in der Luft, sagt Onkelonkel. Man kommt in jeder Enge mit dem Platz aus, der geboten ist. Gute Startbedingungen können niemals schlechte Ausgangspunkte sein. Der Vater sei schuld. Er habe sie mit ins Unglück gezogen. Woher er nur diese Unselbstständigkeit habe. Ich hätte keinen Vater, wie man ihn sich wünsche. Er lebe zwar nicht auf der Straße, benähme sich aber nicht wie der Gescheiteste. Veranstaltet diesen Spuk um sich. Sei der Lauteste von allen. Lenke ab von sich. Betrinke sich vor, nach, im Theater. Penne in der Garderobe den Rausch aus. Gebe ein Fest nach dem anderen. Spiele sich auf wie ein dummer Junge.

Sie sind oft sehr raupelzig zueinander. Und wenn sie beide, so aufeinander eingespielt, reden, kann ich mir besser vorstellen, was man sich bei Onkel und Tante nicht vorstellen will. Dass sie einmal ein Liebespaar gewesen sind. Dass sie im Wasser getollt haben, er unter ihr hinweggeschwommen ist und vor ihr aufgetaucht, sie zu erschrecken. Und dass sie ihn morgens mit einem nassen Lappen im Gesicht geneckt hat. Und dass sie sich zum Abendrot umarmt, gedrückt, geküsst haben.

Sie streiten sich recht selten, aber wenn, dann ausgiebig und gern. Ob der Mensch nun schwitzt, ob das Pferd schwitzt.

Der Mensch schwitzt.

Der Mensch transpiriert.

Das Pferd transpiriert auf keinen Fall.

Schwitzt nicht.

Transpiriert.

Schwitzt doch.

Transpiriert nie im Leben.

So geht es hin und her bei ihnen. Ein Halali wie unter Jägern. Am Frühstückstisch sitzen sie friedlich vereint und schauen in den Garten und sind dabei, mit den Augen zu jagen, wie sie sagen, wenn sie im Umfeld die Vögel sichten.

Da, sieh nur, eine Blaumeise.

Blaumeise, von wegen, Gimpel.

Rauchschwalbe. Haubenmeise. Amsel. Rotkehlchen. Buchfink. Gartengrasmücke. Gartenbaumläufer. Er kennt sie alle. Den gelbbraun gefiederten Laubsänger. Die Sumpfohreule. Den Ziegenmelker, auch Nachtschwalbe genannt. Und fängt am Tisch an zu gurren, hecheln, hupen und röhren. Fabriziert satte Geräusche. Begibt sich in nicht für möglich gehaltene Tonhöhen und Lautstärken. Beginnt zu schnurren.

Quorro quoorr und erree erree rrree rrree eerr.

Nein, nein, sagt Onkelonkel, den Mund zum Überlegen weit aufgerissen. Das ist es nicht. Und Tante Luci grübelt und grübelt und kommt nicht auf den Namen, der ihr auf der Zunge liegt. Und Onkelonkel freut sich, dass sie nicht sagen kann, wie der Name ist, zu raten beginnt, ob nun Grauschnäpper oder Fitis, Goldammer oder Girlitz im Gartenvogelhaus zu Besuch hereingeflogen sind. Hier handelt es sich um die Heckenbraunelle, den Distelfink, die Mehlschwalbe, belehrt Onkelonkel die Tante, die Amsel, Drossel, Fink und Star kennt und meint, das reiche vollkommen hin. Zu klug gescheißert ist auch nicht beliebt unter den Schülern in der Dorfschule.

Dann beginnt er Vogelstimmen nachzuahmen, korrigiert sich, teilt Tante Luci mit, dass er den Ton nicht findet, wie der Frosch am Bachteich klingt, und wechselt über zum asthmatischen kuu iik, als würde er auf einem holländischen Markt Flundern ausrufen, beginnt dabei, mit den Ellenbogen zu schlagen. Sitzt flatternd am Frühstückstisch, das Balzverhalten einer Meise aufzuführen. Und nimmt mich beiseite, wenn er meint, den Ruf der Mutter im Gegensatz zu dem des Vatervogels besser zu können. Rückt nahe an mein Ohr, beginnt leise mit wuuk wuuk und bricht dann ab, quu uuk von sich zu geben, deutlich lauter, deutlich artikulierter als von dem Vogel selbst zu hören.

Wie ein Mensch nur durch das Spiel klein werden kann wie der Spatz in der Hand.

Onkelonkel ist mir am angenehmsten, wenn er betrunken in der Küche sitzt und nichts sagt, nur versucht ist, etwas zu sagen, kein Wort hinbekommt. Das geschieht immer öfter. Und Tante Luci, der das peinlich ist, baut sich wie ein Wandschirm vor ihm auf, will nicht, dass er vor dem Kinde, wie sie sagt, so tonlos besoffen herumhängt, mit dieser dümmlichen Gestik, zu den unverständlichen Worten.

Und sitzt da.

Und ringt mit sich.

Und will was sagen. Zum Beispiel, dass er sich von seinem Küchenplatz nicht vertreiben lassen werde, auf dem Stammplatz einschlafen wolle, im Sitzen, in voller Arbeitermontur. Da könne die Tante nichts dagegen unternehmen. Es wäre sein eiserner Wille. Und kneift zu den Worten, die man sich denken muss, die Augen zu, was ihn noch dümmlicher aussehen lässt. Wie eine Echse, von der man nicht weiß, was mit ihr los ist, wie sie sich benehmen wird, wenn man sie unterzufassen und umzusetzen sucht.

Onkelonkel wechselt das Schuhwerk, selbst wenn er stockbetrunken ist, schafft er immer, den einen Schuh vom Fuß zu streifen, und müht sich dann wankend mit den Zehen des freien Fußes am Haken des widerspenstigen Schuhs, der nicht runterwill, wie er sich auch redlich bemüht, mitunter auf dem Rücken liegend, unendliche Male versucht, das Bein wie ein Katzenschwanz einzufangen, den Schuh in den Griff zu bekommen. Drinnen bereiten ihm die Hauslatschen Schwierigkeiten, wenn er sie nicht gleich nach Eintritt richtig trifft, sie sich in ihrer Anordnung verändern, zur Seite rutschen, überschlagen, gegen ihn kehren, dass er die Öffnung nicht findet, in sie hineinfährt, sich tief gebückt dabei dann auf die Hand tritt, davon umkippt, im Liegen nach der Pusche greift, sie überzuziehen versucht und unbeabsichtigt dann mit einiger Wucht von sich schleudert, ins Dunkel der Küche, von woher sie scheppern, krachend, knallend den ungefähren Aufprallort angeben. Er kriecht dann zwischen Stuhl, Tisch, Kühlschrank und Kochofen herum und richtet nur noch größeres Durcheinander an, das immer wieder Tante Luci auf den Plan ruft, die nach ihm schlägt, als wäre ein kanadischer Waschbär in ihre Küche geraten.

Mir rät Tante Luci, ich solle besser wegsehen, übersehen, was zu sehen sei. Ich solle meine Augen dieses Mal lieber nicht gebrauchen, wenn er mir etwas sagen wolle, meine Ohren verschließen.

Aus die Maus.

Ins Hirn hinein.

Zum Hirn hinaus.

Das sei kein Vorbild für mich. Sie schäme sich in Grund und Boden. Wie könne ein Mann sein gutes Weib nur so blamieren?, ruft sie, schlägt Luftlöcher mit dem, was sie zu fassen bekommt. Er soll verdammt noch einmal aufhören mit der Sauferei. Er solle in die Anstalt gehen, sich den Suff ausschaben, ausbrennen, austreiben lassen, schreit Tante Luci, während sie auf ihm herumklöppelt. Was nur der Junge von ihm denken soll.

Schande, du.

Ja, Schande ist es.

Schande bist du, Elender.

Mit dem falschen Mann ist sie beisammen. Hätte sie das Geringste davon geahnt, damals, sie wäre auf dem Hacken umgekehrt, auf ewig davongelaufen.

Im düstern Auge keine Träne, höre ich den Onkel pressen. Sie sitzen am Webstuhl und fletschen die Zähne: Deutschland, wir weben dein Leichentuch. Wir weben hinein den dreifachen Fluch. Wir weben, wir weben. Das schöne Lied hat er laut gesungen, wenn er schwankend zu unserem Haus unterwegs war. Vor der Treppe stand er, die Faust zur Arbeiterfaust gereckt, als ginge es in die Revolutionsschlacht und nicht in die Mausefalle.

Tante Luci ist dann wie wild geworden aus den Federn und gleich hin zu ihm. Er werde die Nachbarn wecken. Es könne uns in Verruf bringen. Der mit seinem unmöglichen, depperten Arbeiterprotest.

Sie schießt durch die Küche zur Haustür hinaus, springt den Onkel an, der sich lachend, die Tante an seinen Leib geklemmt, um die Körperachse dreht und dreht und unbeeindruckt seinen Fluch dem Götzen schmettert, zu dem wir gebeten in Winters Kälte und Hungers Nöten. Und während die Tante sich an ihn klammert wie das Äffchen und mit ihrer Knochenhand das Schandmaul ihm zu versiegeln sucht, grölt Onkelonkel umso gestärkter: Wir haben vergebens gehofft und geharrt. Er hat uns geäfft und gefoppt und genarrt. Wir weben, wir weben.

Und ich darf der lustigen Aufführung vom Fenster aus beiwohnen, den Onkel in dieser Rolle meinen Star nennen. Es sieht zu putzig aus, wie die beiden sich zum Tanz aufführen. In jeder Disko wären sie die Stars im Programm. Wir weben, wir weben, will ich zukünftig antworten, kommt mir einer von der Seite dumm.

Er braucht sehr lange, ehe er die Klinke drückt, die Tür aufstößt, sie hinter sich offen lässt oder hinter sich heftig zuschlägt, sie einige Male hinterrücks fassen will, sich selbst im Wege ist. Und dann wie aufgezogen durch die Küche rattert, manchmal laut, manchmal leise surrend wie eine Geldzählmaschine, und alles umstößt, zu Boden wirft auf seinem Weg. Und die Tante greift meinen Arm, hält mich mit ihrer Nur-nicht-beistehen-Geste zurück. Und ich sehe einen Roboter. Und wünsche, er würde Robert heißen, dass der Name Robert im Wort Roboter mitschwingt. Habe ihn Roboterrobert genannt, wenn er besoffen war. Davon hat er nie etwas erfahren. Ich kann sehr gut schweigen, ein Grab sein.

Onkelonkel ist mir unsympathisch, ist er nur halb angesoffen und hält mit seinen Händen nicht an sich. Dann kommen mir seine Arme und Finger wie künstliche Gliedmaßen vor, und diese Prothesen fuchteln vor meiner Nase herum. Und seine Nase weist einen Stich ins Rotblauviolette auf. In diesem Zusammenhang spreche ich von den zwei Gesichtern Onkelonkels.

Hatte auch etwas Trauriges, ihn proletarisch gestimmt, schwankend zu sehen, wenn er: Ein Fluch dem König, dem

König der Reichen, sang. Den unser Elend nicht konnte erweichen. Der den letzten Groschen von uns erpresst und uns wie Hunde erschießen lässt. Wir weben, wir weben.

Waren schwere Zeiten, sagt er.

Waren gute Zeiten, sagt sie.

Besser, man vergisst die Zeit, sagt er.

Besser, man behält die Zeit in Erinnerung, sagt sie.

Besser, die Zeiten kehren nicht wieder, meint der Onkel.

Besser, als besser wäre, sie kehrten wieder und würden nie vergangen sein, beharrt Tante Luci.

Früher war alles besser, sagt Onkelonkel und hat etwas Spitzbübisches dabei. Im Grunde, sagt Tante Luci, wäre sie auch besser mit diesem schweigsamen Mann ausgekommen, der in der Küche nur zu den Mahlzeiten vorhanden ist, ansonsten auf der Werft arbeitet, nach der Arbeit in die Kneipe verschwindet, mit den Kollegen auf die getane Arbeit trinken. Dann nach Hause getorkelt kommt, ins Bett fällt. Und morgens schon wieder weg ist, wenn ich zur Tante Luci in die warme Küche schlüpfe.

Genug darüber gesprochen. Schon springt Tante Luci auf, eilt in den Keller. Kehrt aus ihm mit diesem Steintopf zurück. Hält den Topf mit der Hand gegen ihren Oberkörper gedrückt. Die dürren Arme wie Fahrradspeichen geknickt und in den Raum gestochen.

Hast du so etwas schon einmal gesehen?, fragt Tante Luci.

Die zweite Hand ruht auf dem Deckel mit Knauf. Alles aus Steingut. Graubläulicher Untergrund. Ultramarine Bemalung. Weintrauben. Früchte. Irgendein Pinselschwung. Rumtopf in Großbuchstaben. Ich will dir reinen Wein einschenken, Junge, sagt die Tante. Das hier ist ein Rumtopf. Man kann ihn in jedem Haushaltsladen kaufen, in allen Größen. Sie füllen den Topf mit Erdbeeren und überschütten sie mit Alkohol, dass er über den Früchten steht, sie in ihm ertrinken. Sie saugen sich voll damit, die Früchte. Mit Rum, Junge. Merke dir die zwei Worte.

Dick und Doof.

Rum und dumm.

Klethi und Plethi.

Ihre Augen weiten sich. Ihre Stirnfalten grollen. Sie scheint mir größer zu werden. Ich sehe ölige Männer im Hintergrund. Die schlagen mit ihren Stöcken auf Trommeln, dass Speichel spritzt. Kaum schaut eine Beere mit ihrem Bäuchlein hervor, übergießen sie alle Beeren mit ihrem scharfen Schnaps. Siebenundfünfzig Prozent. Mehrere Wochen lang erstreckt sich die Tortur. Erhöhen den Alkoholgehalt, wenn es sein muss, bis an die Schmerzgrenze. Und nicht nur das. Sie verbergen den Topf. Sie verbannen ihn in einen dunklen Raum, dem kühlen Eck.

Und werfen zu den Erdbeeren die Sauerkirschen. Und schnippeln schnalzend die Birne hinzu. Die Weintrauben. Die Pflaumen entkernt und geviertelt. Die Himbeeren, Brombeeren, Heidelbeeren. Und zum guten Ende einen Boskopapfel. Für den Tick, den Geschmack.

Sie holen die Früchte zu sich ins Heim. Sie pferchen sie in solch einen Topf. Beschütten sie mit Zucker. Lassen sie Saft ziehen, bevor sie sie zu den anderen armen Gefangenen in den Topf sperren. Wo sie mit Rum begossen dann unterm Rumtopfdeckel harren.

Und meine Tante spricht zu ihrer Rumtopfrede die Worte mit einem rollenden R aus. Rum klingt mit diesem rollenden R, grollend. Ein Rrr, mit dem Tiere Menschen auf Abstand halten. Sie sagt nicht Rumtopf, sondern erst Rum mit rollendem R und Topf mit Pause vor dem T. Also Rrrum Pause, kurzes t und opf. Und presst das T mit einiger Energie hervor. Dass mich ihr Speichel umflirrt. Pfirrrsiche überrrbrrrühen sie, sie abzuschrrrecken. Zerrrschneiden sie in mundgerrrechte Happen. Stechen mit Nadeln die Frrrüchte an. Damit der Rrrum besserrr über sie herrrfallen kann. Lösen Frruchtfleisch vom Kerrrn.

Hebt den Steintopfdeckel an, wedelt mit ihm wie mit einem Fächer. Hebt die Nase zur Küchendecke. Schnuppert. Führt mir plastisch vor, welch ein Gewese die Eltern um die Rrrrumtopf genannte Obstsuppe veranstalten. Als würden sie mit dem Rrrrumtopf zur Rrrrumtopfolympiade fahren. Und hält den Topf wie einen Pokal, die Tante. Ihre Nase eine Fotolinse, die mehrmals klickt und schnappt, ist der Deckel erst einmal angehoben, das Gummiband vom Pergament gelöst.

Rumtopfnebel quellen förmlich aus dem Topf hervor, steigen auf zu den Worten der Tante. Lassen ihre Nasen vibrieren. Wie Pferdenüstern. Nasenflügel, die in heiligen Gesang zu verfallen scheinen, dann auch wirklich zu singen beginnen. Wie ich hier stehe und es euch sage. Oh, Rumtopf, du. Oh, flüssiger Batzen. Aus Obst und Schnaps. Zu uns gekommen. Gut, dass es dich gibt. Wir sind alle so in dich verliebt. Onkelonkel nennt Rumtopf, Bowle, Fruchtwein und Kirschlikör Allesmist und Gehmirwegdamit und sagt, wer so etwas trinkt, bringt kleine Kinder um. Und ich muss die Tante wohl sehr erschrocken angesehen haben, dass sie zu mir gesagt hat, der Onkel meine nicht Kinder, sondern Gartenzwerge, die von den besoffenen Radaubrüdern gern mit dem Gewehr aufs Korn genommen und zerschossen werden, als wäre ihr Vorgarten eine Schießbude. Früher hat sie die zerschossenen Zwerge gegen immer kleinere Zwerge ausgetauscht, die wären aber viel lieber geschossen worden, weil sie so klein waren und ein Treffer dann viel mehr Jubel auslöste. Jetzt, wo sie den großen Gartenzwerg aufgestellt hat, ist der noch nicht angegriffen worden, toi, toi und dreimal aufs Tischholz geklopft.

Tante Luci schaut aus wie eine Furie aus der Unterwelt, zu uns in die enge Küche aufgestiegen. Eine kleine, dünne, jungfräulich wirkende Schamanin. Sitzt, wenn sie nachdenken muss, in Trance, fällt in Ekstase. Ruft für ihre Ziele die Mithilfe von Geistern an, wenn auch ohne Erfolgschancen, dass der Onkel vom Kneipenstuhl aufsteigt und bei ihr am Küchentisch landet.

Ganz bestimmt weist ihr Gesicht Züge vom edlen Antlitz eines alten Häuptlings auf. Und sie redet auffällig weise wie Sitting Bull. Der Hang zum Besitz ist eine Krankheit, sagt sie, wenn sie von der Nachbarin spricht, die ständig neues Land kaufen muss. Und hohe Zäune um das Land baut, die Nachbarn auf Abstand zu halten. Schändet die Erde mit ihren Zaunbauten, lässt ihre Hühner die geschändete Erde noch obendrein bescheißen. Die scheißen einem Fluss gleich, der eines Tages über die Ufer tritt, alles mit sich reißt, sagt Tante Luci. Und ich weiß, Sitting Bull würde nicht anders darüber reden.

Und der Satz davon, dass wir die Erde nicht von unseren Vorfahren vererbt bekommen, sondern sie von unseren Kindern leihen, könnte gut und gerne auch von Tante Luci stammen statt vom großen Stammesführer der Lakotaindianer. Wenn sie sich hinsetzt und überlegt, wie sie sich ausgehfähig kleiden soll und sitzend zögert, ehe sie sich entscheidet, ist sie für mich Sitting Bull bei seiner Amtseinführung.

Ich erlebe sie oft in diesem geistigen Ausnahmezustand, der der Bewusstseinssteigerung dient, wenn sie mich anzischt wie ein Chamäleon, in innerlicher Verzückung, wie sie ihr visionäres Gehabe nennt. Sie verfüge über eine Atemtechnik, sagt sie und beginnt den Oberkörper rhythmisch zu bewegen, mit den Fingern aufs Tischtuch zu trommeln, einen murmelnden Gesang, mit geschlossenen Augen. Dass sie aus sich heraustreten kann, sozusagen kleine, unsichtbare Heißballons aus ihrem Körper hervor aufsteigen und in die Gegend spionieren. Wie das funktionieren soll, bleibt mir unverständlich. Aber es gibt ja auch die Hundepfeife bei Onkelonkel, die niemand sonst als der Jagdhund hört, der auf sie reagiert und angelaufen kommt. Ich glaube nicht direkt daran, dass sie mit Geistern kommunizieren kann, sicher bin ich mir nicht. Wie ich nicht abstreiten möchte, dass es sie nicht doch gibt, in der Mongolei oder hoch oben im unwägbaren Gebirge, diese Himmelspforte, von der sie reden.

Es braucht eine Portion Besessenheit, sagt die Tante, das große Ziel zu erreichen. Und verändert ihre Mimik, dass sie besessen wirkt und man sich fragt, wie sie sich nur so sehr verändern kann, dass ich zweimal hinsehen muss und sie trotzdem nur an ihrem Küchenkittel wiedererkenne. Ist ihr meist gar nicht bewusst, sagt sie danach, schüttelt sich wie von einem zähen Zauber befreit.

Ich möchte sie nicht Hexe heißen. Aber aufgeschnappt habe ich das Wort ein-, zweimal in Bezug auf ihre Person. Zumindest Kräuterhexe nennt sie sich selbst. Und das ist ja auch negativ besetzt. Wo es den Medizinmann gibt, wäre sie dessen Medizinfrau, ganz gewiss. In der Fremde gilt der Besondere als normal.

Wie ich es sage. Ihre Haut vibriert. Ihre Gestalt umgibt ein Dunst. Ihre Blumenkittelschürze beginnt schwach zu leuchten. Fast griechisch, klassisch. Ihre Haare ein Ringelnatternest. Dem offenen Mund entweicht gefährlicher Atem. Wie bei den Ausgrabungen der Fluch des Pharao seinen Entdecker trifft, der daraufhin stirbt, soll auch ich zu ihren Worten das tödliche Schimmelgift atmen, das in der Küchenluft wabert. Die Rednerin soll wie in einer Grabkammer vor mir stehen. Ihre Worte sollen Mückenstiche sein, den sicheren Malariatod bringen. Und, um die Wahrheit zu sagen, wenn Tante Luci den Deckel anhebt, den Inhalt herzeigt, wohnt man einer Graböffnung bei. Alle potenziellen Krankheiten werden von ihr wie Teufelsnamen ausgerufen. Leberschaden. Magensausen. Sodbrennen. Brechreiz. Bierbauch. Zwölffingerdarmkrebs. Hirnschlag.

Zu Tode erschreckt und todesmutig entschlossen drückt sie den Deckel wieder fest auf Pandoras Unglückssteingut. Hebt den Rumtopf höher an. Hält ihn fern von sich und über sich. Dass keiner mehr den Deckel packen und öffnen kann. Hält den Steintopf so für lange Sekunden wie ein Gewichtheber erhoben. Das unhandlich dicke runde Ding. Groß genug für einen fetten Fisch, der in ihm schwimmen würde und schön anzusehen sein möchte, wäre der Topf aus Glas und ein Fisch aus Früchten in diesem Aquarium.

Jungemein. Behütedichselbst.

Und immer schön aufgepasst. In deinen Augen hab' ich einst gelesen, es blitzte drin von Lieb und Glück ein Schein: Behüt' dich selbst, es wäre schön gewesen, behüt' dich selbst, es hat nicht sollen sein. Und bringt den Topf flugs weg. Stellt ihn ins Dunkle. Gleich auf die oberste Stufe zum Kellergewölbe hin. Die Sucht sucht tüchtig, sagt sie, klopft ihre Hände am Kittelstoff ab, die welche süchtig. Und tausend Schlangenköpfe mit zweimal tausend Schlangenaugenpaaren blitzen das Wort Teufelsdreck.

Behütedichselbst.

Tante Luci kann so leicht nichts schrecken und aus der Bahn bringen. Tante Luci nimmt Niederlagen hin. Tante Luci klagt nicht. Tante Luci hat nicht zu jammern gelernt. Und bleibt bei großer Aufregung um sich herum sachlich, unterkühlt, konzentriert. Sie sagt, was sich wozu auswächst und unter welchen Umständen groß wird. Sie sieht mit dem ersten Blick, was einer an Charakter mit sich führt. Sie sagt, sie wisse genau, wie etwas Dummes gescheit wird und das Hässliche Gestalt annimmt. Und weiß den Ort zu benennen, an dem ein Gegenstand von Interesse ist. Und erwartet von mir, dass aus dem Kind ein guter Mensch wird.

Was die Tante so gegen den Alkohol aufgebracht hat, könnte damit zu tun haben, dass sie früher als Kellnerin gearbeitet hat, vermutet der Onkel. In so einer wilden Seemannsstampe unten am Hafen ist ihr einer frech gekommen. Hat es schwer bereut. Das Tablett habe sie auf dem Tisch abgestellt, es in Seelenruhe leer geräumt, es angehoben, kräftig ausgeholt, dem närrisch gewordenen Kerl eins zur Hirnheilung übergezogen. Aber wie. Sie habe den Baum nicht gefällt, aber mächtig ins Wanken gebracht. Mitsamt seinem Stuhl. Das Tablett hat sie drohend allen hingehalten und den Kerlen ein für alle Mal gesagt:

Bin weder Fräulein, noch schön.

Kann ungeleitet meiner Wege gehn.

So ein Großer ist das gewesen, sagt Tante Luci, zum Schlagabtausch befragt. Zeigt die Größe mit Händen und Füßen an. Zwei Meter der Mann, bestimmt. Und sie eine winzige Ameise dagegen. Nicht einmal ein Meter und sechzig, damals schon.

Ist das schicklich, fragt sie den Kerl, so laut sie nur kann, einer Frau im Vorbeigehen in den Allerwertesten zu kneifen? Ihr obendrein auf die Pobacke zu klatschen, dass es durchs ganze Lokal davon hallt? Und holt mit der Hand aus, verabreicht dem Bären von Mann eine Ohrfeige. Alle fünf Finger seien auf dessen linker Wange zu sehen gewesen, dort, wo sie ihn geohrfeigt hat. Zum Schatten seiner selbst, zum Gespött im Ort habe sie ihn gestempelt. Haben pariert, die großen Männer wie die kleinen seit diesem Tag. Haben sie rundum höflich behandelt fortan.

Wie eine Dame.

Gehört sich nicht.

Ist nimmer gentlemanlike.

Schon gar nicht mittenmang der Kundschaft.

Bei meinen Eltern wäre aus mir nichts geworden, sagt der Onkel, wenn Ruhe herrscht und er für sich am Küchentisch philosophiert, leise in sich, die mangelnde Obhut meiner Eltern bespricht. Ihr gesamtes Leben lang am Vorspielen seien sie. Sich unentwegt belügen, anderen etwas vorgaukeln würden sie. Auf der Bühne, im Leben, kein Unterschied. Lebensvagabunden. Immer auf Achse am ewigen Platze. Keine Zeit, Zeit zu verschenken. Man müsste sie hernehmen, in den Sack stecken, auf ihn hauen. Sind Diener einer höheren, künstlerischen Idee, sagt die Tante. Verbietet Onkelonkel den Mund. Hast uns.

Musst nicht Trauer blasen.

Und Tante Luci zeigt ihre Hände her. Die wären nun einmal die richtige Backform für mich. Was genau sie damals weiter sagte, habe ich vergessen. Ich denke, sie hat gemeint, es gäbe keine bessere Kuhle im Leben als zwei mütterlich weibliche Hände. Es führen viele Wege auch von Rom wieder fort. In Liebe gedeiht auch das ungeliebte Kind. Ob sie nun oder wer denn sonst mir Eltern wären. Auf der Ersatzbank sitzen genauso gute Fußballspieler. So oder so ähnlich wird sie gesprochen haben. Die mit den Tränen ihre Äcker säen, werden mit Freuden Perlen ernten.

Tante Luci sagt, ich wäre ihnen zugewachsen. Schattenglück, nennt sie mich. Manchmal auch Tomatenstaudenunglück, weil die Tomate im Dunkeln gedeiht. Ich lebe bei Onkelonkel und Tante Luci und denke nicht daran, wie ich es bei Mutter und Vater hätte. Ich bin den beiden auch eine große Hilfe. Sie loben mich dafür. Ich erledige den Abwasch. Ich wasche gern ab. Ich liebe das warme Wasser an meinen Händen. Ich rieche das Spülmittel gern. Ich mag es, heißes Wasser nachlaufen zu lassen. Ich wringe den Lappen aus, wenn ich rund um das Abwaschbecken geputzt und gewienert habe. Die Tante ist jedes Mal angetan und lobt meine geschickten Hände.

Wie du das nur machst.

Ich fege das Haus. Ich hole Holz vom Stapel. Ich sitze oft über Papier und zeichne verschiedene Dinge. Ich liebe es, aus Zahlen Figuren zu schaffen, durch die dann die Zahlen nicht mehr zu erkennen sind. Ich denke manchmal, ich wäre an Tante und Onkel verkauft worden. Das Geld hat sie vor dem Hungertod bewahrt. Das lässt mich besser einschlafen. Oft genug aber sehe ich mich vor mir verbotenen Toren, durch die gleichaltrige Kinder ein und aus gehen.

Onkelonkel sagt, bei Elefantenwaisen stellen sie immer wieder Schlaflosigkeit und Schreckhaftigkeit fest. Sie werden deswegen von ihren Pflegern in den Schlaf gebracht. Manchmal will ich spielen, manchmal schlafe ich schnell ein. Das sei ein Stadium, sagt Onkelonkel. Keine Elefantenwaise bleibt allein. Nachts brauche ich süße Honigmilch, Backpflaumen und manchmal Fruchteis zum Lutschen, dass ich besser einschlafe. Erst bin ich nicht geübt, allein zu sein. Ich brauche Tante Luci als meine Schlaflehrerin. Sie bringt mir bei, die Einsamkeit zu überstehen. Später werde ich sie suchen, sagt sie, froh sein, niemanden um mich zu haben.

Tante lehrt mich Eigenständigkeit. Ich nable mich ziemlich spät ab, sagt sie. Das nerve sie schon. Das wäre aber auch normal und wiederum nicht. Sie wisse nicht so recht, möchte am liebsten nicht mehr meine Schlafhüterin sein. Es halte sie von der Arbeit ab. Vieles müsse sie auf die lange Bank schieben.

Oft genug fällt Tante Luci vor mir in tiefen Schlaf und liegt dann manchmal noch am Morgen in meinem Zimmer. Es ist nicht so, dass sie nicht bei mir nächtigen will, sagt sie. Ich wäre eben etwas zu empfindlich, bewege mich, setze mich aufrecht, will sie auf leisen Sohlen mein Schlafzimmer verlassen. Ich kann vor dem Einschlafen gesund sein und bin in der Nacht dann plötzlich krank. Das verlange ihr vollste Aufmerksamkeit ab.

Was ich kann und gelernt habe, hat mir alles Tante Luci beigebracht. Ich gehe zur Schule. In der Schule sagen die Lehrer zu den Mitschülern, dass niemand mich dumm heißen darf, sondern leicht lernbehindert. Und auch Tante Luci wird jedes Mal wieder zur Löwin, wie sie sagt, wenn jemand mich Dummkopf nennt. Ich wäre nur begriffsstutzig und vielleicht auch etwas schwer von Kapee. Und ich muss immer darüber lachen, wie komisch sie das Wort Kappe ausspricht. Und weil es mir so gefällt, nenne ich den Schraubverschluss meiner Zahnputztube spaßeshalber Zahnputztubenkapee und die Schirmmütze, die mir der Onkel geschenkt hat, meine Angelkappé. Wenn mich einer anrührt, steht Tante Luci auf der Matte und schimpft gezielt gegen die stärksten Rabauken, die sich dann bei mir entschuldigen kommen, sich als meine Beschützer anbieten. Ich muss mich nicht hauen. Außer einmal beim Fußballspiel, hat mich der lange Heiner zweimal böse gefoult und ich habe ihn gewarnt, ehe mir nach dem dritten Foul die Nerven durchgegangen sind. Wie bei manchem Gaul in einer friedlichen Herde, meint Tante Luci. Sagt, dass sie mich sogar verstehen kann, auch wenn sie es nicht gut finden darf. Und dann ist sie los mit mir an der Hand. Und ich muss mich beim Rabauken dafür entschuldigen, dass ich ihm die Nase blutig geschlagen habe.

Tante Luci hütet mich mit Argusaugen. Ihrem scharfen Blick entgeht kein Herzensweh. Behandelt mich wie ein Kleinkind, wenn ich Schnupfen habe, huste, fiebere, der Magen schmerzt, ich mich übergebe, keine Lust auf Schule habe. Sie nimmt mich unter ihre Fittiche. Ich muss nur mit gesenktem Kopf morgens durch die Gegend latschen, schon stoppt sie mich, schaut mich besorgt an, sagt mir, was ich habe, dass ich was habe und wie ich was habe. Und scheucht mich ins Bett, mich mit Zwieback und Kamillentee zu heilen, das Bett zu hüten.

Keine Widerrede.

Gesundheit geht vor.

Niemand muss den Helden spielen.

Tante Luci schaut sich alle meine Gebrechen an und sagt mir dann, wie es um mich steht. Halb so schlimm bedeutet, dass ich einen Klaps auf den Podex erhalte und nur nicht jammern soll. Nein, zum Arzt muss ich nicht. Den Arzt will Tante Luci nur rufen, wenn es nicht zu umgehen ist.

So ein Landarzt ist beschäftigt, sagt sie, man muss ihm nicht mit Lappalien kommen. Es reicht für sie hin, die Lesebrille näher an ihre Augen zu rücken und zu sagen, dass ich kurz einmal stillhalten soll, nichts denken, sagen, tun. Und schüttelt den Kopf. Sagt, dass ich kein Fall für den Doktor bin.

Tante Luci verabreicht mir prophylaktische Medizin. Mixturen. Kräuter, die wirkungsvoll sein werden. Und brüht für mich ihren Zaubertee. Hilft gegen alles. Und sagt in der Schule Bescheid. Und pflegt mich nach uraltem Brauch. Drei Tage kommt es. Drei Tage bleibt es. Drei Tage braucht es, wieder zu verschwinden. Neun gute Tage bin ich dann aus den Verkehr gezogen. Und werde verwöhnt, mit Sonderessen erfreut, mit Medizin aus ihrer Hausapotheke gequält. Und bekomme wie der Prinz am Bett die geriebenen Möhren, mit Honig vermischt, vom kleinen Löffel aus gefüttert. Und trinke dreimal täglich heiße, dicke Schokolade. Und lasse mir die Brust einreiben, um den Hals das Handtuch mit dem Zwiebelsud binden. Und darf dann gegen Abend im Wohnzimmer auf der Liege liegen. Mit Blick zum Fenster hinaus, wo im Geäst die Vögel fröhlich sind. Und ich denke: So kann es auf Zeiten bleiben.

Die Nase keck zum Himmel gehoben, liege ich im Kopfkissen versunken, schaue mir die Wolken an, die manchmal wie böse Geister auf mich herunterblicken, richtige Spielverderber sind. Grau angelaufen mag ich sie am liebsten. Wenn sie das Licht um sich verändern und Strahlen bilden, die aus ihrem Bauch schießen, sich zu einem Licht wandeln, das man im Leben nicht oft zu sehen bekommt. Wenn sie wie auf einer riesigen Leinwand aufziehen und dieses Licht seltsam wird. Geheimnisvoll. Wie nicht real, sondern mit leichter Hand gemalt. Dann möchte ich von Hingabe reden, mit der ich sie anhimmele.

Ich liebe auch den Wind, vom sicheren Bett aus betrachtet. Wenn er die Wolken anstachelt, sich wild aufzuführen. Wenn Tante Luci hinzuspringt, die Fensterflügel zu schließen. Und sich zu mir setzt. Und wir beide können dann wortlos uns ans Fenster stellen, das himmlische Treiben bewundern. Ziegenpeter, Mumps, Windpocken, Masern kurieren wir am Fenster stehend. Und die Tante verabreicht mir Medizin, Tinkturen, Säfte, Sude, Bäderschüsseln, dass das Haus nach Krankenzimmer riecht. Und sagt, es muss nach mir und Krankheit riechen, wenn sich der Onkel beschwert. Und ich rieche nach mir. Denn ich bekomme meine Bettwäsche nicht gewechselt.

Und wir gönnen uns die kleinen Freuden nebenher. Wenn

ich mich absichtlich anstelle, als wollte ich die verordneten Tabletten nicht schlucken. Und sie muss mich dann lange überreden, wenn ich nicht willig bin, sich auf mich stürzen. Ich spiele den sprungbereiten Tiger. Sie ist mein Dompteur. Und herrscht mich an wie in der Manege:

Schluck das.

Schluck das jetzt herunter.

Du sollst das verdammt noch eins runterschlucken.

Und muss dann zum Schluss die Zähne mir auseinanderpressen, die Soße mir in den Rachen quetschen. Ich habe keine Ahnung, was uns daran so erheitert, dass ich für die Tante immer wieder auch den alten Mann spiele, der sabbert. Und der süße Honigtee läuft am Kinn vorbei, fließt über meinen Brustkorb ab. Und ich huste, keuche, röchele, als wäre ich am Ende. Und wehre mich so sehr, dass alle Pillen im hohen Bogen durch den Raum fliegen. Ich weiß nur, ich bin als alter Zausel so gut, dass Tante Luci irgendwann aufgibt, von mir ablässt, mich störrisch und alt sein lässt und lachend das eingebildete Krankenzimmer verlässt.

Sind die neun Tage um, die es dauert, scheucht sie mich aus dem Bett. Ich habe wieder kerngesund zu sein. Olle Kiste, wie unser Auto heißt, wird aus der Garage gefahren, Wegzehrung in eine Wegzehrungsdose getan. Gekochte Eier meist. Geschälte Gurkenstücke immer. Kleine handausgesuchte Tomaten, wenn der Garten sie abwirft. Maggikraut. Stinkekäse. Schinken. Und ab geht es ins Blaue. Frischluft tanken. Die alte neue Welt begrüßen, sich des Lebens freuen. Olle Kiste heißt ihr kleiner roter Bus. Taubenblau, wie er gestrichen war, hat er ihr nicht gefallen, Onkelonkel musste ihn mariechenkäferrot lackieren. Die Idee, dem Bus Pünktchen zu schenken, scheitert daran, dass Onkelonkel sich strikt weigert. Apropos strikt. Tolles Ding, sagt er zum Bus. Technisch perfekt, aber auch simpel gestrickt.

Nicht totzukriegen, sagt sie.

Hat uns nie enttäuscht, sagen er und sie gemeinsam.

Springt bei Frost noch an, erklärt er.

Wird generell über den Bus als eine dritte Person gesprochen. Wie über einen lieben Freund.

Er ist.

Er kann.

Er mag aber nicht.

Und trägt, einem Menschen ähnlich, Kosenamen aus den Worten Bus und Lieferwagen, abgekürzt Bus und liefer, Bus Li und Bulli Bulli wie Schnulli, Gulli, Lollilulli. Onkelonkel kann sich danebenstellen und der Bus ist nicht höher als er. Tante Luci sagt, in den Staaten wäre der Bus ein Kultauto, die Hippies neigten dazu, ihn bunt, ja bunt ist alles, was ich habe, schrill anzupinseln. Sie hat in einer Zeitschrift schreckliche Bilder gesehen, ihren Augen nicht trauen wollen. So viele Schnörkel. So viele Kringel und alle Farben der Palette. Dass man dem Ding auch schön ansieht, wie bunt es in den Köpfen seiner Betreiber zugehen muss.

Wie kann man nur.

Wie sieht das denn aus, sag an.

Was geht denn nur in solchen Köpfen vor?

Sie liebt die gewölbte Form. Alles im Windkanal getestet, sagt sie, redet von stromlinienförmig. Wird von ihr jedes Mal wieder erst gestreichelt, einmal am linken Eck des Armaturenbretts. Und steigt sie aus, fährt ihre Hand die Vorderfront entlang, schließt die Zärtlichkeit mit einem abschließenden Klaps.

Ich kenne den Bus in- und auswendig. Ich verbringe in ihm viel Zeit. Das lichte und luftige Lebensgefühl, wenn man im Wagen sitzt, ist durch nichts zu ersetzen. Ich habe viel Stunden meiner Kindheit auf dem Fahrersitz und im hinteren Teil lümmelnd verbracht, mich auf Reisen geträumt, mehrfach um die Welt. Bei der Betrachtung der Bilder von Olle Kiste kommt jedes Mal wieder ein Seufzen aus meinem Mund und Reiselaune auf, dieses Gefühl aus meiner glücklichen Zeit im Wageninneren.

Er besitzt Windschutzscheiben zum Hochklappen und noch sein Originalradio. Wen es interessiert: Die geteilte Frontscheibe ist noch aus richtigem Glas. Er kommt ohne hintere Stoßstange und Heckklappe aus. Kleine, feine Rückleuchten schmücken sein Hinterteil. Armatur aus Blech. Integriertes Tachometer. Das Lenkrad flach. Tank nur über die Motorraumklappe zugänglich. Frischluftzufuhr über die Windschutzscheibe. Frischluftheizung, dem Motorkühlgebläse entnommene Luft, die durch gerippte Heizbirnen an den Auspuffrohren erhitzt und zur Wagenheizung verwendet wird.

Man kann um den Bus herumgehen. Er sieht von allen Seiten gut aus. In der Frontmitte die V-förmige Sicke mag ich sehr. Chromradkappen. Chromleisten. Neunsitzig, wenn man will. Insgesamt dreiundzwanzig Fenster. Campingbox, Türregal zum Einhängen. Gaskocher, zwei Gasflaschen, ein Klapptisch liegen irgendwo verwahrt bereit. Rückbank kann als Schlafplatz dienen.

All der technische Kram, auf dem Onkelonkel viel herumreitet, interessiert mich nicht. Der kann ja gut so reden. Muss er wohl auch. Hat den Bus über seine Werft besorgt, all die Ersatzteile auch, die im großen Schuppen gleich vorne links in diesen Eisenschränken untergebracht sind. Was zu groß ist, liegt daneben unter der großen Plane.

Tante und Onkel sind mit Olle Kiste einmal nur in den Urlaub gefahren, die Campingwagenvariante war nicht ihr Ding. Steht herum seit dieser Zeit. Könnten es verkaufen, das Schmuckstück. Würden sie Liebhaberpreise dafür bezahlt bekommen. Lässt die Tante niemals zu. Tauscht die Tante auch niemals gegen etwas anderes ein.

Andererseits. Tante Luci ist ihr Leben lang nur auf dem Land gewesen. Kennt nichts anderes, will nimmer in der Stadt wohnen. Ist manches auf dem Land anders geworden, sagt sie. Bringen Zeit und Umstände mit sich. Werden gute Zeiten zu schweren Zeiten mit der Zeit. Viele gute Häuser sind ringsum inzwischen verlassen. Sie weiß die Namen noch der Leute, die drinnen lebten. Sie hört die Stimmen so nah und gefühlsecht, dass sie den Schatten antwortet. Ihr ist felsenfest, als habe sie den mürrischen alten Nachbarn wieder ums Haus gehen und nach dem Rechten sehen gesehen, dass sie die Arbeit unterbricht und zum Haus hinaus ums Haus herumläuft, nach ihm zu sehen, nach seinem Begehren zu fragen. Und kommt, ohne ihn getroffen zu haben, in die Küche zurück, nimmt nachdenklich gestimmt die Arbeit wieder auf. Ihre Devise: kann sein, mag sein, darf sein, soll sein, bestimmt ihren Gesichtsausdruck.

Tante fährt Olle Kiste kaum. Steht mehr unter der Plane, als dass sie bewegt wird. Werden mehr Kilometer mit dem Wischtuch geschrubbt als Kilometer geschrubbt, wie man so sagt.

Hat Olle Kiste nicht nötig. Fährt Klappfahrrad, die Tante. Hellblau gestrichen. Vierzig Zentimeter hoch, der Rahmen. Modell Neunhunderteins. Weiß niemand genau zu sagen, wer wen fährt. Braucht zum Beispiel den Rücktritt nicht. Tante Luci mag das Wort Rücktritt nicht. Findet es albern und störend. Männlich. Betätigt keinen Rücktritt. Stellt die Beine nach vorne, wenn sie anhalten will. Hat Übung, den Zeitpunkt zu bestimmen, ab dem sie nicht mehr in die Pedale tritt und die Beine zum Bremsen nach vorne stellt.

Als wäre sie auf einem amerikanischen Motorrad im Easyriderfilm, Ende der Sechzigerjahre. Hollywood. Karen Black, von der man sagt, ihre Augen hätten für sie gespielt. Das käme vom Silberblick. Bei dem man nie wusste, wohin sie blickt und zu wem, wenn zielgerichtet geblickt worden ist. Tante Luci hat, wenn wir einmal dabei sind, auch asynchron gesetzte Pupillen. Dass Onkelonkel immer wieder einmal sagt, er werde aus ihren Augen nicht schlau. Er sei auf eine Sehnsucht hereingefallen, die wie eine Flamme aus ihr zu züngeln scheint. Ein warmer Wahnsinn, wie in dem Film *Easy Rider*. Wenn Fonda und Hopper im Morgengrauen über die Freiheit quasseln, die eine Illusion bleibt.

Sagt, wenn man sie fragt, wo sie das Ding erstanden hat: Im Fernsehen gesehen und gewusst, dieses oder keines. Lag damals voll im Trend, ist heute noch im Trend, wird im Trend bleiben, weil der Trend sich vom Trend nie trennt.

Laut Katalog fehlt das Oberrohr, sagt Onkelonkel.

Was, Oberrohr?

Oberrohr vermisst keiner.

Oberrohr wird nicht gebraucht.

Onkelonkel hat ihr viele Räder ans Herz zu legen versucht. Wunderschöne Gestelle darunter, wahre Königsstühle. Sitze wie gefütterte Heiligenstühle. Lenkräder mit schlanken Spiegeln rechts und links, in denen du die Welt hinter dir wie in zwei Flugzeugfenstern gepresst siehst. Speichen, golden glänzend, mit straffen Schutznetzen versehen. Rahmen für die Damen. Reifen mit dem ganz speziellen Profil. Alle Räder direkt aus erster Hand, so nicht zu kaufen. Mit Klingelglocken, Gangschaltung, Gepäckträger, Körbchen, doppelten Rücklichtern, Dynamos zum Nach-hinten-Entsichern, seitlich drücken und gegen die Fahrtrichtung anlegen. In Metallblau. Im feinen Violett, ehrfürchtig schwarz mit weiß gesetzter Doppellinie.

Nix da.

Klappfahrrad.

Zusammengeklappt gehört sich ein Schweizer Klappmesser und der Klappstuhl noch, sagt der Onkel. War nicht einfach, so ein Ding zu bekommen.

Die Nachfrage enorm, sagt die Tante. Gegen vielerlei Widerstände, über die Werft und das Beschaffungsbüro hat er es herangeschafft. Stand eines Tages unschuldig an die Hausecke gelehnt, wie ein Gigolo für Tante Luci bereit.

Was für eine Überraschung.

Der mit seinen Beziehungen.

Sind manchmal doch zu was nütze.

Und sagt, dass sie vom ersten Tag an wie füreinander geschaffen waren, das Klapprad und sie, der Onkel und sie weniger. Gesehen und gleich bei den Hörnern gefasst. Aufgesessen und eine Runde durchs Dorf gedreht. Schon sind sie unzertrennlich, ein Paar.

Kennt jeder im Dorf. Wo ihr Klappfahrrad steht, kann Tante Luci nicht weit davon entfernt sein, sagen die Leute.

Ist ein Klapprad.

Klapprig bin ich deswegen nicht.

Schließt das Rad nicht an. Sagt jedem, der sie darauf anspricht: Ist brav wie ein Hund. Muss man nicht an die Kette legen. Will frei sein wie der Vogel. Tut keinem etwas an, will keinem was. Ist auch nur eine getretene Seele, so ein Rad. Will gestreichelt sein.

Jedes Weihnachtsfest rechne ich damit, auch ein Rad geschenkt zu bekommen. Bekomme es nicht. Weihnachten gibt es immer brauchbare, nützliche Dinge. Unterwäsche zum Beispiel. Ich wünsche mir eine Eisenbahn und bekomme gestrickte Socken, Mütze, Handschuhe. Ich wünsche mir einen Bagger und bekomme Taschentücher mit Signatur, weil ich kein kleiner Junge mehr bin, Signatur superschick ist.

Es gibt bestimmt Gemälde, die niemand malt und die man deswegen auch niemals in einer Ausstellung sehen wird. Und zu diesen niemals ausgestellten Gemälden zähle ich meine Erinnerungen an Weihnachten bei Tante Luci, Onkelonkel. Ein Bild sticht dabei besonders ins Auge. Wir schmücken im Freien. Die kleine Tanne, die Tante Luci das hässliche Tännchen und Meinkrüppelchen nennt, weil sie leicht verwachsen ist und nur wenige Nadeln hat, zu Weihnachten wird sie unsere Weihnachtsgartentanne. Mit richtigen Kerzen, behangen mit kleinen Äpfelchen aus dem Garten und einem ganz speziellen Weihnachtsgebäck extra für die Wintervögel. Dass die nicht hungern müssen und wir ihnen beim Futtern vom Warmen aus am Küchenfenster zusehen können. Beim Schmücken teilt sie jedem seine Aufgabe zu. Onkelonkel versieht die geeigneten Äpfel mit Draht, bringt die Kerzenhalter sicher an die Zweige und setzt den Stern obenauf. Ich darf der Tante behilflich werden, die Kugeln einhängen, vorsichtig Lametta anbringen. Tante Luci kümmert sich um das Vogelgebäck. Und brennen die Kerzen am festlich hergerichteten Baum, stellt Tante Luci ihren Kassettenrekorder an und spielt ihren Lieblingsschlager. Eine instrumentale Variante des bekannten Liedes, zu der Tante Luci mit Fistelstimme singt: Ich wollt dich längst schon wiedersehn, mein alter Freund aus Kindertagen, ich hatte manches dir zu sagen und wusste, du wirst mich verstehn. Als kleines Mädchen kam ich schon zu dir mit all den Kindersorgen. Ich fühlte mich bei dir geborgen, und aller Kummer flog davon. Hab ich in deinem Arm geweint, strichst du mit deinen grünen Blättern mir übers Haar, mein alter Freund. Mehr von dem Lied singt sie nicht. Das Musikstück läuft weiter. Es wird Glühwein eingeschenkt und mit den Nachbarn übern Gartenzaun hinweg angestoßen. Die Bescherung findet im Haus statt. Tante Luci hat ihre Küchenecke geräumt und weihnachtlich hergerichtet. Auf dem Weihnachtsteller jedes Jahr wieder die gleiche Anzahl Apfelsinen, Walnüsse, Haselnüsse, sternförmiger Kekse, Halbmonde wie bei Tante und Onkel auch.

Und es gibt Kartoffelsalat zu Wiener. Die Gans, so groß, dass wir sie an den nachfolgenden Tagen nicht aufessen können.

Und über die Feiertage hinweg und noch Wochen danach spielt Tante Luci Weihnachtsweisen. Die gesamte Palette von *Heilige Nacht, Wisst ihr noch, wie es geschehen* über *Der Christbaum ist der schönste Baum, Oh du fröhliche* bis *Weihnachten ist da Alleluja, mein Herz will zerspringen*, bis es einem reicht. Ich denke, ich bin deswegen zum Rockmusikfan geworden und habe mich für Gruppen entschieden, die Tante Luci nerven.

Das Lied vom Baum wird wieder bemüht, wenn der Baum dann nach Monaten abgeschmückt wird. Wieder stehen wir zusammen. Tante Luci singt nun den Refrain gleich zu Beginn und die nächste Strophe dazu: Mein Freund, der Baum, ist tot, er fiel im frühen Morgenrot. Du fielst heut früh, ich kam zu spät, du wirst dich nie im Wind mehr wiegen, du musst gefällt am Wege liegen, und mancher, der vorübergeht, der achtet nicht den Rest von Leben und reißt an deinen grünen Zweigen, die sterbend sich zur Erde neigen. Wer wird mir nun die Ruhe geben, die ich in deinem Schatten fand? Mein bester Freund ist mir verloren, der mit der Kindheit mich verband.

Vermutlich bleibt von den Weihnachtstagen der eine im Bewusstsein, der mir die Begegnung mit dem rosa Pudding auf einem kleinen Teller bescherte. Zweieinhalb Packungen Gelatine, rot. Eigelb. Zucker. Alles gut gemixt. Mit Wasser kochen. Nach dem Erkalten die Mandeln fein gehackt beimengen. Zum Ende hin dann geriebene Schokolade über die Mixtur streuen. Zwei Stunden in den Kühlschrank. Fertig. Ist etwas Simples. Mit nichts in der Welt zu vergleichen, von Tante Luci hergestellt. Von keiner Süßigkeit zu übertreffen.

Die Eier nimmt Tante Luci von der Eierfrau.

Die Eierfrau zwinkert Tante Luci zu, fragt, obwohl sie es genau weiß, ob die Eier etwa wieder für den Pudding gedacht sind. Kann das Handeln nicht lassen. Wie in den schlechten Zeiten, damals. Frische Eier gegen Butter. Butter gegen Schnaps. Schnaps gegen Kartoffeln. Hasenkeulen.

Zuckerrüben gegen Öl. Öl für getrocknete Gewürze. Gewürze gegen Kuhhorn. Kuhhorn für Kuhhornkämme, Kuhhornlöffel, Kuhhornschuhanzieher.

Ware gegen Ware.

Anders läuft die Schose nicht.

Tante Luci beauftragt sich selbst. Will sie einen geräucherten Schinken, backt sie zwei Bleche Zuckerkuchen. Einfaches Rezept, sagt sie. Buttermilch und Mehl und Butter, die Kuhlen bildet, Zucker darübergestreut. Ein Kinderspiel. Im Grunde kann das jeder. Was die Leute nur immer haben.

Schickt den Kuchen zum Jäger aus, der darauf steht. Und schon wird ihr der Schinken direkt ins Haus gebracht. Verdient sich so ein Zugeld, wie sie sagt.

Ihre Künste sind gefragt. Eine Hochzeit im Dorf steht an. Den Kontakt stellt der Briefträger her, der alles weiß. Ein Erntefest unter Bauern. Die Jubiläumsparty im Nachbarhaus der Eierfrau. Und schon erfreut die Leute Tante Lucis rosa Pudding. Flink hergestellt. In seiner Wirkung unübertroffen.

Manchmal werden ihr die Zutaten für einen Kuchen, den sie noch nie gebacken hat, aufgeschrieben, sie backt ihn dann, bekommt das Backwerk abgeholt. Und schon ist man des Lobes voll von allen Seiten, das klingt ihr hell in beiden Ohren und bringt ein kleines Geld ein. Im Dorf aber ist sie die ungekrönte gute Schenkerin von rosa Pudding, der, ununterbrochen in unserem Hause produziert, zu ihrem Markenzeichen wird.

Rührt die Masse schaumig. Schlägt die Schlagsahne steif. Lässt mich die zwei Tafeln Schokolade reiben. Die gute bittere bitte. Warme gekochte Mandeln, die ich aus ihrer Schale drücke, lustig in die Gegend springen, dass wir lachen. Nicht mitzubekommen, wie die Tante Rum hinzufügt. Guten Rum. Gibt, wenn im Kochbuch Litereinheiten Wasser anempfohlen sind, eins zu eins Rum hinzu.

Das ist halt so meine Art, trällert sie. Wohltätig ist des Feuers Macht, wenn sie der Mensch zähmt und bewacht. Was er bildet, was er schafft, das dankt er dieser Himmelskraft, summt sie ihr Potpourri aus Schillers Glocke und Schlagern aus ihrer Zeit. Vom Eiweißschaum darf ich mit dem Zeigefinger naschen. Am Ende aus der Schüssel lecken.

Ja, und so bin ich dem Pudding eines Tages verfallen. Aus Versehen kann ich nicht sagen. Mit Absicht wäre gelogen. Ich bin noch sehr jung an Jahren und unerfahren und neugierig. Besonders bin ich vom Puddingbatzenrest angetan, der auf kleiner Schale unter eine Käseglocke gestellt wird.

Fühle mich von ihm angesprochen und überredet. Sodass ich als Nächstes mich gezwungen sehe, mich seiner anzunehmen. Und habe mich, glaube ich, nicht lange dumm angestellt, wacker gezeigt, das arme Schälchen auf mein Zimmer genommen.

Kann sein, denke ich mitunter, dass alles von diesem Pudding herrührte. Es geschah der Schokoladenkrümel, diesem Spiel der Farben wegen. Dunkelbraun zu blassrosa. Es begann alles mit diesen über den rosa Puddingberg gestreuten Schokoladensplittern. Wie von Miró geschaffen, der gesagt haben soll: Ich habe großen Gefallen an den einfachen Dingen. Ich kann Stunden damit verbringen, Fliegen oder Libellen zuzusehen, den Flug von Schwalben zu betrachten. Es macht mir Spaß, Spatzen beim Futtern zuzusehen. Ich habe Freude daran, die Form von, sagen wir Kieselsteinen zu ergründen.

Im Gehen, während der Teller in meiner Hand ruht, spüre ich den Duft des Puddings in meiner Nase. Gleich, denke ich, gleich werde ich mich auf mein Bett setzen, ihn mir mit dem Zeigefinger genüsslich zu Munde führen, Häppchen für Häppchen. Und kann plötzlich das Gedicht auswendig sprechen, das Tante Luci bei großer Freude aufsagt: Bis die Glocke sich verkühlet, lasst die strenge Arbeit ruhn. Wie im Laub der Vogel spielet, mag sich jeder gütlich tun. Und kann mir alles bis heute nicht so recht erklären. Und bin vom Pudding beeinflusst, ferngesteuert, vergehe mich gütlich an der Speise, ohne zu wissen, was das Wortgebilde sich-gütlich-tun meint. Alles äußerst seltsam an diesem Tag, als nach kurzer Zeit die Dinge um mich herum seltsame Formen anzunehmen beginnen, alle Gegenstände um mich herum ihre Konturen verlieren, die Gegenstände im Raum aufweichen, wie Gummi werden, besonders die Tischbeine, verbogene, wabernde Tischbeine werden. Verzerrtes Lampenlicht. Der Lampenschirm aus Eierschaum geformt. Die Wanduhr zum Spiegelei zerlaufen. Die Ziffern tropfend. Das Zifferblatt aus der Kreismitte rutschend. Die Uhr Dalís, der gesagt hat, ein Auge sei wirklich etwas Wunderbares. Man muss es als einen weichen psychedelischen Fotoapparat nutzen. Ich sehe diese Stundenzeiger, lange bevor ich sie in einem Kunstbuch abgebildet finde. Ich höre das surreale Ticken, das je keine Uhr mehr in meiner Gegenwart zustande bringen wird. Ein wundervolles Tönen, das sich lange Zeit nicht im Raum verliert. Dann aber doch auch zu leiern beginnt.

Und alles so unwirklich real. Der Raum mehrfach im Raum vorhanden, in dem ich mich befinde. Plastisch geworden. Vierdimensional das Bild an der Wand, das ich nicht gezeichnet habe. Zum In-die-Wand-Hineinsteigen die Tapete. Ich sehe mich in dieser geschwungenen Landschaft spazieren. Eine Puppenbühne. Ein Minitheater. Derweil ich mein Bett nicht mehr unterm Hintern fühle. Eher liege ich in einem Kinderwagen. Befinde mich auf einer Drehbühne. Werde von unsichtbarer Hand geleitet, ausgeführt.

Fenster, Fächer, kleinere Spielecken, in die es mich reizt hineinzugreifen. Allein, ich besitze die Macht nicht mehr über meine Arme, Beine, Hände, Finger. Schwer geworden liegen sie neben mir, ich neben ihnen wie weggelegt, unbeweglich, lahm geworden.

Und kann das Stück nicht unterbrechen, die Wandlungen nicht stoppen. Fühle mich der Ohnmacht nahe. Werde schwebend, schwach. Bin dann wohl auch eine Weile weggetreten, in Schlaf gefallen, von Tante Lucis Teufelsbrei, auf der ach so schlicht anmutenden Untertasse. Erleide unbemerkt den ersten Zustand jener mir damals unbekannten Art von Trunkenheit. Weiß nicht, wo ich bin. Höre nur noch, in Umrissen, die schrille Stimme Tante Lucis: Gefährlich ists den Leu zu wecken, piepst sie. Verderblich ist des Tigers Zahn. Jedoch der schrecklichste der Schrecken, das ist der Mensch im Puddingwahn.

Und ich sehe mich in diesem Zustand dann auf der Liegewiese wieder, kleiner Junge, der ich bin. Und die Tante ist ein

Baum, eine Trauerweide, die mit ihren tief nach unten reichenden, hellgrünen Ästen spricht, mich damit sanft streichelt. Natur ist, wie die Natur halt von Natur aus ist, sagt die Trauerweidentante zu mir, der ich mit nichts weiter bekleidet bin als diese Pumphose aus leichtem, hellem Stoff an mir. Mit bunten Früchten bedruckt. Brombeere. Erdbeere.

Sie hat Brotscheiben mit Marmelade bestrichen auf einem Tablett übereinandergelegt und draußen abgestellt. Der Tag verspricht ein schöner Tag zu werden. Die Sonne ist nach langer Durststrecke nun die wohltätige Wärmespenderin. Und eine kecke Wespe lässt es sich auf einer dieser Marmeladenstullen wohlergehen. Und greife in meiner Gier ausgerechnet jene Unglücksstulle mit der Wespe. Derweil Tante Luci im Haus noch Teller und Tassen für das Mahl auf dem Tablett versammelt. Beiße in die Stulle hinein. Beiße die Wespe mitten durch, die sich wehrt, zusticht, mir mit ihrem Stachel die Lehre erteilt, nicht vor dem Essen mit dem Essen zu beginnen.

Ich höre meinen kläglichen Schrei wieder. Den einzigen Schrei von mir unmittelbar mit dem Stich in die Zunge ausgestoßen. Und sehe Tante Luci aus dem Haus stürmen. Wie sie mich hochnimmt, kopfüber hält, mir den Mund aufsperrt, in meinen Rachen greift, den Stachel packt, mich auf den Gartentisch setzt, die Zunge platt drückt, dicke Zwiebelringe in meinen Schlund schiebt, die Kühlung bringen und Linderung von Schmerz.

Oh, nein, das vergesse ich nie.

Und dann ist der Rausch vorbei und es hat niemand etwas von ihm mitbekommen. Ich bin erschöpft bei Tante Luci in der Küche. Sie weist mich an, Kartoffeln zu schälen, schickt Onkelonkel in den Garten, Gemüse holen. Es gibt bei uns vor allem Mohrrüben und Kohlrabi, aber auch Bohnen zu einem Salat mit Zwiebeln gemixt. Und Blumenkohl nicht weniger. Tante Luci lässt nichts verkommen, weckt alles ein, was einzuwecken geht. Und sagt, dass sie die gemeine Straßenpflaume für die beste aller Pflaumen, die Rose unter den Baumfrüchten hält, es darauf ankäme, wann man sie von der Straße pflückt.

Pflaumen türmen sich zu Bergen bei uns daheim, wenn Pflaumenzeit und Einmachzeit ist. Ich helfe ihr, die Pflaumen in Hälften zu schneiden, lasse Pflaumenkerne auffliegen. Sie preist die vermadete Pflaume, nennt das Gebrösel Kaviar, steht einen Tag lang am Herd, wirbelt mit etwas Salz und Zucker, Zimt, Zitrone, gibt einen ordentlichen Schuss Rum der Pflaume hinzu, den sie ihr Geheimrezept nennt. Trinkt einen Schluck aufs gute Gelingen.

Guck nicht so.

Rum muss schon sein.

Weckt alle Pflaumen ein. Beschenkt mich mit Zuckerei. Eigelb mit Zucker und Vanille vermengt, Eiweiß zu Schaum schlagen, Eigelb vermengen und sofort schlecken. Darauf stehe ich. Süßigkeiten spielen in allen Epochen eine wichtige Rolle. Kinder mögen Süßigkeiten. Sie hätten Süßigkeiten sich erfinden müssen. Sie leckten Rübensirup, Marmeladen, Gelee. Im kleinen Garten wurden Früchte angebaut, Johannisbeeren, Stachelbeeren zum Eigenverzehr. Man hat viel eingekocht. Das Stückchen Pergament wurde in Alkohol gelegt und entzündet, sicher mit einer Schnur ums Glas zugebunden. Später kamen Einweckgläser mit Deckel auf und man durfte die Gummis nicht beschädigen, den Zipfel nicht abreißen, weil dann der Gummiring unbrauchbar war. Uralte Techniken beherrscht sie. Der Weckglasöffner, eine Drahtschlinge mit Flügelschraube. Die Schlinge wird zwischen Gummi und Deckel gelegt und fest angezogen. Es zischt so schön. Der Deckel löst sich, gibt dieses typische Geräusch frei.

Das Glas ist offen, sagt Tante Luci und Onkelonkel sitzt dabei und nickt.

Er besorgt einen richtigen Einmachtopf, mit einem versenkbaren Gestell, dass die Gläser nicht mehr direkt auf dem

Topfboden stehen. Den Deckel ziert ein Thermometer. Das ragt so aufrecht und erhaben, wie im Dorf die Kirche ins Auge sticht.

Tante Luci kann auf ihre Weise so plastisch das Früher besprechen. Dass ich es miterlebe, nachvollziehen kann, was früher für sie wichtig war und ihnen geholfen hat. Die schönste Dichtkunst ist ihr von ihrer Mutter überliefert worden. Sie singt mir alte Lieder vor. Sie lässt mich Reime nachsprechen, die sie ihrer Mutter nachsprechen musste. Und bringt mir ein Scherzgedicht bei, an dem wir lange unsere Freude haben.

Sag es auf, Junge, animiert sie mich immer wieder.

Und schon lege ich los, rede in weihevollem Tonfall. Dunkel war's, der Mond schien helle, schneebedeckt die grüne Flur, als ein Wagen blitzeschnelle langsam um die Ecke fuhr. Drinnen saßen stehend Leute, schweigen ins Gespräch vertieft, als ein totgeschossener Hase auf der Sandbank Schlittschuh lief.

Und Tante Luci freut es, wie rasch ich so schwere Texte wie die *Schillerglocke* auswendig lerne. Und sagt dann, dass Tante Luci immer gesagt hat, der Knoten würde bei mir einmal platzen. Und sie räuspert sich und hustet absichtlich, weil sie, wie sie sagt, einen Knoten im Hals hat. Und ich halte meinen Hals fest und stelle mir dann den Knoten in meinem Hals vor, der über Nacht vielleicht platzt, mich aus dem Schlaf reißt, und dann ist der halbe Hals weggesprengt und man kann mir beim Essen und Luftholen zugucken. Worauf ich immer nur komme, sagt Tante Luci. Diesen Knoten meint sie doch nicht, meint den Knoten innerhalb meiner Entwicklung, dass ich eines Tages den Sprung schaffe, einen mächtigen Satz nach vorne mache. Und ich weiß nicht, was sie damit genau meint, denn es gibt ja noch den Sprung in der Schüssel, die Sprungdeckeluhr an Onkelonkels Ausgehweste, die Sprunggrube auf dem Sportplatz, wo mir immer der Sand ins Gesicht fliegt, und das große Sprungtuch bei der Feuerwehr, das sie einmal aufgespannt haben, für die dicke Eierfrau am Fensterkreuz ganz oben, in das sie aber nicht gesprungen ist, lieber wäre sie im Feuer gestorben und zum Glück hat man sie rechtzeitig aus den Flammen befreit. Ich muss die Gläser in den Keller schaffen, durch die vollgestopfte Lagerhalle. In den Keller mag Tante Luci nicht gehen. Er hat ihr zu viele dunkle Kellerecken, sie verträgt die muffige Luft dort nicht, will die Kartoffeln nicht sehen müssen, die mit langen, hellen, ekligen Keimen besetzt sind. In der dunklen Kellerecke gibt es schädliche Luftfeuchtigkeit. Schimmel feiert dort schamlose Orgien. Und deswegen geht sie nur ungern in den Keller. Hat dort ihren gesamten selbst produzierten Alkohol stehen. Für den Briefträger, die Handwerker, sonstige unerwartete Gäste, die gut bedient sein wollen.

Wenn Tante Luci mit ihrem roten Likörglas fuchtelte und so tat, als würde sie vom Kirschlikör flügellahm, habe ich das Interesse nie daran verloren, vom Kirschlikör zu naschen, wenn das Glas unbeobachtet herumstand. Und so ist es mit all den anderen Sachen, zu denen Tante Luci ihre Worte hat flattern lassen, als würde sie gleich sterben. Ich habe mich für sie genauso interessiert, wie man sich als Kind für Vogeleier in verlassenen Nestern interessiert.

Solange ich denken kann, werden bei Tante Luci Eierliköre fabriziert. In Mengen, die für einen Landladen ausreichen würden. Eierlikör mit Kakao. Eierlikör mit Vanille. Eierlikör mit Rum. Eierlikör aus reinem Spiritus. Die Eierfrau hilft Tante Luci beim Zubereiten von Eierlikör. Sie sieht aus wie eine dicke Glucke und puttet mit ihrer Stimme auch wie ein Huhn. Ihr Mann ist dünn wie ein trainierter Hahn, immer auf Achse, ständig auf den Beinen. Ein Gockel mit Schnauzer und wildem rotem Haar. Trägt Jacken mit bunten Schulterteilen aus Filz, kickt den Kopf, wenn er was sagt, wie ein Hahn. Reibt sich die Wade im Stehen. Fuchtelt mit seinen Armen, als würde er Flugversuche unternehmen. Stolziert im Raum, wenn er Überlegungen anstellt, stöckelt mit seinen Beinen, als würde er im Regen durch Pfützen staken. Das macht die Frauen nervös und sie verbannen ihn auf die Küchenbank.

Tante und Onkel geben kleine Feste, wenn der Eierlikör fertig in Flaschen gefüllt ist. Sie unterhalten sich lebhaft, erzählen Witze bis zum Abwinken. Onkelonkel bleibt, wenn sich die Kumpels verabschiedet haben, allein da, schläft im Sessel ein, wenn er es nicht bis in sein Bett schafft. Und immer bleiben dann die Reste des Umtrunks auf dem Tisch zurück. Meine Erkundungsspaziergänge nach den Festen sind Selbstbedienungsgänge. Der verlassene Festraum wird zur Probierstube.

Fruchtbowle im rundlichen Bowleglas mit Glasdeckel und Glaskelle. Mixturen mir unbekannter Art. Harte Brände. Gute Weine. Selbst gemachter Eierlikör. Glasige Früchte in Alkohol. Kräuterschnäpse. Herbe ausländische Sachen wie dieses bittere Zeug aus Vietnam, das ich gekostet und ausgespuckt habe. Den Kirschlikör mag ich von Anfang an. Ich mag die Situation insgesamt. Dass ich auf bin und alle im Haus noch ihre Räusche ausschlafen. Ich stecke den Zeigefinger ins rote Glas. Ich schlecke den Sud und finde ihn gut. Und finde ein sauberes Glas. Und schenke mir ein. Und finde auch an einem ganzen Schluck nichts Abstoßendes, trotz Tante Lucis Warnungen. Ich finde am Likör alles rundum bekömmlich.

Ich bin dabei, mich zu gewöhnen. Ich nippe fröhlich weiter vom Eierlikör, fische aus der Bowle die schnapsgetränkte Erdbeere, das schnapsgetränkte Pfirsichstück. Dunkle, alkoholische Beeren liegen am tiefen Grund des Rumtopfes und werden mein. Ich koste die Reste von bunten Cocktails. Grüne, bläuliche, orange Mixgetränke. Neigen von nicht restlos ausgetrunkenen Weinflaschen, die ich abscheulich finde, spucke statt schlucke. Ich koste da und dort und bin dann fort, bevor man mich erwischt, zur Tür nach hinten hinaus, in mein Zimmer, wo ich mich aufs Bett werfe und wohlig beseelt und seltsam benommen liege, das Bett ein Floß auf hoher See.

Kann sein, dass ich von meinem Naschen ein Süchtiger werde. Ich habe nur eine Sorge. Ich möchte keine Säufernase wie von Onkelonkel bekommen, der immer: Alles Quark, sagt, wenn Tante Luci sie einen Pilz im Gesicht nennt. Und so einige im Dorf sagen, der Onkel habe doch eine Säufernase. Und Tante Luci zeigt mir die Säufernase in einem dicken Buch. Zitronenblättriger Täubling heißt sie da. Russula sardonia. Festes Fleisch. Violetter Hut. Gelbe Lamellen. Schmeckt scharf. Ist gut verdaulich. Wächst unter Kiefern. Liebt sauren Boden. Nennt man auch Tränentäubling, weil er Wassertropfen absondert, die wie Tränen aussehen. Hat einen Stiel, der wie die Nase vom Mandrill aussieht. Und zeigt mir sofort ein Bild vom Mandrill. Und der sieht nun wirklich zum Fürchten aus.

Der Briefträger trinkt den Schnaps von Tante Luci nur, weil der wegmuss, wie er sagt. Er helfe ihr, dass sie nicht auf dem Zeugs sitzenbleibt. Er bekommt zum Wochenausklang eine Flasche Likör mit auf den Heimweg. Im Winter Honiglikör zum Aufwärmen, an feuchten Tagen Minze, weil Minze innen trocknet. Er schleppt die Flaschen aus unserem Haus hinaus, weil er die Tante nun einmal nicht enttäuschen kann.

Im Keller stapeln sich die Eierlikörflaschen. Es sind ihrer so viele, dass es nicht auffällt, wenn ich eine für mich öffne, sie Schluck um Schluck austrinke, denke ich mir. Die Tante meidet den Keller. Also bin ich der Herr über all diese Flaschen. Alles beginnt heiter. Bei mir ist es die Entdeckerlust, die mich leitet. Ich koste von einer Flasche, und Tante Luci fragt ausgerechnet nach dieser Flasche, kann sich sogar an das Etikett und die Aufschrift erinnern. Ich rede mich damit heraus, sie wäre heruntergefallen und entzweigegangen. Aber ich hätte alles fein aufgewischt und die Scherben beseitigt. Sie nennt mich einen braven Jungen und glaubt mir die Lüge.

Und nun beginne ich zu tricksen, nasche vom Eierlikör und fülle den Inhalt mit Kaffeesahne nach. Davon beginnt es in der Flasche munter zu gären und der graue Gummipfropfen weitet sich zur kugelrunden Blase. Ich schaffe die Unglücksflasche zu Tante Luci. Die sagt: Kann passieren, und stellt sie beiseite. Die Blase platzt und hinterlässt eine schöne Bescherung. Und ich denke, dass ich clever bin und wieder einmal nur knapp davongekommen.

Wenn ich betrunken bin, kann es passieren, dass ich »Leier« statt »Eier« und »Friseur« statt »Likör«, »Falsche« statt »Flasche« und »gestunken« statt »getrunken« sage. Aus »Rumtopfmädel« wird »Brummkopfschädel«. Und immer wieder einmal kommen so lustige Sätze zustande wie: Au Backe, da muss ich eine flatsche Leierfalsche Liköll gestrunken haben. Mir ist schwindlig und schwer am Leibe. Besoffen wie Li Bai, der dem Trunke zugeneigte Chinese, von dem der Onkel oft geredet hat, der nur mit eiskaltem Wasser zu Verstand gebracht werden konnte und sofort in der Lage war, aus dem Stegreif, Gedichte zu schmettern, die beim Kaiser höchsten Anklang fanden. Auf meinem Bette ich Mondschein seh, ihr Schatten der Boden, bedeckt mit Schnee. Ich schaue den Mond, der droben blickt, die Liebe bedenkend, die sinkt.

Ich werde erwachsen. Ich durchschaue einige Dinge zwischen Onkelonkel und der Tante. Ich weiß, dass der Onkel mehr trinkt, als gut ist für ihn. Und dass es zwischen ihnen kaum mehr so richtig läuft, wie man es sich wünschen möchte.

Stellt sich die Tante deshalb immer noch vor mich hin, nippt am Likörglas, mich zu warnen?

Und warum hortet sie im Keller so viele Flaschen Selbstgemachten, wo doch außer den paar Leuten im Dorf nur noch Tante Lucis Freundin, und das auch nur einmal im Jahr, vom anderen Zipfel des Landes angereist kommt?

Und die bringt Wein aus ihrer Region mit, verzichtet auf Tante Lucis Zeug. Und muss, solange ich in der Nähe bin, ihre Flasche brav allein austrinken, weil Tante Luci vom guten Wein der Freundin auch immer nur dieses eine kleine Schlückchen trinkt.

Lucikind, du trinkst ja wie eine Weinverkosterin, sagt die Freundin, blickt zu mir, und ich gehe dann wie auf ein Stichwort ins Bett. Ist viel lustiger und informativer, an der Tür zu lauschen, wenn Tante Charlotte und Tante Luci sich an früher erinnern, alte Kamellen aufwärmen. Bin ich fort, gibt Tante Luci sich lockerer und ich höre die Freundin in lebhafte Bewunderung ausbrechen.

Wie du den Wein im Mund behältst.

Mit ach so unglaublich rollender Bewegung.

Und dieses Blubbern hinter dem Wagen, Luci.

Sie ist für jeden Jux zu haben. Ich weiß dann, jetzt legt Tante Luci eine Nuss auf den Handrücken, schlägt auf den Unterarm und versucht die aufspringende Nuss mit dem Mund zu fangen. Nun knüllt die Freundin ein Stück Papier, und beide versuchen dann das Papierknäuel wie einen Ball beim Freiwurf in den Papierkorb, das Waschbecken, die leere Blumenvase, den Hausschuh zu versenken. Mal gelingt der Freundin ein guter Wurf, dann wieder der Tante. Und schließlich ist es mit dem Wurfglück aus und beide werfen sie nur noch vorbei, was sie nicht abhält, fröhlich und ausgelassen ihre Meisterschaften zu feiern.

Und bald auch zu kichern und zu lachen und aus dem Häuschen zu sein. Und wenn Tante Luci zischt, man solle leiser werden, ist von einem Horst die Rede, der auf Tante Luci scharf war. Und Tante Luci sagt irgendwann Egészségedre Palinka. Und Lucis Freundin Charlotte fällt in den Ruf ein. Und so geht es dann über mehrere Stunden recht lustig in der Küche zu, mit Egészségedre Palinka, aus Tante Lucis, aus Tante Charlottes Mund. Und ich werde müde davon und versinke von Egészségedre Palinka in tiefen Schlaf.

Muss schön sein, ein Verkoster zu werden, mit der Zunge wahrzunehmen, ein Getränk in seine einzelnen Geschmacks-

bestandteile zerlegen, träume ich, will ein Geschmackser-
kenner werden. Meine Kunden schauen mir voller Ungeduld
zu, wollen meine Sicht, meine Beurteilung wissen. Ich trage
eine seidene Augenbinde und arbeite blind. Und sage mein
Urteil. Und spare nicht an Phantasie, lasse mir für die Weine
die verrücktesten Deutungen und Namen einfallen, dass sie
nur so erstaunen und meine Schöpfungen flink in ihre No-
tizbücher kritzeln, sich nicht trauen, nachzufragen, bei einer
Koryphäe wie mir.

Tolle Namen denke ich mir aus. Hexe mit dem Weinberg-
blick. Quasimodo von Rüsseleck. Hondo Wellental. Puma
Schwartenzwinger. Maxima Rupo Nero. Ari aus dem
schwarzen Kessel. Knock out from the Smaragdwald. Figh-
ter Guru Grauer Teufel. Tegel Grenzgänger. Strolch von
Rackwitz-Meute.

Jedenfalls ginge es mir gut. Ich äße Käse zum Wein, hielte die
Zunge in Schwung. Tante Luci würden sie nicht einstellen,
weil sie von Berufs wegen nur Nichtraucher nehmen, weil
Tabakgenuss die Sinneswahrnehmung schwächt.

Nix für ungut.

Das ist ein guter Beruf.

Weil sie den Wein nicht schlucken, sondern spucken.

Tante Luci und ihre Freundin kommen an den Morgen danach ungewöhnlich spät und ermattet in die Küche, reden
kaum etwas, wollen nicht angesprochen sein, greifen mehr
blind als sehend nach den Dingen, derer sie bedürfen. Kaf-
feedose, Kaffeelöffel, Kaffeetasse, Kaffeewassertopf. Kaffee
dieses Mal ohne Kaffeesahne, stattdessen mit einem Schuss
Zitronensaft.

Tante Luci hat keine Spülmaschine, wäscht selber ab. Abwaschen beruhigt sie. Abwaschen lässt sie über eine Sache
in Ruhe nachdenken. Abwaschen hilft ihr, sich auf das Wesentliche zu konzentrieren. Abwaschen kann man immer etwas, auch wenn nichts zu tun ist im Haus. Und singt beim
Abwaschen die guten alten Lieder, die sie von ihren Eltern

noch gelernt hat. Die werden nicht weiter gesungen, die sind allesamt verklungen, die schönen alten Lieder, die kommen niemals wieder.

Und wenn ihr danach ist, denkt sie sich neue Lieder aus. Ist furchtbar einfach, sich ein Lied ausdenken, sagt sie. Du nimmst einen Schlager, hast eine Melodie, denkst dir zu ihr ein Thema aus und findest den passenden Text, singst los, was dir im Kopfe schwirrt.

Arbeiten und singen sich einander bedingen, sagt sie.

Mal arbeitet Tante Luci und ihr ist nach Singen. Mal arbeitet sie wie eine Verrückte und singt dabei nicht eine Zeile. Woran das liegt, und warum es so ist, kann sie nicht sagen. Und dann erlebt sie wieder Tage, da kommt sie mit dem Singen und Arbeiten nicht hinterher und in Schwierigkeiten, sich hintereinanderweg immer neue Melodien und Texte einfallen zu lassen. Und unterbricht dann ihr Tun. Und ihr ist dann nach Tanzen. Einmal hin, einmal her, ringsherum, das ist nicht schwer. Mit dem Hacken tick tick tick, mit den Zehen tapp tapp tapp, mit den Händen klipp klapp, das schöne Spiel, weil es uns so gut gefiel, nochmals hin und nochmals her, nochmals ringsum bitte sehr.

Und sagt, sie tanze nicht Tänze, sondern ahme, wenn sie tanze, Naturereignisse nach. Fegt wie der Wirbelwind zwischen Küche und Flur, springt, wie der Wasserfall auf eine Stelle schüttet. Und rüttelt sich, führt das Zittern der Blätter am Baum mit ihrem Körper auf. Und breitet ihre Arme. Entschwebe allem wie der Schwan mit warnenden Rufen. Nur, dass sie dabei nicht über sich selber lacht, sondern ernst ist, mich verdattert.

Kommt schnell, kommt, ruft die Tante, sind tanzende Russen auf dem Bildschirm zu sehen. Wie von unsichtbaren Schnüren gehalten und mit dem Schlüssel irgendwo am Rücken aufgezogene Puppen kommen einem die tanzenden Russen vor. Russische Pinocchios zappeln da, die keine Zerbrechlichkeit kennen.

Sie kann sich ja so begeistern für diese Tänzer in Reihe, die mit den Beinen klacken. Und ruft, schaut nur, seht, wenn sie sich nach hinten fallen lassen, mit den Händen hinterrücks über dem Fußboden fröhlich klatschen, als wäre das alles nichts, für sie eine Leichtigkeit, in Reihe die Beine und Arme hoch- und runterzuwerfen. Und dabei nicht auszurutschen, umzukippen, hinzufallen. Emotionen wären ihre Tanzpartner. Sie lasse sich von geheimsten Gefühlen anleiten, lenken und zum Tanz verführen. Die Beine und Arme bewegten sich von allein. Sie tanze das Unheil herbei und tanze danach gegen das Unheil an, dass nichts mehr vom Unheil bleibe. Und müsse sich dann erst einmal hinsetzen, ausruhen, den Nachhall genießen.

Hat neben sich die Zeitungen gestapelt. Platz für eine Katze vielleicht, die als Krönung auf dem Stapel obenauf sitzen könnte, wenn sie denn eine Katze hätte. Katzen mag sie nicht. Sind ihr zu sehr noch Tier und Ursprung. Onkelonkel hat eine angeschleppt, absichtlich ins Haus hineingefüttert, wie sie sagt. Sie sagt, die Katze soll draußen bleiben, und vertreibt sie. Er bringt ihr bei, die Tür mit einem Sprung gegen die Klinke selbsttätig zu öffnen. Und nun läuft das Vieh im Haus herum, benimmt sich wie die Königin von Saba, lässt sich nicht vertreiben, faucht sogar Tante Luci an, die ihr Anstand und Respekt mit dem Besen beizubringen sucht. Springt dann jedes Mal zum Onkel aufs Sofa, der dort lang ausstreckt liegt und mit seiner Katze im Arm fernsieht.

Fernsehen ist nicht Tante Lucis Welt. Alles Mist, außer bunte Sendungen, sagt sie. Und die auch nur ausnahmsweise. Volksmusik und bestimmte Schlagersänger, lange Galas mag sie sehr. Und nicht zu vergessen Gartensendungen, Heimwerkershows, bei denen sie sich etwas abzugucken hofft. Sie stellt dann immer auch Gummibärchen bereit und kann nicht aufhören, sie in sich zu stopfen. Gerade wenn sie sich auf eine halbe Tüte als oberstes Limit pro Abend reduziert, werden mühelos drei, vier Tüten daraus. Sie hat ein Notizbüchlein parat. Sie trägt darin Zwillingsworte ein. Worte, die je nach Lesart das eine und das andere bedeuten. Also: Urinstinkt und Urin stinkt. Und immer einmal wieder muss ich einen Satz wiederholen, ihn langsam sprechen, dass sie ihn aufschreiben, in ihr Merkbüchlein verewigen kann.

Und ist die Sendung gut, steigert sie ihren Kaffeekonsum. Onkelonkel sagt, sie müsse von der Hautfarbe her längst eine dunkelhäutige Amazone sein, eine menschliche Kaffeebohne, so viel Kaffee, wie sie in sich schüttet.

Viel kann sein.

Kaffee muss sein.

Ohne Kaffee ist das Leben kein Leben.

Schön in der alten Mahlmaschine gemahlen. Schmeckt nun einmal einfach anders. Man kann es nicht erklären, nur schmecken. Und dann sehen wir beide den Onkel wieder bei der Tante am Küchentisch sitzen. Er beugt sich zu mir hin, klopft meinen Oberarm sanft, sagt, dass wir beide ihn sprechen hören:

Guter Kaffee ist einfach immer gut.

Und die Tante steht andächtig da. Der Onkel sei nun einmal ein Nuancenschmecker. Den Kaffee, ein bisschen anders gebrüht, schon will er ihn nicht trinken. Will ihn wie von seiner Mutter zubereitet haben. Das geht mit der Kaffeemühle los. Das hat mit dem Tempo zu tun, mit dem die Bohnen in der Mühle gemahlen werden. Nicht zu flink, nicht zu lahm. Wie er es Tante Luci beigebracht hat, nicht anders. Anders will er das nicht. Anders wird der Kaffee auch nicht gut.

Tante Luci geht mit Dingen wie mit Menschen um, gibt ihnen Namen. Nennt unser Auto mal Karl und dann wieder Olle Kiste, je nachdem. Olle Kiste gehört zur Familie, sagt sie. Dann wieder sagt sie von Karl, dass Karl sie nie enttäuscht hat und Olle Kiste im tiefsten Frost noch anspringt. Und man steht dann wie neben sich, weiß nicht umzudenken, von wem und was sie da redet, wen sie gemeint hat.

Heiliger Egészségedre Palinka.

Tante Luci kann so eine resolute Frau sein. Marschiert darauflos, wenn ihr danach ist. Besetzt die Ämter, bis die Behörde ihren Widerstand aufgibt, man sie hereinbittet, anhört. Je freundlicher ihr da gekommen wird, umso verdächtiger werden ihr Worte und Gesten. Und die Frauen sind dort schlechter einzuschätzen als ihre männlichen Kollegen. Sie weist Frauen ab, will an einen Mann verwiesen sein. Männer sind in den Behörden nicht besser, sie kann ihnen nur gehöriger kommen, wie sie sagt. Es gibt da etwas in ihren Augen, woran sie ihren Blick heften kann. Blicke wie Pfeile in die Pupillen gebohrt und es läuft. Sie fügen sich, spurten und leisten ihren Job ohne weitere Gegenwehr. Könnten doch meine Söhne sein, die Lackschuhträger, sagt Tante Luci.

Und hilft die Masche nicht, simuliert Tante Luci eine Herzattacke. Herzattacke kann sie gut. Herzattacke geht kinderleicht. Kein Problem für Tante Luci, aus dem Stand heraus ein kleines akut lebensbedrohliches Ereignis zu zaubern. Sie beginnt blass zu werden. Ihre Augen werden groß wie gebratene Wachteleier. Sie verlangt ein Glas Wasser. Und während der Mann aufspringt, es ihr zu beschaffen, rutscht sie auf halb acht vom Stuhl. Versenkt sich in ihre Rolle. Spielt mit innerer Hingabe ein baldiges Sterben. Legt bühnenreif eine Herzmuskellähmung hin. Bringt eine solide Ischämie zustande. Man sieht das Blut rinnen. Man spürt die Arterie sich verengen, die Herzkranzgefäße verkrampfen. Man kann so gar nichts für die Tante tun, die unter Schmerzen keucht, einen Knopf zu öffnen versucht, der am Kittel nicht vorhanden ist.

Wie sie Schultern und Arme winkelt, den Unterkiefer klappt, mit dem Oberbauch spielt, Vibrationen erzeugt, die durch die Kleidung hin wirken. Begleitet von Schweißausbrüchen und einer sehr gekonnt vorgeführten leichten Übelkeit bis hin zu einer Art Erbrechen. Ehe der Besorgte zum Nottelefon greift und Hilfe anruft, erholt sie sich vom Herzinfarkt

schnell und komplett, und normalerweise wird ihrem An-
trag stattgegeben.

Tante Luci ist dünn und klein, so klein und dürre, dass man
wie bei einem Gottesanbeter zweimal hinsehen muss. Sie
kann sich hinter der Klopfstange verstecken, scherzt sie selber zu sich. Man kann sie biegen und als Krückstock verwenden. Sie passt in jeden Spalt, kann im Kohlenkasten
übernachten, muss aufpassen, dass sie nicht zur Tür hinaus-
fliegt, wenn ein Hauch Durchzug ist.

Das hat aber auch seine Vorteile, heißt es. Sie kann niemals
lang hinschlagen. Bei ihr zählt jeder Meter noch doppelt. Sie
wird nirgendwo hoher Besuch genannt werden. Wenn es
passt, kann der Onkel sie unter seinen Arm klemmen und
bequem nach Hause tragen.

Es sei das Kreuz, sagt Tante Luci, das kleine Leute mit den
zu groß geratenen Personen trügen. Scham kenne Tante Luci
ihrer geringen Körpergröße wegen nicht.

War immer so klein.

Groß sein kann jeder Große.

Klein sein können nur wir Kleinen.

Ich dagegen habe mir all die Marotten kleinwüchsiger Leute
eingefangen und werde sie nicht los. Ich habe mit großen
Menschen so meine Probleme. Ich suche, wenn ich von großen Menschen umgeben bin, emsig nach dem höheren Stand
für mich. Kaum sehe ich einen Buckel, erobere ich ihn,
bringe mich in erhöhte Position. Es ist eine Krankheit. Bei
jedem Spaziergang prüfe ich den Höhenunterschied zwischen Pflaster und Bürgersteig, balanciere auf der Kimme.

Tante Luci, gerade einmal hundertdreiundfünfzig Zentimeter über dem Erdboden und dünn wie der Espenlaubzweig,
stört sich nicht an Riesen.

Schau nicht mich an.

Orientiere dich an den Großen.

Dann wird der Knoten noch platzen.

Und Onkelonkel streut Salz auf die Wunden. Sagt: Kleine

muss es auch geben, nennt sie Heilige Kleinigkeit, Zahnstocher, abgebrochene Riesin, Spargelstange, Hungerdraht. Und hütet sich bald, sie so zu bezeichnen, weil sie dann die Bratwurst kalt in die Pfanne legt und sich schwer hütet, auch nur einen Finger für ihn zu rühren.

In Afrika, sagt sie, gäbe es große, schlanke, junge Männer mit schönen braunen Körpern. Die Körper mit dicker Farbe verziert. Und auf ihren Köpfen tragen sie, als wären sie nicht schon hoch genug gewachsen, hochragende Schmuckteile. Wetteifern, groß, wie sie sind, miteinander im Sprungtanz, sagt Tante Luci. Hüpft am Küchentisch wie ein afrikanischer Jungspringer. Behauptet, die Männer würden beim Springen essen, trinken und dann, die Arme an den Leib gelegt, so lange springen, bis sie der Ohnmacht nahe sind. Sie würden springend zum Mann, sagt sie. Und redet mit einer ähnlichen Bewunderung fürs absonderlich Große von den langen Kerls unterm Fritzen, Lulatsche genannt. Geht durchs Dorf, sagt zu der rundlichen, kleinen Mutter, die mit einem solchen Lulatsch spazieren geht:

Egészségedre Palinka.

Der ist ihnen aber groß geworden.

Der will bestimmt ein Leuchtturm werden.

Allem Anschein nach aber frisst der Kleine dem Großen nichts weg, soll ich mir nur sagen. Der kleine Mensch ist also am Hunger in der Welt nicht so sehr schuld wie die großen Leute. Richtig schuldig aber am Elend in der Welt sind alle fetten Menschen, sagt Tante Luci. Und möchte einmal Mäuschen in Amerika sein, wo die dicksten Menschen wohnen, wie sie gehört hat.

Gemästet wie Stopfgänse.

Mit beleuchteten Kürbisköpfen auf den Hälsen.

So lieb, wie ihr der Dicke von Dick & Doof ist. Und erst der König von Tonga, über den sie einen Filmbericht gebracht haben, den sie sich am nächsten Tag gleich noch einmal angesehen hat.

Taufa'ahau Tupou IV., sagt Tante Luci ohne Fehl und Tadel. Mit Wurzeln in Buxtehude. Ein dort geborener Seemann, mit Namen Hinrich Meyer, den es über die Weltmeere dorthin getrieben hat und der seinen Samen dort verspritzt hat, dass nach den Nachkommen weitere Nachkommen vorkommen. Was müssen seine Köche ihm für einen Kuchen backen, dass er sich ein Stück davon in den Breitmund schieben kann? Was werden sie ihm als Gefäß hinstellen, dass er auf sein Wohl anstoßen lassen kann? Und wie erst wird der Festtagsbraten bei so einem Mann ausfallen, dass er zuerst satt wird, der mächtige Löwe, seinen Löwenanteil von der Tafel verzehrt? In der Hauptstadt, sagt sie, auf dem Dachboden verstaubt seit Jahrgedenken der Stuhl, auf dem er gesessen hat. Den haben sie extra für ihn getischlert, weil ihr dicker Tongakönig in keinem normalen Stuhl hätte sitzen können. Wog in seinen schwersten Zeiten zweihundert Kilogramm.

Muss man sich einmal vorstellen, sagt Tante Luci, wie viele Buletten das sind, wie lang der Strick sein muss, ihm die Hose zuzubinden, was für ein Eisenbett es sein muss, in dem so einer Schlaf findet, sich im Schlaf ungestört wenden kann, fragt Tante Luci sich laut. Erheitert sich an dem Gedanken, der König käme zu Besuch in ihre Küche. Da müssten sie das Dach abnehmen, ihn mit dem Großstadtsessel als Lift vom Hubschrauber aus in ihre kleine Küchenecke zirkeln. Und dann muss sie sich vor Lachen übergeben, sich so viel Körpermasse in ihrer Wohnung vorzustellen. Der Gang zum Klo. Die arme Fernsehcouch. Der Elefant in ihrer Puppenstube. Dass sie von der Vorstellung schwere Atemnot bekommt, aufhören muss, sich Tongas König bei sich zu Besuch vorzustellen, will sie von ihrem Gedankenspiel nicht erdrückt sein. Ihr Gewicht fünfmal und ein paar Kilo dazu, sagt sie, stellt sich die Unterhosen des Königs vor, verfällt einem neuerlichen Lachkrampf, der sie fast umbringt. Denn man kann lachend locker sterben.

Allein das Klappfahrrad, das sie für ihn sonderangefertigt haben, damit er seine Runden drehen kann. Allein die Krone, die er zur Krönung trug. In ihrem leer geräumten Kühlschrank würde die keinen Platz finden, gackert sie, weiß, dass sie das nicht mehr verträgt, jetzt kein zweiter Lachanfall mehr folgen darf. Also presst sie zwischen ihren Lippen zusätzliche Fakten über ihren Starkönig hervor. Steht im Guinness-Buch der Rekorde. Ist deswegen so dick und schwer, das Buch. Wäre ohne ihn nur ein Notizheftchen, das man leicht anheben kann. Und stellt sich den Fettkloß in seinem königlichen Flugzeug vor.

Das wird ein Zeppelin sein.

Mit gut gepolstertem Riesenplumpsklosett.

Und kann sich weiter nur knapp vorbildlich beherrschen. Haut sich rechts und links auf die Wangen, Backpfeifen, die bei Besinnung halten. Ein gutes Mittel gegen neuerliche Kicherattacken. Ist im selben Moment wieder bei Verstand und ruckartig bei Sinnen, ernst bei der Sache und beim Thema. Sagt mit Ernst, dass ihr König sich hat in Braunschweig eine Münze für sein Thronjubiläum entwerfen lassen und am liebsten Marmorkuchen aß. Mit seinem Gesicht, wenn man den Kuchen in Scheiben schneidet.

Dass er wie um die Jahrhundertwende mit Monokel stolziert, sich albern bunt als Märchenkönig verkleidet, sich auf seinem Dorf in einem Londoner Taxi chauffieren lässt, ein Korallenriff einbetonieren, darauf ein Atomkraftwerk errichten wollte und auf einem anderen Riff eine Abschussrampe für Weltraumraketen bauen lassen und völlig matschig im Hirn geworden gar eine Lagune leer gepumpt hätte, für das Altöl der Welt, und wirklich dem Weltrat vorgeschlagen hat, sämtliche Autoreifen der Welt im schönen Tonga zu verbrennen. Schon bemerkenswert, was für Nachrichten sich Tante Luci aus der Zeitung fischt. Und ist solcher Informationen wegen ihres Lebens froh, eine Normalsterbliche zu sein. Und freut sich ihres Lebens, dass sie von tragischen Ereignissen verschont geblieben ist. Was alles so passieren kann, was in der Zeitung steht.

Kein Bankräuber kommt ihr in die Quere. Kein Querschläger durchbohrt ihren Schädel. Und auch die Schlafkrankheit befällt sie gottlob nicht. Die Zunge ist ihr nicht abgeschnitten worden. Man hat sie nicht gegeißelt und gepfählt. Das Haus fliegt nicht in die Luft, ihr Garten stürzt keinen Berghang herab. Sie wird von keinem Geisterfahrer erwischt und ist mit Olle Kiste noch gegen keinen Pfeiler geraten.

Einige Monate lang bin ich versucht, etwas Besonderes zu werden, aus dem normalen Leben auszusteigen. Seit ich Tante Luci Lieder trällern höre, möchte ich Sänger werden, wie Tante Luci singend die Tränen beim Zwiebelschneiden besiegen. Merke mir ihre Reime, lerne sie auswendig. Spreche sie mit ihrer Betonung. Übe in Tante Lucis Badezimmer mein erstes Lied ein: Fest gemauert in der Erden steht die Form, aus Lehm gebrannt. Heute muss die Glocke werden. Frisch Gesellen, seid zur Hand. Nehmet Holz vom Fichtenstamme, doch recht trocken lasst es sein, dass die eingepresste Flamme schlage zu dem Schwalch hinein.

Es ist erstaunlich, wie große Wirkung kleine Eingriffe haben können. Wenn ich mir zu dem Lied die Haare nässe, mir eine Strähne quer über die Stirn kämme, sehe ich wie ein echter Sänger aus. Male mir die Lippen an. Trage Tante Lucis Ohrclips und ihre Glitzerjacke, die sie trägt, wenn sie ihre Haare zum Luftballon toupiert. Ich singe in den Stöpsel des Waschbeckens hinein. Die Kette vom Stöpsel ist mein Mikrofonkabel, das ich beim Singen zwischen den Fingern hindurchgleiten lasse. Ich streiche mir den Stöpsel über die Brust. Und meine Augen glänzen. Ich blicke in den Spiegel und Abertausende sehen mich an.

Ich drehe vor dem Spiegel regelmäßig durch. Ich kreische in die Zahnbürste, versuche Spagat, balle die Faust und verrenke mein Gesicht wie der Sänger, den ich in meine Sammelmappe eingeklebt habe. Ich singe Schillers Glocke: Was in des Dammes tiefer Grube die Hand mit Feuers Hilfe baut, hoch auf des Turmes Glockenstube, wird es von uns zeugen laut. Ich drehe den Wasserhahn auf, lass Wasser laufen, dass es wie Beifall in meinen Ohren klingt.

Ja, doch, ja. Weiße Blasen sehe ich springen. Die Massen sind im Fluss. Lasst's mit Aschensalz durchdringen. Das befördert schnell den Guss. Wie sich die Pfeifen bräunen. Dieses Stäbchen tauch ich ein, singe ich, sehn wir's überglast erscheinen, wirds zum Gusse zeitig sein. Und werde wohl auch etwas lauter, weil meine Fans so laut rumoren, ich sie übertönen muss. Drehe den Wasserhahn auf und zu, zu und auf, dass Tante Luci gegen die Badezimmertür klopft, sich sorgt, was los ist.

Und ich beende mein Konzert, lege Stöpsel und Kette auf den Marmortisch in Herzchenformat ab, wie Tante Luci mit ihren Schmuckketten.

Und bin ein richtiger Musikstar, eine Berühmtheit. Und gebe nun auf dem Rand der Badewanne sitzend mein erstes Interview. Bewege nur noch Mund und Lippen, bin ansonsten tonlos. Tu so, als greife ich mir eine Zigarette, zündete sie mit dem Daumen an, wie ich es beim Doofen von Dick & Doof in meinem Lieblingsfilm gesehen habe. Ziehe die Stirn in Falten. Sage etwas Kritisches zum Zustand der Welt. Was anders werden wird, wenn ich erst die goldene Schallplatte überreicht bekommen habe. Bessere Eltern überall, die sich besser um ihre Kinder kümmern, nicht alle die Arbeit Tante Luci überlassen, für die ich all meine Lieder schreibe und Musiken komponiere, an die ich bei jedem Konzert denke, für die ich singe.

Wenn ich einen hautengen Pullover über den nackten Körper streife, erinnere ich einen der wenigen intimen Momente mit Tante Luci wieder. Da muss ich dreizehn gewesen sein. Ich hatte mir den Rücken verkrampft. Tante Luci hat das umgehend erledigt. Wie einer nur so viele Muttermale haben kann. Ich glaube, Tante Luci setzte sich rittlings auf meine Oberschenkel. Ich bekam den Pullover ausgezogen, hatte meinen rechten Arm anzuheben. Sie legte einen Zirkel an, vermaß den Flecken an meiner Achsel, den ich vor dem Spiegel im Badezimmer betrachtete, der mich nicht bedrohte, für mich kein Mal des Grauens war.

Was daran interessant ist: Ich brenne seither von den Muttermalen her. Ich habe keinerlei wissenschaftlichen Hintergrund, und doch möchte ich behaupten, schuld an diesem Brennen sei dieses alte Buch unterm Giebeldach des Hauses. In meinem Versteck lese ich darin von den Malen. Und habe sie mir seither in meinen Kopf gepflanzt.

Möglicherweise hat sich alles auch nur in meinem Kopf so abgespielt. Ich liege in der Badewanne und meine Haut ist plötzlich voller Zeichen. Mir ist die Haut befleckt. Ich bin gezeichnet. Klagen, die sichtbar werden, netze ich die Haut mit Wasser. Unter der Dusche, in der Sauna, wenn ich in Schweiß gerate. Immer sehe ich sie aus dem Nichts erblühen, aufglühen wie Feuerwerksraketen zu Silvester, und wieder verschwinden, wenn ich mich abtrockne. Jedes Mal andere Zeichen, wie beim fröhlichen Bleigießen. Es ist genug darüber gesprochen, weswegen ich lieber rasch das Thema wechsle.

Mir fällt an dieser Stelle auf, dass Tante Luci zu Onkelonkels Lebzeiten und auch später nicht mit in die Gastwirtschaft gegangen ist. Zum Fasching nicht. Nicht zum Ball der Feuerwehr. Auf kein öffentliches Fest. Weil da gesoffen wird, denkt man. Weil sie Suffköpfe nicht erträgt. Und niemand außer mir weiß um ihr Geheimnis. Mir hat die Tante es damals gelüftet. Im tiefsten Vertrauen hat sie darauf bestanden, es niemals auszuplaudern. Ich habe mich bis zu diesem Augenblick auch daran gehalten. Nun aber will ich es bekannt geben. Es sei nicht das Lokal, das sie abhielte, hat sie damals gesagt. Es wären die mit nur kaltem Wasser behandelten, kurz nur ins Abwaschwasser eingestuckten Gläser in den Gastwirtschaften, die sie grundtief ekeln.

Tod klebt an den Gläsern.

Der Todesspeichel alter Männer.

Die aus dem Glas getrunken haben und dann gestorben sind. Du hast so viele schöne Gläser und Tassen in deinem Glasschrank, sage ich. Du musst nur eine Sammeltasse, ein Sammelglas aus der Vitrine in die Gastwirtschaft mitnehmen. Schon kannst du dir dahinein einschenken lassen. Und zum nächsten Fest ist sie zum Erstaunen aller dann auf meinen Vorschlag eingegangen. Hat das schön geschliffene Glas und die himmelblaue Sammeltasse in ihre Handtasche gesteckt. Ist in die Gastwirtschaft *Zur Linde* eingekehrt. Hat sich zur Feier des Tages Sekt eingießen lassen. Hat, ohne Halt oder Stoppstopp zu sagen, mir zugeprostet, ehe alle mit ihr auf den Sinneswandel angestoßen haben. Und Onkelonkel war darüber verwundert, dass er eine Stunde lang zu trinken vergaß und am Ende nicht so betrunken abgeführt werden musste wie sonst.

ONKELONKEL

Was du dem Säufer gibst, ist vergeudet.
Gibst du dem Säufer Geld, versetzt er es.
Schenkst du dem Säufer Liebe, vertrinkt er sie.

Onkelonkels oberste Weisheit

Bin ich bei Tante Luci im Haus, liebe ich sie innig. Bin ich mit Onkelonkel im Garten, liebe ich Onkelonkel innig. Er ist das Gegenteil von Tante Luci. Und sie ist das Gegenstück von ihm. Feuer und Stein, Asche und Milch, möchte ich sagen; schwer zu mischen. Ich finde Tante Luci in ihrer Art wunderschön. Ich mag Onkelonkel, wie er ist. Mittelgroß, Nichtraucher, der Händedruck kräftig, sein Körper muskulös. Er sieht schon sehr galant aus, mit seinem gewellten Haar. Eine Erscheinung, wie Tante Luci sagt. Wenn er sich gut kleidet, ein Hingucker. Er liest im Gegensatz zu Tante Luci die Zeitung nicht. Für ihn taugt sie nur zum Einschlagen von Fischen. Sucht für sich nur noch zwei Dinge im Leben herauszubekommen: Waren die Amerikaner wirklich auf dem Mond, gibt es in seinem Angelsee den großen Wels, von dem unter seinen Anglerkollegen gesprochen wird? Vermutlich ist er deswegen so oft auf dem Wasser, den sagenumwobenen Wels an den Haken zu bekommen, denke ich. Tante Luci sagt, der Onkel angelt Schnapsflaschen, säuft sie gleich aus.
Sie sagt, dass der Onkel zu viel trinkt. Er macht da auch kein

Geheimnis daraus. Er sagt, er erledige die bescheuerte Arbeit nur für den Lohn, den er damit verdient, und habe dann genügend Geld zur Verfügung, es dafür auszugeben, die Arbeit zu vergessen, was ihm am sichersten mit Saufen gelinge. Man muss im Leben schon genügend schlucken, sagt er, an Tante Luci gerichtet, wenn sie ihn angiftet. Ihm sei da Alkohol lieber als bitterer Gallensaft und ihr Gezeter.

Und habe er mit den Kollegen genügend geschluckt und die bescheuerte Welt vergessen, sitzt Onkelonkel dann mitunter betrunken am Küchentisch und sagt nichts weiter als:

Das letzte Bier war bestimmt schlecht.

Jemand muss mir was ins Bier getan haben.

Tante Luci nennt Onkelonkel einen Säufer. Der Briefträger nennt ihn einen Trinker. Der Briefträger besteht auf die Bezeichnung Trinker. Trinker seien die Professoren, während die Säufer nur schlechte Schüler wären. Da gilt es gewissenhaft in Säufer und Trinker zu unterscheiden. Ein Säufer wäre der Onkelonkel nicht, eher ein Trinker mit Stil und Würde.

Trinker sind für mich keine Säufer.

Säufer oder Trinker, mir egal, Trinker klingt wie Stinker, Säufer wie Seelenverkäufer, sagt die Tante. Trinker klinge für ihn wie strahlender Blinker, wetterfester Klinker. Den Trinker und Säufer trennten Welten. Der Trinker verschaffe sich Erleichterung, wenn er trinkt. Der Säufer ertränke nur seine Probleme. Der Trinker dagegen steige heiteren Gemüts in die Abhängigkeit wie in einen Swimmingpool und schwimme auf dem Alkohol wie ein Papierschiffchen.

Der Trinker gäbe sich dem Wein hin wie Casanova dem Flirt, behauptet der Briefträger. Trinker und Säufer saufen ohne Sinn und Verstand, giftet Tante Luci. Nicht doch, Tantchen, nein. Während der Säufer torkelt und krakeelt und auf allen Vieren nach Hause kriecht, gerate der Trinker nur in kleine Seenot, wanke wie bei Sturm und Wind das Boot; wenn er lalle, zwitschert da stets auch die Nachtigalle.

Der Trinker wird geheiligt, der Säufer zum Problem. Der

Trinker begibt sich mit Eleganz in die alkoholische Abhängigkeit, der Säufer wird durch sie nur geistlos. Der Trinker sänge dem Getränk die Freuden-Ode an die Sucht, während der Säufer doch nur den Bierhahn anblöke, sich mit dem Wirt anlege, poltere und tobe. Und reimt weiter: Der Säufer fühlt sich stark in der Gruppe. Dem Trinker ist das Rudel schnuppe. Der Trinker trinkt, um zu verstummen, der Säufer säuft, um zu verdummen. Der Säufer stillt sein Verlangen grob und laut, der Trinker trinkt still, wird weise und ergraut.

Der Säufer säuft und befriedigt nur die Kehle. Der Trinker besänftigt trinkend den Schmerz seiner Seele, sagt der Briefträger. Und ich mag an dem Wort Seele den »See«, der in dem Wort ruht. Ein klarer blauer, tiefer, schöner See eben, ein Seelensee, in dem die Seelenwesen leben.

Das Auge isst mit, sagt Tante Luci.

Das Auge liest mit, sagt der Briefträger.

Das Auge trinkt mit Genuss, sagt Onkelonkel.

Tante Luci nimmt Heringe aus. Ihr Kittel ist blutig, rot, schleimig. Die Ärmel sind hochgekrempelt. Neben dem Waschbecken steht die lila Schüssel. In ihr treiben die frischen Heringshälften.

Ich mache mir Sorgen, sagt sie.

Der Onkel hat grünen Rotz gekotzt.

Zucker wird er haben, sagt die Eierfrau aus dem Nachbardorf. Diät braucht es, einen eigenen Kochplan, mehrere Mahlzeiten über den Tag verteilt. Die Haare müssten ihm geschnitten werden. Weil er so zottelig ausschaut, traut er sich nicht hinaus, liegt im Bett und stöhnt.

Onkelonkel ist immer wieder einmal erkrankt, dieses Mal aber muss er ins Krankenhaus gefahren werden. Es ist Einkochzeit. Die Tante kann sich um ihn nicht kümmern, sagt sie aufgeregt, packt die Reisetasche für seinen Aufenthalt.

Isst nicht einmal seine Igelwurst.

Vielleicht, weil das Krankenhaus die Nummer neunzehn

trägt, zieht das Haus mich magisch an, und ich bin von der Idee gelenkt, dass es mir gestattet wird, mit dem Onkel in einem Krankenzimmer zu sein. Tante Luci findet die Idee weniger toll, aber die Krankenschwester mischt sich ein, sagt: Das wird deinen Onkel aber freuen, und dass sie nichts dagegen hat.

Wir sind da offen.

Lässt sich einrichten.

Ist ja nichts Ansteckendes.

Hat dein Onkel Unterhaltung.

Und so ziehe ich ins Krankenzimmer ein, auf dem Nachttisch ein paar Comicbücher. Eine aufregende Zeit. Die Krankenschwester bereitet mich darauf vor, dass der Onkel Medikamente bekommt, viel schlafen wird, also selten wach und ansprechbar sein wird. Ich liege im Nachbarbett, als wäre ich auch erkrankt. Onkelonkel schläft tatsächlich mehr als gedacht, öffnet nur kurz die Augen, schaut mich an und dreht den Kopf wortlos wieder zur Seite, schläft weiter. Bekommt ein paar Scheiben Zwieback hingestellt, die er nicht anrührt. Muss Wasser trinken, von der Krankenschwester dazu angehalten, die sich nicht um sein Stöhnen kümmert, beharrlich nicht nachgibt, ihn in den Rollstuhl verfrachtet und unter die Dusche fährt. Ich nutze die Zeit, die der Onkel weg ist, den Raum zu lüften, denn kehrt der Onkel in sein Bett zurück, ist Zugluft streng zu vermeiden.

Ich komme gar nicht zum Lesen, sondern bin im Krankenhaus unterwegs, begleite die Krankenschwester, helfe ihr, wo ich darf, und wälze dann zur Nacht schwere Gedankensteine in meinem Kopf. Schwer von all dem, was mir im Krankenhaus begegnet.

Ist nicht ganz ein Krankenhaus, eher eine Alterspension, zu der die Tante beste Beziehung hat. Onkelonkel ist hier gut aufgehoben. Das Personal ein Spur freundlicher und durch die Tante instruiert, was mit dem Onkel zu geschehen hat. Der Onkel soll sich schon einmal daran gewöhnen, wie es in einem Altersheim langgeht. Wenn er so weitermacht, ist er hier bald ein Dauerbewohner.

Was sie immer nur hat, sagt die Krankenschwester.

Ist doch ein angenehmer Zeitgenosse, dein Onkelonkel.

Ich sehe den Onkel auf dem Bett liegen, bewegungslos, die Nase zur Zimmerdecke gerichtet. Er stöhnt. Er redet wirres Zeug, das mir die Tante zu übersetzen sucht, aber kaum selbst versteht. Es scheint um Pferde zu gehen, um den Hufschmied, der gute Arbeit verrichtet.

Tante Luci kommt jeden Tag zu Besuch, aber nur kurz und vor allem, so scheint es, den apathisch daliegenden Kranken zu beschimpfen. Geschieht ihm recht, nennt ihn einen Säufer, Spriti, schimpft ihn einen haltlosen Zecher.

Nicht doch vor dem Kind, sagt die Krankenschwester.

Und ich begeistere mich für das Wort Zecher, das wie Becher klingt und mir neu ist. Zecher, schreibe ich in mein Heftchen. Zecher. Zeche. Zech und Blech. Zeche klingt wie Bergwerk. Zecher, denke ich, könnte auch ein Wort für den Bergmann sein. Blaumeise, Spriteule, Spottdrossel, Schluckspecht schimpft die Tante den Onkel, zitiert so viele Tiere in ihrer Tirade, zu der Onkelonkel nichts sagt.

Fass mich nicht an, schreit sie, wenn er seine Hand nach ihr ausstreckt. Und er amüsiert sich darüber, wie sie aufspringt und um sich schlägt und ihn angiftet, Freundchen nennt.

So nicht.

Unterstehe dich.

Noch einmal, du weißt schon.

Der Suff reibt den Menschen uff, sagt Tante Luci.

Eine olle Schnapsnase bist du, schäme dich, schimpft sie weiter.

Schau dir doch nur an, was jetzt los ist mit dir. Nichts ist los. Eine Schnapsleiche liegt hier vor mir. Fahr zu deinem Saufteufel in die Hölle.

Die Krankenschwester hält mir die Ohren zu. Tante Luci reißt ihre Hände von meinem Kopf, sagt in energischem

Ton: Da nehme sie auch vor dem Jungen kein Blatt vor den Mund. Benimmt sich ungehalten, stuckt den Onkel, zerrt an dessen Bettdecke, muss von der Krankenschwester abgehalten werden, noch böser zu werden. Drückt mich kurz, sagt, ich soll mir daran kein Beispiel nehmen. Und ist dann auch schon zur Tür hinaus wie eine Spukgestalt.

Onkelonkel sind zwei Personen für mich. Die eine liegt krank im Bett, die andere springt putzmunter in meinem Kopf herum. Ich kann die zwei nicht unter einen Hut bringen; ich sehe diese Mumie hier und meine Erinnerung sagt nicht Onkelonkel zu ihr.

Vier Tage, drei schlaflose Nächte liege ich neben ihm. Viel geschieht nicht. Nur dass er gewindelt wird und nachts an der Windel zerrt, so viel weiß ich noch. Und dass er die Windeln unterhalb der Zudecke irgendwie losbekommt und von sich schleudert, das Zimmer unangenehm zu riechen beginnt und ich nichts mit ihm zu tun haben will, er ein Fremder ist und wiederum auch nicht, denn ich verwende mich für ihn, weil er ja immer noch Onkelonkel für mich ist. Ich spiele die Krankenschwester. Ich entsorge die Windel mit spitzen Fingern, weil ich nicht will, dass die richtige Nachtschwester Onkelonkel als peinlichen Patienten ansieht. Und Onkelonkel spielt Wilder Mann, ruft nach seinem Freund, dem Indianer mit Namen Zauberfinger, und will von ihm entfesselt werden, obwohl er gar nicht an einen Marterpfahl gebunden ist, sondern im Bett liegt.

Die Krankenschwester ist robust und hat den Braten längst gewittert. Sie findet, was ich vor ihr verstecken wollte, tritt ans Bett von Onkelonkel, spricht ihn laut und derb wie ein ungezogenes Kind an.

Ist heute Bescherung?

Schenken wir uns Scheiße?

Wollen wir uns danebenbenehmen?

Ist nicht schön, dabei zu sein, wenn es einem Menschen dreckig geht. Zum Glück sind die Auftritte der Schwester immer nur kurze und wir oftmals allein, bis Essen gereicht wird, die Zimmerreinigung folgt. Es heißt immer wieder:

Artig sein, Opa.

Aufwachen, Opa.

Besuch für Sie, Opa.

Hören Sie mich, Opa.

Hier, Ihre Pillen, Opachen.

Man gewöhnt sich rasch an den garstig-scharfen Essigton des Personals. Ist eine weiße Laborratte, sagt die Tante, sieht sie den Onkel im weißen Bett liegen; hat gleich den Tod vor Augen.

Das wäre mir nichts.

So will ich nicht enden.

So behandelt wie ein Kind.

So wie auf der Versuchsstation.

Der Onkel dämmert so hin. Das kommt von den Tabletten, sagt die Tante. Und dann, eines Morgens, wirkt er wieder ganz erholt, scheint wieder er selbst zu sein, richtet sich auf und sieht mich an. Und spricht dabei ganz klar. Er werde sich nun erheben und mit der Familie in den Urlaub fahren, seinen Freund, den Indianer, in dessen Grotte besuchen, den sie immer besuchen wollten, nie besucht haben. Und alle werden wir im Kreis sitzen. Und er wird ein Essen am offenen Feuer zubereiten, Büffelfleisch, das er schon immer braten wollte. Und wir würden mit dem Indianer dann durch das Gebirge marschieren, den Buckelberg erobern, von dem aus der Blick weit übers Meer geht. Dort werde er sich dann all seiner Kleidung entledigen, das alte Leben ablegen, nackt in neue Tiefen tauchen.

Der Mensch träumt sich immer an Orte, die am Wasser liegen, sagt Tante Luci. Sie kann nicht sagen, woher das kommt. Der Mensch ist eine Kaulquappe, bevor er geboren wird. Er wirft den Schwanz ab, spürt ihn aber sein Leben lang als Phantomschmerz.

Es ist die seeische Sehnsucht. Der Mensch ist ein Landfisch und dieser Fisch will ins Wasser zurück. Deshalb steht der

Mensch an einem Ufer, himmelt das Wasser an, sucht mit dem Meer in Kontakt zu kommen. Der abgeschiedene See, der blaue große Flecken auf der Landkarte. In all seinen Träumen vom neuen Leben sitzt der Mensch an einem Ufer, hält gebratenen Fisch in der Hand.

Und dann ist der Onkel wieder gesund, wir beide sind entlassen.

In seinem Garten hat Onkelonkel sich ein eigenes Eckchen eingerichtet, nennt es sein Kleinjura, sein Plateau. Ein bepflanzter Hügel ist es, weiter nichts. Den kleinen Tümpel tauft er »See«. Hat mit den Farben der Pflanzen die Farbigkeit des Jura nachempfunden, einen schmalen Schlängelweg getreten, den er Weinstraße nennt. Drei Büsche heißen Poulsard, Pinot, Tousseau. Er bringt mir die richtige Aussprache bei, führt mir vor, wie ich mit spitzem Mund die Worte Frische, Stärke mit französischem Akzent ausspreche.

Stär-kee.

Fri-schee.

Niemand im Dorf ist französischer. Dabei ist Onkelonkel nie in Frankreich gewesen. Er sagt, man muss nirgends sein. Man könne im Garten sitzen, die Welt käme zu einem, wenn die Vögel vorbeifliegen oder im Apfelbaum haltmachen. Er hat sich sein Frankreichbild von den Kollegen der Werft formen lassen. Hat sich in Büchern kundig gemacht. Kennt sich auch nur im Juragebiet aus, von wo er seinen Wein geliefert bekommt. Die Namen der wundersamen Orte spricht Onkelonkel nahezu heilig aus. Baume-les-Messieurs, sagt er, dass mir augenblicklich Postkartenansichten vorschweben. Erzählt mir viel über die Landschaft, steinige Böden, sonderliche Menschen, urige Originale, feuchtfröhliche Feste. Bringt im Überschwang einen Wein von dort und französischen Käse fein in Scheiben geschnitten dazu aufgetischt. Einen Comté mit diesem kleinen Balken über dem e, zum Beispiel. Etwas ganz Besonderes, wie er sagt. Teilt den Käse in

Häppchen, schiebt das Käsebrett in die Mitte, heißt uns zu-
greifen, kosten. Spricht das Wort »Comté« übertrieben spitz
aus wie »komm Tee« trinken.

Was für ein Blödsinn ist denn das?, meckert die Tante. Die
Milch darf nur von Rindern der Mont-Béliard-Rasse stammen? Das Gras darf nur das der Jurawiese sein? Ist doch so
einer Kuh egal, womit die gefüttert wird.

Gras ist Gras, schimpft Tante Luci.

Ist es eben nicht, kontert Onkelonkel.

Kostet auf sein Drängen hin einen Happen, sagt: Ist Zeugs
wie Zeugs sonst auch, dein Zeugs. Dem hier ziehe ich einen
richtigen Harzer mit Kümmel aber vor. Riecht komisch, dein
Zeugs, sagt die Tante zum Wein, nippt kurz am Glas, zieht
eine Ekelvisage, keucht: Schmeckt nicht, dein Zeugs, springt
auf, schüttet den Rest des Glases zum Entsetzen des Onkels
in den Ausguss. So einen guten Wein, erregt sich Onkelonkel,
kann man doch nicht einfach so in den Abfluss gießen.

Die Sache schaukelt sich hoch.

Er sagt: Fromagerie.

Sie sagt: Fromm und mager, iii.

Er spricht von einer Expertenjury, die jeden Käselaib beur-
teilt und mit Punkten versieht, sie sagt: Exupéry? Das Buch
kenne ich. Und dann packt der Onkel all seine Heiligtümer
ein und sagt, dass er nie wieder so etwas Gutes anschleppen
wird. Die Tante soll bei ihrer Hauskost bleiben, sich Harzer
kaufen, Tütenwein trinken. Der Kumpel, mit dem er dann
den Käse teilt, sagt nicht Zeugs dazu, sondern Echtwasbe-
sonderes und Mussmannschonsagen.

Onkelonkel führt mich Tage darauf in seinen Garten, bittet
mich in seine private Ecke, legt seinen Finger über meine
Lippen. Ich müsse ihm versprechen zu schweigen und ein
Gelöbnis ablegen, der Tante nichts davon zu sagen. Und
zieht, nachdem ich ihm eher zu sterben schwöre, aus der
Jacke links ein französisches Glas, aus der rechten Tasche
Glas Nummer zwei, zaubert aus der Aktentasche eine

leicht bauchige Flasche hervor, entkorkt sie mit den Zähnen, wie der Franzose es angeblich dort macht, woher der Wein ist.

Die Werft ist sein Weinlieferant. Er gäbe das Geld nicht für Fusel und Bier aus, wie die Tante ständig redet. Er werfe sein Geld den Gourmets in den Rachen, die dann solch schönen Fläschchen schicken. Eine Menge Flaschen haben sich da über die Jahre angesammelt, fein im Keller gelagert. Jede einzelne Flasche wäre für ihn eine kostbare Fracht, eine Flaschenpost nach der anderen. Und immer stammt der Wein aus dem Juragebiet.

Die Kollegen nennen ihn Jurist. Auf seinem Grabstein würde er am liebsten nur dieses eine Wort geschrieben sehen, sagt er. Gießt sich und mir von dem Wein in die zwei edlen Gläser ein.

Abwarten, atmen lassen, sagt er.

Und immer mal wieder eine Nase voll nehmen.

Legt den Finger an seine Nasenspitze. So eine Nase, Junge, trägt nicht jeder. Tragen nur die Besten der Besten. Leichte Tendenz zum Knöllchen, leicht von unten her gespalten wie Holz für den Winterkamin. Leicht gerötet, mit einem Hauch zum Blauviolett, das am Glasrand entsteht.

Die Nase eines Juristen, am Jurawein gereift.

Und schenkt uns beiden ein.

Vin Jaune.

Königin aller Weine.

Château-Chalon, mehr muss ich mir zu der Sorte nicht merken. Und redet wie ein Weinbauer von Nüssen, Trockenfrüchten, Mandeln, dem Geruch von Gewürzen aus fernöstlicher Region. Ein Leben lang wird man die Zusammensetzung immer und immer wieder neu empfinden und sich nie sicher sein. Das ist das Gute daran.

In vino veritas.

Ich bin Weinliebhaber.

Bier trinken ist langweilig.

Zunge, Auge, Nase wollen vom Wein überrascht werden. Und spricht dann in höchsten Tönen von Mundschleimhaut, Eiweiß, Gerbstoffen, Holzfässern, Schönung, Norm, Note, Genuss, Abklang, Ernte, Herstellung, Adstrigens, Lagerung, Trinkreife. Redet von trigeminalem Reiz und Bitternis, die dem Geschmack innewohne. Ich führe die seltsamen Worte in mein geheimes Schweigeheft zusammen.

Onkelonkel legt den Finger unter sein Auge, zieht die Haut unterm Auge so tief herunter, dass ich sein Augenweiß sehe, sagt: Luckilucki. Man muss mit den Kindern über alles reden. Man darf aus keinem Thema ein Tabu basteln. Ich dürfe nun unter seiner Aufsicht kosten. Ich würde auch andere Weine angeboten bekommen. Mit der Zeit würde ich viele Geschmacksrichtungen kennen und voneinander unterscheiden lernen, mit Onkelonkels Hilfe ein Weinkenner werden und Überraschendes gelehrt bekommen. Wenn man im Dunkeln gegen eine Wand läuft, holt man sich nur Beulen. Geht man durch ein Dornengebüsch, zerkratzt es einem das Gesicht. Auch wenn ich von dem, was hier geredet wird, nicht viel verstehe, so soll ich im Kopf die oberste Regel bewahren:

Wein hilft gegen Gedächtnisschwund.

Wein schützt vor Herzkreislaufstörung.

Wein bekämpft die Menschheitskrankheit Krebs.

Stumm und freundlich nickt er mir zu, wenn er das Glas zu seinen Lippen führt, sagt damit, dass wir beide nun mit meiner ersten Weinprobe ein Geheimnis haben. Es könne mir nichts passieren, solange er mich ausbildet, würde es mir nicht schaden. Tante Luci hat unrecht und übertreibt. In Maßen genossen ist Wein gesund. Das haben zahlreiche Studien bewiesen. Und schon sind wir einander verschworen, ein Duo wie Don Quichotte und Sancho Pansa. Er schlägt mich zum Weinknappen. Es kann ein Ritter des Jura aus mir werden. Und ich bin folgsam, trinke in kleinen Schlucken, lasse den Wein genauso lange im Rachen wie Onkelonkel, bis sich sein Kehlkopf bewegt. Und ich schließe meine Augen, solange er seine geschlossen hält, was ich durch Blinzeln zu ihm hin überprüfe.

Sitzt mit mir in seinem Eckchen, redet von den Weinsorten wie von Frauen. Nennt sie ungestüm, rötlich, robust. Führt mir in seinem Schuppen eine Schultafelleinwand vor. Ein mittendurch geschnittener Menschenschädel. Man sieht im Querschnitt Rachen, Knochenstruktur, Mark, Luftröhre, Hals, Zunge und auch die Nase. Und Onkelonkel zückt ein kleines Stöckchen, schlägt über seine Schulter mit der Spitze gegen die Leinwand, dass sie vibriert und flutschende Geräusche von sich gibt, jedes Mal, wenn er gegen sie tippt und trommelt. Man muss wissen, was in seinem Inneren vor sich geht.

Und ich folge seinen Worten, schreibe emsig mit, was er sagt: Trinke den Wein nur in kleinen Schlucken. Presse die Lippen dann fest zusammen. Konzentriere dich. Auf die Degustation, Junge, Degustation. Sprich mir nach.

Und ich sage: Degustation, Degustation.

Es gibt drei Zonen deiner Zunge, Junge. Zunge Junge freut mich als Reim.

Legt mir den Finger auf Nasenspitze. Damit musst du riechen. Leg die Nase zuerst ans Glas. Nicht schwenken: rieche nur, rieche. Dass du den Charakter herausriechst. Hörst du. Und schwenke den Wein dann in deinem Glas. Riecht, während er schwenkt, und schwenkt noch einmal tief mit seiner Nase über den Rand des Glases: Konzentriere dich auf die Aromen. Mach es mir nach. Achte darauf, welche Gedanken dir kommen, welche Eindrücke du hast, was für ein Film bei dir im Kopf abläuft. Was du meinst zu sehen, wie dir ist und was geschieht.

Riechst du die Pampelmuse?

Oder riechst du eher Lavendel?

Oder ist dir, als röchest du ein frisch getrocknetes Tabakblatt?

Legt mir den Finger unters Auge, heißt mein Augenpaar Königspaar. Sagt, dass ich ein Weinglas unten in die Hand nehmen muss. Dass die Wärme meiner Hand sich auf das Glas überträgt. Sagt mir, was ich lassen oder tun soll.

Betrachte den Inhalt des Glases so lange du magst vor einem weißen Hintergrund. Deswegen hat er das weiße Taschentuch ausgefaltet. Die Tante wäscht es regelmäßig aus, faltet es neu und sagt nichts, fragt nicht, wozu er es benutzt. Es ist ihr schnuppe. Sie weiß nicht, dass es eine Leinwand ist für sein kleines Erlebniskino. Was für herrliche Streifen er durch das Glas hindurch auf dem kleinen Viereck schon gesehen hat. Rote und weiße, violette, orange, gelbe, blaue. Ja. Farben in unbeschreiblicher Sattheit oder zartester Blässe.

Will man die genaue Farbe wissen, hält man das Glas schräg. Das Glas aufrecht gehalten und leicht geschwenkt, tropft der Wein am Innenglas wie Tränen und diese Tränen schillern wie Kirchenfenster. Je langsamer sie vergehen, je besser der Wein.

Wein, Wein, Wein, ruft er frohgemut. Möglichst im Holzfass gereift, dass immer ein wenig vom Wein verdunsten kann und sich auf dem Wein diese Schicht aus Hefe bildet, die dem Wein unterhalb sein Bukett verleiht. Wenn der Weiße fast schon zum Sherry tendiert, möchte er sich hineinlegen, im Weinbad liegen, die Welt um sich vergessen.

So jedenfalls habe ich es mir notiert und vielleicht ist ja auch alles ganz anders gewesen. Zu den Dingen, die ich ungern zugebe, gehört der Umstand, dass ich nicht besonders helle bin. Dass ich die Schule manierlich schaffe, ist vor allem Tante Luci zu verdanken, die mit den Lehrern gesprochen hat. Sie hat das halbe Dorf mobilisiert, mir Nachhilfestunden zu geben, alle rettenden Kräfte vereint, mich durchzukriegen, und mich nach dem ruhmlosen Schulbesuch weiterhin fest bei der Hand genommen, verschiedene Wege eröffnet.

Onkelonkel hält sich viel im Keller auf, wo die Bestände an Bierkästen lagern. Er kümmert sich um den Garten. Äpfel und Kartoffeln lagert er in speziellen Kisten nach altbewährter Methode im Keller. Bohnen, Erbsen, Rosenkohl legt er in die Tiefkühltruhe. Frische Erdbeeren rührt er mit der Gabel, wie man Schlagsahne schlägt.

Eine Dreiviertelstunde Arbeit.

Der Geschmack ist unvergleichlich.

Mieze Schindler. Oh, ja doch. Man muss sich im Leben für eine Sorte entscheiden. Mieze oder keine. Gesehen, gesät, geerntet, geschlagen. Die unvergleichliche Himbeererdbeere, vom Schindlerotto erdacht und gezüchtet. Miezes Mutter: Lucida Perfecta. Miezes Vater: Johannes Müller. Mieze selbst dann nach Ottos Frau benannt. So erhaben ragen ihre Blüten aus dem Horst. Dunkel und grün, wie Schultafeln angestrichen sind, ihre Blätter, unter deren Schirmherrschaft die Früchte gedeihen. Schmeckt nach Walderdbeere. Entwickelt erst unterm Schlag der Gabel und durch emsiges Schlagen ihr nussiges Aroma, ihre liebliche Zuckersüße. Ein Gedicht, das auf der Zunge zergeht. Oh, Mieze, du rosa sahnige Marmelade, mit Luft wie aus feinster Düse gestäubt angereichert. Holdes Miezemus, du. Halleluja.

Muss man schon sehr bekümmern, das leicht kränkelnde Gartenkind. Hat so seine Eigenart. Bildet nur weibliche Blüten aus. Nimmt nicht jeden Bestäuber an. Lässt sich nur auf Senga Sengana ein, und zur Not auch noch auf Korona, Ostara, Tenira. Die aber auch nur, weil sie wie Senga Sengana zur gleichen Zeit in Blüte stehen und sie ohne ihn sich gezwungen sieht.

Spricht mit den Erdbeeren, sagt Tante Luci, wie andere mit ihrem Dackel, Wellensittich, Zierfischen, Kuckucken in der Kuckucksuhr. Und die Stimme ist zu der Hymne auf Mieze Schindler sanft, ganz ohne Höhen und Tiefen. Redet auf seine Schindlermieze ein, wie er früher zu den Pferden gesprochen hat. Und wie die Haflinger ihre Ohren gespitzt und ihm gelauscht haben, so meint man die Blätter vibrieren zu sehen, wenn er mit ihnen tuschelt.

Es heißt, man lernt nicht für die Lehrer, also unterrichtet mich Onkelonkel über Dinge, von denen er meint, dass man sie im Leben braucht. Wie man ohne Streichholz Feuer macht. Wo man sich im Wald ernährt und herausbekommt, wo Süden und der Norden sind.

Onkelonkel geht nie unrasiert aus dem Haus. Er wirkt jünger, als er ist, vor allem wenn er nur in seiner Arbeitsrobe steckt, die er mit Würde trägt. Er besitzt vier davon. Eine, die schmutzig werden kann und im Betrieb gewaschen wird. Eine, die er trägt, wenn die andere in der Betriebswäsche ist. Und jene, die er zur Arbeit hin und zurück und im Haus trägt und gegen die andere austauscht, wenn Tante Luci sie in der Wäsche steckt.

Trägt er Anzug, steht eine Feierlichkeit an. Begräbnis, Betriebsfest, Familienjubiläum. Alles Ereignisse, die er lieber meidet. Er kann von Jugend an Feierlichkeiten nicht ausstehen, schon gar nicht die um seine Person. Er hält seinen Geburtstag geheim und würde an seinem Namenstag morgens wie jeden anderen Tag auch bereits aus dem Haus sein, stünde Tante Luci ihm nicht feierlich aufgeregt mit ihrem Kuchen im Weg, extra für ihn gebacken, Sandtorte mit Puderzucker bestreut.

Wenn es kalt ist im Dorf, trägt Onkelonkel seine Kutscherdecke, nicht Kuscheldecke. Das schöne Fell nach innen gekehrt, dass der Kutscher nicht an den Knien friert. Außen nur die helle glatte Haut zu sehen. Das Lammfell, wie es gewachsen ist. Ohne geraden Rand, ohne Saum und Schnickschnack, wie etwa eine Borte. Eben gerade dem Schaf vom Leib geschnitten und ihm über die Schulter gehängt. Kennt keiner mehr, weil es nicht mehr so viel Kutschen gibt. Hat er aus der alten Zeit herübergerettet.

Viel zu schade zum Wegwerfen.

Nur, die Aufmachung schreckt die alten Leute, die meinen, der Russe würde wieder einmarschieren. Und auch die Kappe, die Onkelonkel zum Kutscherfell trägt, schaut wie die Kappe eines russischen Panzerfahrers aus. Gleicht einem einrückenden Panzerrussen von damals bis aufs Haar, mit seinem schwarzen Gürtel über der Kutscherdecke, dem militärischen Koppel. Und schwatzt der Tante ständig den hässlichen, steifen Hasenpelzmantel, schwer wie ein Kohlensack, auf, die nie im Leben damit im Dorf herumspazieren würde. Soll er sich doch blamieren, wie es ihm beliebt. Sie will nicht, dass die Leute im Dorf sie auslachen.

Wenn Tante Luci durchs Haus fegt, bleibt Onkelonkel einfach sitzen. Er sitzt auf seinem Platz in der Küchenecke, wenn sie den Boden wischt, hebt nur die Beine an, lässt sie angehoben, bis es ihr reicht, sie ihn auffordert, die Angeberei sein zu lassen, die Beine wieder so hinzustellen, wie es sich gehört. Meint Tante Luci, ein Albatros zu sein, so ist Onkelonkel der Uhu auf hohem Ast, schaut von oben herab gelassen zu. Und weiß auch erstaunlich viel über den Uhu zu berichten. Sein lateinischer Name Bubo bubo, Schuhu, Huher, Herrscher der Nacht. Legt sich in die Sonne, lässt sich von ihr bescheinen. Faucht kurz, wenn ihm die anderen Vögel lästig und auf Abstand zu halten sind. Der Uhuhu, der Uhuhu, der macht sein Äuglein auf und zu. Fideralala.

Wohnt in Tante Luci Sitting Bull, so strahlt der sitzende Onkel die Ruhe eines smarten Buddhas aus, der dem Filmschauspieler Clark Gable ähnlich sieht. Clark Gable war der erste Gedanke von Tante Luci beim Anblick Onkelonkels. Und sie war augenblicklich Greta Garbo, mit der Clark einmal drehen sollte, was dann aber irgendwie nicht zustande kam. Weiß der Teufel, warum, sagt Tante Luci. Hier und heute, wusste sie damals, kommen die beiden zusammen. Dafür wird sie schon sorgen, dass die beiden sich kennenlernen, gemeinsam die Leinwand erobern. Und so wurde Onkelonkel ihr Clark Gable und spielt seither bei ihr die Hauptrolle in *Vom Winde verweht* und bleibt das Leben lang ihr König von Hollywood.

Clark Gable, der unter der Kutscherdecke nichts weiter als Unterwäsche am Leib trägt, gekleidet ist mit dem, was er im Haus auf den Rippen trägt. Hemd, Hose, Weste. Und manchmal trägt ihr Clark einen Schal um den Hals. Sie kennt ihn nur in langärmligen Unterhemden und dieser Anglerweste. Und nennt ihn insgeheim ihren irren Wanuschka, der mit dem Schweineschlitten rodelt. Und Onkelonkel wirkt, wenn man ihn nicht kennt, wie aus einem Film gestiegen, einer anderen Epoche entstammend, vom Museum an Tante Luci ausgeliehen.

Komisch am Onkel wäre nur, würde er plötzlich wie andere Leute aussehen, sagt Tante Luci. Unvorstellbar für sie, ihn sich im Anzug, Hemd und Schlips vorzustellen.

Das wäre dann der Onkel nicht.

Das kann ich mir nicht vorstellen.

Obwohl, damals zu ihrer Hochzeit, erinnert sich Tante Luci, da sah er wie Clark Gable aus.

Es gibt davon Fotos.

Irgendwo in einem der Kartons

Es müssen mehrere Fotos vorhanden sein, sagt sie. Und findet sie nicht. Seit Jahren schon auf ihrer persönlichen Vermisstenliste. Da war der Mann schick gekleidet. So mit Gel im Haar und Schnurrbart und Krawattennadel. Huch, würden die Leute zur Seite springen, den Onkel fragen, was in der Zwischenzeit nur mit ihm passiert ist.

Clark Gable ist nun Teil der Arbeiterschaft, ein Schweißer, nach Feierabend ein Bauer. Und Tante Lucis Ehemann mit all seinen Macken behaftet. Die Tante sagt, er stamme noch aus der Generation, die dem Mann alle Privilegien offenhielt. Dass da keine Boote zur Reparatur liegen, ist die Krise der Wirtschaft. Jetzt hat sie unsere kleine Bucht erreicht, unseren Hafen lahmgelegt, die Werft in Trauerschwarz getüncht. Nun wird der Rost über uns kommen. Dann werden wir zu Ruinen.

Besser, man spricht ihn deswegen nicht an, es muss unser Geheimnis bleiben. Warum er entlassen worden und was vorgefallen ist, er verliert darüber kein Sterbenswort, hat seine Schweißermontur, raunt Tante Luci mir zu, heimlich bei Nacht unterm Birnbaum vergraben und wohl die Schweißerdüsen auch. Genau weiß nur er, was er unter die Erde gebuddelt hat. Spricht heiser und leise vom ungebornen Lamm, das dort begraben liegt, unterm Farnkraut. Er glaube nicht, dass die Aktion gegen den Fluch hülfe, und glaubt wiederum des ungeachtet doch fest an seine Hexerei, das Nicht-geschehen-Machen viel mehr.

Steht an manchen Tagen vor dem Grab, spricht: Holzbirnen trägt der alte Baum, der sich erhebt am Waldessaum. Ein Luftsitz für des Forstes Raben, die oft das laute Wort hier haben. Gar gern' ich dran vorübergeh', ob ich das Wort auch nicht versteh'. Und manchmal in der Nacht, wenn er meint, sie schliefe fest, sagt er: Das war nicht recht! Ach, sie kannten den alten Ribbeck schlecht. Und knirscht dann im Schlaf im Groll mit seinen Zähnen, wie Schiffswände aneinander sich reiben.

Er arbeitet, seit er nicht mehr auf der Werft angestellt ist, fleißig im Garten. Er fängt jede Woche Fisch, legt ihn auf den Tisch. Er schleppt die Hasen und Wildschweine heran und hält dann mit den Männern Hausschlachtung. Davon zehren sie das Jahr über. Er setzt die Kartoffeln in den Frühjahrsboden. Er gräbt sie aus und ist dann im Rücken steif.

Und sie steht, halt auch mehr als Tante Luci denn als Greta Garbo, jedes Jahr wieder in der Küche, weckt die Beeren ein, die ihr der Onkel und kein Clark aus dem Garten bringt. Und kocht die Kartoffeln, genauso wie der Onkel sie gern hat und von zu Hause her kennt, nach dem Rezept seiner Mutter. Ein bisschen ist er noch für sie Clark Gable, mit seinen Ansichten nämlich immer mehr aus der Zeit, das gibt sie ja auch gerne zu. Die Frauen heute, sagt sie zu ihrer Entschuldigung, denken da anders und leisten sich mehr Selbstbestimmung. Nur ändern wolle und könne sie daran nichts. Und man greift doch, wo man das Problem anpackt, stets die falsche Büchse aus der Büchsenpyramide. Und alles stürzt ein. Und ihr bleibt am Ende vorbehalten, alles wieder aufzuräumen.

Sie komme da nur sehr schwer aus dieser Zwickmühle heraus. Und wisse gar nicht, ob sie das wirklich auch wolle, sich dauernd an seiner Mutter messen zu lassen. So falsch wäre es aber doch nicht, frühere Werte weiter zu pflegen.

Mann und Frau zu sein meint nicht jedermanns Freiheit. Ein fester Verbund mit richtiger Aufteilung und Zuordnung der Arbeiten im Haus ist nicht zu unterschätzen. Was Clark kann, bringt Greta nicht zustande. Jeder auf seine Weise klug, zusammen der Fels in der Brandung des Lebens. Und Zusammenhalt stünde nun einmal in der Ehe vor dem Eigensinn. Greta habe gelernt, wieder Luci zu sein. Und Luci hat gelernt, sich einzurichten und einem unterzuordnen, der nicht Clark Gable ist. Sie hat um des Friedens willen, und auch weil es ihr behagt, mit vielem von dem, was er ihr abverlangt, einverstanden zu sein. Es habe sich in den Jahren als gut und richtig erwiesen und Streit vermieden.

Clark würde, so viel steht nun einmal fest, nichts von Onkelonkels Lieblingsschmaus halten. Leberwurst vom Fleischer um die Ecke, einen Happen mit dem Messer vom Wurstring abgezwackt, zusammen mit Schnaps in den Mund geschoben, und beides extralange und gut zu einem Brei vermischt und schließlich heruntergeschluckt.

Clark würde es schütteln. Clark würde auch nicht wie Onkelonkel sein und nur essen, was er von seiner Mutter her kennt. Und sie wirft sich auch eine Zeit lang Unterwürfigkeit ihm gegenüber vor. Es ist die Liebe zu Clark, die sie für Onkelonkel alles machen lässt, ganz so wie er es sich wünscht. Und das, wo sie gern eine Garbo wäre, die gegen alles Mannhafte um sich aufbegehrt, wie ein Rohrspatz wettert, will man sie vor den Karren spannen. Ihren Gable aber und seine Macken duldet sie ehern und widerspricht ihm einfach nicht. Ordnet sich seinen Wünschen unter. Tut, was er für das Beste hält. Selbst wenn er ihr in die Suppe, auf den Braten, ins Gesicht spuckt, lässt sie es sich bieten.

Da bröckelt es im Gebälk. Da bekommt der Sockel, auf dem ihre Partnerschaft steht, Risse. Da wirkt sie nicht mehr so resolut und herrisch, eher winzig klein neben ihm.

Benimmt sich wie ein Kontrolleur in ihrer Küche. Setzt sich immer schön nur an den gedeckten Tisch. Probiert kurz, was sie gekocht hat. Isst weiter oder lässt es bleiben. Lässt sie machen und auflaufen und gibt ihr keinen Tipp. Wird in der Küche nur aktiv, wenn er der Meinung ist, das wäre nichts für die Tante, das müsse er in die Hand nehmen. Zum Beispiel Fischsalat zubereiten. Ein Urthema, die ständige Leier. Statt dass sie rausgeht und ihn walten lässt, steht sie daneben wie das wissbegierige Kind. Und hört sich an, wie er sagt: Meine Mutter hat dies hineingetan, meine Mutter hat darauf geachtet.

Sie könne nicht seine Mutter sein. Das wäre ihm schon klar. Sie könne es aber doch versuchen. Und dann bemüht sie sich und kocht wie seine Mutter. Und serviert ihm ihr Werk. Und immer ist da etwas, was ihn stört. Sie könne ja nichts dafür, aber bei seiner Mutter habe der Kartoffelpuffer eben anders geschmeckt. Irgendwie liege es nicht nur an den Zutaten. Irgendwie bekommt sie es nicht hin. Irgendwie fehle es ihr am sicheren Händchen und fände sie einfach nie die Mischung zwischen Essig und Zucker und Salz.

Und Tante Luci ist dann sehr traurig und kommt sich auch wirklich mutteruntauglich vor. Und lächelt unsicher. Und stimmt ihrem Clark zu, dass es so ist, wie ihr Idol sagt, sie den Fischsalat niemals wie dessen Mutter richtig bereiten werde. Deren Fischsalat, sagt er, ist immer spitze gewesen, deiner geht gerade so an.

Ist das Salz.

Ist Salz aus der Kaufhalle.

Ist salziger, als Mutters Salz damals war.

Und meine arme Tante Luci nickt und könnte heulen, weil es

das Salz, das die Mutter noch besaß, heute nicht mehr zu kaufen gibt und sie nie einen Fischsalat hinbekommen wird, wie die Mutter ihn einst für Kleinonkelonkel zubereitet hat.

Und erst das Frühstücksei. Das A und O des schönen Morgens. Auf dem Tischtuch zwei Eierbecher aus Holz, noch vom Urgroßvater Onkelonkels gedrechselt.

Saubere Arbeit, alle Achtung.

Die wussten früher noch, was Handwerk ist.

So ein Schnittenbrett aus der Zeit, kein Vergleich zu heute.

Das Vollkornbrot im Korb frisch in die Mitte des Tisches, Salz und Pfeffer. Und der Onkel sitzt frohgemut am Tisch, wenn er über Wurst und Butter hinaus zum blühenden Garten schaut. Und ich spüre die kribbelige Anspannung bei Tante Luci richtig körperlich, wenn der Onkel nach seinem gekochten Ei greift. Die Tante zuckt unmerklich zusammen, wenn der Onkel mit seinem Löffelchen die Eierschale bearbeitet, dieses tink, tink ertönen lässt wie unter die Tinker geraten, das Lied singt, das ihm ein Ire auf der Werft immer vorgesungen und auf Deutsch beigebracht hat.

Tink, tink, singt er und klöppelt auf dem Ei herum, ich sehe durch deine Augen hindurch, guter Mann, tink, tink, ich lade dich zum Käseschmaus ein, willst du tink, tink, nicht Brot und etwas Wein spendieren, Käserast halten mit mir?

Ist englisch. Tink.

Kommt von tinplate. Tink.

Steht für verzinnte Töpfe. Tink.

Der Ton aller Reparatur. Tink, tink.

Der Klang des Gewerbes. Tink, tink, tink.

Wo die Sonne untergeht, schlagen sie ihr Lager auf. Sind aus der Gesellschaft verstoßen worden, an ihren Rand gedrängt. Verdingen sich als Wanderhandwerker, Kesselflicker, Pferdehändler. Bei Shakespeare gibt es den Tinker Sly, der am liebsten gekochtes Lieblingsei isst.

Diese Anspannung am Tisch, von der Tante mühsam im Zaum gehalten. Spürbar. Beherrscht. Vielleicht auch, weil im

Wort »beherrschen« die Silbe »herr« steckt, für Mann, Chef, Oberhaupt, Familienvater, es das Wort »befrauschen« nicht gibt.

Scheint in Ordnung, das Ei.

Bisher nichts gegen das Ei zu sagen.

Vom Geräusch her nicht schlecht, das Ei.

Einen dieser Sätze sagt Onkelonkel, und der Tante ist schon besser. Essen kann sie deswegen nicht. Noch pult er ja konzentriert die zerklopften Schalenteile ab. Noch kann alles passieren. Er hält den aus Kuhhorn geschnitzten Löffel in der Hand, bereit, ihn in das Ei hineinzustechen, es anzusehen, es zum Munde zu führen, es mit Genuss zu verspeisen. Dass sich die Anspannung legen, sie dann beglückt ihr eigenes Ei zur Hand nehmen und es auf ihre Weise öffnen kann. Sie fackelt nicht lange, trennt mit einem Messerhieb die Oberseite ab. Ich öffne das Ei wie Onkelonkel und habe mit der Eihaut zu kämpfen, die sich im Ganzen und mit einem Ruck nicht abziehen lässt. Steche ich ins Eiweiß hinein, quillt Eigelb an verschiedenen Stellen heraus. Eigelb quillt über den Rand der Eierschale.

Eigelb tropft am Becher herunter. Eigelb klebt an meinen Fingern. Eigelb kleckert auf Tante Lucis schöne Tischdecke. Die Tante, in ihrer gütigen Art, bedeutet, das alles sei halb so schlimm. Onkelonkel genießt sein Ei. Seine Eischale ist blank und sauber ausgegessen. Als wäre sie nie mit Ei gefüllt gewesen.

Es gibt nichts Schöneres auf der Welt als das Leben bei Onkel und Tante auf dem Dorf. Von den Hasen, die er schlachtet, darf ich das Puschelchen haben. Er wirft es mir zu und ich freue mich über das Hasengeschenk. Ist viel im Freien, im und um seinen Schuppen herum. Hackt Holz. Sitzt auf dem Kutschbock, pferdelos, seit er keine Pferde mehr hat. Redet davon, wie es war, als er noch Pferde hatte, die schöne Kutsche durch die Gegend fuhr. Rirarutsch, gleich hinterm Ortsausgang, links den Weg zum Deich hin, kennt kaum jemand, führt mitten durchs Feld, wenn das Korn steht. Wir fahren mit der Kutsch. Wir fahren mit der Schneckenpost. Weil uns das keinen Pfennig kost. Wir fahren über Stock und Stein, rira rein, rira rum.

Ich bin mit dem Onkel bei den Ortsjubiläen dabei. Ich höre Blasmusik, wenn ich an ihn denke. Ich rieche die geräucherten Forellen, von denen er immer drei beim Händler kaufen muss. Die Hühner scharren und flattern. Der Onkel füttert die Hühner. Die Hähne sind faul und fett wie Zarensöhne, sagt er. Sitzt am Küchentisch, will einen Traum erzählen, traut sich nicht. Ich mag an ihm die Träume sehr, die er sich nicht auszusprechen getraut. Und Tante Luci drängt, er solle flink nur berichten, sie nicht auf die Folter spannen. Denn sie möchte ihr Wissen zu den Träumen anbringen, sie deuten und in Übersetzung bringen, dass aus ihnen eine Auskunft wird.

Wenn ich mit dem Onkel im Wald unterwegs war und so ein Vogel sich ganz aufgeregt benommen hat, vor uns hin und her geflattert ist, sich auf den Weg gesetzt und so getan hat, als sei er am Flügel verletzt und könne nicht mehr fliegen, hat der Onkel immer gesagt, ich soll hinlaufen, dem armen Vogel helfen. Aber der Vogel war gar nicht flügellahm, sondern schnell auf und ein Stück weiter davon. Und hat wieder so getan, als sei er verletzt. Und das ging dann einige Male so, bis ich die Lust verlor. Da hat der Onkel gesagt, dass dieser Vogel uns nur von seinem Nest irgendwo im Gebüsch wegführen wollte, weg von den angebrüteten Eiern.

Onkelonkel liest mir gern aus Gebrauchsanweisungen vor. Hör dir das einmal an, sagt er und ich höre mir ganz komplizierte Bezeichnungen, lange Begriffe, die er mir vorliest, geduldig an. Wahrscheinlich haben die Leute nichts anderes zu tun, als uns die Zeit damit zu stehlen, solch einen Mist aufzuschreiben. Meist donnert er die Gebrauchsanweisung dann auf den Tisch.

Er springt aber auch auf, wenn im Raum eine Fliege summt,

eine Mücke sich an die Wand gesetzt hat. Er nimmt die Fliegenklatsche. Er jagt der Mücke mit dem Tuch zum Abtrocknen nach. Die Tante rangelt mit ihm um das Tuch. Er nimmt alles, was ihm zum Erschlagen von Mücken, Fliegen und Krabbelspinnen geeignet erscheint. Abgelegte Pullover, Zeitungen von Tante Lucis Zeitungsstapel. Er fängt sie mit der eigenen Hand, schnappt in ihrer Nähe nach ihnen und ist jedes Mal selbst erstaunt, wenn er sie so gefangen hat. Manchmal entwischt ihm die Fliege, weil er nicht richtig zugedrückt und sie nicht erledigt hat. Und er gibt nicht Ruhe, bis er sie wieder eingefangen und getötet hat. Ich muss dann immer an den tapferen Schneider denken, seine Schärpe mit der Aufschrift Sieben auf einen Streich.

Habt ihr das gesehen?

Habt ihr gesehen, wie ich das gemacht habe?

Zur Tante sage ich Jamama, Istgutmutti, Machichmütterchen. Und halte mir, wenn ich sie Mütterlein nenne, die Hand symbolisch vor den Mund, als hätte ich mich versprochen. Und sie lacht darüber herzlich. Zu Onkelonkel könnte ich nicht einmal aus Jux Papa oder Vati oder Dad sagen. Ich sage zu ihm »du« und »Ähmm, kommst du mal« oder einfach »Heduähmm«. Tante Luci würde auf der ganzen Welt, nicht nur für mich, sondern alle Menschen eine gute Mutter sein. Eine Vaterfigur ist mir der Onkel nicht. Dafür sitzt er in meiner Erinnerung viel zu oft nur still und stumm für sich hingrübelnd am Küchentisch. Sagt zu allem nichts, und wenn dann doch, viel zu unausgesprochen und leise nur so für sich dahin.

Ich denke heute noch darüber nach, warum er mich nicht richtig rangenommen hat, wie man einen Jungen herannimmt und unterweist. Ich werde nie von ihm fest angepackt und zur Arbeit gezwungen. Er verschont mich, wenn ich gefordert sein will. Er drückt mir keine Axt in die Hand. Onkelonkel hält mich nicht an, das Holz zu spalten. Er lässt mich mit meinem Spielzeugbeil seitwärts experimentieren, so tun, als wäre ich ein guter Waldarbeiter. Er nimmt mir selbst die kleine Axt ab, wenn ich mit ihr in der Faust dastehe und gesagt bekommen möchte, welchen Stamm ich zerhacken soll. Sagt, ohne mich anzusehen:

Her damit.

Das ist nichts für dich.

Gehe ins Haus. Hilf der Tante aus.

Der Onkel legt sich draußen auf die Liege oder schwirrt ab ins Dorf, in die Kneipe, den Unmut baden, wie er es nennt. Da ist in der kleinen Familie außer Tante Luci kein richtiger Mann um mich herum, den ich Vater nennen möchte. Und so habe ich also auszukommen mit dem, was sich für mich nicht ergeben hat. Die Tante animiert den Onkel, mich mitzunehmen. Zum Fischen, Segeln, Pilzesuchen. Er sagt, er werde mich später ausführen, wenn ich das notwendige Alter erreicht hätte. Und sagt dazu, alles habe seine Zeit, zu früh getan ist dem Kind Schaden beigefügt. Es brauche nichts im Leben über das im Leben hinaus, was einen am Leben erhält.

Onkelonkel redet mit Zorn in der Stimme vom Mistkerl, der ihn verführt, dem er, wenn der so weitermacht, eines Tages das Glas über den Schädel ziehen wird. Ein widerlich anhänglicher Mistkerl, der ihm auflauere, gegen den Strich geht. Und doch lässt er sich, statt nach Hause zu gehen, immer wieder auf nur ein Bier mit dem Mistkerl überreden.

Er sieht mich, er zieht mich.

Ich entkomme dem Mistkerl nicht.

Und nach dem einen Bier sind es schon sechs oder sieben, und der Mistkerl hält ihn ab, nach Hause zu gehen. Dem Mistkerl ist alles egal. Der Mistkerl raubt ihm kostbare Freizeit. Er wird den Mistkerl einfach nicht los. Der Mistkerl heftet sich ihm an die Fersen. Der Mistkerl klammert, wie ein Affe aufsitzt, dass man den Mistkerl nicht abschütteln kann und mit ihm spielen muss, ob man nun will oder nicht. Er ist dem Mistkerl ausgeliefert. Der Mistkerl hat nichts weiter zu tun, als Onkelonkel zu überreden, anzustacheln, in die Kneipe zu schleppen, ihn dort festzuhalten.

Und ich bekomme einen richtigen Rochus auf den Mistkerl, der Onkelonkel nicht nach Hause gehen lässt, will ihm mit meinen Fäusten einen Denkzettel erteilen.

Richtig so.

Wir erledigen ihn.

Gegen uns hat der Mistkerl keine Chance.

Für Onkelonkel fange ich an, den Körper zu stählen. Ich lese Indianerbücher. Ich trainiere Karateschläge. Ich boxe perfekte linke Haken und kann mit meinen Beinen empfindliche Halsschläge ausführen.

Der soll nur kommen, der Mistkerl.

Dem setze ich zu, dass er vom Onkel ablässt.

Au Backe!, was ich mir für furchtbare Szenarien ausdenke, zu denen es kommen wird, wenn ich den Mistkerl zum Kampf herausfordere. Brutale Phantasien überkommen mich. Ich denke mir fürchterliche Folterei für den Mistkerl aus, dass er ablässt von meinem Onkel, seine Sachen packt und sich ein für alle Mal ins Land der Mistkerle aufmacht und nie wieder hier sehen lässt.

Wenn Onkelonkel nur Mistkerl sagt, schlägt die Wut in mir Wellen, meine Muskeln verhärten sich von allein. Ich kann schier kaum an mich halten, explodiere fast. Auf hundertachtzig hochgetourt, bin ich bereit, sofort loszuschlagen. Ich koche über. Onkelonkel muss nur das Zeichen zum Losschlagen geben.

Guterjunge, sagt Onkelonkel zu mir.

Und legt dazu seinen Arm um mich. Zieht mich an sich heran. Drückt mich lange und fest. Und das tut mir so gut. Und das schweißt uns zusammen. Und es braucht Jahre, bis ich herausbekomme, dass Onkelonkel vom Teufel Alkohol spricht, wenn er über den Mistkerl redet.

Onkelonkel bringt mir, wenn er gut gelaunt ist, alle Sprüche bei, die mir erst viele Jahre später in den Kneipen begegnen.

Er hat seinen Spaß daran, dass ich lache und nicht so genau weiß, wovon er redet: Was früher meine Leber war, ist heute eine Minibar. Nicht lange schnacken, Kopf innen Nacken, zwischen Leber und Milz passt immer ein Pils. Hund und Schwein gingen die Ehe ein, die Frucht aus diesem Bunde sind wir versoffenen Schweinehunde. Lieber einen Bauch vom Saufen als einen Buckel vom Arbeiten. Tante Luci kann darüber nicht lachen. Ihr tun die armen Trinker leid. Sie sagt zwar zur Eierfrau, ein Glas in Ehren kann niemand verwehren, ist aber eher gegen den Spruch, wie sie mir erklärt, sagt ihn nur auf, weil die Eierfrau ihn so mag.

Der Onkel reist nicht. Er macht Urlaub zu Hause im Garten. Er trägt dann seine Gartenkleidung. Im Dorf heißt es, er sähe aus wie aus einem russischen Märchenfilm gekrochen. Er trägt die hohe Pudelmütze, seinen Kaffeekannenwärmer, die engen Stiefel. Die Hosen stecken unterhalb der Kniebeuge in den Stiefeln und plustern sich vom Schaft her, als wären sie mit Luftschaum gefüllt. Und man möchte meinen, wenn man den Onkel in seiner Tracht sieht, dass er gleich anfängt zu zucken. Nach hinten, nach vorne und auf die Knie. Die Beine gewirbelt. Die Arme zackig gefaltet. Trabtrab. Und zu schweben beginnt, schwebend diese wilden verrückten Tänze aufführt, wie man sie vom Fernseher her kennt, und aus den Märchenfilmen der Russen.

Und schon bringen mich diese kleinen, fast vergessenen Geschichten zum Schmunzeln. Und wenn ich jetzt schon so viel ausgeplaudert habe, dann kann ich ruhig auch noch etwas beschreiben, was ich mit den beiden häufig erlebt habe. Und immer war mir unwohl dabei. Und immer hat sich die Sonntagsfreude dabei in Grenzen gehalten. Es wurde von früher geredet und manchmal auch über etwas gelacht, dann aber niemals richtig befreit. Und wenn sie bei diesem Thema in Widerspruch gerieten, gab es am Frühstückstisch ordentlich Streit, und der war heftig, und immer war dann auch das Frühstück mit ihm beendet.

Und ich bleibe allein am Tisch zurück, kaue, was ich im Mund habe, noch durch und schlucke es herunter. Und blicke betreten auf den Tisch, die Teller, die Tassen, das angeschnittene Brot, die Wurst, den Käse, die dicke, gemütliche Teekanne.

Oh, ja. Tante Luci besitzt ein wundervolles Küchentischtuch. Schneeweiß und mit tiefblauem Garn bestickt. Auf einem ein Mann hinter einem Pflug, die Peitsche schwingend. Auf einem anderen eine Frau mit einer Schale in der Hand, die Samen streut. Und eins, das ich besonders gern habe, zeigt ein Kind, ein Lamm und eine Flasche, die das Kind dem Lamm reicht. Die kleine intakte, von Hand gestickte Tischtuchfamilie.

Wer vom Onkel sagt, dass er nie richtig befreit lacht, sondern immer nur schmunzelt, hat recht. Wenn der Briefträger einen Witz erzählt und alle um ihn herum sich die Bäuche halten müssen, ihnen die Tränen nur so in die Augen schießen, behält der Onkel die Lippen geschlossen, verzieht nur unmerklich den Mund.

Irgendetwas bedrückt ihn, sagt Tante Luci, weiß aber nicht, was sie damit gemeint haben könnte. Es ist seine ganze Körpersprache. Als ob es ihn verfolgt. Mir hat er erzählt, sein Vater wäre als ungelernter Geselle begeistert in den Krieg gezogen. Für seinen Wahnsinn stand nur das eine Wort: Russlandfeldzug.

Der Russlandfeldzug ist für ihn wie auf Urlaub gewesen. Er reichte Fotos vom Russenfeldzug herum. Die Bilder sahen nicht wie Bilder aus dem Krieg aus. Er war so braun gebrannt. Sein Oberkörper glänzte. Er bekommt davon böse Träume und wird sie nicht mehr los. Sirenen ertönen, Jerichotrompeten. Als würden Flugzeuge in den Sturzflug übergehen. Als müssten sie mit Pauken und Trompeten, Posaunen und Tubagewalt Stadtmauern zum Einsturz bringen.

Man kann sich nur besaufen, um die Träume zu vergessen und einzuschlafen. Um nicht in der Nacht mit einem Schrei jedes Mal wieder zu erwachen. Es alles wieder und wieder erleben zu müssen, was man gehört hat, am Leib erfahren. Diese eine Geschichte, die sich ins Hirn brennt.

Ein Bekannter seines Vaters hat einen Engländer erschossen. Den toten Körper als Trophäe auf die Kühlerhaube gewuchtet, hätten sie den durchs Dorf gefahren. Zur Schau gestellt. Wie der Großwildjäger in Afrika den Löwen. Die Engländer haben den Mann verhaftet und vor das Kriegsgericht gestellt. Sein Vater musste als Zeuge aussagen, weil eine Dorfnutte die Sache ausgeplaudert hatte, wodurch die Sache an die große Glocke kam. Das Dorf war stinksauer auf dieses Weib, wo doch Erntezeit war und jede männliche Kraft im Dorf gebraucht wurde.

Gehandelt haben sie mit Schnaps. Die Soldaten sind verrückt danach. Wo sie sich aufhalten, kaserniert sind, an das Saufzeug nicht herankommen. Alkohol hat sie überleben lassen, ihnen Sonderrationen eingebracht. Das werde ich nicht leichtfertig vergessen, sagt Onkelonkel. Besser gesagt, hebt den Finger, sagt nichts weiter.

Und ich weiß, was er an dieser Stelle sagen will. Dass Alkoholschmuggel in ihrem Leben einmal ein wichtiges Mittel im Überlebenskampf war.

Tante Luci und er lernen sich über den Alkoholschmuggel kennen. Sie bewohnen in einer Baracke auf dem Bauernhof ein Zimmer mit Etagenbetten aus Metall, wo zuvor Fremdarbeiter oder Soldaten untergebracht worden waren. Ein unheimlicher Ort, von dem niemand sagen konnte, was sich dort wirklich abgespielt hatte. Ein gefürchteter Ort, bestens geeignet, die flüssige Ware zwischenzulagern.

Das sitzt tief.

Das wird man nicht los.

Das kann man heute niemandem mehr vermitteln.

In solchen Betten schliefen sie, sagt Onkelonkel, zeigt ein Foto her, zerknittert und abgegriffen wie ein dauerbenutztes Laken. Die Betten waren durch ein Tuch zum großen

Restraum abgetrennt. Das Tuch hing an der Wäscheleine geklammert. In der anderen Hälfte spielte sich das Familienleben anderer Leute ab.

Da waren wir Kinder nur zum Schlafen im Haus. Und wenn es draußen zu sehr regnete, stürmte, schneite, einfach zu kalt war, lagen wir Punkt sieben Uhr in unseren Betten. Die Erwachsenen blieben auf, unterhielten sich, tranken Selbstgebrannten.

Oh, es wurde gebrannt, was zu brennen ging.

Nach geraumer Zeit wurde der Familie nebenan ein Zimmer im Haus angeboten. Und sie hatten das große Zimmer für sich. Und richteten dort dann eine richtige Küche ein, mit Tisch, Stühlen und einer Sitzbank, die aus der Kirche stammte, an die sie sich beide erinnern. Viehzeugs und wachsame Gänse hatten wir. Und immer auch ein paar Kaninchen, denen das Fell über die Ohren gezogen und aus dem dann warme Mützen genäht wurden. Handschuhe für den Winter. Mit diesem flauschigen Fell innen, sagt er, hält die Hand hin, reibt sie mit der kleinen Faust warm.

Onkelonkel sagt: Wo nichts im Kopf ist, füllt das Bier die Lücke gut aus. Ich hatte es gut, wenn Onkelonkel betrunken war. Dann war er witzig, spendabel, wortreich, zum Schabernack bereit und erfüllte mir alle Wünsche. Und warf mit Witz um sich, versprühte Charme; ein anderer Mensch war er dann.

Onkelonkel agiert vornehm zurückhaltend aus der Etappe, wie er sagt. Was meine Erziehung angeht, mischt er sich nicht ein. Und doch nimmt er Einfluss, erzieht mich mit Nebensätzen, im Vertrauen und unter vier Augen. Er redet von der Logik, die ein brauchbares Ding ist, wahr von unwahr zu trennen. Die Logik sei ein Spiegel an der Wand, den man gut befragen kann. Er sagt zu mir:

Wenn dem so wäre.

Überleg doch mal selbst, Junge.

Die Sache wird einen Haken haben.

Und stuckt mich mit der Nase ins Problem, bis mir das Problem bewusst wird und ich mit der Hand meinen offenen Staunemund zuhalte. Er kommt mir sehr nahe und raunt mir einen wichtigen Satz zu, wie zum Beispiel den, dass nicht alles Gold ist im Abendrot, der Brunnen den Krug vermisst, wenn er zerbrochen ist, die Hand auch beide Füße waschen kann.

Tante Luci entdeckt sofort, wenn ich zu meiner Verteidigung einen von diesen Onkelsätzen plappere: Das hat dir der Teufel gesagt, schimpft sie und nimmt sich den Teufelsonkel vor, der mir leidtut, weswegen ich vor der Tante keinen einzigen Satz mehr von ihm aufsage, wie es mich mitunter auch reizt.

Was ich dem Onkelonkel nicht recht verzeihen will, ist, dass er mir den Zauber stibitzt hat, mein Schwärmen und Träumen. Er hat mir die Bewunderung weggenommen, wenn ich nur dagesessen und den Schluckspecht auf dem Fensterbrett angesehen habe. Diesen sonderbaren, wundersamen Vogel. Ein außerirdischer Gast auf Erden für mich. Bis zum Tag, an dem Onkelonkel mir dessen Geheimnis lüften muss. Worum ich ihn nicht gebeten habe.

Hätte er doch besser den Mund gehalten. Stattdessen muss er all sein Wissen ausposaunen und ich ihm zuhören und nachsprechen, zum Beweis, dass ich ihn verstanden habe.

Spricht wie der Lehrer in der Schule. Doziert über Abkühlung, Pegel, Luftfeuchtigkeit und Sättigung in der Schluckspechtglasröhre. Redet, als müsse er mir alles, aber auch alles für mein restliches Leben vergällen, was mich an diesem Vogel begeistert und in Staunen versetzt. Als störe ihn, wie leicht ich von einem einfachen Ding begeistert bin. Ich will nicht wissen, wie mein Schluckspecht funktioniert. Das Senkrechte zum Waagerechten. Die Gravitationskraft. Das Konkave. Das Konvexe, von dem er redet und redet, dass ich mir die Ohren zuhalten und: Ja doch, Onkel, nein, nein, nicht ein Wort mehr, schreien müsste.

Es gibt keine Entschuldigung für solch ein unwürdiges Verhalten. Ich will doch weiter kindlich staunen, mich an dem Zaubervogel erfreuen. Will nichts von der speziellen Flüssigkeit wissen, die in dem Vogel steckt, nicht herauskann, im Inneren verdunstet, im Kreislauf wieder und wieder dem Vogel zu Kopf steigt, ihm Übergewicht verleiht, dass er vornüber sich neigt, auftankt und zurückschwappt. Und höre es doch. Ich sehe keinen Grund, ihm über seinen Tod hinaus zu verzeihen. Seine Untat hat mein Leben bis in den heutigen Tag hinein vorbestimmt. Es ist aus mit meiner Begeisterung, wenn ich den Vogel nun ansehe. Perpetuum mobile, dieses wundervolle Wort hat keinen Klang mehr für mich. Toter Vogel, denke ich. Physikalischer Prozess. Bewegt sich nicht mehr wie einst, von fremden Mächten angetrieben. Vorbei die Bewunderung, vorher jedes Mal so innig erlebt. Wenn ich nun hinsehe, höre ich Onkelonkel nur von Kapillareffekt reden. Und spüre mit aller Heftigkeit den Zeigefinger, den er gegen meine Stirn klopft:

Alles erklärbar.

Es gibt keine Zauberei.

Im Kopf musst du es haben.

Es nutzt nichts mehr, wenn zwischen ihm und Tante Luci der Streit darüber entbrennt, ob ich das alles wissen muss oder nicht. Auch wenn die Tante deutlich zu ihm Nein sagt, nimmermehr, ist meine Illusion hin. Und es hat auch Tante Luci gegrämt, dass der Mann nicht viel von sich gibt, aber wenn, dann zertrümmert er alles mit seinem wissenschaftlich fundierten Kram.

Schlägt wie mit der Axt zu.

Nimmt einem die Illusionen wie die Luft zum Atmen.

Zerschlägt einem die schönsten Träume mit seinen Worten.

Mein Verlangen, hinter die Wissenschaft von den Dingen zu gelangen, hält sich arg in Grenzen. Nichts ist mir seither verhasster als der auf festem Fundament stehende Besserwisser. Du denkst dir noch den Himmel als eine seine Farben ständig wechselnde Öllache. Ätsch, kommt der dir mit seinem

Testergebnis daher, legt Probeauszüge von deinem Himmel vor, die den Ölgehalt des Himmels auf die Kommastelle genau bestimmen.

Wäre Onkelonkel ein Schüler in unserer Klasse, wir würden ihn längst in einen Hinterhalt gelockt haben. Und dann aber Sack über den Kopf und Knüppel auf den Sack.

Tante Luci legt mir ihre Hand auf den Oberschenkel. Und dieses Handauflegen heißt dann gegenüber Onkelonkel: Wir wollen dein Wissen nicht. Wir wollen, wenn wir über Briefmarken sprechen, nicht hören, was du zu Briefmarken denkst.

Die Welt ist voller seltsamer Typen und Geschichten über sie, sagt Tante Luci. Bedauert, an einen von denen geraten zu sein, der aller Seltsamkeit eins obenauf setzt und dazu noch stur ist, Onkelonkel. Das hat sie oft zur Raserei gebracht. Immer nur bestimmte Gerichte und deren exakte Zubereitung. Kohl mit nur einer bestimmten Anzahl Kümmelkörner. Ein Stiesel, der den Teller partout nicht anrührt, stehen lässt und geht, wenn ihm etwas nicht passt. Lieber verhungert er. Und zu allem mischt er Paprikapulver bei. Weil er ohne Paprika so viele Sachen nicht verträgt, wie er sagt. Und redet schlecht über Gerichte, die er im Leben nicht gegessen hat noch essen würde.

Man tut sich schwer mit solch einem Mann zur Seite. Onkelonkel ist gewöhnungsbedürftig, auch seltsamer Kauz zu schimpfen. Er lutscht von den Knochen in der Suppe am liebsten das innere Mark. Er liebt gekochte Fischköpfe. Ich habe tapfer weggeschaut. Aber einmal habe ich sehen müssen, dass er nicht nur die Bäckchen, sondern auch ein Fischauge in den Mund geschoben und nicht mehr ausgespuckt hat. Tante Luci ist aufgesprungen und aus der Küche gestürmt.

Sie haben zu Beginn ihrer Zeit viel gelacht, sagt die Tante. Mehr noch, sie hat sich nicht an seinem Aussehen gestört, weil er so ein lustiger Mann war und auch so lebensklug. Und sie haben einen Haufen Wortspiele gemacht. Das ging ihnen locker über die Lippen. Worte wie Fresse und Presse haben sie zum Ulk durcheinandergebracht und sich an Einfällen überboten: Halt die Presse! Hab dich zum Pressen gern. Ich fresse deine Presse und presse meine Fresse auf deine Presse, zum Beispiel. Nein. So albern sie längst nicht mehr. Alles nur noch in der Erinnerung schön. Wortschöpfungen wie San Franz Pressco und Elvis Fressley längst passé, wenn nicht vergessen.

Wer im Leben nicht viel zu lachen hat, muss sich mit Humor begnügen, sagt Tante Luci, habe der Onkel damals gesagt. Immer schön lachen, dann ist alles gut. Gut, wenn einer lacht und nicht klaut. Oder mit Drogen dealt. Oder bei den Obdachlosen landet, unter der Brücke tot aufgefunden wird. Wenn ich bei Mutter und Vater geblieben wäre, wäre ich nicht einmal in die Sonderschule gegangen und nie zu dem gereift, was ich geworden bin. Ich würde weiter stottern, mich zieren, lieber nichts sagen, als ausgelacht werden. Ich soll froh sein. Ich male. Ich singe. Ich dichte und ich tanze mit der Tante.

Diese inneren Talente hat Tante Luci aus mir hervorgekitzelt. Tante und Talente. Wie ähnlich sich die Worte sind. Fast Geschwister. Und es werden der Talente mehr, wenn ich nur bei ihnen bleibe, meine Sehnsucht vorerst in ein Tuch wickele, wie man es mit Kinderschätzen hält, die Elternschaft vorerst an einem schönen, geheimen Ort vergrabe.

Haben früher miteinander ihren Spaß daran gehabt, ähnliche Worte zu finden. Nun aber murrt er ihr zu oft, wenn sie ihn daraufhin anspricht, wie ähnlich die Worte »altern« und »Eltern« sind. Interessiert sich immer weniger dafür, was ihnen früher Freude bereitet hat. Wie soll einer das Feinsinnige fühlen, dessen Hände vom Arbeiten immer gröber werden, der herumläuft wie einem Roman aus dem vorherigen Jahrhundert entlehnt?

Onkelonkel sagt, er sei Angler und rede lieber mit den Fischen, die im Wasser schwimmen und schweigen. Er erklärt sich die Welt mit dem Fundus an Sprüchen, die es so rund um den Fisch gibt. Er sagt, wenn ihm etwas nicht passt: Die Fische schwimmen nun einmal am liebsten im Wasser, basta. Und redet die Tante vernünftig, sodass ihm die Argumente ausgehen, stellt er fest, dass es keinen Fisch gibt, der ein Schiff verschlingt. Wie es den Fisch nicht ohne Gräten gibt. Und der Fisch dort zu erwischen ist, wo man ihn nicht vermutet. Und den man nicht fängt, der entwischte Fisch, ist dem Gerede nach sowieso der größte.

Für ihn stinkt der Fisch vom Kopf her, und seine Kraft trägt er im Schwanz. Das gilt für Männer allgemein. Der kluge Fisch geht in die Tiefe. Der Mensch schlabbert am liebsten im flachen Gewässer herum. Wir begnügen uns zu flink mit Halbherzigem. Wo ein fauler Fisch ist, verdirbt er das ganze Festessen. Iss den Fisch, wenn er noch frisch. Stelle Dummheiten an, solange du jung bist. So verläuft ein Leben gut. Und ohne Mühe lässt sich der Fisch nicht aus dem Teich ziehen. Pack den Aal am Schwanz, und du hältst ihn weder halb noch ganz.

Man kann den Teich ablaufen lassen und alle Fische liegen zappelnd vor einem. Den Teich wieder mit Fischen füllen ist viel schwerer. Ihn ködern und fangen ist tausendmal spannender. Und singt, wenn er die Fische ausnimmt und für den Räucherofen vorbereitet, seinen Lieblingsreim: So hurtig schwimmt nunmehr die Schöne dem Ufer zu und singt dabei so schön, so zauberisch. Reich mir die Hand, du göttliche Sirene, beginnt der Jüngling vom Ufer her ihr zuzuraunen. Doch wie entsetzlich ist sein Erstaunen, der schöne Schein ist halb das Weib, zur anderen Hälfte aber Fisch.

Meine Eltern hält er für haltlose Menschen, wie Fische nicht zu fassen. Nur immer schlucken statt zu atmen. Und sich immer häufiger verschlucken, aber nichts ausspeien, sondern reichlich Feuerwasser trinken. Wobei sie lieber Feierwasser statt Feuerwasser sagen.

Vergeblicher Aufwand an Kraft und Mühe. Verlorene Zeit sowieso. Bier, Wein und Schnaps ist ihnen das flüssige Brot.

Sie schlucken es ohne Befehl und Not. Sie spritzen fremde Tropfen in ihr Blut und meinen, die stabile Natur spritze sie wieder schadlos heraus. Egmont will die Gefahr nicht sehen, schüttelt sie ab mit seinem ewigen:

Weg, weg und wehe mir.

Die armen Leute finden nicht aus ihren Flegeljahren heraus, sagt Onkelonkel und die Tante sagt: Nicht vor dem Jungen, hält mir die Ohren zu. Onkelonkel soll aufhören, nicht rücksichtslos daherreden, in den Garten verschwinden, sich ja nicht wieder blicken lassen. Wie könne er nur.

Und immer kommt es zum Streit zwischen Tante Luci und Onkelonkel, wenn der mich von seinem Bier oder Schnaps kosten lassen will. Ich soll keine Memme werden, so ein kleiner Schluck wird nicht schaden, die Tante malt in seinen Augen viel zu oft nur den Teufel an die Wand. Solange der Junge seine Beine unter meinen Tisch stellt, sagt sie, trinkt er nichts. Und ich stelle mir dann meine Beine als Beine vor, die ich einfach so abnehmen kann, wie der Humpelmann sein Holzbein abnimmt, wenn er ins Bett kriecht, und stelle dann meine beiden Beine unter den Küchentisch der Tante, wo sie dann stehen, und ich kann trotzdem vom Onkelschnaps kosten, wie der es will, und meine Beine stehen da, wo sie stehen, gut. Und die Tante kann nichts dagegen haben.

Tante Luci ist für mich in einer Person Mutterersatz, Freundin, Onkel und Tante, Schwester, Bruder, Vater, wenn niemand für mich da ist, was immer häufiger der Fall ist.

Onkel und Tante hocken zusammen, wenn Wintersport im Fernseher läuft. Sie lieben nun einmal das Skispringen sehr, können die Namen der Schanzen aufsagen, sind zu zweit ein Riesenpublikum. Ich weiß einige der Namen der Springer heute noch. Recknagel, Wirkola, Queck.

Tante Luci erklärt mir die Sprungtechnik von damals, führt sie uns bodenturnend vor. Die Arme vorgestreckt, setzt sie den Telemark, wie es in der Fachsprache heißt. Trägt Trainingskleidung, wenn sie Skispringen im Fernseher sieht.

Tante Luci schaut Wintersport. Sie begeistert sich für den alpinen Skilauf, Slalom, Riesenslalom, Superriesenslalom und die Abfahrt der Damen oder Herren. Sie schwärmt für den nordischen Skilauf, Skilanglauf im klassischen und freien Stil, Skispringen, nordische Kombination, Skilanglauf kombiniert mit Gewehrschießen, Einzel-, Staffel- und Mannschaftswettbewerb, Zweier-, Viererbob, Rennrodeln, Einsitzer, Doppelsitzer, Eistanz, Paarlauf, Skiakrobatik, Eisspeedway, Eissegeln, Eisstockschießen, Schlittenhundesport und Snowboardfahren. Ihr verdanke ich meine Vorliebe für Eishockey.

Wir sitzen alle zusammen. Der Weihnachtsbaum brennt, lange bevor Weihnachten gefeiert wird. Es gibt von ihr selbst gebackene Plätzchen. Die Tante hat Glühwein zubereitet.

Ausnahmsweise, Junge.

Ausnahmen bestätigen die Regeln.

Und jedes Mal herrscht diese Vorfreude, schönste Freude, schaltet sie den Fernseher an. Und der Reporter spricht so weihnachtlich gut zu jedem neuen Springer, altbekannten Hasen. Und der Bildschirm ist schneeweiß. Und das Prozedere beginnt wie jedes Jahr wieder. Wir sehen einen Sprung und schätzen dessen Weite ein.

Tante Luci sagt neunundachtzigeinhalb. Der Onkel tippt auf einundneunzig Meter. Ich sage zweiundneunzig glatt. Gesprungen werden neunzig Meter. Tante Luci klatscht in die Hände. Sie ist am nächsten dran. Und schreibt sich in der Tabelle einen Punkt gut, setzt je einen Strich unter meinem und Onkelonkels Namenkürzel.

Ist der Briefträger mit von der Partie, genehmigt er sich einen kräftigen Schluck aus der Bierflasche. Auch er kann Tante Luci nicht wirklich besiegen. Sie hat das bessere Auge und knallt ihre Handflächen siegesgewiss auf ihre Oberschenkel. In der Küche hängt das von mir gezeichnete Bild an den Kork gepinnt. Tante Luci, der Onkel und ich am Tisch vor ihrer liebsten Kaffeekanne, dem immer vollen Aschenbecher und einem Riesenblech mit Zuckerkuchen. Die Nacht zuvor gebacken. Das Bild hängt neben der Postkarte aus Tunesien. Wir sehen Skispringen und Tante Luci witzelt: Weiter als bis nach Tunesien ist deine gute, alte Tante nie gewesen.

Es geht um ihre Hochzeitsreise dorthin. Von den Werftkollegen spendiert. Sie erzählt nicht viel von Tunesien, nur dass dort die Kinder kleine Blumensträuße vor den Bäuchen halten, ihre Münder stumm sind und sie unhörbare Worte aus ihren dunklen Kinderaugen senden. Dunkle Kinderaugen wie bei einer Gegenüberstellung. Und sagt dazu weiter nichts, sondern schaut mich nur stumm und lange an, dass eine Zeit lang Stille im Wohnzimmer herrscht und dann erst von fern der Ton des Fernsehers das Wohnzimmer zurückerobert.

Das Militär setzt Alkohol und Drogen gezielt ein, sagt Onkelonkel, verteilt Schnaps wie Kaugummi an seine Mannen. Vor dem Einsatz, während dessen und erst recht danach. Alkoholgetränkt sind alle Landesfahnen. Die Panzer fahren von Schnaps angetrieben in Feindesland ein. Munitionskisten mit Alkohol gefüllt. Flüssige Kampfmittel, die den Zögerlichen zum Kämpfer umwandeln. Du kommst als dummer Bube zur Truppe und bist binnen kurzer Zeit der willfährige Kampfhund. Zu allem bereit. Rücksichtslos gegen Mann, Frau und Kinder.

Olle Kamellen nennt Tante Luci, was Onkelonkel Politik und Verbrechen am Menschen nennt. Er soll seinen Mund halten, mich nicht ängstigen, sich ein Plätzchen zwischen die Zähne schieben. Nur weil auf der Werft alle gottlose Säufer geworden sind, muss das ja nicht bei allen Menschen so sein. Angstmache.

Aus Angst beißt die Ratte zu.

Aus der Not setzt sie zum Sprung an.

Alkohol wäre sehr nützlich. Der Eskimo rette mit Alkohol Menschenleben. Erfrorene Glieder kommen durch Alkohol neuerlich zum Leben. Die Brust atmet freier, reibt man

sie mit Alkohol ein. Alkohol hilft, Wunden zu desinfizieren. Die Krankenschwester reinigt die Stelle am Arm mit Alkohol und sticht erst dann die Kanüle ins Fleisch. Ich soll nur nicht auf das Geschwätz des Onkels hören. Alkohol hält Ungeziefer fern. Bakterien und Fußpilze haben gegen Alkohol keine Chance. Viren erfrieren, reimt sie mit sichtlicher Freude am Reimen. Bläulich warm lodert der Alkohol über dem Glasrand des durchsichtigen knubbeligen Kolbens, den die Heilerin dutzendweise auf den Rücken presst, dass er dem Kranken die Krankheitspartikel aus dem Leib saugt. Alkohol schafft Wärme. Alkohol ist Energie. In jedem Parfum ist Alkohol. Sie scheut sich nicht zuzugeben, wie gern sie zum Beispiel am Rasierwasser des Onkels rieche. Ich soll mich nur in andere Regionen hineinversetzen. Die lateinamerikanische Schamanin beiße dem Huhn den Kopf an. Und fülle den blutigen Mund mit Schnaps. Und versprühe scharfen Alkohol aus ihrem Mund, dass der Voodooraum davon schwanger wird. Und der Unheilbare, Blinde, Stumme, Beinlahme wird geheilt. Springt auf, kann reden und laut singen. Und wird nicht wieder aufhören, mit Freude in die Welt zu sehen, an allem zu riechen, mit jedem zu sprechen. Und wird dann jeden Tag dreimal dem Retter Alkohol eine Dankkerze zünden oder mit dem schönen bläulichen Lichtspektakel der Spiritusflamme der wundersamen Heilung gedenken. Gott hat den Alkohol so fein und dem Wasser so ähnlich gestaltet, dass der Mensch den Alkohol wie das Wasser lieb hat. Alkohol kühlt.
Alkohol heilt vom Mückenstich.
Alkohol treibt Autos, Flugzeuge, Raketen an.
Und Tante Luci ballt ihre Fäuste. Und dann sind da nur noch die Schläge zu vernehmen, die Tante austeilt. Und der Onkel grinst dazu. Lässt sich den Rücken bearbeiten, als würde auf ihm Trommeln geübt. Oftmals bereue ich, nie ein Foto von den beiden bei ihren Zwistigkeiten geschossen zu haben. Sie wild entschlossen, ihm beizukommen, er die Hände erhoben, ihren Hieben geschickt ausweichend. Onkelonkel

bekommt die Türklinke zu fassen und verschwindet dann zur Tür hinaus im Hof, argumentiert von draußen nach drinnen. Was aber drinnen nicht zu verstehen ist. Die Tante stellt den Fernseher laut, ermahnt mich, nicht hinzuhören. Der Onkel wäre arg gaga.

Wie es da drinnen aussieht, sagt die Tante, pocht gegen ihre Brust, kann niemand einem anderen sagen. Man soll es jeden Tag versuchen. Aber man kann es nicht dauernd praktizieren. Man kann nicht nur lächelnd und nach außen hin frohgemut durchs Dorf gehen. Man muss und darf auch einmal richtig missgestimmt durch die Gegend laufen. Man hat das Recht darauf, auf alles um einen herum zu pfeifen.

Ich akzeptiere diese Aussage, wie ich viele andere Aussagen der Tante hingenommen habe. Dunkelheit trägt jeder Mensch in sich. Lebenskunst sei es, von außen her sich in die Düsternis blicken zu lassen. Man muss das Herz nicht allen zeigen, sagt die Tante. Weil es Dinge im Leben gibt, die niemanden etwas angehen, nicht zu interessieren hätten.

Was sich dir in deinem Kopf als Mühlrad dreht, störe dich nicht daran.

Der Onkel sitzt, wenn er Pause im Garten hält, auf der Gartenbank. Sitzt wie auf der Vogelstange. Der Eichelhäher kommt ihn besuchen. Er kann den Häher parodieren, dass dieser selbst bass erstaunt ist. Er führt den Ruf täuschend echt vor. Er sagt vom Häher, er sei der schrecklichste unter den Vögeln. Weil er die Rehe verpetzt, sie schreiend dem Jäger verrät.

Ich müsse mit ihm zur Jagd mitkommen. Er werde mich mitnehmen, verspricht er etliche Male. Die Tante verbietet es ihm strikt. Alt wären die Jäger in der Truppe, schössen regelmäßig Jagdhunde nieder, verwechseln Jungen wie mich mit kleinen Wildschweinchen. Der Onkel solle seine Propaganda stecken lassen. Sie werde mich nicht als Jagdversehen mitschicken. Sie wolle mich nicht mausetot geschossen von einem seiner oberblinden Jagdgenossen vor die Tür gelegt bekommen sehen.

Aus, basta.

Nie im Leben.

Ohne Widerrede.

Onkel schweigt und schwärmt erst wieder von der Jagd, wenn er sich sicher ist, dass Tante Luci es nicht mitbekommt. Er tätschelt meinen Unterarm. Das muss einer erlebt haben. In den Wald, zu den Hörnern gehöre er. Ich müsse da auch hin. Ja, sicher. Da passiere mir gar nichts. Was die Tante nur so daherrede. Mann müsse nur Abstand zu den anderen Treibern halten und immer schön laut sein, johlen, klatschen, rufen und mit den Ästen knistern. Es bestünde keine Gefahr. Eher käme ein Städter unter die Autoreifen, als dass man mich oder ihn aus Versehen niederstrecke.

Aber es bleibt bei dem Versprechen. Zur Jagd schließlich nimmt mich erst ein Arbeitskollege mit. Und das auch nur, weil er mit seinem Sohn dorthin will und der Sohn nicht das einzige Kind im Wald sein will.

Jeder Fremde würde meinen, Tante und Onkel wären sich tiefgrund spinnefeind und eine Last. Ja, im Geröhre war's fürchterlich. O schaurig war's in der Heide. Nein, nein. Es gibt immer wieder tolle Momente zu berichten. Donnerstag zum Beispiel, wenn am Fischtag der Fischmann mit seinem Fischwagen kommt und die Bimmel bimmelt.

Ach, wenn du mir eine Freude bereiten willst, besorge wieder Flunder, höre ich die Tante zum Onkel flöten. Und dann geht er, ohne zu murren, los und ist in der gleichen Stunde mit Flundern zurück, die er Soplattedingeraberauch nennt. Onkelonkel isst keine Flunder, wie auch immer zubereitet. Tragen ihm die beiden Augen zu sehr auf einer Körperhälfte. Verwundert sich jedes Mal neu, wie ein Fisch mit diesen missratenen Augen sehen könne. Unterhalb des Wassers ist das Sehen ein anderes, sagt die Tante. Und der Onkel sagt, dass sie ihm zu platt sind. Und dann noch das Aussehen, diese kleinen, gemeinen, spitzen Zähne, mit denen sie Muscheln, Schnecken, Krebse knacken und verspeisen.

Es ist ja nicht so, dass er von Fischen keine Ahnung hat, sagt sie immer mal wieder. Onkelonkel kocht die beste Fischsuppe der Welt. Zwiebeln, Lorbeer, Möhren, Dill in den köchelnden Sud. Acht Minuten der Dorsch, zwölf die Meerforelle. Und singt bei der Zubereitung. Und manchmal stimmt sie mit ein. Und beide singen sie miteinander wie beim Wettsingen. Mit Hingabe und Inbrunst. Der Onkel gemütlich tief wie der Uhu. Tante Luci hell wie die Nachtigall. Dorschfisch soll ich kochen, hab weder Schmalz noch Salz. Die Pfanne ist zerbrochen. Wollt mir 'ne neue kaufen. Tu mit dem Kaufmann mich raufen. Krieg die Pfanne nicht. Da koch ich den Fisch halt überm Kerzenlicht.

Zweifellos sind sie ein Paar, wenn sie die Scholle backen. Und jedes Mal wieder, wenn die Tante die flachen Fische küchenfertig vorbereitet, kommt Onkelonkel die Geschichte vom armen Fischer in den Sinn. Der den Butt fängt, ihn zurück ans Meer gibt, sich daraufhin bei ihm etwas wünschen darf. Aber keinen Wunsch parat hat. Daheim davon der Frau erzählt, die ihn ordentlich zurechtweist, Dummkopf nennt. Ab und zurück ans Wasser getreten. Von wegen keinen Wunsch haben. Stehe nicht herum. Gehe zu. Lass den Butt noch einmal kommen. Hörst du. Und dann sagst du ihm, dass deine gute Frau mehr als nur einen Wunsch zu wünschen hat.

Und der arme Mann kehrt zurück ans Meer, die Wunderflunder zu rufen, ihm sein Leid mit dem Weib zu klagen. Und beginnt ihren Wunsch zu benennen, der besser erfüllt werde. Dass ihm daheim der Haussegen heil bleibt.

Und jedes Mal, wenn ich eine Flunder für die Pfanne vorbereite, sehe ich die Tante, höre den Onkel. Und die Tante hört ihm so andächtig zu. Hängt an seinen Lippen, bis der Onkel ausgeredet und die Pointe gesetzt hat. Und obwohl sie die Geschichte haarklein kennen, ist es danach eine Zeit lang nur still in der Küche. Und beide scheinen von der Zeit eingefroren zu sein. Tante Luci hat den Fisch halb fertig gemehlt. Onkelonkel lauscht dem Ende der Geschichte mit offenem Mund nach.

Steckt Wahrheit drin.

Ist eine gute Geschichte.

Erklärt einem die Welt auf Anhieb.

Auf jeden Fall mag ich an der Flunder oder Maischolle die augenlose Unterseite lieber als die Oberseite. Ist da ein geheimnisvolles Weiß an der Unterseite des Fisches. Ich denke an den weißen Wal in *Moby Dick* von Melville.

Ein schwieriges Unterfangen, ihr Eheleben zu beschreiben. Das Leben im Dorf ist erloschen, sagt er, seit es der Werft so schlecht geht. Ist nichts mehr so heiter und vergnüglich wie einst. Gelacht wird nur noch am Fernseher. So richtig froh ist es keinem mehr ums Herz. Selbst die Kinder sind nicht mehr so gut gelaunt wie zu seiner Zeit noch. Ich solle, wenn ich flügge wäre, das Dorf verlassen, den Zugvögeln nach, so schnell wie möglich.

Ein Naturbursche sei er. Das schon. Ein normaler Strandspaziergang mit Tierbegegnung, sagen wir Fuchs, Rabenpaar, endet nicht wie gewohnt. Das Unerwartete geschieht. Der Fuchs wirft sich zu Boden und kann plötzlich reden. Er will vom Onkel gestreichelt sein. Benimmt sich wie der zahme Hund, den sie früher gehabt haben. Schwarze Raben umfliegen ihn.

Er habe in der beginnenden Dämmerung seinen ledernen Handschuh verloren, nach ihm vergeblich gesucht, ihn nicht finden können, den Raben zugerufen, dass er jetzt ohne den Handschuh nach Hause gehen werde, sie ihn suchen sollen. Und am nächsten Tag liegt der verlorene Handschuh vor seiner Tür. Und Raben hört man hinterm Haus ihm etwas zurufen, Schreie, die nur er versteht. Und wie er sich umdreht und ins Haus geht, fallen zwei blutige Federn vom Himmel herab ihm vor die Füße.

Man fragt sich, warum er solche Geschichten von sich gibt. Und vermutet etwas anderes dahinter. Etwas, das er sich nicht zu erzählen traut und nur zu umschreiben weiß. Aber man kommt nicht dahinter. Weil die Geschichten nicht so spektakuläre Geschichten sind. Und jedes Mal schimpft die Tante den Onkel aus, er soll mich nicht ängstigen. Aber ich ängstige mich. Und falle so auf seine Lügengeschichten herein.

Denn etwas an der Lüge ist auch wahr.

Wie sehr Tante Luci mich auch beschwört, ich glaube die Geschichten des Onkels. Man könne Dichtung und Wahrheit bei ihm nicht voneinander trennen, sagt die Tante. Geschichten aus seinem Mund, die unwahrscheinlich klingen, seien eher wahr als die Berichte, die so verführerisch einleuchtend klingen.

Der Maulwurf, sagt er, schau, beim Nachbarn frisst er nicht, kommt nur zu mir, weil es hier im Boden die fetteren Würmer gibt. Hat seinen Garten maximal in Griff, wie er sagt. Drei Reihen Spargel, das haut hin. Kartoffeln, dass es für mehr als ein Jahr ohne Hunger reicht. Salat, der in bestimmter Zeit auswachsen muss, weil keiner mehr den Salat essen kann, so viel hat er im Garten, selbst die Nachbarschaft nimmt ihn nicht einmal mehr geschenkt.

Sitzt er am Frühstückstisch, beobachtet er die Vögel an den drei Vogelhäuschen vor dem Küchenfenster. Kennt sie alle, hat den Singvögeln bereits Namen gegeben. Begrüßt die seltenen Besucher wie Staatschefs mit:

Ihre Exzellenz, der Herr Blauschwanz, gibt sich die Ehre.

Beehrt uns hier äußerst selten.

Immer so kurz angebunden.

Was macht Tom, der Schlingel?

Findet er sich in Sibirien zurecht?

Sieht sich jeden Morgen zuerst im Garten um. Noch bevor er sich die Zähne putzt. Das vergessen die Leute. Das tun sie nicht mehr. Dabei ist es so wichtig, jeden Morgen früh nach dem Rechten zu sehen. Schädlinge lassen sich nur in der Frühe finden. Wenn sie noch nachtkalt sind und nicht so flink abtauchen können. Die Schnecken, ehe sie sich verstecken, muss man sie entdecken. Die kleinen Käfer vom Stengel knipsen, über die Blätter der Obstbäume streichen, sie von Tau befreien. Stunden später lügt der Garten, sind die Verhältnisse keine solchen mehr, ist die Harmonie im Garten gestört, verhält sich alles in ihm irgendwie zugeknöpft.

Baut in seinem Garten den Bohnen ein Lattendreieck, dass sie sich an ihm emporranken. Wickelt im Winter den Pfirsichbaum in Pferdedecken ein, dass er ihm nicht erfriert. Hat zwei Kompostgruben fachmännisch ausgehoben. Die eine für den Haushaltsabfall, die andere für Reste aus dem Garten und was vom Fischeausnehmen, Hausschlachten, den Mahlzeiten, dem Räuchern übrig bleibt.

Wenn wir im Garten sind, ist Onkelonkel schnell bei seinem Lieblingsthema. Es fiele ihm im Traum nicht ein, das Dorf zu verlassen. War immer ein abseits liegendes Dorf, von den anderen Dörfern abgeschnitten. Lag immer fern der gängigen Routen. Musste man sich bergab mit Tieffall begnügen und bergauf sich nach der Sonne recken.

Kein Dorf bleibt mehr in seinem früheren Zustand. Die jungen Menschen leben eine Weile hier und gehen dann fort. Dorthin, woher all die Verheißungen kommen, all die sensationellen Sensationen, mit denen sich die jungen Leute über Jahre hinweg füttern lassen.

Und trägt bei der Rede seine Arbeitsjoppe aus Fell. Und hält mich in Trab, als seinen flinken Adjutanten. Hol mir rasch dies und bring mir just mal das. Halt hier mal das Seil stramm. Wirf den Strunk in die Kiste dort. Schieb den Korb hierher. Halt den Schlauch. Nicht doch dahin. Stell den Eimer direkt vor meine Füße. Sag der Tante drinnen Bescheid, dass sie den Herd anwerfen soll. Und nimm ihr einen kleinen Strauß Petersilie mit. Für den Quark zu den Kartoffeln. Mehr redet er nicht. Versorgt uns alle aus dem Garten. Tante Luci ist stolz auf Onkelonkel. Ein Glücksfall sondergleichen, mit so viel Verstand und Kenntnis im Garten beschäftigt.

Wir essen viel Fisch. Onkelonkel angelt zum Vergnügen. Er isst Fisch sogar roh. Sitzt im Boot, filetiert kleine Barsche, schneidet sie in Happen, steckt sie in den Mund, lobt sie die gesundeste Kost. Hat er nicht genug geangelt, kauft er Fisch im Laden dazu. Ein Weihnachtsessen ohne Fisch ist undenkbar. Es gibt bei uns Fischsuppe zu Ostern, zu Geburtstagen, zum Weihnachtsfest und zu Silvester. Karpfen liebt er des Fettes wegen. Paprika ist wichtig. Der entfaltet seine Kraft erst durch das Fischfett. Karpfen werden lebendig verkauft, und es ist immer eine spannende Prozedur, wenn der Verkäufer ihn im Laden zu töten versucht. Der Karpfen entgleitet ihm, glitscht vom Hackklotz, springt auf dem Boden herum, muss wieder eingefangen und mit dem Schlagstock neu bearbeitet werden. Nudeln, schwört der Onkel, passen am besten zum Karpfen. Er kann Forellen nicht so sehr leiden. Er versteht nicht, wie Leute Forellen essen können.

Hat einen Eisenschrank von der Werft mitgebracht, aus ihm einen Räucherschrank gezimmert. Da räuchert er nun die Fische, die er selber angelt. Frischfleisch besorgt er sich beim Schlachter ein Dorf weiter, weil es bei uns keine Schlachterei mehr gibt. Geht auf Jagd. Schlachtet nach der Jagd, was von der Jagd sein Anteil ist. Zwei Wildschweine, zweimal Dammwild, in der Ecke zwischen Schuppen und Holzstapel. Und sitzt nach getaner Arbeit mit den Helfern am alten Schuppen. So dunkel wie die Nacht selbst nicht. Und bleibt dort mit sich sitzen, wenn die Helfer gegangen sind. Ist keine alte Hütte, sagt er. Ist ein Wesen, aus Holz gebaut. Zeilen wie: Herein zum Ofen, zum dampfenden Tisch, brich mit uns das Brot, iss mit uns vom Fisch, weiß ich aus seinem Munde, wenn er Gäste begrüßt und einen zu sitzen hat, wie Tante Luci es nennt. Der Reiter erstarret auf seinem Pferd, er hat nur das erste Wort gehört, redet er zum Beispiel den Briefträger an. Es stocket sein Herz, es sträubt sich sein Haar, dicht hinter ihm grinst noch die grause Gefahr, sagt er für die Eierfrau auf. Da seufzt er, da sinkt er vom Ross herab, da ward ihm am Ufer ein trocken Grab, haucht Onkelonkel mit verklärter Stimme, nimmt er die Fische für den Räucherofen aus. Und: es siehet sein Blick nur den grässlichen Schlund. Sein Geist versinkt in den schwarzen Grund. Im Ohr ihm donnert's wie krachend Eis, wie die Well' umrieselt ihn kalter Schweiß, zelebriert er erwartungsvoll am Räucherschrank, während er ihn zu öffnen beginnt, in Rauch gehüllt. Aber so richtig begeistern Onkelonkel die weniger lehrhaften, richtig sinnlosen, komischen Reime. Geisterklassen geistern durch Kleistergassen. Darauf frisch einen Reim gemacht, bis der Saal von selber lacht. Ein Knabe aus Tehuantepec lief seiner Tante weg, die liebte ihn gar sehr und lief ihm hinterher, er trug danach ihr Handgepäck.

Er bringt mir Limericks bei, erklärt mir eindringlich, wie so ein Limerick zusammengereimt wird. Dida dida dida dada dida dida di da da didi da di di dida di da da da. Und schon bin ich ein begeisterter Limerickerfinder. Nach tagelanger Tüftelei habe ich meinen ersten, selbst geschriebenen Limerick zusammen:

Aschtonnegerüche
steigen in die Küche,
sind nur kurz im Haus,
steigen zum Fenster wieder hinaus
und hinterlassen tausend Flüche.

Große Klasse. Wunderbar, loben Tante und Onkel mich, bitten mich immer wieder, ihnen mein Werk vorzutragen. Wollen es auf bestes Papier geschrieben haben. Sie haben es sich eingerahmt und finden es so wundervoll, einen richtigen Dichter in der Familie zu haben.

An Tante Lucis Küchenwand hängt mein Gedicht jahrelang. Und immer wieder soll ich es für Tante Luci vortragen. Und sie ist dann geehrt und sieht die alten Zeiten wieder, als ich ein kleiner Junge war und der Onkel noch mit uns am Tisch gesessen und so heiter gewesen ist.

Onkelonkel ist ein Gartenfreund. Nicht nur Kartoffelreihen,

Bohnenstangen, Radieschen, Spargel, Kohlköpfe, Blumen-kohl. Nicht nur säen, ernten, einwecken, was einzuwecken geht, sagt er. Lässt mich zwischen stachlige Äste greifen, weil ich die dünneren Arme habe, geschicktere Hände, Finger und eine Haut, die sich schneller als die seine wieder ver-wächst, wie er sagt, wenn ich mich schürfe, schlitze, kratze, steche. Und drückt eine gelbe Stachelbeere zwischen Zeige-finger und Daumen entzwei, schlürft den Inhalt. Lobt sie als eine der köstlichsten Köstlichkeiten, in keinem Supermarkt zu kaufen.

Liegt an der Lage.

Liegt am Pferdedung im Boden.

Liegt daran, wie man sich um die Sträucher kümmert.

Ist, wie ich selber bin, der Garten, mein zweites Ich, ver-säumt der Onkel nicht hinzuzufügen. Und setzt sich nach getaner Arbeit auf die Bank am kleinen Schuppen, wo die Sonne erst spät am Nachmittag scheint. Sitzt draußen vor der Tür, über jeden und alles ausführlich nachzudenken, mit sich zu reden. In einer Welt, in der alle nur noch über ihre neumodischen Telefone reden. Und wissen nicht, wie schön die Möwe schreit, was ein wirklich schönes Abendrot ist.

Ich sitze gern bei ihm. Er hat so lustige Sprüche drauf, wenn er angeheitert ist, lässt er sie hören: Hopp hopp rin in Kopp. Krug macht klug. Hopfen und Malz, ab in den Hals. Lie-ber Korn im Blut als Stroh im Kopf. Lieber Rum trinken als rumsitzen. Ata, ata, ater, in die Kneipe kommt der Vater. Dicke Braue, dicker Kopp, scheißegal, ex und hopp. Es ist eine Plage, der Mond ist zwölfmal im Jahr nur voll, wir sind es alle Tage. Hilft kein Schütteln, hilft kein Klopfen, in die Hose geht der letzte Tropfen. Müde bin ich, geh zur Ruh, de-cke meinen Bierbauch zu. Aber solange man auf dem Boden liegen kann, ohne sich festzuhalten, ist man nicht betrunken. Hat für jede Tätigkeit im Garten einen speziellen Spruch pa-rat. Beim Kartoffelschälen sagt er leise: Benediktum, Bene-daktum, in Afrika rennen die Frauen nackt rum, bei uns tragen sie Kleider, leider. Hat er sein Bier getrunken, sagt er: Es tut mir im Herz so weh, wenn ich vom Glas den Boden seh. Von ihm stammt auch der Spruch, den ich erst wieder bei Harry im Keller höre. Alkohol ist ein hervorragendes Lösungsmittel. Er löst Familie, Ehen, Freundschaften, Arbeitsverhältnisse, Bankkonten, Leber u. Gehirnzellen auf.

Der Garten ist ein Refugium. Die Tante kümmert sich nicht darum, sitzt nur selten bis gar nicht mit ihm hier draußen. Nur wenn er ein Feuerchen entfacht, sie einlädt zum Schmaus, ist es nicht zu vermeiden, muss sie mitgefangen, mitgehangen hier Platz nehmen, dass sich die Gäste nicht fragen, wie es aussieht zwischen ihm und ihr, kein Gerede im Dorf darüber entsteht, dass sie nicht in bester Ehe Mann und Frau sind auf Verderb und in Ewigkeit. Schreckliche Frauen, findet sie. Mit ihren Fragen, wenn sie sich im Garten umsehen und Blüten anfassen. Und sucht, sobald es einzurichten geht, das Weite, ins Haus zurückzuflüchten.

Onkelonkel ist die Gemütlichkeit selbst. Wirkt, was immer er tut und sagt, wie der Onkel aus der Werbung. Wenn er eine Kartoffel anhebt, sie mir hinhält, könnte er genauso gut der gute Farmer sein, der den Welthunger stillen wird. Seift er sich die Hände mit dem Wasser aus der Regentonne, könnte er für jeden Saubermann Reklame laufen. Sitzt er auf seiner Baumbank im Sonnenlicht, den Rücken gegen die graue Bretterwand des schiefen Schuppens gelehnt, sieht er wie Clint Eastwood aus.

Jeder findet im Leben seine Nische, sagt er gern. Und hat die seine wohl im Keller zwischen den Eimern mit Knollen, Saatgut und Zwiebeln gefunden, die aus Regalen, Kisten und Kästen besteht und zwei unteren Räumen. Vorne Werkbank und Hackklotz, hinten Tiefkühltruhe, Bottiche und die kreisrunde Zinkwanne, die er zum Schlachten nimmt und Fischwässern und Äpfelsammeln.

Ich sehe Onkelonkel unter einem Papierschirm sitzen. Zwei Liegen stehen dort. Die eine hart, die andere wohlig weich.

Je nachdem wie ihm ist, liegt er mal auf der einen und auf der anderen. Der Schirm über dem harten Lager ist kunstvoll geflochten und mit Blumen bemalt. Klatschmohn. Rote Blütenblätter über den Spannstoff verteilt. So naturgetreu echt sehen die Blätter aus, dass man meint, sie würden vom Schirm herunterfallen, wenn der Wind den Schirm berührt. Hinter ihm Berge Brennholz gestapelt. Über ihm die Wäscheleine. Auf ihr Unterwäsche und Socken. Die ewige Dekoration. Hinter dem Stapel der Schuppen. Bananenkisten. Stiegen. Kanister.

Als Junge denke ich von der Trödelhalle, sie wäre für mich eingerichtet. Ich bin so gern und oft im Schuppen unterwegs. Ich schaue mich um. Ich entdecke jeden Tag neue unbekannte Dinge in ihm. Ich krame herum, öffne Kisten, Kartons, Kästen. Einmal falle ich glatt auf den Hintern. So überraschend fährt aus dem Karton eine Sprungfeder empor. Ich habe die Packschnüre noch gar nicht richtig beiseitegedrückt, schon zischt da der Wackelkopf mit dem Deckel empor.

Ich schrecke und plauze hin. Der Schreck sitzt tief und lähmt mich für die Weile. Die Überraschung steht mir noch lange ins Gesicht geschrieben. Ein Schreck wie ein Stempel auf der Stirn. Fährt mir in die Beine, weicht die Knie. Beide Beine zum Schuppendach hoch empor, auf dem Rücken liegend, zappelt zwischen den Waden dieses Clownsgesicht mit ausgestreckter Zunge auf seiner wippenden Feder. Beim näheren Hinsehen ist da ein Zettelchen am Hut. Und die Inschrift lautet: Begonnen hat alles mit dem Ranzen. Gelernt hab ich nix vom Ganzen. Nur aus der Reihe tanzen.

Ich kann über den Spaß beim besten Willen nicht befreit lachen. Ich gebe den ganzen Tag Lachen vor. Kichere gekünstelt gegen die Tante an, die sich schüttelt und sich den Bauch hält. Und ihre Augen sind riesig.

Hält sich Mangold in Überfluss. Beta vulgaris, sagt er, auch Krautstiel genannt. Die ist wie ich, die Beta. Sind vom gleichen Schlage. Schon allein die Farben vom Blatt zum Stiel.

Dieses Grün. So satt und besonders. Das Violett der Stengel. Er könne Stunden auf ein Blatt sehen und höre exotische Wassertiere rufen, sähe Baumgruppen in den einzelnen Wulsten des Blattes. Er mag die Blätter, weil sie runzelig sind und nicht so glatt wie mancher Menschenschlag.

So sitzt er wochenends in seinem Juraeckchen, von Tante Luci dorthin verdonnert.

Du bist ja voll.

Du stinkst nach Fusel.

Geh mir aus den Augen.

Mit Blatt und Stiel verzehrt er sein Mangold. Für ihn kommt die Pflanze dem Spargel nah. Schmeckt, wie Mangold schmecken muss, der durch den Winter hart geworden ist. Er ist auch bei winterlichen Temperaturen draußen in der Natur. Im tieferen Inneren ein Eskimo, meint Tante Luci dazu. Der Mensch, der sich der Kälte aussetzt, ist ein besserer Mensch. Schritt für Schritt an jeder Moderne vorbei, hat er sich eine alte Welt erhalten und hält sie aufrecht. Wirft nichts weg. Wechselt die Ofenheizung nicht aus. Nimmt einmal in der Woche sein Samstagsbad. Liegt in der Wanne bei geöffnetem Fenster, schaut auf den Baum vor ihm und meint in einem Bach zu liegen, inmitten der schönsten Natur. Vom Gezwitscher der Vögel verwöhnt, vom Wind an der Nase gekitzelt, von den Geräuschen bestürmt, die nur die Natur zustande bringt. Dieses Zirpen, Surren, Dröhnen und Grollen. Und lässt die Wolken nicht so vorbeiziehen, sondern hängt an sie seine wohligen Wannengedanken.

Für Tante Luci ein Thema, wie Akne in der Jugend als störend empfunden wird. Keine Ahnung, wie es nur so weit gekommen ist. Als sie sich kennengelernt haben, hat sie ihm zuliebe die Kaffeemutter gespielt und es witzig gefunden. Jetzt steht ihr sein Mamakomplex bis zum Würgemal. Sie sagt Würgemal, und ich verstehe sie. So manches Mal habe sie seine Mutter verflucht, dass sie den Jungen so verwöhnt hat, eingeeicht auf den schmalen Pfad durchs Leben. Selbst geräucherten Speck in dünnen Scheiben, von seiner Mutter so geschnitten und ihm mit auf den Weg gegeben. Tante Luci schnitt anfangs den Speck von der falschen Seite an, von der man den Speck niemals zu schneiden beginnt, weil der falsch geschnittene Speck dann schief am Nagel hängt.

Es hat keinen Sinn, sich weiter darüber aufzuregen. Die Tante bricht mitten im Satz ab, streicht mit der Hand übers Tischtuch, sieht zum Fenster hinaus ins Imaginäre.

Sie seien in ihrer Heimatstadt gewesen. Tante Luci und er in einer Reisegruppe. Schon eigenartig, mit Fremden in die Heimat zu reisen, die auch nur dorthin wollen, ihren Teil Heimat zu betrachten, die Ruine, die es vielleicht noch gibt.

Das Elternhaus.

Die Mühle.

Die Kirche.

Das Bauerngut.

Der Dorfteich.

Die Kutschenstation.

Mit einem Reisebus wären sie auf den Marktplatz vorgefahren und seien dann verunsichert ausgestiegen, wie dumm dagestanden, umhergeirrt. Und seien sich vorgekommen wie streunende Hunde, an allen Häusern vorbei. Und hätten die Entzückungsrufe der anderen vernommen, verhaltene, offene Begeisterung darüber, etwas unzerstört gefunden zu haben. Und hätten sich nicht zurechtfinden können und auch sonst nicht wohlgefühlt.

Die Faust in seine Hüfte gelegt, sieht er mich an wie einen, dem er etwas Kinderleichtes erklärt, nicht eine innere Seelenpein nahebringen wird. Denn was sie erlebt haben, ginge mich nichts mehr an. Ich soll in die Zukunft sehen und nicht mit ihnen an der Vergangenheit kleben. Viel zu früh seien sie von dort, wo sie nie richtig zu Hause waren, nach dorthin, wo sie nie Fuß fassen konnten, beheimatet sind. Häuser, die einen nur noch kalt anschauen. Da wie dort nur leere Straßen, durch die sie zurückgefahren sind.

Du verstehst nichts.

Du verstehst mich schon.

Du musst nichts verstehen.

Und manchmal mitten in der Nacht wacht der Onkel auf, sagt er und hat dann so ein klitzekleines Heimatgefühl, wenn ihm eine Zeile von einem Kinderlied einfällt. Vom Liedgut gerüttelt, steht er oder kniet auf der Matratze, tönt im Halbschlaf vom Webenweben. Doch die Tante hat keinen Nerv mehr für aufrührerischen Gesang. So nennt sie dieses Lied, das Menschen entzweit, gegeneinander lenkt und übereinander herfallen lässt. Mit der Fliegenklatsche haut sie nach ihm, trifft den Mund, damit er schweigt. Hinaus in den Garten soll er schleunigst verschwinden, dort könne er mit den Bienen aufrührerisch summen und Fliegen betören.

Wenn sie davon reden, denke ich, sie wollen auf etwas Bestimmtes hinaus. Früher waren sie mit Rad und Bollerwagen auf Beutezug. Eier gegen Äpfel. Äpfel gegen Butter. Schnaps für Zigaretten. Zigaretten für Schnaps, Butter, Äpfel und Eier. Früher war klug, wer am Ende ein paar Eier übrig hatte, Äpfel, Butter, Schnaps und Zigaretten vom Umtausch für den weiteren Umtausch, für weitere Eier gegen Äpfel, Butter, Schnaps und Zigaretten, sagt er. Früher war, als sie alle ihren Garten hatten, Selbstverpfleger waren.

Erzählt selten aus seinem Leben. Und wenn, dann unwillig. Dass es so dünne Suppen gab und kaum einmal Braten. Dass es dem heimlich gezogenen Schwein besser ging als mancher Kreatur auf Erden. Das Schwein wurde gemästet. Alle im Dorf halfen sie. Von überall her wurde Futter für das Schwein herangeschleppt, extra Getreide angekauft, das Schwein dick und rund gefüttert.

Sie rannten in dicker Strumpfhose herum. Mehrfach gestopft. Und der jüngste Bruder musste vom älteren Bruder all die Sachen übernehmen, die dieser aufgetragen hatte, wie die Mutter dazu sagte, die er nur an der Nähmaschine sitzen

sieht, Kleidungsstücke ausbessern und umarbeiten. Schnei-
derte Hemden aus Fallschirmseide. Naturgrün. Mit stoffum-
hüllten Knöpfen. Einige Sachen waren aus Pferdedecken geschneidert. Aus dickem Filz bestanden die Mäntel.

Zu meiner Zeit, sagt er.

Da gab es Walfett, Lebertran und rohe Leber für die Gesundheit. Lebertran, wenn man ihn nicht mochte, jeden Tag
einen Löffel. An Holzfässer erinnert er sich, mit Fisch gefüllt. An die Lauge. Wie oft er ans Ende des Dorfes zur Mol-
kerei lief, Milch zu holen, die aus einem Tank in zerbeulte,
riesige Milchkannen gepumpt wurde, weiß er nicht zu sagen.
Not hat er nicht als Not erlebt.

Sie wurden alle satt. Irgendwie.

Mit dem Wort »irgendwie« könnte der Abschnitt seines Lebens überschrieben sein. Irgendwie ist es in der Stube warm.
Irgendwie hat er die gestopfte Strumpfhose nicht als ent-
würdigendes Kleidungsstück angesehen. Irgendwie liefen sie
doch alle so und ähnlich herum. Spielzeug gibt es auch nicht.
Sie spielen mit Klötzen, die der Tischler aus den Resten gemacht hat. Irgendwie ging das auch.

Und auch, wenn er es nur einmal so ausführlich geschildert
hat und dann nie wieder, weiß ich jedes Wort noch und jeden
Namen. Und sehe alles vor mir, als wäre seine Kindheit die
meine und umgekehrt, er in meinem Leben mittendrin. Ich
kann es nicht anders beschreiben.

Ich hatte einen Hammer, sagt er mit diesem Glanz in seinen
Augen. Diesen Glanz in seinen Augen, der dort nur auftaucht,
wenn er von früher spricht. Ich hatte eine Säge, sagt er mit diesem Feuerwerkfunkenblick. Ich war fortwährend am Hämmern und Sägen und Alles-kurz-und-klein-Schlagen, sagt er
mit dieser vertrauten Helle in den Pupillen. Wir hielten uns,
wegen der Enge drinnen, den ganzen Tag über draußen auf.
Und ich sehe in seinen Augen Landschaften entstehen, darin-
nen er und sein Bruder, winziger als kleine Ameisen. Das sparte
den Eltern Heizung. Alles, selbst Kartoffelschalen, wanderte

in den Ofen. Es hieß, wenn du deinen Ofen schön mit Kartoffelschalen heizt, reinigen die Dämpfe den Schornstein.

Beim Essen hätte er lange Zeit beide Unterarme um den Essteller gelegt, mit den Augen gefaucht. Musst keine Angst haben. Hier nimmt dir keiner etwas weg, hätten sie zu ihm gesagt, sagt er. Und hat die Arme dennoch nicht vom Suppenteller zu lösen vermocht. An Feiertagen gab es Kartoffelbrei, ein Häufchen für jeden. Und Butter, in einer kleinen Pfanne ausgelassen. Butter, vom großen Butterstück geschnitten und in den heißen Brei gemengt. An den besonderen Tagen gab es Klöße. Zur einen Hälfte aus Kartoffeln, zur anderen aus Kartoffelmehl hergestellt. Heiß, rund und dampfend lagen sie auf dem Teller. Schlesische Küche, woher die Mutter kam. Ziemlicher Aufwand. Der Küchentisch mit Mehl bestreut.

Als Nachspeise legten sie Weißbrot in Milch ein, weichten Rosinen in Wasser auf. Zum Ende des Jahres gab es Karpfen blau. Ein Gericht mit irgendwie Klang im Namen. Aber die Haut von dem Fisch war niemals blau, eher milchig weiß. Und der Fisch schmeckte säuerlich dumpf. Die dreieckigen Gräten verleideten ihm das Festessen. Einen Klaps hat er bekommen. In der Ecke musste er stehen. Seinen Teller haben sie untereinander aufgeteilt. Niemand sagte etwas zum Fisch und seinem dumpfen Nachgeschmack. Alle bedankten sie sich für das Mahl. Er konnte die Ecke verlassen, wurde aber den Modergeschmack nicht los. Man aß Kuchen und schmeckte den Moder in jeder einzelnen Rosine nach.

Die Zeit, in der er aufwuchs und früh erwachsen geworden ist, alles Erinnerungen in Schwarz-Weiß, verschwommen, aber nicht farblos. Wie die guten Träume, ich soll einmal darauf achtgeben, Schwarz-Weiße gute, alte Filme sind, die der Onkel sich am liebsten anschaut. Es kämen erst mit den Jahren einige Erinnerungen wie kleine Farbtupfer hinzu, sagt die Tante. Bei ihr sei mit der Zeit warmes Kerzenlicht in die schwarz-weißen Filme geraten. Und das Frühjahr, das schöne, hat sie mit Rasengrün in Verbindung gebracht. Jetzt erscheine ihr das Blau der Kornblumen im schwarz-weißen Getreidefeld. Es ist sehr aufregend, was das Alter zu bieten hat. Sie freut sich auf die nächsten Träume wie auf den nächsten Kinobesuch.

Tante Luci wäre seine einzige große Liebe im Leben, sagt Onkelonkel. Für ihn steht sie im Freien auf dem gelben Feld. Und sie winkt ihm zu. Er sieht ihr Winken. Er verliebt sich darin. Er behält das Winken im Herzen.

Genug davon geredet, sagt Tante Luci.

Nach Onkelonkels Tod bin ich der Eierkocher im Haus. Ich bin ein genauso guter Eierkocher wie sie, lobt mich die Tante, wenn nicht sogar der bessere von beiden. Schnee-weiße Eierschale. Braune Eier sind irgendwie keine richtigen Eier, sagt Onkelonkel, der tot ist und doch in der Küche von uns beiden deutlich zu vernehmen. Ich habe meine eigene Art, die Eier exakt so zu kochen, dass der Onkel sie auch essen würde und nicht gegen die Wand klatschen. Ich lege die Eier ins kalte Wasser und warte ab, bis sie zu kochen beginnen. Und singe dann im Kopf das Lied: Ganz in Weiß mit einem Blumenstrauß, so siehst du in meinen schönsten Träumen aus. Und ist das Lied zu Ende gedacht, sind die Eier gut. Tante Luci sticht mit der Nähnadel ein Loch in die Eier. Liegen sie im Wassertopf, sprudeln Luftblasen. Ich nehme aus dem großen Glas Pflaumenmus, stecke den Finger in die Marmelade. Das Mus schmeckt. Die Eier werden abgeschreckt. Die Tante wünscht einen guten Appetit. Das Leben spielt in der Küche, wenn es ein gutes Leben ist, höre ich Tante Luci am Frühstückstisch sagen.

Wir kommen auch ohne Mannsbild klar.

Bist mir Mannsbild genug.

Wirst schon sehen.

Und trinkt den Kaffee türkisch gebrüht. Es gibt Speck vom Fleischer. Den schneiden wir mit Freude von allen vier Seiten an. Sie kocht wieder, wie sie will, fühlt sich von einer

Last befreit. Und ich sitze in der Ecke, in Onkelonkels Refugium, dem kleinen Garten mit all diesen Pflanzen, die ich nicht kennenlernen werde, weil sie zu Onkelonkel gehören und nicht zu meinem Leben.

Onkelonkel hat immer gesagt, dass es im Leben eines Menschen etliche Leben gibt, die er nicht lebt. Und etliche Pflanzen, die mit mir nicht reden werden. Man könne es mit den Kartoffeln vergleichen, die er aussortiert. Das hieße ja nicht, dass die Kartoffeln, die er für die Aussaat bestimmt, wirklich die besseren Kartoffeln wären. Hätte er seine Arbeit an der anderen Ecke des Ackers begonnen, wären andere Kartoffeln genommen worden. Als käme der Briefträger plötzlich auf die Idee, seine Tour am Ende zu beginnen. Die zum ersten Mal in ihrem Leben früh mit Post und Zeitschrift Bedachten freuen sich. Die in der Mitte würde es nicht kümmern. Doch der Ärger beginnt mit denen, die plötzlich stundenlang auf Post warten.

Onkelonkel beginnt die Kartoffelernte immer vorne links am Acker und käme nicht auf die Idee, die Ordnung zu stören. Und so sind ihm die Kartoffeln, die er ernten würde, begänne er hinten rechts, egal. Und wenn die Ernte durch die Auswahl, die er zur Aussaat trifft, eine schlechte wird, würde er trotzdem sein Ernteverhalten und auch das Auswahlprinzip nicht ändern, sondern wie immer stur links vorne am Acker die Ernte beginnen.

REIFEPRÜFUNG

In der Zeitschrift Neon sagt Angela Merkel: »Bei Kirschwein tritt die alkoholische Wirkung noch schneller ein als bei normalem Rotwein. Das habe ich unterschätzt.«

Der Vater meines Schulfreunds Harry ist ein Mosthersteller. Großer Betrieb. Stadtbekannte Getränkefirma. Die Mutter ist nur Hausfrau. Zwei dicke Putten begrüßen uns im Garten. Sie bewachen die schiefe Ebene hinterm Haus, den die Hausfrau ihren »mexikanischen Hang« nennt. Wir stehen da und lassen uns ihre Kakteen auf gelbem Kieselsand erklären. Auf der Kubareise lieb gewonnen, hierher überführt, erklärt der Vater meines Schulfreundes Harry jedes Mal wieder. Wenn ein Bösewicht was Ungezogenes spricht, hol ich den Kaktus und der sticht, sticht, sticht, hollari, hollari, hollaro. Manchmal singt er das Lied vom kleinen Kaktus. Manchmal sie. Manchmal singen sie auch beide zusammen im Duett.
Ich berichte der Tante, wie es dort ausschaut. Tante Luci weiß auch, dass sie sehr viele Blumen im Garten haben. Rosen. Tulpen. Narzissen und Kakteen. Und wir blicken oftmals verlegen zu Boden, der beiden Putten wegen, die Span angesetzt haben, irgendwie blöd aussehen, uns peinlich sind, stören, da nicht hingehören. Nicht »Span«, sagt Harrys Vater. »Patina« sollen wir zu den hellen, grünen Flecken, die sie kränklich aussehen lassen, sagen.

Harrys Eltern gelten als reich. Harry hat als erster Junge in der Schule ein Tonbandgerät. Und er bewohnt einen separaten großen Raum im hinteren Teil des Grundstücks, ein Zweitgebäude mit Keller. Also finden wir uns bei ihm im Partykeller des Hauses ein, hören Musik, mit seinem Tonband direkt vom Radiogerät aufgenommen. Sendungen zum Mitschneiden. Der Radiosprecher verspricht, nicht dazwischenzuquatschen: Für die Zuhörer, die sich die teuren Platten nicht kaufen können, nun also Seite A und Seite B ohne Unterbrechung hintereinander.

Tante Luci ist dann doch zufrieden, dass Harry mein Freund ist. Wohlanständige Leute, sagt sie zu seinen Eltern. Und findet es wunderbar, dass sie in ihrer Freizeit Gärtner sind, das große Anwesen in Schuss halten, dass es eine Freude ist, sagt sie und pafft dazu eine Zigarette.

Onkelonkel sieht das nicht ganz so. Hält es für Angeberei. Herzeigen, was man hat, wer man ist, grummelt er. Tante Luci winkt ab. Er soll ja nur nicht neidisch werden. Hätte ja auch eine Mosterei gründen können. Damals, als das alles noch viel leichter ging. Hat es aber nicht so weit gebracht. Nun, von der Verliererseite aus dagegen anzureden, sei wie Nachsetzen, von hinten einem Mann in die Beine schlagen oder einfach umrennen.

Die richtig reichen Leute sind für ihre Verhältnisse bescheiden, sagt sie. Treten oft nicht wie wirklich reiche Leute auf, bleiben solid. Sind zurückhaltender als das angeberische Volk, das nichts weiter besitzt als den Dreck unter den Fingernägeln. Nimm das Paar Drogisten im Dorf. Die mit ihren zwei hässlichen Pudeln, mit denen sie daherstolziert kommen. Und deren goldener Zahnersatz, lacht Onkelonkel. Führen nicht den Hund aus, lassen die Goldzähne Gassi gehen. Und weil sie die ständig herzeigen, bekommen sie ihre Mäuler nicht mehr richtig zu. Ganz windschief geworden vom dauernden Maulauf, der Sonne die volle Breitzahnfront hinhalten.

Wir tun so, als wollten wir eine Musikband werden, im Proberaum üben. Harrys Eltern finden das zeitgemäß, die beste Art, Freundschaft über die Musik zu kanalisieren. Wir müssen es vielleicht gar nicht tun. Dennoch versperren wir die Fenster mit Matratzen. Dass die Musik nicht nach außen dringt. Wir stellen zur Tarnung auch ein paar Mikroständer und große, selbst gezimmerte schwarze Boxen auf. Wir spielen nicht, wir hören Musik. Tanken Takte. Probieren Fruchtweine. Zum dongdong dongdongdong dudumdum, das seinen Schöpfer in einer entlegenen Motelabsteige aus dem Schlaf gerissen hat und zur Gitarre greifen ließ.

Ich bin bereit zum außerschulischen Unterricht. Harry ist mein Lehrer, wenn er über Maische, Most und Mundschenk spricht, sind das für uns die schönsten Geschichten gegen den Kram in der Schule. Alkohol ist ein so vertrautes Wort, als würde ein Freund sich mir zur Seite setzen. Harry ist unser Musiklexikon und weiß solche Dinge. Und weil er so viel zu der Motelabsteige-Gruppe sagt, wird die Gruppe unsere Lieblingsgruppe. Und wir meinen die Jungs gut zu kennen. Harry füttert uns mit dem Inhalt der Liedtexte, die er uns aus dem Englischen übersetzt. Und bald reden auch wir von Abkehr gegen all die Belehrungen, Gebote, Hinweise, Richtlinien, Vorschriften, die uns zu braven Bürgern formen sollen, uns an unserer Entfaltung hindern.

Wir probieren seinen Most, berauschen uns an dem, was Harry dem Betrieb seiner Eltern abzwackt. Und lassen dazu das Tonband laufen, stampfen Rhythmen. Und sind wir matt, tanzen wir im Sitzen. Und springen auf, ruckeln, rütteln, zucken uns in unbekannte Dimension. Es muss dich aushebeln, fortschleudern, umhauen.

Wirbeln meint wirbeln. Schüttel dein Hirn.

Du musst das Schütteltrauma erreichen.

Der heilige Blackout soll uns holen. Vier Jungen in ihrer Aufputschhöhle. Eine verschworene Gemeinschaft. Wir wollen den Taumel. Wer braucht schon den Alltag? Wir wollen nur noch hipp sein und uns soll schwindlig werden. Wenn man es richtig macht, haut es einem in die Beine. Du kippst um, trittst weg, erwachst und trinkst das nächste Glas Mostwein. Und kannst danach einfach alles. Auf den Berg, nach ganz oben wie der Höhenadler.

Und Tante Luci bekommt nichts davon mit. Keiner bekommt davon Wind. Harrys Eltern lassen uns sein, wie wir wollen. Das Schlagzeug hämmert. Sie hören es nicht.

Los, los, Jungs.

Nur tüchtig getreten.

Wenn es ansteht, sind wir dabei. Klettern barfuß in die Fässer mit Früchten gefüllt, treten wie in der Tretmühle. Die Mostarbeiter streuen Gewürze, zuckern unsere Füße. Und ich summe das Lied von den Webern, die weben und weben, während wir hintereinander im Kreise wandern. Sie offenbaren uns das Geheimnis der Firma. Sie mengen den Maischesatz zu, des Aromas wegen. Eine Drecksarbeit, sagen sie. Aber einen Mostweinmacher mit sauberen Händen gibt es nicht. Wein und saubere Hände passen nicht zusammen. Wer allzu ordentlich ist, darf sich dann zum Lohn keinen guten Wein erhoffen, heißt es. Bei der Herstellung ist jede Form von Verunreinigung im gewissen Maße erwünscht. Deswegen waschen wir unsere Füße nicht, bevor wir ins Fass klettern. Unsere Füße werden beim Rundgang sauber.

Harrys Vater segnet den Wein mit einem Bündel Brennnesseln. Wir sollen unsere Münder halten. Das dürfen wir auf keinen Fall verraten. Das ist bei ihm so. Eine Begründung dafür kann keiner geben. Haben die Ururväter schon so gehalten mit dem Bündel Brennnesseln. Und sind damit gut beraten gewesen. Man wisse von Köchen, die gäben ihren Superspeisen auch Zutaten bei, die nur verwundern können. Sagen wir: Essigwasser an Tortenböden. Oder Marmelade in die Fleischklopse. Oder Zucker an den Heringssalat. Und Zitrone an den Kartoffelbrei. Gekörnten Quark in die gute Leberwurst.

Wir stehen nach der Beinarbeit da und singen dazu aus voller Kehle. Und tanzen um den Pott herum. Und einer spielt Flöte. Und einer spielt Mundharmonika. Und wenn wir dann allein sind und keiner uns beobachtet, feiern wir unsere Taten im Probekeller.

Ohne Liebe gibt es keinen Wein. In jedem Gläschen steckt Herzenswärme. Man trinkt herzliche Menschlichkeit. Die Emotionen strahlen von innen her aus ihm hervor. Man trinkt das Blut der Erde, sagt Harry. Und seither trinke ich jeden Tag Wein, gewöhne mich an ihn und lerne früh schon, wie schwer es ist, Gewohnheiten abzuschaffen.

Kann jeder an sich ausprobieren. Mal die Beine anders als in gewohnter Weise übereinanderlegen. Die Hand zur Begrüßung wechseln. Ein neues, unbekanntes Käsestück kaufen, eine andere Butter auswählen.

Was mich im Rückblick überrascht, ist, wie reibungslos ich mich von der Tante weg auf die Seite von Harry und den neuen Freunden schlage. Bei der Tante ist es auch schön, aber nicht mehr so intensiv wie bei den Kumpels. Unser König heißt Harry und Harrys König ist Jimi Hendrix. Der spielt Gitarre und ist unser Gott. Und jeder spielt wie der auf seiner Luftgitarre die heilige Hymne der Amerikaner. Die Hymne nicht mehr als Hymne sehen, sondern einfach so zertrümmern, in Stücke hauen. Klänge, die Bombenabwürfe werden, in Explosionen übergehen, dass wir vom Zuhören high werden, aber auch vom Nachäffen, Jimihendrixsein.

Wir sind unpolitisch und Teil der gelangweilten Jugend. Wir tragen Jeans, Rollkragen, Raulederschuhe, Parka, Fellweste und stehen auf *The Who*, die von freier Liebe, sexueller Revolution, Konsumverzicht singen. Wir rauchen getrocknete Bananenschalen im Pfeifenkopf von Harrys Vater und schaukeln dazu in der Hollywoodschaukel, trinken Cola, das High-Gefühl zu erlangen, den Zustand, der dem eines auf dem Rücken mit seinen Beinen wild strampelnden Marienkäfers gleicht. Wir atmen tief ein und halten die Luft an.

Und einer umfasst dich von hinten, hebt dich an, quetscht deinen Brustkorb zusammen, stellt dich wieder hin, lässt dich los. Und es haut dir die Beine weg, du fällst in Ohnmacht, träumst, wenn du Glück hast, am Boden liegend ein paar kurze Träume, über die du berichten kannst.

Wir standen an der Küste. Wir öffneten unsere Jacken, Mäntel, Regenschirme. Wir stemmten uns gegen den Wind. Wir ließen uns vom Wind abhalten. Wir kippten, wenn der Wind sich einen Scherz erlaubte, vorne über. Wir stürzten die Steilküste hinab, rollten im Sand, fielen, flogen. Wir wurden zu Boden geschleudert. Wir vergaßen den Schmerz, die Sandladung im Gesicht. Uns war in diesen Momenten egal, was aus uns werden würde. Wir wollten Pilot werden, Kapitän, irgendein Held. Nur nicht Familienvater, Gartenfreund, Schützenkönig wie die Blödmänner um uns, mit Nervensägen verheiratet.

Wir hielten viel aus und hatten Freude daran. Davor. Mittendrin. Danach und weiter, bis in die Morgenhelle, das Wochenende über. Was wir an Nachrichten schlucken und schlucken, ohne uns zu übergeben, heißt es. Wie die Welt aushalten, die nicht sonderlich berauschend ist, als ohne Rausch? Man muss sich schädigen, weil der Staat die Beschädigten nicht braucht. Saufen, der einzige Protest, zu dem die Jugend fähig ist.

Sturzvoll dem nächsten Blackout entgegen, sagten wir uns: besser durch die Stadt torkeln als blutüberströmt auf einem Schlachtfeld. Besser die Schlachteplatte auskotzen als im Schützengraben sterben. Kneipenschluss statt Todesschuss. Man kippt vom Stuhl. Man taumelt zur Tür, fällt hin, rutscht aus, bleibt liegen. Alkohol verbindet uns brüderlich.

Wir lesen Hermann Hesse und sein Zurück-zur-Natur-Zeugs nicht. Wir lesen Wilhelm Reich. Wir lehnen ab, was uns nicht meint. Wir ziehen uns den Kanon der Hippie-Literatur herein, können beinahe alle Songs des legendären Woodstock-Festivals, gewöhnen uns lieber an Frank Zappa als an *ABBA* und stehen auf Typen in schrägen Klamotten.

Wir richten uns einen stillgelegten Hühnerstall her. Wir legen Matratzen aus, installieren eine Tonanlage, hören bis zum Abwinken *The Who*. Der Gitarrist Pete Townshend, der für uns ein Metallarbeiter ist, den freien Arm wie ein Kegler schleudert und zum Schluss der Konzerte seine Gitarren allesamt zerschmettert; bei jedem Konzert mindestens drei. Yippie yeah. Und seine Fans können nicht genug Gitarren entzweigedroschen sehen, werfen ihm ihre eigenen Gitarren auf die Bühne, dass er sie für sie demoliert und ihnen die jämmerlichen Reste hinwirft. Und der Schlagzeuger wirft sein Schlagzeug um, springt darauf herum. Und der Sänger versucht sich die Zunge herauszureißen und schießt in einem Film mit der Flinte auf goldene Schallplatten, als wären es Wurftauben. *The Who* sind ständig im Tee. *The Who* lallen beim Interview wie wir, wenn wir zu viel Mostwein getrunken haben. Dann kichern wir genauso blödsinnig wie *The Who*, die von sich sagen, dass sie eines Tages Amerika erobern werden, die gesamte USA in China umwandeln wollen, die erste Bühne auf dem Mars errichten. Die *Beatles* sind ihre Feinde. Sie äffen die Beatles nach und fordern, die *Beatles* mit Jauche zu übergießen.

Und einer von *The Who* macht einen Handstand, lässt sich Wasser ins Hosenbein gießen und schreit, dass er stinksauer ist auf die Zustände in unserer Welt und nur deswegen ständig die Kontrolle über sich verliert.

Und also zwängen wir uns in die Klamotten unserer Helden. Micks Mutter näht für uns Hemden und Hosen, wie sie *The Who* auf der Showbühne tragen. Ingwerfarbene T-Shirts mit Zielscheibe. Jacken aus dem Stoff der amerikanischen Flagge geschneidert. Wir springen gegen die Hühnerstallwände und geraten durch die Musik der *Who* in Rage, dass wir gegeneinanderprallen, taumeln, hinfallen, am Boden kriechen, seltsam zucken.

Harrys Eltern erziehen antiautoritär, sagen sie. Wahr ist: Sie erziehen ihn nicht. Sie kümmern sich nicht darum, was wir im Keller anstellen. Schauen nicht einmal heimlich herein. Sind in Gartensachen gekleidet, finden Gartenarbeit lohnender, als Erziehungspflichten nachzukommen. Gleichen, wenn wir sie so aus dem Probierkeller sehen, den zwei dicken Putten auf der schiefen Grasebene neben dem Haus.

Wir spielen in keiner Band. Wir spielen Kenner. Der Proberaum ist eine Probierstube, ein Prüflabor.

Garantiert Eigenproduktion. Von den reifsten Früchten aus Nachbars Gärten, sagt Harry. Erklärt die Herstellung. Most probieren wir. Veranstalten Probestunden im Probierraum. Verkosten Harrys Moste, bis wir dun sind davon und umkippen. Schlafen kurz aus. Und erwachen wieder. Und setzen unser internes, kleines Seminar fort. Dieses ununterbrochene Trinkfestival. Richtige Freunde trinken und schmecken und fühlen kein Brennen im Rachen, das von der Promille herrührt. Wir wollen trinken und irgendwie so tun, als würden wir damit eine Aufgabe erfüllen. Das sind die schönen Seiten der Erinnerung an meine Jugend, an meine Freunde, an unseren feuchtfröhlichen Zusammenhalt.

Ich bin endlich frei und kann so viel nippen, kosten, durcheinandertrinken, wie ich will. Und wenn ich Tante Luci schimpfen höre, so ist diese Tante nur aus dem Papier meiner Gedanken gemacht, eine kreisrunde Mondtante, wie sie in dem Lied besungen wird, Laterne, ich gehe mit meiner Laterne und meine Tante Luci als Laterne mit mir. Und alle ihre Warnungen kommen aus dem Laternenloch wie Seifenblasen. Ich kann ihre Worte mit der ausgedachten Nadel piken und sie zerplatzen, und dann ist da keine Meckertante mehr in meinem Kopf, die mich abhalten will. Und so stehen wir von Tante Luci befreit zusammen, füllen die Gläser, sehen uns an, als würden wir etwas entscheiden, wenn wir unsere Meinung sagen.

Ja gut, sagen wir.

Von der Birne kann man nicht wirklich sicher sagen, ob die Birne Umdrehungen hat.

Und wie die Birne Umdrehungen hat!

Williams Christ, schnalzt Harry, der Alleswisser, was Wein und Schnaps angeht. Feinstes Obst. Sonderklasse. Kramt eine Flasche hervor, die aussieht wie ein Kolben, in dem sich die grünliche Birne befindet. Um Birne in die Flasche zu bekommen, stülpt man sie über die ausgeblühte Knospe. Schon wächst sie in die Flasche hinein. Muss wundersam aussehen, herrlich klingen, wenn Wind die Zweige durchkämmt, sagen wir. Trickbetrüger trennen den Boden der Flasche ab, sagt Harry, geben die Birne hinein, kleben den Boden wieder an. Was man hier so alles erfährt.

Wir benehmen uns wie auf einer Konferenz zur Bestimmung des Alkoholgehalts der Birne. Die Probiergläser werden geleert. Rein damit und den Schnaps getrunken. Ist wie ein kleiner Bildungsurlaub. Man bekommt die gesamte Struktur des Unternehmens mit, wird irgendwie firm, was die Firma betrifft, und ist am Ende besoffen, voller Glückseligkeit, die aus Harrys Mostweinflaschen fließt.

Himbeere, sagt er, stärkt das Herz. Brombeere sorgt für volles Haar. Stachelbeersaft hilft gegen wacklige Zähne. Rhabarber hält die Muskeln jung. Pflaume wendet man erfolgreich bei Magensausen an. Vor Pfirsichwein ist zu warnen, weil er viel rascher in die Beine geht, selbst Elefanten umhaut. Wenn man sich ärgert, wütend tobt und einen tiefen Groll hegt, ist dieser am besten mit der Birne zu besänftigen. Mein schwarzer Johannesbeerwein sei gut gegen Kopfschmerz, sagt Harry. Auf nüchternen Magen getrunken, wirke die Johanna wie eine Batterie. Man komme ohne Müdigkeit über den langweiligsten Tag.

Kann sich wirklich fein ausdrücken, unser Harry, sagt: Der Apfelmost geht an. Man schmeckt den Alkoholgehalt etwas zu vordergründig heraus. Der Rhabarber zum Beispiel ist da anders, nicht grenzwertig, sagt er. Kostet für uns, verzieht das Gesicht zum Rhabarberstangengesicht. Ist gewöhnungsbedürftig. Muss man mehrmals kosten, den Most lange im

Mund spülen, ehe man den Alkohol schmeckt. Und genau darum geht es uns.

Meine Freunde haben alle längst schon Interessen und Talente. Kutte reist mit seinem Motorrad durchs Land, seltene Schallplatten von Frank Zappa und Captain Beefheart zu erwerben. Wir hören früh schon sehr viel Jazzmusik. Und unser Schulfreund Ricky kann lustige Sketche auswendig, vor allem aber richtig zaubern. Kartentricks, die wir nie durchschauen. Er lässt auf der Schulfeier den Sportlehrer verschwinden und der Sportlehrer bleibt verschwunden, bis ihn seine Frau aus der Besenkammer befreit. Wir machen ihn besoffen und wollen hinter die Tricks kommen. Er lallt, er dürfe niemandem etwas verraten, und doch bekommt ihn Harry einmal so weit, dass er ihm verrät, wie er hinter den Ohren Münzen hervorholt. Wie er rote Tennisbälle in den Mund steckt und zerkaut, dann unanständig laut furzt und sie als kleine Tomaten aus seinem Hosenbund zaubert, die er ins Publikum wirft und die keiner auffangen mag, verrät er ihm nicht.

Ich helfe ihm einmal beim Aufwischen. Und wie wir so beide auf dem Boden knien, sagt er, dass er sehr schüchtern und viel zu verklemmt ist, nur durch die Zauberei mit den Mädchen in Kontakt kommt. Micky hat damit keinerlei Probleme. Er ist groß gewachsen, trägt glänzende Hemden in Farben, die wir nie tragen würden. Er ist unser Mädchenschwarm. Er wirkt so unwahrscheinlich auf Mädchen, weil er diese kreisrunde Afrofrisur trägt, in die hinein der Kamm beim Kämmen verschwindet und für immer verloren geht. Eine Jimi-Hendrix-Mähne, die alle Mädchen für nicht echt an ihm halten, sagt er. Er lässt sie gern hineingreifen, wovon sie dann mehr als ergriffen sind. In dem Wort »greifen« steckt das Wort »reif« und das trifft auf Micky wirklich zu. Er zuckt die Achseln und kann nichts dagegen tun, dass die Mädchen ihn sexy finden. Ich dagegen habe nichts weiter zu bieten, als zum Beispiel Bierflaschen mit meinen

Eckzähnen zu öffnen. Die Freunde lachen und finden mich tollkühn. Die Mädchen sind verstört und wenden sich erschreckt ab.

Und dann ist die Birne abgehakt, durch. Schon probieren wir die Tarnkappen unter den Mosten, die heimtückischen Vollblutweine, die sich als Weine nicht zu erkennen geben, wie Kindersaft schmecken. Die schwarze Johanna, vom Strauch gepflückt zum Beispiel. Mein Topmostwein. Danach die Sauerkirsche. Auch so ein Getränk, das sich ziert, seinen Alkohol nicht durchschmecken lässt. Oh, ja, die knackige Kirsche. Hat es in sich, dieser Most, lässt sich nichts anmerken, schlägt dann aber unerwartet erbarmungslos zu. Wird unfair, neigt zum Tiefschlag. Ein nach außen hin biederer Most, denkt man. Kirschwein, von dem wir viel zu schnell betrunken werden, wie oft auch der Freund darauf hinweist, ihn Schluck um Schluck und in Maßen zu genießen.

Daran zurückgedacht, ergibt sich eine gesunde Aufteilung zwischen uns. Macher und Kenner Harry, der Sohn des Mosters und unser bester Freund, steht neben dem Kasten, hält die Flasche wie ein Edelkellner empor, redet böhmische Dörfer für uns, wie auf einer Werbeveranstaltung. Und wir müssen über Harry lachen, die Bäuche halten. Und mancher verschluckt sich, hustet Most in die Runde, spritzt ihn gegen die Wand, auf die Hose, uns ins Gesicht. Und wir sind wahrhaft gute Freunde. So etwas findet man im späteren Leben dann nicht mehr so schnell. Wir hören ihm zu und singen, albern tun tuten tun gut getutet, so etwas Gutes. Und trinken auf sein Wohl und das der Mosterei. Und werden lustig und sprechen ihm im Chor jedes Mal nach: Ist der Kolben gefüllt, wie er gefüllt sein muss, wird der Kolben so aufgestellt, dass der Schaum von selbst ablaufen tut. Und lässt uns munter mit dem häuslichen Gärungsprozess experimentieren.

Mancher will Zucker hinzufügen und gestattet ihn sich löffelweise. Mancher will den Wein im Glas eine Viertelstunde stehen lassen, ihn nur betrachten. Und fängt an zu gackern, will gesehen haben, wie sich der Bodensatz bildet, aus dem Bodensatz Blasen steigen, in den Blasen die bösen Lehrer der Schule stecken. Wir wissen uns gefangen, von der Promille inhaftiert. Wir wollen ja knülle sein, fertiggemacht werden, mit verdrehten Gliedern, wirren Augen, klatschnass von Kirschwein ins Koma fallen.

Wir sind jung. Das Leben ist wunderbar.

Harry achtet auf Tischsitten. Harry kann mit seinem Bauch Wellen schlagen und mit den Ohren in unterschiedlichen Takten wackeln. Harry schwitzt in der Sauna nicht. Er raucht schmale dunkle Zigaretten, wundervoll eingepackt in einer orientalisch anmutenden quadratischen Papierschachtel. Und manchmal lässt er bei seinem Vater hopsgenommene dicke Zigarren reihum gehen und wir fühlen uns als Mafioso, Filmregisseur, Revolutionär, Bankenboss. Es ist so kinderleicht, jemand anderes zu sein. Man klemmt sich einen Bierkorken vors Auge und ist dann Graf Zeppelin. Wir ziehen unsere Jacken verkehrt herum an und sehen dann wie Insassen einer Irrenanstalt aus. Wir hören sphärische Klänge. Querflöte, Geige, Rasseln, Bongos, Orgelspiel. Möglichst unendliche Stücke. Wenn wir schwermütig sein wollen, verlangsamen wir die Musik, die Stimmen klingen nach Untier und wir können länger dösen. Und wenn uns danach ist, singen wir in Flaschenhälse, sind mit Handfeger und Schaufel in der Hand berühmte Musiker, versuchen mit zwischen Zeigefinger und Daumen gelegtem Grashalm oder Blatt psychedelische Töne zu erzeugen.

Wir rauchen getrocknete Bananenschalen. Wir mixen Wodka in alle Getränke. Freundschaft besteht darin, zusammen filterlose Zigaretten zu rauchen, wenn es nur diese Sorte gibt und diese einem nicht einmal schmeckt. Und schon lassen wir den Rauch im Bauch. Und einer stellt sich hinter den anderen und presst ihm die Luft ab, hebt ihn an, lässt erst nach einer Minute los. Und wir kippen dann um. Wie die mit Luft gefüllten Fliegen.

In dieser Zeit ist es noch so herrlich befreiend, besoffen zu werden. Einfach und schön. Wir trinken und reden und stellen Dinge auf den Plattenspieler, die sich dann drehen, oder wir legen Volksmusik auf und setzen der ungeliebten Schallplatte mit Kerzenwachs zu. Oder schalten das Licht aus, zeichnen mit der Zigarettenglut Namen, Buchstaben, Symbole in die Dunkelheit. Wir reden, streiten, diskutieren, einigen uns, lachen und werden schnell übermütig.

Uns passieren andauernd lauter seltsame Dinge. Mick, der kaum einen Piep von sich gibt, beginnt Arien zu trällern. Wie Onkelonkel, wenn er mit seinen Werftkollegen getrunken hat, singend bis zum Telegrafenhäuschen getorkelt ist. Wunderschöner Gemeinschaftsgesang. Und jeder von ihnen hat nach dem Auseinandergehen weitergesungen. Aus verschiedenen Richtungen hält ihr Gesang noch lange an.

Man ist beschwipst und die Lippen öffnen sich von selbst, die Lieder fliegen einem nur so aus dem Mund, als wäre der ein Liedernest und das Lied, das man singt, eben erst aus dem Ei geschlüpft. Mick kann plötzlich täuschend echt den Klassenlehrer nachahmen. Und Harry neigt dazu, sich spontane Gags einfallen zu lassen und kleine Vorführungen zu geben. Er verschwindet einen Moment, denkt sich auf dem Flur etwas aus, kommt in den Raum und legt los.

Dass man sich richtig totlachen kann und wie das ist, haben wir in Harry Kellers bei einer seiner plötzlichen Vorführungen erlebt. Harry betrat ganz einfach in einem Mantel mit hochgestelltem Mantelkragen und Koffer in der Hand das Zimmer und stand dann nur eine Weile da, sagte nichts. Und verließ dann das Zimmer wieder. Klopfte dann von draußen an die Tür, trat ein, stand wieder nur mit seinem Koffer da, schaute sich um, stellte den Koffer ab, holte ein paarmal tief Luft, als wollte er etwas sagen, rang um die richtigen Worte. Presste dann schließlich: »Der Koffer« hervor. Weiter nichts. Stand neben seinem Koffer, was erst einen von uns zum Lachen brachte, dann alle, bis Berni von der Liege rutschte, zu

Boden ging, sich dort rekelte, bald schon krümmte, und nur noch unter Schmerzen keuchte, Harry möge aufhören, nicht weiter so dastehen, hinausgehen, nicht noch einmal anklopfen und hereinkommen, den Mantel ablegen, den Koffer wegstellen, keine Nummer mehr aufführen.

Aber Harry war auf Spaß aus und verstand den Ernst der Lage nicht. Ging wieder hinaus, klopfte wieder an, wollte den Raum eben betreten, da hielten wir die Tür von innen zu, denn Berni lief bereits blau an und konnte nicht mehr aufhören zu lachen und zu krampfen. Es herrschte diese Spannung, die im Boxring herrscht, wenn einer k. o. geschlagen am Boden liegt und sie über ihm sind, in den Rachen greifen, die Zunge nach vorne ziehen, dass er ihnen nicht im Ring erstickt. Man steht da, fiebert und bangt mit ihm. Und die Sache erledigte sich dann irgendwie. Und alle wissen, dass ein Mensch sich totlachen kann. Und die Geschichte wahr sein wird, die man sich von den Ziegen erzählt, die nackte Fußsohlen lecken und den Tod bringen, weil mit dem Spaß nicht grenzenlos zu spaßen ist.

Und danach muss einer nur: »Der Koffer«, sagen, schon lachen wir wieder ungehalten, wobei keiner von uns erklären kann, was uns an dem Stück von Harry so zum Lachen reizt. Nüchtern betrachtet, finden wir das Stück im Nachinein humorlos. Und doch, wenn auf einem Flughafen die Durchsage kommt, dass man auf sein Gepäck achtgeben soll, muss ich heute noch »Der Koffer« und an Harrys seltsamen Auftritt denken.

Harry ist von uns derjenige, der am längsten alles abstreitet, was er im trunkenen Zustand gesagt, getan und verbrochen hat. Wir müssen es ihm lange und ausführlich bestätigen, ehe er sich nicht mehr spreizt und es uns abnimmt.

Mal ganz gut.

Immer brauche ich das nicht, sagt er. Trinkt viel lieber Rhabarbersaft. Sagt so schöne Weisheiten wie: Man muss erst Säufer sein, sich das Trinken abzugewöhnen. Er wird sich diesen Umweg ersparen. Saufen gehöre für ihn zur Jugendzeit wie knutschen, fummeln, Gitarrengriffe einüben. Auf Dauer fehlt ihm die Ausdauer, er wird sich nicht dran gewöhnen.

Noch bin ich weit entfernt von der Sucht der Süchtigen. Noch sitze ich mit meinen Freunden im Mostkeller. Jeder Tag ein Festtag, wenn wir zusammen sind. Noch werden wir nahezu zeitgleich betrunken. Noch erwachen wir nahezu gleichzeitig und trinken heiter weiter. Es macht Spaß zu trinken. Trunkenheit ist eine fröhliche Reise mit heiteren, urkomischen, lustigen Zwischenstationen, wenn einer aus dem Rhythmus kommt, wie ein Außerirdischer zu lallen beginnt, bringt das alle anderen zum Lachen. Schluckspecht zu sein, ist da noch ein Kosename zum jugendlichen Spiel.

Wir albern herum, wenn einer von der Sauftour zuvor alles vergessen hat, und verlachen seine kurzzeitigen Gedächtnislücken. Wir führen uns wie Hühner auf, denen man Schnaps ins Futter getan hat. Was für ein Gaudi, nacheinander besoffen zu werden, komisch zu gackern, zu torkeln, umzufallen, im Liegen mit den Beinen zu zucken, wie tot den Rausch auszuschlafen.

Wir laufen um die Tischtennisplatte herum, an jede Ecke ein Schnapsglas gestellt, das wir im Rennen und während wir mit den Kellen nach dem Ball schlagen, austrinken.

Die Erde dreht sich irgendwo außerhalb von unserem Probenkeller. Wir lieben die plötzlichen Aussetzer und Peinlichkeiten. Einmal kriegen wir die Gase nicht in den Griff. Wir verpassen nachzusehen oder haben die Mischverhältnisse nicht beachtet. Eine fette Blase bildet sich, droht alles um uns zu zerstören, wenn sie explodiert, es im Keller rumst und der dicke Most spritzt wie hinter einem Miststreuer die dünne Kacke. Einer von uns sagt:

Das ist kein Wein.

Schmeckt wie Saft.

Hat nicht die Bohne Promille.

Das lässt Harry nicht ruhen. Er sucht Gegenteiliges zu beweisen.

Dreizehn Prozent mindestens, sagt er.

Ich kann es beweisen.

Und reißt die Ofenklappe auf, schüttet den Rest des Glases in die Glut. Nichts passiert. Alle lachen ihn aus. Er beugt sich herunter, blickt in die Glut wie ein ratloser Fachmann in den Ausguck. Da passiert es. Die Glut bündelt die Weinpromille zur Faust, die aus der Flamme schnellt. Die feurige Faust fliegt auf ihn zu, brennt ihm die Augenbrauen ab, schnappt sich von seinem dicken Pony auf der Stirn einen großen Teil. Er schrickt. Er fällt auf den Hintern. Es stinkt wie in der Schlachterei, wenn dem Schwein mit einem Brenner die Borsten abgebrannt werden.

Ein lautes Joho.

Harry will es nicht fassen. Diese Wucht aber auch.

Heureka.

Tante Luci hat immer gesagt, man bekommt es mit, wenn einem die Liebe erscheint, man ist bis dahin von Blindheit geschlagen. Die Liebe kommt einfach so auf einen zu. Die Liebe ist plötzlich da. Und man kann gar nicht vorher von der Liebe wissen. Denn die Liebe öffne einem Herz und Augen. Die Liebe macht einen ganz verrückt nach ihr. Und man kann von diesem Tag an nichts anderes denken als an die Liebe. Und alles mache die Liebe schön. Und es würde einem so richtig warm ums Herz, und die Liebe beflügelt einen, und man möchte, wenn man die Liebe gespürt hat, fortan nicht mehr ohne Liebe sein. Denn nur die Liebe führe einen sanft bei der Hand in unbekannte Bereiche. Genauso geht es mir mit meiner Schwarzen Johanna. Sie ist meine erste Liebe, auch wenn sie kein Mädchen ist. In meiner Einbildung sei sie beides, meine erste Liebe und mein erstes Mädchen, das einen so schönen, wohlklingenden Namen hat: Johanna, du schwarze Johanna. Und Onkelonkel hat immer gesagt, die Einbildung ist viel stärker als die Liebe selbst, man könne sich ruhig einbilden, etwas zu lieben. Das helfe vor allem, wenn man die Liebe, die man sich einbildet, nicht wirklich haben kann.

Ich lerne, mich gezielt zu betrinken. Ich betrinke mich gern. Es ist eine Art Gegenwelt, in die ich mich hineinbegebe. Es ist wie Avantgarde. Ich habe meine Liebe getroffen. Wir sind auf einer Wellenlänge. Hoch lebe die heilige Schwarze Johanna. Du Königin aller Fruchtweine. Ich verbringe viel Zeit mit ihr.

Ich denke mitunter: Ach, wäre Tante Luci uns nur auf die Schliche gekommen. Doch Tante Luci bekommt nichts mit, weil ich ihr da, wie man sagt, allmählich, still und leise aus den Händen gleite.

Mir gefällt, wenn ich betrunken werde, die Vorstellung, dass ich eine Kuh mit einer tonlosen Glocke um den Hals auf der einsamen Koppel bin. Schwarz und grünlich reift der Farn zwischen den Bäumen am Rande der Koppel. Immer fühle ich mich betrunken leicht und spüre keine Last. Ich wünsche dann, ich lebte in der Luft. Das wäre so angenehm. Ich würde mich schuldloser fühlen, in meinen vier Wänden freudvoller agieren.

So muss das Paradies beschaffen sein. Ein wenig abgelegen, ein Tor mit einem Garten, mit zwei ollen Puttenfiguren rechts und links am Eingang. Und Eierverpackungen an den Wänden. Und Matratzen am Himmelsboden und Kabel als verführerische schwarze Schlangen und ein rotwangiger Apfel, das Logo der Mosterei. Und Harrys Mutter Eva, die wir dafür lieben, dass sie uns Brötchenhälften schmiert und gut belegt. Und Harrys Papa Adam schaut nicht vorbei, lässt uns walten und schalten und experimentieren. Und wir hören unsere Musik, die mehr ist als Engelszungen. Und schlafen hackevoll und sturzbetrunken ein, pennen selig unsre jeweiligen Räusche aus. Und Harrys Eltern warten jedes Mal höflich ab, bis sich was regt. Und bitten uns dann zum Frühstück.

Die Mutter füllt große Holztabletts mit belegten Brötchen.

Frisch und knackig. Mit Schinken und Ei, Leberwurst und Käse, Hackepeter und Fleischsalat. Mit Kaviar und Zwiebelringen, Olivenhälften und kleinen Gürkchen verschönert. Wir müssen den Partykeller nicht einmal verlassen. Wir bekommen die vollen Tabletts vor die Tür gestellt. Und essen alles auf. Und stellen die leer geputzten Tabletts wieder vor die Tür zurück. Und stoßen an auf die herrlichen Brötchen. Auf Harrys Mutter.

Schön ist es auf der Welt zu sein! Ja. Ich befasse mich nur noch mit der Schwarzen Johanna. Weil sie mich so selig stimmt. Ich mag ihre Farbe. Ich mag, wenn ich von ihr trinke, wie sich die Welt um mich verändert. Und gebe mich in der Überzeugung, dass daran nichts verderblich ist, der Johanna hin. Trotz des Feuer spuckenden Beweises von höchster Promille, trinke ich die Schwarze Johanna wie Fruchtsaft.

Oh, wie ist es dann so wunderschön, betrunken zu werden, weintrunken zu lallen, zu lachen, zu torkeln, zu tanzen, sich zu erschöpfen und berauscht einzupennen. Nein, ich möchte nicht tauschen und die Erinnerung daran nicht missen. Wir verbringen Tage und Nächte auf unseren Matratzen. Und zu den Brötchen trinken wir vom Obstwein. Keine Milch. Kein Selterwasser, nicht Kakao, nur Mostmostmost. Und Zigaretten qualmen, dass uns der Rauch zu beiden Ohren herausschießt.

Wie es kommt, dass ausgerechnet ich derjenige aus der Gruppe bin, der zum Problemfall wird, kann ich nicht sagen. Die anderen sind fröhlich wie ich, besaufen sich wie ich und winken am nächsten Tag ab wie ich. Es ist mit mir wie nach einem Fußballspiel, das in die Verlängerung gehen soll und erst mit dem Elfmeterschießen enden darf. Ich kann nicht aufhören. Ich greife grade aus dem Koma erwacht zur Flasche, trinke weiter, wo die anderen Mostfreunde längst aufgehört haben. Ich greife mir Käse, stopfe Rollmops in den Mund, esse Schmalzstulle, was immer ich zu fassen bekomme, um nüchterner zu werden, um mehr saufen zu können. Und muss mich dann auch bald erfolgreich übergeben. Und bin dadurch befreit. Und fühle mich gut. Und kann dann wieder trinken. Die anderen sagen: Winke, winke zum Getrinke und lassen es gut sein. Es ist ihnen so früh am Morgen nicht nach Most. Sie müssen erst einmal sacken lassen, sich eine Atempause gönnen.

Nicht übertreiben.

Auf dem Teppich bleiben.

Sie staunen: unglaublich, wie ich das kann.

Prost denn.

Sauf für uns mit.

Tante Luci muss so einiges aushalten. Ich schleiche in die Garage, besteige Olle Kiste, presche mit ihr rückwärts bei geöffneter Wagentür aus der Garage heraus, dass die Tür laut aufschreit, die Tante sich beide Hände an die Wangen hält und keinen Ton herausbekommt, starr vor Entsetzen.

Man kann auch nicht alles nur jugendliche Leichtigkeit nennen. Ich entführe Onkelonkels Fahrrad, bestreite mit ihm auf dem Sportplatz Wettrennen gegen die Jungen auf ihren Mopeds, die mir reichlich Vorsprung geben. Und strauchele. Und sause in eine Barriere, wie von einem Pferd gerissen. Das Fahrrad krümmt sich hinter der Lenkgabel, einer Büroklammer gleich.

Einmal bin ich mit den Kumpels im Probenkeller unserer angeblichen Band. Wir kosten die Moste. Ich fühle mich gut in Form, trinke Glas um Glas. Und dann passiert es. Und ich habe ein fettes Problem. Das heißt Maulstarre. Wie ich es sage. Ich bekomme ab einem bestimmten Pegel den Mund nicht wieder zu. Wie ich mich auch anstrenge, die Klappe klappt nicht mehr zu. Durch den nicht geschlossenen Mund fließt der Most wieder hinaus. So gehen Autofähren mit wertvoller Fracht unter, gluckern ab, bei nicht verschlossener Heckklappe.

Alle denken sie, ich lasse den Most mit Absicht ausfließen. Aber ich kann ihn nicht im Mund behalten. Ich stelle mein

Glas ab. Und suche mit beiden Händen den Kopf wieder in Normalstellung zu rücken. Maul offen sieht nicht bloß dämlich aus. Maul offen stempelt mich automatisch zum Doofi. Ich will ja den Mund schließen. Aber es geht nicht. Es ist wie ein Krampf. Mir bleibt nichts weiter übrig, als den Kumpels gegenüber so zu tun, als ob ich Maul offen spiele.

Zum Glück gibt es sich rasch wieder von selbst. Und Tante Luci sagt, es habe mit der beginnenden Pubertät zu tun. Ich soll nur ruhig bleiben, abwarten und sehen. Eines Tages ist diese böse Maulsperre wieder weg.

Und dann beginnt auch schon meine Zeit im Internat der Sonderschule. Ich bin dort die Woche über und nur noch am Wochenende bei Tante und Onkel. Und gerate immer mehr auf Abwege. Muss aber der Tante haarklein berichten und kann nicht mehr freiheraus über alles reden, schon gar nicht darüber, was wir so in der Kreisstadt treiben. Also lüge ich, erfinde hinzu, beschreibe, was wir nie und nimmer anstellen, und übertreibe oftmals so sehr, dass ich mich beim Lügen selbst ertappe und rot davon werde.

Bin ich zu Hause, ziehe ich mich ins Gartenhaus zurück, verbringe dort das gesamte Wochenende. Ich kann die Tür aufsperren, in die Natur hinausgehen, wenn in mir die Bilder, die ich in der Natur aufgenommen habe, schwächer werden, aufgefrischt werden wollen. Denn ich brauche, wenn ich im Gartenhaus hocke, mich mit nichts beschäftigen, die Natur vor der Tür nicht.

Wie kannst du nur im Dunkeln hocken.

Komm heraus, begrüße den sonnigen Tag.

Ich merke, wenn ich mit der Tante spazieren gehe, dass die Natur hinter den Bildern, die mir im Kopfe geistern, oftmals zurückbleibt. Es scheint verrückt. Es liegt daran, sage ich zur Tante, dass ich mich vom Landleben abnabele, mit echten Bäumen, Pflanzen, Vögeln, Mäusen weniger zu tun habe. Und sie sagt: Armer Junge. Ich soll das Zuhause schön im Hinterkopf behalten, den Anblick der dunkelbeinigen

Schafe auf dem Nachbargrundstück, die einfach da sind und grasen.

Du musst dir im Kopf ein Zuhause bauen.

Man nennt es Phantasie, sagt die Tante.

Wann immer ich mag, soll ich sie besuchen kommen. Es wächst einem so schnell etwas über den Kopf und man hat keinen Überblick mehr darüber, wer man ist, was einen treibt.

Es ist die Reife.

Du bist kein Kind mehr.

Du wirst erwachsen, Junge.

Ich könne doch ganz ins Gartenhaus umziehen, dort wohnen, mich einpuppen und als schöner Schmetterling wieder auftauchen. Ich könne von meinem Gartenhaus aus mit dem Bus zur Schule fahren. Sie sei ja doch nur einen Katzensprung entfernt, nicht aus der Welt. Und singt dann: Ringlein, Ringlein, du musst wandern, von der einen Hand nach Flandern. Und es ist auch ein Kreuz damit, dass man unbewusst immer etwas von seinen Erziehern übernimmt und nicht mehr loswird, sagt die Tante. Jede Menge Gewohnheiten, die man sich abschaut und dann durch seine Jugendzeit schleppt, die man nicht abwerfen kann. Dinge, die sich unbewusst einschleichen, einmal hin, einmal her. Dinge, die sich im Leben dann, rundherum ist nicht schwer, nicht mehr richtig abstellen lassen.

Wenn ich Probleme mit dem Leben, der Welt, den Menschen, der Menschheit, der Schule habe, genüge es, im Gartenhaus am offenen Fenster zu stehen, die Morgentiere zu betrachten. Rehe und Hasen. Krähen, Möwen. Das ist hübsch, das ist schön, lasst das Ringlein nur nicht sehn. Neuerdings läuft hier ein Fuchs querfeldein. Viele Tiere kommen nicht vorbei. Dafür ist die Landschaft hintern Dorf zu eintönig. Aber immerhin kommen sie.

Ich bin sehr einsam. Das Haus der Tante ist sehr abgelegen. Wir wohnen weit draußen wie in einem Asylantenheim. Ich richte mir im Gartenhaus der Tante zwischen zwei mächtigen Schränken im hinteren Winkel eine Leseecke ein.

Das ist nicht normal für einen Jungen, sagt Onkelonkel.

Sei still, sagt Tante Luci, vom Bücherlesen ist noch keiner verblödet.

Um leidige Diskussionen zu vermeiden, bleibe ich oftmals auch in Harrys Partykeller. Und Tante Luci, Egészségedre Palinka, duldet es nur, weil sie von nichts weiß.

Bist groß genug.

Brauche dich doch wohl nicht ständig kontrollieren, sagt sie, wenn sie vor dem Fernseher sitzt, einen Liebesfilm schaut, ich mich aus dem Probierkeller ins Bett schleiche. Dass sie nichts merkt, keinen Verdacht schöpft. Ich bin dann auch zu oft erschöpft und sitze im alten Ledersessel, sehe Bilder von früher in Tante Lucis alten Fotoalben an, besonders die Mädchen ihrer Zeit, die Haare, die Gesichter, das alberne Gekicher in die Kamera, die roten, frischen Münder und Brustansätze unter ihren Blusen, Kleidern. Und höre Musik dazu. Unbeschreibliche Orgelklänge holen mir die Kirche in mein kleines Zimmerchen. Schöne, hohe Obertöne. Ruhig fließende, sehr getragene Melodien, die sich mir ins Hirn brennen, das Herz höherschlagen lassen, mich in Träume versetzen. Ich fahre Boot. Die Ruder tauchen sanft ins Wasser ein. Ich sehe das Wasser von unten her. Die Paddel stucken in gleißendes Licht. Ein Wasserlichtgemisch wie weiches Pergamentpapier. Ich singe tonlos in ein totes Mikrofon. Ich laufe die Ecke meines Zimmers ab. Ich dirigiere zu der Musik. Ich wirke in den Momenten irre. Ich fechte mit meinem Dirigentenstab. Und wirble mit mir allein in meinem Zimmer herum. Die Tante erscheint als Geist, ruft:

Aufgepasstjunge.

Behütedichselbst.

Die Sucht sucht tüchtig

die, welche nicht süchtig.

Schau her, Junge.

Tante Luci lässt den Saft der Früchte in ein Gefäß tropfen. Zermansche die Beeren zwischen deinen Fingern, sagt sie. Zerquetsche sie. Stoße sie durch das haarfeine Sieb in den Vorführkolben aus dem Chemieunterrichtslabor. Drei Schüsseln Wasser. Drei Schüsseln Saft. Zwei Tüten Zucker. Von Hand verrührt, bis der Zucker verschmolzen ist.

Ich sehe sie verzerrt. Ich bin auf einer unheilvollen Schlitterbahn. Ich bin der Schwarzen Johanna treu. Es besteht kein Grund für mich, von ihr zu lassen. Im Gegenteil. Ich nehme mich ihrer immer vehementer an. Sie ist für mich wie geschaffen. Ihr passt so wunderbar zusammen, singen die Vögel in der Luft. Seht nur, wie schlecht er die Promille verträgt. Johanna ist für ihn da. Sie schützt ihn. Und schon ist alles rosa und Johanna ist bei mir und mir so gewogen.

Ich sitze lange nur herum, blicke die Wände hoch, die Zimmerdecke entlang und lasse die Blicke an der Zimmerdecke um die Hängelampe kreisen. Und habe mir von Harry eine Kiste der Schwarzen Johanna bringen lassen, sehe sie mir an. Oh, du schöne schwarze, auf den Punkt genau gereifte Johannisbeere. Ich lasse dein Blut auf meine Zunge tropfen.

Und ich sage mir: Du musst nur Johanna in die Gläser schütten, sonst nutzt die Johanna dir nicht viel. Da ist kein Risiko. Du hast den gleichen Organismus wie der Japaner. Es wird dir vorher schlecht. Du wirst dich übergeben und lässt alles Überflüssige deiner Johanna wieder heraus. In den Eimer damit, den du an dein Bett gestellt hast. Du schaffst es nicht aus diesem Bett heraus bis an das Klobecken. Du stirbst keinen alkoholbedingten Tod, solange du Freund der Schwarzen Johanna bist. Der Tod kommt an deinen Körper nicht heran, wo nur Schwarze Johanna in dir ist.

Von meinem zarten Bündnis sage ich Tante Luci nichts. Sie soll nicht wissen, wie gut es mir mit meiner Schwarzen Johanna geht. Ich rede mir ein, ich sei ein Japaner, Koreaner, frei von körperlichen Symptomen. Frei von Gesichtsrötung, Herzsausen. Obwohl ich mich jedes Mal wieder ins Koma trinke.

Und träume nur allzu gern und viel zu oft von richtigen Eltern. Von einem Vater, einem waschechten Asiaten. Von asiatischer Alkoholunverträglichkeit in Schutz genommen. Dass mir der Flirt mit der Schwarzen Johanna nicht zur Verderbnis wird, ich die Finger von ihr lasse.

Ich rufe im Rausch nach den richtigen Eltern. Aber sie hören mich nicht. Ich will, dass sie kommen. Ich will, dass der Vater das Sehnsuchtszeug an meiner Stelle kippt, mir das Glas aus der Hand schlägt, die Schwarze Johanna packt und gegen die Wand wirft. Der die Schwarze Johanna, mich zu schützen, trinkt, vor meinen Augen lallt, wie ich lalle.

Man will, wenn man jung ist und sich berauscht, Gulliver sein. Gulliver zieht sich aus, im Fluss zu baden. Da rennt ein Yahoo-Weibchen voller Begierde auf ihn zu, will ihn an sich binden, klammert sich an ihn. Ich möchte groß sein. Ich möchte die zappelnde Menschheit aus der Wetteruhr hieven, zu mir auf den Fußboden setzen.

Es sagt sich leicht: Ich bin da so reingerutscht. Es ist nicht an dem. Ab dem Tag, an dem ich länger als die anderen im Probenkeller bei Harry ausharre, mich an seinen Weinmosten labe, nicht aufhören kann zu trinken, bis ich die Ohnmacht spüre, habe ich mich für die alkoholische Laufbahn entschieden, meinen unheilvollen weiteren Lebensweg eingeschlagen. Mein Leid mir Freud. Bin Gulliver. Bin allein mit der Schwarzen Johanna. Meine Schwarze Johanna und ich sind nicht von dieser Welt, wir leben im falschen Land. Wir trinken uns gegenseitig. Und vertragen uns nicht.

Und nur deswegen verlieren wir uns. Und nur deswegen schwanken wir viel zu rasch. Und kippen um wie dumm. Und schlafen sanft und beseelt ein. Und sind viel zu oft beduselt, bevor uns schlecht wird. Weil wir uns fremd fühlen, Ausgestoßene sind. Alle, die in Harrys Keller sind, verfallen dem Alkohol. Sind keinen Deut besser als ich. Sind schlimmer besoffen als ich. Tage, Wochen. Aber dann erheben sie sich und finden ins Leben der Erwachsenen. Und

legen ihre Jugendsünden von diesem Tag an ab. Entsagen
dem Keller.

Ist nicht mehr ihr Ding. Jugendzeiten sind Ausnahmezeiten. Nun sei es genug damit. Nun müsse der Keller aufgegeben werden. Nun bereitet ihnen das Kellerleben keinen Spaß
mehr. Einstein wäre nicht Einstein geworden, wenn er nur
Geige gespielt, sich aber niemals mit Mathematik und Formeln beschäftigt hätte, sagt Tante Luci. Dann ist das mit der
Band also vorbei? Gut so. Dann wird da was Neues kommen. Freu dich, Junge. Man soll eine Sache gut machen und
fair beenden, auch wenn es einem nicht behagt. Ist nicht immer alles schön, was einem zustößt. Ich solle lachen, froh
sein, meine Jugend bedenken. Ich solle nicht glauben, dass
es ihr nur Spaß bereite, jedes Jahr wieder die kleinen Beeren
vom Strauch zu pflücken, sich nach den Beeren am Boden zu
bücken, die großen Kürbisse mit dem Küchenmesser zu zerstückeln, den festen Wrucken zu Leibe zu rücken und den
dicken Teig mit den schwächer werdenden Fingern weich zu
drücken. Man soll sich ablenken, in eine Arbeit stürzen, sich
tief in eine Beschäftigung hineinknien, dann wird das Leben
irgendwann auch wieder Spaß machen und man kann dann
gar nicht mehr ohne sie sein, sagt Tante Luci.

Und also betätige ich mich mit Eifer. Ich lasse mir weiter
kastenweise die Schwarze Johanna ins Haus bringen. Ich
muss die Flaschen nicht verstecken. Ich werde von Tante
Luci nicht kontrolliert. Nur zur Sicherheit hat Harry Etiketten abgelöst und andere auf das Flaschenglas geklebt, die den
Most als Fruchtsaft ausweisen.

Der Rausch ist eine väterliche Hülle, wo Onkelonkel mir
nicht helfen kann, ich eine Phase durchstehen muss. Und
Tante Luci, Egészségedre Palinka, kann auch nur Tee trinken und abwarten. Ich mixe Cola und Wodka, weil mir die
Schwarze Johanna nicht genügt. Ja, Gott, so geht es zu im Leben. Die Trennung von den Freunden im Probierkeller zeigt
Folgen. Liebe kommt. Liebe geht. Die schöne schwarze,

sanfte Johanna, die nur nach sich selbst schmeckt und keine Wirkungen mehr zeigt, ist der kurze Pfad, die kleine, feine, so notwendige Abkürzung zur großen, breiten Straße hin, auf der die Gläser heller klingen, die Leute fröhlicher singen. Alkohol in ausreichender Menge genossen, bewirkt alle Symptome der Trunkenheit, hat Oscar Wilde gesagt, sagt Harry, der mein Freund geblieben ist, den ich noch besuche, der mit mir etliche Zeiten noch im Probierkeller verbringt, sich lieber mit mir unterhält, als mit mir Most zu trinken. Wir reden viel und es bleibt so einiges von dem in meinem Kopf haften: Das Leben ist eine Illusion, hervorgerufen durch Alkoholmangel, ist so ein Spruch, den Harry mehrmals von sich gibt. Stammt von einem gewissen Charles Bukowski, den er mag wie keinen anderen Dichter. Saufen und dichten, sagt er, gehören zusammen. Die chemische Analyse der künstlerischen Inspiration ergibt neunundneunzig Prozent Alkohol und ein Prozent Schweiß. Man wird zum Trinker und weiß nicht, durch wen. Die Probleme ersäufen wollen, nutzt nichts, wenn sie zu gut im Alkohol schwimmen. Was man vom Alkohol geschenkt bekommt, bleibt am Ende die richtige Frage. Nur ist sie dann zu spät gestellt worden. Harry zitiert Humphrey Bogart mit dem Ausspruch, der sein letzter gewesen sein soll: Ich hätte nie von Scotch auf Martini umsteigen sollen. Jeder hat seinen Alkohol, mixt sich seinen Drink, lehnt roten Wein ab, säuft sich am weißen Gin übersatt. So geht es mit Wodka, so geht es mit Rum. Erst bist du fröhlich, dann kippst du um. Auf Wilhelm Busch. Und die Finnen sagen, dass man niemals betrunken ist, solange man sich am Boden liegend noch festhalten kann.

Ich wohne jetzt in der Kreishauptstadt. Die Tante lässt mich ungern ziehen. Im Internat der Sonderschule wohnen wir zu viert in einem Zimmer mit zwei Doppelbetten. Ich schlafe oben, unter mir auf dem Nachttisch steht das Tonbandgerät. Was uns zusammenschmiedet, ist die Musik. Vom Tonband gespielt. Jeden Morgen *In-A-Gadda-Da-Vida*. Siebzehn Minuten *Iron Butterfly*. Tante Luci würde es schütteln, Egészségedre Palinka, wenn sie wüsste, dass der Text, der vom Garten Eden handelt, von einem Sänger gesungen wird, der während der Aufnahme zum Song unter Drogen stand und so betrunken war, dass er den Text nur noch nuscheln konnte.

Wir sind zu viert auf dem Zimmer. Dirk, Penzel, ich und Rudi, der aus einer Bauernfamilie stammt und immer Schinken für alle ins Internat schleppt. Penzels Vater hat ein Fuhrunternehmen und wenn Penzel anspannt und mit der Kutsche vors Internat fährt, ist Riesenhallo. Er lässt alle aufsitzen, kutschiert sie in der Gegend herum. Dadurch haben wir schnell zu den Mädchen Kontakt. Ich freunde mich mit Dirk an, dessen Vater im Musikgeschäft ist. Dirk bringt Schallplatten von zu Hause mit, nur für kurz bei seinem Vater ausgeliehen, nur kurz zum Anfassen, einmal herausnehmen, angucken und wieder weglegen. Die Platte, Stinkender Finger genannt, dürfen wir uns nur ansehen, nicht aber anfassen, damit der heilige Reißverschluss heil bleibt. Und auf einem Cover sind die Jünger um Jesus mit den Bildern von Rockstars überklebt, nur Jesus ist als Jesus belassen. Er spricht vom weißen Album und von einer schwarzen Plattenhülle, die aufklappbar ist, und in der Mitte richten sich beim Aufschlagen Dracula und seine Opfer auf. Es gibt in Zeitungspapier gelegte Scheiben oder in große Poster gepackte. Sein Vater hätte bunte Schallplatten in seiner Sammlung, die zögen einen magisch an, wenn sie auf dem Plattenteller lägen und sich zu drehen begännen. Der Blick wird von einem Sog ergriffen und es zieht dich in die Platte hinein. Alles dreht sich. Wie bei einem Wirbelwind wird man, wenn man zu lange auf den Plattenteller starrt, von der Drehung ergriffen und gegen die Wand geschleudert. An die Platten komme er nicht ran. Sein Vater hält sie in einen sicherem Schrank eingeschlossen. Den Schlüssel trägt er an einer Kette um den Hals. Unter den weggeschlossenen Plattenhüllen sei eine mit einem übergroßen Geldschein als Zugabe und einer sei gar ein Monopoly-Spiel beigegeben, auf einem Blatt lauter abreißbare Chips, mit denen man dann Drogenhandel spielt und Drogen gewinnen kann. Seine Eltern hätten das Spiel einmal ausprobiert und dann nie wieder und seien dann drei Tage lang zu nichts mehr fähig gewesen. Es gäbe alles, was man sich vorstellen könne. Die Platte in der durchsichtigen Plastetüte. (Er sagt Plastik statt Plaste.) Die Platte, die wie ein nasses Pappstück aussieht. Die Platte als riesige Streichholzschachtel mit richtiger Ratschfläche zum Entzünden. Es gibt die Platte aus Stanniol, in die der Name der Gruppe hineingestanzt worden ist. Es gibt die Platte, die man sich mit einer speziellen Brille ansehen muss, die der Platte beigelegt ist. Man sieht dann das Cover räumlich werden, und wenn man da hineingreift, geht der Griff ins Leere. Es gibt die Platte in Herzform. Es gibt die Platte als ausgestreckte Zunge. Es gibt eine Menge Plattencover, die wie Bilder in Bilderrahmen stecken. Es gibt die Platte auch als Postkarte zum Auflegen und Mehrmals-Abspielen. So fünfzigmal, dann ist Schluss. Und es gäbe eine Schallplatte, die stecke in einem Mädchenslip aus Krepppapier. Und sofort wollen wir selber Rockstar sein und unsere ganz besondere, eigene Schallplatte herausbringen, die noch keiner herausgebracht hat.

Das Zimmer ist viel zu eng für ein Zusammenleben. Zwei müssen immer aus dem Zimmer heraus und in der Kreisstadt unterwegs sein, wollen die beiden anderen am kleinen Tisch Schulaufgaben erledigen. Ich spiele Wandergitarre, die ich von Harry ausgeliehen habe. Ich habe die rote Che-Guevara-Flagge an die Wand gehängt. Und daneben habe ich Bob Marley aus der Hand an die Wand gezeichnet. Wobei sich seine Rasta-Locken und die Kringel des Rauchs ineinander verflechten. Robert Nesta Marley, aus dem dann der berühmte Bob wird. Ein Abtrünniger, wie ich einer bin. Hat die Familie verlassen, den Schritt in die Freiheit gemacht. Das verbindet uns über Ländergrenzen hinweg, wenn wir mit Gitarre, Maultrommel, Mundharmonika Sessions abziehen, die Sitzflächen der Stühle bearbeiten, Luftgitarre spielen, bis die Finger schmerzen.

Unser Zimmer heißt Kingston. Wir fühlen uns Rastafari, Calypso, sind Kinder des Rock-and-Rolls, haben Rhythm-and-Blues in uns, treten für die Rechte der Schwarzen ein.

Im Viermannzimmer ist es schwierig, in Ruhe zu lesen. Der Ertüchtigungsplatz hinterm Haus lockt mich nicht. Ich bin ein guter Läufer. Ich will kein Läufer bleiben. Ich spiele Fußball. Ich will kein Fußballer werden. Da gibt es diese Schreie und Rufe, die mich am Sport stören. Wenn es doch leise zuginge beim Sport wie bei der Pantomime, ich wäre ein Sportler geworden. Die Ruhe, die man beim Schachturnier erlebt, hätte mich auch Schachspieler werden lassen.

Aber da lenkt mich schon die Lust zu trinken.

Ich bin für alle Zeiten Tante Lucis kleiner Junge. Sie will nicht wissen, was wir Jungs im Internat der Sonderschule so treiben. Wie sie niemals versucht ist, uns im Probierkeller zu überraschen und zu ertappen. Sie geht weiterhin davon aus, dass wir eine Musikband gegründet haben, Musiker werden wollen, Rocktitel einstudieren. Wobei ihr das Wort »studieren« sehr behagt.

In der Küche hängt ein Bild, das ich gezeichnet habe. Darauf sitzt Tante Luci am Tisch neben der schönen Kaffeekanne vor ihrem liebsten Sahnekännchen, dem immer vollen Aschenbecher und einem Riesenblech mit Zuckerkuchen. Wenn ich bei Tante Luci bin, sitzt sie mit dem Rücken zum Bild. Sie sagt, es wäre besser so. Sie will das Bild mit dem Hinterkopf sehen. Sie spürt das Bild in ihrem Rücken. Wie eine Fledermaus hockt das Bild auf ihrem Buckel, sagt sie. Sie muss mit dem Bild im Rücken nicht groß etwas zur Welt denken, sagt sie. Und ich fühle mich sehr geehrt.

Ich soll weiter fleißig sein. Musik sei ein Schlüssel zu den Herzen der Menschen. Wer Musik hört wie ich, füttert die Seele. Schließlich sei ihr Großvater bei der örtlichen Kurkapelle in achtbarer Stellung gewesen. Und redet von ihrem Hauskomponisten, Dirigenten. Sie spricht über die großen Konzerte an wichtigen Orten. Dass Musiker sich in expliziter Weise auszudrücken verstehen. Wobei ich mich nie getraue, sie nach der Bedeutung des Wortes explizit zu befragen. Ich denke, sie würde barsch antworten.

Frag nicht so 'n Kram.

Schau selber nach, Junge.

Zu viert hören wir Musik. Musik schweißt zusammen. Du erlebst die Vervielfachung deiner Sinne anhand der Gesten, Gesichter der anderen drei. Ihre Zuckungen und Körperverrenkungen erweitern dein Musikverständnis. Du bist der Übersetzer der jeweiligen Körpersprache der anderen. Deswegen kommt man wohl auch auf Konzerten so gern zusammen. Den anderen zusehen, wie die Musik auf sie wirkt. Was die Musik mit ihnen anstellt. Die Seele wie rollende Räder surren lassen.

Bei Tante Luci im Gartenhaus höre ich meine Musik. Aber ich gerate dann nicht annähernd so in Fahrt wie mit den Jungs. Es ist ein Unterschied, mit der Musik allein zu sein oder zusammen. Unser Fährmann ist der Sänger. Er steht am Mikrofon und rudert mit den Armen. Er bläht unsere Segel, wenn er singt und schreit und wie ein Sturm röhrt. Wir jaulen wie die Wölfe auf dieser Fahrt. Fallen ein in den Gesang. Blasen in die Mundharmonika. Wir fliegen wie in Flugmaschinen. Wir landen nach dem Titel an. Wir existieren kurz im musikalischen Zwischenstopp. Wir steigen wieder ein. Wir setzen den Flug fort, den wir als eine Ballonfahrt erleben. So fest wie wir aufeinander eingeschworen sind und erpicht darauf, das Stöhnen der Sehnsuchtslok zu hören.

Und was ich in diesem Augenblick sagen will: Die Musik erzählt mir über die Musik hinaus Geschichten aus dem Leben hinterm Alltag. Von heulenden Rotkehlchen zum Beispiel. Von Sternen, die wie Schnee zur Erde sinken, wie Schneeflocken auf der Zunge landen, dort zergehen und nach Holunder schmecken. Ich sehe Landschaftsbilder, wenn ich Musik höre.

Jungsein heißt auch, sich gegenseitig etwas vormachen, wichtige Dinge aussparen, weil man so Schwierigkeiten hat mit dem Jungsein und dem Hang, nicht zur Gruppe gehören zu wollen, aber ohne Gruppe aufgeschmissen zu sein. Du kannst zu niemandem sagen, wie sehr du dich für Maurice Ravels *Bolero* interessiert. Dabei ist das wirklich eine wunderschöne Musik, und sie führt auch zum Rausch. Mag sein, dass es andernorts niemanden stört, in deiner Gegend musst du dazu schweigen. Ravel darf nicht schuldig werden daran, dass sie dich für komisch halten. Du hast wiederum aber nur eine Chance, innerhalb der festen Gruppe dich zum Einzelwesen zu entwickeln, wenn du so Sachen wie Ravel heimlich hörst. Man muss verdammt hart unterscheiden zwischen dem Ich und dem anderen Ich in der Gruppe und dem Wir. Es gibt Zeiten, da muss man das Ich hinter das Wir stellen und seinen Namen klitzeklein schreiben. Das Eigene ist auf die Größe eines Samenkorns zu reduzieren, dass daraus dann die Person wird, die du werden willst.

Damit uns die Zimmerdecke nicht auf den Kopf stürzt, ziehen wir so oft es geht aus dem Internat der Sonderschule aus, kehren in die *Broilerstube* ein. Die *Broilerstube* ist fortan unsere Trinkhalle. Ein Ort des Friedens. Trotz der Küchendüfte und steril anmutenden Holztäfelung. Trotz klappernder Bestecke, Tassen, Gläser, Teller um uns.

Die Leute dort essen Brathuhn mit Kartoffelsalat. Der wird direkt aus dem Eimer auf die Teller gepappt. Gurkenscheiben dazu, Petersilie als Tellerschmuck darübergestreut oder auch Paprika zu Ringen ausgelegt. Fertig. Doch wir kommen ja nicht wegen des Essens hierher. Wir können uns nur die billige Hühnerherzensuppe leisten. Eine perverse Tasse Brühe. Ein Dutzend Hühnerherzen schwimmen darin, an denen diese kleinen Aderaus- und Adereingänge hängen.

164

Wie den Hühnern aus den Leibern herausgerissen, in den Topf geschmissen, schwimmen die Herzen mit ihren Fortsätzen in der Brühe. Ein bisschen ekeln wir uns. Und löffeln die Herzen doch. Und blicken respektvoll zu den Säufern in der hinteren Ecke hin, die so viel mehr als wir vertragen, mit der Wirtin munter schwatzen. Immerhin eine Wirtin, die uns in dem Lokal duldet, Bier ausschenkt, uns das Gefühl gibt, Stammgäste zu sein.

Die Wirtin hat ein Auge auf ihre blutigen Anfänger, kassiert uns ab, wenn wir seltsam werden, im Sitzen wanken. Ohne Widerrede, sagt sie. Und wir zahlen brav. Und greifen uns gegenseitig unter, werfen uns selbst an die frische Luft, die zum Gegenwind wird, der uns bei den Beinen packt, uns niederzwingt, obwohl wir das gar nicht wollen. Wir halten einander und haben reichlich Mühe, auf den Beinen zu bleiben. Und bringen uns irgendwie immer ins Internat der Sonderschule zurück. Und erwachen morgens mit diesem dicken Kopf. Und behalten den halben Tag über diese Schwere im Hirn. Und wickeln die Schulstunden im lähmenden Dämmerzustand ab.

Ist die Schule aus, werfen wir die Schultaschen unter die Betten, sind flink wieder auf und davon, in der *Broilerstube*, an unserem Tisch.

Ihr schon wieder, sagt die Wirtin.

Ich mag den Schaum über dem Glas. Und kann mir gar nicht vorstellen, das erste Mal gespuckt zu haben, als Onkelonkel mir Schaum zu kosten gab. Einen Löffel voll hat er mir gereicht. Ich habe an Zuckerwatte gedacht und nach dem Löffel gegriffen, den Schaum vom Löffel gelutscht. Und meine Zunge hat lichterloh gebrannt. Ich brachte Feuer, Bier und Schaum zum Löschen des Brands lange nicht mit Durst und Brandlöschen in Zusammenhang. Ich weiß noch, dass er sich darüber amüsiert und zu mir gesagt hat, dass es allen zu Beginn so ergeht, ihm auch nicht anders ergangen ist. Ich habe die Farbe des Biers gern. Es ist die Farbe des Getreides auf den Feldern, die van Gogh angezogen hat und verrückt werden ließ. Es ist die Farbe von Honig, den ich aus der Wabe gesogen und vom Finger gelutscht habe. Und die kleinen Blasen im Glas, die emsig aufsteigen, sind Wasserfontänen aus dem Gartenschlauch, mit dem uns Tante Luci bespritzt hat, wenn der Sommer heiß war.

Und die Tropfen aus dem Schlauch finden sich am Außenglas wieder. Man ist das Kind an der Fensterscheibe, wenn in der Küche Obst gekocht wird. Und zeichnet mit der Fingerspitze kleine Figuren, die dann verlaufen. Ein Gesicht zum Beispiel mit einem Mund, der fröhlich oder traurig ist, zwei Augen, die zu weinen beginnen und zerlaufen. Es ist, als würde man einen kühlen trinkbaren Goldbarren anheben. Eine Hand umfasst das goldene Glas, führt es zum Munde, wobei die Nase den weißen Schaum küsst. Schaum, in den hinein man ein Streichholz stellen kann. Man trinkt das Bier erst, wenn man sich an ihm sattgeschaut hat. Und freut sich an den Bewegungen der Zunge, des Kehlkopfes. Und leert das Glas und will ein weiteres Mal diese Farbenpracht auskosten, Bier und Schaum wie Bernstein und Gischt empfinden.

Und wir bestellen und trinken bald mit den Stammgästen um die Wette. Und wachsen in die Gastwirtschaft hinein. Werden bessere Kneipengänger, als wir Schüler sind. Und trinken immer mehr. Und werden immer seltener von der Wirtin ermahnt. Bockbier, Bockbier hallt es von überall her. Es ist Bockbierzeit, du Fröhliche. Die Männer reißen ihre Münder auf, benehmen sich wie Kinder, kehren bei der Frau Wirtin ein, sitzen da wie zur Bescherung. Wir wollen uns am ersten Bockbiertag richtig betrinken, den Bock bei seinen Hörnern packen. Und so trinken wir Bier um Bier und meinen, wir zwängen den Bock in die Knie. Der Bock aber zuckt zum Ende hin nur einmal leicht mit seinem harten Schädel, schüttelt uns ab wie Ameisen von einem Halm.

Die Wirtin sagt: Genug.

Der Bock stößt uns zur *Broilerstube* hinaus an die frische Luft. Wie bei Sturm lose Pappen über die Straßen gefegt werden, prallen wir gegen Hecken, Zäune, Hauswände. Ein starkes Tier, das gemeine Bier.

Heiliges Internat der Sonderschule, wo liegst du nur, wann tauchst du auf? Zimmerchen du, mit deinen vier Betten darin, lallen wir. Und stolpern vor das Portal die sonst leicht zu nehmende siebenstufige Freitreppe zum Haus empor. Ein schwerer Parcours, das Treppenhaus. Sich wie über Klippen die Stufen der Treppe hoch ins Internatszimmer hangeln, dort angekommen der Länge nach aufs Bett fallen.

Jede Jugend schäumt auf ihre Art und Weise, sagt Tante Luci zur Beruhigung aller. Jugend will sich auch im verbotenen Bereich ausprobieren. Sie selber sei nicht viel anders gewesen. Und doch müsse sie empfehlen, auf die Jugend in jeder Hinsicht mehr zu achten, sagt sie dem Herrn Internatsleiter. Sie hätte mit mir unter vier Augen gesprochen. Es komme nicht wieder vor. Man soll beide Augen zudrücken. Ich hätte Besserung gelobt.

PUBERTÄT

Alkohol öffnet die Kellerfenster zur Welt

Was die Bratpfanne nicht weiß, macht das Fett in ihr nicht heiß, sagt Tante Luci, zwinkert mit dem linken Auge. Also belassen wir es dabei, uns nicht nach allem zu befragen, alles zu sagen. Ist recht getan, sagt sie. Das Gartenhaus bliebe mir, auch wenn alles mit der Zeit zuwachse.

Im Wohnzimmer. Im Hof. Unterm Dach des kleinen Schuppens. Rechts und links der Treppenstufen. Auf Schränken, Tischen, Bänken. Überall Wachstum. Unkraut. Sie wird eines Tages darin verschwinden.

Ich bin auf den Geschmack gekommen. Ich habe mich früh an die Schwarze Johanna gebunden. Nun will ich mich vervollkommnen, sage ich mir, den Hang veredeln. Und bin, so oft es geht, in der Kneipe. Denn ich mag sie nicht, die ständige Kontrolle durch das Hausmeisterpaar. Und hinterm Internat der Sonderschule gibt es auch keinen Garten wie bei der Tante. Dafür überall knirschende Kiesel unter den Schuhsohlen, wenn man nachts zur Haustür hinausschleichen will.

Ich bin in dieser Bockbierzeit zum Trinker gereift. Alles andere zuvor war vielleicht noch jugendlicher Übermut. Und ich kann mich ja auch irren. Aber ich trinke eifriger als meine Kumpels. Ich stifte sie an, mit mir in die Kneipe zu gehen. Ich führe mich auf, wenn ich betrunken bin. Die Wirtin unterbindet meine Scherze. Die Jungs bügeln aus, was ich an Mist verzapfe.

Wir pubertieren. Das schafft Probleme und erhöht unsere Verschwiegenheit. Ich komme sehr spät erst zu meinem ersten Samenerguss. Ich trage keinen Flaum über der Lippe. Achselhaare habe ich so gut wie keine. Da muss man mit der Lupe suchen. Mein Stimmbruch ist kaum der Rede wert. Die Stimme klingt nur etwas männlicher, wenn ich gekotzt habe. Ich versuche wie ein Mann zu reden, piepse aber, als wäre ich heiser. Die Kumpels reden immer offener von den Mädchen und was sie mit ihnen treiben. Die Jungs geben an und ich weiß so oft nicht, wovon sie reden. Und sie merken es und übertreiben dann absichtlich. Und ich will mich ihnen gegenüber mannhaft beweisen und trinke über den Durst. Und mir ist schlecht. Und ich habe Angst, ein Säufer zu werden. Und hadere, will vom vielen Rumgesaufe ausruhen, nicht schon wieder am Bierglas hängen. Ich möchte spazieren gehen, am See sitzen, flache Steine mehrmals über das Wasser hüpfen lassen, im Wald die Eichhörnchen beobachten, in der Kirche dem Orgelspiel lauschen, allein im Kinosaal sitzen und ungestört einen Film ansehen und nach ihm vielleicht noch einen weiteren Film. Es geht dann aber immer wieder zu wie immer. Jemand fragt:

Kommst du mit in die Kneipe?

Und ich sage: Klar, doch, natürlich.

Wir erfinden Pflichtveranstaltungen zum Wochenende, dass wir im Internat bleiben können. Dann gehört der Tag uns und wir sind am Sonnabend in der *Broilerstube*, in der wir auf ganz andere Gesellen treffen. Ich entwickle einen kleinen Trick. Wenn ich zum Klo gehe, bestelle ich mir einen Schnaps und zahle ihn. Und kehre ich vom Örtchen zurück, steht das Getränk auf der Ecke, ich trinke es aus und keiner bekommt es mit. Ich melde mich, wenn wir in unserem kleinen Lokal sitzen, zwei-, dreimal auf Klo ab, bin der mit dem Magensausen, der die anderen zu Scherzbemerkungen anstiftet. Sie reißen ihre Witze. Ich nehme den Spott hin. Und bin dann für alle überraschend schnell blau. Mir wird bald übel. Ich laufe zum Klo und das Zeug schießt nur so heraus. Ich gehe restalkoholisiert zur Schule. Der Klassenlehrer stellt mich.

Hast du getrunken?

Nein.

Aber du hast eine Alkoholfahne.

Kann sein.

Woher stammt die?

Ich habe Weinbrandbohnen genascht.

Auf der Klassenfahrt fragt der Klassenlehrer: Jungs, ich gehe jetzt ein Bier trinken, wer kommt mit? Ich würde mich am liebsten melden, halte die Frage für einen Trick, gehe nicht mit. So klug bin ich, zu erkennen, dass es nicht gut ist, sich zu erkennen zu geben. Ich muss mich disziplinieren, mir Auffälligkeiten und den sich daraus ergebenden Ärger ersparen. Ich beginne mich zu tarnen, meine kleinen Geheimnisse insgeheim auszuleben. Ich werde meiner Neigung außerhalb der Gruppe frönen, mich auf einsamem Pfad abseits durchschlagen, der Kontrolle entziehen. Ich trinke innerhalb der Gruppe, weil ich in der Gruppe verankert bleiben will, und gebe mir ganz bewusst dann ohne die Gruppe den Rest. Denn die Gruppenbesäufnisse reichen mir oftmals nicht aus, manchmal sind die Jungs mir zu zurückhaltend und ich nicht so beschwipst, wie ich es sein möchte. Ich lege mir im Gartenhaus ein Lager an.

Ich benutze Tante Luci als meine Ausrede. Ich erfinde Krankheiten, damit ich nicht das Wochenende mit den Jungs im Internat bleiben muss. Ich kann mich dann in den Bus setzen und zu ihr fahren. Und bin dadurch für ein paar Tage vom Saufen befreit und bei den Kumpels entschuldigt.

Tante Luci mag die Pubertät an mir sehr. Sie redet mir ununterbrochen Mut zu. Und vielleicht, weil sie mich mag, hält Tante Luci es für angebracht, mir ihre Sicht zu Sex und Liebe,

Mädchen und Lust zu erklären. Und ich muss mich arg verwundern, was Tante Luci da sagt. Ich nehme ja Wörter gern wie Nüsse her, knacke sie, befreie sie von der äußeren Schale, habe den Kern vor mir liegen, denke bei Pub-er-tät für Jungen auch gleich die Pub-sie-tät, wenn die Tante von der Pubertät redet, habe ich im Kopf sofort die Gedichtzeile: Nun ist es für ihn zu spät, stellt sich nur noch vor beredt, wies wär, zu sitzen im Pub er tät.

Für Tante Luci surren die Männer, sind Wespen, die mit dem Stachel stechen wollen, die man vertreiben muss. Und spricht von böser Begierde, Sünde, Satan. Und will man sie vertreiben, wirft man schnell ein Glas um, fällt vom Stuhl, zerschlägt die Blumenvase, wird irgendwann schwanger, bekommt das Kind, das niemand will.

Sie spricht von Schlangen. Ich mag, dass in dem Wort Schlange das Wort lange liegt. Sie sagt, dass ich ohne die Pubertät meine Kinderhaut nicht abstreifen werde. Und im Wort »abstreifen« wohnt das Wort »reifen« wie Feuerreifen, durch den der Zirkustiger springt. Man verliert Saft und Kraft, sagt die Tante. Man bewegt sich auf einer unheilvollen Gedankenschleife. Die Diener der Pubertät heißen Hormone. Die Knochen stärken sich. Alle meine Gliedmaßen erreichen nun die festgelegte Größe. Es gibt für jeden Menschen einen exakten Bauplan. Das sei in den Genen so festgelegt.

Es ist oftmals wirklich zum Piepen, wie sie nach Worten ringt, sich verheddert, korrigiert, neu ansetzt, was anderes sagen will und nicht vorankommt, zu stottern beginnt, unwirsch wird, zerknirscht, sauer, dann abwinkt, neu ansetzt, von etwas anderem zu reden beginnt, dass man verblüfft reagiert und sich fragt, was das nun mit dem zuvor zu tun hat. Jedenfalls ringt sie sich einige Beschreibungen ab, als würde sie die falsche Werkzeugkiste aus dem Regal gezogen und zum Themenabend mitgebracht haben. Worte, die gar nicht zur Pubertät passen. Geschraubte Worte, mit denen du keinen Nagel auf den Kopf schlägst, viel zu große Worte für so ein kleines Uhrwerk. Worte für derbere Reden. Und sie hat es längst bemerkt, bleibt aber bei den falschen Worten, weil sie keine anderen zur Verfügung hat oder nicht extra aufstehen und nach den passenden Worten im Regal suchen will. Und kommt dann zu ihrem Fazit: Ist das Wachstum abgeschlossen, ginge es eines Tages mit einem retour dem Tod entgegen. Junge, nicht einfach das.

Reiche mir mal den Pepsinwein.

Ich denke, ich brauche den jetzt.

Und wirft den Kopf, als sähe sie einem vorbeirasenden Hasen hinterher. Und zählt mir alles auf, womit wir es in der Pubertät zu tun bekommen werden. Die Sache mit den Hormonen. Die Sache mit dem Phallus. Bei Adam erwächst da was, sagt sie, richtet sich auf und sucht wie ein Penis auszusehen, sich einzufinden bei Eva, die irgendwo am Tisch steht. Verstehst du.

Das Untenherum.

Bestimmt einmal gesehen.

Zwischen den Beinen der Mädchen.

Den Spalt für das Schwert des Mannes.

Und holt nicht weiter aus, bricht den Vortrag ab, weil sie mir ansieht, dass ich theoretisch besser als sie unterrichtet bin. Den Rest soll ich bei Ovid lesen.

Lehrgedichte.

Wenn männliche Fruchtfliegen keinen Sex bekommen, trinken sie und aktivieren mit dem Alkohol ihr Belohnungszentrum im Gehirn. Das verschmähte Männchen bessert seinen Neuropeptid-F-Spiegel durch Alkohol auf. Der Mangel an Botenstoffen wird ausgeglichen, das Männchen sucht weiter nach Möglichkeiten der Befriedigung und bringt sich in Paarungsstimmung. Es wird das normale Futter zugunsten des mit Alkohol versetzten Futters ausgewählt. Bei Säugetieren heißt der verwandte Hirnbotenstoff Neuropeptid Y. Für die Alkoholsucht und das sexuelle Begehren, Schlaf und Stressverarbeitung verantwortlich.

Ich habe mich an Büchern genauso berauscht wie am Most von Harry. Bücher sind mir Mutter und Vater. Ich möchte alles wissen und erfahren, zehn Bücher zugleich lesen. Wie ich später zehn unterschiedliche Schnäpse auf dem Tresen gereiht und nacheinander ausgetrunken habe. Und die tollen Bücher ersetzen mir das Rangeln um die Mädchen, die ich nicht haben kann.

Bücher haken mich unter, wenn ich zögerlich bin. Sie sagen, ich soll mich nicht so anstellen. Sie lassen mich Nähe fühlen, die ich im Leben nicht erlebe. Tante Luci sagt, sie liebt die Bücher auch, weil Bücher stille, gute Freunde sind. Weil sie einem den Kopf befreien. Weil sie Gehilfen und Gehhilfen sind. Sie schreibt mir die beiden Worte untereinander auf. Und ich sage mir: Wau, was ein h mehr in einem Wort ausmachen kann.

Tante Luci nimmt ihre Bücher sogar in die Badewanne mit, liegt im Schaum mit ihnen und liest. Und wird ihr das Wasser zu kühl, lässt sie Warmwasser nachlaufen. Ein großartiges Gefühl. Luxus pur, sagt Tante Luci, Bücher in der Badewanne lesen, mit dem Buch in der Hand weit hinaus in Traumwelten fahren. In der Hollywoodschaukel geht auch. Man lässt sich dann vom Buch verschaukeln, sagt sie. Und schlägt man das Buch zu, fliegen die Träume auf und davon.

Ich träume nicht davon, mit den Mädchen zu knutschen, ich fürchte sie. Ich habe mir beigebracht, eingekeilt in der Ecke zu sitzen, einen Schmöker auf meinen Knien, die Welt um mich herum zu vergessen, mich in andere Welten hineinzulesen. Was auch geschieht. Ich kann in Hundestellung und wie ein Inder kniend in meinen Büchern lesen, mich in ein Buch verkriechen, weit weg von mir sein.

Ich höre den Jungs zu, wenn sie davon berichten, wie sie lange und auf die Stoppuhr genau sagen können, hinter der Turnhalle geküsst zu haben. Wie unterschiedlich ein Kuss jeweils wäre. Und welches von den Mädchen am besten küsst. Ich denke an die vielen Bazillen auf der Zunge, was alles so durch die Zungen übertragen wird. Das weiß ich aus dem Buch über Hunde und Hundezungen, dass mir die Haare zu Berge stehen. Mir ist die Zunge als solche nicht geheuer. Ich fürchte am Wort »Zungenschlag« mehr noch als das Wort »Zunge« die Silbe »schlag«.

Ich bin unfähig, von dem Buch zu lassen, das mir nebenbei solche gravierenden Tatsachen berichtet. Und kann dann nicht mehr aufstehen, bin steif gelesen wie ein alter Mann, der die verrosteten Kniegelenke wieder in Bewegung bringt. Ich benutze in diesem Fall Tante Lucis Skistöcke, die ich hinter den beiden Schränken unter Hasenfellen versteckt gefunden habe. Kuh oder Kaninchen. Seltsam haarige Flicken. Steifer als meine Knie.

Ich wohne im Garten wie ein Hauseigentümer. Ich habe das Fenster geöffnet. Finde es aufregend, wenn ein Gewitter grollt. Und nehme mir vor, irgendwann mal ein Buch zurate zu ziehen, Onkelonkels Pflanzen zu studieren, die ich nach seinen Hinweisen nun in Pflege habe. Was nur gerecht ist, sagt die Tante, denn sie habe mich aufgenommen, ohne zu überlegen. Und nun adoptiere ich Onkelonkels Nachwuchs. Ihr nimmt das ein Stück der vielen Arbeit im Garten ab.

Ich sitze in der Laube auf Onkelonkels Stuhl, beobachte wie er mit dem Feldstecher die Umgebung. Spüre wie er diesen Luftzug in meiner Zehe, lange bevor es Regen gibt. Und es reizt mich auch, Schuh und Socken auszuziehen, wie der Onkel in einer Pfütze zu stehen. Ich stehe im Regen. Tante Luci ruft mir etwas zu. Ich schüttle den Kopf. Sie erklärt mich für verrückt, ist aber auch stolz auf mich.

Ich habe bald auch schon Freunde außerhalb des Internats. Sie heißen Didi, Wolfi, Benno. Wir treffen uns bei Benno. Er ist der Sohn einer wohlhabenden Arztfamilie. Die Räume sind groß. Sie haben sogar ein Musikzimmer, in ihm steht ein Klavier, das von den Urgroßeltern stammt. Ein echtes Klavier. Ein Markenstück. Ich denke beim Wort »Marke« immer zuerst an Dienstmarke, Markenfahrrad und Markenbutter.

Sie besitzen einen Wintergarten, in dem es warm und hell ist. Sie treffen sich im Esszimmer an einem großen ovalen Tisch. Und essen nicht, sondern speisen mit schwerem Silberbesteck. Und in der Mitte steht eine Schale mit warmem Wasser, in die sie ihre Finger tunken. Und früher haben sie noch Personal gehabt, sagt Bennos Mutter und stöhnt.

Die arme Frau ist gestorben.

Danach wollten wir keine Dienstmagd mehr.

War schon eine ordentliche Umstellung ohne sie.

Und Benno durfte sich einen Raum im Keller als Fetenraum einrichten. Mit einem richtigen Schallplattenautomat, einer Dartscheibe, einem Flipper.

Wir trinken Grasovka. In jeder Flasche steckt ein Halm. Sie sagen, es wäre Büffelgras. Wir kauen darauf herum. Der Halm schmeckt nach nichts. Ich denke lange Zeit, das Aroma kommt vom Grashalm, und rede mir ein, in der Prärie zu sein, wenn ich vom Wodka trinke. Und ich höre irgendwann dann auch Pferdehufgetrampel und sehe Staubwolken und höre die Indianer kreischen, wenn ich nur genügend vom Wodka trinke, der aus Polen stammt und uns mit Cola versetzt am besten schmeckt. Mir schmeckt er nach Weite und den ewigen Jagdgründen, in denen ich uns mit Sicheln bewaffnet hantieren sehe, dazu verdonnert, Büffelgras auf die richtige Länge zu schneiden, dass es in die Flasche passt. Ich berausche mich am Büffelgraswodka. Ich lande jedes Mal sicher im Wilden Westen, bin unter den Indianern und will zu ihnen reisen, wenn ich das nötige Geld zusammengespart habe.

Ich bin alkoholgefährdet, denke ich von mir. Mich reizt das Zeug mehr als die anderen. Ich greife viel öfter zu. Sie lassen mich den Büffelgraswodka saufen. Bennos Eltern haben Benno eingeschärft, er soll mich fair behandeln, ich wäre bei Tante und Onkel ganz ohne die Eltern groß geworden. Und alle halten sie sich daran, mich fair zu behandeln. Es ist genügend anderes Zeug für sie da. Ich trinke Büffelwodka und sie sitzen am kleinen Teetisch zusammen und schenken sich ein, wie es sich gehört. Es geht bei ihnen gesittet zu, sagen sie. Und laden mich zu sich ein, mit ihnen gesittet zu trinken. Aber ich kann mich nicht überwinden und mag ihre Cognacs nicht und kann mich auch an ihre edlen Whiskys nicht gewöhnen. Und lasse sie unter sich feine Herren sein. Und liege lieber auf dem Teppich am Boden, mit meinem Büffelgras rundum zufrieden.

Ich bin durch den Büffelwodka zum Alkoholiker geworden. Eine Zeit lang kann ich meine Sucht geheim halten und mich behaupten, indem ich mich ohne Büffelgraswodka beschäftige, Fußball spiele, Segler bin, mich in verschiedene Gruppen hinein befreunde, bei den Kinofreunden mitmische, mich einer Wandergruppe anschließe.

Aber dann erleide ich durch meinen Büffelgraswodka doch den ersten heftigen Filmriss. Und ich erwache an einem Ort, den ich nicht kenne. Ich scheine abgelegt worden zu sein oder habe mich mit der letzten Kraft in diesen Unterschlupf gerettet. Es sind die mir fehlenden Erinnerungen, die mich ängstigen. Ein furchtbarer Zustand, wenn man nicht weiß, was mit einem geschehen ist, was man angestellt haben könnte. Die unbekannte Unterkunft stellt sich als die Laube einer Mitschülerin heraus. Die Laube liegt nicht auf dem Heimweg.

Warum bin ich hier? Was will ich hier?

Haben sich meine Freunde mit mir einen Scherz erlaubt?

Bin ich im Vollsuff hierher geraten? Und wenn dazu dann noch etwas aus dieser Nacht berichtet wird, Sachbeschädigung, Diebstahl, befällt mich die Angst, ich könnte der Übeltäter gewesen sein.

Wir sind ja im Leben mehr als eine Person. Wir entscheiden uns nicht für diese oder jene Variante, wir sind sie alle. In der Regel beherrschen wir uns, ticken nur selten aus, verhalten uns dem Lebensplan entsprechend. Wir sind dann nicht mehr wir selbst, wird gesagt, wenn wir uns danebenbenehmen. Es heißt: Ich habe den Jungen nicht wiedererkannt.

Man sagt, ich wäre verrückt und nicht mehr bei mir selbst gewesen. Und die das von mir behaupten, haben recht damit. Um das zu werden, was wir sind, wachsen in jedem einzelnen Menschen eine Anzahl anderer Ichs, die nur unter ganz bestimmten Situationen zum Zuge kommen und niemals alle zusammen ausbrechen dürfen.

Und bin ich dann in der Stadt unterwegs, besaufe ich mich. Der Haken ist, ich vertrage keinen Schnaps, bin nach drei Gläsern ohne Kontrolle, gerate in Zwischenzustände. Und trinke trotzdem Schnaps, bin derjenige, der die anderen überredet. Bestelle ein ganzes Tablett voll mit Koks, wie das Zeug hier heißt. Weißer Minzlikör, darin Zuckerwürfel und eine Kaffeebohne. Einige sagen dazu: lecker. Anderen ist das zu süß. Bekommt man Kopfschmerzen von. Zweiunddreißig Gläser für vier Leute am Tisch.

Erst sagen sie:

Was soll denn das?

Das schaffen wir nie.

Das trinkst du mal schön alleine.

Dann zählen sie ab und rechnen, wie viel Koks ihnen zusteht pro Person. Und ich muss dann die Retourkutsche austrinken. Und schon werde ich übermütig, laut, galoppiere munter wie ein Pferdchen durch das Lokal. Nächste Runden stehen an. Es wird nachgelegt, das Feuer am Lodern gehalten.

So jung kommen wir nicht mehr zusammen.

Auf einem Bein kann man nicht stehen.

Wie du mir, so wir sowieso.

Wie ist das Leben schön.

Was, das soll schon alles gewesen sein? Einer geht noch, einer geht noch rein. Werde ich mich lumpen lassen. Tropft alles auf die Spendierhosen. Macht den Speck nicht fett. Fleck gibt wieder Flecken. Kann man am besten mit Alkohol beikommen. Hoch die Tassen.

Ich verziehe mich aufs Klo. Ich will mich schnell übergeben.

Aber ist da auch nur eine Person mit mir im Raum, geniere ich mich, Geräusche von mir zu geben, warte ab, bis ich allein bin. Und dann ist der Moment vorbei. Und ich kehre ohne jedes Ergebnis in die Kneipe zurück. Setze mich an den Tisch, statt nach Hause zu gehen. Und benehme mich dann daneben, werde hinausgeworfen. Ich versuche, mir wieder Einlass zu verschaffen, renne gegen die verschlossene Tür an. Werde laut und ungehalten. Und niemand kann mein Verhalten als einen Hilfeschrei werten.

Ich vertrage ja nicht viel und von allen am wenigsten. Weil ich kein richtiger Trinker bin. Die anderen schlagen anders zu. Wenn ich bei vier kleinen Bier angelangt bin, haben sie vier große Halblitergläser hintergestürzt und sehen mich mit Blicken sanft wie Tigerpfoten an, die mit der kleinen Maus am Tisch nur Saufen spielen.

Ein Sandkorn bin ich, das mir ins Auge dringt. Ich verkrieche mich in mich hinein wie in eine menschliche Höhle. Ich überschütte meine Probleme mit Feuerwasser, suche mich selbst zu entzünden. Und werde betrunken. Und finde die Streichhölzer nicht. Der Rausch verflüchtigt sich. Das Problem trocknet rasch und tritt hervor, sobald ich zu mir komme, aus der Umnachtung auftauche. Wo ich vermeint habe, ich hätte das Problem in der Saufnacht abgebaut, türmt es sich höher auf. Man kann auch sagen, verdichtet sich zu einem Extrakt. Die bitteren Pillen, die man schlucken muss, die erst das Sandkorn sind und dann sich zu Perlen im Muschelbauch auswachsen.

Als es an der Zeit ist, etwas Neues zu probieren, bin ich Frontmann in der dörflichen Diskothek. Ich kreiere meine Show, die exakt den Ansprüchen meiner Freunde entspricht. Der Ort, von dem aus ich sende, heißt Kliff. Die Hütte liegt direkt am Meer. Tagsüber Gaststätte, die nur in der Saison gut läuft. Der Fisch kommt frisch vom Fischer. Die Urlauber loben ihn sehr. Ansonsten steht kein Haus weit und breit. Wir streichen die Wände dunkel. Um richtig laut sein zu können, schaffen wir uns ordentliche Lautsprecher mit großer Wattzahl heran. Die Show ist simpel, aber wirkungsvoll. Ich schleudere das Mikrofon, wackele mit der Hüfte, fuchtele mit den Armen im jeweiligen Rhythmus. Die Luftgitarre spielt niemand virtuoser als Harry. *Cowgirl in the Sand* von Neil Young ist eines seiner Lieblingslieder. Das spielt er perfekt.

Ich stehe voll auf *Something in the Air*. Thunderclap Newman. Ein schönes Klaviersolostück. Der Rhythmus, als würde ein Klavier mit Reißzwecken an den Hämmern gespielt. Und dazu rhythmisches Händeklatschen. Und schon setzt das kleine Orchester ein. Eine zwitschernde Gitarre begleitet den Gesang, zu dem man die Arme breiten möchte wie in der Filmszene das Mädchen auf dem Moped, das leider nicht mein Mädchen auf meiner Maschine ist. Und im Kino ist es zu dunkel und zu eng, die Arme so frei auszubreiten.

Wir träumen alle von Sydney und Odessa. Oder von Sansibar. Oder von Madagaskar. Oder von Hawaii. Die Paradiese auf Erden tragen alle wohlklingende Namen. Ich laufe zu den Fischerbooten und meine, sie brächten mich über Umwegen nach Hongkong. Erst einmal weg von hier, zum nächsten Hafen. Von dort aus dann auf die große Fahrt. Über den Teich.

Bei den Schiffen, bei den Landungsstegen, im Hafen kann man seine Zeit gut verbringen und an den Träumen schön weiterbasteln. Man stellt sich vor, Koch auf einem dieser großen Schiffe zu sein, die Weltmeere zu befahren. Neufundland. Grönland. Halifax. In die Verzauberung mischen sich Realitäten. Dampf der Maschinen. Ruß und Rauch. Lärm und Gestank. Dinge, die zur Seefahrt gehören wie Schmiere zur Fahrradkette.

Du lieber Himmel. Wozu habe ich all diese Reisebeschreibungen und meinen Joseph Conrad so gut gelesen? Doch wohl, dass ich Bescheid weiß, wie es aussieht in der fernen anderen Welt, hinter den schönen Fassaden. Dann weiß man doch auch, dass gerade hinter den schönsten Parkanlagen die furchtbarsten Zustände herrschen. Ich sehe, wenn ich eine bunte Postkarte sehe, die nicht sichtbaren Probleme. Armut bewohnt nie die breiten Promenaden. Der Bettelmann haust in enger Gasse.

Der Gesang von Dusty Springfield in ihrem Song *Son of a Preacher Man* klingt wie der Gesang einer weißen Frau, die wie eine dunkle Gospelsängerin singt. Gesang. Der dich gefangen nimmt, die Lust auf ein Wesen aufflammen lässt, das anders ist, als wir es sind. Anders aussieht. Anders redet. Anders leuchtet und lodert. Und alle Jungs werden in wilde sexuelle Träume versetzt. Zügellose Träume. *La poupée qui fait non* von Michel Polnareff ist so ein Song. Wir sehen uns am FKK-Strand liegen und nichts weiter tun, als den Mädchen zuzusehen, wie sie sich ihrer Sachen entledigen, ins Wasser laufen. Und wir hören sie kreischen. Und wir sehen, wie sie sich gegenseitig mit Wasser bespritzen. Und schließlich schwimmen sie, tauchen ab. Und kommen nass, wie sie sind, zurück, sich abzutrocknen. Direkt neben uns. Ihre Haut wie Gänsehaut. Wassertropfen perlen. Wassertropfen an der Scham und unter der Achsel im dichten Haar.

Wann immer wir die Mädchen so erleben, bleiben wir auf unseren Bäuchen liegen, drehen die Köpfe verschämt weg. Drehen am Knopf des tragbaren Radiogerätes. Stellen uns die körperliche Liebe vor. In einer Sandburg. Zu zweit, weit und breit allein am unendlichen Strand. Selbst, wenn es sich um eine Schmierenkomödie handelt, saugen wir sie ein. Weil sie die Erstbegegnung mit dem anderen Geschlecht darstellt.

Meta heißt die Nackttänzerin. Die Männer drehen den Kopf zu ihr hin und schauen durch die Lücken ihrer Finger. Sexwellen rollen über uns hinweg. Die Kumpels sehen lusterregende Filme. Den musst du dir auf jeden Fall ansehen, sagen sie. Der ist besser als Bücherlesen.

Und ich sehe sie mir alle an. Kann sein, dass ich dabei dann meine Liebe zum Film entdeckt habe. Die zackig ruckenden Schwarz-Weiß-Bilder. Denn so besonders viel zu sehen gibt es nicht. Und das ist bestimmt das Allertollste. Dass man nicht so viel sieht. Nur Ahnung hat und Stöhnen hört und die Phantasie bemüht, das Unmögliche sichtbar wird. Scheue, schöne, nackte Tänzerinnen in ganz, ganz schlechter Qualität. Und wir stellen uns Frauen vor, die sich mit dem Flaschenhals, der Banane, dem Hackenschuh erfreuen.

Black Sabbath. Der Name klingt so dumpf und geheimnisvoll, so gegen den Strich der Alten gebügelt. Für mich ist *Paranoid* das Lied aller Lieder. Beim Für-mich-so-hin-Klimpern erfunden. Als die anderen Bandmitglieder unten am Imbiss standen, sich ungesundes Zeugs einschoben, sagt der Mann, der das Lied erfunden hat. Und dann wird daraus so ein Song, sagt er. Raketenschnell erobert er die Erde, für Jahrzehnte.

Internatszeit, tolle Zeit. Dauernd Partyzeit. Wir sind ständig betrunken. Furchtbare Zeit für Tante. Ich komme bei den Mädchen nicht so an, wie ich möchte. Also trinke ich mir Mut an, die Mädchen auf die Tanzfläche zu bitten, ernte viele Körbe und werde zum Solotänzer. Verrenke mich, wirble die Arme und Beine, tanze, als würde ich auf dem Seil laufen oder Golf spielen oder Chaplin sein oder auf einer Kinderbühne eine humpelnde Ente. Und fühle mich sexy. Und es ist auch ganz schön was los durch mich auf der doch nur öden, leeren Tanzfläche.

Als Discjockey muss ich mich lange beherrschen, Platten auflegen und eine Menge Cola Wodka ablehnen, sodass sich nach dem Konzertende bei mir ein riesiger Durst anmeldet, den ich sofort lösche. Ich habe Nachholbedarf und überhole dann die anderen, die alle nacheinander abwinken. Zum Schluss trinke ich allein auf mein Wohl. Das übt für spätere Jahre, in denen ich wirklich allein in der Kneipe oder zu Hause sitze und saufe.

Ich bekomme von den Jungs die Liebesabenteuer berichtet, weil ich ein guter Zuhörer bin. Weil ich noch mit keinem

Mädchen gehe, objektiv und unbefangen urteile. Ich bilde mir ein, eine Geliebte zu besitzen. Wenn ich mir meine Geliebte vorstelle, läuft diese im Morgenmantel herum. Aufreizend rot. Aus goldenen Fasern der chinesische Drachen, der ihren Rücken bedeckt, ihren Körper bewacht. Und Feuer spuckt, nähere ich mich ihr. Es sind nur traumhafte Geisterhände an mir, die nach der Traumfrau greifen wollen, ihr den Morgenmantel abzustreifen, sich an ihrer morgenländischen Nacktheit zu erfreuen.

Ich bin viel zu schüchtern, mich einem Mädchen zu nähern. Die Hände ruhen in meinem Schoß. Sind gelähmt. Sind scheinbar abgehackt. Das Ewig-an-die-mögliche-Liebe-Denken quält mich. Als würde ich in einer Zentrifuge sitzen. Du wirst von deiner Sehnsucht gepackt und in den Sitz gezwungen und gerätst ins Schleudern. All dein geheimes Innere wird ausgesogen. Du trocknest von innen her aus.

Ich fürchte mich vor der Liebe zu einem Mädchen. Nicht jetzt. Vielleicht später. Mal sehen. Und will es in manchen Situationen dann doch. Will überrumpelt, überraschend eingeladen sein. Von dem einzigen Mädchen, für das mein Herz pocht. Von der ich nicht sagen kann, ob sie es spürt.

Genug davon.

Liebe und Frauen sind ein Thema für sich. Besser sich die Sehnsucht abarbeiten, sagt Tante Luci. Greift sich den Steintopf, wie der Jäger die Wildente am Halse packt. Stülpt den Steintopf um, ratscht mit dem Messer am Steintopfboden, lauscht dem Ratschen liebevoll. Schiebt mir einen Steintopf hin. Dass auch ich ratschen kann. Wirklich reich, ratschen wir, ist ein Mensch nur dann, wenn er das Herz, ritsch ratsch, eines geliebten Menschen besitzt. Und nach den Messern ratschen wir die Scheren scharf, danach die drei unterschiedlich großen Wippmesser, mit denen man die Petersilie zerteilt, gekochte Rüben, Schnittlauch. Und die Tante prüft jedes Einzelstück, ob ich es genügend geratscht habe, sagt vom Tratschen in Schweiß geraten:

Bist zu anders.

Wird schwer für dich werden.

Damit kommen die Mädchen nicht klar.

Unsere Schule wird um die Zeit von einem Schriftsteller besucht. Weißes Langhaar, Vollbart, Professorentyp, mit Baskenmütze auf dem Kopf, wie man sich einen Landschaftsmaler vorstellt. Liest sehr gestenreich aus seinem Buch, unterbricht sich, zieht aus der Aktentasche eine Schallplatte vor. Fragt, wer von uns sagen kann, wie der Mann auf dem Cover heißt.

Die Jungs sagen dies und das. Die Mädchen albern. Der Lehrer schweigt. Der Schriftsteller sagt Bob Dylan, das ist Bob Dylan. Reckt die Platten am ausgestreckten Arm hoch. *Blonde on Blonde.*

Kehlige, raue Stimme. Etwas nachlässige Artikulation. Spielt seit seinem zwölften Lebensjahr Gitarre.

Ich brauche keinen neuen Gott. Ich stehe da schon auf Czeslaw Niemen, der Bart und lange dunkle Haare trägt, Pole ist und dem Revolutionsgefallenen Bem eine ganze LP-Seite gewidmet hat. Auf dem Cover meiner Platte steht er zwischen lauter großen Kerzen mit seiner Hammondorgel und spielt an der Ostseeküste. Die Musik gefällt mir besser als die der Beatles, die alle hören. Niemen höre nur ich bei meinem Kumpel Benno, weil ich noch keinen Plattenspieler habe. Marlene Dietrich, heißt es, hat Gefallen an ihm gefunden, ist eigens zu einem Konzert nach Polen gereist, ihn von hinter der Bühne *Czy mnie jeszcze pamiętasz* singen zu hören. Mutter, hast du mir vergeben, Mutter, denkst du noch daran, was ich dir angetan? Kannst du mich noch lieben, Mutter, gib mir deine Hand, bin doch dein Kind geblieben.

Sieben Schallplatten besitze ich schon von Niemen, als ich mit Tante Luci in den Laden gehe, wo es Plattenspieler gibt. Mein Wunschgerät ist viel teurer als gedacht.

Den da nehmen wir, sagt Tante Luci.

Ich leg das fehlende Geld dazu.

Am Abend spiele ich alle meine sieben Schallplatten.

Ist mir zu wild, die Musik, sagt Tante Luci.

Bei ihr flögen die Platten wohl in die nächste Mülltonne.

Tante Luci hat mich mit der Tochter einer Freundin, mehr eine Bekannte, der man helfen muss, bekannt gemacht, will mich mit ihr verkuppeln. Ein gutes Mädchen, gleichaltrig, für das ich Muße finden möchte, wie sie sagt. Nachhilfe geben. Und dann ist das Mädchen zu Gast und sitzt am Tisch, und wir trinken Kakao. Heiß, süß und braunviolett in meiner Erinnerung.

Auf das Mädchen gehe ich nicht ein. Das Mädchen gefällt mir absolut nicht. Tante Luci geht mit mir zu einer Freundin, einer Wahrsagerin. Die sitzt in ihrem halbdunklen Zimmer, fuchtelt mit den Händen über einer Kugel, die schöne Blitze vom Zentrum her gegen die Glaskugelinnenwand wirft und das Gesicht der seltsamen Frau in wechselhaftem Licht erscheinen lässt. Mal grau wie tot. Mal feurig, als spuke sie über dem Rand eines Kraters.

Wenn die richtige Frau in sein Leben kommt, sagt die alte Wahrsagerin zur Tante, wird er nicht mehr so versteift sein, sondern für alles offen. Ich bräuchte vorerst eine Freundin, nicht die Frau fürs Leben. Eine Freundin, die Kumpel ist. Die mich lenkt und nicht überfordert. Ich bräuchte ein weibliches Wesen ohne Fassade. Ein Mädchen, das keine schwere Stellwand ist. Ich bräuchte im Grunde ein Mädchen, wie Tante Luci ist, sagt sie und kreischt uns an vor Freude an dem Gag. Und Tante Luci nickt und stimmt haltlos allem zu: Sag ich auch.

Hab ich immer gesagt.

Ich werde erwachsener und bleibe doch das träumerische Kind. Und sitze in der Gartenlaube mit mir, mit geschlossenem Mund alles abzuhandeln, was mir sonst die Zunge brennt.

Egészségedre Palinka, oh weh.

Tante Luci kann nichts verrichten, seit ich achtzehn Jahre bin. Die Haare würden ihr zu Berge stehen, wenn sie wüsste, in welche Clique ich geraten bin, welchen Umgang ich pflege, wild darauf erpicht, zu tun, was ich immer tun wollte. Ungefragt in die Kneipe gehen, zu den Männern, die von sich sagen, dass sie da immer an ihren Tischen sitzen. Mit ihnen anstoßen. Bei den alten Säufern sein, die da sind, weil sie hier immer sind, immer da sitzen, hierhergehören, alle Zeit, allzeit.

Mein achtzehnter Geburtstag. Ich trinke morgens Sekt mit den Kumpels, die ich eingeladen habe. Die Tante bringt den frisch geräucherten Aal, den ich mir zum Fest gewünscht habe. In handliche Stücke geschnitten. Dazu Weißbrot. Wir trinken Sekt und müssen Tante Luci nicht mehr vorspielen, wie eklig wir Alkohol finden.

Tante Luci wird sich denken, sagen die Geburtstagsgäste, wie es hoch hergeht, wenn wir in der Disco zusammen sind, unsere Musik spielen, tanzen und unsere Mixgetränke trinken. Betrunken erlebt mich Tante Luci erst am Ende dieses Tages. Bis dahin haben wir unsere jungen Räusche, argen Besäufnisse und Ausfälle vor der Tante gut verborgen, wohl auch, weil die Jungs Tante Luci irgendwie in Ordnung fanden. Und die Tante gönnt sich auch ein Gläschen, wie sie sagt. Ziert sich ein bisschen, stößt aber mit uns nur zur Feier des Tages an. Und lockt mich nach hinten, dorthin, wo der Onkel auf der Liege im Freien geruht hat. Dort sitzen wir dicht beisammen. Ich könne nun tun und lassen, was ich für richtig erachte, sagt sie. Sie werde mich nicht weiter aufhalten, mir nicht im Wege stehen. Und drückt mich an sich, sieht imaginär in den Kosmos hinein, so nannte es Onkelonkel, wenn sie so abwesend ausschaut und doch so zielgerichtet blickt wie jetzt. Und dann klingeln die Jungs vom Fußballverein Sturm an der Tür. Nicht, mir zu gratulieren, sondern mich auf den Rasen zu bitten, wo sie gerade das wichtige Spiel gegen die Mannschaft aus der Kreishauptstadt bestreiten. Es stünde noch null-null. Ein Spieler wäre ausgefallen, kein Ersatzmann für ihn da, und ich wohne in unmittelbarer Nähe, der Erste, den sie bitten können einzuspringen. Und so laufe ich ziemlich angeheitert auf. Die Partygäste toben und schreien vom Spielrand her. Es steht dann auch bald zwei zu zwei. Ich bekomme den tödlichen Pass in den freien Raum zugespielt, trickse den Torwart aus. Sein Vater eine Fußball-legende. Er liegt hinter mir am Boden. Ich bin im Fünfmeter-raum, muss den Ball nur noch in die Maschen schieben. Ich aber hole aus, lege all meine Kraft in den Schuss, das Acht-zehnjahretor zu schießen. Und schieße aus weniger als drei Metern Entfernung das Leder über die Latte, mit Karacho über die Hecke. In den Garten des anwohnenden Nachbarn, von dem es heißt, dass er Bälle einbehält. Kurze Zeit später wird das Spiel durch den Schiedsrichter abgepfiffen. Sie fallen alle über mich her und schreien, dass wir das Spiel gewonnen hätten, wenn ich nicht Sekt intus gehabt hätte. Im Fußballverein reden sie Tage später noch von der möglichen Sensation und der Blamage des Jahrhunderts, die ich ihnen eingehandelt habe.

Und dann bekomme ich ein Motorrad geschenkt. Vom Bruder der Nachbarin, aus dem Holzschuppen hervorgeholt, wo die Maschine Jahre unter einer Plane zugebracht hat. Heißt Jawa und ich kann immer: Ja, wa sagen, wenn einer lästert. Die Maschine ist nicht so stark wie die der anderen. Sie sagen: Hat doch keine PS, und ich sage: Ja, wa. Sie sagen: Am Auspuff wird sich dein Mädchen die Beine verbrennen. Ich sage zu allen Sticheleien: Ja, wa, Jawa. Ich bin trotzdem mit dem wilden Song *Born to be wild* auf meinem lauten Knatter-terding mit heißem Auspuff unterwegs. Das muss ich vor der Ortseinfahrt ausschalten und ausrollen lassen. Dass sie nicht auf mich aufmerksam werden, man mich nicht am Ton der Maschine erkennen kann.

REIFUNG

Ein intelligenter Mensch ist manchmal gezwungen,
sich zu betrinken, um Zeit mit Narren zu verbringen.

Ernest Hemingway

Achtzehn Jahre bist du also jetzt, sagen sie. Siehst gar nicht
wie achtzehn Jahre aus, sagen sie weiter. Und das Schlimme
daran ist, sie haben recht damit. Du und siebzehn, haben die
Jungs vom Buchenberg schon gesagt, als ich siebzehn Jahre
alt war, und einen künstlichen Lachanfall bekommen.
Jetzt, wo du erwachsen bist, sagt Tante Luci, nimmt mich
bei der Hand, führt mich ans Ende ihres Schuppens. Hinter Pappen versteckt die kupferglänzenden Apparaturen, die
ich Jahre zuvor längst ausgekundschaftet habe. Teile wie von
einer Ritterrüstung, kupferne Lederhose, Schläuche als Ho-
senträger, Peitschen. Ich müsste den Boden vom Untertopf
aussägen, den Deckel vom Topf auf meinen Kopf stülpen,
schon wäre ich Don Quichotte, föchte mit dem Holzschwert
gegen die dicken Glasballons.
Weinballons in ihren Holzgestellen, mit diesen fein geboge-
nen Gärröhrchen obenauf. Röhrchen, so milchig und durchsichtig. Und manchmal blubbern Blasen darin. So herrlich unterschiedlich farbige Ballons. Von flaschengrün über
braunbräunlich, blaubläulich, schwarzblau bis orientalisch
türkis die Farbgebungen. Dickes Glas, durch das man die
Welt um sich verzerrt und verwandelt sieht, sein eigenes,

seltsam verbogenes, verzogenes, auseinandergebogenes, zusammengepresstes Spiegelbild erlebt, wenn man den Kopf vom Ballonbauch her zum Glashals bewegt.

Am Boden steht die große Badewanne, in der ich als kleiner Junge gebadet wurde und in der die großen Wäschestücke aus dem Waschzuber landeten.

Wenn sie Schnaps brennen, sprudelt von meinem Ritterhelm aus Wasser zum Kühlen in die Wanne hinein. Wasser, das der Brennvorgang braucht. Nicht zu viel, nicht zu wenig, genau richtig eingestellt muss es sein. Die Wanne darf nicht zu rasch volllaufen. Mehr als ein Kubikmeter, sagt die Tante, darf der Brennvorgang nicht verbrauchen. Alles andere ist Verschwendung. Das Wasser wird wiederverwendet, in den nachfolgenden Tagen an die Gänse und Hühner der Nachbarin weitergereicht.

Ist illegal.

Wir brennen schwarz.

Nun gucke doch nicht so.

Und nun darf ich dabei sein, wenn sie Schnaps brennen. Der Briefträger. Die Eierfrau. Die Nachbarin. Tante Luci tätschelt meine Wange, weist mir einen Platz zu im Dreiviertelkreis der Brenngemeinde neben dem Briefträger, der als Brennmeister fungiert. Neben ihm sitzt die Eierfrau aus dem Nachbardorf, die mich andauernd anlächelt und bei jedem Scherz wie ein Hühnchen gackert. Man entscheidet sich für einen Ballon. Der Ballon wird aus seinem Holzgestell gehoben, der Pfropfen mit dem Glasröhrchen abgenommen, die Öffnung dem Briefmeister unter die Nase gehalten. Der wedelt den Dunst mit hochkant gehaltener Hand und sieht dabei wie ein gestrenger Polizist aus, der einen Sünder zu sich heranwinkt. Schnuppert am Ballon. Führt die Hand wie ein Dirigent. Hält sie in der Schwebe. Mehrere Ballons heben sie an die Nase des Briefträgers, der dasitzt wie der König von Tonga, für den die Tante so schwärmt.

Ist mir zu essighaltig, die Birnenmaische, winkt der Brenndirektor ab.

Kann noch werden.

Muss nichts heißen.

Muss noch etwas reifen.

Kann in ein paar Wochen von der Qualität her super geworden sein.

Wackelt er mit dem Kopf, stellen sie den Ballon wieder weg, schaffen weitere heran, bis der Brennmeister sich für den Apfelballon entscheidet, der ihm am intensivsten vergoren erscheint. Könnte ich mich reinlegen.

Ich sterbe für Apfelschnaps, sagt die Eierfrau.

Ist auch Boskop drin, für den Geschmack, raunt Tante Luci in mein Ohr.

Spricht wie die Chemielehrerin in der Schule, die keiner leiden konnte, sagt: Xyzetanol. Redet von Luftabschluss, Nachlauf, Vorlauf, Gärung, Allgemeinzustand. Verteilt Noten wie im Unterricht. Und der Briefträger behauptet, er könne den Alkoholgehalt des späteren Schnapses schon jetzt aufs Prozent genau erriechen. Obst reagiert nicht wie Obst, sagen sie. Holunder verliert sein Herz bei einundachtzig Grad. Wir versuchen das Herzstück einzukreisen, sagen sie. Sie wollen das Herzstück treffen, nichts von dem Herzen an den Vorlauf verlieren.

Und schon reihen sich Zahlenketten wie Ergebnisse beim Hochsprung oder Speerwerfen auf der Anzeigetafel. Und alle haben sie diesen Glanz in ihren Augen, den ich von Harry gut kenne. Von innen her beleuchtete Pupillen, wie bei einer Voodoozeremonie.

Und sitzen in fröhlicher Brennlaune mehrmals im Jahr und zur Erntezeit. Wohin denn mit all den Früchten. Müssen doch weg. Ist doch schade drum, wenn sie auf dem Kompost vergammeln. Eine geringe Menge kann sie einwecken. Was für eine Heidenarbeit. Der größere Rest wird ins große blaue Fass geworfen und vermaischt.

Maische, was für ein schönes Wort.

Maische sieht gut aus. Die Maische hat es in sich. Eine Maische darf niemals richtig säuerlich sein. Ist mit jeder Maische wie mit jedem Kuchen und seiner Hefe. Mal geht die Maische an, mal geht sie nicht an.

Sie richten den Kupferkessel ein. Schwerer Untertopf mit zwei Haltegriffen. Das Sieb in die Mitte verbracht.

Verbracht?

Wie befremdlich das Wort aus dem Mund der Tante klingt. So spricht sie doch nie. So redet Jägermeister Karl, der zur Runde gehört und den Hirsch nicht »erschossen«, sondern ihn vom Leben zum Tode hin »verbracht« hat.

Der Balloninhalt wird in den Unterkessel gegossen. Wahrlich keine leichte Arbeit, stöhnen Tante und Eierfrau, während sie es tun. Der Ballon ruckelt in ihren Armen wie zapplige Junge in den Bäuchen von Mutterschafen. Aufsatz obenauf gestülpt. So ein kupferner runder Hut, der an kirchliche Würdenträger denken lässt.

Hut mit Geistrohr, sagt die Tante, heißt das, und rezitiert zur Freude aller: Durch diese hohle Gasse muss der Alkohol kommen. Stopft die Ritze rundherum um den Kessel, zwischen Topf und Hut. Früher haben sie Mehlpampe, Roggenmehl mit Wasser vermischt, genommen. Heute muss es das gute Klebeband, aus der Postdienststelle vom Briefträger rangeschafft, auch tun.

Geht einem die Hälfte verloren.

Fliegen verräterische Dämpfe in die Gegend.

Tante Luci ist beim Schnapsbrennen die Wassermeisterin, weil sie das Händchen dafür hat, den Wasserhahn zu regulieren, dass er sparsam sein Wasser spendet und dabei doch sichere Kühlung verheißt. Zu viel Hitze kann hier alles zur Explosion bringen.

Ist quasi Dynamit.

Verbrennt einem die Haut.

Kann immer etwas danebengehen.

Der Moment, wenn sie alle um die Apparatur hocken, hat Stil und Art. Eine olympische Spannung herrscht im Rund. Die Gläser zum Verkosten stehen, das große Tablett voll, wie Pokale in Erwartung des Vorlaufs bereit; bei einer bestimmten Temperatur, auf der Skala rot gekennzeichnet am Kupferhelm angebracht, fällt der Startschuss.

Sie trinken Kaffee, danach selbst gebrannte Schnäpse, Williams Birne aus dem Vorjahr, edler Tropfen. Im Keller stehen einige Flaschen davon, fest verkorkt, nie zuvor angerührt.

Der Apfelwein, von der Frau Eiermann aus dem Nachbardorf mitgebracht, hat nur acht Prozent, immerhin. Besser als nix, sagt der Briefträger, und sie stoßen mit Apfelwein an.

Sechsundfünfzig Prozent, denk an deine Speiseröhre, sagt die Frau des Jägers. Verdünnen kann man immer. Unter fünfundvierzig Prozent will der keinen Schnaps verkosten. Da wäre er eisern, nörgelt sie, darum besorgt, dass ihr Mann ja nicht schon vorher kostet und kleine Zwischenergebnisse in seinen eigens mitgeführten großen Kognakschwenker gefüllt bekommt.

Ich bin schon vom Zugucken beschwipst, sagt sie.

Er soll es beim Nippen bewenden lassen, schimpft sie, das Zeug nicht gleich austrinken. Und klopft ihm gegen die Finger, sucht ihm das Glas zu entreißen. Versucht es vergeblich. Und alle lachen sie drüber.

Tante Luci reicht Gurke, Brot, Sauerfleisch, in kleinen Schüsseln feinsten Eiersalat, Gänseschmalz. Und die Leute schnattern fröhlich durcheinander wie die Gänse des Nachbarn.

Man kann sie auch zwischenlagern.

Der hat Ratten und redet von Ratten. Gegen Ratten hilft nur Gift. Muss man alles in Steintöpfen verwahren. Man kriegt die Ratte nicht so einfach zu fassen. Ist eine Familie, das Rattengesindel. Halten fest zusammen, die Viecher. Oh weh, der Gestank von so einer verwesenden Rattenfamilie. Unbeschreiblich. Kaum auszuhalten. Aber wie durch Zauberei nach dem achten Tag wie weggeblasen der Gestank. Nichts weiter zu riechen, sagt die Frau des Nachbarn. Und findet den Eiersalat irre. Es müsste vielleicht noch etwas Zucker hinein, sagt die Frau des Jägers.

Probieren hieße, mit der Zunge und dem Schnaps spielen, dann das Zeugs nicht herunterschlucken, sondern ausspucken. Macht niemand. Und Tante Luci demonstriert, wie zum Verkosten richtig gerochen wird. Glas oben zuhalten. Nase langsam heranführen. Hand zur Seite schieben, an dem Spalt riechen. Duft in sich behalten. Dann den Sud in kleiner Portion probieren. Im Mund nur spülen, nicht wie der Briefträger jedes Mal nur runterschlucken. Im Mund behalten. Nur schlabbern. Mit der Zunge testen, tasten. Weiter kommt sie nicht.

Denn plötzlich jubeln alle wie bei einem Weltrekord. Da ist er, der Anfang vom Mittellauf. Alles andere vorher kann man nicht trinken. Nun geht es ans Eingemachte. Nun wollen sie alle davon kosten. Und jubeln. Und loben. Und beginnen nun die Gläser auch mit Nummern zu versehen.

Glas Nummer eins, zwei, drei, vier, fünf wird gefüllt. Und die Gläser gehen im Kreis herum wie in einem Stadion. Alle nehmen von jedem Glas die Geruchsprobe. Oh, heißt es, dieses Glas ist besser als das Glas zuvor. Welch ein prächtiger Mittellauf. Der Brand wird top. Der Apfel entscheidet sich, Herz zu werden. Und dann ermüden sich die Gläser, werden wässrig, wie der Briefträger es nennt. Und was nun herauskommt, nennt man den Schwanz. Der spielt keine Rolle. Den kann man später vielleicht noch einmal brennen, neu ins Rennen schicken. Reicht vielleicht noch für Likör.

Hat etwas Sakrales, wie wir hier zusammen um den Kessel hocken, sagt der Briefträger. Schweigt. Sinnt den Worten nach. Wie die Frauen früher, sagt er nach einer Pause, beim Krabbenpulen, in dem fernen, längst vergessenen Dorf am Meer.

UNTER SÄUFERN

Der Alkoholismus ist jener Zustand eines Menschen, den er nur zum Schlafen verlässt.

Ein Bewohner des Ulenhofs

Onkelonkel ist wieder daheim und stirbt, einfach so. Liegt am nächsten Morgen im Bett, dass die Tante sich wundert, ihn aus den Federn scheuchen will. Da ist aber seine Seele, wie sie sagt, längst auf und davon, auf Reise in ein anderes Sein. Seither reden wir nur noch in der Vergangenheitsform über ihn, beleben ihn in unseren Erinnerungen.

Traurigkeit überkommt einen nicht. Traurigkeit wohnt einem inne mit der Geburt. Traurigkeit wächst heran, wie man selber wächst. Traurigkeit reift in einem selbst wie Wein in einem Fass. Den Geschmack deiner Traurigkeit bestimmt dein tiefes inneres Selbst. Diese Traurigkeit wechselt nicht, schlägt nicht um in Hass oder Liebeswahn oder Ironie. Sie ist eine Konstante, eine Messlatte deiner Empfindsamkeit. Ich werde traurig, wenn ich Weihnachtsmänner sehe, die blonde Mädchenköpfe streicheln. Ich werde traurig, wenn Krokusse blühen. Traurigkeit geht mit einem durch dick und dünn. Ich kann nicht traurig sein, wenn Tausende traurig sind, weil, sagen wir, ein Elfmeter verschossen wird. Meine Traurigkeit ist ein Eichhörnchen in seinem Bau. Ich will mir den Toten ansehen. Die Tante will es nicht. Ein Hin und Her. Dann gibt sie nach. Nur kurz, sagt sie. Und ich stehe vor ihm. Sein

Mund steht offen. Es ist nicht schön, ihm in den Mund zu blicken. Und er kommt mir so fremd vor. Abgemagert. Ich will ihn anfassen, lasse es aber dann doch sein. Und wende mich ab. Und will ihn so in Erinnerung haben, wie er vorher war.

Sehnsucht hat sie auch, muss immerzu an Onkelonkel denken. Wie der tanzen konnte. Mit himmelndem Blick zur Zimmerlampe. Tanzend hat sie ihn kennengelernt. Tanzend hat er ihr seinen Heiratsantrag gemacht. Sag mir, wo die Blumen sind, singt sie, legt den Kopf zur Seite, schließt die Augen angetan und verzückt.

Was waren wir verliebt ineinander.

Hat ihre Hand gehalten. Hat die andere Hand so galant an ihre Wange gelegt und leise gesungen: Wo sind sie geblieben. Was ist geschehn. Wann wird man je verstehn, verstehn, dass ihr schwindlig geworden sei, sie nicht mehr bei Verstand gewesen wäre, und nichts anderes habe denken können als: Dieser Mann muss mein Mann werden. Hat sie verzaubert und betört. Hat ihr in die Augen gesehen, Blumen blühn im Sommerwind gesungen. Hat danach: Rote Lippen soll man küssen, denn zum Küssen sind sie da, gesäuselt, zum Ohr hinein bis an den Grund ihres Herzens sein schönes Fräulein im letzten Autobus, sie hat mir so gefallen, darum gab ich ihr einen Kuss, es blieb nicht bei dem einen, das fiel mir gar nicht ein, und hinterher hab ich gesagt, sie soll nicht böse sein.

Dem siebten Himmel ja so nah war sie da in seinen Armen und bald schon seine Braut, mit ihm getraut, schall la la la.

Und dann sein Nachname, so fremd, so ungewöhnlich, so geheimnisvoll. Seidelbast. Bergpfeffer, sagte er, würde er woanders heißen. Sie könne auch Hühnertod, Kellerhals, Lauskraut, Rauschbeere, Giftbäumli, Schlangenstaub zu ihm sagen. Seidelbast auf dem Weg zur Arbeit. Seidelbast auf dem Nachhauseweg. Seidelbast im Hirn. Ein Ohrwurm bis zum Kopfweh. Muss sich heute noch bei den Schläfen fassen und den Kopf gegen diesen Phantomschmerz behandeln. Ein verrückter Kerl in so harten Zeiten, Onkelonkel. Ruft Seidelbast, treibt Scherz mit seinem schönen Nachnamen, greift mit der Hand den Hals, würgt Seidelbast hervor und taumelt wie vom Seidelbast vergiftet. Geht zu Boden, zuckt dort, greift nach ihr, zieht sie zu sich auf den kalten, nackten Boden, wo sie neben ihm liegt und mit ihm lacht. All die Jahre davor nicht so herzhaft gelacht wie in diesem Moment.

Wirft mit Komplimenten um sich, was sie für eine schöne Person ist, was für eine schöne Frau. Bindet ihr mit all seinen Komplimenten einen Blumenstrauß, legt ihn ihr zu Füßen, drückt sie, küsst sie wie besessen, unvergessen. Wie soll man sich dem entziehen, wo nie einer so zu ihr gesprochen hat und Seidelbast heißt. Hält sich in diesen Erinnerungen am liebsten auf. Singt und springt in dem Jahrzehnt wie in einem kleinen Erinnerungsstudio. Fliegt mit dem Onkel durch die schöne Nacht: Johann Gottlieb Seidelbast war Gymnasiast, war jung und schön anzusehn, keine konnte ihm widerstehn, auch die Elisabeth tät mit allen Trieben Seidelbastian lieben, knutschen sich, dass es kracht, Schularbeit wird nicht gemacht. Vater ihn enterbet, ihm das Fell vergerbet. Johann Gottlieb Seidelbast hängt sich an den höchsten Ast, streckt die Zunge raus, Luft und Leben fliegen hinaus. Als Lieschen trallala ihren Gottlieb hängen sah, hängt sie sich daneben und vergaß zu leben.

Ihr gemeinsamer Fluchtweg damals von Breslau über Bad Freienwalde, nördlich von Berlin an Berlin vorbei. Er hätte von dort aus auch nach Dresden in den sicheren Tod führen können. Ihr Vater hat sich für die Richtung entschieden. Die Mutter ist ihm hierher gefolgt, in dieses kleine Dorf. Wo sie erst auf einem Bauernhof lebten. Bei der Frau mit dem roten Kopftuch und diesem hageren Gesicht, sagt sie, als müsste ich die Frau kennen, als kennte ich mich in Krieg und Vertreibung, Wirrwarr und Flucht aus, wäre mit ihnen geflohen und hierher verbracht.

Ihr Großvater wäre Musiker gewesen. Daher die Gabe und

der Hang zur Musik. Daher ihr Gedächtnis, was Texte angeht. Einmal nur kurz gehört, dann hat sie sie intus bis ans Ende ihrer Tage. Er wusste die Oboe so herrlich zu spielen, war mit einer hübschen Frau liiert. Jüdin, die Harfe spielte und vor der Machtergreifung durch die Nazis gottlob verstarb, was ihr viel Leid erspart hat. Es sind ein paar manierliche Bilder vom schönen Musikerpaar erhalten, die Tante Luci in einer Schachtel hinter sich auf dem Wandbrett aufbewahrt.

Da sitzen wir am Hafen und sehen Schiffe am Kai liegen, Schiffe an uns vorbeiziehen. Schiffe aus fremden Ländern. Zum Beispiel würde sie nach Kuba fahren wollen. Auf einem Schiff, von Möwen umschwärmt. Sie war noch nie dort. Sie hat so ihre Vorstellungen von Kuba. Vielleicht würde sie in Kuba zu arg enttäuscht sein.

Mich hat der Film *Meuterei auf der Bounty* damals begeistert, und ich wollte sofort Seemann werden, sage ich. Und dann bin ich doch kein Seemann geworden und habe mir den Film nach Jahren kürzlich erst wieder einmal angesehen. Das war mehr als schlimm. Das hat meine Begeisterung von damals gemeuchelt. Die Farben im Film waren so schlecht und unecht. Und man sah alle Tricks. Und die Stelle, die mich damals ein Dutzend Mal ins Kino gelockt hat, von mir so geliebt, war gar nicht mehr wunderbar.

Die Mädchen tanzten zwar noch immer zwischen den Bambusstangen und der Rhythmus passte sehr gut zur Musik. Nur war die Musik fade geworden und das Traumhafte an der Szene geschwunden. Und ich war froh, dass ich in meinem Zimmer vor dem Fernseher allein saß, von niemandem dabei beobachtet wurde, wie ich mir den albernen Schinken mit Marlon Brando ansah. Der hat was von dem Film gehabt, sagt Tante Luci. Hat sich in Tarita Tumi Teriipaia, die polynesische Tänzerin, verliebt, zwei Kinder mit ihr gezeugt. Arbeitete zum Zeitpunkt der Filmvorbereitungen als Tellerwäscherin und Tänzerin in einem Restaurant, bevor sie für die Rolle genommen wurde. Tanzte wundervoll. Und Brando hat ihr einen Strand gekauft und sie bis zu seinem Tod immer wieder aufgesucht.

Mit Tante Luci kann ich von meinen Träumen und Schäumen sprechen. Wie richtig gute alte Freunde reden wir. Zwei Eingeweihte, die sich bestens unterhalten. Ich fühle es der Tante nach, wenn sie von den Tieren erzählt, die es auf Kuba gibt. Fabelwesen, von denen sie gelesen, die sie im Fernsehen gesehen hat. Oder sie hat sie in ihren Büchern angetroffen.

Jetzt erinnern wir uns wieder an die Tage als Träumer. Und während wir unsere Pausenbrote essen und Tante Luci von der Manatis-Seekuh, dem hässlichen Entchen unter den Wassertieren, spricht, weiß ich wieder von meiner kleinen Meerjungfrau und dem dunkelgrünen Krokodil aus dem Sumpf.

Das Almiqui ist ein Ameisenbär, genauer gesagt, Schlitzrüssler, von dem sie auf Kuba lange geglaubt haben, er lebe nur in den Erzählungen der Alten. Bis ihnen dann ein Exemplar begegnet ist, hoch im Gebirge, am südöstlichen Ende der Insel. Sie wollte als junges Mädchen Kuba besuchen und auf Safari gehen. Sie wollte in ihrem Leben den kleinsten Frosch der Welt auf ihrem Handrücken sitzen haben, dessen Atembewegungen spüren. Wie hinter seiner dünnen Haut das winzige Froschherz pocht. Den Pulsschlag eines Wesens empfangen, nicht einmal einen Zentimeter groß. Honiggelb mit kleinen schwarzen Tupfern versehen. Herrliches Tier. Schöne große Glubschaugen, wenn auch sehr, sehr klein, am besten unter einer Lupe zu sehen.

Dann bilde ich mir ein paar Tage lang ein, krank und wie der Onkel ganz schwach zu sein. Und liege wie er mit offenem Mund. Und spucke wie er nur noch grüne Soße in die Schale am Bett. Und habe es am Herzen. Bin Onkelonkel, bei dem es mit dem Kreislauf nicht stimmt, den eine Art Schwachsinn heimgesucht hat, der unter Beobachtung gestellt werden muss. Tante Luci übernimmt diesen Part, behandelt mich wie ihren Ersatzonkel und sitzt da, sieht mir bei der Morgentoilette zu, beim Rasieren und Zähneputzen. Ich hebe den Kopf wie er, wende den Hals wie bei ihm gesehen, schäume die Wangen, das Kinn, die Oberlippe ein. Setze das alte Rasiermesser verkehrt herum unterhalb meiner Kehle an, rasiere mich. Und muss beim Anblick des schaumfreien Streifens an einen Traktor denken, der über mein Gesicht wie einen Acker fährt und Schlagsahne erntet. Und Tante Luci und ich sprechen nicht ein Wort.

Es sind bestimmte Dinge im Leben, die man nicht richtig aussprechen kann. Deswegen gibt es Lebhafte und Verschwiegene. Man verlässt den Verquatschten und begibt sich zu den Stillen, lauscht ihrem Schweigen, vermeint die in ihren Hirnen aufbewahrten Erlebnisse zu hören.

Ist ein großer Moment, kommt einem Stapellauf gleich, wenn die Schweigsamen plötzlich zu reden beginnen. Fühlt man sich wie durch die Schweigemauer ins Dahinter gestoßen. Wie ein Bergmann, der in den Fels eingedingt einen Brocken aus dem Maulfaulen herausklopft.

Und ich weiß wieder, wie sie Onkelonkel oftmals ins Visier genommen hat, wenn der, wie sie sagt, sie von hinten angetatscht und ins Mark erschreckt hat. Oder wenn er dazwischengeredet, seine Meinung ungefragt kundgetan hat, mitten in ihre Ausführungen hinein.

Dieser tantisch-teuflisch entschiedene Abwehrblick, wenn sie Onkelonkel ihren Engel mit einem B davor nennt. Auch wenn ihr der Onkel nur eine Last war, wie sie sagt, so war er ihr doch eine süße Last. Schaut zum Stuhl, auf dem er gesessen hat, und redet mit ihm, als säße der Onkel lebendig und brav an seinem Platz.

Über die Toten reden hilft über den Verlust hinweg.

Fiel Schnee, musste man ihn scheuchen, den Schnee zu schippen. Das Fahrrad hat er nie in den Geräteschuppen geschoben, überall abgestellt, nur nicht dorthin, wohin es hinhört, erregt sie sich. Den Müll hat er nie in die vorgeschriebenen Tüten sortiert. Und die Zwischentür zum Wäscheraum wäre längst repariert. Wäre er ein tauglicher Handwerker gewesen, hätte er anstehende Aufgaben gesehen und von selbst angegangen.

Hat zuletzt nur noch bei ihr in der Küche gesessen, wurde bettlägerig und so krank, dass sie ihn ins Krankenhaus bringen musste. Ist dann dort so widerstandslos und handzahm geworden, sagt Tante Luci. Hat sie so sanft angefleht, ihn da rausboxen. Die Bratwürste, die sie bereitet, er sehne sich nach ihnen. Was im Haus zu reparieren sei, was sie ihm auftragen möchte, werde er umgehend und mit Freude erledigen, ihr auch fortan zur Hand gehen wie kein zweiter guter Mann. Also hat sie sich darauf eingelassen, ihn wieder zu sich ins Haus geholt, es gleich bereut. Kaum saß er am gemachten Tisch, war er im Handumdrehen der Alte.

Man stelle sich nur vor, wie viele Meter Würste sie für ihn geritzt und in der Pfanne gebraten hat. Hat sie seine bessere Hälfte genannt. Wehe mir, sagt Tante Luci, Verärgerung spielend. Für einen Mann nichts weiter als nur seine Hälfte zu sein, bedeutet doch nicht richtig ein Ganzes zu sein.

Außer um ihr Klappfahrrad hat er sich um nichts gekümmert. Der Halunke, sagt sie und kämpft mit den Tränen, weil er einfach so gegangen ist und sie alleingelassen hat mit dem Garten.

Und dass er nie wieder als Angler ins Haus tritt, schöne Fische aus der Tüte holt, Barsche zum Beispiel, die besten Fische weit und breit.

Nach Onkels Tod kommt der Briefträger jeden Tag zu uns. Von Weitem hör ich schon den Ton, sein Liedlein bläst der Postillon. Er bläst mit starker Kehle. Er bläst aus froher Seele. Die Post ist da, trara. Tritt leicht gebückt in die Küche, die für ihn eine viel zu niedrige Decke hat. In gebückter Haltung knallt er zum Spaß die Hacken zusammen, dass die Tante davon jedes Mal wieder erschrickt. Hat seine Freude daran, wenn sie schrickt und quietscht und ihn dafür anmeckert.

Das ist kein Spaß.

Das macht man nicht.

Davon kann man tot bleiben.

Geduld, Geduld, gleich pack ich aus, die Briefe und die Päckchen, die Schachteln und die Säckchen, trara. Und schon zieht der Briefträger ein kleines Mitbringsel aus seiner Tasche, reicht es wie eine an Tante Luci adressierte Postsendung der Tante, sagt zu ihr:

Nichts für ungut, Luci.

Nur eine kleine Aufmerksamkeit.

Geschenke erhalten die Freundschaft.

Und Tante Luci findet die Geste allerliebst. Und ist jedes Mal verunsichert beim Entgegennehmen der Präsente. Tari, tara. Ich glaube, dass sie sogar im Gesicht leicht rot wird. Sagt, dass es für sie wie mehrmals Weihnachten sei, so reich beschenkt zu werden. Sie habe nun einmal einen Kuhtick, sagt der Briefträger, und dass es ihm Freude bereitet, nach weiterem Kuhkitsch und Krempel Ausschau zu halten. Und jedes Mal wieder sagt der immer gut gelaunte, schnurrbärtige Postmann seinen kuhischen Spruch auf, den beim besten Willen keiner von uns mitsprechen kann.

Tante Luci hat ihn sich aufschreiben lassen, den Zettel wie ein Familienfoto eingerahmt und auf ihre Anrichte gestellt.

Muhkuhisches Gebimmel. Muhkuhischer Fimmel.

Muhkuhischer Kümmel mit Kitsch und ritsch.

Muhkuhisches Gewimmel im muhkuhischen Himmel

gibts echten muhkuhischem Kitsch.

Von mir befragt, was der Mann dauernd bei ihr will, sagt die Tante, der Briefträger sei ihr Kontakt zur großen Welt. Tari, tara. Unser Haus sei nun einmal das letzte auf seiner Route. Hier setze er sich nieder, durchzupusten, auszuatmen, zu erzählen. Von Tante Luci herzlich bewirtet, die immer etwas auf dem Herd stehen hat und ihm im Anschluss ans feine Mahl kleinere Dienste abverlangen kann, die der Mann augenblicklich ausführt. Der tropfende Wasserhahn, die ver-

stopfte Spülung. Der Wackelkontakt an ihrer Stehlampe. Anders als beim Onkel heißt es beim Briefträger:
Kein Problem.
Wird gemacht.
Gern geschehen.
Und singt bei der Arbeit im Haus: Nur nicht sofort, nicht auf der Stell, bei der Post, da geht's nicht so schnell. Er trägt eine klobige Brille, die seine Augen gespenstisch größer werden lässt. Er ist sehr schlau und hält mit seinem Wissen nicht hinterm Berg. Er sagt, die Chinesen haben die Brillenlinsen erfunden. Und der Buchdruck habe vor Jahrhunderten den Bedarf an Brillen rapide ansteigen lassen. Wenn er stirbt, sagt er im Scherz, wachsen nicht nur seine Haare und Fingernägel weiter, sondern werden auch seine Brillengläser dicker. Und lacht schallend über den Witz, dass man von seinem Lachen lachen muss, obwohl ich die Vorstellung gar nicht so lustig finde.
Ist kein so wortkarger Mann, wie Onkelonkel einer war. Bringt Schwung in die Bude. Lacht viel und hell und über jedes Wort der Tante. Das mag sie an ihm. Dass er sich was traut, kein Mann auf Sparflamme ist. Wenn der was sagt, sagt Tante Luci, hat das Hand und Fuß, Finger und Zehen und macht bei ihr, dass sie sich jung fühlt. Tari, tara. Bekommt zum Dank vom Selbstgemachten eingeschenkt. Kaum ist das Glas gefüllt, schnellt er empor, spielt zur Freude der Tante, den Arm militärisch gewinkelt, den kleinen zackigen Offizier. Zum Wohl denn, zickzack, hurra.
Stößt mit ihr an, kippt den Schnaps hinter, schnackt und klönt in der guten Stube, die bei uns die Küchenecke ist. Tante Luci lässt ihr Glas eisern vor sich auf dem Tischtuch stehen, solange ich in ihrer Nähe bin. Zum Ende hat der Inhalt ihrer eckigen Likörflasche abgenommen. »Klebrig und leer« reimt sich auf »hausgemachter Likör«.
Köstlich anzusehen, wie der Mann sich vom scharfen guten Schnaps jedes Mal schüttelt, sich den Bart glättet, die Lip-

pen nach jedem getrunkenen Glas leckt. Montag bis Sonnabend. Die Arbeitswoche durch. Sonntag ist ein freier Tag. Sonntag lebt man schnapsfrei. Den Sonntag lässt er tunlichst aus. Und verabschiedet sich danach ruckzuck, immer auf die gleiche Minute, wie es unter Briefträgern Sitte ist und ganz seine Art, sagt er.

Nun aber los.

Blitztelegramm.

Hat mich gefreut.

Und wenn ihr's jetzt schon wissen müsst, der Onkel hat euch schön gegrüßt, wohl tausendmal und drüber, bald kommt er selbst herüber. Die Post ist da, trara. Bringt mittwochs immer frische Landeier mit. Von der Eierfrau ihm für die Tante mitgegeben. Seine Hand ruht auf der Eierpackung, wenn er über Hühner fabuliert. Hält zu allem gleich ausschweifende Reden. Verbreitet amüsanten Klatsch und Neuigkeiten aus aller Welt, mit roten Wangen, ereifert sich lebhaft in der Beschreibung fremder Wesen. Richtet sich ein in Tante Lucis Küche. Weiß die allerneusten Berichte über Beben, Fluten, Menschen, Überlebende unter Schutt und Beton, in sicher geglaubten Häusern, Städten, ganzen Wohngebieten.

Berge fallen, krachen. Unheil bricht aus, wo man es nie vermutet hätte. Alles Unheil der Welt geschieht an unserem Küchentisch, wenn er anhand von Salzstreuer, Zuckerwürfel, Streichholz und Schachtel berichtet, wie das Leben in Chaos versinkt, Hitze die Menschen lähmt, eine Dürre anhält, ein Erdbeben ein Land erschüttert. Rüttelt am Tisch, dass auf ihm alles umfällt. Das große Menschenschlachten bestünde bevor, sagt er. Er wisse, wovon er spreche. Er habe eine hellseherische Veranlagung, sagt Tante Luci vom Briefträger. Und der steht zu seinen Unglücksbeschreibungen auf. Füllt mit seinem Körperschatten die Küche unheilvoll und malt uns die Katastrophen plastisch aus, dass die Tante jedes Mal heftig wird und von ihm verlangt, er solle augenblicklich aufhören, sie bekäme davon nur arge Albträume in der Nacht und erwache schweißnass, würde wirr im Kopf, die Nacht durchwachen, fände bis zum frühen Morgen keinen Schlaf und wäre dann über den gesamten Tag hinweg verängstigt von seinen meterhohen Superwellen, schweren Wolkenwirbeln, einstürzenden Brücken.

Tari, tara. Die Tante raucht eine Filterlose nach der anderen und widmet sich, wenn es ihr zu arg wird, den Zimmerpflanzen. Mir ist, als hörte ich die Tante und ihren Dauerbesucher hin und wieder tari, tara singen. Leise, fast möchte man meinen, im singenden Flüsterton, singen sie freudig: Das alte Fass ist ausgetrunken, tari, tara. Der Himmel steckt ein neues an, geschwind die alten Gläser her. Tari, tara.

Zwischen dem Briefträger und Tante Luci funkt es, heißt es im Dorf. Eine uralte Geschichte werde wiederbelebt. Sie hätten vor Jahren was miteinander gehabt. Das sähe jeder Blinde.

Nicht doch, Junge.

Nur, weil einer mich gut unterhält.

Die Leute reden viel, wenn der Tag schön ist und lang.

Aber nicht nur in ihrem Leben gewinnt der Briefträger die Oberhand, auch in meines drängt er sich hinein mit seiner Art, diesem ewigen tari, tara. Ich spaziere durchs Dorf und tari, tara ist er da. Ich solle ihm nur kurz zuhören, nichts weiter dazu sagen. Ich könne es mir ja noch ganz in Ruhe überlegen, ihm später meine Entscheidung mitteilen, sagt er im väterlichen Tonfall. Er werde für mich da sein, mich unterweisen, mir alles beibringen, was es braucht. Dass ich Bescheid wisse. Worum es ginge, würde ich von Tante Luci erfahren.

Kommt einfach auf mich zu. Tari, tara. Und klopft mir mit einer Wucht auf den Rücken, dass ich Mühe habe, nicht einzuknicken.

Ich gebe es ehrlich zu, ich mag diese Art, stehe voll auf seine Geheimniskrämerei. Ich könne bei der Post arbeiten, enthüllt Tante Luci mir. Der Briefträger würde mein Lehrmeister sein. Und schon ist die Freude unbeschreiblich, ich möchte nichts anderes als Briefträger werden, mit dem Postfahrrad über Land unterwegs, Post ausfahren. Und Tante Luci jubelt:

Da pumpen die Kapillaren.

Man sieht dir die Freude an.

Steht dir gut, die rote Gesichtshaut.

Die Tante freut sich so, dass sie es nicht beschreiben kann, mich ansehen und bei der Schulter fassen muss, weil ich nun zum Mann heranwüchse, wie sie sagt, mein erstes Geld verdiente, in Brot und Arbeit stünde.

Und schon sitze ich eines Morgens tari, tara in der kleinen Poststation unseres Ortes, die nichts weiter ist als der Raum um die abgelegte Postbotenmütze meines Postmannes herum. Ein Tisch, ein Stuhl, ein Kleiderhaken, die große Wanduhr, ein viereckiges Loch in der Wand mit einem breitem Brett davor, hintern Loch Pakete, Gitterboxen, Sortierkästen, Fächer, allerlei Gerät. Er raucht nicht. Er trinkt nicht bei der Arbeit, nur sein ganz spezielles Getränk, ein Gemisch aus Essig, Zitrone, Zucker und schwarzem Tee, verrät er, in einem bestimmten Verhältnis.

Er bringt mir das Sortieren und Zuordnen bei und spricht von der großen weiten Welt. Von Städten und Regionen, deren Namen ich zum ersten Mal vernehme. Wohlklingende Namen wie Neufundland. Das Land, wo man alte Sachen verliert und neue findet. Mit diesen Hilfen kann man sich alle Ländernamen leichter merken, sagt er und gibt weitere Sprüche kund: Wenn in Trinidad der Trinidader eine Trine hat, wird der Trinidader Vater. Vatikanstadt kann Vati nicht leiden. Spricht »Tschad« wie »Schad' nichts« aus. Suri ist mein Name, sagt die Dame in Suriname und nimmt ihren Sudan bei der Hüfte. Auf der Bank, sieh, lang da liegt Srilanka. Oma Lia Somalia, singt klar nur in Singapur. Wenn sie im See zu sehr schnellen, holen sich die Fische auf den Seychellen ordentliche Seeschellendellen. Serbien soll nicht sterbien. Senegal ist dem Sen egal. Österreich, Österarm. Vonwegen Norwegen. Oder Mogelei in der Mongolei. Ma rock ick so, ma bin ich froh mit meinem Rock in Marokko. Mal i di mal i di mal i ihn und sie in Mali. Sellerie Malawi. Die Kuh scheißt in Kuwait weit. Kambodscha rum ta rum. Japan Neinpan. Bruno in Brunei. E gyptn Land, Ägypten.

Wenn er nicht über Stadt, Land, Erde, Fluss redet, spricht er am liebsten über das Briefgeheimnis. Ich mag an dem Wort Geheimnis, dass in ihm die Silbe »heim« steckt und man es auch als: Geh Heim, aussprechen kann. Das Geheimnis ist bei sich daheim.

Ohne Tantes Intervention, wie sie es nennt, wäre ich nie bei der Post beschäftigt worden, auch nicht in der kleinen Metallfabrik des Ortes an der Fräsmaschine.

Ein stuckiger Mann, der Meister. Unterweist mich. Ich sitze an der Fräse, lege Eisenstücke ein. Der Meister hat mich vom ersten Tag an auf dem Kieker. Die Fräse fräst. Das Wasser plätschert wie beim Direktor der Schule im Direktorenzimmer im kleinen Aquarium der kleine Wasserfall. Und plötzlich schreit der Meister wie wild geworden:

Idiot.

Zieh den Fräser an.

Du fabrizierst Luftschleifen.

Greift nach dem Drehhebel. Zieht die Fräse näher ans Werkstück, richtet den Wasserstrahl ein. Sagt, ich solle immer und immer nur auf den Fräser sehen. Und mir nichts weiter als diesen einen Fakt merken: die Augen allzeit schön auf den Fräser gerichtet halten. Nichts weiter sonst.

Ich sitze wieder vor dem Fräser. Das Wasser ist milchig und riecht nach Seife. Kann sein, dass ich verträumt die Augen schließe, zur Decke starre. Ihm entgeht nichts. Gähne ich, ruft er laut meinen Namen durch die Halle.

Sportsfreund.

Wir sind hier keine Pennstation.

Schaue ich träumerisch auf den milchweißlichen Kühlwas-

serstrahl, steht er neben mir, bellt mich aus meinen Träumen.
Ein paar Minuten später ist der Fräser heiß, und das mickrige Wasser kühlt den Fräser nicht hinreichend. Es beginnt zu stinken. Schwups ist die Frässcheibe mit einem Knall hin. Das ruft den Meister auf den Plan, der wild und außer sich ist. Kreideweiß im Gesicht drückt er den Maschinenstoppschalter, reißt mich von meinem Arbeitshocker herunter. Schreit wie von Sinnen.

Ich fasse es nicht!

Schwedischer Edelstahl.

Wenn ich nur könnte, wie ich wollte.

Junge, weißt du, dass ich dich morden täte.

Ich habe am Fräser nichts mehr zu suchen. Ich wechsle in den Abfallraum über. Muss dort die Späne zusammenfegen. Sind widerspenstige Biester, die Späne. Nicht auf die flache Schaufel zu hieven. Geschweige denn ohne Risse, Schnittwunden an den Händen in den Abfallcontainer zu drücken. Ich schneide mir die Finger blutig. Blut tropft zu Boden. Und werde schließlich als ungeeignet für den Job nach Hause geschickt.

In der Metallfabrik freunde ich mich mit Spanien an. Oh ja, er heißt so. Alle nennen sie ihn so. Er trägt keinen anderen Namen. Er besitzt eine riesige Sammlung Matchboxwagen und Motorräder. Ich darf sie aus dem Schrank herausnehmen, mit ihnen in seinem Jugendzimmer spielen, was er niemandem erlaubt. Und räumt sie dann doch lieber wieder ein, weil das schneller geht und er sich besser auskennt. Mehr ist über meine Arbeit in der Metallfabrik nicht zu berichten.

Sonderbar, dass diejenigen, denen man es nicht zutraut, Ausdauer beweisen und sich für Sachen interessieren, die zu Beginn nicht von Belang schienen. Der sich in unserer Klasse für Jazz interessiert hat, ist Konzertmanager geworden. Und Harry, der nicht in die Fußstapfen seiner Mosteltern stapfen wollte, ist Nachfolger Junior geworden, hat ausgebaut und modernisiert, hat jetzt einen viel größeren Betrieb, als seine Eltern sich in kühnen Träumen gedacht hatten.

Ausgerechnet ich, dem bei den Trinkwettbewerben zuerst die Puste ausging, den sie verlacht und verspottet haben, werde Säufer. Obwohl sie mich alle auslachen und ihre Köpfe schütteln und es sich herumspricht und alle abwinken, wenn sie mich sehen, wie die Füße mir nicht gehorchen, ich oft erledigt bin, bin ich immer wieder dabei.

Sie wollen es mir beibringen. Sie geben Empfehlungen, die ich befolge. Ich esse Eisbein und trinke Öl aus der Flasche, um fit zu sein. Will, dass es besser wird mit mir, ich auch so lange wie sie aushalte. Und obwohl ich gute Grundlage schaffe, falle ich trotzdem zuerst aus. Ich trinke drei Bier auf ex und schaffe einen Literhumpen und wage mich an die kühnsten Kombinationen. Schnaps, Bier, Wein, Schnaps, Bier. Hintereinanderweg im Minutenrhythmus. Und merke nichts und denke eine schöne Weile: Alles richtig. Es sieht gut aus. Ich bin dabei. Juhu. Und fühle mich auf der Siegerstraße. Und dann wird mir übel.

Ich will mich hinsetzen, greife neben die Stuhllehne. Ich will aufstehen und verfehle die Tischkante. Ich taumle, falle, stürze, kippe, klatsche hin. Sie fangen mich auf, halten mich, packen mich, setzen mich auf den Stuhl. Sie können nicht überall sein. Der richtige Säufer passt auf sich selber auf. Ich bin ein Klotz an ihren Beinen. Wettbewerbsuntauglich. Eine Niete. Fallobst.

Ich sitze mit ihnen an einem Tisch, und während sie nach den Bieren regelmäßig zur Toilette gehen, wächst mein Körper am Stuhl fest. Die Hände kleben am Tisch wie mit der Tischplatte verwachsen.

Es ist eines von vielen bekannten Phänomenen, die man erst erfährt, wenn man dranbleibt und nicht zu früh aufhört damit, ein Säufer zu werden. Ich sitze wie angeleimt. Will aufstehen, mich verdammt erheben, im Stehen mit ihnen anstoßen. Und bin zehnmal schwerer als je zuvor. Zu schwer, mich zu erheben.

Ich müsste mitsamt dem Barhocker umfallen, denke ich. Ich muss mich zum Einsturz bringen. Wie ein Schornstein, der durch eine gelenkte Explosion gefällt wird. Und ich beginne mit meinem Hocker zu kippeln, zu rucken. Habe ich Glück, kippe ich um, liege da, nur dass ich nicht wie der Schornstein in ein ihm bereitetes Sandbett falle, sondern auf den Boden klatsche. Lasst die Gläser klingen, goldig braunen Trank durch die Kehlen dringen. Allen Sorgen lasset uns jetzt entsagen, Schnaps her, der es redlich meint. Schnaps glüht, falleralla, Lust erblüht, falleralla, Frühling scheint, schütte zu mein Loch, je mehr, desto besser schmeckt es doch. Und liege dann da wie vom Himmel gefallen. Kann nichts mehr unternehmen, mich nicht bewegen. Und wenn die Saufkumpels falsche Brüder sind, stoßen sie auf mich im Weggehen an, lassen mich liegen. Wenn nicht, laden sie mich vor Tante Lucis Haustür ab, für die nächsten drei Tage abgefüllt und für schrottreif erklärt. Tante Luci hilft mir, mich auszukurieren. Ich habe Orientierungsschwierigkeiten. Tante Luci bemitleidet mich kurz, behandelt meine geschundenen Hände, verflucht auf Ewigkeit die Metallfabrik als eine Knochenmaschine, die zarte Finger verhunzt.

Es geht rasant zu in den paar nächsten Wochen.

Wird dir guttun.

In die Berge mit dir.

Höhenluft schnappen.

Tante Luci schickt mich zu ihrer Schwester in die Gebirgsstadt. Wo ich bei einem Kohlenhändler in einer schmalen Gasse in einem schmalen, langen Raum wohne. Das schmale Bett, das gerade so hineinpasst. Die Kommode, die einem immer im Weg ist. Das Waschbecken ist gleich neben der Tür. Zur Toilette muss ich die halbe Treppe hinauf, mich mit dem Geschäft beeilen, wenn es kalt und zugig ist. An Bett und Kommode zwänge ich mich vorbei, das Fenster zu öffnen, frische Frühlingsluft einlassen, die in der verdammten Stadt nie wirklich frisch ist, so mit dem Fenster zum Kohlenhof hinaus. Viele Fabriken verpesten die Luft.

Das erste Wesen, das ich am Bahnhof antreffe, ist ein Punk. Der steht neben mir und redet ungefragt auf mich ein: Wieso sie mich Schmuddel nennen?, sagt der Punk mit Namen Schmuddel. Lässt sich auf der Stelle zu Boden sacken, wälzt sich wie ein Hund auf den Rücken. Wühlt im Kohlenhaufen vor meinen Füßen. Wirbelt Staub auf. Eine Wolke, aus der er tierisch zu mir emporlacht. Dass es mir unvergesslich ist. Erhebt sich. Schüttelt sich wie der Hund. Staubt die Kleidung nicht einmal richtig ab. So also geht es zu in der Bergstadt, denke ich und muss leise lächeln. Aber der Punk wird nicht mein Freund. Ich nehme niemanden in meine Wohnung auf. Nicht einmal für eine Nacht ein gutes Mädchen.

Tante Lucis Schwester ist eine waschechte Gebirgsfrau, wie sie ausdrücklich betont, und kein Kind von Traurigkeit. Sie hat es faustdick hinter ihren Ohren und ist mit allen Wassern gewaschen, fügt der Mann von Tante Lucis Schwester hinzu, der jeden Satz mit »musste mir glauben, Kerl« beendet. Vor allem den inneren Wässerchen, sagt er und reibt zu den Worten am Außenglas der Campariflasche. Sie trinken den schon so lange, wie sie denken können. Wenn die Camparisonne zum Abend hin in die Kehle rinnt, singen sie und trinken es mit Wasser oder Orangensaft vermischt und mit Eisstücken, die vor dem Schnasseln lustig prasseln. Niemals sich im Sitzen davon einschenken, sagt er und wankt am Tisch. Und wanken sie beide, sagen sie, dass ein bisschen Schnäppeln keinem schadet, die Welt sich dreht, der Mensch kaum ein Vergnügen hat, sie sich gern einen einschenken, jeden Tag feiern, den sie am Leben sind. Und verlieren sich dann in frühere Geschichten. Sie legt ihre Hand auf meine und sagt, ich soll besser nicht hinhören, das wäre nichts für meine Ohren. Er fasst meine Schulter und zieht mich zu sich heran und sein Lippenbart sagt:

Kann der Junge ruhig hören, was hier am Tisch besprochen wird, ist menschlich.

Die Dinge um mich, ich denke über sie nach. Die Glühbirne zum Beispiel, die von der Zimmerdecke aus mich beleuchtet, könnte unter veränderten Umständen auch ganz woanders brennen. Jetzt frage ich mich, ob sie mein Lebensgefühl mehr bestimmt, als eine andere Glühbirne es tun würde. Die Glühbirne war vor mir da, denke ich. Und schraube die Glühbirne aus, wechsle sie aus, ersetze sie durch eine Glühbirne, die ich mir im Glühlampenladen ausgewählt habe. Die Glühbirne ist der Anfang, sage ich mir. Ich muss das Bett, die Obstschale, das Waschbecken und die zwei Wasserhähne auch noch austauschen, denke ich.

Ich kenne niemanden. Wenn ich nicht Tantes Schwester über den Weg laufe, bin ich stockfremd in dieser Gebirgsstadt. Es gibt einen oberen und einen unteren Stadtteil. Wie es mich in der Oberstadt in der Kneipe gibt, wo ich sitze und trinke. Wie es danach das untere Ich gibt, das vom Trinken schwer gezeichnet besoffen in die Unterstadt getorkelt kommt, nach Hause wankt. Ich komme in die Kneipe und erkundige mich, was in den letzten vierundzwanzig Stunden vorgefallen ist. Die Leute nicken, denn meist passiert ja nichts. Aber sie brauchen es, dass ich sie jeden Tag zum Vortag ausfrage. Sie lieben das Bier, als hätte man ihnen in der Kindheit beigebracht, das Bier über alles zu ehren und zu schätzen. Sie nennen es ihr flüssiges Brot. Ich verbringe meine freie Zeit in der Kneipe. Ich fühle mich in der Kneipe wohl, weil ich ohne sie einsam bin, mich alleingelassen, verstoßen fühle.

Und sitze ich nicht auf dem Bett in meinem Wohnschlauch mit der Bierflasche in der Hand, wandere über diese hohe Brücke, hoch über den Dächern, mit Tiefblick, der dir den Magen anhebt, dass dir kribbelig wird im unteren Bauchbereich. Wird im Volksmund Todesbrücke genannt, weil von hier herunter die unglücklichen Menschen ins ewige Leben hineinspringen.

In der Gebirgsstadt habe ich die Kneipe für mich entdeckt, die in ihr wohnenden Getränke. Ich kann mir nicht vorstellen, woanders zu sitzen als an diesen blanken Tischen. Die Kneipe, ein Drecksloch, denke ich, und auch ein Glücksfall für mich. Ich beginne, mit mir allein froh zu sein. Ich suche mir eine leere Gaststätte aus, bestelle beim Hereinkommen ein Bier und setze mich in die Ecke auf meinen Platz, von dem aus ich alles beobachten kann. Und erlebe mich als einen mir unbekannten Typ Mensch, ist die Kneippe voll. Nicht zu vergleichen mit dem Jungen, der ich sonst bin. Ein auffälliger Typ, der sich in den Vordergrund schiebt, ungebremst redet, auf Ideen kommt, die anderen zu Schabernack anstiftet, zu allem einen Spruch parat hat, immer auf Ulk aus ist.

Ich konzentriere mich auf das Glas vor mir. Ich führe innere Gespräche. Ich schalte ab, nehme die Geräusche meiner Umgebung wahr, höre anderen zu, verfolge ihre Unterhaltung, rede mir ein, ihnen eine bestimmte Logik abzuringen, etwas in der Hand zu halten, mit dem ich im späteren Leben etwas anfangen kann. Zum Beispiel in die Werbung zu gehen, dort einen Spruch für meinen zukünftigen Lebensunterhalt zu kreieren, dass ich ausgesorgt habe und dann so viel in Kneipen und Bars sitzen kann, wie es mir beliebt.

In meinem Kopf sind ständig Sprüche, Werbetextzeilen. Und je mehr ich trinke, umso leichter erscheint es mir, sie an richtiger Stelle platzieren zu können und für den Rest des Lebens ein gemachter Mann zu sein. Mir geht es nicht um Ruhm. In diesem Punkt bin ich äußerst zurückhaltend und stelle mir vor, anonym inmitten von Leuten zu sein. Diese Einbildungen wachsen sich so heftig in meinem Inneren aus, dass ich in meiner Phantasie der Texter von berühmten Balladen bin, im Radio hoch und runter gespielt. Und niemand weiß davon. Ich bin ein Agent. Ich fahnde nach guten Sprüchen. Ich muss mich mit niemandem unterhalten, kann zu dem, was andere so plappern, denken, was ich will. Ich erhöhe ihr Gerede, erhebe es in den Zustand einer anderen Wertigkeit. Denn sie reden, ohne darüber nachzudenken, was sie sagen. Und wissen nicht, was an einem einzelnen Satz aus ihren Mündern wichtig sein soll. Ich bringe mir eine Technik bei, mir Sätze zu merken, aus denen ich später Großes machen werde. Ich verwende Buchstaben und Zeichen, fertige kleine Symbole an, die mich nach dem Absturz und dem Vollrausch befähigen, sie richtig zu lesen.

Das hält meinen Kopf in Schwung und lässt mich gut mit mir allein aushalten, dass ich keine andere Beschäftigung brauche, allen Versuchen anderer, mit mir ins Gespräch zu kommen, ausweiche, mich erhebe und gehe. Sodass der Wirt davon mitbekommt, dafür sorgt, dass ich allein bleibe, will sich jemand an meinen Tisch setzen. Ich finde mich in der Welt der Trinker vom Spielfeldrand her ein, verstehe, was in ihren Köpfen vor sich geht, identifiziere mich mit ihnen, wie man als Zuschauer von der Tribüne Fußballern zujubelt. Ich bilde mir ein, der Sportsmann zu sein, der mit dem Alkohol wie mit einem Ball umgeht und Treffer erzielt.

Ich bin kein guter Trinker. Mir geht die Luft zu schnell aus. Ich mache schlapp. Ich schaffe an vielen Tagen das Pensum nicht. Ich trete nicht an, wenn es um richtige Saufleistungen geht. Die anderen rufen mit erhobener Schnapsflasche nach demjenigen aus, der sie ohne abzusetzen in einem Zuge austrinkt. Ich blamiere mich bei den Tresenwettbewerben nicht, weil ich mich an Wodka-Olympiaden nicht beteilige. Ich gehöre nicht einmal zu den Zuschauern, finden derartige Kämpfe in meiner Kneipe statt. Ich klatsche nicht einmal Beifall, wenn der Sieger zum Jubel ansetzt und dann auch schon wegsackt. Und am Tag darauf heißt es, er wäre beinahe an der Vergiftung gestorben, sein Glück, dass ein Krankenwagen in der Nähe war.

Das Saufen verschafft mir keine Befriedigung mehr. Ich komme nicht davon los. Ich will lange schon nicht weiter in der Kneipe sitzen oder mich in meiner Bude betrinken. Die Erlebnisse danach widern mich an. Es soll etwas anderes an die Stelle dieser Sucht treten. Das unstillbare Verlangen soll von mir ablassen, mich freigeben, in Ruhe lassen. Aber es lässt mich nicht los, hat mich fest im Griff, lenkt all mein Denken und Fühlen. Ich sage so oft zu mir: Nur noch heute. Dann trinke ich nicht mehr, keinen Tropfen.

Und bin den nächsten Tag wieder dort, halte mich an Bier, Schnaps, Bier. Mehr als drei Griffe braucht der Gitarrist für den Anfang auch nicht. Es geht hoch her bergab in der Kneipe. Ich höre mich Lieder singen. Überall Vogelgezwitscher. Und Hörner wie zur Jagd. Und all die Violinen, die um mich herum ertönen, obwohl man sie nicht sieht.

Zwei Seelen, die mich quälen. Die eine möchte dem Ganzen fernbleiben, die zweite führt mich in die Kneipe, lässt sich auf deren Rhythmus ein, leert Glas um Glas in einer Geschwindigkeit, die die andere Seele nicht gutheißt. Die eine Seite schnippt nach dem nächsten Glas, der anderen ist es unangenehm, sie fühlt sich unwohl dabei, möchte gehen und hält aus, von der anderen überredet. Das Ich, das gehen will und sich im Glauben, dass beide Ichs gleich nach Hause gehen werden, jedes Mal von dem anderen Ich vertrösten lässt. Onkelonkel hat dazu gesagt, ein Mensch sei viele andere Menschen in einem, er kann als der Mensch, den man kennt, durch die Tür hereinspazieren und durch die selbe Tür als ein anderer Mensch wieder hinausgehen. Man ist immer Hyde und Jekyll, Buhmann und Guterjunge. Ich habe den Film von beiden gesehen, die eine Person sind. Er hat mich sehr gegruselt und ich habe Angst vor mir selbst bekommen, aber auch vor Onkelonkel und Tante Luci, dass bei ihnen eines Tages der Hyde durchschlägt.

Ich führe so ein Doppelleben. Ich verabschiede mich aus der Kneipe in die Nachtruhe und setze die Sauftour in meiner Wohnung fort. Ich trinke und hocke vor dem Fernseher, obwohl mich das Programm nicht interessiert. Und trete weg, schlafe ein, halte mich wach, kann mich beim besten Willen an keinen Film, keine Sportsendung, keine Live-Übertragung erinnern. Beseitige wie ein Täter alle sichtbaren Spuren, obwohl ich doch Bescheid weiß. Und bin überrascht, mich in diesem unwürdigen Zustand zu erleben. Ich rede mir ein, endlich Ruhe zu geben, und gehe hinaus, irre in der Gegend umher zur Tankstelle, an der ich nachtanken kann. Hör auf, lass es sein, mahnt die eine innere Stimme, man soll damit beginnen, womit man aufgehört hat, bestimmt die zweite.

Ich bin am Imbiss und trinke kühlschrankkaltes Bier. Ich stopfe gegen das Hungergefühl Rollmops, Bulette, Erbsensuppe in mich hinein und muss mich dann regelmäßig übergeben. Ich bin halb tot, erledigt, fertig mit der Welt, verfluche mich, und das zweite Ich schaut mir dabei nur zu und sagt lakonisch: Halb so schlimm, das wird schon wieder.

Und wenn ich mich aufrege, mein versoffenes Ich beschimpfe, so kontert das verfluchte Ich, dass meine Selbstverfluchung nicht ehrlich gemeint sein kann, wenn sich das artige Ich immer wieder in die Machenschaften des bösen Ichs verwickeln lässt. Beihilfe wäre es. Bekundungen seien all meine Vorhaben, die ich mir selber am wenigsten abnehme. Beschwichtigung jede meiner Entäußerungen zum Suff. Wie man Last abwirft und dem Ballon damit Auftrieb verschafft. Niemand außer ich selbst belügt mich, betrügt mich, führt mich an der Nase herum, macht sich was vor.

Ich ziehe beide Seelen in mir da mit hinein, bin doppelt außer Gefecht gesetzt, auch wenn mir ist, als würde nur das gute Ich von mir enttäuscht sein. Das schlimme Ich sucht genauso ernsthaft vom Suff wegzukommen, wieder ein normales Leben zu führen und richtet gegen die Sucht genauso wenig aus wie das gute Ich, das brüderlich zum Sauf-Ich hält. Beide Seiten der Doppelperson, die ich bin, berauschen sich, schlafen den Rausch aus und kommen dann irgendwie wieder hoch, schaffen es bis ans Waschbecken, richten sich notdürftig her und suchen zusammen dann doch wieder die Kneipe auf, den Ort für Typen wie Ich & Ich, diese unentschiedene Doppelexistenz, zu der ich geworden bin.

Ich bin nie allein mit mir. Ich bin immer eine doppelte Ausführung, auch wenn ich mich wie der einsame Wolf bewege. Du bewegst dich anders, blickst anders, verhältst dich anders und strömst einen Duft aus, wenn du dich nach außen hin zum Saufen bekennst, tief im Inneren aber den Willen dagegen gefangen hältst. Du wirst zum Geiselnehmer deines zweiten Ichs, gerätst immer tiefer in die Sache hinein, dass du mit dem von dir entführten und gefangen genommenen Kellerkind-Ich leben kannst, dir niemand etwas anmerkt. Und spürst den Argwohn der Leute, die da zu ahnen beginnen und dir sagen, dass mit dir etwas nicht stimmt. Du nimmst keinen Rat an. Du kannst ihre Vermutungen nicht entkräften. Du deutest die hingehaltenen Hände falsch, siehst erste Warnungen nicht als Hilfestellung, stößt jeden vor den Kopf, der es gut mit dir meint, dir sagen will, dass es schlimm enden kann. Und du verlachst deine Mahner. Denn du weißt nur zu genau, du gehst nicht allein, du gehst auch mit deinem guten Ich unter.

Sagt das eine Ich: Mit den Mädchen habe ich kein Glück, kann sich das andere Ich Liebe und eine Ehe mit Kind nicht vorstellen. Denn beide Ichs, das brave wie das haltlos wilde Ich, wollen wie Tante Luci und Onkelonkel zusammenleben, die zusammen sind und nichts Gemeinsames haben als den Garten, den Onkelonkel bestellt, damit Tante Luci mit seinen Ernteergebnissen beschäftigt ist, die sie einkocht oder lagert, in Likör und Schnaps verwandelt.

Ich gehe mit dem Mädchen spazieren und möchte den kleinen Finger ihrer Hand berühren, stehen bleiben, beide Hände fassen, sie ansehen und sehen, was danach geschieht. Ich unternehme nichts. Und berühre ich die Hand, so ist die Berührung so unerheblich, dass das Mädchen sie nicht mitbekommt und sich verabschiedet und dann mit anderen Mädchen über mich tuschelt, wie ich fest annehme. Und das lässt mich Abstand zu den Mädchen insgesamt nehmen. Ich verliere mich in Träumereien. Ich schaue mir lieber Bilder von den Mädchen an, als dass ich auf sie zugehe. Ich wünsche mir verzweifelt, dass etwas passiert, eine auf mich zugeht und bei mir bleibt.

Die Tante sagt, ich würde nun zum Mann.

Da geht es dir wie den Menschen auch.

Ich bekomme über Tantes Schwester eine Stelle auf dem Friedhof vermittelt. Arbeit an der frischen Luft. Die Schwester ist dort Gärtnerin. In ihrer Gruppe arbeitet aber auch die Heidemarie. Und ich bin jedes Mal so gut gelaunt, wenn ich die Heidemarie ansehe, dass ich mich gleich in die Heidemarie vergucke. Vielleicht, dass es Liebe ist. Vielleicht, dass ich mich nur zu flink in sie verguckt habe. Tante Lucis Schwester rät dringend ab.

Die ist nix für dich.

Lass dir nicht den Kopf verdrehen.

Die hat einen, der sitzt im Knast ein.

Aber ach, wenn einer verliebt ist, hört der doch Warnungen nicht, sagt der Mann von Tante Lucis Schwester und singt mit ungewöhnlich hoher Stimme: Dat du min Leevsten büst, dat du woll weeßt. Kumm bi de Nacht, kumm bi de Nacht segg wo du heeßt, singt er und sagt, ich soll den Text auswendig lernen, das Lied zur Gitarre bringen, dann erhöre mich die Heidemarie, bestelle mich zu sich ans Haus, wo ich dann vor dem Haus hoch und herunter, auf und ab auf dem Bürgersteig hin und her liefe mit diesem Lied vorm Latz. Und lacht dazu und stößt mir derb den Ellenbogen in meine Seite: Vader slöpt, Moder slöpt, ick slap alleen, klopp an de Kammerdör, Vader meent, Moder meent, dat deit de Wind. Kumm denn de Morgenstund, kreiht de ol Hahn, Leevster min, Leevster min, denn mößt du gahn. Und man denkt, dass sie eine andere Zeit vielleicht genannt hat, die Zeit durcheinandergeraten ist und man die Uhrzeit vergessen hat, was der Grund wäre, warum die Maid sich nicht blicken lässt und nicht herauskommt. Und muss dann nach etlicher langer Weile unverrichteter Dinge von dannen ziehen.

Und auf dem Friedhof tuscheln sie, lachen mich aus, so scheint es mir jedenfalls. Und die Heidemarie kommt zu mir herüber und sagt mit zusammengekniffenen Augen, dass ich mir nichts einbilden soll, sie so eine nicht sei und ich sie nicht mehr so ansehen dürfe.

Ich wäre auch zur Müllabfuhr gegangen und hatte das auch einen Tag lang probiert. Nur war Hochsommer und die Mülltonnen brodelten nur so und ließen alle schlimmen Düfte frei. Keine Nase kann sich erwehren, die berühmte Nasenklammer schützt nicht.

Mein Leben, denke ich, wie kam es nur zustande, warum versackt es nun scheinbar? Harrys Eltern verdienen am Alkohol, also machen wir ihn reicher. Am Essen verdient man doch nix, sagt die Wirtin im *Broiler*. Also trinken wir für ihr Überleben. Der Doktor braucht Alkoholiker für seinen Laden, der muss laufen. Alkohol macht kreativ, heißt es unter Künstlern. Es bleibt einem nichts anderes übrig als zu saufen, sagen wir uns nach dem Arbeitstag am Fließband. Also saufen wir die Ödnis der Arbeitstage weg, spülen sie einfach herunter. Alle saufen, sagen sie auf dem Friedhof. Und eine der Gärtnerinnen versteckt ihre Schnapspullen im Stiefel hinterm Umkleideschrank. Alle wissen es, niemand sagt etwas dazu. Wir trinken öffentlich, müssen uns nicht verstecken. Ich fühle mich allein in der Bergstadt, komme mit den Männern nicht recht in Kontakt, habe kaum Geld. Also sitze ich in meinem Schlauchzimmer und experimentiere mit Bergmannschnaps und reinem Brennspiritus.

Ich bin Totengräber. Ich gehe ausgiebig im Schatten der Bäume spazieren, bin in der Natur, kann mit dem Spaten graben und Gartenarbeiten erledigen, wie beim Onkel auch. Ich bin Totengräber. Die menschliche Variante von Aaskäfer, wie der Mann von Tante Lucis Schwester das nennt.

Handwerk ist es.

Kein schlechter Job.

Wird noch mit dem Spaten verrichtet, sagt er. Sind manchmal Steine dabei, da kennt er sich aus. Schutt aus dem Krieg. Ist eine Qual mitunter, bis eine Grube ausgehoben ist. Aber da wäre der Chef eben eisern und will absolut keine Maschinen auf dem Gelände. Das lobt er sich, sagt er. Und sagt, dass er Manne kennt, den ich schön grüßen soll. Manne ist eine Großfresse, behauptet Manne von sich, und außerdem schwer ordinär, und zeigt zum Beweis Bilder von sich beim Geschlechtsverkehr her. Ich gucke darüber hinweg. Die anderen Männer reißen sich um die Bilder.

Das bist ja wirklich du.

Machst du das wirklich mit der Ollen?

Klar doch, Mann, wo denkst du Schwachkopf denn hin.

Die Totengräberlatzhose am Leib, die Totengräberjacke übergehängt. Schwarz wie der Tod fühle ich mich wohl dabei. Es müsse aus mir auch kein Professor an der Universität werden, sagt Tante Luci. Eine solche Arbeit reiche hin. Sie nennt mich nur ihren kleinen Kuhlengräber, vielleicht bringt sie cool und Kuhle durcheinander. Jedenfalls kommt sie mich einmal sogar besuchen, spricht von Shakespeare, der den Totengräbern auf ewig zu Ruhm verholfen hat mit seinem Hamlet, wo zwei Leichengräber einem Totenkopf berichten, wie nackt der Mensch zum Ende seines Lebens ist; und wenig später ist sein Skelett von allem Fleisch befreit. Knochen so kahl und hell wie der helle, volle Mond.

Ich freunde mich auf dem Friedhof mit einem Bluesmusiker an, Holy sein Künstlername. Wie er richtig heißt, muss er nicht sagen. Ist in seiner Branche nicht üblich. Holy spart Geld für die Reise nach Amerika und rechnet sich große Chancen aus, schnell wegzukommen.

In Amerika gibt es Colabüchsen.

Er hat gelernt, sie mit der linken Hand zu öffnen, dass es kaum zischt. Sie sind seinen Beschreibungen nach verdammt gut drauf, dort in Amerika. Man fährt mit dem Auto vor und kauft bei heruntergelassener Scheibe ein, sagt er und dass er verdammt noch einmal den Blues in sich hat, den er in Amerika aus dem Sack lassen wird. Und bekommt dann tatsächlich die Ausreise nach Kanada genehmigt.

Vorerst Halifax.

Und dann sehen wir weiter.

Halifax ist ein lustiger Name, sagt er. Liegt auf dem Weg nach Amerika, nicht allzu weit von Manhattan entfernt. Und gibt mir die Hand zum Abschied und raunt mir ins Ohr, ich soll nicht lange zögern, ihm nach Amerika folgen.

Hier verblödest du.

Denk über meine Worte nach.

Amerika ist größer, als man sich vorstellen mag.

Es ist komisch, so vor einem Sarg herzugehen, die Gemeinschaft folgt einem nach und dann faltet man die Hände vor seinem Bauch und weiß nicht, wohin man sehen soll, und hebt den Kopf an und sieht entschlossen aus und fühlt sich, als wäre da ein Verwandter gestorben und man auch von der Trauer ergriffen ist. Und spürt sich simulieren und kommt sich so falsch dabei vor. Und dann blickt man kurz zu den traurigen Leuten hin und sieht, dass sie gar nicht so traurig gestimmt sind, wie man annimmt, und dann wendet sich das Blatt, und man könnte die Leute zum Mond schießen.

Manche Verwandtschaft ist den Tod nicht wert, sagt die Schwester von Tante Luci.

Mittwochs finden auf dem Auferstehungsfriedhof die Urnenbeisetzungen statt. Die hat allesamt Max an sich gerissen. Und alle sind stinksauer auf ihn, können aber nichts gegen Max unternehmen, weil er nun einmal ihr Chef ist und noch dazu eine Behinderung hat, die ihn humpeln lässt und ihm fiese Spitznamen einhandelt.

Der Chef ist als Chef sein Eigenmann, weil er selbst sich nie entlassen kann.

Ich schreibe über uns und Max eine Geschichte für Tante Luci daheim: Einmal stirbt eine Woche lang niemand. Nicht ein Sarg, nicht ein Urne. Totenstille in der Leichenhalle. Und die Belegschaft langweilt sich und trinkt. Und im Suff verfallen sie auf die Idee, Max in einen Sarg zu legen, dass wenigstens *eine* Beerdigung stattfindet, Max mal Urlaub nimmt von allem.

Manne, die Großklappe, Thomas, der Kindische, Lothar, der Jammerlappen, und ein Fettwanst, dessen Namen ich mir nicht gemerkt habe, nur dass er eine hässliche Zahnlücke trägt, in die er seine Zigarre stecken kann. Und diese Lücke ist eines schönen Tages mit Zahngold gefüllt. Und es heißt, er habe dafür das Gold aus den Umbettungen zusammengeklaubt. Alle tun das, wenn fünfundzwanzig Jahre um sind, ein altes Grab für ihre Schaufel freigegeben wird. Hat sich in eine Gärtnerin verliebt, der Fettwanst. Meint wohl, sie würde ihn mit seinem Goldmundfunkeln nicht abblitzen lassen.

Und tragen also den Humpelmax in einem schicken Sarg an eine frische offene Grube. Nur so aus Spaß. Und reden dann dort feierlich von ihm. Und wir trinken viel Wodka und danach Bergmannfusel. Schnaps, der die Zungen leicht werden lässt und kühn, den Herzen die Sporen gibt, über Max mal so richtig herzuziehen. Was für ein Schwein der Max war. Wen er alles über den Tisch gezogen hat. Wie sie ihn verdammen und herzlich froh sind, dass er nun begraben wird.

Und der Max lauscht von drinnen her den Reden, will sich alles merken, die Stimmen den Frevlern zuordnen. Später, wenn die Zeit der Rache reif ist, wird er sich rächen.

Und sie versenken ihn langsam in die Grube, schütten Erde auf den Sarg. Werfen die ausgetrunkenen Gläser hinterher. Und beerdigen ihn. Setzen auf das Grab den Hügel, darauf ein paar Blumengebinde und Pflanzen, nach allen Regeln der Totengräberkunst. Und taumeln besoffen und einander untergehakt von der Grabstätte besoffen weg. Bis einer von ihnen die Gruppe stoppt und lallt, dass sie wohl eben den Max bei lebendigen Leibe begraben haben. Und sie beruhigen den, der das herausgefunden hat, winken ab und sagen zu ihm, dass es auch egal ist, dass das Ekel, das Max nun einmal gewesen ist, im Leben keine so schöne Beerdigung bekommen hätte.

Tante Luci bedrängt mich, die Geschichte so aufzuschreiben, dass ich sie den Leuten vom Friedhof vorlesen kann. Ich lese ihnen meine Geschichte vor und erlebe, dass sie alle, außer Max, der schnaubend vor Wut den Raum verlässt, ihren Spaß daran haben, sich köstlich amüsieren. Und Heidemarie schenkt mir einen Apfel. Ich soll weiter so irre bleiben, wie ich bin, und solche tollen Geschichten erfinden.

Und also schreibe ich die Geschichte vom Goldzahn im Maul des Fettwanstes, und sie bereiten die nächste Lesung vor. Aber der Goldwanst steht auf und versetzt mir einen Faustschlag, wirft mich zu Boden, schreit wie am Spieß, dass er mich umbringen wird. Und hätte sein Versprechen an Ort und Stelle gleich eingehalten, wären Heidemarie und zwei Gärtnerinnen nicht mutig dazwischengegangen. Ich komme mit einem blauen Auge davon. Tante Luci hält mich für einen Dichter.

Da bin ich nicht von abzubringen.

Und da ist sie, wie richtige Eltern auch sind. Das Kind fällt hin und hebt beide Arme, beide Beine bäuchlings auf dem Teppich empor, und einer aus der Verwandtschaft sagt: Das ist die Grundhaltung des Fallschirmspringers. Und alle sind dann von ihrem Kind entzückt und wollen, dass aus ihm ein Fallschirmspringer wird.

Für einige bin ich bereits ein elendiger Säufer. Für Tante Luci bin ich immer noch dieser kleine, so verführbare Junge von einst, der mit Neugierde Neigen kostet, sich den Herausforderungen stellt, sich dann aber übernimmt. Einer, der dabei sein will, nicht zum Außenstehenden degradiert sein möchte und immer durch die anderen auf Abwege gerät.

Und nun gehe ich jeden Tag in die Kneipe. Sie laden mich ein, stellen mir Getränke hin, ihre Kräfte an den meinen zu messen, mich zu unterweisen darüber, wie es zugeht unter

Ihresgleichen. Die Ampel besteht aus Kirschlikör, Korn und Pfefferminz. Das dreistufige bunte Todesgesöff muss jeder Neuling in der Runde, will er dazugehören, auf ex trinken und sich hintereinanderweg mehrmals neu einschenken lassen. Bis die Runde durch ist, es bei ihm zum Ampelausfall kommt. Und zwischendurch jedes Mal ein Bier zum Ampellöschen. Und danach besteht die Ampel aus Campari, Bier und grünem Kräuterzeugs. Und hast du bei dieser Einstandstour die Ampeln gemeistert, darf dein Motor ruhig ausfallen, die gesamte Maschinerie absaufen, dein Ich im Stau der Getränke stecken bleiben; und du bleibst auf dem Kneipenstuhl sitzen, unfähig, dich zu erheben.

Und Tante Luci darf nichts davon wissen. Tante Luci soll denken, dass ich vom Arbeiten so zerschlagen und viel unterwegs bin. Kaum die Zeit zum Ausruhen und Schlafen habe.

So fällt das erste, so fällt das letzte Blatt vom Ast. So falle ich daheim aufs Bett. Am Morgen gemartert und unfähig, den Gang der Dinge zu hindern, bin ich häufig so betrunken, dass ich mich doppelt vorhanden wähne, von mir wie von einem anderen Menschen rede, nicht von mir, mehr von ihm spreche, der ich bin und mir fremd ist, der ich bin und sich besäuft und dann nicht mehr auskennt in der Welt.

Verlasse ich die Solobude, verlasse ich den Schutzbereich. Ich kehre ein, und es kehren sich unangenehme, mir unbekannte Schattenseiten meiner Sauftouren heraus. Ich habe am Tisch gesessen und vor mich hingestarrt. Ich habe nur noch flirrendes Licht gesehen. Um mich herum schlaffe Bewegungen. Und ich weiß einfach nicht mehr, in welcher Kneipe ich gelandet bin, auf welcher Party ich mich befinde. Die Lichter nehmen andere Helligkeitswerte und Farben an. Ich wanke zum Klo, ich schlafe auf dem Klobecken ein. Ich habe mich übergeben oder ich kann mich nicht übergeben. Und dann irre ich auf der Suche nach dem Ausgang zwischen Tanzenden herum und werde weggestoßen. Und dann entkomme ich dem allen und wache zwischen Karton und Kästen auf.

Und wühle mich aus dem Winkel hervor und komme nun gar nicht mehr heraus, weil man mich übersehen und eingeschlossen hat. Und es ist bitterkalt. Ich schlottere am ganzen Leib. Ich wimmere um Hilfe oder nach Tante Luci. Ich baue mir aus den Kisten und Kästen eine Klettervorrichtung und zwänge mich durch ein schmales Fenster und hangle mich irgendwie herab. Und überwinde Mauern, Zäune, erklimme Mülltonnen, falle von ihnen, kippe mit ihnen um, stürze von oben herab, komme unglücklich auf, verletze mich, blute aus Wunden, humpele, ohne den Weg zu wissen.

Oder ich habe mich irgendwelchen Gruppen angeschlossen, die mich sonst wohin schleppen und sich dann meiner vor ihrer Haustür entledigen. Und dann habe ich die Arschkarte und finde mich nicht mehr zurecht. Und stolpere durch die fremde Gegend, als würde ich durch Moskau irren. Und lande dann in irgendeinem Keller, von dem ich nicht sagen kann, ob er offen war oder von mir mit letzter Kraft aufgebrochen worden ist. Mich treibt ein Instinkt, der erst in diesem Zustand auftritt. Die Stadt sieht nicht nur anders aus, sie ist eine echte Bedrohung. Ich bin unerhört schreckhaft, wenn ich besoffen bin. Ich gerate leicht in Panik. Ich erkenne die Verkehrssituation nicht und renne über die belebte Straße, suche den tödlichen Automobilen zu entkommen. Ich halte mich an Zäunen, Hauswänden fest. Ich gerate in Sackgassen. Hinter der dünnen Mauer sind Bahnen zu hören, die rattern und rattern so verlockend. Zum Glück sind die Mauern der Sackgassen hoch und glatt und nicht zu bezwingen. Wer weiß, wie oft ich mithilfe der hohen, dünnen Mauern dem Schienentod entkommen bin.

Solange es nicht zu viele sind, kann ich zwischen den Passanten torkeln. Und die Leute weichen mir aus, wie man streunenden Hunden ausweicht. Ich folge nicht mehr meinem Willen, eher uralten Säuferinstinkten. Ich stürze von der einen Straßenseite zur anderen. Der Heimweg wird eine einzige lange Tortur. Ich breche immer öfter in Keller ein, für den Heimweg ein Fahrrad auszuborgen. Ich bin in den verschiedensten Kasematten unterwegs, rüttle an Türen, dresche auf Schlösser ein, bis sie nachgeben, schleppe geraubte Fahrräder durch die Enge, über den Hof. Und kann dann das geklaute Fahrrad nicht besteigen, komme einfach nicht auf den viel zu hohen Sitz. Oder ich habe den Sattel dann unterm Hintern und beherrsche die Gangschaltung nicht, weiß nicht mit der Handbremse umzugehen, beherrsche das Lenken nicht, fahre ungebremst auf mein Unglück zu. Stürze mit dem Rad hin, klatsche aufs harte Pflaster, fliege im hohen Bogen über das Gefährt, falle zur anderen Seite um, pralle gegen einen Pfahl oder lande mit dem Drahtesel in der Baugrube. Irgendwann gibt es dann nur noch diesen letzten Impuls, aufzugeben, sich hinter eine Wand zu verziehen, sich neben eine Parkbank zu legen. Das Rad bleibt liegen, wo ich mit ihm gelandet bin.

Erinnerungen entstehen immer mehr aus Mangel an wirklichem Wissen, weil in meinem Säuferleben immer häufiger Filmriss herrscht. Ich stelle den größten Teil meines Säuferlebens aus lauter Anfängen und Mittelstücken nach, denen die Enden fehlen, weil ich mit den Ausfällen wenig bis keinerlei Erinnerungen mehr an das Ganze habe. Was ich wiedergeben kann, ist nur der geringe Teil von dem, was mir zustößt, der größere Teil ist für immer verloren. Ich erwache mit Wunden und Flecken und Kratzern, die in der Bettwäsche blutige Spuren hinterlassen. Und habe mit Verstauchungen und Prellungen zu tun. Verletzungen, die ich mir unterwegs zugezogen habe. Oder es sind Verletzungen, die mir beigebracht worden sind?

Woher soll ich das wissen?

Ich war nicht mehr bei Verstand.

Ich schlafe in dreckiger, zerrissener Kleidung. Ich versuche mich aufzurichten. Der Leib schmerzt. Mir tun alle Knochen weh. Ich kann meine Glieder nicht bewegen. Man gerät so rasch in die Klemme: Zisch ab. Verpfeif dich. Das hier ist für dich der falsche Stuhl am Tisch, heißt es. He, Mann, hast du nicht gehört, was mein Freund eben zu dir gesagt hat? Also, verpiss dich.

Und wenn du Pech hast, kommt die Wirtin hinzu und fragt: Machst du hier meine Gäste an?

Schluss, aus, keine Widerrede, das Bier bezahlt und ab hier.

Die Bären ziehen sich in ihre Winterlöcher zurück und überlassen den weniger gefährdeten Schluckspechten den Raum. Und ich höre die anderen auf mich einreden. Und ich will ja mit ihnen, die Kneipe wechseln. Aber ich kann nicht einen Muskel mehr rühren. Und sie sprechen dann wie von weit entfernt zu mir, obwohl ihre Gesichter vor meinem Gesicht stehen. Sie rütteln an mir. Sie bekommen mich auch nicht aus der Verankerung gelöst. Ich erlebe das alles mit. Wie sie abwinken und dann verschwimmen, mit ihren Gesichtern und Stimmen im Raum taumeln und Luftballons sind, deren Worte mich stoßweise nur noch erreichen, deren Sätze zerrissene Sätze sind, die nur noch an meine Ohren plätschern und zurückwellen. Während ich denke: Jetzt werde ich also sterben, eindösen und nie wieder aufwachen.

Wie ich es nur immer wieder nach Hause schaffe?

Ich stehe mit Blessuren im Gesicht vor dem Spiegel. Diese seltsam befleckte Landkarte, die mein Gesicht sein soll. Schrammen, blaue Augen, verschorfte Gebiete auf der Stirn. Umrisse. Flecken. Blutunterlaufene Seen und Wunden, zu denen mir kein Vergleich einfällt und mir jede Erinnerung daran fehlt, wie sie entstanden sein mögen. An den Armen und Beinen schwer lädiert, versuche ich die Verletzungen zu rekonstruieren. Und schaffe keine Klarheit. Und weiß nicht mehr zu sagen, in welcher Gegend der Stadt ich verunglückt bin. Kann ja nicht einmal rekonstruieren, dass es geregnet hat, sondern sehe es an der Kleidung. Am Ende der Zechtour fühle ich mich hundsmiserabel. Und zittere wie Espenlaub. Und stolpere herum, irre umher, finde mich nicht zurecht, weiß nicht ein noch aus. Und will mit keiner Faser meines Leibs wie ein Penner enden.

Ich vermeide es deswegen auch, die hohen Barhocker zu besteigen. Ich wachse auf ihnen wie auf den Stühlen fest. Nur kommt, wenn ich auf dem Barhocker sitze, noch meine Höhenangst hinzu. Ich sitze dann wie auf einem Pfahl, mit jedem Getränk, das ich zu mir nehme, ein Stückchen weiter aus dem Boden nach oben geschoben. Bis eine Höhe erreicht ist, von der ich dann ohne Hilfestellung nicht mehr herunterfinde. Der Tod steht mir gut. Der Trauben süßes Sonnenblut, das Wunder glaubt und Wunder tut. Und alles jubelt in mir. Bringt mir Reben, Bier und Wein. Wie ein Frühlingsvogel werde ich schweben, in den Lüften soll mein Leben wie im Weine sein.

Tante Lucis Schwester bekommt von meinen Exzessen Wind und ruft Tante Luci an. Tante Luci ist umgehend da und der Mann von Tante Lucis Schwester hilft mir, mich auszukurieren. Ich habe Orientierungsschwierigkeiten. Er nennt es den Normalfall. Sie spricht von einer Riesensauerei, einem Verbrechen, dass ich nicht recht bei Bewusstsein bin, närrisch im Kopf geworden. Und sie erzählen Tante Luci haarklein, was los gewesen ist mit mir. Tantes Schwester spricht sogar vom Tod, Atemstillstand, Kreislaufversagen. Nur der Mann der Schwester sagt, dass hier übertrieben wird, er in seiner Jugend nicht anders gewesen ist. Und Tante Luci zischt ihn an und will, dass er schweigt, und hört ihrer Schwester zu, die sagt, da sei keinerlei Schmerzwahrnehmung bei mir gewesen. Mit der Nadel in den Arm habe sie gestochen. Ich hätte nicht einmal gezuckt. Sie habe den Doktor herbeirufen müssen.

Eine Schande.

Was für ein Zustand.

So ein Benehmen aber auch.

Und erst diese geröteten, blutunterlaufenen Augen. Über drei Promille. Schockzustand. Wie unter Narkose, habe der Arzt zu ihr gesagt. Und mich abtransportieren lassen ins

Krankenhaus. Nicht sicher, dass ich aus meinem Zustand erwache. Die Nacht habe sie sich um die Ohren gehauen, kein Auge zugedrückt, die Finger sich wund gebissen, gewartet, gehofft und laut gerufen, dass ich verdammt noch einmal aus diesem Koma erwachen und zu Mama zurückfinden soll.

Lasst ihn seinen Überschwang an Promille überleben.

Lasst die intensive, medizinische Betreuung wirken.

Lasst um Himmels willen nicht diesen Jungen hier zu Tode kommen.

Lasst all die Infusionen im Verbund mit ihrer Fürbitte und Geduld heilsam wirken.

Im Dorf heißt es, ich wäre in der Gebirgsstadt an einer Alkoholvergiftung gestorben, hätte Tante Luci nicht beherzt eingegriffen. Und kaum bin ich wiederhergestellt, bin ich wieder in der Kneipe, unter lautem Hallo, generalüberholt und gefeiert, ein Mann unter richtigen Männern.

Sieben Leben hat die Katz.

Kipp dir einen hintern Latz.

Und als wäre nichts gewesen außer Spesen, leere ich das erste Glas am Tisch in einem Zug. Und bestelle gleich ein zweites nach und lasse mir eine Ampel servieren, kippe den Mix hinter die Binde. So schnell wirst du nicht wieder die Vergiftung erleiden. Es heißt, ich hätte den Ritterschlag erhalten. Und ich denke, so kann das ruhig weitergehen, Egészségedre Palinka.

Ich bin dann auch bald fünfundzwanzig Jahre alt und will an diesem Tag keinen Menschen sehen. Keine Gratulanten empfangen. Aus der Stadt heraus sein. Einen Tag erleben, von dem ich den Anfang nicht kenne, das Ende nicht weiß. Ein Paddelboot mieten, in ihm sitzen, mich freirudern. Und gerate in eine Hochzeit hinein, bin deren liebster Gast, weil ich ungeniert auf die Bühne trete, einen selbst erdachten Song zum Besten gebe, der die Liebe lobt, vor Kinderreichtum warnt, die Hochzeitsgäste animiert. Und sagen sie von mir, dass ich ihnen Spaß bereite, ein Unikum bin, etwas kann und genau in die Feierlichkeit hineingepasst habe. Ich esse von ihren Schmalzstullen und Spreewälder Gurken. Und esse Brot und Kartoffelsalat. Und werde mit Tischgaben reichlich eingedeckt, sitze wieder im Paddelboot und muss mich plötzlich übergeben, besudele mich und erreiche gerade noch rechtzeitig die Paddelstation, lande an, für den Rest des Tages erledigt, und will das erste Mal in meinem Leben nicht mehr am Leben sein.

Meine psychische Gesamtsituation ist nicht die allerbeste. Ich lasse mich gehen. Aus der Umklammerung der Kumpels in die selbst auferlegte Einsamkeit, ins Sololeben übergewechselt, bin ich nicht mehr in der Lage, Ordnung zu wahren, mit System den Tag zu bestreiten. Es sieht bei mir bald schon wie bei Tante Luci im Gerümpelschuppen aus. Wie ähnlich wir uns sind, denke ich, liege wie sie so gerne auf der Liege. Um mich herum Stapel von Zeitungen, Journale, Fotografien und Süßigkeiten. Mir fehlt es an Ordnungsliebe, der Wohnschlauch ist lang und eng, müllt schnell zu. Ich liege ausgestreckt in stabiler Seitenlage. Die Wange ruht auf der linken oder auf der rechten Hand, je nachdem. Ich wasche mich nur kurz, wenn ich zur Kneipe gehe. Ich bin tagelang zu Hause, gehe nicht an die Tür.

Ich werfe die Arbeit auf dem Friedhof hin. Sie wollen mich da auch nicht mehr haben. Ich gebe die alte Wohnung auf. Ich ziehe in die Hauptstadt um, bewerbe mich als Hausmeister eines Kinderkrankenhauses. Schleppe Babywindeln in stinkenden Tüten durch lange, enge Flure, dass die Kindergärtnerinnen ihre Nasen rümpfen und rechts, mal links davonstieben. Ein fürchterlicher Job. Ich weiß nicht, ob sich das einer vorstellen kann: vollgeschissene Windeln in Plastiksäcken, die man Tage zuvor sammelt und abseits stellt, dass der Gestank niemanden erreicht. Nur mich, wenn ich die Tür zur Sammelluke öffne.

Tante Luci schreibe ich Briefe und Ansichtskarten, in denen ich meinen Job nicht erwähne. Ich schreibe, dass ich Kontakte herstelle. Es ist mir nicht möglich, den Gestank in Worte zu fassen. Das Wort Gestank ist nicht Wort genug für diesen Gestank, der mehr ist als nur das Wort. Von den Maden gar nicht zu sprechen, die in den Säcken ein munteres Leben führen, besonders im Sommer, bei großer Hitze. Von zehn Säcken gehen zwei, drei bei aller Vorsicht entzwei, reißen auf und die stinkenden Windeln rutschten die dunkle Treppe herunter.

Ich halte dem Gestank nicht lange stand und nehme mir jeden Tag neu vor, nicht mehr auf Arbeit zu erscheinen. Aber eines Tages entdecke ich mit ihren Windeln ans Bettgitter gebundene Babys. Die Weiber wollen wohl ungestört Kaffeepause halten. Das lässt mich den Kackgestank vergessen. Ich stürme mit den Windelsäcken zu den dicken Schwestern ins Büro und streue sie aus, fordere sofortige Erlösung der Kleinkinder. Und melde den Vorfall nach oben, zeige den Frevel an. Und werde den Job los, weil in den Krankenhäusern überall auf der Welt, wie Tante Luci gesagt hat, keine Krähe einer anderen Krähe ein Auge aushackt.

Dass Ereignis mit den gefesselten Babys verstört mich, dass ich viele Wochen brauche, mir die Wut geringer zu trinken. Danach finde ich durch einen Tipp am Kneipentisch im Neubaugebiet am Stadtrand einen Job als Rampenwart. Die Stelle haben sie eigens meinetwegen erfunden. Die Hälfte des Gehalts eines Rausschmeißers. In einem Verkaufskomplex, unter einem lausigen Verschlag, sitze ich bei Wind und Wetter, bereit, Kisten und Kartons entgegenzunehmen. Leere Dosen und Gerümpel soll ich entsorgen. Stapel, die sich drohend türmen und mich erschlagen werden, wenn die Müllabfuhr nicht rechtzeitig kommt.

Ein Verlierer bin ich, sage ich mir, der Ratten zu vertreiben sucht, sich in der Pfütze spiegelt und wegrennen sollte, für immer verschwinden und alles hinschmeißen. Aber schon eilt mir zum Unglück das nötige Pech zu Hilfe, als ich aus

Jux auf den Zettel an der Tür vom Meisterbüro zwischen »Bin« und »Essen« das Wort »in« kritzele und aus dem Satz dann »Bin in Essen« wird. Ich werde auf frischer Tat erwischt. Und sie veranstalten einen Riesenaufriss, setzen mich fristlos an die Luft.

Dann heuere ich in einer Tischlerei an, wo sie mich verdonnern, sperrige Latten zu schneiden. Kilometerlang. Wochenlang. Bis ich so weit zum Hals in dem Haufen aus Spänen, Splittern und Abfallborken stehe, dass sie mich herausziehen müssen. Und als dann alle zwei Kraftfahrer auf einmal ausfallen, soll ich den Laster durch die Gegend kutschieren. Die Arbeit beginnt, mir richtig Spaß zu machen. Keiner kann wie ich rückwärts in die engen Toreinfahrten hinein und hinaus. Ich wäre mein Leben gern Fahrer geblieben. Stattdessen schlage ich in der Garage richtig zu und pinsele im Suff in den Innenhof mit weißer Farbe die Großbuchstaben meiner Lieblingsband. Und saufe mich in den Schlaf. Und werde zwischen Pinsel und Farbtöpfen in der Garage vom Meister geweckt. Wie ich nur einen solchen Mist bauen kann, sagt der, und er muss mich, ob er nun will oder nicht, hinauswerfen. Und spricht von mir auch gleich in der Vergangenheitsform.

Du warst einer der Besten.

Aus dir hätte was werden können.

Da habe ich auf die falsche Karte gesetzt.

Ich sitze eine lange Weile in der Kneipe. Es ist dort so langweilig, dass ich mich mit anderen Dingen beschäftigen muss, Bierdeckel bemale, die Buchstaben der Schriften mit Farbe ausfülle. Das kleine a, das große und das kleine o, das kleine d und b und das große B und D und das p und q.

Ich weiß, dass ich langsam im Denken bin, schwer von kapier, wie man sagt, und viel Zeit verplempere, ein Zeittotschläger werde. Ich brauche länger, das Problem zu erkennen, und sehe viel zu spät die Gefahr. Und käme wohl erst darauf, den Ort zu verlassen, wenn es dafür zu spät wäre.

Ich setze wegen der Langsamkeit in meinem Kopf weniger Alkohol um, konsumiere weniger als die neuen Saufkumpanen, verarbeite aber den Alkohol gewissenhafter und bin trotz weniger Bierkonsum genauso betrunken.

Es ist so verlogen, sie ächten den Suff und verdienen an ihm. Ständig wird man animiert, nachzubestellen. Sie kommen an den Tisch. Sie rufen durchs Lokal:

Na, noch ein Bierchen?

Sie benutzen die Verniedlichung, verharmlosen den Begriff. Ich habe Feierabend. Jetzt gehe ich den Stress vergessen, nun will ich aber abschalten, Ruhe haben. Ich gehe etwas trinken, einfach nur dasitzen und über nichts groß nachdenken.

Die Wirtin in der *Broilerstube*, die so mütterlich nett zu mir war. Ich suche sie in all den anderen Kneipen. Tante weiß nicht, wie akut mein Zustand ist. Ich versacke und rede mir ein, alles im Griff zu haben. Sicher habe ich es im Griff. Wonach greife ich? Was ist an dem Griff in meiner Hand drunter dran als die derbe, große Gummiblase, der ich aufsitze, in die hinein ich meine armseligen Bierchen plätschere.

Diese Blubberblase meiner versoffenen Tage.

Ich will absitzen und nichts wie heraus auf meinen eigenen Beinen entkommen. Es gibt zu viele Kneipen. Es gibt sie an jeder Ecke. Ich kenne meine Schwächen, Symptome und den Sog, der mich erfasst und lenkt und hilft, da auch gegen meinen Willen hineinzugehen. Na gut, denke ich. Wird schon schiefgehen. Die zwei, drei Bier. Dabei aber bleibt es nie. Es werden immer mehr und mehr als mehr, bis ich betrunken bin. Mit nichts in der Tasche bringe ich das bisschen Geld durch. Prösterchen. Auf das schöne Scheinleben in der Kneipenwelt. Auf die Leute um einen, die fremden, die Freunde zu sein scheinen. Bier her, auch wenn es nicht mehr verlockt. Auf die lieben, guten Leute, die Alkohol bei sich zu Hause haben, deren Wohnungen Kneipen sind, die mich gern bei sich empfangen und mit mir saufen, weil mit mir bei ihnen das Kneipenleben einkehrt, das sie nicht kennenlernen wollen. Ich bringe euch den Kneipenmief frei Haus. Ich bin das bisschen Original. Und sie fühlen sich mit mir wie in der Stampe, die sie nie besuchen würden. Und saufen mit mir. Und lassen mich bei sich übernachten. Es ist ihnen egal, wie enttäuscht ich jedes Mal wieder von mir bin.

Mein Selbstbewusstsein nimmt Schaden. Ich hasse sie dafür. Und hasse erst recht die Leute, die von meiner Sucht profitieren. Ich verfluche den Wirt, wenn ich taumelnd nach Hause stampfe, und will ihm eins pfeifen, das Trinken lassen, ihn damit schmerzlich treffen. Das wird sich doch regeln lassen, jawoll. Aber du regelst es nicht. Du gesellst dich stillschweigend wieder hinzu.

Gib mir schon mein Bier.

Guckt nicht so griesgrämig.

Der Tag, so wundersam wie die Leute.

Die anderen, denkt man, sind doch süchtiger als man selbst. Und ist dann so besoffen wie sie und trinkt darüber hinaus. Und möchte dann schlapp vom Saufen von einem Aufsichtspersonal, wie es dieses in Spielhallen und in Diskotheken gibt, höflich darauf hingewiesen sein, genug getankt zu haben: Sie sind, wenn ich das kurz erwähnen darf, nun schon eine Woche lang jeden Tag am Ende immer stinkbesoffen, der Herr. Ich will Ihnen nicht zu nahe treten, aber ich halte Sie für krank, Sie können vielleicht nichts dafür, ich kann Ihnen eine Suchtanstalt empfehlen. Sie müssen nicht darauf eingehen, es wäre nur besser für Sie, der Herr. So kann es doch nicht weiter bergab mit Ihnen gehen. Überlegen Sie es sich. Hier meine Karte. Ich bin vierundzwanzig Stunden am Tag nur für Sie da. Nennen Sie mich Papa. Ich bringe Sie fort von hier. Ich lasse doch meinen Jungen nicht fallen.

Das wäre so schön, denkt man und erlebt es nicht, stellt es sich immer nur vor, wenn man am Boden ist und auf nichts weiter hofft, nur weiß, dass man nicht mehr in dieser Kneipe sein will. Es ist eine Zwickmühle. Man zwitschert einen, wie der Vogel morgens zu singen beginnt. Und es zwitschert in einem. Und lässt einen nicht los. Wie sehr man sich auch dagegen ausspricht und Abkehr wünscht. Wie Schnee mit dem Schneeschieber geschoben wird, schiebt man die Abkehr vor sich her und besieht sich den Haufen am Morgen. Und kehrt in die Realität zurück. Und schämt sich vor sich selbst. Und schwört ab. Und sagt sich nach der Morgenübelkeit, dass man sein Vorhaben auf später verschieben kann. Und das Vöglein beginnt seinen Gesang. Und trägt schon den Schnee eigenhändig zur Kneipe zurück.

Und die Durststrecke ist vorbei. Und ich bekomme den neuen Job. Bin nun ein Mitropa-Kellner, mit einem langen schwarzen Kittel in den Abteilen unterwegs. Bin ein Zugreisender unter lauter Zugreisenden, mit einer richtigen Aufgabe betraut, soll Kaffee bringen, Bestellungen entgegennehmen, höflich zu jedermann sein und besonders höflich zu gewissen wichtigen Personen. Betriebsdirektoren, Fernsehleuten, Schlagerstars, Spitzensportlern.

Die Leute im Zug feiern viel lebhafter, schneller, weil der Fahrplan ihnen die Ankunftszeiten vorgibt. Und nachdem es sich herumgesprochen hat, dass ich ein Original bin, bitten sie mich, die Reblaus zu geben, vom Moserhans etwas zu singen. Und ich biete ihnen die Show, turne durch die Sitzreihen, singe von Tisch zu Tisch davon, dass ich auf einem Fleckerl sitze, im Weinlokal, im stillen Eckerl, weil ich im früheren Leben a Reblaus gwesen sein muss, sonst wäre die Sehnsucht nicht so groß nach Wein. Drum tu den Wein ich auch nicht trinken, sondern beißen, ich hab den Roten grad so gern als wie den Weißen. Das alles täuschend echt von mir nachgesungen und auch gut gespielt, dass sie johlen und ausrasten, mich mit Schampus bespritzen und Schnapsrunden schmeißen, die Sektflaschenhälse am Ende zwischen die Zähne gepresst.

Der Küchenchef sagt, ich sei eine echt gute Nummer. Reisende würden extra meinen Zug buchen. Kann sein, es kommt einer vom Fernsehen und entdeckt mich und mein Talent. Dann geht es ab mit mir zu den Sternen.

Wollen wir nicht hoffen.

Wäre echt ein Verlust.

Und also spiele ich zum Jux der Leute den Moserhans, unter Jubel, mit Schnaps und Wein abgefüllt, für die spendablen Reisenden, die mich als Reblaus zu erleben wünschen. Und verwandle jedes Mal den Zug in ein Tollhaus mit meinem: Drum hab' den Gumpoldskirchner ich so vom Herzen gern, und wenn ich stirb, möcht ich a Reblaus wieder werd'n.

Der Zugkoch sagt, in seinem Zug reise die Gesellschaft im Kleinen. Was wir hier erlebten, passiere im Großen landesweit. Wie befremdlich es uns auch vorkommen möge, das sei unser Land und dessen Bevölkerung. Das seien der Staat und seine Bürger. Und formt aus der Masse kleine Buletten, die er in die Pfanne legt, die zu seinen Worten kurz zischen.

Besonders lustig finden sie es, wenn ich mir ein Handtuch um den Hals knote und auf die Knie falle, das Tablett auf meinem Kopf balanciere, mit zur Waggondecke gerichtetem Augenaufschlag: Habe als Kind schon gedacht, singe, was kann denn das nur sein: wenn d' Mutter mir a Milch hat geb'n, da wollt' ich schon an Wein. Mit überhöht vorgetragener piepsiger Kinderstimme. Ich konnte die Milch nicht vertragen. Mir haben sich die Haare aufgestellt. Und umgedreht war mein Magen. Und eine Frau kommt hinzu, presst mir eine Nuckelflasche voller Eierlikör in den Mund. Das wird dann im Zug so zur Sitte. Und alle meine Gesänge werden reichlich mit Schnaps belohnt.

Und es klingelt das Geld in der Kasse.

Der Koch nennt mich seinen kleinen Puccini. Und sind wir am Reiseziel, geht die Party erst richtig los. Die Tassen werden auf mich erhoben. Die Korken knallen. Sie lassen sich nicht bitten. Für die Kunst, kreischen sie. Und jedes Mal bin ich der Erste, der besoffen ist.

Die Tante ist begeistert. Endlich ist aus mir etwas geworden. Ein Reisekader. Wer hätte das gedacht. Ja, die Hauptstadt, wenn man sich nur richtig bemüht, ist für jedermann offen. Wunderbare Entwicklung, gute Nachrichten, die ich ihr sende. Und erst die vielen Postkarten von den Orten, an denen ich bin. Sie hat einen Koffer extra geleert, sie alle darin aufzubewahren. Sind wertvolle Schätze, schreibt sie, fest davon überzeugt, dass aus einem guten Kartenschreiber ein guter Geschichtenschreiber werden kann. Muss manchmal sogar weinen vor Glück.

Aber dann irre ich mich im Zug, reise rotzvoll mit dem Zug über die Grenze in ein unbekanntes Land. Und sie unterstellen mir Fluchtgedanken. Und bestrafen mich, indem sie mich in eine Zelle stecken. Und nur weil sich meine Moserhanselei auch bis dahin herumgesprochen hat, werde ich nur verwarnt, muss ihnen aber Beweise meiner Kunst liefern, damit sie meine Version der Geschichte glauben. Und ich singe und stampfe und führe mich auf wie in den Zügen als Reblausimitator. Und komme recht ordentlich an bei der Polizei. Tante Luci nimmt mich in Empfang. Ihr sind Gerüchte zu Ohren gekommen, dass ich mich zum Tanzbären anderer Leute erniedrigen lasse. Das werde sie zu verhindern wissen, sagt sie, holt mich in die Kreisstadt zurück, besorgt mir eine Stellung im Lagerhaus einer Lebensmittelfirma, gleich neben dem Getränkestützpunkt. Da bin ich genau richtig, nämlich unter lauter versoffenen Typen. Man arbeitet immer für ein, zwei andere Kollegen mit, die sich besaufen und dann auf den obersten Paletten ihren Rausch ausschlafen. Auf extra ausgerollten Decken. Das geht schön reihum und jeder von uns schläft während der Arbeitszeit ungezählte Rauschzustände aus. Und geht dann am Abend wieder in die Kneipe. Man kehrt ein, kehrt nicht um, wird Kehrricht, gehört ausgekehrt. Lebt verkehrt, sieht die Welt verkehrt, verkehrt die Wirklichkeit in ihr Gegenteil, verkehrt mit dem Teufel, den Tante Luci beschworen hat. Die tägliche Falle, ein Kreisverkehr um das Bierfass herum. Und kann der Kneipe nicht den Rücken kehren. Das wird schon werden, sagen die alten

Hasen mit Häme. Du musst die Niederlagen positiv werten. Du musst dich an die Tiefe gewöhnen, und lassen mich an ihren Tischen sitzen, bis ich nicht mehr sitzen, stehen, gehen kann. Am Zerfall ist nichts heilig. Der Zerfallene ist ein verworfener Satz, flüchtig zu Papier gebracht. Am Anfang ist der Säufer noch Mensch. Am Ende ist dieser Mensch nur noch Säufer.

So ein Kneipenbesuch ist ja auch etwas anderes, als zu Hause dasitzen und die Wände anstarren. Es kommt zu Begegnungen, die dich aufmerken, zuhören, nachdenken lassen. Es kommt zu Bekanntschaften unter den Herrschaften, die miteinander reden, die Welt da draußen besprechen.

Einer sagt: Uganda, ich sage euch, in Uganda. Kommt aber nicht weiter. Der andere fragt ihn, was mit Uganda ist. Und der, den er fragt, weiß plötzlich nicht mehr, je von Uganda geredet zu haben. Und ein Dritter mischt sich dann ein, brüllt: War hier einer schon einmal in Uganda?

Und wer sich traut, sagt: Nein.

Wer sich noch mehr zutraut, sagt, dass er selbst noch nicht in Uganda gewesen ist, aber einen Freund der Schwester kennt, der eine Zeit lang in Uganda war. Und kommt dann damit durch oder nicht weiter, weil der laute Gast einfach bestimmt: Freund der Schwester zählt nicht.

Und ein Schlaumeier könnte jetzt anmerken, dass man nicht in Uganda gewesen sein muss, um zu Uganda etwas sagen zu können. Und schon springt der Mann heran, der in der Ecke sitzt und schweigt und nun laut brüllt, er hätte in Uganda Fürchterliches erlebt:

Ihr haltet besser alle eure Fressen zu Uganda.

Ihr nehmt das Wort Uganda nicht mehr in den Mund.

Und dann ist das Thema Uganda durch. Und alle sprechen sie wieder über alles andere als Uganda.

So geht das in der Kneipe zu. Und deswegen möchte ich an manchen Tagen auch von hier weg. Ich denke dann von mir ganz fest, dass ich nicht weiter in der Kneipe sein will. Hier finde ich auf Dauer kein Glück, denke ich und sehe mich um. Und kann an der Kneipe nichts finden. Ich muss was unternehmen, denke ich. Ich muss die Kneipe verlassen und sie dann für immer meiden. Das ist die Lösung für mich. Ich muss mich vor der Kneipe in Acht nehmen. Sonst wird es nur noch schlimmer mit mir. Mein Schicksal liegt außerhalb. Ich bin unglücklich. Ich bestelle das letzte Bier. Ich gehe nach dem letzten Bier weg. Ich höre nicht auf die anderen, die mich aufhalten und auf keinen Fall von hier weggehen lassen wollen. Und ich zahle in dieser Stimmung sofort die Rechnung.

Der Wirt ist verwirrt. Was soll aus ihm nur werden, sagt er, wenn nach mir langsam alle gehen. Er warnt mich davor wegzugehen, meint, dass ich es schwer haben werde. Wie komme ich nur darauf, mir vorzustellen, dass es mir ohne die Kneipe gut gehen würde. Unsere Bräuche werden aussterben, jammert er. Ein seltsames Gefühl beschleiche ihn. Es seien so viele schon vor mir gegangen, sagt er. Es werde immer einsamer um ihn herum. Ich solle auf meinen Wirt hören. Sie würden mich draußen für einen Flüchtling halten. Wir lebten doch gut hier, sagt der Wirt, hält mich am Arm fest. Es gehe um die Tradition, bettelt er. Ich sage zu ihm, er soll die Hoffnung nicht fahren lassen, er könne mich nicht verstehen. Die anderen würden ihn trösten, sage ich, dass er nicht allzu traurig werde. Und stürze dann hinaus. Und fühle mich befreit.

Und denke an Tante Lucis Worte. Denn Tante Luci hat ja recht, wenn sie abfällig meint, in der Kneipe würde viel geredet, aber nichts gesagt. Die bis nach Mitternacht aushielten, wären allesamt zu bedauern. In der Kneipe reden die Leute das Zeug, was in der Zeitung steht. Tun in der Gastwirtschaft, als ob sie über alles Bescheid wüssten. Und auch Onkelonkel hat es weise vorhergesagt. Dass die Oberschlauen am Tresen sitzen und von hinter der Zeitung mitreden. Dass es nicht mehr normal zugeht in der Stadt, im Land, auf der Erde. Und schlägt so einer die Zeitung zu, erklärt er dir mit schmal gekniffenen Augenlidern, wie er die Dinge angehen würde.

Klangvolle Bezeichnungen, schillernde Worte: sich einheizen, gegen die innere Kälte das Feuer zünden. Tief ins Glas schauen, als sei das Bierglas eine Wahrsagerkugel. Trinken mit Taumelgarantie. Das flüssige Brot aus dem Zapfhahn. Blumen züchten. Vom Schaum schmecken. Die schaumige Blume mit Zeigefinger, Daumen vom Bier schnippen. Trockene Lippen vom Heurigen nippen. Schöne Übertünchungen. Etwas begießen, als würde man ein Gärtner sein. Sich besaufen, sich laben, sich die Kante geben, einen hinter die Binde gießen, zur Brust nehmen, sich den Hopfenblütentee kommen lassen, Bier zischen bis zum Biernotstand, sich der kühlen Blonden widmen, bechern, kippen, vorglühen, bis die Blumen blühen, zutschen und kübeln.

Und jetzt, wo es mir nicht viel anders ergeht als Onkelonkel vor mir, verstehe ich, wovon die Tante spricht, warum in ihrem Tonfall Unverständnis und tiefes mütterliches Bedauern mitschwingt. Mehr ein Mitfühlen mit dem Kind im Manne, das sich ruiniert, auf den Wogen des Alkohols wegschwimmt, geräuschlos ins große schwarze Loch versickert. Von wegen ferngesteuert.

Mechanische Menschen sind es, sagt die Tante.

Wie die Puppe in Japan nichts weiter ist als Kopfbewegung, Augenblick, Lidzwinkern, Ruhe. Mit zwei halben Armen und diesem Rumpf, der geschlechtslos nach unten zu einem Schenkel ausläuft. Das Gebilde unserer Vorstellungskraft. Wenn wir wollen, wird er uns drücken und wir werden ihn umarmen.

Schlimm am Trinker ist, wenn er voll ist bis zur Schädeldecke und nicht zur Ruhe kommen kann, auf die leeren Tanzflächen schwankt, Rosensträuße kauft, sie überall verteilt, Runden spendiert, sich in den Schritt fasst, angibt, was für ein Stier im Bett er sei, nur nervt und niemand da ist, ihn zu stoppen.

Sie werden irgendwann den Roboter bauen, der uns nicht an einen Säufer erinnert.

Es hilft der Tante, sagt sie, sich den Trinker als eine Maschine zu denken. So mit Kabeln im Arm, Scharnieren als Gelenke. Einer Filmfigur nachempfunden, einem Comicheft entsprungen. Der Trinker als die nicht geglückte Variante eines Trinkautomaten. So mit rosa Latexohren, einem aufs Wesentliche reduzierten Allerweltsgesicht, das weder Freude noch Ärger ausdrückt, Emotionen nur bei den Betrachtern auslöst.

Wie die modernen Roboter können auch Säufer auf ihren Stühlen sitzen, lange ihre Ellenbogen aufs Holz stützen, Gesten ausführen, die für alle Beteiligten wie ein normaler Mensch aussehen. Aber das nur nebenbei für Leute, die Schwierigkeiten haben, einen Trinker vom Rest der Menschheit zu unterscheiden. Nackt würden sie ihrer Nacktheit gewahr werden, könnten sich in ihren Kleidern verstecken. Der fein angezogene, leicht betrunkene Herr mit einem etwas zerknitterten Schlips erscheint uns in seinem Aufzug, der anheimelnden Verkleidung, nicht als die Mumie, die er schon ist.

Sie suchen Blickkontakt. Sie senken die Pupillen scheu zu Boden, wenn der Blickkontakt nicht erwidert wird. Und wir müssen ein zweites Mal hinsehen, den Roboter im Säufer zu erkennen, beides in einem oder nichts von beidem zu entdecken.

Gute Säufer sind wie Roboter programmiert. Es gibt diesen unbeweglichen Zug in ihrem Gesicht, eine Maske ohne Lebendigkeit. Tote Wangen, tote Stirn. Wenn es unangenehm für sie wird, der Wirt Schluss-für-den-Tag sagt, die Rechnung präsentiert, verlieren sie ihre Gesichtszüge nicht. Selbst wenn das Geld nicht reicht, setzen sie klar verständliche Gesten ab, starten das Notprogramm, kommen mit Schulteranheben, Daumen-und-Finger-Reiben, Sich-gegen-die-Brust-schlagen mit dem Wirt zurecht. Rattern und bewegen sich wie kleine Abdankmaschinen, befreien sich surrend aus brenzlichen

Situationen. Werden vom Wirt hinausgeleitet, der neben ihnen her gleitet, als wäre auch er ein künstliches Wesen, kein richtiger Mensch mehr.

Und manche der Säufer können sogar den Mund bewegen. Und es ertönt, wenn sie sich erheben und loslegen, aus diesen Mündern hervor ein Singen, das unangenehm laut und aufdringlich werden kann. Und manche von den Robotern gehen noch aufrecht zur Toilette, kriechen aber aus ihr hervor auf allen vieren. Krabbeln wie Kleinkinder. Lallen um Hilfe. Müssen energisch gepackt und wieder einsatzbereit gemacht werden. Wobei hier zu beobachten ist, wie ein Roboter einem anderen behilflich wird.

Ist amüsant bis zu einem bestimmten Punkt, erträglich bis heiter. Und dann kommen die anderen Trinkroboter am Tisch mächtig ins Schleudern. Und sie verhaken sich. Und können das geeignete Programm nicht abrufen. Und all ihre Bestrebungen, den Normalzustand wiederherzustellen, schlagen fehl. Und man merkt, hier geht es noch nicht um Perfektion und Formvollendung.

Ich verfluche meine Inkonsequenz. Ich hätte jenes Kind bleiben sollen, das in der ersten Kneipe sich geschworen hat, nie wieder so ein stinkendes, rauchiges Loch, angefüllt mit widerlichen Typen, zu betreten. Von der ersten kindlichen Abkehr bis in die Zeit hinein, die mich dann täglich in solchen Löchern sitzend zeigt, hat sich die Kneipe aus meinen Kindertagen nicht geändert. Jetzt gibt es das Rauchverbot. Manche Spelunke sieht etwas heller aus, man kann die Insassen schärfer ins Auge fassen. Sie sehen ungeschminkter aus.

Wieder geht es in die Hauptstadt. Ich finde auch gleich eine Wohnung und kann mich also beim Amt um Arbeit bewerben.

Was willst du denn arbeiten?, fragen sie mich.

Wo man das meiste Geld verdient, antworte ich.

Und stehe dann am Säurebottich. Und nehme mir vor, hier so lange zu bleiben, bis mir der Glaskolben den Gummihandschuh zerschneidet und Flusssäure zu meinem Daumen vordringt. Sie stellen dort Bildschirmteile für den Asienhandel her. Verkehrtes Leben. Umgekrempelte Rhythmen.

Ich gehe vormittags zu Bett. Ich stehe nachts auf. Ich stehe mittags auf und gehe spät am Abend zu Bett. Ich stehe mitten in der Nacht auf und lege mich mittags aufs Ohr. So geht das. Und ich verliere meinen Biorhythmus. Ich bin ignorant. Ich benehme mich in der Nacht, als wäre Tag. Ich singe der Morgensonne ein Ständchen, obwohl ich in Dunkelheit marschiere. Unnormal normal das alles, auf den Kopf gestellt.

Heute sage ich mir, ich hätte das nicht tun sollen. Aber damals blieb mir gar nichts anderes übrig. Die Arbeit schien so genau auf meine Person zugeschnitten. Und ich habe den Weg zur Arbeit sehr gemocht. Große Fabrik. Weit weg vom Stadtzentrum. Backsteingebäude. Schornsteine. Gleise. Alles neu für mich. Und bin sehr stolz darauf, zu einem Großbetrieb zu gehören. Allein diese gewaltigen Menschenströme. Ich ein Teil im Getriebe. Ja. Jeden Tag die gleichen Einheitsgesichter, in Einheitskleidung gesteckt. Überall diese eckigen Taschen. Vorwärts im einheitlichen Arbeiterschritt. Durch die großen Tore herein, an Pförtnerbuden vorbei, Lastkraftwagen, Rampen, Stapeln, Palettentürmen, Kopfsteinen, Beton, Gittern, Zäunen, rußigen Fenstern. Auf dem Weg zur Arbeit hin und von der Arbeit aus zum Bahnhof zurück, rechts und links richtige Arbeiterkneipen. In ihnen echte Saufsünder.

Der Job nicht gerade das, was man sich vom Leben erträumt. Das hindert mich nicht daran, in die Kneipen einzukehren, wie es alle anderen Arbeiter auch machen. Unter den Umständen kann man es mir nicht einmal groß verübeln.

Männer, die am frühen Morgen Feierabend haben, in Arbeitsklamotten über die Arbeit, den Sport und Alltagsdinge reden und viel schlauer sind, als ich es bin. Kennen die Spielergebnisse vom Wochenende, wissen die Tabellenstände, Namen der Torschützen, Zuschauerzahlen, anstehende Trainerwechsel und auch die technischen Daten der neuesten Automobile. Und haben eine mir unerklärliche Lust, das Tagesgeschehen durchzukauen. Was in der Zeitung steht, besprechen sie, als wäre es in ihrer Familie vorgefallen. Politiker bekommen von ihnen Spitznamen und sie reden von ihnen wie von guten Bekannten. Nennen sie bei ihren Vornamen. Wissen, was sie so tun, wie ihre Kinder mit Namen heißen, was der Palasthund frisst. Und reden über Länder wie über ihre Nachbarparzelle im Schrebergarten. Sagen: der Jude, die Japaner, der Ami, die Franzosen, Iren, Russen, der Bänker, das Pack, die Mafia, der Terrorist, die Bande von Betrügern. Und stellen alle möglichen Vermutungen an, sehen überall Verschwörung, Taktik, Lügengerüst. Und kommt einer hinzu, will von mir die Meinung wissen, besänftigen sie den, sagen von mir:

Weiß der nichts von.

Der lebt in seiner Welt.

Mit dem muss du nicht reden.

Morgens um sieben Uhr esse ich Eisbein zum Frühstück, trinke drei, vier Bier, sitze mit meinen Schichtarbeitern im Eisbein-Eck, zerteile mein Eisbein mit dem Messer, esse Fettschwarte, schütte den Humpen Halbliterbier und kurze Schnäpse zur Verdauung, bevor der Hahn zu krähen beginnt. Und neben uns vereinzelt Männer, die keiner geregelten Arbeit nachgehen, auf angestammten Plätzen in der Ecke sitzen, auf Almosen hoffen, von der Kellnerin zum Tagesbeginn einen Schnaps hingestellt bekommen, den sie mit zittriger Hand anheben, und wenn nicht, sich zu ihm herunterbeugen müssen.

Ich halte mich nicht ohne gruseliges Interesse an der Arbeiterschaft in der Arbeiterkneipe auf. Ich bewundere die Männer nicht. Ich bin nicht stolz auf meine Arbeit. Ist eine fremde Welt, das Arbeiterleben. Ganz andere Menschen. Ganz ungewohnte Charaktere. Sind so fremde Umgangsformen und Angewohnheiten, an die ich mich nicht gewöhnen werde.

Auch sie spüren das Fremde an mir. Ich gehöre nicht zu ihnen. Ihre Reden und Späße sind mir fremd, bis in meine Träume hinein verfolgen sie mich. Zum einen möchte ich, zum anderen will ich niemals zu ihnen gehören. So denken zu müssen und zu reden wie sie, ist mir unheimlich. Und doch interessieren sie mich. Und ich nehme nebenher ihre einzelnen Geschichten und Schicksale wahr.

Ich arbeite für das Geld, das mir nach getaner Arbeit ermöglicht, Bier wie am Fließband zu trinken und danach noch Geld übrig zu haben, mich in ein Taxi fallen zu lassen, das mich zurück in meine Hütte fährt.

Suff ist Vergessen. Suff nimmt das Leid anderer Menschen nicht wahr. Suff erzeugt Wut auf sich. Suff bringt einen in Schwierigkeit. Man kennt keine Beschaulichkeit mehr. Man sichert sich ab. Man hat seine Bodyguards. Man fühlt sich vom Durst bedroht. Man lebt gut abgeschirmt. Der innere Friede ist hin, ist der Durst nicht befriedigt. Man unterschreibt alles, begehrt nicht auf, sieht sich ständig bedroht und ist unentwegt bereit, dem Suff zu dienen, nicht aus dem Nest zu fallen.

Nur bis zu einem bestimmten Punkt. Darüber hinaus ist man nicht mehr bereit, den Trinker als einen Menschen zu betrachten. Eher als eine unangenehme Spezies. Man begegnet ihm mit diesem befremdlichen Gefühl, tief innen froh darüber, so nicht geworden zu sein.

Mag von ihm nicht angefasst werden. Man mag das Händchen nicht, das schweißige, kühle, lasche, warme, leblos tote Patscherchen, so ohne Druck und Herzlichkeit beim Zugriff. Man denkt, wenn man sich überwindet oder nicht anders kann, die Hand nimmt, nicht mit einer menschlichen Hand in Berührung zu sein, sondern einer Handprothese, die man drückt. Der gesamte Trinkerarm scheint eine Prothese zu sein, die sehr komisch aussieht, sich merkwürdig bewegt. Wie die Hand keine Hand ist, sondern mehr eine Hand, die einem als Hand erscheinen soll, kommt alles an dem Säufer einem Horror gleich.

Man hat die Hand in seiner Hand und hat nichts in der Hand und erweckt den Toten auch nicht durch andere Gesten. Der Seele beraubt, die willenlose Hand zum abwesenden Wesen. Der Griff ins Leere. Man fürchtet sich, will nach dem Erstkontakt keine weiteren Erlebnisse. Und hegt Angst vor der Wiederkehr. Man meint, der Mensch, der zu der Hand gehört, könnte einem in der Nacht möglicherweise erscheinen, einen zwingen, mit ihm Schnaps zu saufen oder Ähnliches.

Wir müssen seine Veranlagung ignorieren, den Säufer als das nehmen, was er sein könnte. Und müssen darüber hinwegsehen, dass er geistlos erscheint, die Augen gläsern blicken, die Lippen aus Gummi zu bestehen scheinen, der Unterkiefer klafft, der Speichel tropft. In Aquarien wären sie dickbäuchige Kugelfische. Man traut sich nicht nahe an sie heran, den Atem zu spüren, man huscht an ihnen vorbei wegen der krankheitsähnlichen Symptome, die ihr Anblick bei einem hervorruft. Man weicht den herumirrenden Zombies aus, mit jener Scheu, die einen bei psychisch Kranken befällt. Verlorene Seelen. Durch den Suff entstellte, halb verweste Zombies.

Den Männern am Kneipentisch bin ich ein Glücksfall. Sie lachen viel über mich und meine schwache Blase, die mich dauernd zur Toilette treibt.

Schlimmer als ein Mädchen.

Nimm ja die richtige Toilette.

Bin ich zurückgekehrt an meinen Tisch, hat an ihm ein anderer Platz genommen. Einer nach dem anderen erheben sie sich, bezahlen, wanken hinaus. Und neue Gäste kommen, setzen sich hin, trinken. Es passiert eine Weile nichts, und dann entsteht in der Kneipe plötzlich Bewegung, ein Paar erhebt sich und sorgt damit für den Moment an Ausgelassenheit. Heiter wird es, wenn einer meint, bei sich zu Hause zu sein, zieht sich aus, rollt seine Hose zum Kopfkissen, deckt sich mit der Jacke zu, wünscht allen eine gute Nacht und schickt sich an, wirklich zu pennen.

Sind eine Menge Verlierer unter den Gästen. Ist wie eine Tankstelle für neuen Mut. Sie trinken sich Mut an und beginnen dann über sich und die Familie zu sprechen. Reden sich ein, nicht der schwache Vater zu sein, für den man sie vielleicht hält. Reden von einer allzu dominanten Frau an ihrer Seite, eine Qual, mit ihr zusammen zu sein. Und mancher Trinker erfrecht sich dann gegen die Herrscherin daheim, beginnt zu zündeln, flammende Reden zu halten. Man ist ausgelassen, von jeder Scham befreit, bemüht Schlüpfrigkeiten, spricht Gossensprache, singt und tanzt, tobt und torkelt. Ich bin der Fürst von Thoren, zum Saufen auserkoren, ihr alle seid erschienen, mich fürstlich zu bedienen. Und stimmt säuische Lieder an, will einen Tanzschritt hinlegen, rutscht aus, liegt wie ein schlaffer Dudelsack am Boden, singt liegend: Ich wollt, ich wäre ein Gockelhahn, stünde auf dem Zaune, krähte meine Hühner an in allerbester Laune. Ich wollt, ich wäre ein Kirchturmhahn auf dem Turme, sähe mir die Welt von oben aus an, drehte mich im Sturme. Und wenn ich gar ein Fasshahn wär, hielt ich das Fass im Laufen, mich Tag und Nacht noch mehr zu besaufen.

Und kann dann nicht mehr weitersingen, beginnt vor Selbstmitleid getrieben zu jammern und fürchterlich zu heulen, mit letzter Kraft der Fäuste auf den blanken Dielenboden zu schlagen. Entsetzliche Szenen, die man erleben kann.

Du darfst in der Kneipe bis zu einem bestimmten Punkt zappeln und turnen und die Damen mit Albernheiten zum Kreischen bringen. Was vom Betreiber in seinen Räumen zugelassen wird, macht den Unterschied aus, bestimmt den Wert der Kneipe. Was dir gestattet ist, bezeugt ihre Qualität. Wie weit du dich danebenbenehmen darfst, spricht für den Charakter des Hauses. Bis zu welchem Punkt du auch ruhig stillos werden kannst, bestimmt der Wirt.

Ich bin im Suff ein begnadeter Tänzer. Ich bilde mir ein, Jongleur zu sein. Ich stapele Stühle übereinander, die ich mit meinem Kinn erstaunlich lange aufrecht zu halten meine. Bis sie mir entgleiten. Und dann packen mich die Ordner beim Kragen, werfen mich hinaus, belegen mich mit Kneipenverbot.

Sieben auf einen Streich, mein Rekord.

Ich bin der böse Junge, der jeder gern sein möchte. Ich bin dann aber auch recht schnell viel zu besoffen, meine Boshaftigkeit unter Kontrolle zu halten. Das Böse entgleitet mir, überkommt mich, ist plötzlich richtig böse. Bis zum bestimmten Punkt ist dir im Suff alles erlaubt. Übertreibst du es, geben die Kumpels dem Wirt das Zeichen, sich deiner anzunehmen, den Rauswurf einzuleiten. Und dann geht es zur Tür hinaus auf die Straße, wo du dich aufführen kannst und von außen gegen die Kneipentür poltern, deinen Unmut lauthals krakeelen kannst, bis das ausgestanden ist, du mit deinen Kräften am Ende bist, kleinlaut und erledigt am Boden hockst. Derweil die trinkfesteren Kumpels drinnen weiter lustig sind, irgendwann zahlen, herausgestürmt kommen, dich liegen sehen, sich deiner annehmen oder auch über dich hinwegsteigen, sich in den Schutz der Dunkelheit verlieren.

Und du schläfst, das Kinn auf der Brust, die nicht die Brust deiner Mutter ist, alleingelassen, auf einer Bank, die kein Bett ist, zwischen Gartenstühlen oder sonst wo, deinen Rausch aus und bist, wenn du Pech hast, frühmorgens von stummen Kindern umstanden, die ihre Köpfe verrenken.

Ich habe immer gedacht, das bekomme ich schon wieder hin. Und dann ist da um mich herum ein Lichtermeer, Zucken, Reflexe, grelle Lichter, Farben, bissige Gestalten, Gesichter zu einem Pudding vermischt. Ohne Übergänge wabert es um mich herum, trudelt wie in einem Hafenbecken der Müll in der letzten stinkenden Ecke. Nichts auszumachen, einzuordnen, zuzuordnen. Für die Katz, wie ich am Tag danach darüber denke.

Ich halte mich viel öfter für ein Arschloch, als man mich ein solches nennt. Ich nehme mir immer wieder vor, mich augenblicklich aus diesem unwürdigen Zustand zu befreien.

Und bin kurz nach den Entschlüssen jedes Mal brav wieder Gast in den Kneipen. Für mich ist das Frischzellenkur. Und ich trinke weiter. Und ich finde mich mit dem Gedanken ab, dass es nie aufhören wird, ich mich nicht lösen kann. Fremde Mächte lenken mich, nehmen mich bei der Hand.

Ich suche meine Stammlokale nur nach Mitternacht auf. Wenn ich so viel getankt habe, dass man mich nirgends mehr bedient und »Kollege« oder »Genugfürheute« nennt. Ich kehre ein, wo man mich eh nur angetrunken kennt, mir unbesehen ausschenkt, sich um mich kümmert, wenn ich abgefüllt bin.

Und da sitze ich dann, die Arme aufs Holz gelegt, mit mürrischem Blick.

Wie stets, sagt der Wirt, stellt den Absacker hin, aus dem dann schnell vier, fünf Abschiedsgetränke werden, ehe die Uhr abläuft, ich mich vom Wirt unterhaken, aus der Tür dirigieren lasse. Den kurzen Nachhauseweg stolpere ich durch die Gegend. Immer fehlt ein Knopf am Hemd, wenn ich wieder zu Hause bin und erwache. Immer hole ich mir Kratzer, Beulen, Schnittwunden. Vom Wanken, Stürzen, Fallen, Robben, Mühen, Aufrichten, Abrutschen, die zarte, weiche Wange zum Beispiel die ungeschliffene Fassade entlang. Trage Wunden von irgendwelchen Auseinandersetzungen mit anderen Leuten davon. Was im nüchternen Zustand nicht meine Wesensart ist, bricht auf, bin ich betrunken. Der fröhliche Mensch wird zu einem Stinker, sagen sie, den man am liebsten beim Halse packt und wie einen Feudel gegen die Wand klatschen möchte.

Du lässt Luft, Kumpel, heißt es.

Schon einmal nach deinem Hinterrad gesehen?

Ich bin am Ende. Ich klemme in einer Wand zwischen mir und mir. Unfähig, mich frei zu machen, kämpfe ich gegen Schatten, falle auf, werde ausfällig, falle um, lande auf dem Pflaster und weiß am nächsten Tag nicht, wie und was in der Nacht zuvor vorgefallen ist. Dunkel habe ich das Gefühl, einen Freund beleidigt zu haben. Und treffe ihn dann auf der

Straße, reiche ihm die Hand, entschuldige mich. Und der Freund lacht mich aus, sagt, dass er sich zur besagten Zeit nicht in der von mir genannten Kneipe aufgehalten hat.

Ich renne gegen eine Wand oder in eine Faust. Mein Nasenbein geht zu Bruch. Und ich irre herum wie in stockfinsterer Nacht und pralle gegen den Türpfosten, fliege durch Glasscheiben.

Ja gut, denke ich, das gehört nun zu meinem neuen Leben dazu. Ein großer Puppenspieler treibt Schabernack mit mir, wenn ich besoffen bin. Wie beim Autoscooterfahren auf dem Rummel bewege ich mich. Und will dann weitergehen, weg. Nur, die Glieder hören die Signale nicht, versagen den Gehorsam. Wohinein ich blicke, Vexierbilder, Verwirrspiel. Die Welt um mich ein Kaleidoskop, alles wie im Gegenlicht. Ich bin in den Kosmos geraten. Ich möchte um Hilfe schreien, der Mund steht weit offen. Kein Ton entringt sich mir. Ich kann nicht rufen. Speichel tropft in länglichen Fäden, als wolle sich meine Sprache abseilen. Du bist am Ende, rufst tonlos, ungehört, röchelst vielleicht. Meinst, der Arm winke einer imaginären Person zu. Niemand fühlt sich angesprochen.

Der Suff beginnt meinen Alltag zu bestimmen. Mein Leben ist eine abwärtsführende Rutschbahn in Flaschenhalsgrün. Was ich alles an alkoholischen Getränken trinke, denke ich, wenn ein Tanklastzug an mir vorüberfährt, wenn ich Bilder von einer Talsperre, Auffangbecken oder von Baggerarbeiten hinterlassene Baggerseen sehe. Ein ordentlicher kleiner Privatsee aus Bier, Wein, Sekt, Schnaps und Cocktails ist da schon von mir ausgetrunken worden.

Die Welt ist wunderbar. Du große Großstadt, singe ich, da bin ich. Auch für mich gibt es hier ein Plätzchen. Rückt mal das Stück beiseite, ich will mich zu euch setzen. Ein bisschen reden, ein bisschen informieren lassen, was man so anstellt in dieser großen Stadt. Eine Wohnung habe ich, nichts Besonderes, dritter Stock ohne Balkon, zur Straße hinaus, kleine

Küche, schmales Klo. Nicht der Traum von einer Wohnung, aber immerhin.

Tante Luci schreibe ich, wie gut es vorangeht mit mir, und von meinen Vorhaben in der Großstadt. Ich schreibe ihr, dass ich an Bildschirmen arbeite. Sie gratuliert mir herzlich zum Fernsehauftritt, fragt, in welcher Talkshow ich gewesen bin. Ich schreibe ihr, dass sie mich da wohl missversteht. Sie antwortet:

Nicht reden, tun.

Richtig, mein Junge.

Ich verstehe dich nur allzu gut.

Ich schicke ihr eine Postkartenansicht von unserem großen Bildröhrenwerk, schreibe, dass ich in diesem großen Betrieb arbeite, es in den Hallen heiß ist, achtundzwanzig Grad Arbeitstemperatur, permanent. Sie schreibt einen Glückwunsch an mich, dass ich da richtig gut gelandet bin.

Sensationell, Junge.

Sieh nur zu, dass was daraus wird.

Auch wenn das noch nicht wie Hollywood in meinen Ohren klingt.

Und redet am Telefon nur vom Filmgeschäft, was sie davon hält, was sie meint, worum es dabei geht und was ich unbedingt bedenken soll. Und lässt vom Briefträger wissen, dass er und sie immer gewusst haben, dass da eine Ader in mir steckt, die zum Film führt.

Weiter so.

Zeige es denen.

Bin stolz auf dich, Junge.

Ich sage Bildschirmwerk. Sie sagt ja, doch, ja, sie verstünde mich schon, ich soll unbedingt fleißig an meinem Drehbuch schreiben. Es wird ein Kracher. Da ist sie sich sicher. Auf die Idee, von mir zu denken, im Filmgeschäft Fuß gefasst zu haben, bringt sie sich selbst. Und nur der Film kann mich mit offenen Armen empfangen. Rockmusik, Malerei, Schnickschnack. Davon hält sie nichts.

Das muss es nicht geben.

Das alles ist nicht wirklich nötig.

Ich weiß nur, dass ich Tante Luci nicht wissentlich betrüge. Tante Luci formt sich aus den Postkarten, Telefonaten und meinen vereinzelten Briefen, die sie mir abringt, die Person, als die sie mich sehen will. Sie wünscht sich einen Filmmenschen und behauptet, Onkelonkel hätte es gefreut, mich beim Film zu sehen. Gerade Onkelonkel, der alle Filmmenschen für Affen hielt. Ich sage der Tante, dass ich das Kino mag, ein eifriger Kinobesucher bin, und sie erzählt überall im Ort herum, dass ich Kinoprogrammhefte gestalte. Ich erwähne am Telefon ganz nebenbei, dass in meiner Straße ein Filmregisseur wohnt, sie behauptet im Dorf, ich betriebe ein kleines, feines Kino. Wochen später dichtet sie mir an, ein Filmbüro mit vielen netten Mitarbeitern in hellen Räumen nahe dem Zentrum der Stadt gegründet zu haben. Ich berichte ihr von einem Ausflug mit den Kollegen in die nähere Umgebung. Sie behauptet steif und fest, ich ginge auf Promotion-Tour.

Stimmen, die ihr berichten, ich würde in Kneipen lungern, kontert sie aus. Ja, was dächten die Leute denn, wo fände man die Ideen, wenn nicht in Spelunken. Wie sonst wohl soll ich über das Leben Kenntnis erhalten, wenn nicht an verrufenen Orten, unter verruchten Menschen. In der Kneipe fände ich meine Filmhelden. Ich müsse nur die Ohren spitzen, und schon hätte ich es mit meinen späteren Figuren zu tun. Je mehr ich unter normalen Menschen lebe, umso glaubwürdiger würden die Darsteller auf der Kinoleinwand zu erleben sein. Nur in der Kneipe noch fänden sich Typen, die überall verloren gehen. Das Publikum mag die Versager, die kaum zu retten, hoffnungslos verstrickt sind und an sich arbeiten, sich aufraffen, aus ihrem Alltag befreien, zu neuen Horizonten unterwegs sind, dort zu landen, wo man mit ihnen nie gerechnet hat. Jene rettungslos Verlorenen, die sich verloren geben, von allen ignoriert, vergessen seien, träfe ich nur dort an. Ich tanke aus ihren Mündern die filmischen Charaktere und Filmbiografien der kleinen Bürger.

Und es ist wunderbar, dass die Tante mich so vollkommen missversteht, zu ihrem Filmhelden formt, nichts auf mich kommen lässt, nicht im Detail hören will, was ich so anstelle. Ich müsste ihr sonst ja sagen, wie einsam ich in der Stadt bin. Dass ich in dieser Wohnung hause, keine Frau und auch keine Kinder um mich herum habe und wirklich trinke, träumerische Geschichten trinkend niederhalten. Geschichten, die sie sich wieder und wieder am Tresen erzählen, aber nicht loswerden.

Ich trinke und gaukle mir vor, zu beherrschen, was mich beherrscht. Ich sitze meinen Lügen auf, je länger ich trinke. Es ist wie Drehbuchschreiben, der Tante daheim ein heiles Leben draußen vorzugaukeln. Es ist wie süße Balalaika zupfen, so süß für ihre Ohren. Ich muss nur schön alles im Kopf behalten, was ich erfunden habe. Ich muss die Vorgänge und Personen im Auge behalten, die ich in meinem Film unterbringe.

SAUFKUMPEL FLOH

Nach dem ersten Glas siehst du die Dinge so,
  wie du sie gern hättest.
Nach dem zweiten Glas siehst du die Dinge so,
  wie sie nicht sind.
Und zum Schluss siehst du die Dinge so,
  wie sie wirklich sind.

Oscar Wilde

Egészségedre Palinka, ich will die Kneipe nicht verteufeln, wie es Tante Luci stets getan hat. Ich verbringe einen Großteil meines Lebens in Kneipen, lerne wirklich wunderbare Leute kennen, die mir daheim niemals über den Weg gelaufen wären. Doch in der Kneipe freundet man sich nicht an. Man trifft sich. Freundschaften existieren außerhalb der Kneipen. Freunde kehren hier nicht ein.
Einmal in der Woche an einem festgesetzten Tag. Was immer passiert, der Termin steht. Und dann begegnet mir überraschend einer, dessen Atem ich atme, dessen Sicht ich mit meinen Augen sehe, dessen Gedanken sich in meinem Kopf abspielen, dessen Worte in meinem Hals stecken, dessen Nähe ich genieße wie damals das heiße Getränk in den klammen Händen, nach einer winterlichen Tortur durch den Frost. Einer hat sich zu mir gesetzt, der nicht hierher gehört, mir ansieht, dass ich nicht Arbeiter bin, nicht wirklich hierher passe.

Doch, doch, erwidere ich, nenne den Betrieb, sage, was ich zu tun habe.

Kenne ich, sagt er.

Habe ich schon von gehört.

Muss scheußlich sein, dort zu schuften.

Sagt, dass er um die Ecke wohnt, seit Jahrzehnten. Nennt die Wohnung seinen sicheren Unterschlupf: Ich bin in Beziehung mit einer Frau, und die Sache läuft nicht, wie sie laufen soll. Dann ist es clever, dass du eine Bude hast, von der die Frauen nichts wissen. Die Adresse rücke er nicht heraus. Die wisse nur der Wirt und sonst niemand.

Seine Erfahrungen mit Frauen. Da hat er mehr durch als ich. Ausflüge, Honigmond, gemeinsame Anschaffungen. Das schöne, teure Eisenbett mit Messingbeschlägen. Der erste Rauswurf, die Suche nach der Geborgenheit. Du kommst zurück und das Schloss ist ausgewechselt. Du trommelst mit beiden Fäusten gegen die Tür, veranstaltest einen tierischen Krach, hinter der Tür geschieht nichts. Die Freundin, Frau, Geliebte ist bei ihrer Mutter. Dann renkt sich alles wieder ein. Man verbringt wieder angenehme Stunden auf dem Balkon, feiert Feste, schläft miteinander, alles ist gut. Und es folgen diese ewigen Dialoge, im Laufrad, in dem du der Hamster bist. Nennen wir es Eifersucht, Treue, Vertrauen, Achtung. Frauen. Plötzlich kommen sie auf Ideen. Eben noch alles supergut und plötzlich passt ihnen dein Gesicht nicht, die Art, wie du dich benimmst. Oder sie meinen, dass du schnarchst, nicht gut riechst, zu betrunken bist.

Wollen, dass du gehst, sie in Ruhe lässt.

Seien es die Kinder, Eltern, Nachbarn, Floh hat mehr durch als ich. Aber darauf kommt es nicht an. In seinen Berichten wird geschrien, geboxt, geheult, mit Tellern geworfen. Es werden Drohungen ausgesprochen, Selbstmordabsichten, Trennungsabsichten geäußert. Versöhnung, Streit, Versöhnung. Die ewige Leier. Und dann wird die Vertrauensfrage gestellt. Und es ist schließlich klar: Alles wäre wunderbar, wenn man nicht so ein Trinker wäre und mit den Kumpels zusammen, statt da, wo man gebraucht wird. Und dann gibt der Vernünftige nach, zieht aus, kommt bei einem der Kumpels unter, dem es mit seiner Beziehung nicht viel besser geht. Und das Leben wird plötzlich ein Provisorium. Man lernt, auf dem Fußboden zu schlafen. Man beginnt, Leuten ein Ärgernis zu sein. Man ist sich selbst nicht gut und ständig im Wege. Und hat nicht das Zeug zum echten guten Mann, Familienvater, Liebhaber. Und beginnt, haltlos zu werden. Richtet Schaden an, beleidigt Freunde, Fremde, Polizisten. Ich will, dass es aufhört. Aber ich bin schon zu tief hineingeraten. Mein Weg ist kein menschenfreundlicher Pfad. Ich erhebe keine Anklage. Ich halte die zweite Wange hin, wenn die erste noch nicht geschlagen worden ist. Ich verstehe mich auf die Worte, wie ich mich auf das Schweigen verstehe. Wenn ich mit jemandem reden will, gehe ich in die Gaststube. Wenn ich mit jemandem schweigen will, gehe ich auch dorthin. Ich frage mich, was an mir nicht stimmt, warum ich so oft in der Gaststube bin. Ich finde das auch nicht normal, halte mich aber für normal. Ich habe gegenüber der Kneipe, aber nicht mir gegenüber Vorbehalte. Es muss sie nicht geben, sage ich. Und sage mir aber auch, es würde sie nicht geben, wenn es sie nicht bräuchte. Und möchte, dass es sie nicht gibt. Denn dann müssten sie hier alle schon mächtig überlegen, was sie ohne sie so anstellen würden. Besser wäre es, es hätte sie niemals gegeben, dann wüsste man auch nicht von ihr und würde nicht vermissen, dass es sie gar nicht gibt, wenn es sie nicht gäbe. Ich nehme mich so, wie ich bin. Ich entschuldige mich vielleicht zu viel bei den Leuten dafür, dass ich auf der Welt bin. Die Leute winken ab oder sie lachen und halten meine Entschuldigung für einen guten Scherz. Sie sagen zu Floh:

He, Kumpel, du gefällst mir.

Ist echt eine Type, dein Freund.

Das schrägste Paar, das die Kneipe je gesehen hat. Wir halten uns für großartig, unverwechselbar, was wir vielleicht auch wirklich sind. Wir mögen das Draußen nicht, das dumme Gehabe der Leute, die Hektik der Menschheit. In der Kneipe halten wir bühnenreife Reden, treten auf wie allwissende Gelehrte. Draußen sind wir dann wieder zwei Nichts, die wortlos durch die Gegend huschen. Räudige Kläffer in verkaterter Frühe, die den Durchschlupf zur Wohnung finden. Und Floh integriert mich in seinen Scheißnebenjob, wie er sagt, die Zeitung. Ich muss nur weiter mit ihm reden, ihm Rede und Antwort stehen, meine Meinung zu den Dingen sagen, die er mir erzählt. Wir sitzen und saufen in seiner Bruchbude, ganz oben unterm Dach, wo der Wasserhahn tropft und die Klospülung nur geht, wenn man in die Mechanik greift, einen Hebel anhebt. Und überall liegen Zeitungsausschnitte, Zettel, aufgeschlagene Bücher herum. Eine Wand voller Bilder, vertrocknete Pflanzen, so bräunlich blass wie die vergilbten Tapeten an den Wänden. Und immer Lou Reeds *Waiting for my man* als Dauerbeschallung im Raum, abgelöst von *The answer my friend is blowing in the wind* von Bob Dylan. Dylan und Reed, mehr braucht Floh nicht. Wir reden und diskutieren, wir jubeln und streiten, wir spinnen und nehmen Wörter auseinander, setzen sie neu zusammen. Wir hängen ab und hängen durch und stoßen an und treten weg und schlafen ein in den ungesundesten Stellungen. Und Floh macht sich ständig Notizen und formt aus ihnen Zeitungstexte, die es ohne mich nicht geben würde, wie er sagt, wenn er mit der Wodkaflasche jongliert und den guten russischen Schnaps in die Gläser schüttet und danebenplätschert. Denn er bezahlt mich in Getränken. Und nennt uns Team. Und ist von unserer Liaison schwer begeistert. Der neue Sound.

Die Arbeit bringt wieder Spaß.

Es sprudelt nur so aus mir hervor.

Er nennt unsere Begegnung Meilenstein. Er sagt, es gäbe nicht so viele coole Typen wie mich mit dieser ganz besonderen Sicht auf die Dinge der Welt. Ich soll sie mir erhalten. Wir sind nach vorne unterwegs. Wir werden niemals mehr umkehren. Es geht voran. Er wird schon dafür sorgen, dass die Quelle nicht versiegt. Ich weiß nicht, was er meint. Ich lasse ihn reden. Ich mag, wenn er mich lobt. Lob mag ich sonst ja nicht. Es schweiße uns eine schöne Seelenverwandtschaft zusammen. Wir beredeten Dinge, die man so nicht bespräche. Es sei, als würde er mit einem Zeichenstift sprechen, meine Zunge Kreide sein und mit nur wenigen Strichen Porträts in die Luft zeichnen. Ich brächte das Zerstörerische in diesen luftigen Skizzen unter. Er glaube nun wieder an die Kraft der einfachen Sprache. Was er damit meint, wenn er vom Taumel redet und den Gefühlen beim Schreiben, wie sie nur der Säufer noch kennt, begreife ich erst viel, viel später.

Und wir trinken, weil wir so schön ins Reden geraten sind, und reden und trinken, als würden wir in einem Redewettbewerb stehen. Wir sprechen uns aus und halten unsere Kehlen feucht. Und wenn wir uns weiter aussprechen wollen, lädt Floh mich zu sich gegenüber in seine Wohnung ein. Ich darf bei ihm übernachten. Dass wir zusammen reden und Bier schlucken, wird zur schönen Gewohnheit. Mal kaufe ich die Flasche für danach, mal er. Und dann reden wir, bis wir nicht mehr reden können, im Sessel oder am Küchentisch einpennen.

Ich denke beim Saufen oft, ich würde in einem Film den Trinker spielen, wie man auch den Polizisten im Einsatz oder einen Kindermörder spielen kann, weil es nur eine Rolle ist, die nichts mit mir und meinem Leben zu tun hat, ich nicht bin. Ich denke absichtlich um die Ecke herum. Es geht mir besser, wenn ich mir einrede, in der Kneipe zu sein, um mich für einen Film zu bewerben, als Säufer hier vorzuspielen. Es ist alles nur Casting, sage ich mir, auch wenn ich dann betrunken hinausstürze, hinfalle, mir blaue Flecken zuziehe.

Das mit den Lebensumständen, wie man seinen Alltag verbringt, wenn man von den anderen nicht mehr beobachtet wird, ist so eine Sache. Da steigt keiner so rasch dahinter.

Vermutlich sehen die Leute die unheilvolle Zukunft nicht, sondern regen sich nur über die unliebsame Gegenwart auf. Deswegen gibt es auch keinen Menschen, der einen rechtzeitig stoppt. Und wenn sie dann sehen, dass du ein Säufer geworden bist, ist es längst zu spät, dich zu stoppen, sagt Floh. Floh ist mein Mann, denke ich, und dass es etwas Besonderes ist zwischen uns. Ich gebe zu, es ist nichts dabei, wenn wir in der Kneipe sitzen und Bier trinken. Das machen so viele andere Männer auch. Es ist verrückt. Manchmal denke ich, er sei in diese Stadt gezogen, damit wir uns treffen konnten. Er sagt, ich soll mich nicht daran stören, dass er während der Arbeit trinkt. Er sagt, ich dürfe vor den Problemen nicht weglaufen. Wenn man in der Kneipe sitzt, bleibt man bei den Problemen. Floh kann so schöne Sachen sagen, weil er Künstler ist. Er sitzt jeden Tag bei den Arbeitern, ihnen zuzuhören, ihnen zuzusehen, zu lauschen, was an ihnen zum Poem reift. Die Männer in der Kneipe selbst wüssten ja nicht, was an ihrem Gerede dichterisch sei. Sie reden von Alltagsdingen, als redeten sie über Nüsse, die sie zu knacken verstünden. Er löse aus ihrem Gerede die Kerne und verdichte das lange Labern zu kurzen nussigen Gebilden, Zweizeilern, Vierzeilern, Strophen und Liedern.

Ich bin der blinde Passagier.

Die Kneipe liefert mir Material.

Die Kneipe ist für mich ein Passagierschiff.

Fallsdumichverstehst, sagt er am häufigsten.

Fallsdumichverstehst könnte sein Name sein.

Erst nehme ich mir vor, nur das halbe Glas zu trinken, und schon wird eine halbe Flasche daraus. Und ich denke dauernd nur darüber nach. Floh und ich trinken die Nacht hindurch, weinen und lachen und sind schnell die besten Freunde. Ich bewundere ihn, weil er über die Worte genauso nachdenkt wie ich, für ihn jedes Wort eine Kopfnuss ist, wie er sagt, die sein Hirn zum Nussknacker macht. Ist beinahe ein großer Dichter geworden, sagt er. Hätte was werden können mit ihm, sagt er, im großen Stil. Sitzt weit in den Stuhl gelehnt, die Beine breit, die eine Hand hinter sich an der Stuhllehne, die andere Hand am Glas. Als sei er dafür extra ausgebildet worden, greift er sich eine Zigarette aus der Büchse, in der sie fertig gerollt liegen, steckt sie in den Mund, zückt das Benzinfeuerzeug, zündet sie sich an. Pafft genussvoll, ohne auf Lunge zu rauchen. Verschwindet im Rauch. Trinkt dazu am liebsten Wodka.

Hatte einmal eine Lesung, sagt er. Wichtig für die Karriere. Ging gut los. Fand sich gut in Form. Spürte Resonanz und Zuspruch. Wurde mutiger, und dann ging es ab wie Luci. (Er sagt Luci, wie ich zu meiner Tante sage. Und ist mir deswegen auch gleich sympathisch.) Hat nicht mehr gelesen, hat die Texte gesungen, sich in Einzelheiten vertieft.

Da wurde er ausgebuht und verhöhnt, war von Menschen umgeben, die ihn nicht verstanden, nicht spürten, was an Gedichten wichtig ist. Völlige Fremdheit. Alles Banausen. Kann sein, dass er überreagiert hat, als er die Dose Bier nach der Schickse geworfen hat. Der Rest war Tumult. Dann ruft er den Wirt, zahlt für uns beide. Klopft den Fingerballen auf die Theke. Hält mir die Tür offen. Redet beim Hinausgehen weiter. Rausgeworfen hätten sie ihn nicht, er wäre vorher gegangen. Kommen bei den Leuten erstaunlich gut an, seine Gedichte.

Kunterbunt ist die Tristesse. Einer Fliege auf dem Bierdeckel zusehen, an sie heranrücken, sie aus dieser Nähe lange betrachten. Welcher Mensch kann von sich behauptet, es mehrmals intensiv getan zu haben? Ich wünschte, ich wäre Dichter wie Floh, und sie würden mich auch so ernst nehmen wie ihn. Stattdessen hocken wir miteinander zusammen und trinken Bier, Wodka, Wein.

Du bist dabei, das Schlimmste zu verhindern. Du stehst dein Leben lang auf der roten Liste der zu rettenden Menschen. Du bleibst am Pranger und bist weiterhin der Säumige. Was du auch unternimmst, dein großer Traum ragt nicht hervor, sondern liegt dunkelgrün vor dir. Wie Schlamm und glitschiger Schaum fühlt sich das Leben an. Von dir zu durchwaten. Knietief bis an dein Kinn kannst du darin versinken.

Wenn ich bei Tante Luci bin, fragt sie:

Hast du was?

Ich sage:

Nein.

Hast du wirklich nichts?

Was soll ich haben?

Bist du dir da sicher?

Sicher bin ich mir sicher.

Willst du mir was erzählen?

Was denn?

Was dich bedrückt.

Mich bedrückt nichts.

Du wirkst mir wie.

Ich wirke gar nicht wie.

So eine zähe Fragestellung kenne ich von Tante Luci nicht. Keine Chance abzuhauen. Ans Wirtshaus gebunden wie der Tölpel. In einer fremden Welt. Und was noch hinzukommt: Man ernährt sich schlecht. Man schneidet kein Brot. Man frühstückt nichts weiter als Zigaretten und Kaffee. Die Honigmelone verdirbt im Kühlschrank. Man legt sich nichts als Selbstvorwürfe auf den Teller und lässt sie dort unberührt liegen. Man ist bei einem Doktor des Vertrauens. Man lässt sich die Blutwerte messen. Und eines Tages bleibt selbst der Tee weg, den man sich jeden Tag noch aufgezwungen hat. Müll stapelt sich auf dem Bett, die Dielen sind Lumpenberge zwischen Flecken und Erbrochenem. Man hat sich längst abgewöhnt, die Laken zu wechseln, die Bettwäsche abzunehmen, alles neu zu beziehen.

Man träumt häufiger davon, dass sich der Dreck um einen herum selbst entzündet, dass man mit seinem Krempel verbrennt. Man trinkt und sucht bei Verstand zu bleiben, und nimmt sich jeden Tag von Neuem vor, der Sucht den Rücken zu kehren. Und sagt sich: Eines Tages. Und das ist das Verhängnis. Man redet nur, man handelt nie: Denn das Handeln tut dich wandeln, dir den Tag verschandeln, dein gewohntes Leben durcheinanderbringen, dein gutes Verhältnis zum Wirt und den anderen Gästen gehörig stören. Man kennt sein Trinkmuster und weiß von den Problemen mit dem Alkohol und stellt verschiedenste Überlegungen an. Aber die Sauferei beherrscht all dein Denken. Und da ist man wieder: Einige Bierchen zum Aufwärmen und einen Schnaps hinterher. Zwei Runden später fühlt man sich wie nach dem Seilspringen. Die Runde weiter ist man ein Sandsack. Man muss mich nur noch antippen, schon kippe ich um.

Floh und ich haben unseren Spaß daran, zu vielo saufieren, eine Wortschöpfung von ihm. Bereitet ihm Freude, Worte zu schöpfen. Sind irgendwie auch wie Menschen, die Worte. Geht immer darum, die Wärme zu finden, die in der Kälte steckt. Im Leben mancher Säufer herrscht mehr Ordnung als in so manchem Managerleben. Alles hat seinen Rhythmus. Die Betrunkenen sagen sehr wahre Dinge übers Leben, kurz bevor sie dann nur noch Blödsinn schwafeln. Ist viel Wahres daran, wenn einer sagt, dass Nüchternheit nicht die Umkehrung von Betrunkenheit meint, sagt Floh.

Dass wir uns angefreundet haben, ist uns nur recht. Er quasselt mir die Ohren zu. Er allein ist der Grund, warum wir hier sind. Die trinkfreudigen Kumpels in der Stadt werden mir von Tag zu Tag fremder. Ich sehe sie wie hinter einer schalldichten Glasscheibe agieren. Sie winken mir zu und rufen mich an. Sie geben auf und blicken mir stumm ins Gesicht. Ich kann sie nicht mehr hören. Ich kann mit ihren Gesten nichts mehr anfangen. Sie amüsieren mich. Doch sie erreichen mich nicht. Aus ihrer Sicht bin ich hinter der Glasscheibe. Und zum ersten Mal in meinem Leben freut es mich, sie sagen zu hören, dass ich verloren, aus ihrem Kreis gefallen bin. Die Kneipe ist sehr literarisch, sagt Floh, eine schwimmende Gefängniszelle, auf der du gestrandet bist. Wir seien Robison Crusoe eins und Robinson Crusoe zwei. Und ich muss es ihm einfach glauben, denn er kennt den langen Titel des Buches auswendig: Das Leben und die seltsamen, überraschenden Abenteuer des Robinson Crusoe aus York, Seemann, der achtundzwanzig Jahre allein auf einer unbewohnten Insel an der Küste von Amerika lebte, in der Nähe der Mündung des großen Flusses Oroonoque; durch einen Schiffbruch an Land gespült, bei dem alle außer ihm ums Leben kamen. Mit einer Aufzeichnung, wie er seltsam durch Piraten befreit wurde. Geschrieben von ihm selbst.

Das muss einer erst einmal so im Kopf haben, was der Floh in seinem Kopf hat. Ich habe es mir aufgeschrieben und auswendig herzusagen versucht und bin ins Stottern geraten. Er sagt es auf, wie andere Leute Guten Tag sagen. Und schweigt danach bedeutsam, wie in Gedenken an einen toten Freund. Und ich sehe ihn in diesem Moment in einem besonderen Licht. Literatur hat immer mit Licht und Lichtgestalten und Schein zu tun. Er ist gut fünfzig Jahre alt, schätze ich einmal. Er könnte jetzt gut achtundzwanzig Jahre auf dieser Gefängnisinsel sein. Auch sein Boot ist längst gestrandet und zerschlagen. Und ich fühle mich an Tante Luci erinnert, ihre ständigen Warnungen davor, mich aufs Meer zu begeben.

Der junge Robinson wurde von seinem Vater eindringlich gewarnt, nicht zur See zu fahren. Es nutzte nichts. Die Ermahnungen des Vaters lockten Robinson an, wie mich die Warnungen Tante Lucis zum Alkohol führten. Er heuert an. Er fällt auf seiner Jungfernfahrt unter die Räuber. Er wird von Piraten versklavt und freut sich kindisch darüber. Flucht kommt nicht infrage. Man sitzt am Tresen und es ist einem, als ginge es entlang fremder Küsten nach Südennordenostenwesten. Und trinkt, als bekäme man am Ende vom Wirt die Freiheitsurkunde ausgestellt.

Es lohnt sich nicht, darüber nachzudenken, sagt Floh. Du beginnst die Pirateninsel zu schätzen, obwohl auf ihr keine Schätze sind. Nur immer die Gläser. Du trinkst. Du trinkst, du lebst. Du trinkst.

ABSTURZ

Das Gefährlichste am Alkohol ist der Alkohol.

Ich habe Tante Luci vergessen, noch denke ich an ihren Geburtstag. Ich muss zwei Tage lang ausnüchtern, dann fahre ich zu ihr. Und ich denke, wenn sie mich umarmt, wird sie was merken. Ihre Sinne sind alle scharf wie früher, sagt sie von sich. Und dass sie sich freut über den Besuch, Kuchen gebacken hat.
Schön dass du da bist.
Der Einzige, den ich noch habe.
Das sind Sätze, die keiner zu mir sagt. Und keiner fragt mich so gewissenhaft wie Tante Luci aus. Hast du es warm, Junge? Isst du auch richtig, Junge?
Gehst du sorgsam mit den Menschen um?
Und ich gebe ihr ehrliche Antworten. Schön ist das Leben nicht, wenn man Geld verdienen, arbeiten gehen, morgens auf den Beinen sein muss. Und dann fahre ich wieder zurück in die Kneipe und sitze mit Floh herum. Auch wir werden von Jahr zu Jahr älter und möchten immer häufiger auf Geburtstagsfeste am liebsten verzichten.
Am Ende gehe ich nur noch in die Kneipe, weil sie reden würden, sich fragen, was mit mir los ist. Es kratzt mich, wenn sie sagen, dass ich kneife, nicht mehr der Alte bin, wohl eine Auszeit nehme. Nicht in die Kneipe einkehren wird mit der Zeit ungewohnt, wie wenn man sich die Hände zwei Tage

lang nicht wäscht. Es beginnt in den Handflächen zu jucken. Man fühlt sich nicht wohl in seiner Haut. Und sucht dann Waschbecken und Seife. Notfalls wäscht man sich die Hände in einer Pfütze, kommt ohne Seife aus.

Wenn ich es rechtzeitig aus der Kneipe herausschaffe, kann ich die frische Luft genießen. Ich gehe dann leichten Fußes. Mir ist, als schauten mich die Mädchen an, als würden sie Gefallen an mir finden. Und es kommt vor, dass ich sie auch ansehe, etwas Freundliches zu ihnen sage, zweideutige Gesten mache. Zu Hause aber ist mir dann schnell klar, dass sie mir meinen Zustand angesehen und mich deswegen so angeblickt und sich etwas zugeraunt haben.

Ich liebe die Kneipe.

Ich liebe die Kneipe nicht.

Die Gefühlslagen schwanken. Ich stehe vor dem Spiegel und verlange mir das Versprechen ab, nicht mehr so viel zu trinken, die Kneipe zukünftig des Öfteren zu meiden. Und nur ein paar Stunden später stürme ich zur Kneipe, als wäre sie ein wichtiger Ort für mich, mein Versprechen ein ganz normaler Versprecher.

Die Widersprüche nehmen zu. Du fühlst dich stark, wenn du schwächelst. Du willst da nicht mehr hin und bist umso öfter dort. Der paar Leute wegen, die du kennst, belügst du dich. Der komischen Vögel wegen, die du nicht enttäuschen willst. Und vielleicht ist es ja keine Lüge, sondern wirklich so, dass du das alles brauchst. Obwohl du immer teilnahmsloser wirst, wenn du mit diesen Leuten deine Zeit verbringst. Und es passiert dir kurz vor der Kneipe, dass du sie nicht betreten willst, weil du meinst, sie nicht mehr nötig zu haben. Und wie du dich eben entschlossen hast, dich abzuwenden, sie nicht zu betreten, drehst du dich einmal um deine Achse und kehrst umso lauter ein, benimmst dich gut gelaunt wie selten, bleibst bis zum bitteren Kneipenende, bist drei Tage hintereinander ihr bester Gast, dass deine gute Laune selbst den Wirt verwundert.

Und daheim dann, mit deinem schweren Kopf und all den Nachwirkungen, nimmst du dir von Neuem vor, ohne die verdammte Kneipe zu leben. Und es fällt dir leicht, den Morgen lang nicht an sie zu denken. Und während es dir schwerfällt, in den Tag zu kommen, entwickelst du eine nebulöse Strategie, ohne sie deiner viel froher zu werden. Und willst ab sofort mehr in der Natur sein, mehr unter Bäumen spazieren gehen, die Buntheit des Lebens genießen. Und rennst dann doch, kaum von den Tiefschlägen erholt, die Jacke rasch übergeworfen, ins dunkle Wirtshaus zu den düsteren Saufköppen, elendige Dumpfbacken, wie du selbst eine bist. Normal ist das lange nicht mehr, denkst du. Du trinkst zu viel. Du müsstest dich behandeln lassen. Denn da kommst du ohne fremde Hilfe nicht mehr heraus, sagst du dir. Und du bist dir bewusst, dass du es ohnehin nicht schaffst.

Ich liege viel auf der Liege. Ich lebe auf meinem ausziehbaren Bettsofa, höre über die kleine Anlage die Musik meiner früheren Jahre. Jimi Hendrix vor allem. Dann die wilde Joplin, den mit seinen Händen spastisch zuckenden Joe Cocker. Woodstock. Das Festival der Festivals. Und habe den Film vor Augen, wie sie sich alle bei den Händen fassen und im Kreis tanzen und *Let the Sunshine in* singen und: No Rain, no Rain rufen. *The Velvet Underground & Nico. The Doors. Jefferson Airplane. Cream. Pink Floyd. Led Zeppelin.* Captain Beefheart. *The Kinks* und *King Crimson.* So diese Platten halt. Und nicht zu vergessen Crosby, Stills, Nash & Young. Dazu läuft bei mir der Fernseher lautlos. Ich brauche diese flackernden Bilder, um besser einzuschlafen.

Ich trinke jetzt auch daheim. So verdorben bin ich bereits, dass ich die verschwommenen Bilder aus Bangladesch sehe, wo, wie es heißt, das Wasser steigt, die Bewohner eines riesigen Gebietes ertrinken werden, wenn ich bei mir zu Hause nicht aufhöre mit dem Saufen. Frauen, Kinder, Jung und Alt. Und ich sehe das Wasser ansteigen, je mehr ich trinke, und ich trinke trotzdem ein Bier nach dem anderen.

Wir bringen Menschen in Gefahr, sage ich zu den Kumpels am Tisch. Sie stimmen mir zu. Und ich bleibe unter ihnen an meinem Tisch, bei meinem Bier, und störe mich nicht mehr daran, was außerhalb dieser Wände geschieht. Und rede mir ein, ich wäre doch nur hier, den Verlierern zuzusehen, wie sie ihre Lichtlein ausknipsen, sich sinnlos betrinken.

Ich gäre.

Ich saufe mich mundtot.

Ich blubbere Sprechblasen.

Es ist mein Nachtflug. Ich befinde mich auf unheilvoller Bahn. Ich weiß exakt über mich Bescheid. Es sind meine Probleme, es ist der Widersinn, den ich mit mir abzuklären habe, seit ich mich auf den Suff eingelassen habe. Ja, doch. Ich setze immer häufiger aus, habe mich immer weniger unter Kontrolle, weiß immer seltener, was ich eben zu wem gesagt habe.

Nicht mehr mein Gast, sagt der Wirt, wenn er mich abgeschafft hat, klatscht in die Hände. Und die Kumpanen nicken zustimmend.

Ich kenne mittlerweile einen guten geheimen Ort zum Trinken. In der Kantine eines Theaters, wo die Regeln locker sind, hält man mich für einen aus dem Metier. Hier lässt man mich gewähren. Hier wirft man mich so schnell nicht heraus. Sie tuscheln erst eine Zeit lang, sehen dauernd zu mir hin und kommen dann ganz selbstverständlich an meinen Tisch, mir zu sagen, sie wüssten, wohin sie mich stecken können und dass sie mich schon einmal haben spielen sehen. Und ich muss nur: Nicht weitersagen, bin hier inkognito, sagen, schon halten sie dicht und fest zu mir.

Auf den Bildschirmen laufen Boxkämpfe und die stillen Mitschnitte der Bühne. Die Bühnenarbeiter kommen und gehen. An manchen Tischen bilden sich wichtige Gruppen, und man darf sich sicher sein, dass an ihnen nächste Spielzeiten verhandelt werden. Und oft genug werden Runden geschmissen und Premieren gefeiert, Bier, Schnaps und Sekt werden dann eine ganze Weile umsonst ausgeschenkt. Es geht heiß her, und ich kann ab und zu ein Stück Gesang beisteuern wie: Oh ja, der Dieter, wo er ist, geschieht er.

Und fühle mich wohl unter den Theaterleuten, knicke mit ihnen Bierdeckel, versuche, sie erfolgreich an den zerbeulten Lampenschirm zu heften. Je mehr von ihnen an einem Schirm baumeln, desto mehr Schnapsgläser und Bierflaschen füllen den Tisch. Und es wird mit der Zeit und dem Pensum, das man intus hat, zunehmend schwieriger, die nötige Geschicklichkeit aufzubringen, einen geknickten Bierdeckel zu lancieren. Immer mehr ist einem das Unvermögen im Wege, hindern einen die körperlichen Unzulänglichkeiten am Rekordversuch. Wo es lustig zugeht, werden Lieder geschmettert und wilde Tanzeinlagen gegeben. Es fliegen die Röcke und Biergläser werden in die Ecke geworfen, und besoffene Frauen schütten Wein ins Gesicht ihres Gegenübers. Es geht um Kabale und Liebe, um Sein oder Nichtsein, eingebildete und echte Eifersuchtsdramen. Und wenn es zu bunt wird, beginnt der wodkatrinkende dicke Schauspieler lauthals eine russische Weise zu singen, auf die sie alle hören, sich unterbrechen, selbst Stripteaseeinlagen abbrechen: Meine liebe Kuh, geh nach Hause, meine liebe Braune, mein Wacholder, meine Himbeere, wie gern ich dich habe, meine liebe Kuh, für dich Brennnesseln schneide nach Herzenslust, meine liebe Kuh, iss dich satt, damit du Sahne gibst, meine liebe Braune.

Hier wäre ich also gelandet, sage ich mir, wenn ich bei den Eltern aufgewachsen wäre. Und manchmal möchte ich schon gern nach den schauspielernden Eltern fragen. Und ich frage vielleicht auch nach ihnen, doch niemand nimmt mich ernst: Du schon wieder, sagen sie.

Nimm mich zu Mutter.

Wer will dem hier ein Vater sein?

Und die Männer springen auf und heben ihre Gläser und singen irgendeine Hymne, dass ich mich beachtet fühle und Ruhe gebe.

Was soll die Frage?, fragt die schöne Schauspielerin mich, von der ich denke, sie habe ein Auge auf mich geworfen, nur bin ich ihr am Ende viel zu besoffen, und sie schnappt sich einen anderen.

Ich denke, das fröhliche Kantinenleben hat mich ein paar Monate lang aufleben lassen, wie das immer ist, kurz bevor etwas stirbt. Und ich habe mich in die Theaterwelt eingefunden, bin selbst Teil eines absurden Untergangsstücks kurz vor dem tiefen Fall. Der Darsteller, der bereits sterbend die Bühne betritt und dann nur noch seinen Tod spielen muss, der sich aber lange hinzieht.

Wenn ich aufstehe, kippe ich zur Seite, bleibe auf dem Boden liegen und rutsche langsam ins schwarze Loch, die Grube, die Mutterscheide, an die ich mein Ohr gelegt habe, denke ich. Und höre Buhrufe, Beifall. Und halte den Atem an. Mein Herzschlag reduziert sich. Und ich sehe mich in einem Cockpit, der Vater neben mir ist der Pilot. Wir werden ins Traumland fliegen, dort Sohn und Vater sein, verspricht er. Wir werden die Steine, die zwischen uns liegen, einsammeln und nach Hause schleppen, daraus einen Turm errichten, eine uns verbindende Arbeit verrichten. Und ich krümme mich am Boden und schluchze, was in einer Theaterkantine nichts Besonderes ist. In diesem Moment möchte ich so entschlossen wie der Selbstmörder sein, alles abwerfen, mich fallen lassen, in ein besseres Leben stürzen.

Du bist ein Wal, von Narben gekennzeichnet.

Du kannst dich mit deinem Gewicht zerdrücken.

Das Letzte, was ich immer häufiger vernehme, ist eine Frauenstimme. Selbst wenn da keine Frau zu sehen ist, spricht sie zu mir im gereizten Tonfall: Haste eben nach meinem Hund getreten, Penner? Hat er. Hab's genau gesehen, stimmt eine Männerstimme der bösen Frau bei. Und mein Delirium entwickelt sich zum Sprechtheater: Eins will ich dir mal sagen, wer was gegen meinen Hund tun tut, kriegt es mit mir zu tun. Und dann erlebe ich nur noch dieses ewige Trara um mich herum, selbst wenn die Kneipe, in der ich bin, fast menschenleer ist, höre ich die Stimmen auf mich einreden: Was bildest du dir ein, was für einer du in meinen Augen bist? Ein Nichts bist du, ein Laffe.

Besser, du sagst jetzt mal nichts.

Besser, du hältst dich nicht für was Besseres.

Jetzt bin ich wahnsinnig geworden, denke ich. Alles steht Kopf. Alles so potthässlich. Und die Leute sind mir feindlich gesinnt. Stimmen beschimpfen mich:

Getreten haste nach dem Hund.

Und ob du ihn getreten hast, fallen die bösen Stimmen über mich her.

Mit der Fußspitze hat er den Hund getreten.

Ein Schreckensszenarium. Und ich kann nicht sagen, ob es echt ist oder nur in meinem Hirn abläuft. Und plötzlich stellt sich mein Leiden aus der Pubertät wieder ein. Ich kann beim Trinken meinen Mund nicht mehr schließen. Die anderen am Tisch denken, ich wäre zu faul dazu. Ich trinke einen Schluck und bekomme den Mund nicht zu. Der Schluck rinnt mir wieder zum Mund hinaus, nässt mich, schwappt zu Boden, sabbert mich ein.

Ich saue ein paar seiner Gäste ein, sagt der Wirt. Ich werde gepackt und hinausbefördert, bekomme die Jacke nachgeworfen. Der erste Taxifahrer verriegelte sein Fahrzeug. Das zweite Taxi fährt mich vor meine Haustür, wo ich aufs Pflaster falle, Schatten sehe, Stimmen höre, die mich auslachen.

Ich schließe mich tagelang ein, um der Kneipe zu entkommen. Ich sehe fern. Ich schiebe eine Videokassette nach der anderen in den Rekorder. Ich esse Käsehäppchen, schneide Schinken in Würfel. Ich versuche, ein Buch zu lesen, und komme nicht über zwei, drei Seiten hinaus. Ich halte meinen Vorsatz nicht durch. Ich renne um die Ecke, hole mir Rotwein aus dem ersten Laden und trinke ihn aus der Flasche. Bis ich mich nicht mehr bewegen kann.

Ich will weg vom Alkohol. Ich will heraus aus der Gefahrenzone, ich versuche es immer wieder. Ich schaffe den Absprung nicht. Das Zimmer stinkt. Ich liege tot auf der Zudecke, oft neben dem Bett am Boden. Ich habe mich tagelang nicht umgezogen. Es läuft das ewige Musikstück aus meinen früheren, glücklichen Internatstagen. *The Doors. The end whiskey bar back door man texas radio the big beat love me two times when the music's over unknown soldier tell all the people.* Dieser ewige Sound, der mein Delirium beherrscht.

Im Delirium bin ich James Dean und wechsle dann zu Dylan Thomas über, der mir am meisten gleicht, was seine Art und Weise, aber auch das Gesicht, die Stupsnase, den Mund, sein Benehmen und Aussehen angeht. Ich rede, sagen sie, immer öfter laut mit Personen, die einfach nicht da sind. Wenn sie mich aus der Ferne dabei beobachten, kommt es ihnen wie in der Gespensterbahn vor. Ich rede mit Kippenberger, der am Suff gestorben ist, und George Best, dem Fußballstar, der sich totgesoffen hat. Und rede noch mit ganz anderen Toten, die alle am Alkohol gescheitert und gestorben sind. Ein Pfad, mit Schnapsleichen besät. Tote, die mich anrufen und mir von sich berichten.

Ich trinke immer noch.

Meine Leber ist eine Minibar.

Alkoholfreies Bier kenne ich nicht.

Alkohol akzeptiert keine Landesgrenze.

Ich halte mich aus, wenn ich betrunken bin.

Bin ich auf Entzug, schwitze ich Whisky aus.

Das Leben ist langweilig, wenn du nicht trinkst.

Die Fessel des Alkoholismus lässt dir freie Hand.

Es hat mich viele Drinks gekostet, so tot zu liegen.

Die Sucht, die Sucht hat mich zum Trinker gemacht.

Ich hätte nie von Scotch auf Martini umsteigen sollen.

Ein Albtraum ist, keinen Korkenzieher dabeizuhaben.

Tabak und Rum: Erst bist du fröhlich, dann fällst du um.

Zwei Flaschen Whiskey über den Tag, prahlt der Nächste. Whiskey alt und Frauen jung, auf die Mixtur kommt es an. Alkohol lässt dich sein, wie du ohne ihn gern sein möchtest. Ich hatte viel mehr Alkohol im Blut, als zum Leben nötig war. Wenn ich du wäre, würde ich mich mit dem nächsten Drink vergiften.

Ich habe Brot mit Schnaps getränkt, damit man es nicht bemerkt.

Wenn jemand Milch verschüttet, denke ich, es könnte Whiskey sein.

Ich habe für Alkohol Unsummen ausgegeben, bin besoffen am Steuer gestoppt worden, habe mich mit Polizisten geprügelt, bin dafür sogar ins Gefängnis gesperrt worden. Wenn es mir zu bunt wird, behandelt mich mein Arzt, pflanzt mir die Sonde in den Magen. Ist nur ein kleiner Eingriff nötig, wieder auf die Umtrunklaufbahn zu kommen.

Ich tanze, wie Tante Luci es getan hat. Ich stelle mir vor, ich hielte ein zerbrechliches Heiligtum in meinen Händen, das ich umtanzen will. Ich tanze verschiedene Segnungen von Elementen. Ich tanze Familientwist. Ich führe Bewegungen zu einem seltenen Beruf, sagen wir Korbflechten, aus. Ich tanze Facetten aus Märchen, zum Beispiel den Moment, in dem der Backofen zu öffnen ist, die angebrannten Brote zu retten sind. Ich kämpfe mit Rauch und Hitze.

Ich verbrenne mir die Finger. Ich kühle sie mit meinem Atem. Ich tanze, wie die Verbrennung langsam abschwillt. Ich tanze einen Arbeiter bei der Reisernte, tanze die Aussaat und Ernte in Vietnam. Tanze das Opferfest. Ich tanze Wettervorhersagen, tanze die Schiffstaufe, den Bierfassanstich. Ich tanze tänzerische Botschaften aus fremden Nationen. Ich zucke und drehe mich. Ich hüpfe und balanciere. Ich verirre mich, finde nicht aus dem finsteren Wald hinaus. Ich spiele Verstecken. Ich tanze den Tod und die Geburt. Ich tanze Räuber und Gendarm, Denunziant und verkaufte Braut. Ich tanze Lebkuchen und Leibgericht. Ich tanze um das Leben der anderen. Ist mein Tanz gut, wird er Menschenleben retten, die Prinzessin befreien. Ich überquere mit der Prinzessin den Fluss, erreiche das andere Ufer.

DIE WANDLUNG

Iss, was gar ist, trink, was klar ist, red, was wahr ist.

Martin Luther

Es bleibt nie Zeit, das Netz auszuwerfen, den Verlust einzufangen. Man denkt nicht daran, Sicherungen einzubauen. Was mir bleibt, sind die wenigen Besuche bei Tante Luci. Ich suche sie manchmal häufiger, manchmal monatelang nicht auf. Ich muss mich immer mehr bemühen, sie im normalen Zustand zu besuchen. Ich rede mir ein, mit dem Saufen eine gute Pause einzulegen, wenn ich weg bin aus der Stadt. Eine Krähe war mit mir aus der Stadt gezogen. Ist bis heute für und für um mein Haupt geflogen. Krähe, wunderliches Tier, willst mich nicht verlassen, meinst wohl bald als Beute hier meinen Leib zu fassen. Nun, es wird nicht weit mehr gehn an dem Wanderstabe. Krähe, lass mich endlich sehn Treue bis zum Grabe. Ich erlebe Tante Luci immer häufiger als Huhn. Wie sie sich schüttelt, ihre Augen reibt, wenn ich sie besuche, wie sie sich in der Küche bewegt. Nimmt sie Streichhölzer zur Hand, handhabt sie diese falsch, kriegt kein Feuer angezündet. Und ich finde es amüsant, sie in Verwirrung zu erleben. Und denke, Tante Luci gibt eine Vorstellung, spielt mir vor, die einfachen Dinge nicht mehr zu beherrschen, weil sie Aufmerksamkeit erzeugen will. Sie muss mit sich ringen, um die Verbindung zur Welt der tausend alltäglichen Dinge und Verrichtungen nicht zu verlieren.

Ich räume auf, wasche ab, entsorge Müll, wenn sie mich lässt. Und weise sie darauf hin, dass sie eben nicht das Bonbonpapier, sondern die nicht richtig ausgedrückten Zigarettenstummel in ihre gehäkelte Jacke steckt. Wie viele gute Menschen sind in ihrem Bett verbrannt.

Was die Leute über sie erzählen, sagt sie, ohne dass ich etwas angedeutet oder von mir gegeben hätte, alles Gewäsch. Ich soll dem Märchenerzähler Charles Dickens nicht glauben. Es gibt keine Selbstentzündung. Und Gogol nicht. Und Jules Verne nicht. Es geht kein afrikanischer König je in Flammen auf. Sie liege in einem Bett und nicht in einer Mikrowelle.

Und weil ich nicht mehr begreife, wovon sie redet, eine Menge von Namen und Buchtiteln, die sie erwähnt, nicht kenne, mache ich mir Sorgen, sehe ich im Flur die Anrichte und gleich daneben schön gestapeltes Brennholz. Und erschrecke von dem Gedanken, Tante Luci könnte, wenn es mit ihr so weitergeht, eines Tages die untere Schublade mit geknülltem Papier füllen, darauf Holz schichten, den Haufen anzünden, ins Bett zurückkriechen, jedes Mal so sehr, dass mir der Atem stockt: Ich sehe den irrtümlichen Ofen lodern; das geruchlose, giftige Kohlenmonoxid steigt zu ihr ins Bett, tötet sie.

Seltsam ist die Tante schon, hält mich auf Abstand, schiebt mich zur Seite. Sie kocht etwas und gerät in für sie untypische Wut über das eigene Essen. Raucht ein paar Züge, drückt die angerauchte Zigarette aus, zündet sich die nächste Zigarette an, die sie aber auch nur halb anraucht. Und nennt die Kohlroulade einen abscheulichen Fraß. Und will nicht, dass ich von der Kohlroulade probiere, sondern wirft sie in den Abfalleimer. Will auch die Roulade auf meinem Teller in den Abfall schleudern, als wäre sie mit Rattengift gefüllt.

Es ist wirklich entsetzlich. Soße tropft auf den Tisch. Die Roulade springt vom Teller, landet auf der Sitzbank, genau dort, wo der Onkel gesessen hat, in dessen Sitzkuhle, und die Tante sagt:

Dann ist es eben so.

Und wendet sich ab. Und lässt mir die Roulade. Ihr schmecke eh alles nur nach Pappe. Und raucht und regt sich zwischen den Rauchzügen auf, wie misslungen die Kohlrouladen sind, auch wenn ich sie ein Gedicht nenne. Schimpft über den Salat, den sie frisch zubereitet hat. Salatblätter aus dem verwilderten Garten. Kräuter und Joghurt vom Bauern nebenan. Stochert mit dem Löffel in der Götterspeise.

Keine Festigkeit.

Kein Geschmack.

Kein Vergleich zu früher.

Sie verkriecht sich in ihrer Matratzengruft. Und ich stehe an der Tür zu ihrem Schlafzimmer, schaue ihr zu, höre mir an, worüber sie herzieht. Eine alte, mürrisch gewordene Frau, denke ich. Durch Onkelonkels Ableben so verändert. Meine gute Tante, dieser Wirbelwind, der sich im Bett nicht wohlfühlt, jede Aufmerksamkeit und Zuwendung ablehnt, sich nur zur Bananenmilch überreden lässt, die ich ihr nicht ans Bett bringen, sondern vorne auf dem Küchentisch abstellen soll, wie sie im herrischen Tonfall verlangt. Und dann entspinnt sich der immer gleiche Dialog zwischen uns.

Du kannst nicht den Tag lang im Bett liegen.

Kann ich, siehst du doch.

Du musst dich bewegen.

Ich bewege mich genug.

Es ist nicht gut für die Gelenke.

Ich fühle mich topfit.

Setze dich wenigstens aufrecht.

Habe im Leben genug aufrecht gesessen.

Gibst ja nicht Ruhe, sagt sie, greift das dicke Daunenkissen, stellt es hinter sich aufrecht, ruckelt sich in Position.

Und?

Zufrieden, der Herr?

Bist ja schlimmer als mein Doktor.

Manchmal hat sie Tränen in ihren Augen und wischt sie sich nicht weg.

Ich träume von Tante Luci mehrmals denselben Traum. Er spielt in Frankreich, an einer verlassenen Küste in einer Bretterbude, die immer offen ist. Tante Luci wird von den zwei alten Leutchen, die dort den Laden schmeißen, zum Spiel an einem Flipperautomaten eingeladen. Sie ziert sich nicht lange, ist binnen kürzester Zeit richtig im Spiel. Sie schreit und rüttelt am Kasten. Führt sich entschlossen und professionell auf. Und gewinnt. Frage mich niemand, wie genau wie sie das macht. Ich weiß nur von einer Schrift am Automaten, die »tilt«, »tilt«, »tilt« tönt. Und dass sie ihren Namen einschreibt und mir sagt, dass sie bei diesem Automaten ein Champion ist. Später erst finde ich heraus, dass der Tiltton dem Spieler die rote Karte weist, für zu heftiges Rütteln, Schlagen, Anheben des Automaten, indem er alle Spielelemente samt glänzendem Hebel außer Kraft setzt, dafür sorgt, dass der Spieler alle Punkte und Kugel verliert. Das laute Geräusch soll die Aufmerksamkeit der anderen auf den Spieler lenken. Dafür sorgt ein Sensor, ein Pendel innerhalb eines Metallringes, das »tilt« tönt, wenn der Ring vom Pendel berührt wird.

Dreimal hintereinander gewinnt sie. Steht umringt von sie anfeuernden Männern, die sie haltlos bewundern. Und ich muss sie regelrecht vom Flipper wegbekommen, weil sie wie von Sinnen ist, nicht aufhören kann. Und auch die Männer wollen nicht mehr weiterspielen. Zu viel ungebändigte Leidenschaft in Tante Lucis Blick, sagen sie. Und ich überrede sie, weiterzugehen, doch ihre Augen blitzen mich an. Die wollen mich töten, denke ich, dafür, dass ich sie zum Abbruch gezwungen habe.

Die kleine dünne Hexe aus meinem Traum ist sie. Spricht von den Pflanzen wie von Wesen. Redet von ihren Hausmitteln, als hielte sie Mondstaub in ihren Händen. Beschwört ihren Haustee, von dessen Kraft sie überzeugt ist.

Quendel, die Rosafarbene.

Würzig. Herb. Gut und edel.

Der Baldrian. Die Pfefferminze.

Und das Johanniskraut. Fünfmal täglich.

Wie der Moslem sich zum Gebet niederkniet.

Quendel muss dir nichts sagen, sagt sie, redet, als würde sie über sich sprechen: Ist nicht schlimm, wenn du vom Quendel nichts weißt. Ein ach so genügsames Pflänzchen, das Orte bewächst, die anderen Pflanzen zu karg und zu trocken sind. Liebt die sonnigen, von Licht gepeitschten steinigen Stellen. Überzieht sie wie ein Teppich. Lindert Frauenleiden. Heilt entzündetes Zahnfleisch. Die beste Krankenschwester, die sich denken lässt, neben der Gewürznelke, in die schmerzende Stelle gedrückt, einen kalten Waschlappen als Umschlag.

Legt sich Wirsingblätter auf die Wange. Stört sich nicht daran, dass ich einmal von dem Anblick erschrecke, fast einen Herzschlag erleide, wie ich sie blattgrün geworden im Kissen liegen sehe. Zeigt mir Partien an ihrem Körper, die sie regelmäßig stimuliert, dem Zahnschmerz beizukommen. Zum Zahnarzt geht sie nicht. Am Ringfinger. Unterm Ring, den ihr Onkelonkel zur Hochzeit angesteckt hat, den sie nie mehr abgenommen hat. Sie schiebe ein kleines Sandkorn unter den Ring und drücke kräftig darauf herum, bis es schmerzhaft wird. Sie massiert den Knöchel. Sie reibt sich am Oberschenkel, drückt ihre Hüfte, kneift in ihre Ohrläppchen.

Schmerz muss man durch Schmerz beseitigen. Wenn es nach Alkohol rieche, sagt sie, dann weil sie Alkohol neuerdings ganz gezielt als Einreibemittel einsetzt. Und betont ausdrücklich, dass sie die alkoholische Tinktur nicht trinkt, sondern nur den Mund damit spüle, Bakterien abzutöten. Und ist dann wieder bei ihrem alten Thema, ganz die alte, warnende Tante Luci in ihrem Element.

Schnaps.

Fürchterliches Zeug.

Was nimmt man nicht alles auf sich.

Sie gäbe Salbeikrümel hinzu, dann wären ihr die Alkoholspülungen weniger ekelig. Und kaue jedes Mal lange auf den Rosmarinblättern herum. Den Schnapsgeschmack loszuwerden, gurgele sie. Der Alkohol, sagt sie, fühle sich an in ihrem Mund, als stecke ein Mann die Zunge tief in ihren Rachen. Sie spült auch mit heißem Gurgelwasser, aus Allerleirauh frisch zubereitet. Ein Geheimrezept. Qual, die Befreiung schafft. Hitze gegen Zahnweh, Zahnweh gegen Zahnweh.

Erklärt mir die Medizin, die sie zu sich nimmt, als müsse sie sich dafür entschuldigen. Benennt die täglichen Einheiten, die sie braucht, schmerzfrei zu bleiben. Und wir sprechen nicht weiter darüber, wie es ihr ohne Onkelonkel ergeht. Ich sehe nur, dass er und der Streit mit ihm ihr fehlen.

Wenn am Boden Glasscherben liegen, ein Stuhl zerbrochen ist, sie notdürftig verarztete Schnittwunden oder einen Verband am Kopf aufweist, glaube ich ihren Berichten. Sie habe sich beim Aufstehen dumm benommen, der Stuhl sei wacklig. Ich soll mich beruhigen. Sie habe sich am Herd verbrannt. Das Brotmesser habe sie in die Hand gestochen. Den Finger habe sie sich am Briefkastenschlitz verletzt. Sie sei mit dem Kopf gegen die Tischkante gestoßen, als sie versucht hat, das Messer vom Boden aufzuheben. Beim Versuch, die Scherben einzusammeln, ist die Unordnung entstanden. Mit ihrem Hintern muss sie wohl den Kleiderständer umgeworfen haben. Nun hat sie das Unglück hinter sich. Nun wird sie kein weiteres Missgeschick mehr ereilen.

Alles halb so schlimm.

Alles im grünen Bereich.

Alles besser als Hals- und Beinbruch.

Sie geht nicht zum Arzt. Sie lässt den Arzt kommen und leidet lieber daheim, mag Warteräume nicht. Ihr Hausarzt ist verhindert. Sie wird sich heilen, weil die Schmerzen nicht so heftig sind. Und dann findet der angekündigte Gang zum Zahnarzt nicht statt. Wird nur eine kleine Entzündung sein, von selbst verschwinden. Oder es ist Wochenende, und sie will nicht vom Notdienst behandelt werden. Sie verspricht, sich um einen Termin zu kümmern, wenn ich mich nicht besänftigen lasse, unnachgiebig bleibe.

Tante Luci ist eine schwierige Person. Normal ist das nicht, sage ich mir. Ich denke vor allem, sie wird alt. Nehme an, dies sei der Grund, warum sie leiser und luftloser spricht, mir nicht antwortet, wenn ich sie etwas frage. Dass sie häufiger hustet und sich aus dem Husten heraus zu übergeben droht, rechne ich dem Altwerden zu.

Mit zunehmendem Alter solltest du weniger rauchen, sage ich.

Ich weiß, winkt sie ab. Am Rauchen liegt es nicht.

Setze dich da hin.

Bleib mir fern, Junge.

Du kannst dich anstecken.

Und schickt mich fort. Und ich komme ihrem Wunsch gerne nach. Und erspare mir ihr Leid und die dazugehörenden Geräusche. Wir verabreden uns. Sie hält den verabredeten Termin nicht ein. Sitzt unschlüssig da, schaut vor sich hin, dass ich sie packen müsste und zum Ausflug verdonnern. Zu einem Ausflug eingeladen, lehnt sie ab, das Haus zu verlassen. Schickt mich weg.

Du und mir helfen, ha.

Die Suppe habe ich mir eingebrockt.

Was ich angerichtet habe, muss ich entsorgen.

Sie habe zu tun, wolle allein sein, käme gut mit sich zurecht.

Tante Luci unterliegt jähen Stimmungswechseln, ist herrisch ablehnend, verfällt aus großer Heiterkeit rasch in giftigen Spott, fährt mich rüde an, ich solle den Mund halten. Führt als Begründung für ihr Verhalten an, dass eine Bekannte gestorben ist, dass sie trauere. Und weiß alles besser. Nichts ist ihr recht. Was ich erzähle, korrigiert sie. Spricht dagegen an, erklärt eine Sache, die mir wichtig ist, als nichtig. Fragt dann nach, was ich zu ihr gesagt, wogegen sie sich ausgesprochen hat, dass es mich wieder verwirrt, aus dem Konzept bringt. Aber nicht mit mir, Junge.

Da musste früher aufstehen, Kleiner.

Leg dich nicht mit mir an, wenn du kein Nussknacker bist.

So ist das nie abgelaufen.

Verschone mich mit deinen Phantasien.

Wann wirst du aufhören, so viel Zeug zu erfinden?

Sie behauptet, ich käme ihr mit Spukgespinst. Und duldet keine freche Widerrede, wenn ich nur kurz ausatme und was zu entgegnen suche. Und kaum liegt sie im Bett, ruft sie mich zurück.

Halt, stopp.

Bist du noch da?

Du kannst mir behilflich sein.

Und hat Lust auf Schmorgurke, Schnitzel, Rucolasalat, kalten Hund, was immer. Und schickt mich einkaufen. Das Geld liegt neben dem Einkaufszettel auf dem Tisch.

Und dann erst das Zeug, das sich bei ihr nur so stapelt; sie gibt es zu, es wächst ihr über den Kopf, sie kann nichts wegwerfen, den Leuten nichts abschlagen. Sie sagt, ihr tun die Dinge leid, die jemand vor die Tür stellt oder auf der Schubkarre zur Kippe fahren will. Sie rettet. Der Umstand befriedigt sie. Es erfüllt sie mit Freude, Sachen, die andere wegwerfen wollen, zu retten. Persönlich sammelt Tante Luci angeblich nichts weiter als Einweckgläser, wie sie sagt. Und die stehen im Keller. Und alles andere ist ihr von den Nachbarn angeschleppt worden, sagt sie. Notlüge oder Ausrede, egal. Sie sammelt zum Beispiel auch Zeitungen. Die stapeln sich bei ihr auf der Sitzbank in ihrer Sitzecke.

Lese ich mir später genauer durch.

Ist viel zu viel, worüber geschrieben wird.

Kann man gar nicht alles auf einmal lesen.

Sie sammelt Einkaufstüten, faltet sie und stapelt sie in den unteren Fächern der Küchenschränke. Fächer, so vollgestopft, dass sie sie selbst gar nicht mehr richtig öffnen und schließen kann. Tüten, die sie in ihrem Leben nicht verbraucht, selbst wenn sie damit beginnen würde, den Kram aus dem Schuppen einzutüten.

Sie schleppt auch Pflanzen an. Die Gärtner nicht mehr brauchen, wegwerfen, aufgeben, weil sie Frost bekommen haben. Sie schaut nach dem Standort, fügt die Pflanzen zum Ensemble. Etwas von ihr, eine persönliche Note gibt sie hinzu. Sie stellt eine Skulptur hinzu, hängt Weihnachtskugeln in die Äste, stellt ausrangiertes Geschirr dazu, die löchrige Teekanne, einen rostigen Eierschneider. Und der Onkel muss sie dann einpflanzen. Sie kümmert sich mit der Gießkanne. Pflanzen sind wie Bücher, sagt sie. Man kann in ihnen wie in Buchseiten lesen. Sie erzählen von ihren Tagen davor, ihren Besitzern, den Standorten. Die Pflanzen werden sie überleben. Das Haus wird verkauft und zerfallen.

Nachbarn suchen sie mit ihrem Müll auf, weil sie wissen oder gehört haben, dass die Tante nichts wegwerfen kann. Und wollen den Kram besser ihr überlassen. Was soll sie denn dagegen nur tun, fragt die arme Tante. Eine Frau aus dem Nachbardorf hält eine Spieluhr in der Hand und weint, während sie sagt, der Mann dulde die Spieluhr plötzlich nicht mehr. Obwohl an dem Zierstück alles, aber auch alles, zart und vornehm, die Melodie fast nur ein Summen ist.

Die Uhr muss weg.

Die Uhr bleibt, wo sie ist.

Eher gehst du. Die Uhr nie.

Die Uhr oder ich.

Dann ich.

So ginge es bei ihnen zu. Jedes Mal wieder dieses Theater. Dann lieber weg mit der Spieluhr, wimmert sie. Und also sei die Uhr besser bei Tante Luci untergebracht, bis sich alles wieder geglättet hat, der Mann die Spieluhr vergisst. Und schon beginnt das Schmuckstück zu spielen. Alles fühlt der Liebe Freuden. Schnäbelt, tändelt, herzt und küsst. Und ich soll die Liebe meiden, weil ein Schwarzer hässlich ist. Ist mir denn kein Herz gegeben? Bin ich nicht von Fleisch und

Blut? Immer ohne Weibchen leben, wäre wahrlich Höllenglut. Darum so will ich dich, weil ich dich liebe, lieber guter Mond, vergebe. Eine Weiße nahm mich ein. Ein Geschenk von ihrem Exmann, sagt die Nachbarin, an Krebs gestorben. Handelsreisender. Eine liebe Erinnerung an ihn. Das will sie gar nicht leugnen. Muss dem Nachfolger nicht schmecken. Jahrzehnte kein Problem damit und plötzlich dieser Riesenstreit.

Tante stellt die Dinge erst weg und holt sie dann zu sich ins Haus. Weil es im Schuppen zu kalt und feucht ist, wie sie sagt, nimmt sie gefährdeten Hausrat zu sich in die Stube. Wenn ich zu Besuch bin, ist ihr Zimmer jedes Mal zugestellter. Eines Tages wird es nur noch einen schmalen Gang an ihr Bett geben, diesen engen Schützengraben, vom Bett zum Klo, ins Badezimmer. Wenn der Mensch sich nicht waschen und entleeren müsste, Tante Luci würde den Gang auch noch zustellen, vielleicht von außen über die Leiter an der Wand durchs Fenster in Klo und Bad einsteigen.

Manchmal ist mir die Tante im Bett innerlich so ungeheuer nah. Als wären wir Bruder, Schwester und in den gleichen Kinderschuhen herangewachsen. Als wären wir auf dem Kinderspielplatz Hand in Hand unterwegs gewesen. In anderen Momenten muss ich mich bemühen, mich als ihren Jungen und jüngeren Teil ihres Lebens zu sehen. Ich träume von ihr denkbar schlecht.

Mitten in der Nacht erwache ich, sehe sie im Dunkeln an meinem Bett sitzen. Ihre Augen glühen sanft. Ihre Haut ist glatt. Sie hat Sommersprossen und eine sexy Zahnlücke und schaut mich mit ihren Kulleraugen an. Sie streichelt und beruhigt mich mit ihrer faltigen Hand. Ich werde ihr kleiner Junge und bin dann wieder der, der ich bin. Und fühle mich um mein Alter älter geworden. Und viele andere Personen tauchen in meinen Träumen auf.

Onkelonkel kommt vom Kutschbock nur mit Mühe herunter. Der Bart des Briefträgers wird grau. Die Eierfrau kommt zur Tür herein und sieht abgemagert aus wie eine Hexe. Der Waldarbeiter klagt über Rückenschmerzen und stöhnt, das liege am Alter. Alle altern sie in meinen Träumen. Nur Tante Luci verändert sich nicht. Erinnerung und Traum vermischen sich mit Wirklichkeit und Wunsch. Ich richte mich auf. Ich reibe mir die Augen und reibe damit auch den Spuk fort.

Tante Luci bleibt frei von Alterung, Zerfall und Tod. Wenn ich sie immer gleich in Erinnerung habe, muss ich nicht auf ihr Leben zurückschauen, sie mir nicht als Jungmädchen vorstellen und auch nicht überlegen, was aus ihr werden wird. Ich sehe sie, wie ich sie am liebsten habe.

Die Lebenden ruf' ich.

Die Toten beklag' ich.

Die Blitze brech' ich.

Ich wünschte, ich könnte daran etwas ändern, aber ich besuche die Tante immer seltener. Und bin ich bei ihr, erscheint sie mir jedes Mal rätselhafter. Onkelonkels Tod hat sie verändert. Der kleine Garten hinterm Haus verwildert. Die tägliche Zeitungslektüre lässt sie immer häufiger aus. Erledigt gerade mal so den Einkauf. Lebt mit sich in Frieden, denke ich. Ihr runder, kleiner Tisch bricht unter der Last darauf gestapelter Dinge zusammen. Die Sitzflächen der Stühle allesamt ebenso beladen, dass man sich gar nicht zu ihr setzen kann. Und auf dem Weg zu ihrem Bett Kisten mit Journalen, die sie angeblich alle gerade liest, lesen will, lesen wird. Darunter Kartons mit Fotografien, die sie durchzusehen begonnen hat. Und altes Geschirr. Alles fein in Zeitungspapier eingeschlagen. Vom Boden heruntergeschlepptes Geschirr, das die Bude in einen Flohmarkt verwandelt. Obwohl mich das alles sehr stört, soll ich mich nicht daran stören.

Ich halte Inventur, sagt sie.

Sie werde die Sachen bald auswickeln und neu zueinander ordnen. Sie will in Katalogen, die dort liegen, nachschauen, was einzelne Stücke wert sind. Natürlich werde wieder

Ordnung einkehren. Eventuell sei ein Geld zu verdienen. Seit Onkelonkel nicht mehr ist, muss sie zusehen, wo sie bleibt.

Und immer wieder erlebe ich sie nur im Bett, von dubioser Krankheit heimgesucht, verflucht sie die Leute im Dorf, wettert gegen ihre Feste, redet wirr von Ereignissen in ihrem Leben, die ich nicht kenne. Schicksalsschläge, von denen ich nicht weiß, die sie selbst nicht genauer erklären kann. Unter allen Schlangen ist eine auf Erden, an Schnelle, an Wut ihr keine gleicht. Die Zunge geteilt in zwei giftige Spitzen. Nicht Schloss noch Riegel kann vor ihrem Biss dich schützen. Der Harnisch lockt sie an. Sie bricht wie dünne Halme stärkste Bäume entzwei, kann Steine zermalmen, wie groß und fest sie auch gewachsen sei, sie bricht die stärkste Eiche wie dünnes Rohr.

Tante Luci isst am Tag nichts weiter als ihr dünnes Süppchen. So dürr und klein, denke ich, wird die dünne Suppe nicht hinreichen. Im Alter muss man nicht mehr so viel essen, sagt sie. Und selbst wenn ich es mir fest wünschte: Die Kraft bringt der Mensch nicht auf, dass mit einem Knall der Normalzustand wiederhergestellt wird. Verschanzt sich hinter Büchertürmen. Umgibt sich absichtlich mit all dem Kram, denke ich.

Will keinen Besuch mehr empfangen. Will damit erreichen, dass nicht ich und auch sonst keiner ihr nahe kommt. Kann man ja verstehen, muss man aber nicht. Unmöglich ohne einen Balanceakt und umständliche Klettereien zu ihr zu gelangen. Am Ende existiert zu ihr hin nur dieser eine schmale Schlängelpfad. Führt von der Küche aus unter Umwegen zu ihr ans Bett. Und hinterm Bett ist da ein zweiter, deutlich kürzerer Weg ins Bad.

Mag sein, dass mir das heute nur so vorkommt und ich es damals nicht so empfunden habe. Komme ich ihr ungebeten zu nahe, sieht sie mich so böse an. Der Kopf gesenkt. Die Augen stechen über den Rand ihrer Lesebrille. Die Stirn ein

Furchengebirge. In diesem Augenblick sind wir uns nah und könnten miteinander reden. Über uns und unsere Schuld. Darüber, dass wir unsere Probleme voreinander geheim halten. Darüber, wie es uns nicht gut damit ergeht. Über die Last, die ein jeder von uns bereits aufgeladen hat und nun mit sich herumschleppt. Und wir reden darüber nicht, lassen die Gelegenheiten aus, sind nicht reif genug, uns voreinander füreinander zu offenbaren. Und ziehen die falschen Schlüsse aus unserem Unvermögen, indem wir uns angewöhnen, problematische Dinge nie zu besprechen. Und siehe, ein jeder behält sein liederliches Privates für sich. Und wisse zudem, es ist nicht gang und gäbe in der Situation, sein Sündenbuch aufzuschlagen, aus ihm vorzulesen.

Es ist viel Traurigkeit um sie. Gramvoll verrichtet sie die Dinge. Gram, der ihr wie Patina aufliegt, sie einstaubt, gegenüber der Welt abschirmt. Trauert mir entschieden zu lange, denke ich oft. Und bin auch wieder sehr angerührt von ihrer Trauer über Onkelonkel. Nach außen hin soll niemand einen Unterschied entdecken. Dass sie merkwürdig ist, denke ich, daran muss das Alter schuld sein. Wer weiß, wie ich einmal werde, wenn ich so alt bin wie sie.

Nach außen hin hat sie alles im Griff und unter Kontrolle. Und doch ist sie nach innen gekehrt, ohne Onkelonkel spürbar mit sich allein. Jetzt fehlt er ihr. Jetzt würde sie ihn liebend gern aus dem Sarg heraus zu sich auf die Küchenbank bitten. Und würde ihm wieder seine Igelwürste braten. Und die Pommes liebevoll für ihn in der Pfanne wenden. Brathühnchenbraun gebraten, wie er sie am liebsten hat. Und wollte wieder herzlich froh sein über seine Rückkehr. Er müsste weiterhin nicht viel sagen, nur da sein, sie anschmachten mit seinen himmelblauen Augen. Vorbei. Verschwunden. Nicht mehr lange. Keine Bange. Im Tode vereint Wange zu Wange. Und wirkt auf mich in ihrem Bett wie zu ihm in die Gruft unterwegs.

Tante Luci beauftragt mich häufig, zur Apotheke zu gehen.

Sie habe mit ihrem Arzt telefoniert. Er habe ihr ein Mittel empfohlen. Das will sie ausprobieren. Sie schluckt da Tabletten, von denen sie bessere Laune bekommt, gegen die Trauer nach Onkelonkels Tod.

Ich glaube nicht daran.

Aber vielleicht hilft es ja.

Und ich laufe los, bringe ihr die Medikamente. Sie scheint eingeschlafen, als ich zurück bin und sie ihr leise hinstelle, aber sie ist doch wach, nur leicht weggetreten.

Statt Guten Tag sagt sie Entschuldigung.

Wie es hier aussieht. Schau nicht hin, Junge.

Kann doch tun und lassen, was sie will, denke ich. Hat lange genug angepasst gelebt. Nimmt sich nach dem Tod von Onkelonkel das Recht heraus, frei zu leben. Und ich habe sie dafür insgeheim auch bewundert. Dass sie diesen Mut hat, sich fallen lässt, ihren Kurs fährt. Und also lasse ich sie sein, wie sie ist. Ihre kleinen Absonderlichkeiten, das merkwürdige Benehmen, ich halte es für altersbedingt. Ältere Menschen werden eben auch kindisch.

Es bleibt ja unter uns. Und wenn ich ehrlich bin, hat sich diese Tante doch immer schon seltsam und leicht verschroben benommen, einen Nerven gekostet. Und natürlich kommst du ihrer Bitte nach, ihr Heiligtum nicht zu betreten, im Vorraum Platz zu nehmen, und unterhältst dich mit ihr vom Türrahmen aus, wenn sie es so will. Hörst ihr aus der Ferne zu. Störst dich nicht daran, dass du nicht alles verstehst von dem, was sie sagt. Und nimmst es hin, dass sie dich nicht in ihrer Nähe duldet.

Und spielt mir die Kranke auch nur vor – ich muss zugeben, ich bin auch nicht der, als der ich mich gebe, eher der, als der ich gesehen sein will. Und dann bin ich bei ihr nur zu Besuch. Und ich werde mich hüten, ihr zu berichten, wie ich in der Stadt auftrete, mich in der Kneipe gehen lasse.

Alles in Ordnung?

Wie geht es dir, Tante?

Wieso fragst du?

Mir geht es bestens.

Ja, aber irgendetwas hast du doch?

Die viele Medizin, ach was, sieh drüber weg.

Ihr Schlafzimmer riecht nach Krankenhaus und Arzneien. Die Luft im Raum weist eine säuerliche Note auf. Als Akt der Höflichkeit finde ich mich mit ihren Antworten ab und halte mich tunlichst zurück. Wozu die Bannmeile durchbrechen, wozu die Tante unnötig aufregen und reizen. Aus heutiger Sicht ein Fehler. Und es mischt sich dem Ganzen Traurigkeit bei. Und ich weiß, dass mir die Tränen gekommen sind, auf der Rückfahrt. Ich schrieb es dem Entzug zu. Ich dachte nur ansatzweise und kurz darüber nach, ihr näherzukommen, mich ihr aufzudrängen, ihr auf den Pelz zu rücken, die Barrieren nicht zu achten. Und verwarf diese Gedanken als Zumutungen. Jeder wird auf seine Art alt und stirbt, wie es ihm beliebt.

Es wäre besser für sie und mich gewesen, hätten wir uns gegenseitig offenbart, wäre der Zirkus nur früher aufgeflogen, und eine andere Stimme in mir nennt es Gelaber, »hätte«, »würde«, »wenn« und »aber« zählen nicht.

Ich besuche sie unregelmäßig. Sie ist dünn wie immer und erscheint mir sogar noch um einiges dünner. Diese Sturheit, sage ich mir, mit der sie sich in Einsamkeit hüllt, Gefühle von Nähe nicht aufkommen lässt. Kann einfach auf keinen, auch nicht auf mich reagieren. Und hätte wohl gern mehr Zuneigung, Verständnis. Aus Angst, in ihren Gefühlen verletzt zu werden, hält sie mich auf Abstand und rutscht immer weiter in ihr Tief.

Sie holt sich in meinem Beisein telefonischen Rat bei ihrem Hausarzt ein. Dem kommt ihre Unsicherheit entgegen. Es wird mal dies, mal das versucht, hier und dort angesetzt. Und da die Tante willig ist, verschreibt er ihr überflüssige Medizin, schickt regelmäßig neue, wundersame Medikamente, die sie wie Konfekt zu sich nimmt.

Überall Fläschchen, Tuben, geöffnete Packungen, Tinkturen, Salben. Arzneimittel zur Injektion. Chemische, biologische Mittel, unterschieden in ihrer Wirkstärke. Stapelweise Verpackungen. Blister mit Tabletten. Faltschachteln. Sogar sondergemixte Fertigarzneimittel.

Ich denke oft an Theater. Dass Tante Luci Schauspielerin geworden ist, mich als ihren sicheren Zuschauer in das Spiel einbezieht, wenn sie mir die Hinweiszettel zur Anwendung vorliest.

Welch eine Ehre, welch ein Aufwand. Wo es doch ausreichen würde, beherzt einzugreifen, die Bettdecke wegzuschleudern, all die eingebildete Krankheit aufzuscheuchen, den Schwarm in ihrem Hirn zum Fenster hinaus vertreiben. Türen und Fenster aufgestoßen. Die Wahrheit wie Frischluft einlassen. Und so sitze ich abrufbereit in ihrer Küchenecke, wo wir einmal alle zusammen gesessen haben.

Onkelonkel, Tante Luci, der Briefträger, die Eierfrau, der Jäger, der Bauer und ich.

Ich kann beim besten Willen nichts dagegen unternehmen, so von ihr vereinnahmt zu sein. Sie ist meine liebe Tante Luci. Ich sitze am Küchentisch um die Ecke. Ich habe sie gern. Sie ruft mir manchmal etwas zu, ob ich noch da bin oder schon gegangen. Ich rufe zurück, dass ich noch da bin und auf dem Stuhl am Küchentisch sitze, genau dort, wohin sie mich platziert hat. Und höre, wie sie sich im Bett sanft und raschelnd leicht bewegt, sich das dünne Haar schönkämmt.

Ich müsste die Bannmeile nur durchbrechen, näher an die eingebildete Kranke treten, genauer hinsehen, meine Nase in ihre Angelegenheiten stecken. Ich würde Tante Luci entlarven. Ich könnte ihr Jammern im Handumdrehen als absichtsvolle Täuschung ächten, ihr gemeines Schauspiel entdecken.

Sie flüchtet sich in Schweigen, Körpersteife, Tagschlaf. Was weiß ich davon, wie es ihr geht. Ob sie, sobald ich verschwinde, aufsteht, ihre Verstecke öffnet, Alkohol trinkt. Sie

ist an ihr Haus gebunden. Sie kann nicht fort von ihrem Depot. Sie harrt aus in der Nähe ihrer Nischen für den flüssigen
Zaubersaft. Das ist der Grund, warum sie alle Fortbewegun-
gen abschlägt, nicht auf Reisen will.

Ich will ja öfter zu ihr gehen, ihr behilflich sein. Aber ihre
Schwankungen und Stimmungswechsel nehmen zu. Es wird
immer sinnloser, in ihrer Nähe zu sein. Wer hat denn Lust,
vom Küchentisch aus quer durch die Wohnung Tante Luci
auszufragen? Was und ob und wenn dann wie ich für sie erledigen, ihr behilflich werden kann. Und je mehr ich mich um
sie bemühe, umso verstockter wird sie. Will ich näher an sie
heran, mich zu ihr setzen, reagiert sie mit Knurren.

Bleib du, wo du bist.

Man kommt nie dahinter, warum ein Mensch sich plötzlich
so und nicht anders benimmt. Und weiß nicht, was er davon hat, dass er sich so aufführt. Und es macht mich richtig
traurig, nicht sagen zu können, warum die Tante eine andere
Tante ist, binnen kurzer Zeit einige Dinge um sich geschart,
besser gesagt, die Dinge uns in den Weg gestellt hat.

Wenn schlechte Laune wie ein Wasserkocher fiepen würde,
hörte man in ihrem Haus pfeifendes Dauerzischen. Es lo-
ckert sie kein Scherz auf. Es gibt das Wunderheilsalz nicht,
ihre Stimmung damit zu würzen. Wenn es jemand anders
wäre als meine geliebte Tante Luci, würde ich nicht weiter
darüber reden. Sie muss, sagt sie, die vielen Toten verkraf-
ten. Erst Onkelonkel, dann der Briefträger, dann Leute, die
ich nicht kenne. Dauernd stirbt einer. Um jeden Toten trauert sie.

Und dabei hält sie es, vorsichtig gesagt, nicht so mit der
Reinlichkeit. Ich denk, aus Protest, und weil sie sich das
auch alleinlebend leisten kann. Hat in ihrem Leben genug
gewischt, gesaugt, Blattpflanzen entstaubt, alles wieder brav
an seinen Platz gestellt. Entwickelt seltsame Allüren. Wenn
sie mich um meinen Kamm bittet, soll ich ihn ihr zuwerfen,
und sie nimmt ihn, spuckt kräftig darauf, verreibt die Spucke

auf ihm und den Rest davon sich ins Haar, das sie mit viel Spucke in Richtung bringt. Eine Intimität, die zwischen Verwandten möglich sein darf, denke ich.

Und sie wiederum scheint meine Gedanken körperlich zu fühlen. Sie fahren allesamt in sie. Und nur deswegen springt sie plötzlich aus den Federn, beginnt einen Wirbel um mich herum zu veranstalten. Und ich muss die Beine im Sitzen anheben, den Sitz aufgeben, auf dem ich sitze, dass sie die Kissen und Decken ausschütteln kann. Und muss im Stehen irgendetwas halten, zupacken, festhalten, stützen, umsetzen. Als wollte sie alles um sich herum ändern. Als wäre es wirklich unhaltbar, so zu leben, wie sie lebt. Als wäre es ihr mit einem Mal bewusst geworden.

Und verrückt ein paar Stapel von hier nach dort, wobei ich ihr dann wieder nicht behilflich werden soll. Stattdessen soll ich beiseitetreten, mich auf Tisch, Stuhl, Sitzbank stellen, das sie in den Freiräumen fegen und wischen kann. Sodass ich mich lieber gleich in die Sitzecke verziehe, wo sie dann auch aufkreuzt, in Schweiß geraten, mit einer unnützen Entschlossenheit. Denn ich weiß doch, dass ihr großes Reinemachen nur Augenwischerei ist. Auch wenn sie augenblicklich von all ihren Krankheiten und Wehwehchen genesen scheint. Wie fortgeblasen all die Wochen, die sie patzig, gnatzig, unnahbar und auch ungehalten böse mir gegenüber war.

Und dass ich ihre Aktivität nicht bejubeln mag, scheitert daran, dass der Wirbelwind nicht mehr meine Tante Luci ist. Ist ein unbekanntes Wesen, das sich die Hülle übergezogen hat. Das Fremde an ihrem Wesen vertreibt mich.

Die aus der Rolle geworfene Tante schreckt mich.

Ihr Gesicht ist blass, ihre Wangenknochen sind kalkweiße Hügel. Sie quält sich auf die Beine. Sie schleicht mehr dahin, als dass sie geht. Ich will ihr zur Seite springen, was sie harsch abwehrt.

Bleib, wo du bist.

Komme mir ja nicht nahe.

Muss mir nicht helfen lassen.

Und schildert mir lebhaft die verschiedenen Untersuchungen, die nichts ergaben. Die Ärzte sprechen nur beruhigende Worte, schimpft sie. Was sie ihr verschreiben, hilft nur kurzfristig, dann passiert nichts mehr und sie fühlt sich schlapper als zuvor. Und die lange Liste von seltsamen Anzeichen, die sie als Beginn einer seltenen, daher nicht zu analysierenden Krankheit sieht, verlängert sich.

Der Mensch dürfe sich nicht zu seinem eigenen Forschungsobjekt degradieren, sage ich zu Tante, das sich selbst zu sehr beobachtet, Tagebuch über alle Symptome und vermeintlichen Ursachen führt, die sie an sich entdeckt. Ich bin mir nicht sicher, ob ich es ihr so, wie ich es meine, wirklich auf den Kopf zugesagt oder nur in meinem Kopf die Rede vorbereitet habe. Dass der Zustand nichts mit ihrem früheren frohen Leben zu tun habe, sie ihr Verhalten nicht dauernd Onkelonkel unterschieben könne, der gestorben ist und sich nicht wehren kann. Meine Hand darauf könnte ich verwetten. Sähe er sie so in ihrem Bett, würde er leibhaftig aus dem Grab auffahren und ihr beikommen.

Meine Fingernägel.

Sieh nur her, so weich, so blass.

Ich werde meine Fingernägel im Schlaf verlieren.

Hat auf dem Schränkchen den Hohlspiegel vom Onkel aufgestellt. Der, vor dem er stand, wenn er sich rasiert hat. Die Bartstoppeln darin so groß wie Schweinsborsten. Jetzt schaut Tante Luci jeden Tag hinein. Und meint plötzlich, ihre Augenbrauen hätten sich stark verändert. Meint im Ernst, sie hätten ihre Farbe gewechselt. Ihr bliebe aber auch wirklich nichts erspart, am Ende werde sie gar wie Onkelonkel aussehen. Alles andere wäre ihr zu wünschen, nur so etwas nicht.

Sie müsse ihren Körper im Auge behalten.

Die Ärzte, oh weh, Ärzte.

Ist felsenfest von der Blindheit ihrer Ärzte überzeugt. Ihr Hausarzt. Sie wird ihm kündigen. Sie schaut sich nach anderen um. Sie bildet sich da nichts ein. Sie spürt das Leid in sich erblühen, ja erblühen. Und will den Erklärungen der Ärzte nicht weiter folgen. Es bedürfe neuartiger, moderner Behandlungsmethoden. Mut müsse aufgebracht werden. Die Ärzte, die sie so kenne, seien doch alle viel zu vorsichtig, mit ihren Diagnosen viel zu flink bei der Hand. Sie möchte nichts weiter als ernst genommen sein. Wenn die Stümper nur wirklich auf sie hörten, könnten sie ihr helfen. Und sie könnte bald wieder ein normales Leben führen. Genießen. Was ich denn denken würde. Sie möchte lieber das Bett verlassen, unter Menschen weilen, Freunde und Verwandte besuchen, als ständig auf Symptome zu achten.

Ich koche den Tee, den sie bestellt, von dem sie sich Abhilfe, Linderung, Heilung erwartet.

Gut, dass ich dich habe.

Ich hole mir den Tee, wenn du weg bist.

Stelle ihn nur fein auf den Küchentisch ab.

Das heißt dann, dass ich nun gehen kann, mich nicht weiter sorgen soll.

Die Jammergeschichten wirken sich auf mein Seelenheil negativ aus. Mir ist, als hätte ich mich angesteckt. Hass gegen mich selbst rumort in meinem Kopf. Hass ist ein emsiger Hamster im surrenden Laufrad. Hass dreht und dreht einem im Hirn um und um. Der schlimmste Hass ist ein Quietschen im Kopf. Und sagt, sie hat ihre Nerven nicht mehr unter Kontrolle. Die Medikamente vielleicht. Und drückt meinen Unterarm und scheint so gesundet, dass ich heilfroh fest daran glaube, der Gram habe sich von ihr abgewendet. Und Tante Luci, die ach so Kränkliche, will mit mir einkehren, in die einzige Gaststätte des Ortes, die einen wunderbaren Hirschbraten auf der Speisekarte führt, wie sie sagt.

Dann sind wir im Lokal, und der Kellner kommt, und Tante Luci erhebt sich, stiebt davon.

Zu viel Verführung.

Ich bin nicht stark genug.

Hast du gerochen, wie es nach Likör geduftet hat?

Muss vor der Tür durchatmen. Oh, es sagt sich so leicht daher, man werde es schaffen, im Handumdrehen der Sucht die Stirn zu bieten. Lässt Kneipenbesuche vorerst bleiben. Also kaufen wir richtig schön ein. Hirschfleisch. Wildschwein. Meerforelle. Was sie als Schmaus verlockt. Und sie wirbelt wieder so lucihaft lebendig in unserer Küche. Hantiert in gewohnter Lockerheit mit dem Messer am Knochen, mit den Fingern in der Pfeffertüte, dem Salznapf, dem Gurkenglas. Altbekannte Düfte liegen in der Luft. Sie kocht wieder Sauerkraut mit kleinen Stücken Kasseler, bereitet ihre legendäre Süßspeise zu. Rosa Pudding mit geriebener Schokolade, Sahne, Zucker, Vanille, Zitronensaft, Gelatine, knallrot. Dieses Mal aber ohne Rum. Hält mich an, das Eiweiß zu schlagen. So etwas Leckeres bekomme ich nicht so schnell wieder. Es gäbe da einen Grund dafür, der gefeiert werden müsse. Welchen Grund, verrät sie nicht.

Ist geheim.

Geht nur mich etwas an.

Soll dich nicht groß stören, Junge.

Und ich juble innerlich. Und singe, wie es mich Onkelonkel lehrte: Er schlief und schlief so lange, dass sie keine Macht mehr weckte, unsichtbar beim Grabgesange sich die Totgeglaubte streckte.

Tante Luci ist auferstanden von den Scheintoten. Und sie löffelt mit dem kleinen Löffel die hochprozentige Süßspeise. So jung kommen wir nicht wieder zusammen, sagt Tante Luci und füllt mir und sich eine zweite Schüssel. Und dann ist das Fest aus. Tante Luci muss sich hinlegen. Und der Freude folgt Katerschmerz. Der Entzug hat sie beim Wickel. Sie bleibt im Bett. Ist nicht bei bester Laune. Der Frohsinn ist hin. Sie gibt sich keinerlei Mühe, ihre schlechte Laune zu übertünchen.

Wir sind keine Einheit mehr. Ich muss mich, sie muss sich für den Zeitraum der Begegnung zusammenreißen. Oft erträgt sie meine Gegenwart nicht oder ich störe mich an ihrer Unpässlichkeit. Über mich und meine Situation kann ich nicht mit ihr reden. Also gehe ich jedes Mal ein bisschen früher, atme draußen erst einmal richtig durch, lasse sie in ihrem Schlafzimmer, ihrem selbst gewählten Exil.

Und während ich an der Bushaltestelle auf den Bus warte, erfahre ich, dass die Tante sich anderen gegenüber nicht anders verhält, alle Einladungen zu irgendwelchen Treffen, Ausflügen, Festen ausschlägt.

Wieder zurück, reagiere ich mich in der Kneipe ab. Ich sehe die Welt um mich herum nur noch durchs Glas. Ich trinke gegen den Zustand der Welt, aus Trauer um die Menschheit. Ich trinke, wie andere Knoblauch essen, sich die Leute auf Abstand, die Welt auf Distanz zu halten. Ich bin da nicht besser als all die anderen Schnapsnasen um mich herum, die alle unmöglichen Gründe dichten, weswegen sie wieder in der Kneipe sind. Und doch saufe ich auch ein bisschen, weil ich mit der Tante leide, mich das Missverhältnis zwischen uns bedrückt. Ich saufe, schleppe mich heim wie von einem Schlachtfeld zurückgekehrt, schalte das Tonband an und schlafe mit diesem Song ein, der jeden Abend bei uns im Internat abgespielt wurde, wie eine Hymne, ein Versprechen für die Zukunft. Mit diesem du dum dum dupp du dum du dum du dum dum, bevor Jim dann gegen die Orgel aufbegehrt und: *we want the world and we want it now* schreit.

DIE RETTUNG

Aus heißt vorbei.
Vorbei meint aus und vorbei.

An einem Morgen, an dem sich die Rhythmen von früher
wieder und wieder wiederholen und meine Kraft nicht hinreicht, das Tonband abzustellen, die Vorhänge zu öffnen, die
Fenster aufzureißen, erscheint Tante Luci.
Kerngesund.
Mit allem hätte ich gerechnet, nicht aber damit, dass Tante
Luci hier auftaucht. Rechtzeitig, möchte ich sagen. Klopft
wie eine Erscheinung an meine Tür. Es stimmt, dass einer
bereit sein muss, will er sich vom Suff befreien. Ich bin fertig
und ein bisschen bereit. Den Rest besorgt Tante Luci. Handelt wie bei einem Notfall. Ist sofort orientiert. Als wäre sie
dafür eigens ausgebildet.
Sag nichts, Junge.
Bleib liegen, Junge.
Die Tante reißt dich da heraus.
Meine Jacke ist verrutscht. Das Hemd ist zerknittert. Das
Zimmer wie ein Lager der Müllabfuhr. Die Tante wie eine
Kamera, die mit ihrem untrüglichen Blick fürs Wesentliche
meine Behausung abfährt. Über die Nachtleuchte, die um-
gefallen ist. Über den lädierten Schirm. Über Glas, Split-
ter, Spitzer, Papier, Speisereste, Blut und Erbrochenes. Die
Flecken auf der Wange.

So legt sich kein Held zu Bett. So wirft Abfall sich in die Ecke. Zu solch einem Leben hat sie mich nie und nimmer erzogen. Ich war für sie der Wagemut, der ausgezogen ist, der Welt die Stirn zu bieten.

Gefasst und fassungslos steht sie in meiner Bude. Und eine Weile geschieht nichts, bis Jim von *The Doors* die Aufmerksamkeit auf sich zieht, mit diesem Schrei, der jedem unter die Haut geht. Ein langgezogener Urschrei.

Die Tante sagt:

Ich glaube nicht, was ich hier sehe.

Während ich mich kurz aufrichte, Tante Luci wie ein Gespenst ansehe, in meinem Dusel nur sage, dass ich ihr einen Kaffee koche, wenn Kaffee vorhanden ist, auf der Bodenmatratze weiterschlafe bis zum Urschrei der Tante.

Zackig he.

Aus den Federn.

Deine gute Tante Luci ist da, Junge.

So kann sie auch sein, laut wie ein Feldmarschall. Redet stimmgewaltig auf mich ein. Richtet mich auf, lässt mich gewähren, mich ankuscheln. Hält meinen Kopf wie auf einem Kirchengemälde. Die heilige Luci und der verlorene Sohn. Wiegt mich leicht, wie man ein Kleinkind wiegt. Bespricht mich wie eine Ganzkörperwunde. Ist einfühlsam. Sagt, dass Olle Karre draußen vor der Tür steht, ich keine Angst haben soll. Und dass ich ihr weiterhin nur vertrauen muss. Dass sie mich jetzt dorthin schaffen wird, wo mir geholfen wird.

Sie wird nicht mein Seelenklempner werden, sagt sie, breitbeinig vor mir stehend, die Arme vor der Brust gekreuzt, die Augen fest auf mich gerichtet. Ganz Beistand, Mitgefühl, Fürsorge. Blickt mich an, wie ich kurz auf dem Bettrand sitzend ins Kippen gerate, beim Versuch, mir eine Socke überzustreifen.

Ganz unruhig wäre sie mit einem Mal geworden. In Mantel, Schal und Schuh geschlüpft, aufgebrochen zu mir, durch telepathische Stricke gezogen, von Ahnungen geleitet.

Erst ist da ein Gefühl.

Was wohl der Junge treibt.

Dann ist einem da was nicht geheuer.

Es gibt den zuverlässigen Ort, flüstert sie. Es gäbe einen Uraltfreund, jemanden, der sich auskennt. Sie führe mich zu ihm hin.

Ein wirklich guter Freund.

Wir haben uns Jahrzehnte nicht gesehen.

Tante Luci zieht mich an. Schleift mich zum Wagen. Bettet ihren kleinen E. T. auf den Hintersitz. Und so liege ich dann die Fahrt über reglos.

Sie lenkt Olle Karre aus der Stadt aufs Land. Klemmt in tantetypischer Haltung hinterm Steuer, den Rücken gerade durchgedrückt, mit der Brust auf dem Lenkrad. Spricht geheime Formeln. Stößt Flüche und Wunderreime aus. Summt, dass sie mich, den kleinen, großen, dummen Jungen, nun weit, weit weg von Unglücksstadt hinaus aufs Land bringt.

Und kaum sind wir aus der Stadt hinaus, ist alles wie in einem anderen Leben einmal. Es beginnt zu schneien. Und dieser Schneefall nimmt die gesamte Strecke über zu. Wird lästig. Schnee will sich Tante Luci in den Weg stellen. Wenn der Schnee gegen das Fenster patscht, lang die Abendglocken läuten. Vielen ist der Tisch bereitet und das Haus ist wohlbestellt. Mancher auf der Wanderschaft, kommt ans Tor auf dunklen Pfaden. Golden blüht der Baum der Gnaden aus der Erde kühlem Saft, geht mir durch den Kopf, der ich eingerollt, gekrümmt auf der Hinterbank liege.

Ich soll ihr nur nicht von der Schippe springen, ruft Tante Luci mir über die Schulter zu. Brav, wie ich bin, falle ich in eine Art Schlaf. Mag nicht reden, mich nicht bewegen. Mag in kein Leben zurück. Und weiß nicht, wie mir geschieht, wo ich bin. Die Dinge verkehren sich. Ich bin so alt, wie ich bin, und so hilflos wie am Beginn meiner Erdentage, in denen ich Baby war. Das Schicksal, so scheint es, hat mein Ende noch nicht beschlossen. Neben mir sitzt der Sänger von *The Doors*, die Arme über die Sitzbank ausgebreitet.

Bist zu beneiden um deine Tante.

Hätte gern auch so eine tolle Tante gehabt.

Die mich beim Schopfe gefasst, aus dem Dreck gezogen hätte.

Kurz vor Mitternacht kommen wir in einem stockdunklen Ort an, fahren in eine gekrümmte Straße zum Hafen ein, halten vor dem Haus ihres Freundes. Knubbelige Weidenbäume stehen wie Wachmänner im grellen Scheinwerferlicht. Alle wie vom selben Baumfriseur barbiert und die runden Schädel mit Beulen und Wulsten versehen. Baumglatzen. Von den Jungtrieben befreite Monsterköpfe.

Wir sind da.

Hier wohnt der Doktor.

Im Haus hinter dem Deich.

Sieht alles aus wie früher, sagt Tante Luci. Geh nur zu, ermuntert sie mich. Der Doktor ist in der Tür. Sie begrüßen sich nur kurz, und der Doktor bittet uns in sein privates Reich. Begrüßt mich mit der Frage, wie es mir geht, ob ich ihn höre, sehe. Wartet meine Antwort nicht ab. Die beiden reden, als wären sie nie auseinander gewesen. Der Doktor entschuldigt seine Junggesellenbude. Vom Flur aus führt eine steile Treppe empor, die er Vorsichtbitte nennt. Linker Hand die Wohnstube, die er Meinreich nennt. Fasst beim Rundgang Tante Lucis Schulter.

Der Doktor lebt allein in dem Haus, weil er nach dem Tod seiner Frau nicht wieder geheiratet hat, die Kinder aus dem Haus gezogen und rings in der Umgebung mit Wohnraum versorgt sind. Er werde sich nicht wieder verlieben, sagt der Doktor.

Geht mir auch so, sagt die Tante.

Es gibt im Leben die eine große Liebe und danach kommen nur noch Lappalien.

Seine Bude ist ein Lager mit Aktenschränken, Papierbergen

ringsum, Bücherstapeln. Obenauf die Kaffeemaschine. Dazwischen Kartons, Bananenkisten, eckige, stapelbare Behälter. Alles kunstvoll und riskant aufeinandergestapelt. Heikel anzusehen. Und mittendrin der Couchtisch, unter dem Zeugs, das sich auf ihm türmt, kaum zu sehen. Benutzte Teller, Schüsseln, Bestecke. Treppab in der Küche bittet er uns zu Tisch, öffnet den großen Kühlschrank, entnimmt ihm Esswaren, stellt Käse, Bockwurst, Brot auf den runden Tisch. Mit seinem Ärmel befreit er die Oberfläche von Krümeln, legt eine Zeitungsseite als neues Tischtuch aus, stellt Senf und Butter hinzu. Das mit dem Käse, der Wurst im Kühlschrank sei nicht die Regel bei ihm. Alles übrig geblieben vom Geburtstag letztens. Wenn es nach ihm ginge, würde er Familienfeste abschaffen. Greift nach dem Käse, rollt die Scheibe zusammen, isst sie wie Bruchschokolade. Stülpt einen Eimer um, setzt sich auf ihn, klemmt zwischen Wäschetrockner und Waschmaschine am Tisch, die Heizungsanlage im Rücken. Und so sitzen wir nun wie in einem kleinen italienischen Automobil zu dritt. Die Heizungsanlage vibriert und dröhnt. Mistding, schimpft er sie, wie man einen räudigen Kater schimpft. Was er da schon an Reparaturunsummen hineingesteckt hat.

Die Monteure heutzutage.

Das Mistding wird mich noch ruinieren.

Wir sollen ruhig in unseren Sachen bleiben. Ist Picknick, nur eben drinnen, nicht im Freien, sagt der Doktor, hat von den fünf Würsten in der Verpackung die ersten zwei weggeputzt, greift sich Käse zum zweiten.

Kommt gerade richtig.

Hab einen Hunger heute.

Könnte glatt ein Bandwurm sein.

Er heizt im Haus nur die obere Stube. Mit Holz und allem, was so verbrennt. Gibt für Heizung weiter kein Geld aus. Früher hat der Mensch in feuchten Höhlen gelebt, mit nichts als einem klammen Fell am Leib. Ging auch.

Der Doktor wirkt fahrig. Tante Luci stört das nicht. Tante Luci hört zu. Und mir scheint, die beiden verstehen sich, selbst wenn er böhmische Dörfer redet, komplizierte Dinge von sich gibt, Sätze wie aus einer Broschüre sagt, von einer rein privaten, vollstationären, sozialen Langzeitrehabilitation, die gemeindenah, dezentral der psychiatrischen Versorgung des Einzelnen dient. Dass die Einrichtung mittlerweile seit dreißig Jahren besteht, das Gründungshaus ein umstrukturierter Resthof mit Haupt- und Nebengebäuden gewesen ist. Dass aus der Not eine Tugend formend sich die familiäre Atmosphäre, das außergewöhnliche Zusammengehörigkeitsgefühl entwickelt hat und sich mit der individuellen Betreuung menschliche Kontakte innerhalb der Einrichtung ergeben.

Eins führt zum anderen. Ich verstehe sie erst nicht, soll aber dann auf eine Tür zugehen, die in die Küchenverkleidung eingearbeitet worden ist. Kaum zu entdecken. Nur durch den Türgriff kenntlich, weil der Doktor über die volle Breite dort seine Garderobe an verschiedenen Haken hängen hat. Ich muss einen schweren Ledermantel beiseiteschieben, damit ich die Klinke drücken, die Tür gegen Widerstand kräftig aufdrücken kann.

Nur zu, sagt der Doktor.

Sind nichts als leere Kartons und Kisten drin.

Es klappert und klirrt, als würden Flaschen kippen. Und dann ist die Tür weit offen und die Tante ruft:

Was sagt man dazu?

Und wir beginnen augenblicklich, die Kisten, Karton hinauszuschaffen. Der Doktor hält diesen und jenen Gegenstand empor. Einen Aktenordner zum Beispiel, den er längst als verschollen abgehakt und nun wieder entdeckt hat. Einen Blumentopf mit vertrockneter Pflanze, von der er noch weiß, dass sie ihm zu einem runden Jubiläum überreicht worden ist. Einen Karton mit Schmuck und Uhren, aus der Studentenzeit herübergerettet. Kleine Uhren, winzige Schmuckstücke. Ketten über Ketten, ein Klumpen so groß wie ein Fußball. Allesamt mit Kreuzen versehen. Die Sachen mussten so klein sein, damit man sie am Mann verstauen und verkaufen konnte. In London und Japan hat er damit seine Aufenthalte bestritten.

Jahrzehnte her.

Keineswegs wertloses Zeugs.

Kann man heute noch gewinnbringend umsetzen.

Zum Ende der Aufräumarbeit finden sich noch zwei große Kartons mit wertvollen Puppen. Die stammten von seiner Frau, die sich viel für derartige Raritäten interessiert und ein Heidengeld dafür ausgegeben hat.

Und dann ist der Raum leer geräumt. Ich soll ihn ausfegen, weil das Glück bringt, ermuntert mich Tante Luci. Und beide sitzen sie dann über den Kisten, die sie in der Küche verteilt haben und fleißig durchstöbern. Ein Feuerzeug erregt Tante Lucis Interesse. Feuerzeuge, sagt der Doktor, wären auch gut gegangen. Besonders diejenigen, die einen kleinen Gag aufweisen, eine eingebaute Uhr, ein Spielmechanismus, der Töne von sich gibt oder eine eingebaute Figur sichtbar werden lässt. Nackedeis. Geldsymbole. Was auch immer.

Er muss Tante Luci einige vorführen und ihr behilflich sein, sie in Gang zu bringen. Etwas muss angehoben und zur Seite geschoben werden, dass der Zünder geratscht werden kann.

Je verrückter, desto mehr Geld ließ sich da verdienen.

Ums Haus herum, in einer kleinen Scheune, stehen Möbel, sagt der Doktor. Tante Luci sucht für mich aus.

Der Stuhl.

Die Lampe.

Die Wanduhr.

Das Bettgestell.

Die Matratze nicht.

Das Bild mit Rahmen.

Die weichen Überdecken.

So ein Kissen und kein anderes.

Dieses Bettzeug, noch in Verpackung.

Keine Stunde später sitze ich auf dem Stuhl eingeklemmt zwischen Schreibtisch und Bett, die Kommode mit den vielen Schubfächern linker Hand, rechts zwei Bücherschränke mit schönem Fensterglas, unter der Lampe. Und die beiden sind zufrieden, Tante Luci klatscht eifrig in ihre Hände.

Das neue Leben.

Es kann beginnen.

Wir sollen Teller und Esswaren hier schnappen, uns nach oben ins Warme begeben, wo es gemütlicher ist. Tante Luci wird in dem Zimmer oben neben der Toilette schlafen. In einem Kinderbett, aus Großmutters Zeiten. Gerade richtig für ihre Größe. Ist alles frisch bezogen. Hat niemand benutzt. Die Feiergäste sind alle wieder abgefahren.

Seht nur, dieses schöne weiche Kopfkissen.

Aufs Kopfkissen kommt es vor allem an.

Dann kommt der Schlaf wie von selbst.

Ich muss dann in der Sitzecke seiner glatten Ledercouch wieder weggetreten sein. Ich erinnere mich nur dunkel, als sei alles unter einer Schaumdecke, bekomme unterschwellig mal ein Wort, ein Lachen, Räuspern und Gläserklirren mit, und bin wohl zweimal vom starren Leder gerutscht, zu Boden gefallen. Aalglattes Leder, eckige, steife Oberfläche, wie ein Reitbuckel bei der Westernshow, auf dem die Kandidaten ordentlich geschleudert und rasch abgeworfen werden.

Kaum dass wir morgens erwachen, führt uns der Doktor im Ort herum. Wir könnten uns später duschen. Hat eben erst die Badeheizung angeschmissen.

Die braucht ihre Zeit.

Tante Luci in ihrem engen weinroten Kleid sieht übermüdet, aber phantastisch aus.

Der Doktor zeigt uns das Dorf, die wichtigen Gebäude im frühen Halbdunkel. In der Luft liegt Güllegestank. Je mehr ich ausnüchtere, desto unerträglicher ist er, hebt mir die Schädeldecke an. Güllegestank, der in die Kleider kriecht, ins Haar dringt, ins Blut einsickert. Güllegestank, der Kopfschmerz bereitet, das Gefühl verleiht, das Hirn weiche davon auf und beginne zu verfaulen. Güllegestank, der vielleicht auch ein bisschen die Strafe für das Säuferleben vorher sein soll. Denn die hier landen sollen nicht ungeschoren davonkommen. Und die hier wohnen, wissen, dass sie nach Gülle stinken, riechen die Gülle nicht, nehmen sie gar nicht mehr wahr. Nur noch an den Tagen, an denen es zu sehr nach Gülle stinkt. Und ich denke, es ist nur allzu gerecht, dass man hier dem Güllegestank nicht entkommt, man ein Güllestinktier wird. Und der Doktor bestätigt diesen Gedankengang:

Die Gülle ist unser Glück.

Wer die Gülle erträgt, bleibt.

Die Gülle ist unsere Nagelprobe.

Gülle lenkt vom Entzug ab. Gülle überlagert alle bösen Gedanken. Der Güllegestank hat manchen hier eher geheilt als sein Wille. Gülle und Wille. Da besteht eine Verbindung, sagt der Doktor. Gülle heilt. Und keiner entkommt ihr, weil der Mensch ein Atemtier ist. Und Tante Luci hat von der Gülle bereits eine seltsame Stimme bekommen, klingt, wenn sie den Doktor etwas fragt, als hätte sie Helium inhaliert. Klingt wie die Stimme aus einem Zeichentrickfilm. Genauso abgehackt und höher als gewohnt. Irgendwie vogelähnlich, hell bis piepsig. Kann sein, sie kommt mir auch nur so komisch vor, weil ich noch restalkoholisiert bin oder weil ich, nach all den Jahren unter Strom, diesen Morgen nichts getrunken habe.

Kiriki, zwitschert Lucky Luci, fragt mit ihrer Piepmatzstimme den Doktor seltsam unnötige Dinge. Ob er zum Beispiel wüsste, wie viele Meter der Kirchturm auf dem Friedhofshügel an Höhe misst. Und der Doktor sagt schülerbrav dreiunddreißig Meter. Und lacht wie ein Motor, der kurz anspringt und stecken bleibt. Und Tante Luci sagt nach Jahren wieder:

Egészségedre Palinka.

Das ist höher als von mir gedacht.

Und kichert wieder wie ein Schulmädchen auf dem Schulhof, das den Jungen aus der höheren Klasse zu gefallen sucht. Dieses alberne Benehmen der Tante, ihr aufgetautes Egészségedre Palinka, das rote Kleid, die Morgenfrühe, die neue, ungewohnte Gegend, das schnelle Gerede, die fremde Morgenluft zur Dämmerung um uns und in der Ferne Geräusche, dieses Pochen und Tönen, als würde etwas über einen Metalltisch gezogen, das alles bringt mich zum Weinen. Und zum Güllegestank gesellt sich noch das Atomkraftwerk. Wir haben es bei der Besichtigungstour ständig vor Augen. Es ist von allen Seiten gut ausgeleuchtet und sieht im Abendrot wie eine Moschee aus. Der Bürgermeister, sagt der Doktor, führt einen vergeblichen Kampf gegen die deutlich höhere Sterberate durch Krebs, die festgestellt worden ist. Und wird keine Ruhe geben, bis das Ding abgestellt wird. In seinem Büro hängt eine Riesenkarte. In den grau eingezeichneten Gebieten ist alles so weit in Ordnung. Was einem rot ins Auge springt, erklärt er zum Krisengebiet. Sein Ort ist stark gerötet. So rot, wie ein Hummer wird, wenn man ihn in kochendes Wasser gibt. Hier erkranken die Menschen doppelt so oft wie in den etwas weiter vom Kraftwerk entfernten Regionen. Seine Frau ist an Krebs gestorben. Gerade sechzig Jahre alt. Und vor ihr sind andere viel zu früh an Krebs gestorben. Nun will er es genau wissen. Wie viel Schuld trägt das Atom am Tod seiner Frau? Atom in der Luft, von dort in den Ort gestrahlt. Man sieht es ja nicht. Es kommt nicht mit dem Wind über die Landschaft geblasen, wie die Gülle, die man riechen kann. Und übers Wasser geschaut, steht dort am Ufer das zweite Kernkraftwerk. Das bringt uns die Krebserkrankungen der Lunge, der Speiseröhre, des Magens. Und dann ist da noch die Farbenfabrik, die wäre als Verursacher auch nicht auszuschließen, so wie hier früher mit beißenden Lacken umgegangen worden ist. Auf dem Werftgelände haben sie reichlich Chemikalien versprüht und alles verpestet.

Ist schon Irrwitz, sagt der Doktor, dass die in seiner Heilanstalt von der Sucht geheilten Bewohner in der Zwischenzeit durch das Atom an Krebs erkranken könnten.

Das Haupthaus, erklärt der Doktor beim Rundgang, ist um die ehemalige Meierei, eine Werkstatt mit integriertem Wohnbereich, vergrößert worden, dort werde eine Schlosserei betrieben. Arbeitsmöglichkeiten für die Bewohner seien innerhalb des Komplexes teilweise vorhanden. Das daraus resultierende, gesteigerte Selbstwertgefühl ermögliche zunehmend selbstverantwortliche Arbeit und Tagesstrukturen. Nun ja, sagt er.

In diesem Haus ist was los, geht zu wie im Tollhaus.

Redet von der Einrichtung wie über einen Verein, dem er als Trainer vorsteht: Wir müssen hier alle an einem Strang ziehen, oberste Pflicht. Die Arbeitstherapie in der Meierei besteht vordergründig aus der Arbeit in der Tischlerei, die sich der Möbelrestauration und dem Windmühlenbau widmet.

Oh, Windmühlenbau, jubelt die Tante.

Er könne uns eine zeigen, wenn wir wollten.

Oh ja, zeigen.

Der Doktor führt uns herum, wohl auch, um Tante Luci etwas zu bieten. Es wird ein großer Ausflug. Und schon steigen wir in ein Auto, fahren Richtung Neubau. Falls wir es nicht längst bemerkt hätten: Es gebe zwischen Betreuer und Bewohner keinen sichtbaren Unterschied. Alle kleiden sich, wie ihnen ist. Ist ja auch kein Gefängnis, wo die Wärter zu erkennen sein müssen. Sind ja keine Gefangenen. Solange alles seinen geregelten Gang geht, kann hier ungestört weiter gearbeitet werden. Was nicht passieren darf, ist richtiger Ärger, sagen wir, dass einer auf dem Dach steht und mit Selbstmord droht, das Dorf zusammentrommelt, die Polizei anrückt, die Sache dann Riesenwellen schlägt, den Tag darauf in der Zeitung steht. Ein Durchgeknallter reicht aus, allen alles zu verderben.

Alles ja, nur so etwas bitte nicht.

Zigaretten sind erlaubt und werden im kleinen Einkaufseckchen feilgeboten. Rauchen lenkt ab. Sucht gegen Sucht. Wer raucht, kommt nicht auf dumme Gedanken.

Ich schaue in die Ferne, während der Doktor uns weiter herumfährt, sachlich, fachlich informiert, von in den Raum greifenden Aktivitäten redet und damit den Bau von Kinderschaukeln meint, die damit verbundenen Schweißarbeiten.

Die Tante setzt nun das Gesicht auf, das man bei Menschen findet, die in einem Museum herumgeführt werden und einem Führer lauschen. Privat finanziertes, sich selbst tragendes betreutes Wohnprojekt versteht man als Formulierung doch erst, wenn man, wie der Doktor selbst, lange genug in der Materie steckt, sage ich mir und bewundere Tante Luci sehr, die ihm weiterhin ihr Ohr leiht, sogar auch einmal nachfragt. Und er redet etwas vom Abbrand des Hauptgebäudes anno dunnemals. Ein Riesenfeuer. Binnen weniger Augenblicke außer Kontrolle. Die Gemeinde habe mit Notunterkünften ausgeholfen.

Schon sind wir im Automobil auf dem Weg zum Ort des Geschehens am Rand des Dorfes, zur Außenstelle, dem Neubau. Der Doktor redet unbeirrt weiter, von Grundsteinlegung, Fertigstellung, Beibehaltung, Ausweitung, Bewohnerkapazität, Dienstleistungen auf einfachem Niveau.

Tante Luci sieht einmal kurz zu mir hin, lässt die flache Hand vor ihrer Stirn kreisen. Ihre Augenbrauen heben sich, während der Doktor über qualifizierte Mitarbeiter, externe Psychotherapie, soziale Kompetenz, Arbeitstraining, Belastungserprobung referiert. Wird früher so gewesen sein, sagt Tante Lucis Geste. Sind eh nur Worte, nichts als Worte, diese vielen Begriffe, von denen ich Hauswirtschaft, Küchendienst, Wäscherei, Reinigung, Gartenbau, Polsterei, Hobbybackstube noch weiß. Führt uns zu einem Haus, das auch ein Leuchtturm ist. Oder der Turm war zuerst da, und das Haus ist um den Turm herum errichtet worden. Wir dürfen hinein und die Wendeltreppe hinauf, weil der Doktor den Bewohner des Leuchtturmhauses kennt. Wir können von der Aussichtsplattform in die Landschaft sehen. Der Doktor zeigt uns den Ort, den Fluss, der sich an den Ort schlängelt. Stör heißt er.

Auf dem Friedhof dann soll ich die beiden allein lassen. Tante Luci redet mit mir wie mit einem Schuljungen. Man habe Wichtiges zu reden: diesbezüglich. Sagt diesbezüglich, ruckt dazu den Kopf, einer Henne ähnlich, zwinkert mit dem Auge. Redet seltsam gestochen. Bemüht Formulierungen wie: in Richtung jener Angelegenheit, Bezug nehmend. Und verschwindet diesbezüglich um die Ecke, lässt mich diesbezüglich sitzen, sie verhandeln im Verborgenem. Sind danach seltsam heiter, die beiden.

Ist für mich nicht neu, ausgestoßen zu sein. Finde immer etwas heraus, was die anderen dann eben nicht sehen und von mir auch nicht erzählt bekommen. Hier zum Beispiel beobachte ich die Frau Küsterin mit ihrem Herrn Mann durch die Hecke beim Versuch, einen Sarg auf einem Leiterwagen in die Kirche zu schaffen. Der Weg ist sandig. Die Frau zerrt vorn. Der Herr Mann stöckelt hinterdrein. Die Frau hält inne und schimpft den Mann einen untauglichen Sargschieber. Erregt sich, läuft hin und her, auf und ab, gestikuliert und poltert, klatscht die flache Hand gegen die Stirn.

Ich habe genug gesehen, höre nur noch Gezeter und die Kieselsteine unter meinen Füßen. Die Steine knirschen und tuscheln. Ich stehe vor dem Kriegsopferdenkmal, einem Triptychon aus Sandstein. Ein ruhendes Totenschiff, an Land gezogen. Auf dem breiten Grabstein sind die Namen der Toten beider deutscher Kriege aufgelistet. Von den Schlachten bleibt nichts weiter übrig. Ein gemeißelter Stahlhelm im Strahlenkranz. Rechts, links in Stein gehauene Löwen. Und mittendrin das steinerne Kreuz. Gefallen in Frankreich, Russland, Polen, Belgien, Freiburg, Budapest, Galizien, Düsseldorf, Danzig, lese ich. Der Tod ist umtriebig, denke ich.

Hat eine eigene Theorie, der Doktor, sagt Tante Luci, was den Umgang mit Alkohol betrifft. Setzt auf konsequente Reduzierung. Arbeitet mit Rückfällen. Statt den Alkoholiker radikal trocken zu setzen, lässt er ihm Freiraum, Übergangsphasen. Weil doch der trockene Alkoholiker ein Alkoholiker bleibt. Man soll sich selbst disziplinieren, das Verlangen reduzieren, die Teufel zur Ruhe bringen, einschläfern. Weniger trinken ist das Mehr, sagt der Doktor: Sterben nie aus, die Trinker.

Wachsen stetig nach.

Wird es weiterhin geben.

Seine Schäfchen, sagt der Doktor, müssen schon richtig hoffnungslose Fälle sein, die Ehre zu haben, hier zu landen. Sind alle mehrfach in der Entgiftung gewesen, werden längst als therapieresistent eingestuft. Nie richtig bereit, sich therapieren und vom Alkohol wegbringen zu lassen, werden sie von den Zuständigen schließlich wie ein schmutziges Tuch gemieden. Sie werden notversorgt und schnell entlassen. Und schlagen dann wieder zu, dass sie den Weg hierher nicht auf ihren eignen Beinen bewältigen können.

Das Mühlrad hört nicht auf, sich zu drehen.

Man wird aufgenommen, mit Vor- und Zunamen eingetragen. Es werden die üblichen Fragen nach den Angehörigen gestellt, die, sofern vorhanden, informiert werden. Und dann bekommen die Ankömmlinge Bettruhe verordnet. Gegebenenfalls werden sie an Händen und Füßen festgegurtet, dass es bei ihrem Entgiftungsprozess nicht zu Komplikationen kommen kann, sagt der Doktor.

Man wird an den Tropf angeschlossen. Es werden bestimmte Medikamente eingesetzt, dass der Entzug optimal verläuft. Je stärker jemand alkoholisiert ist, desto länger dauert sein Aufenthalt. Denn Alkohol ist ein Gift. Das Gift führt man sich zu, wenn man Alkohol trinkt. Gift sammelt sich im Körper an und richtet sich dort wohnlich ein, und wenn man ihm beizukommen sucht, muss man das Gift dem Körper entziehen, es regelrecht verjagen. Ist man entgiftet, ist man noch nicht entwöhnt. Erst nach der Entgiftung beginnt die Entwöhnung.

Nach dem letzten, fast tödlichen Besäufnis will man aufhören und gestattet sich daraufhin ein allerletztes Besäufnis und will dann am nächsten Tag Schluss machen. Kann aber doch nicht alles hinter sich lassen. Und säuft noch ein paarmal. Und hofft, das lecke Schiff werde sich von allein reparieren. Lässt sich nicht so einfach umstülpen, das Leben.

Auf dem Friedhof zeugen die Grabsteine, auf denen nichts weiter vermerkt ist als ein Vorname, von den vielen umsonst ausgefochtenen Kämpfen.

Einmal Alkoholiker, immer Alkoholiker, wiederholt der Doktor. Säufer sind ständig in Gefahr, auch wenn sie sich geheilt vorkommen. Von heute auf morgen mit dem Trinken aufhören, sagt der Doktor, bedeutet noch nicht, es für den Rest des Lebens geschafft zu haben. Man ist ein Gefangener in seiner Trockenzelle, von angsteinflößenden Suchtträumen heimgesucht. Errichtet mächtige Pyramiden, der süchtige Mensch, erfindet Ausreden, die ungezählten Krisen zu übertünchen, sagt der Doktor, zitiert in leicht abgewandelter Form Gottfried Benn: du und das Grenzenlose. Trink nur, trinke. Und alle Schatten drängen die Lippe ins Glas. Fütterst eh nur dein Ermatten. Der Fluss lässt sich nicht überspringen. Sieh dich als Brücke. Die du zum Einbruch geführt hast, nun mühsam wieder aufrichten willst.

Ist eine Fahrt mit der bösen Lok, die Sucht. Dampft und zischt und rast, diese Lokomotive, reißt mit ihren Passagieren den Streckenteil herunter, auf diesen Tunnel, dieses schwarze Loch zu, durch das man während der Therapie rauscht. Versucht die Säufer vor dem Ziel abzuwerfen wie ein wildes Pferd.

Nicht leicht, sich aus den Fängen der Sucht zu befreien, zurück ins Leben zu finden. Davon, die Säufer radikal trocken zu setzen, hält der Doktor nichts. Je länger der Trockenzustand anhält, desto größer sind die Gefahren. Man schafft es jahrelang, trocken zu bleiben. Und dann, durch allzu große Freude, durch Kummer, Trauer, Gram, greift man nach dem einen Schnaps. Und schon beginnt alles mit diesem Einglasschadetnicht wieder von vorne und endet heilloser als je zuvor.

Der Trockengelegte lässt sich wieder volllaufen.

Gleich hinterm Ort fängt der traurige Norden an, sagt der Doktor. Wir wohnen hier in einem Flachgebiet, so flach wie ein Flugzeugträger. Man muss kriechen, auf dem Bauchnabel rutschen, sich eingraben, will man nicht gesehen werden. So flach ist das Land, dass die Hasen ihre langen Ohren verfluchen. Flachland, von dem die Leute sagen, man könne am Donnerstag sehen, wer am Samstag zum Kaffee auf Besuch kommt.

Ungewohnt frei fühlt man sich in dieser flachen Landschaft, sagt der Doktor. Kann sich von allen Seiten her betrachten lassen, bleibt in diesem Landstrich erhaben, verliert nicht an Größe, kann sich nicht verstecken.

Es hilft nicht, meint der Doktor, dass man von sich meint, ein menschenfreundlicher Mensch zu sein, der Tiere mag und die Vögel in der Luft und Hasen zu Ostern, Tannenbäume zu Weihnachten, Kinder, die toben und kreischen. Ich mische mich hier unter die Ureinwohner. Ich sitze auf ihrer Zielscheibe. Ich nehme an ihren Tischen Platz. Ich esse mit ihnen die krude Hausmannskost. Sie sollen nicht denken, dass ich Extraportionen bekomme.

Du wirst beargwöhnt. Darfst niemandem den Rücken zudrehen, wie ein Dompteur seinen Raubtieren nicht den Rücken kehren darf, sagt der Doktor. Meinen Leuten befremdlich, den Dorfbewohnern fremd, spende ich Geld für Kindergarten und Schule, organisiere Konzerte in der Kirche.

Wer anderen behilflich werden will, muss sich selbst am meisten achten. Nur nicht leichtsinnig werden, nicht der Routine verfallen. Aufhören, wenn man den Überblick verliert, die Bande nicht mehr unter Kontrolle hat. Ich werde mit diesen hier und jenen dort nicht warm. Sie werden ihre gemischten Gefühle mir gegenüber nicht los. Und meinen, sie ersticken an mir. Dabei ersticken sie nur an ihrem Argwohn. Du schluckst die Brocken ihrer Ablehnung und bist geheilt von deinem Traum, dass die Menschen sich Brüder und Schwestern sind in der Not. Das Dorf wird mein Zuhause nicht, sagt der Doktor. Ich habe in der Anstalt, die ich leite, meinen Halt, in der Gesellschaft Verlorener.

Es heißt, man suche in der Entfernung das Glück. Es heißt ferner, man muss das Erz mitunter aus großer Tiefe ans Licht fördern. Und man denkt nicht daran, sich als ein Bergwerk zu sehen, in dessen Innerem alle Schätze dieser Welt liegen, die im Leben von einem selbst nicht geborgen werden können. Ich werde, weil ich mich entschieden habe, den Verlierern zur Seite zu stehen, selbst für einen Verlierer gehalten.

Ich gehe durchs Dorf wie über einen fremden Kontinent, mit dem Gras der mürrischen Abneigung bewachsen, das die Dorfbewohner kauen. Ich gerate in bester Absicht zwischen die Stühle, deren Lehnen Disteln sind. Ins Moor ihrer Ablehnung würden sie mich stoßen, mit all den üblen Ausdünstungen ihrer Skepsis, ihrer Feindlichkeit lähmen und dann die Ohnmacht ausnutzen und mich erledigen.

Am Ende werde ich das Haus verlassen. Niemand wird weinen oder mit mir am Hafen stehen. Du kannst zu dir sagen, du hast Menschen geholfen. Die Menschen sagen sich, das ist nun einmal sein Job: Rettungspersonal, Feuerwehrmann. Und so steht dann der Retter am Hafen, blickt in die blaue Unendlichkeit hinein.

Ich teile mein Büro mit den anderen und habe, falls der Aufruhr kocht, keine Chefetage und keinen abgesicherten Bereich.

Mit Büro ist der Raum hinter der Schaufensterscheibe gemeint, in dem ein Tisch steht, von dem aus der Chef nach draußen schaut. Der Tisch, an dem nur der Chef sitzt, wenn er nicht mit den anderen Dingen beschäftigt ist oder oben mit den Leuten sein Mittagessen nimmt. Sitzt an dem Tisch hinter seinen Papieren, wechselt mit Bewohnern oder Besuchern ein paar heitere oder ernste Worte, inmitten der laufenden Büroarbeit, zwischen Menschen und den zwei Schreibtischen und Aktenschränken, mit dem Rücken zum Schrank für die Medikamente, mit dem Gesicht zu den Regalen für die Aktenordner, auf seinem Stuhl neben dem wackligen Kleiderständer. Er wäre Alkoholiker geworden, hätte er sich nicht entschieden, Chef einer Heilanstalt zu sein. Er schrecke sich durch das Erleben ab. Er sei wie der Wirt in der Kneipe, der saufen würde, wäre er nicht hinterm Tresen den Gästen verpflichtet. Wie sie quietschvergnügt hereinspaziert kommen, dann zu trinken beginnen, binnen weniger Momente seltsam, ausfällig, unmöglich werden, dass man ihnen die Grenzen aufzeigen, sie abkassieren, hinauswerfen und mit Kneipenverbot belegen muss.

Eine Menge Menschen mit wundervollen Talenten seien durch dieses Haus gegangen, sagt der Herr Doktor, auch Künstler. Ein stimmgewaltiger, mitunter nerviger Opernsänger sei hier zu Gast gewesen, der das Gloria aus *Aida* durchs Haus gepeitscht hätte und nach dem erfolgreichen Aufenthalt hier Marktschreier geworden wäre. Einer seiner Gäste hätte sich als Koch erwiesen. Gulasch, Knödel, Pizza, Bratwurst, Linsensuppe, Erbsenbrei, Weißkohlauflauf, Kürbispasta, Wruckentopf und Karottensalat habe er zubereitet. Ist rund geworden wie ein Medizinball. Soll in der Branche ein anerkannter Mann geworden sein.

Mitunter klappt es.

Manchmal hilft die Therapie.

Das handwerkliche Geschick meiner Leute, sagt er, ist an den Windmühlen in den Vorgärten des Ortes abzulesen. Mühlen, die durch ihre Stattlichkeit das Gesicht des Ortes prägen und mittlerweile auch das anderer Orte. In der Tischlerei des Ulenhofs gefertigt. Ein Mühlenwahn, ausgelöst durch einen

Reetdachdecker, der eines Tages unter Höhenangst litt, sich nicht aufs Dach hinauftraute und zu saufen begann. Und dann hier landete, die Angst vor der Höhe durch den Bau kleiner Mühlen kompensierte.

Der erste Auftrag kam seinerzeit von einem Taubenzüchter, der seinen Tauben eine Mühle mit Reetdach anbieten wollte, wofür sich der ehemalige Reetdachdecker vollends in die Arbeit kniete. Der Windmühlen-Taubenschlag-Prachtbau hat ihm am Ende so sehr gefallen, dass er sich weigerte, ihn dem Taubenfreund auszuliefern, sich stattdessen selber Tauben besorgte und eine Menge Ausreden erfand, den Kunden zu vertrösten, bis dieser ihn verfluchte und aufgab. Mit den Jahren wechselten die Materialien. Holz löste Schindel ab. Anfällige Kugellager wurden durch wartungsfreie Fahrradnaben ersetzt. Man kann von kurzzeitiger Mühlenserienproduktion sprechen. Geliefert wurde in drei Größen. Die Produktion stieg im Handumdrehen um ein Zigfaches. Hundert Stück pro Jahr, denkt er schon. Sie können gar nicht so viel liefern, wie Bestellungen eingehen, kommen mit dem Bau nicht mehr nach. Die Lieferfristen verlängern sich. Die mühlengierigen Kunden drängeln. Es heißt, die Mühlen fänden sich sogar in Pariser Schickimicki-Edel-Käsegeschäften und einem überseeischen Antikladen wieder.

Einige Künstler wohnen auch jetzt hier, sagt der Doktor und lacht. Hein ist so eine Begabung. Er zeichnet die schönsten Katzen und Blumen, nimmt schon seit Jahren am Zeichenunterricht teil, von einem Zeichenlehrer beraten, extra aus Polen angereist. Künstler Thorsten geht geschickt mit dem Lötkolben um, lässt Meer und Wellen, Leuchttürme und Möwen auf Holzbrettern entstehen. Künstler Lars und sein aufgemotztes Fahrrad sind ein Kunstwerk für sich.

Künstlerin Engel erschafft wahre Wortwerke wie Termiten-Tempel, spricht ununterbrochen ungehört bühnenreif. Dass der Säufer ein menschgewordener Fingerabdruck unserer Welt ist, zum Beispiel. Oder: Jeder Säufer ist zuerst sich selbst zugetan. Sein Leben wegwerfen heißt nicht, es für vergeudet und verpfuscht zu halten.

Jockel sagt auch recht schöne Dinge, die niemand hört, die einfach so im Raum schweben und dann platzen und verschwinden. Ausgestoßen mit dem Rauch seiner selbst gedrehten Zigaretten.

Die Männer reden recht gern über das Rauchen, das einzige Laster, das ihnen geblieben ist. Sie fragen sich nach den Sorten und den Rauchgewohnheiten aus.

Wann hast du mit dem Rauchen begonnen?

Da war ich fünf Jahre alt.

Wie viele Zigaretten rauchst du an Spitzentagen?

Drei Schachteln pro Tag.

Wie oft stehst du zum Rauchen nachts extra auf?

Kann treffend über den Betrieb herziehen, wunde Stellen benennen, hat einen gewissen Witz. Will man sich gut vorstellen, wie Engel oder Jockel einst jeder für sich in der Stammkneipe tapfer vom Leder gezogen, mit Worten gefochten, mit Sätzen um sich geschlagen und zugestochen haben.

Die zu viel essen, werden nicht so schlecht angesehen wie die, die zu viel trinken, ist so ein Ausspruch von Jockel. Hat verbales Talent. Sagt Sachen, die man als Sprechtheater aufführen kann. Sätze, die sich der Doktor alle notiert hat und aus dem Büchlein vorliest: Das Wort Bier ist nicht ohne Schaum zu denken. Das Wort Abschaum wird in der Kneipe geboren. Mit wem soll man in einer Stammkneipe noch tauschen wollen außer mit dem, der sagt, dass er den kürzesten Heimweg von allen hat. Man trinkt mit dem inneren Emigranten. Beim Baum drängen die Wachstumsringe nach außen, beim Trinken geht die Maserung nach innen. Saufen ist nur ein anderer Versuch, Vollkommenheit zu erreichen. Der echte Trinker kennt nur eine Angst: Kneipenschluss. Die Kneipen sind die Universitäten des Lebens, man muss nur rechtzeitig aufhören, darin der Student zu sein. Über den Daumen gepeilt, sieht der Hilfesuchende weit mehr von seinem Daumen als vom Weg, der Rettung verspricht.

Steckt Lebensklugheit in dem, was sie so daherreden. Für die Katz. Die Bewohner sind viel zu viel mit sich beschäftigt, als dass sie anderen lauschen. Die Fähigkeit, sich zu entspannen und zuzuhören, ging ihnen beim Saufen verloren. In der Kneipe, wo man nicht wirklich mit den Gästen spricht, wenn man mit jemandem redet, und dir keiner zuhört, auch wenn sie alle heftig nicken.

Schaum und Rausch.

Nötiges Kleingeld kann man sich auch im Dorf verdienen. Immer ist irgendwo Erde aufzureißen oder zu planieren. Und um die Ecke sind Gehwegplatten zu verlegen. Ein Anruf genügt, schon arbeiten die Bewohner in Nachbars Garten, hegen und pflegen Pflanze und Tier, sammeln Herbstlaub ein, schieben Schneemassen beiseite, führen Hunde aus, reinigen den Warteraum der Arztpraxis, halten Dienstzimmer in Schuss, helfen anbauen, ausbauen, umbauen, zumauern, ausheben, abreißen, aufrichten, hochziehen, fällen, umsetzen, auslegen.

Sind aber auch eine Menge spannender Leute im Laufe der Zeit auf der Strecke geblieben. Ein gewisser Mock, in der Großstadtszene bekannt, hat hier kurzzeitig sein Atelier eingerichtet, einen Haufen Bilder gemalt. Großartige Werke. Mal war er Lady Korsika, dann wieder Mock the Best und nur selten, der er wirklich war, Hans Danot, gelernter Plakatmaler, früher Alkoholiker, der hier sein Talent wiederentdeckt, eine herrliche Schöpfungsphase durchlebt hat. Eines Tages bekam er Besuch, seinen Agent. Ist mit ihm gegangen. In die Großstadt zurück, wurde von ihr geschluckt.

Nie wieder etwas gehört von Mock.

Zeit, ihnen lange nachzutrauern, bleibt nicht. Der eine geht, der Nächste kommt. Ständige Fluktuation. Reisen aus aller Herren Gegenden an. Eine internationale Truppe von Säufern hier, sagt der Doktor. Victor zum Beispiel kommt aus dem Osten. Woher genau, sagt er nicht. Man könnte, wenn man sich die Zeit dafür nähme, das Land, aus dem er stammt, an der Sehnsucht in seinen Augen ablesen, sagt der Doktor. Die Augen können die Herkunft einfach nicht verbergen. Wir nennen ihn den russischen Schweiger.

Kann herrlich schweigen, der seltsame Mann. Schweigt beredt, sagt der Doktor. Berichtet mit geschlossenem Mund über das russische Leben, das Dorf, das es so nicht mehr gibt. Die Eichen vor dem Elternhaus reichen nicht mehr bis an das Himmelszelt. Und die Kraniche schreien aus dünnen Hälsen. Der Verkehr führt durch das Dorf. Der Geräuschpegel ist angeschwollen. Der große Tanzsaal ist verwaist. Die genossenschaftlichen Stallungen sind leer. Das Quieken der Schweine verstummt. Nutzt nichts zu jammern. Die Jugend zieht es in die Städte.

Und dann führt uns die Tour in die Fahrradwerkstatt, von der Tante Luci augenblicklich begeistert ist. Da hängen so viele Rahmen, Räder, Schläuche. Und Tante Luci ist, als wäre sie in einem Kunstmuseum. Schaut sich um, als würde sie vor berühmten Bildern stehen und als wären die Arbeiter in der Werkstatt Aussteller von hohem Rang. Steht vor den Ersatzteilen auf der Werkbank wie im Louvre vor der Mona Lisa. Schaut sich die an die Wände gehängten Materialien an. Tippt dann da auf eine nackte Felge, bringt dort ein Vorderrad zum Kreisen, dass die Speichen funkeln. Und ach, erst all die verschiedenen Sattel, Lenker, Gepäckträger. Und sie darf all die Dinge hier anfassen, bekommt ein Rad in die Hand gedrückt, soll die Pedale treten, das Hinterrad tüchtig surren lassen. Einer der Mitarbeiter hebt es für sie mit beiden Händen extra an. Wenn sie wolle, könne sie sämtliche Fahrradklingeln betätigen, *Bicycle bicycle bicycle I want to ride my bicycle* auf Rohr und Blech trommeln.

Es ist eine große Erfahrung. Der lahme Vogel erhebt sich, beginnt mit den Flügeln zu schlagen, ahnt die bevorstehende Wiederbelebung, sieht sich in der Luft. Von einem Tag zum nächsten in eine unbekannte Wirklichkeit geworfen, eröffnet sich mir eine ganz andere Welt. Und ich denke: Heiliger Bimbam, das hat meine kleine Tante Luci wirklich gut hinbekommen, und bin so unendlich stolz auf meine kleine, dünne Tante. Ja, doch. Daran gibt es keinen Zweifel. Ich wäre in der Stadt versunken, wie ein leckes Boot untergegangen. Es war richtig von ihr, mich zu entführen. Ohne sie hätte ich weiter nur den vergeblichen Kampf gekämpft, denn du entkommst ohne Anstoß von außen dem Klub der saufenden Selbstmörder nicht.

Sie wird wiederkommen, so rasch es geht, verspricht sie. Und verabschiedet sich herzlich bei allen. Und wischt sich die Tränen wieder nicht ab. Und ich weiß nicht, warum, denn ich habe bis hierher noch gar nicht viel von der Einrichtung gesehen und die Gegend, die ich mitbekommen habe, sieht nicht unbedingt besonders einladend aus. Ich muss Tante Luci plötzlich herzlich umarmen, intensiv und fest an mich drücken, ihr drei, vier Küsse geben und ihr überglücklich sagen, dass dieser Ort ein wirklich guter Ort ist. Und ihr wird es in diesem Moment auch gerade so richtig tief bewusst.

Und ist dann auch bald zu Hause angelangt und ruft hier nun regelmäßig an, weckt mich mitten in der Nacht. Sich dagegen wehren nützt nichts. Tante Luci nimmt keine Rücksicht auf die Tages- oder Nachtzeit, greift zum Telefon, wenn sie es für notwendig empfindet. Ich sage:

Tante Luci, weißt du, wie spät es ist?

Und sie antwortet: Natürlich, mein Junge.

Denkst du denn, ich kenne mich nicht mehr mit der Uhrzeit aus.

Dass ich durch ihr Klingeln aufgeweckt wurde, schlaftrunken am Hörer hänge, interessiert sie nicht. Es heißt nur dauernd:

Jetzt rede ich.

Du hörst mir zu.

Ich höre ihr zu und sage mir, okay, so kann ich etwas von

der Aufmerksamkeit, die sie mir immer geschenkt hat, zurückgeben. Als Dankeschön dafür, dass sie sich für mich eingesetzt hat. In der Schule, bei den Lehrern, den Behörden und den Eltern gegenüber. Sie redet alles Mögliche über das Büro, das ich irre finde, für mich wie eine ständige Theateraufführung ist. Samuel Becketts Satz: Sie laufen, aber sie legen keinen Weg zurück, hier stimmt er hundertprozentig. Ich soll schön alles aufschreiben, was mit mir geschieht, sagt die Tante, schickt mir ein Notizbuch. Schöne leere weiße Seiten, die ich für sie füllen soll.

So gern wie ich lese.

So etwas wie deine Totengräbergeschichten.

Du hast die Gabe, Junge, die nicht verkümmern darf.

Und erst die Briefe, die ich ihr früher geschrieben hätte, regelrechte Kunstwerke. Ich solle mich nur gut eingewöhnen und durchhalten. Ich solle mich anständig benehmen, ihr keine Schande bereiten. Ich solle ihr nur feste schreiben. Ich solle vor allem rasch gesunden.

Ich lebe beim Doktor im Haus. Ich erforsche es. Einsamkeit ist das Erste, was zu bewältigen ist, willst du ohne Alkohol auskommen. Die erste Stunde ist angefüllt mit allerlei Abwechslung, die der Ortswechsel mit sich bringt. Die nachfolgenden Stunden bin ich im Haus unterwegs und dann zum Haus hinaus, um das Haus herum. Und dann habe ich einen halben Tag bewältigt und mich genug umgesehen und mich auch in dem Zimmerchen hinter der Küche provisorisch eingerichtet. Und Glück damit, dass ich matt bin, wegtrete, einschlafe. Und Pech damit, dass ich mitten in der Nacht erwache, durchs fremde Haus tapse, den Kühlschrank öffne, in dem eine angefangene Weinflasche steht, von der Geburtstagsparty des Doktors übrig geblieben.

Und eine neue Stimme spricht zu mir, die ich als meine innere Stimme erkenne. Sie spricht gebieterisch und angestaubt wie eine Lehrerin: Mit einiger Sicherheit ist das da abgestandenes Zeug, das dich nicht zu interessieren hat, zumal es Weißwein ist, die Sorte Stimmungsaufheller, die du nicht magst. Du hast dich auf Rotwein spezialisiert, bist der Gin-Tonic-Mann, dem man noch bis gestern seine Sonderdrinks gemixt hat. Von Weißwein wird dir nur übel. Also Finger weg. Aber die Stimme ist nicht durchsetzungsfähig. Ich habe mich doch längst schon entschieden. Ich greife zu, krame sogar ein Glas hervor, gieße mir ein, genieße den Inhalt der gesamten Flasche. Und schleiche durchs Haus auf der Suche nach Nachschub in dem hauseigenen Keller. Und welch ein Fund. Der Doktor hat ein kleines Depot angelegt. Was dort alles lagert, er wird es sicher nicht mehr wissen. Es ist feucht da unten. Spinnweben, Kellerasseln und Modergeruch. Die Flaschen, die dort deponiert sind, weisen alle sichtbare Spuren von Vernachlässigung auf. Zerfledderte, arg verwitterte Etiketten, Staubschichten, mit Öl beschichtet, das es gar nicht in der Kellerluft geben kann. Rostige Verschlüsse, wenn man genauer hinsieht, auch Schimmelpfropfen am Korken. Hallo, hallo, meldet sich die neue innere Stimme zurück. Sieh einer an. Du bewegst dich wie in einem feinen Laden in gebückter Körperhaltung, zwischen all den mitgenommenen Regalen, Kisten, Körben, nimmst jede kleine Schnapsflasche in die Hand, beschaust sie wie eine Jahrgangssensation und entschließt dich recht flink, besser zwei Weinflaschen unter deine Fittiche nach oben in die Küche zu entführen, wo der Korken dann beim Versuch, die erste Flasche zu öffnen, zerbröselt. Das Gesöff, das verspreche ich dir, schmeckt so abscheulich, wie der gesamte Keller riecht. Was dich aber wohl nicht stört, als der immer noch elendige Säufer, der die Flasche schon irgendwie aufbekommen wird. Und ich will nur hoffen, dass der damals schon nicht so besondere Wein eines schlechten Weinjahres dir hoffentlich übel zusetzen und ein qualvolles Delirium bescheren wird.

So garstig können nur innere Stimmen mit einem reden.

Der Doktor erwischt mich am Morgen. Ich bin am Küchentisch eingeschlafen. Und ich melde mich aus dem Delirium mit meiner fremden Stimme wieder, die tiefer klingt, etwas Bluesiges hat, wenn ich mit ihm über die Nacht spreche, an deren Verlauf ich nicht alle Einzelheiten erinnere. Ich möchte den Konsum eindämmen, lalle ich, mich nicht mehr betrinken und gesunden, nicht mehr voll auf Tour laufen, die inneren Organe schonen, mit dem Alkohol umzugehen lernen. Der Doktor soll mich nicht trockenlegen, mir eher die Zeit geben, die es braucht, mich aus der Sucht zu verabschieden. Ich will meine Abhängigkeit in den Griff bekommen und steuern. Es geht so furchtbar schnell, durch die gesellschaftlichen Maschen zu rutschen.

Wie lange wird meine Heilung brauchen?, frage ich den Doktor.

Was schätzt du denn?, fragt der zurück

Ein halbes Jahr, sage ich und denke eventuell an weniger Zeit.

Drei, vier, besser fünf Jahre, sagt der Doktor.

Und ich kann nicht beschreiben, wie es mich durchfährt. Ich werde stocknüchtern davon. Drei, vier Jahre in diesem Dorf. Ich werde meine Sucht also nicht wie einen Teppich über die Klopfstange legen und ordentlich ausklopfen können. Ich werde also Ausdauer beweisen müssen.

Im ersten halben Jahr stünde nichts weiter an, als mich einzugewöhnen, mit den Umständen klarzukommen, sagt der Doktor. Die kurze Frist, die es brauche, sich zu erkennen und zu analysieren.

Ich bin für dich da.

Wir werden viel miteinander reden.

Du wirst dich an dunkelste Kapitel deines Lebens erinnern müssen. Allein kommt keiner aus dem Schlamassel. Ich habe getrunken, mich und die Welt um mich herum zu vergessen, sage ich. Viel ist da nicht, woran ich mich erinnern kann, sage ich. Der Deal zwischen mir und dem Doktor soll folgender sein: Ich werde weiterhin nicht in die Einrichtung eingegliedert. Ich bleibe sein persönlicher Gast, wohne bei ihm im Haus, in dem Zimmerchen hinter der Küche.

Es wird eine ziemlich einseitige Sache werden. Ich will vom Doktor etwas. Und dann entwickelt sich eine Freundschaft daraus. Und jeder bedingt den anderen. Der Doktor ist durch mich an einen Punkt gelangt, über den er nie nachgedacht hat, nämlich: ob es alles so weiterlaufen muss, wie es bei ihm läuft, er nicht doch auch gezwungen ist, sein Leben zu ändern. Besser, ich sage nichts mehr weiter aus, nehme das Recht wahr, zu der Angelegenheit zu schweigen. Ich habe schon zu viel gesagt, trage den Kopf vielleicht schon in der Schlinge, und man zeigt auf mich, den Mann, der den Säufer in sich, nein, den Zwillingsbruder umgebracht hat. Ob ich mein Ziel erreiche, bleibt mein Geheimnis. Am liebsten würde ich keinerlei Auskunft darüber geben, aber Tante Luci fragt dauernd nach. Es soll mein Geheimnis nicht bleiben, ob ich erfolgreich die Sucht abtöte. Denn ich bin natürlich ein Mörder, lege Hand an, verübe eklatanten Eingriff in mein Leben, das sich zu dem des saufenden Wesens entwickelt hat. Ich morde den Säufer in mir und alles, was ich darüber aussage, kann gegen mich verwendet werden.

Es braucht die Stadt nicht, wenn man auf dem Lande lebt. Es braucht die öffentliche Meinung nicht, wenn man an sich arbeitet. Ich schreite jeden Tag über weite Felder und pfeife auf die öffentliche Meinung, kaue Schnittlauch. Genügend Zeit, über die Deichkämme zu spazieren, Bäume zu zählen, rücklings an Zäune gelehnt Vögel zu beobachten, sich ihren Gesang zu merken, sie zu imitieren. Mich erfreut bei diesem Wort besonders, dass nach der Silbe »imi« sofort das Wort »Tier« folgt.

Und dann sind da noch die Möwenrufe überm Deich, in einiger Entfernung, wo der Fluss breit ins Meer mäandert. Diese großen Frachtschiffe mit Ladungen, groß wie eine ganze Kleinstadt. Wie von Zauberhand, so scheint es, werden sie über den grünen Deichrand vorwärtsgeschoben.

In unnachahmlicher Gelassenheit zieht diese himmelhohe Fracht aus übereinandergestapelten Containern an meinem Auge vorbei. Rostbraune, blaue, grüne, rote, gelbe. Wind umweht meine Nase und ich denke nicht mehr an die Städte, die voller Licht sind, die die Nacht zum strahlenden Tag erhellen.

Wo aber sind die zwei Jahrzehnte geblieben? Eben noch war ich mit Harry in dessen Keller und betrank mich mit der Schwarzen Johanna, als wäre die Jugend nur Spiel und Tanz. Und nun sitze ich beim Doktor in der Küche und der lässt mich Wein trinken, so viel ich will. Ich soll mich nur ruhig richtig auslassen, bechern und reden, wie mir der Schnabel gewachsen ist. Was diesen Test angeht, er muss mich dabei studieren, sagt er, will meine Trinkmuster erkennen. Und ich darf nicht nur oder soll, nein, ich muss mich an seinem Tisch über alle Maßen benehmen und betrinken, ganz wie ich es gewohnt war. Er schaut und hört mir zu. Ich soll mich nicht zieren. Er will wissen, wie ich den Raubbau an meinem Körper begehe, und sich ein Urteil bilden.

Er könne mich nur zum maßvollen Trinker ausbilden, wenn er mich beim Trinken sähe. Notfalls würde er mich auch in Hypnose versetzen.

Seltsame Aufgabe, denke ich, es hat mir noch nie jemand bei meiner Selbstzerstörung zugesehen, nie stand einer Schmiere, wenn ich mich betrank. Der Folterknecht ist so einer, denke ich vom Doktor, der sein Opfer beobachtet, während er es quält, und wenn es ohnmächtig zu werden droht, wieder weckt, dass der Gequälte bei der Sache bleibt. Bewirtet mich, fasst mich scharf ins Auge, herauszufinden, wie ich ticke, mir ein Geständnis zu entlocken. So sitzt der Folterknecht seinem Opfer gegenüber, auf dem Stuhl wie das Opfer auch, schenkt mir ein und wartet ab, dass ich besoffen bin. Ich wäre ein goldenes Huhn, das goldene Eier legt.

Und also betrinke ich mich unter der Obhut meines Therapeuten. Ich saufe mir in seiner Küche einen an. Ich werde betrunken und darf mir das Herz ausschütten, in seiner Küche, an seinem Bett, ihm jederzeit auf die Nerven gehen, wie ein Rabe auf seiner Schulter hocken, stundenlang reden, bis ich nicht mehr fähig bin zu sprechen, besoffen bin, wegtrete. Und erwache dann, weiß nicht, was ich bis zum Abriss meiner Erinnerung geredet habe und was passiert ist. Und der Doktor sagt: So einiges ist passiert, kommentiert aber nichts, sagt nur, dass er mir bald schon stecken wird, was er über mich erfahren hat.

Inzwischen soll ich mich an das Landleben hier gewöhnen, mich mit seinem Haus vertraut machen. Denn es ginge ja darum, mich eines Tages stark genug zu fühlen, Land und Leute, ihn und die Anstalt hinter mich zu lassen. Ziel der Versuchsanordnung sei, eines Tages des Landlebens nicht mehr zu bedürfen, in die Stadt zurückzuziehen. Für den Gefahrenbereich wird er mich wappnen, mich darin ausbilden, ihm begegnen zu können. Er wird mein persönlicher Trainer. Er wird mich in die Lage versetzen, die Stadt wieder zu erobern, in sie einzuziehen, es allen zu zeigen, die mich abgeschrieben, verunglimpft, ausgelacht und verspottet haben. Ich soll nur kein schlechtes Gewissen haben, wirklich nicht. Es wird mit der Zeit alles gut. Erst muss man sich verrennen, danach die Ziellinie durchlaufen.

Und der Doktor sagt, dass es bis dahin ein langer Weg sei. Wir werden weitere Tests absolvieren, den Berg gemeinsam erklimmen, den Pass überwinden. Und ich glaube schon mehr daran. Und quäle mich sehr. Denn es sagt sich so leicht dahin, ich habe einen Tag, habe zwei Tage, eine Woche lang, drei Wochen, über einen Monat nun schon nicht getrunken, es mittlerweile auf sieben Wochen damit gebracht.

Wäre man ehrlich, müssten die Seiten meines Tagebuches für die nächsten Wochen leer bleiben, denn jedermann, der es am eigenen Leib erfahren hat, kann aus den leeren Seiten intensiv herauslesen, was für Qualen der Entzug mit sich bringt.

Jene leeren Seiten würden das Wesentliche im Detail beinhalten und auch das Beste sein, was je zu diesem Thema aufgeschrieben worden ist. Ich versuche also erst gar nicht groß von meinem Entzug zu reden. Ich bin nur durchgedreht, die Wände hochgegangen und habe von den körperlichen Symptomen wohl die leichteren erdulden müssen. Was ich durchstehe, ist nichts von dem, was die schweren Fälle erleiden und aushalten müssen. Ich weiß nur, dass man neben sich steht, sich in ein zweites Ich aufspaltet, und beide Ichs sind einem fremd, weil man in diesem Zustand nicht man selbst ist, morden würde, an den Stoff zu gelangen.

Ich bewundere den Doktor dafür, wie er mit mir umgeht. Und ich steige nicht dahinter, was er will. Es ist wie bei einem Film, der noch gedreht wird. Du erlebst immer nur einzelne Szenen, spielst die Rolle, die man sich von dir wünscht. Ich bin am Set. Es wird eine Szene gedreht, die zum großen Ganzen gehört, zum großen Drehbuch, das der Doktor vielleicht selbst nicht verstanden hat. Und vielleicht geht es ja auch gar nicht ums Verstehen? Tante Luci hat uns zusammengebracht, weil sie meinte, wir würden uns auf Anhieb verstehen.

Ich lebe zeitweise wie in einem anderen Rauschzustand, dem Wahn sehr nahe. Ich rede mehr mit Onkelonkel als mit Tante Luci. Wir unterhalten uns. Er will einiges wissen, und ich erkläre ihm, was ich bei der Gruppentherapie erlebt habe: Gruppe, Puppe, schnuppe, sage ich. Sie sitzen an Tischen, essen Kekse, Kuchen, trinken alkoholfreie Getränke, bereden das Tagesgeschehen, regen sich künstlich auf, sprechen über vieles, nicht aber über sich: Geht keinen etwas an, sagen sie. Du würdest deine Freude an ihnen haben, Onkel. Die mit ihren Psychosen. Sie klingen alle wie in einer amerikanischen Talkshow, wenn sie über die Ausgangssituationen, Zeitabläufe, Vorgänge, Verfehlungen, Heilungschancen, Zukunftsaussichten reden:

Ich bin der Dieter. Ich bin labil. Ich habe meine Frau geschlagen. Meine Tochter hat Angst vor mir. Es ist so verdammt schlimm um mich bestellt. Ich bin ein elender Säufer, dieser Aufenthalt hier ist mein siebenter Versuch. Glaubt mir, ich glaube auch dieses Mal fest daran, hier geheilt herauszukommen. Mit eurer Hilfe. Denn es hilft mir, wenn ihr mir zuhört, Bingo. Und wenn wir das hier zusammen durchhaben, dann werde ich verdammt wieder mit meiner wunderschönen Frau und meiner Tochter zusammenleben. Wenn du den Alkohol besiegst, bekommst du mich, hat sie gesagt. Und ich weiß, sie wird sich an die Spielregeln halten.

Und nach Dieter redet Rita, und danach meldet sich Bernd zu Wort. Und alle reden sie nur Text. Und halten sich damit davon ab, wahrhaft über sich zu reden.

Du wirst wissen, was ich denke und wie ich mich dabei gefühlt habe, Onkelonkel. Ich fühle mich von Versagern umgeben, die über sich so unerhört mitleidig sprechen, als ginge es gar nicht um sie selbst. Nichtschwimmer sind sie, die sich bei der Hand nehmen und gemeinschaftlich ins Wasser springen. Die sich in einem kleinen Kinderpool befinden, knietief in Problemen stecken, die nicht das Meer sind. Ich sage dir, Onkel, dein Lieblingsmaler Vincent Gogh wäre in der Gruppentherapie nicht van Gogh geworden.

Auch ich mag mich nicht haltlos öffnen, wie es die Therapie von mir will. Ich spreche mit dem toten Onkelonkel wie mit mir selbst. Ich rede mit ihm über kleine Beobachtungen, die ich niemandem unterbreiten würde. Dass sie es hier mit dem Wort ziemlich haben. Dass sie ihre Probleme mit dem Wort herunterspielen und so gut wie alles ziemlich verniedlichen. Sie haben eben bloß ein ziemliches Drogenproblem. Sie haben es ziemlich hart getrieben, sich ziemlich wild aufgeführt, ziemlich blöd benommen, das Unglück ziemlich heftig herausgelockt, ziemlichen Schindluder am Körper betrieben, ziemlich viel Mist gebaut und sind ziemlich lange unentdeckt geblieben, haben erst ziemlich spät eins vor die Kniescheibe bekommen, ziemlich Glück im Unglück gehabt und so ziemlich jede Strafe dafür verdient. Sie sehen die Einrichtung als kurze Aufwärmpause an und werden sich ziemlich schnell wieder verflüchtigen.

Ich sage ihm auch, wie gut ich mit der Einsamkeit hier zurechtkomme. Er wird es verstehen, weil er auch mit Glanz in den Augen davon gesprochen hat, wie frei er sich auf dem Kutschbock gefühlt und auf ihm Lieder der Freiheit geschmettert hat. Ach, das ist ein Leben, wenn es weht und klingt, wenn ein stilles Weben wonnig uns durchdringt. Ich schöpfe aus dem mannigfaltigen Nichts in mir. Es braucht keinen Mitbewohner für mich. Es reicht aus, mich auf mich zu konzentrieren. Das innere Schweigen wie Musik nach außen befördern, mein eigener Lautsprecher werden. Ich möchte nur noch mich wahrnehmen, mir zuhören. Und mich benehmen können, wie mir ist.

Ich bin wie der abgelegte alte Anker am Hafen, neben dem Doppelholzhaus, »Schipperhütten« genannt. Ein gemütliches Haus, in dem sich ehemalige alte Seemannsleute zum Schnacken einfinden, die sich wie ich von etwas getrennt haben. Sie sich von der See, ich mich vom Alkohol. Leute, die wie ich mit großen Plänen für das Leben losgezogen sind, auf großen Schiffen angeheuert haben, mit ihnen umhergezogen sind und dann auch nicht viel weitergekommen sind als ich. Eine Flasche Bier den halben Tag lang in der Hand haltend, sitzen sie zusammen, das Fernglas um den Hals, das ihre Sehnsüchte verstärken hilft.

Gut gemacht, Tante Luci!

Man muss erst hart landen, heißt es, am Boden zerstört sein, ehe man sich seines Dilemmas bewusst wieder aufrichten kann. Bei aller Schwere und Dramatik des Absturzes, immer führt auch ein Weg hinaus aus dem Jammertal. Und ab diesem Tiefpunkt, sagt der Doktor, ist jeder weitere Schritt, den man tut, ein Schritt aufwärts, zurück ins neue Leben. Die Heilanstalt, was immer ich von ihr denke, passt zu mir. So platt wie das Land ist, es wohnt ein kraftvoller Geist in ihr, der bodenständige Charaktere hervorbringt. Du spürst die Anwesenheit der Vorfahren, du kannst ihre Trommeln hören. Es muss aber schon dieser Nebel in der Landschaft stehen, aus dem hervor die Stimmen und Geräusche der Ahnen dringen. Der Ulenhof belebt den Ort und gibt ihm Halt. Betriebe werden geschlossen. Kneipen verschwinden. Der Ulenhof bleibt. Denn der Ulenhof wird immer ausgelastet sein.

Die ersten Monate verbringe ich allein hinter der geheimen Tür im Haus des Doktors. Sitze in jenem Zimmer, das einmal eine Abstellkammer gewesen ist. Hocke auf dem Bett oder auf meinem Stuhl. Und sehe von dort aus die Spitzen der Äste und so viel Himmel und Zweig und Blatt, wie ich es verdient habe. Es ist nur gerecht, dass ich von meiner Bettkante nichts anderes als das Wenige im Fenster über mir sehe. Ein paar Sterne.
Den Fetzen Himmel.
Die Miniaturansicht der Nacht.
Ich sehe den Himmel und empfinde sein Blau als Vorwurf. Denn ich habe die Saufjahre zuvor die Natur einen Scheißdreck sein lassen. Ich träume schlecht und halte mich in den Träumen meist in einem Zoo auf, unter Tieren, die mich anknurren, mich einen Nichtsnutz, einen saufenden Versager schimpfen. Löwen mit den Gesichtern meiner Saufkumpanen, die sich einhaken und mit sich reißen. Ich hocke mit ihnen in ihren Löchern und Ställen, zwischen Stroh, Aas und Kot: kannst ruhig zugeben, dass du am Ende bist. Wir werden dich auf deiner Höllenfahrt begleiten, witzeln die Hyänen. Und die Wärter kommen, laden mich zum Besäufnis ein, schütten mich zu, lassen mich abstürzen, bei den Stachelschweinen liegen.
Ich halte mich in den Träumen in Tälern auf, in die kein Gesunder gerät. Landschaften, in die mich der Entzug stößt. Sümpfe und Moore, die nicht zu durchschreiten sind. Zum Glück träume ich nur davon. Und zu meinem Bedauern sind

es auch nur Träume, wenn ich noch einmal die alten, wunderschönen Geschichten meiner Kindheit durchlebe. Denn ich träume, wenn ich mich nicht zu den Tieren träumen muss, Träume, die ich als Kind geträumt habe. Von Booten und Piraten. Von Bergen aus Gold. Von Arbeit und Tanz. Und das Trinkwasser wird knapp und es beginnt von Tag zu Tag fauliger zu schmecken. Tödliche Fallen rings um die Höhle mit dem Schatz, zu dem nur der Kapitän den Weg kennt.

Ich will ihr aus der Ferne von den laut rufenden Kiebitzen erzählen, dem leidvollen Muhen der Kühe, den Flattergeräusche der wilden Gänse am Himmel. Und dass an manchen Tagen der Pfau aus dem verwunschenen Garten, Hausnummer neunzehn, zu vernehmen ist. Es interessiert die Tante nicht. Sie redet unbeirrt weiter, davon, dass sie bald kommen wird. Und legt dann einfach auf.

Ich habe mir eine Spazierrunde angewöhnt. Ich bin an dem Hanghaus, dessen Dachrinne einem bis ans Kinn reicht, weil das Haus in den Hang hineingebaut worden ist. Will mich per Selbstauslöser so fotografieren, als wäre ich der berühmte Hauptdarsteller des berühmten Stummfilms und in höchster Not, etliche Stockwerke hoch. Das Foto, das ich für Tante Luci schieße, wirkt so täuschend echt, dass ich mich über die Aktion regelrecht freue.

Ich stehe so gern am Wasserfall, lausche dem Wasser, das hinter dem Hanghaus von hier aus nicht zu sehen ist. Nur der im Baumarkt gekaufte graue Reiher lugt hervor. Das Plätschern des Wassers im Hirn gehe ich über den Deich zum Fluss. Achtern Dörp und An der Wettern heißen die Straßen hier. Ich wandere an Kläranlage, Kläranlagentümpel, Stromkasten und Wachzaun, an einem verwilderten Stück Land vorbei und bewundere jedes Mal wieder den Stand des Hochgrases, die riesigen trockenen Distelgebilde, das weiß blühende Fliederbäumchen. Viel ist es nicht, was mir bei den Wanderungen begegnet. Mir aber bedeutet das Bedeutungslose viel.

Man erwartet vom Land nicht unbedingt die Idylle, aber etwas Ähnliches schon. Man möchte es mit etwas Größerem zu tun haben als dem Nichteinladenden, das von einer Wiese auszugehen scheint, die über und über mit Maulwurfshügeln übersät ist. Man ist dann aber plötzlich auch von einem abstoßenden Kuhfladen angerührt. Und wenn ich Pferdeäpfel sehe, dann denke ich an Onkelonkel, an den Pferderennplatz in der Stadt.

Tante Luci telefoniert auch mit dem Doktor, sagt mir der Doktor. Sie sucht ihn zu verpflichten, nicht mehr im Büro am Tisch zu essen, aufzuhören, mit dem Bleistift in seinen Händen zu spielen. Er müsse sich nicht für alle Vorgänge im Büroraum interessieren. Es entmündige seine Mitarbeiter, unterrichtet sie ihn, wenn er alle Telefonate verfolge, sich für alles verantwortlich zeige.

Uns geht das Büroverhalten des Doktors nichts an, sage ich zu Tante Luci, mitten in der Nacht von ihrem Anruf um den Schlaf gebracht.

Der Mann ist doch einsam.

Der Mann tickt doch nicht richtig.

Der Mann braucht eine Frau, sagt sie.

Der Mann muss von einer weiblichen Hand geführt werden. Und dann diese Geräusche, die er unentwegt von sich gibt. Dieses Belfern, Räuspern, Husten, als hätte er eine Fruchtfliege verschluckt. Auch wenn er denkt, dass seine Geräusche nicht stören, weil keiner etwas sagt. Sie haben sich an die Geräusche nicht gewöhnt, sagt Tante Luci, wie man sich nicht daran gewöhnen wird, wenn jemand laut furzt. Wie ich darüber denke und was ich dazu sagen will, wird mit dem Ausruf: Alleskäsequatsch abgeschmettert. Tante Luci weiß es nun einmal besser.

Der ist im Büro zu Hause.

Der ist nicht locker, der Junge.

Der ist das Opfer seines Berufs.

Wie der den Kopf zuckt und ruckt, sagt sie, als würde er auf den Genickschlag warten.

Ich soll der Tante weiter regelmäßig Briefe schreiben, Zeit zum Schreiben hätte ich ja. Sie liest alle meine Berichte. Meine Briefe erinnerten sie an die Onkelonkels, als er eine Zeit lang weg war, damals und er ihr, ach, ebenso schöne Briefe geschickt hat. Es sei für sie so angenehm und wohltuend, jeden Tag wieder auf meine Post zu hoffen, auch wenn das Warten an manchen Tagen vergeblich sei. Solange noch ein Brief ankomme, wisse sie, dass ich am Leben sei.

Mich jeden Tag ein Stückchen weiter von der Stadt befreit fühlen, ist mein Ziel. Mich körperlich spüren. Mich reduzieren. Den Alkoholkonsum für einen, für zwei, drei, ja vier fünf Tage lang zu stoppen, gelingt mir immer besser. Und ich führe weiterhin mit dem Doktor unendliche Gespräche darüber, wie ich zu dem haltlosen Trinker geworden bin. Wieso sich die Freunde abgewendet haben, statt mir zu helfen. Was von solchen Freunden zu halten ist. Wie der Mensch reagiert. Was man den Menschen nicht vorwerfen darf.

Der Doktor sagt, er hatte einmal einen Mops, der durfte vorne bei ihm im Auto sitzen, wenn er mit dem Wagen fuhr. Und spricht darüber, dass die Kinder nicht von ihm sind, seit dem Tag an, als die Mutter mit ihnen bei ihm klingelte, zu seinem Leben dazugehören. Wie sie so dastand und er sie aufgenommen hat, alle fünf, die Mutter vom Fleck weg auf der Stelle sofort heiraten wollte, verknallt in die schöne Frau mit den blau geschlagenen Augen. Wie rundum glücklich sie zusammengelebt, den Laden gemeinsam geschmissen haben und auch zusammen alt und zufrieden geworden wären, wenn nicht der schreckliche Morgen und der Unfall dem zuvorgekommen wären. Damals. Das robuste Auto hat einiges abgehalten, sie aber nicht vor dem Tod der Frau und Mutter bewahren können. Da habe er zu Gott gefleht, obwohl das Himmlische nicht zu seiner Lebensweise gehört: Bin Altachtundsechziger.

Und als sie mit dem Auto verunglückten, überlebten er und

der Mops, seine Frau starb später im Krankenhaus an den Unfallfolgen. Und der Mops benahm sich fortan recht seltsam. Er fraß Gras, trank aus Pfützen und bekam einen dicken Wasserbauch, trieb eines Morgens in der Regentonne mit dem Wasserbauch nach oben. Ich würde gewisse Techniken lernen müssen, die mich davon abbrächten, mich nur zu betäuben. Die äußeren Umstände seien gut.

Seit ich in der Heilanstalt bin, sagt Tante Luci, gingen ihr ganz seltsame Gedanken durch den Kopf. Erinnerungen kommen ihr, Selbstvorwürfe, die sie immer häufiger quälen. Einzelheiten, von denen sie meint, sie müsse sie mir einmal ausführlich unterbreiten. Und sie würde dann auch keine Rücksicht nehmen, die Katze aus dem Sack lassen. Ich soll ihr nur Zeit gewähren. Eh der jüngste Tag anbräche, würde sie sich mir gegenüber erklären. Und wird dann in der Stimme butterweich, sagt:

Pass auf dich auf, Junge.

Wird nicht einfach werden.

Und ich sage zu ihr, dass ich das große Feuer noch weiß, das Nebengebäude vom Münster der Kreisstadt brannte lichterloh. Und es war einem jungen Feuerwehrburschen zu verdanken, dass der Brand nicht auf die Nebengebäude übergriff, denn er war es, der den Brand entdeckt hat und die Feuerwehr alarmierte. Und dann sprach sich das Gerücht herum, der junge Held habe das Feuer selbst gelegt, damit man ihn endlich wahrnimmt und anerkennt. Und dieses Gerücht bewahrheitete sich. Und das große Gebäude blieb eine Ruine. Und die Ruine zerfiel. Und eines Tages musste man das restliche Gemäuer wegräumen. Und auf dem freien Platz wuchs zuerst der rote Mohn. Und in einem ganz bestimmten Licht sah der Platz feuerrot aus, als brenne er auch.

Und ich sehe zum Fenster hinaus. Und es kommt mir vor, als säßen wir mit Onkelonkel auf der Bank an die Hauswand gelehnt, und wir hörten den Pflanzen zu, die mit uns redeten. Und uns ist, als wären wir unsterbliche Menschen.

Das Erste, was ich hier bemerke, ist: Ich muss mich bewegen, umherlaufen, sonst werde ich krank und sterbe bald. Ich beginne die Wohnung jeden Tag aufzuräumen, obwohl mich niemand besuchen kommt, verfalle dem Putzwahn. Man wird ordentlich, wenn man mit dem Trinken aufhört, sagt der Doktor. Um mich zu retten, stellt er mir ein Fahrrad zur Verfügung. Das Rad ist gelb, ohne Herrenstange und hat auch nur drei Gänge. Viel zu viel für die flache Landschaft, sagt der Doktor. Mehr als Rad fahren soll ich vorerst nicht. Die Umgebung kennenlernen, meinen Körper spüren, mich austoben. Vor mir abhauen. Nur nicht ans Saufen denken.

Das Fahrrad ist mir, was Onkelonkel früher die Pferdekutsche war. Es verschafft mir Frischluft. Es schenkt mir jeden Tag neue Sicht auf Dinge. Die gleichen Dinge sehen jeden Tag anders aus. Das Rauschen der Blätter hört sich jeden Tag anders an. Töpfe klappern nicht jedes Mal, wie sie sonst klappern. Es ist ein Wuchten, Plauzen, Hacken, Ratschen, Sägen, Mähen, Pfeifen, Sicheln in dieser Welt. Katzen fauchen. Gänse schreien. Davonstiebende Fasane geben tuckernde Laute von sich. Ich höre, während ich mit dem Rad fahre, die Radgeräusche und die Töne, die die Dinge am Wegesrand von sich geben. Ich erlebe den Gesang der Vögel, Bäume, Büsche, Telegrafenmasten, Hecken, gepaart mit dem Rauschen der scheinbar fernen, stillen Häuser und dem Ruf des Pfaus aus dem verwunschenen Garten Hausnummer neunzehn.

Ich fahre die große Runde mehrmals täglich. Ich will genesen.

Oh nein, durch meinen Aufenthaltsort rauscht man nicht so durch. Am Ortseingang in der Deichdurchfahrt gibt es eine Kuhle und einen sich daran anschließenden Elefantenbuckel, man muss die Geschwindigkeit reduzieren, um nicht wie von einem Pferd abgeworfen zu werden.

Ich habe meine feste Route. Ich bin auf dem Weg in meine Zukunft, wenn ich aufs Rad steige. Ich kämpfe gegen den

Schmerz, von meiner Sucht getrennt zu sein. Ich fühle mich frei. Ja, doch. Mein Leben ist ein ganz einfaches Leben geworden. Ich fordere mir nichts weiter ab als dasitzen, Spaziergänge, Rad fahren. Ich halte bei Kilometer dreikommaacht jedes Mal Radrast, bewundere den Kuhbriefkasten hoch oben auf dem Deich. Das wird Onkelonkel, mit dem ich hier immer rede, nichts sagen. Er kennt die Gegend nur aus meiner Beschreibung. Ich erzähle ihm, was ich sehe, was mir durch den Kopf geht, wenn ich Möwen schreien höre und eine kleine Windhose übers Land fegt.

Die Regelmäßigkeit im Tagesablauf trägt zu meiner Heilung bei, sagt der Doktor. In der Stadt wäre ich nicht mit dem Rad gefahren. Langsam finde ich sogar die extremen Gülledüfte erträglich. Der Doktor bringt mich nach Monaten in meiner Zelle hinter der Küche in einem Deichhaus unter. Ein schönes Haus. Er wollte hier Gäste unterbringen, die »ihren Alkoholiker« besuchen kommen. Kommt nicht oft vor, dass Verwandte ihren Alkoholiker besuchen. Wenn schon, denn schon sollen sie gut wohnen, hat er sich gesagt, das Haus gekauft. Von der oberen Etage hat man einen tollen Blick über den Deich hinaus auf den Fluss und den kleinen Hafen.

Hat einmal dem stinkreichen Mann gehört, hohes Tier bei der Handelsschifffahrt und verheiratet mit einem Dummerchen, das sich, während er überall und nirgends in der Welt war, in eine unheilbare Eifersucht hineinsteigerte, sich mit Alkohol tröstete, sich bis zu ihrem unrühmlichen Ende ordentlich die Kante gegeben hat. Mehrfach habe ihr Mann sie so weit gehabt, sich in den Ulenhof einzumieten. Wäre dann ganz närrisch geworden, hätte sich wild aufgeführt, ihm ins Gesicht geschlagen, sogar ins Bein gebissen. Ein Sturz die Treppe herunter endete für sie tödlich. Zum Glück war ihr Mann nicht zu Hause. Sonst hätten sie ihn verdächtigt, sie runtergestoßen zu haben. Er wollte das Unglückshaus dann nicht mehr weiter bewohnen. Sah überall im Haus die Frau herumtorkeln, hatte immerzu ihr Gegeifer im Ohr. Der

Doktor konnte es mit allem, was da war, übernehmen. Die drei Paddelboote, das Motorrad im Parterre, mit denen sie als Hippiepaar im Sommer oft ins Grüne gefahren sind, inklusive.

Nun bekomme ich den Schlüssel fürs ganze Haus ausgehändigt. Der Doktor lässt mich die Tür aufschließen. Betritt nach mir die Räume. Findet im Parterre die Boote vor, die Motorräder, Paddel, Netze, Eimer. Es riecht nach Benzin und Motoröl. Seitlich kann man die Treppe hinauf ins Paradies gelangen, wo sich die vielen kleinen Schiffsmodelle in Glaskästen befinden, die der ehemalige Hausbesitzer auf dem Fenstersims hinterlassen hat.

Die Treppenstufen sind glatt und steil. In der Toilette liegt auf einem Hocker ein aufgeschlagenes Buch über die Pharaonen. Der Kern der Pyramiden besteht aus losem Gestein und Sand, steht dort geschrieben. Der Außenverkleidung beraubt, ist das Monument ein Schutthaufen. Mit rotem Stift einmal dick unterstrichen. Man geht auf hellen, weiß lackierten Betonstufen. Die Heizung ruckt wie eine Gasheizung. Im Haus gäbe es eine Fußbodenheizung, sagt der Doktor, zeigt auf den entsprechenden Schalter. Boden, Hoden, Reizung, Heizung, reimt es sich in mir zusammen, so froh, wie ich bin.

Ich wuchte, nachdem der Doktor gegangen ist und ich allein in dem geräumigen Haus bin, erst einmal die Holztischplatte unter die Dachschräge, von wo aus man diesen schönen Ausblick hat. Und rücke den Sessel an die Tischplatte. Lege das Schaffell unter meine Füße und blicke auf den Hafen, den Fluss, das Land hinterm Fluss.

Ich bin Selbstversorger. Ich muss nicht dreimal am Tag im Speiseraum antanzen. Kann auf Wochen darauf verzichten, zur Anstalt zu gehen. Kann, wenn mir danach ist, mehrmals hintereinander morgens Matjes frühstücken, auf zwei Tellern zeitgleich, mit der rechten Hand, der linken, ohne dass dazu gelästert wird. Ich löse Vitamintabletten auf, esse mein

Brot ohne Butter, putze die Wurst aus der Hand weg, stucke die Finger in den Geleehering.

Sind überall Bücher, Bildbände, Seetabellen. Kapitänskram. Staub hat sich als bester Freund aller ruhenden Dinge zugesellt.

Ich soll mein Leben aufschreiben, sagt der Doktor. Wie alles dazu kam, das ich hier bin. Einzig über das Aufschreiben käme ich dahinter. Ich solle an Tante Luci denken, als würde ich ihr lückenlos berichten. Anders ginge es in meinem Fall nicht. Anders käme ich der Wahrheit nicht auf die Spur.

Beim Schreiben geht es darum, die Scheu vor dem weißen Blatt Papier zu verlieren, sagt der Doktor. Er habe mehrfach den Roman über sein Leben, die Heilanstalt und sich schreiben wollen, die Buchstaben i, c und h in die Taste gegeben und dann nicht weiter schreiben können. I, c und h seien nicht seine Buchstaben. I, c und h gefalle ihm als Wort nicht. Er würde statt i, c und h lieber e und r verwenden.

E und r sagen.

E und r gehen.

E und r denken. E und r geraten da in etwas hinein. Er kann aber in der unpersönlichen e-und-r-Form nicht i, c und h schreiben. Dieses i, c und h will mit sich wie mit einem Spiegelbild reden und so tun, als wäre das Spiegelbild nicht i, c und h, sondern e und r. Das i, c und h bleibt nur ein Wollen, kommt nicht einmal als e und r über die Vorstufe zum Buch. Er hat das i, c und h als e und r seiner Sekretärin diktiert und wäre dauernd zwischen e und r und i, c und h durcheinandergekommen, hätte e und r, i und c, h und e, r, i, c, h geredet und von den Wechselbädern kirre im Kopf geworden, hätte aufgeben müssen. Das i, c und h wird nicht zum Ich. Das Ich verschwindet nicht hinterm Er.

Ich müsse zuerst mein Leben niederschreiben. Von Beginn an bis heute. Und spart nicht an Ratschlägen. Ich soll mir einen geregelten Arbeitsrhythmus zulegen. Ich soll den Tag in exakten Unterbrechungen am Schreibtisch zubringen. Zwei

Stunden schreiben, eine halbe Stunde in der Stube umhergehen und laut formulieren, damit mache man sich die Worte im Kopf gefügig. Lautstärke ist Würze, Sprachkürze gibt Denkweite, sagt er. Das hätte Jean Paul auch schon immer gesagt. Und steuert noch diese beiden Zitate bei: Die Kunst ist zwar nicht das Brot, wohl aber der Wein des Lebens. Erinnerung ist das einzige Paradies, woraus wir nicht vertrieben werden können.

Und schon läuft der Doktor in seiner Anstalt herum, sagt allen, dass ich sein Hausautor und Biograf bin.

Der Doktor besucht mich auf eine Tasse Kaffee und sagt jedes Mal wieder, als wäre er ein Sprechautomat:

Oh, du schreibst.

Ich hoffe, ich störe nicht.

Schreiben ist die allerbeste Therapie.

Der Doktor sagt, ich soll auch mit der Kamera notieren, was mir wichtig ist in meinem neuen Leben. Und so fotografiere ich mich in dem Sessel, die Füße nackt in einem Schaffell. Und die vielen kleinen Schiffsmodelle von allen Seiten, selbst die angeklebten Schildchen: Cap San Diego. Stückgut- und Kühlschiff Hamburg-Süd. Handgefertigtes Modell, Maßstab 1:700. 1962 wurde die »Cap San Diego« von der Deutschen Werft in Hamburg an die Hamburg-Südamerikanische Dampfschifffahrts-Gesellschaft übergeben. Sie war das jüngste der sechs »Cap San«-Schiffe, von denen zwei bei Howaldt in Kiel und Hamburg sowie bei der Deutschen Werft gebaut wurden. Tragfähigkeit 10 700 t, Geschwindigkeit 20 Knoten, Kabinen für zwölf Passagiere. Die schnittige Silhouette und die Inneneinrichtung verdanken die »Cap San«-Schiffe dem bekannten Architekten Prof. Cäsar Pinnau. Bis 1981 war das Schiff im Liniendienst zwischen Europa und der Ostküste Südamerikas eingesetzt und machte in dieser Zeit 120 Rundreisen von 50 bis 70 Tagen Dauer. 1982 endete der Chartervertrag mit der Hamburg-Süd, 1986 fuhr das schrottreife Schiff für wenige Monate unter dem Namen »Sangria« für eine Reederei in der Karibik. Im selben Jahr griff die Stadt Hamburg zu, rettete das Schiff vor dem Abwracken und legte es als Museumsschiff an die Hamburger Überseebrücke. Nummer 296 Exquisit.

Und dann habe ich alles fotografiert und sitze am Fenster. Und das Wetter bleibt über Tage dunkel, mies und regnerisch. Die Tropfen klopfen aufs Schrägdach, dass ich fast durchdrehe. Der Doktor sagt, Therapie meine hier vor allem, einsam zu sein. Ich müsse mich an all die Dinge erinnern, die vergessen worden sind. Ich wäre doch nicht frei gewesen, als ich nur immer in die Kneipe gegangen sei, wo nichts weiter ablief als Wiederholung. Gleiche Ankunftszeiten. Gleiche Grußformeln, gleiche Gebärden, Bestellungen, Worte, Sätze, Sprüche. Hier könne ich mich damit therapieren, Tag für Tag die Gülle zu riechen, gleichbleibende Abläufe zu befolgen und immerzu das Gleiche zu unternehmen. Mehrfach gehe ich meine Trampelpfade ab. Kein Vergleich zu der Wegstrecke zur Kneipe hin und von ihr zurück, in meinen Elendstagen, als ich blind durch die Gegend gestürzt bin.

Du gute Natur.

Es ist so wunderbar, hier zu gehen.

Und mir gehen beim Gehen so viele Dinge durch den Kopf. Tante Luci will alles wissen, jeden einzelnen Tag von mir berichtet bekommen. Ich schicke ihr die Bilder von den Häusern, zu denen ich jeden Tag muss. Sie hält diese Bilder in ihren Händen und kann meine Angaben überprüfen, wenn ich aus dem Kopf heraus die Merkmale aufliste. Für mich die beste Therapie. Beobachten. Mir unwichtige Dinge einprägen. Wie viele Stufen die Treppe vom Deich herunter zum Hafen hin hat. Wie viele Bäume in der Straße stehen. Wie viele Fenster ein Haus nach vorne heraus hat. Und ich beginne mit meiner Aufzählung: Haus achtundzwanzig ist von Fahrrädern umstellt. Haus siebenundzwanzig schmückt ein Schild. Vor dem Haus sechsundzwanzig liegt ein schwarz-weiß gestrichener Anker. Bei Haus fünfundzwanzig stehen Kakteen in den zwei Frontfenstern. Die Zahl dreiundzwanzig besteht aus zwei spanischen Kacheln. Nummer zweiundzwanzig besitzt ein Bullenaugenfenster unterhalb des Giebels. Haus einundzwanzig ist mit Schiefer bedeckt. Tante Luci fragt mich auch aus: Haus neunzehn?

Ist dunkelbraun gestrichen.

Stimmt.

Haus achtzehn?

Ist gardinenfrei.

Stimmt.

Haus siebzehn?

Besitzt ein stufenförmiges Zinnendach, das das Gebäude hanseatisch aussehen lässt, sage ich. Und in Nummer sechzehn wohnt nun der Doktor wieder ganz allein. Nummer fünfzehn bleibt anonym. Die Vierzehn ist in Blau gehalten. Blau und weiß sind Fensterrahmen, Tür, Briefkasten angestrichen. Vor der Zwölf liegen große Baumstücke. Die aus dem Holz gefertigten Holzfabrikate sind in der Nummer zehn käuflich zu erwerben. Und die Tante begeistert sich mit:

Stimmt.

Stimmt.

Stimmt, jubelt sie und sagt jedes Mal wieder erstaunt: Wie man sich so viele verschiedene Dinge merken kann. Ich könnte in einer TV-Show auftreten.

Ich lebe solo. Meine vorrangigen Gedanken und Erlebnisse sind Kehrbesen. Ich kehre aus, was sich in all den Jahren in meinem Kopf angesammelt hat. Niemand stört sich daran, dass ich meine Füße von den Socken befreie, auf meine Zehen sehe. Auf dem Rücken liege. Die Zimmerdecke anstarre. Über die Dicke der Wände zur Außenwelt nachdenke. Von morgens an bis tief in die Nacht hinein nicht angesprochen werde, ob ich mit zum Essen gehen will oder spazieren oder Karten spielen oder einen schwarz-weißen Film im Clubraum ansehen möchte.

Mit wie wenigen Menschen der Mensch auskommt. All die Abendbekannten, ich brauche sie nicht. Ich brauche die Kneipe, die Mittrinker nicht. Ich sehe sie, allesamt, in einer Front, von hinten. Und sehe sie miteinander reden. Ich kann durch sie hindurchgehen, als sei ich zu Fuß in der Gespensterbahn unterwegs. Und ich brauche nicht Flohs Gerede. Ich habe keinen Menschen nötig. Und ich bin auch froh, dass Tante Luci mich nur am Telefon bespricht, ich nicht mehr bei ihr in der Küche sitzen und ihre Litaneien ertragen muss, ihren ewigen Redefluss, der mich pudelnass dastehen lässt.

Es geht in meinem Kopf wie in einem Irrenhaus zu. Ich fühle mich sicher. Das Leben ohne Alkohol ist kaum zu ertragen. Herzlich willkommen, sage ich zu mir. Und sitze in meinem Zimmer oben, wo ich den Tisch ans Fenster geschoben habe, und schaue zum Fenster hinaus. Und gehe knurrend hinaus, wenn ich fertig geschaut habe. Für nicht länger als eine halbe Stunde. Als hätte ich einen Rundgang verordnet bekommen. Und es ist wirklich besser so, dass ich mich züchtige, mir keiner in die Quere kommt, wenn ich so bissig bin und voller Groll, nur noch wie ein Raubtier zuschlagen und töten möchte.

Die gestutzten Bäume nehmen Menschengestalt an und verneigen sich, gehässig, wie alte Bekannte. Und zeigen an, dass sie sich mir anzuschließen bereit sind und über die Menschheit herzufallen wünschen, das Massaker im Bunde mit den Sträuchern und gequälten Hecken anzurichten.

Ich gedenke dein, Onkelonkel, sage ich mir und beginne den Tag an der oberen falschen Ecke des Ackers, der mein Leben ist. Und lasse alles heraus, was mich beschwert, sich angestaut hat, nicht lockerlässt und weiter hochzukommen wünscht und ruhig hochkommen, sich erbrechen soll. Onkelonkel, sieh nur, sieh. Ich schaufle mit bloßen Händen Sand und Erde weg, trage die Pyramiden ab. Und frage mich nicht, was ich mit mir anfangen werde, wenn ich es geschafft habe. Vielleicht wäre es besser, mich hier einzuleben, gar nicht mehr mit dem Gedanken zu spielen, in die Stadt zurückzukehren. Hier leben und alt werden und sterben und einen Stein auf dem Friedhof gesetzt bekommen, der nur meinen Vornamen trägt.

Es gibt Dinge, die sind schwer zu ertragen und auch nicht zu ändern. Mit deiner Ankunft hier wirst du beäugt. Und bist für die, die hier länger einsitzen, ein Störfaktor: Wie jedermann zuvor und nach dir ein Eindringling ist in die Welt derer, die meinen, Vorrechte zu besitzen, weil es sie ein paar Monate, Jahre vor dir hierher verschlagen hat.

Es ist wie in einem guten Knast auch. Es sind die Nächte, die uns quälen und verleiten, der Versuchung nachzugeben. Es sind die unerfüllbaren Träume, die uns verleiten, uns die Welt, die wir verloren haben, farbig auszumalen. Ich kann jederzeit aufstehen, abhauen. Doch ich bleibe. Ich muss nichts übereilen. Ich darf hier einzig an mich und meine Zukunft denken.

Eine uralte Telefonzelle in Ultramarin steht still vor dem Feuerwehrhaus. Die Tür zur Zelle quietscht. Das Telefonbuch ist zerfleddert. Der Hörer signalisiert Funktionsbereitschaft. Ich vergleiche mich mit der Telefonzelle, die niemand mehr braucht. Der Doktor sagt:

Zeit.

Sie allein zählt.

Wenn ich mir Zeit nehme, werde ich es weit bringen.

Es geschieht hier wirklich nichts Aufregendes. Außer am Tag der offenen Tür, da stehen die Feuerwehrautos vor den weit offenen Garagentoren. Neben der Feuerwehr die Kneipe, in der der menschliche Brand gelöscht wird, sagen die Feuerwehrleute. In der Sporthalle daneben geht die Post ab, wenn Dorfbums ist und Faschingsbälle stattfinden. Im Dorf wird mehr Tischtennis gespielt als Fußball. Die Frauen machen Popgymnastik. Die Feuerwehr ist durch ihre Musikkapelle bekannt und einmal in Texas aufgetreten. Den Aufenthalt der Blasmusiker dokumentiert ein Video, das beim Bürgermeister käuflich erworben werden kann.

Hat sein Büro im selben Haus, heißt Ingmar, trägt einen weißen Schnauzer und jene blaue Nordlichtmütze, die bei Politikern beliebt ist. Preist die Filmaufnahme in höchsten Tönen, die die Blaskapelle auf einer Bühne bei der Konzertprobe zeigt. Bilder aus Amerika, die genauso gut auch auf der Dorfwiese hinter der Mehrzweckhalle gefilmt worden sein könnten. Und was daran dann Amerika ist, zeigt die Musiker am Hamburger-Stand, in der Chickenkeulen-Bude, um einen Riesenbierhumpen gruppiert, an einem Nudelautomaten. Verwackelte Bilder, originaler Krach im Hintergrund, Frauenstimmen. Männer in Posen, die sich zuprosten und für die Kamera produzieren.

Ich schaffe es, nicht zu trinken. Mein Hals ist ein Trockengebiet. Ich bin in meinen Träumen immer wieder Kolumbus, zu Fuß unterwegs in einem Land, das ich auf meinen Spaziergängen entdecke. Ich erwache schweißgebadet und habe von nichts anderem geträumt als von Zapfhähnen, Biergläsern, Schaum, Biergelb, Schnapslachen. Mein Kopfkissen ist nass geschwitzt. Wenn die Wasser versiegt sind, kommt die Wüste, hat Onkelonkel gesagt. Und ich will trinken lernen. Trinken, wie die gemäßigten Trinker trinken.

Ich bin jeden Tag mehr auf meinen Beinen unterwegs. Ohne das Ziel zu kennen. Ohne den Weg zu wissen. Und mir begegnen Einheimische. Ich grüße herzlich. Sie grüßen verunsichert zurück oder bleiben stumm und ignorieren die Glasperlen, die ich ausstreue. Für sie bin ich der rote Indianer, der dem Feuerwasser entsagt hat. Sie weichen mir aus und huschen an mir vorbei. Sie hüten ihre Einkaufstaschen, als würden sie Goldbarren und nicht Schnapsflaschen mit sich schleppen.

Und plötzlich muss ich einhalten, singen: Mein sind die Vögel in der Luft. Mein sind die Fische im Hafenbecken, die Blumen im Garten, die Büsche vor den Häusern der Leute, die Tiere hinterm Gartenzaun. Die Ebenen, über die mein täglicher Blick geht, sind mein. Das halbhohe Gras ist mein. Mein sind die tiefschwarzen Maulwurfshügel. Und die dampfenden Kuhleiber dazu, singe ich. Mein, mein. Und am Ende meiner Tage hier auf dem Land, rufe ich mir zu, werde ich in die Stadt zurückkehren. Und nicht mehr sein, was ich einst in ihr war. Und die Stadt wird wieder mein sein.

Ich habe am Hafen meinen Lieblingsplatz. Hafenluft schnuppern. Was kann schöner sein?

Seit ich auf dieser Erde lebe, mag ich Mohnkuchen. Ich habe schon als Kind Mohnkuchen gemocht. Ich habe mir von meinen gesparten Geld Mohnkuchen gekauft. Und die Bäckerin hat mir oftmals Mohnkuchen vom Vortag geschenkt. Der schmeckte viel besser. Ich komme heute noch nicht an einer Auslage mit Mohnkuchen vorbei. Ich bin mohnkuchensüchtig. Hier aber bin ich, weil ich alkoholsüchtig war. Mohnkuchen kann ich immer noch essen. Ich bin jetzt derjenige, den man für einen Verrückten halten darf. Ich benehme mich wie ein Rockstar auf der Bühne, der sich danebenbenimmt. Ich lasse mich auf den Boden fallen, versuche mich zu vergraben. Ich erlaube mir Kinderdämlichkeiten, für die man sich als Erwachsener schämt. Zum Beispiel Bäume wie Menschen umarmen, sich auf den Hosenboden in eine Pfütze plauzen lassen. Mit den Händen matschen. Kleckerburgen bauen. Steine in die Hosentaschen stecken, dass sie einem die Hosen vom Hintern reißen. Das Ohr an den Strommast legen, als wäre der eine Muschel. Eine Kastanie aufessen. In eine Grube reden, als würde man zu einem Verstorbenen reden. Sich in den Arm kneifen, sich zu spüren.

Nur nicht sich wie erwartet bewegen, sage ich mir, stoppe meinen Gang, schere aus, renne ins Feld, springe über Gräben, ohne die Entfernung vorher abzuwägen. Werfe mich auf den Boden, krieche und girre dabei wie ein Auerhahn. Und gehe absichtlich durch dornige Hecken, über jeden Kratzer froh wie Bolle. Um mich zu spüren, meine Haut, Muskeln, Knochen, Fingerspitzen, Füße, Ohren, Haarspitzen.

Onkelonkel.

Jetzt wird alles gut.

Jetzt, wo ich wieder Kind bin.

Gott selbst wäre vielleicht auch zum Säufer geworden, sagt der Doktor, der an Gott nicht glaubt, wären da nicht seine helfenden Engel, ich und meine Crew. Die Ewigkeit ist dem Alkoholismus egal.

BEWOHNER

Mein Vater war ein trockner Taps,
Ein nüchterner Duckmäuser,
Ich aber trinke meinen Schnaps
Und bin ein großer Kaiser.

Heinrich Heine, Der Kaiser von China

Eine Essigfliege wäre Onkelonkel geworden. Unauffällig umherschwirren und so ein Trinkerheim ausspionieren täte er gern einmal.
Und Tante Luci sagte jedes Mal sofort:
Oho.
Das kannst du haben.
Aber ohne Rückfahrkarte.
In die Schubkarre gelegt und ab geht es mit dir.
Ich denke oft an Onkelonkels intimen Wunsch. Ich bin nun eine Essigfliege. Ich schwirre herum und berichte dem Onkel jeden Tag, wie es mir geht, was er unbedingt wissen muss, auch wenn er das irdische Leben jetzt hinter sich. Onkelchen, wenn du mich hörst, sage ich: Sie wohnen hier zu zweit im Zimmer, für wie lange sie bleiben, wissen sie selbst nicht. Der Chef achtet darauf, dass sie sich vertragen und nicht morgens einer von beiden totgeschlagen in seinem Bett liegt.
Am Anfang war das Wort, heißt es. Am Ende ist das Wort, heißt es. Das Wort hat also zwei Anfänge und zwei Enden, je nachdem, wie man es betrachtet.

343

Der Doktor und ich, wir haben einen gemeinsamen Draht, wie man so sagt. Es entwickelt sich etwas zwischen uns zu beiderlei Gunsten. Ich bin nicht unter seiner Fuchtel. Ich kann jederzeit abhauen und bleibe aber fast fünf Jahre hier. Er rechnet mich nie zu seinen Bewohnern. Man hält mich für einen Besucher. Man denkt im Dorf sogar, der Doktor und ich seien Saufkumpane, die um zu saufen mit ihren Rädern nach Möglichkeiten zur Einkehr suchen.

Ich habe mir das frühe Aufstehen angewöhnt, bin weniger in meinem schönen Haus, mehr beim Doktor im Büro. Die erste halbe Stunde sind alltägliche Pflichtaufgaben zu verrichten. Safe öffnen. Gelder entnehmen. Beträge sortieren. Listen abhaken. Barschaft für Verwaltung. Handgeld für die Lieferanten. Einkaufslisten. Verschiedene Zettel mit je einer Büroklammer an die Geldscheine heften.

Gegenüber gehen die Rollos hoch. Im Aufenthaltsraum sitzen die Frühaufsteher, die nicht anders können, als den Tag früh zu beginnen. Jockel zum Beispiel, der hier jeden Morgen sitzt und raucht. Oder Engel, die hier erst einmal ihre Zeitung liest. Der Doktor dagegen überfliegt die Zeitung mehr oder weniger, legt sie dann auf den Tisch, hüpft mit: He, heraus, du Ziegenböck, Schneider, Schneider, meck, meck, meck durchs Haus wie bei Wilhelm Busch, und kehrt mit der Schere in der Hand zurück, einen Artikel aus der Zeitung zu schneiden.

Ich gehe manchen Morgen zum Schuster herüber, der zwischen Weinranken immer mal wieder auf der ausrangierten Sitzbank sitzt. Die Ruhe selbst, wenn er an der Maschine sein Handwerk betreibt, sich in der Ruhe unterbrechen lässt.

Mit ihm vor seinem Laden zu sitzen, gemeinsam zu schweigen und um sich zu blicken, ist wunderbar.

Hat eine Weile hauptberuflich in der Papierfabrik gearbeitet, sich den Schusterjob nebenher beigebracht. Fährt, seit sie ihn geschasst haben, mit einem Truck quer durch Europa. Der Nebenjob lässt ihn gut gelaunt viel unterwegs sein und, wenn er zurückkehrt, weiter Schuster sein. Präsentiert im Schaufenster ein Paar kleine Westernstiefel, die der verstorbene Meister und Vorgänger einst höchstselbst für seinen kleinen Sohn gefertigt hat. Echt amerikanisch, bis in die Öse. Man sieht den Schusterbengel westernlike ausgestattet in seinen Stiefeln, in Minilederjacke mit Minilederfransen, den Minicolt im Minicolthalfter, einen Minisheriffstern zum Miniwesternhut, das Minilasso parat, ein Minikaugummi zwischen den Minimilchzähnen kauend.

Er sehe den Schuster seit Jahren an den Eingangspfosten seiner Ladentür gelehnt zum Trinkerheilheim herübersehen, sagt Jockel. Der schaut sich alles an, sieht den Chef wetzen, sich die Hacken abrennen und denkt sich seinen schusterischen Teil dazu. Ist besser, den Doktor vom Schusterladen aus zu erleben, aus sicherer Entfernung die Zigarette zu rauchen.

Kaum, dass im Büro das Licht angeht, schlurft der notorische Frühaufsteher Jockel in den Raum. Hat als ehemaliger Bergmann von Natur aus ein besonderes Verhältnis zu Helligkeit und Finsternis. Denkt anders über Frühe und die Unendlichkeit. Ist ein dürrer Hungerhaken, bewegt sich krummgebogen über Hof und Flur. Gibt viel, was man sich hier zum Jockel erzählt. Soll Koch gewesen sein auf einem Wunderschiff. Soll als Selbstständiger gelebt haben, mit einem Verkaufsstand in der Stadt, mit dem er jahrelang glücklich gewesen ist, in seiner Wurstbude alle Krisen überstanden hat und leider dann, weil es ihm zu gut ging, an den Kumpel Suff geraten ist. Soll alle Weltmeere wie seine Jackentasche kennen, zumindest wie seinen Waschbeutel oder die Zahnputztube. Soll einst Smutje gewesen sein. Hat im Ulenhof seine Werkstatt eingerichtet. Hat sich dem Polstern mit Haut und Haar verschrieben. Konnte das vorher nicht. Hat sich das alles selbst beigebracht. Versieht die restaurierten Möbel mit feinem Lack. Zaubert den besten, richtig nach Kaffee duftenden Maschinenkaffee der Einrichtung.

Der Doktor in seiner hektischen Art erinnert Jockel an seine wilde Zeit auf dem Schiff, sagt Jockel. Wir hatten da mal einen an Bord. So einen Körper. Jeden Tag mehrere Kilometer auf dem Schiff hin und her. Als trainiere er für sportliche Höchstleistungen. Strotzend vor Kraft. Überall zur gleichen Sekunde.

Wenn man zu ihm sagte: Zeig her, was du kannst, war der sofort auf dem Tisch und in den Handstand, die Beine vom Handstand zwischen die beiden Arme geschwungen, die Beine zitternd waagerecht über die Tischplatte gehalten. Einer von denen, die bei ihrer Beerdigung auf dem Sargdeckel turnen.

Jockel, der Kettenraucher, prangert im Raucherraum die Faulheit der Raucher an, die rauchen können, aber nicht einmal einen Aschenbecher leeren. So ein Pack. Beklagt die zunehmende Unfreundlichkeit der Leute. Die Werkstatt befindet sich gleich neben dem Raum der Waschmaschinen, der das Reich von Engel ist.

Wenn Engel raucht fühle ich mich an Tante Luci erinnert. Die Wangen kuhlen sich nach innen. Die Augen schließen sich beim tiefen Inhalieren. Sie beugt den Kopf leicht nach hinten, behält den Rauch bei sich, senkt den Kopf nach vorne, auf die Tischplatte zu, und langsam schwebt Rauch über der Zeitung, in der Engel liest und einzelne Artikel kommentiert.

Normal ist das nicht.

Wenn das unsereiner tun würde.

Die spinnen, mal ehrlich, normal ist das nicht.

Der Doktor macht sich jeden Morgen einen Spaß daraus, Engels Zeitung aus dem Schubfach herzunehmen, die Seiten durcheinanderzubringen, lasch gefaltet in ihr Privatfach zu legen. Ihr Tara danach ist das Spiel zwischen den beiden.

Im Aufenthaltsraum dudelt das Radiogerät den Regionalsender. Ununterbrochen. Und immer die gleichen Paarungen, Dreier-, Vierergruppen, Notgemeinschaften am Gartentisch, tratschen, schweigen und lassen sich die Tage gut sein, warten auf anstehende Beschäftigung.

Von draußen klopft Kalle an die Scheibe. Steht jeden Tag um halb fünfe auf. Sagt es jedermann mit seinem Morgenmuffel verstörenden, kräftigen Vogtländer-Dialekt. Trägt auf dem Kopf die verblichene Sportmütze seines Fußballvereins.

Fan ist Fan.

Kannste nichts gegen machen.

Ist Leidenschaft, die einen packt, das Leben lang.

Greift sich die Autoschlüssel. Chauffiert zwischen halb siebene bis um neune, wie er sagt, die arbeitsfähigen Bewohner der Einrichtung zur Arbeit. Andere Kallesätze sind:

Wer arbeiten will, kann das tun, muss es aber nicht.

Wer in die Kreisstadt fahren will, muss sich mir anschließen.

Der Suff und ich, nachdem wir miteinander bekannt gemacht worden sind, löschen wir jeder jedem den Durst.

Die Betreuerin Kirsten kommt immer verspätet und übernächtigt ins Büro. Begnügt sich mit einem kurzen Morgengruß. Überfliegt die Protokollseiten. Kritzelt etwas ins Buch. Ihr Kind ruft oft von daheim aus an, sagt, dass es gar nicht zur ersten Stunde in der Schule sein muss, und fragt, womit es sich beschäftigen soll.

Lass dir etwas einfallen, Kind, sagt die Mutter. Legt auf.

Es ist sehr früh. Das Dorf schläft noch. Im Ulenhof-Büro läuft der Tag schon auf vollen Touren. Nachteulen sollten jetzt besser schlafen gehen, sagt Engel, nicht ohne Poesie. Und geht dann lachend ab, entflieht wie jeden Morgen der leidigen Hektik, die das Büro ab dieser Zeit ergreift.

Der Doktor sagt, sein Heim wäre ein Auffanglager, Lumpensammlung, die letzte Metro. Weggelegte, abgehakte, erledigte Fälle. Amtlich abgeschriebene, nicht mehr therapierbare Existenzen. Verlierertypen, die alle Warnung in den Wind schießen, Hilfe nur annehmen, wenn es darum geht, unterzukommen und versorgt zu sein, wenn es draußen kalt ist. Leute, die wieder rauswollen, auf die Straße, in die Gefahr, sobald die Kälte überstanden ist. Die richtig am Arsch sind. Getriebene, ohne Selbstachtung, die Liebe nicht kennen, zu denen niemand je etwas Freundliches sagt. Kommen seit ihrer Kindheit ohne Zuwendungen aus. Leben haltlos. Wurden aus dem Bund der Familie gestoßen. Schwänzen die Schule, schmeißen die Lehre, fliehen aus dem Elternhaus. Verschleudern ihr Leben. Beleidigt und verhöhnt, ausgegrenzt und ignoriert landen sie in Dreckslöchern, leben mit der Zerrüttung, dem Stigma, Säufer zu sein. Verlieren erst sich und dann den Glauben an sich. Er kann die sich gleichenden Biografien nicht mehr hören, dieses »hätte«. Sie hätten dieses und hätten jenes erlebt und das oder das nicht tun, öfter Nein sagen, weniger vertrauensselig sein, dem versoffenen Vater das Maul eindreschen sollen, wie der auf die Mutter und sie eingedroschen hat.

Deswegen gibt es uns.

Solchen Typen hilft keiner.

Und sind nie wirklich hochgekommen, unten geblieben, von dort aus noch weiter heruntergekommen, zigfach ins Koma gefallen, aus dem Koma erwacht, ins Krankenhaus gebracht worden, in Ausnüchterungszellen gelandet. Sie konnten nicht sprechen, kein Glied bewegen, fühlten Arme und Beine nicht, hatten die Blase, den Darm nicht im Griff, waren ein Fall für den Rollstuhl, mussten festgebunden werden und haben eine Menge medizinisches Personal beschäftigt. An den Sauerstoffapparat angeschlossen, wenn Lebensgefahr bestand und man sie daran hindern musste, von der Schippe zu springen. Untersucht, behandelt, eingewiesen, ausquartiert, entlassen. Sie haben das alles etliche Male durch und führen sich, kaum dass sie auf den Beinen stehen, unglaublich auf, randalieren, schimpfen, stehlen sich klammheimlich davon; in ihr liebes altes Milieu, den Durst zu stillen.

Man weiß nicht, wie es um jeden Einzelnen bestellt ist. Man weiß nur so viel, ihre Herzen sind gezeichnet. Ihre Mägen ruiniert. Ihre Haut geschunden. Ihre Wunden haben sich verhärtet. Der Ehrgeiz ist ausgestanden. Persönlichkeit ist ihnen gleichgültig geworden. Es gibt ständig Probleme mit ihnen. Sie sind ausgepowert. Sie haben es mit der Lunge, dem Blut, den dünnen Beinchen, den kalkigen Füßen, den zittrigen Händen, den tauben Fingerspitzen, den Stuhlgängen. Ihre Körper werden von spastischen Anfällen zermürbt. Ihre verdrehten Körper haben offene Wunden, wollen nicht weiter zur Verfügung stehen. Lieber streiken sie und wollen die Körper anderer Personen sein. Menschen, die den Hauch bewusster mit ihren Körpern umgehen, einfachste Körperpflege betreiben. Jeden Tag ihrer haltlosen Leben legen sie in fremde Hände. Und an manchen Tagen sieht es aus, als hätten sie alles hinter sich.

Landen schlussendlich alle hier, sagt der Doktor.

Achim sagt, am liebsten hätte er sich ganz um seinen Verstand gesoffen, die Welt sei nüchtern nicht zu ertragen. Bernd meint, die Arche Noah wird den Trinker nicht im Regen stehen lassen. Conny sagt, das alte Leben kehrt nicht wieder, wie sehr man sich auch bemüht. Man wird nicht wie früher, man wird etwas anderes, an das man sich erst gewöhnen muss. Man ist eine Krüppelkiefer, alles an einem ist umgeformt, wenn man schwere Stürme erlebt, dauernden Gegenwind erfahren hat. Wind hat ihr Vorwärtskommen behindert. Erich fühlt jeden Tag Entzug. Er brennt wie Feuer und wirft lange Schatten an die Wand. Es schlägt ihn mit gebündelten Blitzen, zerfetzt seine Hoffnungen wie Spinnweben. Besser kann er es nicht ausdrücken. Was er damit meint, sagt er nicht. Engel glaubt fest an den Wandel, den sie vollzogen hat. Ihre Gefühle trügen sie nicht. Ihre Träume stehen mit jedem weiteren Tag ohne Alkohol in Blüte. Sie wisse nicht zu sagen, wovon sie träumen soll. Sie wisse nur, dass sie hier nicht wieder weggehen wird. Daran, dass sie einer entführt, ist auch nicht zu denken. Frank hat keine Hoffnung, der Sucht je wieder zu entkommen. Er ist zu lange im

Viertel gewesen. Es ergeht ihm wie dem Yeti, sagt er. Man wird ihn jagen, wo er auftaucht. Er macht im Ulenhof kurz Pause, sagt er. Ihn lenke eine Stimme, die alles Unfug nennt, was er hier unternehme und sich gefallen ließe. Die Stimme lenkt ihn, er ist ihr hörig. Was sie ihm sagt, ist eher unpersönlich, ja, spricht ihn nicht einmal direkt an. Das mache es ihm so unmöglich, sich ihr zu stellen, ihr Kontra zu geben. Er nutze hier ein Angebot. Er überstehe die kritische Situation, bis ihn die Unruhe erneut befällt und wegtreiben wird. Gina hat ihren Sinn für die Realität lange schon verloren. Sie ist eine typische Vertreterin der Zunft, die von sich meint, sich blöd gesoffen zu haben. Sie denkt zum Beispiel vom Doktor, er wäre Kolumbus und sie in Indien gelandet. Es ist zum Lachen, sagt sie, lacht aber nicht. Hans lacht dagegen immer, vor allem, wenn er Witze erzählt. Er war schon als Siebenjähriger süchtig. Gibt er zu. Kein Wunder als Sohn eines Weinbauern. Ist mit zweieinhalb Jahren in ein Rotweinfass geklettert, dort beinahe ertrunken, halb tot aus ihm gerettet worden, und nun ist er depressiv, deswegen lache er auch so viel. Grund zur Freude gäbe es in seinem Leben keinen. Holger redet nicht über sich und wenn, dann nicht über persönliche Dinge. Die sucht er mit sich allein, tief in seinem Inneren abzuhandeln. Fremden gegenüber bleibt er misstrauisch. Die sollen ihm fernbleiben. Wer ihm zu nahe kommt, wird von ihm gebissen. Engel sagt, sie hat keine alkoholischen Probleme. Sie hat sich nur in den falschen Zug gesetzt, ist betrunken aus dem Zug geholt und gleich in die Psychiatrie gesteckt worden. Was ich dort durchgemacht habe, sagt sie, sagt aber niemals, was genau vorgefallen ist. Nur dass man ihr dort mitgeteilt hat, sie fände sich in einem Akutzustand, brauche dringende Behandlung. Sie hat die Zeit der Entgiftung abgesessen und sich behandeln lassen. Sie ist freiwillig hier, betont sie: Ich kann jederzeit abhauen, das ist mal klarzustellen. Jutta haut nicht mehr ab, weil Jutta in Ausbildung begriffen ist und in Kurt den Mann fürs Leben gefunden hat.

Jeder kann es schaffen, steht unter dem Bild der Landeszeitung, die über sie und Kurt und die Hochzeit im Ulenhof berichtet hat. Alles nur eine Frage des Willens. Es schaffen heißt für sie, sich von dem Altgewohnten verabschieden. Ein bisschen schwanger gibt es ja auch nicht, gibt Kurt als sein Motto bekannt. Vom Alkohol wegkommen ist wie geboren werden, sagt sie. Die meisten Menschen möchten doch lieber wieder in die Mutterhöhle zurückkriechen.

Kurt, ihr Mann, fühlt sich mit Jutta wohl in den neuen, sicheren vier Wänden ihrer gemeinsamen Wohnung. Ihre Hochzeit im Ulenhof ist unvergesslich. Er hat für Jutta ein Gedicht geschrieben. Das Gedicht hängt nun über dem Bett der beiden. Der Alltag ist schön. Sie kochen sich jeden Tag gute Mahlzeiten. Er nimmt an der Selbsthilfegruppe teil, hört sich gern die Geschichten der anderen Bewohner an. Ihre Lebensläufe, was sie über sich berichten, wobei man nicht sagen kann, was wahr ist daran, was falsch und gelogen. All die Geschichten beschäftigen ihn und Jutta, bis in die Nacht sind sie am Diskutieren. Ohne die anderen hätten sie sich weniger zu erzählen.

Lothar hat sich für den Ulenhof entschieden, weil man ihm geraten hat, wo Fuchs und Teufel sich gute Nacht wünschen, die Therapie zu versuchen. Er hat sich immer noch nicht alles angesehen, ist der Meinung, immer noch auf Probe hier zu sein. Das heißt für Lothar, er ist immer noch nur auf Besuch in der Einrichtung, findet sich seit Jahren in die Einrichtung ein, macht alles mit, es sich zu überlegen. Er verlängert seinen Aufenthalt täglich neu. Manne beklagt die fehlende Ehrlichkeit und dauernde Eierei im Ulenhof. Keiner sagt offen, was er denkt, wie er sich fühlt. Das ärgert ihn. Mag an seinem Dialekt liegen, sagt er, dass er den Leuten doch immer etwas abbringt, sich in seiner Sprache verständlich machen kann. Oder es liegt einfach daran, dass er zu seinen Worten immer auch etwas breitbeinig steht. Mischa fand von Beginn an alles fein eingerichtet und passend für sich. Er zieht hier sein Methadonprogramm durch. Was die anderen darüber reden, geht ihm am Allerwertesten vorbei. Er steht auf Neil Young und dessen Songs lassen ihn überleben. Wenn es gar zu schlimm wird, hört er sich *Change Your Mind* an. Die Fassung vierzehn Minuten und vierzig Sekunden lang. Die Musikspanne reicht hin. Und wenn nicht, hört er sich das Lied ein weiteres Mal an. Achtmal ist sein Rekord. Das Methadonzeugs macht ihn hundemüde, lässt ihn mitten im Wort einschlafen. Monika betet jeden Morgen: Heute muss ich noch nicht gehen, bitte, lasst mich noch nicht rundum gesundet sein. Etwas länger möchte sie schon noch unter ständiger Beobachtung bleiben. So geht das nun schon sieben Jahre, zwei Monate und siebzehn Tage lang, und sie zählt fleißig weiter. Norbert wohnt mit seinem Freund Ole zusammen. Der Ulenhof legt seinen Mantel schützend um beide. Was ihnen zum Glück fehlt, besorgt die Einrichtung. Für jedwede anderen Belange leihen die Mitarbeiter ihnen stets ein offenes Ohr. Norbert versteht sich mit den Frauen gut. Ole gilt als schwierig und zeigt kaum Bereitschaft, sich in Szene zu setzen. Man kommt an Ole nur über Norbert heran. Paulina ist seit ihrem Absturz gläubig geworden, glaubt sie und glaubt, dass man sie nicht erwischt, wenn sie abends plötzlich mit dem Rad noch in die Kreisstadt aufbricht, zum Pastor, in die Kirche will, wie sie schwindelt. Und kehrt sie zurück, werden wieder zwei Pappziegel in ihrem Einkaufsbeutel gefunden. Und Paulina kommt mit einer Verwarnung davon. Und Paulina schläft danach nicht gut, in Schweiß gebadet. Und wird dann davon noch gläubiger, wofür sie dem Doktor dankbar ist, der viel zu viel Milde walten lässt. Peter wohnt am liebsten in der Wohnungsgemeinschaft. Wenn wieder einer gehen will, sagt er zu dem: Du willst doch nur saufen. Sagt es ihnen klar und klipp ins Gesicht. Sein Zimmer ist ein Museum aus den Sechzigerjahren. Vielleicht liegt es daran, dass ich rückwärts orientiert lebe, sagt er, und deswegen auch viel häufiger als alle anderen rückfällig werde. Ist er betrunken, legt er sich, spinndünn, wie er ist, mit Muskelprotz Roman an. Roman nennt sich einen Spätaussiedler, schimpft unentwegt auf Polnisch, trinkt heimlich Kräuterschnaps mit Wasser verdünnt. Schade ums Wasser, sagen die anderen, kann er ruhig weglassen, weiß doch jeder über ihn Bescheid. Von wo er kommt, kein Wunder.

Wenn er nicht will, versteht Roman kein Deutsch und auch keinen Spaß. Ich haue ab, wenn man mich weiterhin diskriminiert, flucht er, hüpft auf seinem polnischen Käppi herum. Und ist dann für einige Tage verschwunden. Sonja lebte als Obdachlose in einem verwaisten Schrebergarten. Ihre Freier empfing sie in den Diensträumen einer leer stehenden nahen Gärtnerei. Umsichtig hütete sie ihr Geheimnis. Keiner wusste von ihrem Versteck. Bis sie sich in einen schönen Mann verknallt und den dann zu sich in die Laube genommen hat. Was sie lieber hätte bleiben lassen sollen, sagt sie. Denn der kam mit seinen miesen Kumpels zurück und sie machten ihr das Schrebergartenleben schwer. Und nur durch großes Glück kam sie mit dem Leben davon. Mit Kerlen und Anschaffen will sie seither nichts mehr zu schaffen haben. Sören will immer bleiben und dann besser nicht. Ist hilfsbereit bis zum Ausgenutztwerden. So schlecht, wie erzählt wird, war es früher nicht, sagt er. Ist besser, wenn Frauen arbeiten und nicht zu Hause glucken. Auf Bananen und Kugelschreiber umsonst kann er verzichten. Ist schlecht auf die Politik zu sprechen. Die führen uns doch alle an der Nase herum, sagt er von der Regierung. Tommi ist im Dorf als Alkoholiker bekannt und als Tischtennisspieler beliebt. Seit der Verein mit ihm in die Kreisliga aufgestiegen ist, genießt auch der Ulenhof Ansehen im Dorf und der Gemeinde. Ulla backt Kuchen und mag Blumen und hält auf Kleinigkeiten große Stücke, misst dem Unbedeutenden Bedeutung zu. Schiebt das Fahrrad, fährt es nie, braucht es nur als Gehhilfe, ihre Tüten an den Lenker zu hängen, die in einem der beiden Körbe nicht Platz finden. Verschenkt gerne Dinge.

Bekommt geschenkt. Geschenke müssen bunt, kitschig und unnötig sein. Alles andere kann man sich kaufen, sagt sie.

Wenn man einmal eine Walderdbeere gegessen hat und sie einem vorzüglich mundete, will man sie immer wieder essen. Und da sie klein ist und aus ihrer Winzigkeit hervor im Mund ihren ganzen Geschmack entfaltet, ist das Erlebnis jedes Mal wieder das erste Mal. Beim Bier zum Beispiel war es bei mir ganz anders. Ich habe den Schluck in meinem Mund nicht gemocht und ihn dann doch nur heruntergewürgt, weil ich dem Onkel damit einen Gefallen tun wollte, der mich gelobt, mir aber die Bitterkeit des Biergeschmacks im zerknautschten Gesicht angesehen hat.

Das vergangene Leben spielt bei den Bewohnern hier auch keine sonderliche Rolle mehr. Sie sind untergekommen, haben ein Nest gefunden. Es geht ihnen im Ulenhof besser als je zuvor und zumindest so gut wie damals in den kurzen Zeiten der Kindheit, als Mama noch eine liebe Mama war und sie umsorgt hat.

Sie sprechen nicht darüber.

Sie können hier das Leben zu Ende leben und ihren letzten Atemzug tun. Sie haben kein Zuhause, kennen keinen Ort für ihre Rückkehr, können, selbst wenn sie es wollten, nirgendwohin. Sie haben sich alle im Leben etwas verbaut, falsch begonnen, falsch weitergeführt, falsch beendet.

Und dann ist da am frühen Morgen dieser Mick mit dem eckigen Bart am Kinn, aus der Fahrradwerkstatt, der wie irre geworden ins Büro hereingestürzt kommt, sich niemals setzt, und ungehalten gegen die haltlos gewordene Situation in der Werkstatt wettert, ständig sagt, dass er kündigen wird, wenn bestimmte Punkte nicht abgestellt werden, die er fein säuberlich auf einem karierten Papier aufgelistet hat. Nennt das Schreiben Minimalforderungen. Und ist mit den Worten, man solle ihn nicht unterschätzen, er meine es ernst, auch schon wieder zur Tür hinaus. Bevor Mick sie mit Krach zuschlagen kann, watschelt Uli, der Musikus, durch sie hinein, sagt:

He, Mann.

Ist hier wieder ordentlich Speed in der Luft heute.

Denken von mir, wenn ich mit dir rede, Onkel, ich führe Selbstgespräche. Was hier aber keine Seltenheit ist. Redet so mancher hier laut mit sich selbst, andere wieder still für sich. Machen nichts weiter als dreimal zum Essen aus der Hütte in den Speisesaal zu gehen, wo sie das Essen hinunterschlingen, als würden sie ihr Henkersmahl einnehmen. Ihre Augen werden die von Raubkatzen. Ihre Finger bekommen Krallen, während sie schlürfen und schmatzen. Unterm Tisch die Füße sind sprungbereite Tatzen.

Sie können arbeiten gehen, wenn sie wollen. Sie müssen es aber nicht. Sie können etwas tun oder alles sein lassen. Ist allemal besser, sie sitzen vor dem Haus in der Natur, als dass sie mit dem Zimmergenossen im Clinch liegen. Und wenn einer sich nicht waschen will und sich nach mehrmaligem Zuraten nicht wäscht, dann muss man ihn einschließen. Dass er nicht aus dem Zimmer treten kann, wenn es Zeit ist für ihn, die jeweilige Mahlzeit ansteht, die ihm den Rhythmus vorgibt. Das Klappern der Geschirre. Das Rasseln der Bestecke. Das Klöppeln der Suppenkelle am großen Topf heilt ihn. Er klopft wie wild gegen die Tür, die Waschtasche, Seife in der Hand. Und geht sich duschen.

Die meisten der Bewohner hier haben so viel gesoffen, dass es ihnen schwerfällt, über sich Auskünfte zu geben. Da müssen Erfindungen her. Dass sie einen feinen Job gehabt haben, eine wunderschöne Frau, einen ehrlichen Beruf und auch so viel Glück in ihrem Leben bis zu dem einen schwarzen Montag, Dienstag, Mittwoch, Donnerstag, Freitag, Samstag, Sonntag. Immer sind andere an ihrer Misere schuld. Die Frau geht mit dem Chef fremd, das Kind missrät, er vertrinkt das schöne, viele Geld. Erst wird er das Haus los, wenn es ihm die Frau nicht schon vorher abgeluchst hat. Dann schläft er bei einem Kumpel, der ihn bald schon rausschmeißt, weil es ihm zu bunt wird mit der Sauferei. Und dann schläft er das erste Mal bei den Obdachlosen unter der Brücke.

Ja, und das war es im Grunde schon.

Sind ausgelaugte Menschen, die sich nicht mehr unter Kontrolle haben, den Kopf schütteln, wenn sie »ja« sagen wollen, und »nein« meinen, wenn sie heftig nicken. Sind angstvolle Menschen, die ihre Hände schützend vor das Gesicht heben, wenn man sie streicheln will, zusammenzucken, wenn man von Liebe spricht, wie Kinder weinen, wenn in billigen Schlagern von der Mutterbrust, dem Brüderlein, Schwesterlein gesungen wird.

Sie keuchen, husten, röcheln, riechen aus dem Mund. Ihre Zähne fallen einfach so beim Fluchen heraus, Prothesen schwimmen im Suppenteller, wenn sie sich nicht daran verschlucken. Sie ziehen die Hacken nach, gehen gekrümmt, haben Schorf und Wunden, Flecken und Augenringe, ungepflegte Fingernägel, schlechte Haut, fettes Haar, zerschlissene Klamotten. Sie riechen nach Rauch und faulen Essensresten.

So oder nicht viel anders laufen die Tage hier nun ab, mein lieber, guter, toter Onkel, du. Man kann einen beliebigen Tag niederschreiben, ihn hundertmal vervielfältigen, und es ließe sich kein richtiger Unterschied finden, sagt Engel.

Jockel würde Onkelonkel gefallen. Engel würde er auf den ersten Blick lieb haben. Uli würde bestimmt für ihn ein Orgelstück seiner Wahl spielen, denke ich. Du würdest mit allen dreien einverstanden sein und sehr gut verstehen, warum Jockel so heftig gegen die Stadt wettert: Erzähl mir nix von der Stadt, sagt, vom städtischen Schwachsinn will ich nichts mehr hören. Bin weg von der Großstadt, was meine Rettung war. Bin durch mit ihr, sagt er. Und das, wo er so gern in der Stadt gelebt, sich lebhaft mit jedem Taxifahrer unterhalten hat. Mit dem Müllmann, der Postfrau, den Imbissbesuchern, den Schulmädchen, den Beamten, war er per Du mit allen. Unterhielt sich mit allen zum Tagesgeschehen, zur Politik, zu den Nachrichten aus dem Ausland. Ist an allem interessiert, will zum Beispiel ernsthaft wissen, wie es den Eskimos bei Hitze mitten im Sommer geht, was man am Broadway als Garderobiere im Monat verdient, der Oberkellner im Ritz an Trinkgeld bekommt. Sagt gerne: Täte mich interessieren. Hätte ich allzu gern gewusst.

Alle Mann ran und landfein angezogen, saufen bis zum Abwinken, sagt Jockel und lacht über diesen guten Witz. War früher so bei ihm. Anders hat er den Landgang nicht erlebt. Muss man alles in den paar Stunden erledigen. Das Besoffensein, den Verkehr mit Weibern, Glücksspiel und Schmuggelei, sagt er, bevor es wieder an Bord geht und aufs Meer hinaus, wo dann für Monate nichts mehr los ist. Und redet dann wieder von den jungen Burschen, die er bei einem Landgang auf Kuba gesehen hat. Kuba, wo sie im Freien schlachten und lachend das abgebrühte Schwein in Stücke zerlegen.

Oh ja, ich denke, die Gespräche, die hier so geführt werden, würden Onkelonkel in ihrer Kürze und Heftigkeit genehm sein.

Du und Kuba, sagt Engel.

Warst niemals dort.

Woher willst du das so genau wissen?, entgegnet Jockel.

Ich war in Amsterdam, Helsinki, Hongkong, Havanna.

Du und Amsterdam, dass ich nicht lache.

Ich war in Venedig, falls du es wissen willst. Und in San Sebastian.

San sonst was, mir egal.

Da träumst du von.

Träume ich nicht.

Lag nicht nur immer draußen auf dem Meer, beharrt Jockel: Kenne jeden Hafen, jede Spelunke. Die würden mich, wäre ich nur dort, sofort wiedererkennen. Ich sah mehr als nur die rissige Zahnskyline von Havanna. Die Zeit, meine Lieben, vergeht hier nicht viel schneller als an Bord. Wenn du nichts unternimmst, dich nicht beschäftigst, bist du erschossen.

Engel ist die gute Seele vom Laden. Ihr macht niemand etwas vor. Hat viele Säufer hier ankommen und großtun sehen. Haben viele erst großspurig getönt und sind dann still geworden. O ja. Sie hat so manchen kommen und gehen sehen. Nur diejenigen Ankömmlinge, die rasch leiser als leise wurden, sagt sie, sind dann auch hier geblieben. Hat ihr Ohr überall. Was Engel nicht weiß, passiert nicht.

Und so ist es eine Sensation, als an diesem Tag aus dem Nichts der Neue plötzlich vor dem Haus erscheint. Niemand hat ihn angekündigt. Engel hat eine Pause und Zigarette angeordnet und kurz nur zum Fenster hinausgesehen und zu allen im Raum gesagt:

Wie der aussieht.

Das ist vom Doktor einer.

Die anderen hängen am Tisch ihren Gedanken nach, kommentieren Engel, indem sie wortlos über die Schulter sehen, saftlos nicken.

Kommen in letzter Zeit ständig solche Typen hier an, sagt Engel.

Weiß man nie, was der Doktor mit denen vorhat.

Meint Leute wie den Fotografen zum Beispiel, aus der nahen Großstadt, der regelmäßig beim Atomkraftwerksgegner Ali vorbeischaut, richtige Kuhbutter abholt, danach den Wagen vor die Tür des Büros abstellt, im kleinen Aufenthaltsraum die Arme hebt und alle mit »Venceremos, meine lieben Alkoholiker« grüßt.

Heißt Zick und ist auf zack, sagt der Doktor zu seinem Freund.

Bin ungeniert dazu, sagt der Zick von sich selbst.

Niemand weiß, was er hier verloren hat. Setzt sich ungefragt zu Jockel, Kalle, Uli, Engel an den Tisch, trinkt mehr als einen Kaffee, redet vom Niedergang des Fotojournalismus, Protestaktionen, die er vorbereitet oder an denen er teilnehmen wird. Und quasselt auch von den netten Nutten früher, der einseitigen Jugend heute, bis es Engel reicht und Engel zu dem Typen sagt:

Was bildest du dir ein? Meinst du, unsereins ist meschugge oder was?

Was er sich denke, wer er wohl sei, mit was für Dummköpfen er es hier zu tun habe?

Der Angeber, der. Engel ist aus dem Osten und stolz darauf, weil Ossis, wie sie oft betont, menschlicher sind.

Und wie der Neue näher herankommt, sagt Uli, der Klavierspieler.

Das ist doch?

Yes, Sir, den kenne ich.

Komme nur nicht auf den Namen.

Fällt mir gleich ein. Liegt mir auf der Zunge.

Yes, Sir. Muss im Kopf nur das Alphabet durchforsten.

Wie der Mensch sich verändert in ein paar Jahrzehnten. Wie grau das Haar geworden ist, wie eingefallen das Gesicht ist.

Sagt noch einmal: Yes, Sir, und geht dem Neuen entgegen. Hält ihm beide Hände hin. Der aber geht, den Kopf erhoben, an ihm vorbei, zur Eingangstür, wo er mit dem Chef sprechen will, ohne zu wissen, dass der mit Ruß verschmierte Mann, der mit einem Ofenrohr beschäftigt ist, hier der Chef ist, nach dem er eben fragt.

Und der Doktor erlaubt sich den Spaß zum Neuen:

Chef drinnen.

Chef kommt gleich.

Lass dir Kaffee geben von Chef.

Und kommt dann auch ins Büro, reinigt Hände und Gesicht, stellt sich dem Neuen als Leiter der Einrichtung vor. Und der Neue sagt dem Doktor auf den verschmierten Kopf zu, dass er nicht in einer Zweimannbude hausen wird, sondern allein sein will für sich. Und scheint damit den richtigen Ton beim Doktor getroffen zu haben, der ihm empfiehlt, sich im Ort umzutun.

Und hast du gefunden, was dir entspricht, soll es dann auch so sein.

Und Uli sagt: Yes, Sir. Von der Stimme her könnte der Neue die Person gewesen sein, mit der er einst befreundet gewesen wäre. Sicher ist er sich nicht.

Was sagt ihr?

Mich erkennt man doch?

Muss Demenz sein, wenn der mich nicht erkennt.

Und so erledigen sich die Dinge dann von selbst. Uli redet nie wieder davon und der Neue ist so lange der Neue, bis hier ein anderer Neuer eingeliefert wird. Uli behandelt alle von oben herab, urteilt herablassend und zynisch über sie. Sein Glück nur, dass die meisten seine Spitzen gar nicht mitbekommen, weil sie viel zu fertig sind mit dem Leben, im Kopf nicht allzu viel bewegen. Außer Engel, die ihn jedes Mal darauf aufmerksam macht, wie wohl sie seine Spitzen versteht.

Uli habe die Liebe zur Musik das Leben gerettet, sagt er. Habe drei heftige Rückfälle gebaut. Das ist, mit anderen Bewohnern hier verglichen, wenig.

Nun bin ich durch damit.

Yes, Sir. Nun bin ich schon viele Jahre trocken.

Und werde es auch bleiben, so wahr ich hier stehe.

Reckt seinen Arm, weist im Kreis um sich, sagt:

Yes, Sir, meiden, meiden, meiden.

So nur wird ein echter Schuh daraus.

Er fühlt sich, wie er sagt, längst nicht mehr als Verlierer. Schreitet auf ein Siegerpodest zu. Spricht von dem Quäntchen Glück, das er trotz allem immer gehabt hat, und sagt, was die meisten hier unterschreiben würden: Die Anstalt ist unser aller Rettungsboot. Wir sitzen alle in einem Schiff, der Arche der Gestrandeten, bestückt mit Leuten wie uns, die sich alles verscherzt haben, niemand sonst mehr so recht braucht. Abgesoffene sind wir, wie Dreck ans Ufer gespült. Arme Schlucker, die sich am Suff verschluckt haben, nichts wert sind. Der Makel, der Reich und Arm trifft. Nur dass die Reichen sich exklusivere Behandlung leisten können.

Ich besuche Uli regelmäßig. Uli legt jedes Mal eine andere Jazz-Scheibe für mich auf. Ein Musiker heißt Dizzy Gillespie. Ein lustiger Name, nicht wahr? Das Lied heißt *Salt Peanuts*. Das Schlagzeug zürnt. Die Bläser blasen frischen Wind. Das Klavier flattert. Lustige Verkäufer-Stimmen rufen: Salt Peanuts, Salt Peanuts. Klavier, Bass und Trompete.

Solch eine Musik hört man besser laut.

Und schreit mich an: Hörst du sie darüber diskutieren, ob sie dem Rufen nachgeben und Salznüsse naschen sollen? Da, die Diskussion wird hektischer. Die Musik bricht nicht ab. Oh, und wie verrückt ist denn das, hörst du, das Hundegebell des Schlagzeugs, sein Wauwau, peng, peng, das alle anderen Musiker zum Weiterspielen peitscht? Hörst du die Marktschreier? Jetzt rufen sie im Chor: Salt Peanuts, Salt Peanuts.

Dummes Landei, das ich war, sagt er in der Zigarettenpause.

Bin an falsche Freunde geraten.

Bin zu jung in die Stadt gekommen. Ist von richtig guten Superfrauen ausgenommen worden. Nutten waren es. Was die anderen hier mit ihren Weibern erlebt haben, darüber kann er nur müde schmunzeln. Spielt, wenn er nicht in der Farbenfabrik schuftet, in seiner Einzimmerwohnung Klavier. Die Finger gelenkig halten, für die Kunst und die Frau, die einmal auftaucht, da ist er sich ganz sicher.

Er sagt:

Meine Band war echte Sahne.

Ich kann keine Kinder zeugen.

Ich habe früh angefangen zu trinken.

Der Junge von der Plattenfirma war ein Arsch.

Komponiert jeden Tag. Erfindet eigene Texte wie diesen hier: Die Lieselotte kriegt ein Kind von dir. Sie kriegt das Kind von dir und nicht von mir. Wir hatten beide unsern Spaß dabei. Doch du musst zahlen. Ich bleib frei.

Okay, sagt er.

So bleibe ich wenigstens kreativ.

Wenn ich mit dem Doktor im Büro bin, lerne ich die Bewohner besser kennen, die immer etwas vom Doktor wollen, Bittsteller sind, Geld bekommen oder sich die kranken Füße verarzten lassen. Sie reden beherzt oder stammeln. Sie drucksen herum, erklären sich direkt oder umständlich, warum sie nicht ans Ziel ihrer Wünsche kommen. Sie kennen jede Art von Therapieversuch. Sie waren zigmal in der Entgiftung. Man muss ihnen nichts weiter sagen, als was sie eh wissen und wiederkäuen können. Sie sind zu lange aus der Bahn. Der Ulenhof ist ihr letztes Refugium.

Der Doktor testet sie alle mit Gummibärchen. Hält sie an, die Bärchen zu lutschen, statt sie zu kauen. Schmecken lange nach, wenn man sie lutscht. Ist nicht einfach, nur eines im Mund zergehen zu lassen, statt eine halbe Tüte wegzuessen. Kann die Gelatine sein, der Geschmacksstoff. Weiß niemand bei dem Glibberzeugs, was daran gut schmeckt. Ist eine Sucht wie jede andere. Sind aus der Sicht des Doktors ein guter Test. Sagen viel über den Menschen aus, die Widerstandskraft, der Grad von Versuchung.

Die Idee ist ihm gekommen, als er eine traurige Frau hintereinanderweg Gummibärchen essen sah, zwei Tüten. Sie redete mit sich und verfluchte jemanden, redete und bekam nicht mit, wie viel Tierchen sie in sich hineinstopfte. Da hat er ihr die Tüte weggenommen, ihr drei Bärchen auf den Handteller gelegt und ihr abverlangt, diese nacheinander zu lutschen. Gelang ihr nicht, auch nur eines aufzulutschen. Biss ungewollt zu. Aus Gewohnheit. Ließ sich weitere drei Bärchen auf die Hand legen. Schaffte die drei wieder nicht. Bat um weitere drei Bärchen. Zerbiss das erste Gummitierchen beim Sichbedanken. Kaute das zweite auf und sagte zum dritten: Es wäre doch gelacht, zerstückelte es. Fragte sich, wie das geht. Weinte vor Ärger.

Löst diesen Flash aus, sagt der Doktor. Man möchte die Packung auf einmal essen, stopft die Bärchen nur so in sich hinein, kommt nicht auf die Idee, das einzelne Stück einem Bonbon gleich im Mund zu behalten und dann zu sehen, was sich ereignet. Sie scheitern an der Aufgabe und wollen es nicht wahrhaben, werden wütend, wenn es ihnen nicht gelingt, sich zu beherrschen. Sie greifen zum nächsten Testbärchen, motivieren sich laut wie Gewichtheber vor dem Rekordversuch, wollen mit Macht Sieger über die kleinen Bären sein und versagen im Lutschkampf jämmerlich, fragen sich, wie das geht. Haben von der Tüte nicht ein Bärchen gelutscht. Weinen vor Ärger.

Ist ein Mischladen hier, was die Zielrichtungen der Bewohner angeht. Wie soll ich es ausdrücken, Onkelchen? Manchen ist das Dorf zu klein, in der nahen Kreisstadt nicht genügend los. Anderen reicht es vollkommen aus, hier in Ruhe gelassen zu werden. Die wollen nur ihre Mahlzeiten einnehmen und nichts, als auf dem Zimmer sein, regelmäßig ihre Runden drehen, den Tag im ungestörten Rhythmus verbringen. Nur nichts Unerwartetes erleben, was die Heilung stören, die Gesundung gefährden könnte.

Die meisten täuschen Therapiewilligkeit nur vor, tricksen sich über ihren Zustand hinweg, belügen sich, sagen falsch aus und richten sich in ihren Wohneinheiten nicht für den längeren Aufenthalt ein, im Kopf bereits damit beschäftigt, die Flucht vorzubereiten. Sie gehen dann eines Tages einkaufen und setzen sich ab, wie eben erst eine gewisse Carola oder Caroline. Oder es reitet sie der Flitz, sie hätten ihre Sucht unter Kontrolle. Halten sich plötzlich für therapiert und geheilt. Halten es in der Einrichtung nicht aus. Verabschieden sich eines Tages offiziell. Sprich, lassen ihre Absicht den Doktor wissen. Und der kann dann so viel reden, wie er will. Sie hören ihm nicht wirklich zu. Und haben Glück, wenn sie nicht gleich am ersten Tag unter die Räder kommen.

Oh, ja doch, Onkelonkel. Gerade wenn sie sich ihrer selbst ganz sicher fühlen, sind sie gefährdeter denn je. Rutschen in alte Gewohnheiten zurück, stolpern in altbekannte Fallen. Werden vom Strudel mitgerissen, durch die Waschtrommel gewirbelt, aus der Bahn geworfen. Werden auffällig. Sind dann rasch wieder die alten Schnapsnasen, saufen mit den alten Kunden, liegen besoffen herum und werden, weil man sie kennt, an die bekannten Hilfsstationen überwiesen. Werden ein weiteres Mal über den Umgang mit Alkohol unterrichtet und entgiftet. Können nach einer gewissen Zeit dann hierher zurückkommen. Werden neuerlich vom Doktor eingewiesen. Beziehen die Zimmerzelle, wo sie sich wieder nicht richtig einrichten und über den nächsten Fluchttermin nachsinnen.

Das höchste Ziel der Ulenhofbewohner ist der Umzug ins Dorf. Wenn man auf einem guten Weg ist, kann man sich um eine Wohnung im Ort bewerben, für sich allein, ein Zimmer, eine Küche, ein Bad. Eric, sagt Mischa, war so ein trauriger Irrkopf. Lebte auf seine Bitte hin außerhalb der Anstalt im Ort. War ein regelrechter Schlaumeier, musste zu jedem Thema seinen Quark beisteuern, dieser Eric. Lachte über alle anderen um sich, hielt alle anderen, nur nicht sich für abhängig.

Ich sage dir, du wirst untergehen, rettungslos verloren gehen, sagt der Doktor. Es gibt keine Solidarität mit dem Abstürzenden. Das Draußen ist die Hölle. Es werde schieflaufen, was schieflaufen kann. Es werde mit ihm all das geschehen, was nicht passieren darf, warnt der Doktor vergeblich den zum Abgang bereiten Eric.

Es erklärt sich der Unreife zuerst für reif. Es schreibt sich der Dumme ins Zeugnis gute Noten. Der Doktor bekniet Eric, wird nicht erhört, noch verlacht, als ein Angsthase und Panikmacher tituliert. Dann erhebt sich Eric, lässt sich das verdiente Geld auszahlen, das ihm bei seinem Neustart helfen soll.

So pünktlich zur Sekunde trifft keine Uhr wohl ein, als ich zur Abendstunde beim edlen Gerstenwein. Dort trinke ich lang und passe nicht auf mein Zifferblatt auf. Hör nur den Klang des leeren Glases, für mich geschlagen. Gehe nach dem Gelage wie ein falscher Zeiger nach Haus, kenne mich in der Zeit nicht mehr aus, trete auf der Stelle, welche Stunde es auch geschlagen hat.

Wie man wartet, wenn ein Affe mit einem Betäubungsmittel getroffen ist, warten die anderen Bewohner darauf, dass Eric schlappmacht, reumütig zurückfindet. Doch der hat seinen Abschied gesprochen, bleibt stur in seiner Wohnung, wo er zuvor eine ganze Batterie Flaschen angesammelt hat, die er nach und nach leert. Und im Ulenhof schließen sie Wetten ab, wie lange der Eric wohl durchhält. Und Eric gibt sich die Kante. Und die auf ihn für länger gesetzt haben, rechnen sich langsam gute Chancen aus. Und Eric, der Flüchtige, isst nichts mehr, sondern säuft nur noch, heißt es unter den Berichterstattern. Und lässt sich gegen Ende seines Laufs die Schnapsflaschen per Taxi in seine Trinkerzelle kommen.

Hält siebzehn Tage lang durch, was einige Beobachter schon verwundert. Hält sage und schreibe zwanzig Tage durch, was alle Skeptiker dann doch sehr überrascht. Hält zweiundzwanzig Tage aus, stirbt dann am unglaublichen vierundzwanzigsten Tag, den keiner auf seinem Tippschein stehen hat. Und wissen nun vom Durchhaltevermögen Erics. Stirbt am Laptop, mit dem er sich befreien, einen guten Job fürs neue Leben finden wollte. Stirbt mit der Nase in der Tastatur. Welchen Buchstaben er genau getroffen und wie lange er ihn gedrückt hat, ist nicht überliefert.

Sein Kinderzimmer war ein großer Strandkorb, schreibt der Doktor als Nachruf. Seine Jugend verbrachte er auf weißem Sand, sagt der Doktor an seinem Grab, für mich und den Dorfdoofi, der bei allen Beerdigungen anwesend ist. Am Strand lag er, als er noch nicht einmal krabbeln konnte. Immer wieder zum Wasserrand schaute er hin, als er noch nicht einmal schwimmen konnte. Und hob kleine Burgen aus, kleckerte wässrigen Sand turmhoch, vergrub all seine Wünsche in der Tiefe. Lebte wie die Maulwürfe leben. Scharrte sich die Pfoten blutig, heilte die Wunden in Schnaps getaucht. Der Doktor faltet das Blatt zusammen, legt es der Urne in ihrer engen viereckigen Grube bei. Der Dorfdoofi und ich klatschen Beifall.

HEILUNGSCHANCEN

Von den vielen Lektionen, die einem der Alkoholkonsum erteilen will, ist die erste die entscheidende: Alkohol hilft wie ein Freund, ist aber keiner.

Der erste große Test steht an. Wir machen uns auf in die Stadt, mieten uns in ein Hotelzimmer ein, um die Ecke meine Lieblingskneipe von früher. Dort werden wir gezielt einreiten, sagt der Doktor. Ich darf ungehemmt trinken, mich ungezwungen benehmen, alles wie früher. Nur dass der Doktor dabei ist und über mich wachen wird. Ziel muss der Rauswurf sein. Ich soll mich danebenbenehmen, dass dem Wirt keine andere Möglichkeit bleibt.

Eine unglaubliche Aufgabe, zu tun, was ich hier immer getan habe, hoch die Tassen, auf den Wirt anstoßen, mit den Gästen Wiedersehen feiern, von Tisch zu Tisch gehen und einander herzlich zugetan sein, ehe ich dann die Kontrolle über mich verliere, giftig werde, sie alle beleidige und gegen mich aufbringe. Und alles beginnt freundlich.

Sie fragen: Wo warst du, wo hast du dich herumgetrieben?

Sie sagen: Schön, dich wiederzusehen.

Ich sage: Bin sesshaft geworden in einer Trinkerheilanstalt.

Sie lachen und halten das für einen wirklich guten Scherz. Sie bestellen Bier für mich, laden mich zum Schnaps ein, kommen aus dem Lachen nicht wieder heraus.

Da drüben sitzt mein Therapeut, sage ich.

Das Kichern, Grölen, Wiehern nimmt Ausmaße an, als wären wir auf einer Lachkonferenz. Sie laden den Doktor auf Bier und Schnaps ein, benehmen sich wie wild geworden, wollen sich nicht beruhigen. Lustig werden die Gläser geleert, immer wieder auf den Gag angestoßen.

Ganz der Alte, loben sie.

Endlich wieder Stimmung in unserem Laden.

Du bist und bleibst eine absolute Nummer, sagen sie zu mir, winken den Doktor an ihre Tische. Ein Hoch auf die hoffnungslosen Fälle. Ein Hoch auf so einen Therapeuten. So einen Therapeuten wollen wir auch. Kann jeder haben, prostet der Doktor in die Runde. Muss man nur mit dem Saufen aufhören. Und sie lachen sich halb kaputt. Und auch der Kneipier gerät ins Lachen, verschluckt sich am Rauch seiner Zigarre, keucht:

Herrschaften, ich gebe einen aus.

Jedem ein Bier frei, der vom Alk wegwill.

Und alle brüllen sie:

Mäh, mäh. Bier her, Bier her. Ich, du, es und wir, du, sie, ihr und er, wir sind alle keine Säufer mehr.

Und dann bin ich herzlichst begrüßt, und die alten Verhältnisse sind wiederhergestellt. Der Doktor bestellt Extrarunden: auf das geglückte Wiedersehen.

Auf uns.

Auf dich

Auf mich.

Auf euch.

Noch gar nicht so lange her, nun wirkt es befremdlich, wieder mit den alten Saufkumpels zusammen zu saufen. Wie als wäre die Zeit selbst nicht mehr ganz auf der Höhe der Zeit. Alles wie eingefroren. Alles wie früher. Alles wie gehabt. Ich saufe mir einen an, ich setze mich zu ihnen an die Tische, stoße sie, einer nach dem anderen, vor den Kopf, indem ich nur sage, wie enttäuscht ich von ihnen allen bin.

Ja, allen hier!

Und springe auf. Und halte ihnen ungehalten vor, wie sie nach so vielen Monaten, die ich weg bin hier, immer noch den gleichen Quark reden können wie vor meinem Weggang. Den Wirt gegen mich aufzubringen, reicht die Behauptung aus, er sei in diesem rückständigen Totenhaus der Einzige mit Übersicht, unter den Witzfiguren der einzige Ernstzunehmende. Und er fragt nach, was ich damit meine. Und ich sage zu ihm, er bediene sich, setze sein Köpfchen gegen ihre Besoffenheit zu seinen Gunsten ein, münze ihre Unbeholfenheit in Bares um. Weil er einer ist, von dem Tucholsky gesagt hat, dass alle Säufer davon träumen, hinterm Tresen zu leben; und müssen stattdessen aber vor seinem Holz ihr Auskommen fristen. Und behaupte dem Wirt ins Gesicht, dass er mich im besoffenen Zustand immer abgezogen und doppelt abkassiert hat. Ob ich verrückt geworden bin?

Hier, rufe ich laut in die Kneipe hinein, seht ihr einen, der am Leid eines jeden Säufers verdient. Und bin nicht mehr zu halten, führe mich auf, als wäre ich an der Spitze einer Rebellion. Und schreie herum. Und lasse wirklich alles heraus. Es tut so gut, sich einmal richtig zu erregen. Die Stimmung wird spürbar aggressiv. Die einen stimmen mir zu. Die anderen pfeifen und johlen dagegen. Das ohnehin schon gerötete Gesicht des Wirts wird roter als rot, während ich weiter ätze und hetze, sie alle verunglimpfe. Und der Doktor steht zu mir im Hexenkessel, bleibt dicht bei mir, derweil ich mit beiden Fäusten schon aufs Tresenholz trommele, den Wirt immer weiter gegen mich aufbringe, der seine schnaufende Wut auf mich nicht mehr unterdrückt.

Sich am Unglück anderer bereichern, pfui, muss ich nur noch brüllen und dazu ausspucken. Schon bin ich fällig und der Wirt schreitet unter lebhafter Zustimmung der anderen Beleidigten zur Tat, tut seine heilige Pflicht, bellt mich wie eine Dogge an, mit seinem furcherregenden Bass, den man so noch nicht bei ihm vernommen hat, packt mich beim Kragen, schreit:

Dich zerquetsche ich.

Du erbärmliches Gürkchen.

Dich zermalme ich am Boden.

Und schleudert mich unter Hallogeschrei mit Kraft und Entschlossenheit einige Meter weit übers Pflaster hinaus gegen einen Stromkasten. Und wie sich der Doktor an ihm vorbeidrängen will, packt er den auch und schubst ihn mit Karacho zur Tür hinaus.

Ihr steht auf meiner Liste.

Eure Visagen merke ich mir.

Und vergisst in seinem Zorn, uns vorher abzukassieren. Da hast du aber ganze Beleidigungsarbeit geleistet, sagt der Doktor, während wir uns aufrappeln. Die Zeche erfolgreich geprellt, singen wir und taumeln ins Hotel, den Rausch ausschlafen.

Am Morgen geht es mir schlecht. Der Doktor zeigt sich hocherfreut. Er hat genug erlebt und sein Material zusammen. Nun wird er mich tiefer analysieren, mir weiter behilflich werden und mit mir weiterarbeiten. Und mir ist schlagartig wohler, als hätte ich soeben die Hauptrolle in einem Film zugesichert bekommen. Der Doktor läuft im Raum herum, bewegt seine Finger beim Gehen. Als arbeite er an einer Komposition, tippt er die Finger in die Luft und steht dann am Fenster, sagt:

Ich hab's. Irland.

Mir ist, als hätte ich soeben die Hauptrolle für einen Pilotfilm fest zugesichert bekommen. Als hätten wir den Zuschlag für ein Drehbuch bekommen und geraten nun arg in die Bredouille. Weder ich noch der Doktor haben ein Konzept. Der Doktor läuft im Raum auf und ab. Die Finger fliegen um ihn herum. Er scheint in die Luft zu morsen. Er steht am Fenster und sagt: Irland.

Der Doktor wird mit mir nach Irland reisen, das Testprogramm auf fremdes Terrain verlagern. Das grüne Land, ein einziger großer Pub mit starkem Bier und jahrhundertalte

Trinkgewohnheiten. Ideal. Und die Säufer führten sich dort so herrlich ungeniert versoffen auf, in keiner anderen Region als in Connemara würden wir dem Suff gröber ausgeliefert sein. Nur dort kommt es vor, dass der versoffene Kutscher gar sein kleines weißes Pony wie einen Kumpel in den Pub schleppt und ihm Bier aus dem Hundenapf spendiert. Wo der Gast, voll wie eine Haubitze, immer noch sein Guinness hingestellt bekommt.

Sein Vater hat ihm von der Irlandzeit vorgeschwärmt. Namen klingen ihm wieder im Ohr. Innisbofin. Galway. Clifden. Cliffs of Moher. Aran Islands. Heidekraut, Moos, grüne Berggipfel. Jede Stadt eine Stadt der trinkenden Dichter. Jedes Dorf eine Heimstatt für dichtende Trinker. Das Land so herrlich verrufen. Der romantische Westen, die wildzerklüftete Bergküste, kilometerlange Sandstrände, atemberaubende Kulisse. Wie geschaffen für unser Experiment. Wir fahren da augenblicklich hin. Wir kehren in die verschiedenen Pubs ein und werden dort nicht einen Tropfen trinken: auf nach Connemara.

Und dann sind wir in Irlands Westen, leihen uns Fahrräder aus, fahren die Küstenstraßen entlang. Keine größeren Steigungen, nur die inneren Tiefen der Verlockung, in die wir nicht stürzen dürften. Mit dem Fahrrad immer schön auf Nebenstraßen unterwegs, den heiligen Berg Patrick vor Augen.

Ein Traumland geradezu. Überall Betrunkene, die uns mit Rülpser begrüßen, uns winken oder verscheuchen wollen, wenn sie ihre Hände bewegen. Stürzende, taumelnde, herumliegende, erledigte Gesellen entlang der Tour de Suff. Abscheuliche Szenen, fürchterliche Zustände, beispielloses Benehmen in grauenerregendem Ausmaß.

Der Doktor sagt, wir werden einiges aushalten müssen, der Verlockung zu entkommen, über sie hinauszuschießen, im Wettstreit gegen den Alkohol zu bestehen. Irlands Trinkallüren sind die schärfsten in Europa. Angstvoll kehren wir in den ersten Pub ein. Und zu meinem Erstaunen lässt man uns in Ruhe, nötigt uns nicht ein Bier auf.

Es ist die Radfahrermontur, flüstert der Doktor, die uns vor allem bewahrt. Die Stunde der Wahrheit zeige sich, wenn wir in Zivil hier aufkreuzten und uns zu ihnen an den Tresen setzten.

Die Radfahrten erweisen sich schwieriger als erwartet. Wir bestrafen uns durch unsere Unkenntnis, verfahren uns ständig, landen auf abseitigen Gehöften, denn es gibt in Irland nie Abkürzungen. Du siehst übern Daumen gepeilt das Ziel so nah und landest im Morast, wenn du denkst, du könntest dir Umwege ersparen. All diese Versuche münden in Sackgassen und Idiotie, wenn wir dann, das Rad geschultert, steile Teilstrecken wie ein Rad schleppender Pilger absolvieren. Es geht über Stock und Stein, durch Nebel und Kälte. Kaum Muße und Zeit, das irische Meer unterhalb zu betrachten, die hellen Strände und dunklen Moore zu bewundern. Immer nur Wurzeln, Geröll, Matsch und Schotterstraßen. Mühsame Anstiege. An deren Enden Aussichtsplattformen, von denen aus nur in irische Suppe zu glotzen ist. Dunst, durch den wir uns vorsichtig vorwärtstasten, denn niemand von uns möchte tödlich verunglücken und im irischen Westen wie der vom Wege abgekommene Straßenköter enden. Unsicherer im Leben nie zuvor gewesen als in dieser irischen Suppenküche, in diesem feinen, üblen, hässlichen, gemeinen, sahnig weichen, teuflischen irischen Nieselregen, aus dem Meer zu uns herübergestäubt. Und in der Ferne meint man Seehunde heulen zu hören, was vielleicht nur inneres Jammern ist und keine menschenfressenden Ungeheuer, die nur darauf warten, dass wir ausrutschen, abstürzen.

Und kaum sind wir dem Horror entwischt, schon zeigt sich Irland von seiner besseren Seite. Roundstone heißt der Etappenort. Zum Verweilen schön. Hier ließe man sich gern vom Tod dazu überreden. Schöner als hier wird es nirgendwo anders sein. Ein paradiesischer Flecken, für die Ewigkeit geschaffen. Keuchend erreichen wir den himmlischen Ort. Und mit der Ankunft verzieht der Nebel sich, gibt den Blick frei auf den wunderschönen, kleinen Hafen. Und wir mieten sofort ein, kommen bei einer Wirtin unter, die alles ist, was man sich bei einer Frau wünscht. Die gute Mutter, das fesche Weib, das den Doktor an seine Frau und mich an meine erste große einzige vergebliche Liebe erinnert. Heidemarie, der ich einen Bergkristall geschenkt habe, und sie hat mich danach nur noch verspottet und mit dem Finger auf mich gezeigt.

Wir übernachten im Paradies.

Und dann geht es auch schon weiter, von Roundstone aus durchs Moor Richtung Clifden. Die Straßen sind oft so leer, als fürchteten die Einheimischen sich vor bösen Geistern und wollten hier nicht unterwegs sein.

Wir sind inmitten unberührter Natur, so scheint es. Wir sind von Moor umgeben und Schafen darin wie Farbkleckse, die sich manchmal bewegen. Wir sind auf einer Bühne, einem Laufband unterwegs, von Bildern und einer Stille umgeben, die unwirklich scheint und so wohltuend wirkt.

Schroffer Granit, torfbraune Flüsse und Seen, Schlösser und Klöster, Namen und Begriffe, in meinem Büchlein festgehalten. Doch am Abend beim Durchblättern der Mitschrift weiß ich nicht mehr sicher zu sagen, was sich hinter dieser und jener Bezeichnung verbirgt. »Atlantikblau« steht da geschrieben und »Der Seeadler kreist« Leenane, oh ja, daran kann ich mich erinnern. Eine langgezogene Bucht bei Ebbe auf dem Weg dahin. Der Ort selbst nicht viel mehr als ein Pub, ein Laden, eine Tankstelle, die Weggabelung und Brücke über dem glänzenden Flussbett.

Ein König soll einmal über die schmale Brücke spaziert sein, heißt es im Pub. Und ist dann vom Dauerregen weggespült worden, nichts von ihm am nächsten Morgen zu sehen, einfach weg, sagt der Wirt. Die Decke seines Pubs über und über mit Baseballkappen behangen. Wir sollen uns einen Wollpullover kaufen. Manchmal können wir sogar Delphine beobachten. Und Otter gibt es hier, so groß wie Schäferhunde. Die ersten Käppis hat die Crew hinterlassen, damals, als hier die vielen Laster auffuhren und der Film *The Field* gedreht wurde. Wo wir stehen, habe er mit Richard Harris einen über den Durst getrunken. Wir sollen bis zum Food Festival bleiben, die einheimische Kost probieren und lustig mit ihnen saufen, singen, wenn das Autumnal Festival veranstaltet wird, wenn sie das schönste Schaf von Connemara küren. Ob wir denn schon Kylemore Abbey gesehen hätten und Claddaghduff, wo man bei Ebbe locker mit dem Auto über den Strand nach Omey Island fährt. Heiliges Land, deine ach so weißen Sandstrände. Mit der Fähre müssten wir unbedingt auf die Aran-Inseln übersetzen, bei den Fischern wohnen. Über Stock und Steinplatten, einmal um die ganze Insel wandern, von den steilen Klippen aus in die Tiefe schauen, bis uns schwindelig davon wird. Oh Galway. Oh Letterfrack. Und die Brücke aus *The Quiet Man*, diesem anderen Filmklassiker, einundfünfzig von John Ford gedreht, ob wir denn wenigstens schon über die geradelt wären? Und da wäre ja auch noch das Denkmal zu Ehren der Flieger Alcock und Whitten-Brown, die neunzehnhundertneunzehn von hier aus den Atlantik überquert haben. Die sollen wir schön von Connemaras schönen Ponys grüßen, deren Haar im Wind wie das Haar von Frauen weht.

Sieben mal vierundzwanzig Stunden berauschen wir uns an der Natur, trinken mit den Augen, saugen Landschaften ein, betanken die Seele mit den Farben des Heidekrauts, Torfs, Grases und denen der hügligen Ebenen. Und liefern die Räder wieder ab.

Um den Schwierigkeitsgrad des Unterfangens zu erhöhen, hat der Doktor zwei alte Saufkumpels von mir nach Irland eingeladen. Gar nicht so einfach für ihn gewesen, die aufzutreiben, aus ihrer gewohnten Umgebung zu lösen und zu überreden, hierherzukommen. Ich darf nun an ihnen meinen Willen testen. Sie wissen von nichts, es bleibt mir überlassen, sie einzuweihen und ihnen zu sagen, dass sie nur Teil des Testes sind. Das Wiedersehen und die Freude so echt wie nicht gespielt. Die Überraschung gelungen. Kaum sind wir im ersten Pub, heißt es auch schon:

Das müssen wir feiern.

Darauf müssen wir trinken.

Sláinte.

Und bald schon sind sie bestürzt und wollen es einfach nicht wahrhaben und fragen verdattert mehrfach nach:

Ihr trinkt also nichts?

Nein, sagen wir aus einem Mund.

Beide?

Ja, sagt der Doktor.

Ja, sage ich.

Und sie wollen wissen, was hier gespielt wird, ob wir sie verarschen, wann wir mit dem Blödsinn aufhören.

Nicht ein Guinness?

Nichts.

Nicht einmal Whiskey?

Nicht einmal einen kleinen zur Begrüßung?

Nein danke, Sláinte, sagen wir im Chor, halten uns eisern an unserem Vorhaben und an unseren mit Leitungswasser gefüllten Gläsern fest. Die Freunde trinken, ohne uns zu verstehen, ein paar irische Bier, um zu begreifen, was mit uns los ist und wie ihnen geschieht. Und bestellen jedes Mal für uns mit, stoßen mit den uns zugedachten Gläsern auf die Freundschaft und das Wiedersehen, den Pub und das Land an, trinken und rühren unsere Gläser nicht an:

Sláinte. Und dann hat einer von beiden die Schnauze gestrichen voll von unserem Gehabe, zieht blank: Die ärmliche Show sollen wir ohne sie abziehen. Ein großes, rundes Tablett voller alkoholfreier Getränke donnern sie uns auf den kleinen Tisch, sagen:

Sláinte. Wir können uns daran dumm und dämlich trinken. Buttermilch für den Rücken. Erdbeersaft für die Waden. Kräutertee kann ja nie schaden.

Kommt Zeit, kommt Wasser.

Sláinte. Alles bezahlt, Jungs, bedient euch.

Sláinte. Und schnappt sich den anderen Kumpel, geht mit ihm ab wie von der Bühne, schimpft noch einmal kräftig kurz vor dem Hinausgehen:

Sláinte. Ihr Provokateure, Idioten, Spaßverderber, jämmerliche Gestalten.

Sláinte. Wir sind geschiedene Leute.

Man sieht sich am Flieger wieder. Sláinte.

Er haut dann auch wirklich mitsamt dem Mietwagen ab. Bleibt bis zum Rückflug verschwunden.

Eins zu Sláinte für uns, sagt der Doktor, spricht von Standhaftigkeit und einem ersten Sieg. Und greift nach dem ersten Glas Alkoholfreies.

Sláinte!

Und wir trinken abwechselnd Fassbrause, Orangensaft, Milch, Kaffeesahne, Leitungswasser, Tomatenjuice, Ginger Ale, Tonic, Birne, Apfel, Tee, Zitrone, bis wir nicht mehr können.

Der Körper wird es uns danken, sagt der Doktor. Und ich kann nicht verschweigen, wie zerknirscht ich innerlich bin. Sind schließlich meine Saufkumpanen, die wir vor den Kopf gestoßen haben. Ich soll meinem aufgeregten Kumpel dankbar sein. Die Idee mit dem Tablett war doch erste Sahne. Er hat wenigstens Mumm bewiesen.

Jetzt wird geradelt und sich geadelt. Zum Abend hin können wir in Clifden sein. Und wieder sind keine weiteren Radfahrer unterwegs, treffen wir auf keinen einzigen, nicht einmal eine amerikanische Gruppe, von denen es heißt, dass eine Menge von ihnen auf der Suche nach irischen Wurzeln im Lande unterwegs sind. Seien nämlich einige Iren in Amerika etwas Großes geworden, haben es bis zum Präsidenten gebracht. Irland.

Kein Vergleich zu Filmen, die man sich ansieht, und schöner, als der Vater des Doktors es beschreiben konnte. Und dann lenkt mich da noch der Wille, mich vom Suff wegzubringen. Und nur deswegen verschmerze ich das bittere Aus mit den zwei erbosten Saufkumpanen. Und radle eisern weiter. Und habe auch wieder Spaß an Freude, wie man sagt. Und bewege mich ein wenig stolzer in der phantastischen Landschaft. Nichts vom Fließband. Echte Landschaften. Echte Häuser. Echte Flüsse. Echte Berge. Echte Bäume. Echte Brücken zum Überqueren. Echte Schafe wie Schafe, Vögel wie Vögel.

Und langsam rede ich es mir auch nicht mehr ein, sondern spüre die Kraft, die in mir wächst. Und kann erste positive Energien abrufen, mich überwinden. Und es fehlt mir nichts zum Leben. Dann aber überkommt es mich hinterrücks, von weiß nicht woher, in Clifden angekommen. Ich steige vom Rad ab und gehe in den Pub. Und trinke, weil mir danach ist, ein Bier. Und der Doktor redet nicht dagegen, sondern trinkt mit. Und das ist genau das, was mir das Bier verleidet und am nächsten Tag so zusetzt. Dass ich mich besaufen durfte. Dass es zum Programm gehört, ich rückfällig werden kann und mich danebenbenehmen. Und so erlebe ich ein fürchterliches Erwachen unten am Hafen, zwischen stinkenden Hummer-reusen gebettet. Und mühe mich hoch und den Kai entlang die Mole herunter, die Böschung hoch neben der Auffahrt auf allen vieren zur Unterkunft. Und falle ins Bett und schlafe meinen Rausch aus. Und der Doktor hat die Fenster aufgerissen. Und hakt nicht nach, stochert nicht in der Wunde, setzt mir nicht zu, stellt keine Fragen, dass es mir peinlich ist, ich aus dem Zimmer stürme, am Strand all meine Last herausschreie, wie die Welle gischte, brande, gegen mich schäume.

IM DUETT

Wir haben uns selbst verloren, deswegen trinken jetzt einige
von uns zu viel.

Ein Inuit

Und dann geschieht das Sensationelle. Tante Luci ist zu einem Überraschungsbesuch aufgebrochen, aber irgendwie
entkräftet hier angelangt. Sitzt, käseweiß im Gesicht und von
der Autofahrt ermattet, wie sie sagt, im Büro und bibbert.
Sie brüte etwas aus, sagt sie. Drei Tage kommt es, bleibt es,
drei Tage geht es von selbst wieder weg, sagt sie. Der Doktor
nimmt es ihr nicht ab. Er will sie pusten lassen.
Ich und pusten?, krächzt die Tante, hält es für einen schlechten Scherz.
Nicht doch, ich scherze nicht, sagt der Doktor, hält ihr das
Pusteding hin.
Was nur los ist, erregt sie sich, was er nur mit ihr hat?
Das Spiel geht so, sagt der Doktor. Man sucht sich etwas mit
den Augen aus, einen Gegenstand, eine Person oder etwas
an der Person, das für alle anderen sichtbar ist, zum Beispiel
ihre Sonnenbrille. Und sagt dann einfach: Ich sehe was, was
du nicht siehst, und das ist grün und blau. Und wer es erraten will, fragt den, der die Aufgabe stellt, zum Grünblauen
aus: »Ist es der grünblaue Himmel draußen?« Und alle rufen:
»Nein.« »Sind es meine grünblauen Augen?« Und wieder
rufen alle: »Nein.« »Bin ich vielleicht grün und blau?«»Ja,

du bist es«, sagen alle traurig. Und wer erraten will, ob es stimmt, muss hier hineinblasen.

Sie könne ihre Augen tarnen, er sähe etwas um ihre Augen herum, auf der Stirn, am Haaransatz, an ihrer Hand, und kenne sie doch nur allzu gut. Einem jeden steht sein Leben ins Gesicht geschrieben. Er liest die Zeichen, weiß, was mit ihr los ist. Vom Fach ist vom Fach, sagt er, besteht darauf, dass sie sich testen lässt, was Tante Luci albern findet und partout nicht will. Springt auf und flattert mit den Armen wie bei einem Flugversuch. Lässt aber bald die Flügel hängen, setzt sich hin. Der Doktor hakt nach: Sie könne *sich*, nicht aber *ihm* etwas vormachen. Er durchschaue sie. Und hält ihr das graue Pustegerät weiter hin. Zwei seiner Mitarbeiter stehen wie freundliche Stewardessen bereit. Tante Luci sitzt bockig wie ein Kind, zieht die Unterlippe zur Schippe, die Augenbrauen weit über die Brillengläser erhoben, und redet von Freiheitsberaubung, dass sie davon ausgehen müsse, ihr alter Freund sei meschugge geworden. Erstarrt demonstrativ, sitzt in Abwehrhaltung, versteift sich wie auf dem elektrischen Stuhl, drückt Widerstand mit dem ganzen Körper aus, dem der Doktor mit einer heftigen Grundsatzrede beizukommen sucht.

Ob sie sich bewusst wäre, in was für einem versoffenen Land sie lebe. Deutschland? A gegen U solle man tauschen. »Deutschlund« solle man das besser nennen. Wir sind ein Hochkonsumland. Wir sind Alkohermania. Millionen Menschen am Tresen beschäftigt, ihren Durst zu stillen. Voll beschäftigt. Landesweit, wohin das Auge schaut, rotgesichtige Bürger. Wohin das Ohr hört, krachende Bierkorken, Gießgeräusche, Zischen, Glasbruch, Scherbendonner. Nur dass die Kampftrinker nicht zur Olympiade gegeneinander antreten, sondern jeder gegen sich säuft. Die Flasche wie einen Staffelstab in der Faust, der nicht übergeben, sondern ausgetrunken wird.

Und ist nun der Tante sehr nah. Berührt mit seiner Nase fast die ihrige. Wie in Großaufnahme, kurz vorm Kuss auf der Leinwand. Und redet jetzt ganz leise mit ihr, wodurch jedes Wort bedrohlicher wird: Hochleistungstrinker. Durchtrainierte Säufer. Wohin man schaut, freiwilliger Alkoholmissbrauch. Männer und Frauen, die ihre Biergläser heiligsprechen. Und lässt dann ab von ihr, schreitet im kleinen Büro, redet, den Kopf gesenkt, scheinbar vor sich hin, über Tresen, Tremenz, Training, Trinkhallen, Halluzination. Und mir gefällt das Wort Halluzi vor dem Wort Nation, dass Hall und Nation in Verbindung stehen.

Zehn Millionen Mal Entzugserscheinungen in nur einem Jahr. Zehn Millionen Mal der nette Kerl von nebenan, der Stunden später bösartig wird. Zehn Millionen Mal kirre im Kopf. Zehn Millionen Mal am Ende nur Lallen, Ausrasten, aufs harte Pflaster knallen, in Ausnüchterungszellen landen, zu Pflegefällen werden. Zehn Millionen Mal vergeudete Kraft, verschlissenes Talent, ungenutzte Fähigkeiten.

Die Mitarbeiter im Büro kennen seinen Redeschwall – bei Tante Luci bewirkt er, dass ihre Hand mechanisch zum Pustegerät greift, es zum Munde führt; zwischen ihre Lippen nimmt sie es noch nicht. Der Doktor legt nach, spricht davon, dass jeder Bürger hierzulande jährlich eine Badewanne voller alkoholischer Getränke austrinkt: eine Wanne pro Jahr für das Baby, den Greis, den Jugendlichen, die Schwangere, den Trinker und auch den Nichttrinker. Eine ganze Wanne voll mit Bier, Wein, Sekt, Schnaps. Säufer über Säufer. Wohin man schaut, Säufer. Säufer im Bundestag, die Reden gegen die Trunksucht halten. Säufer in den Ämtern, die mit dem Alkoholkonsum Geld verdienen. Säufer in den Gerichten, die Säufer gegen Säufer antreten lassen und im Namen der versoffenen Republik Recht sprechen, diesen oder jenen Säufer verknacken oder freisprechen. Schnapsdrosseln in den Behörden. Schluckspechte in der Polizeistation. Blaumeisen in den Schulen und an unseren Universitäten. Hoffnungsvolle Trinker in den Forschungslaboren, in Firmen, an der Börse. Eine Horde von Saufköpfen in leitender Position. Vom Durst gelenkte Kerle, die unsere Weltpolitik bestimmen. Diplomaten, die den Flachmann als Reisepass bei sich führen. Säufer im Leben wie in der Kunst. Säufer spielende Schauspieler, die im Leben noch viel größere Säufer sind als die von ihnen dargestellten Figuren. Und alle wissen es. Und niemand kommt dagegen an.

Und springt dann auf Tante Luci zu, steht wie die große wütende Dogge aus *Der Hund von Baskerville* über ihr:

Blas da jetzt rein.

Blas da jetzt rein, äfft Tante Luci ihn nach.

Egészségedre Palinka.

Sind wir hier bei der versteckten Kamera?

Das Problem, knurrt der Doktor Tante Luci an, ich will mit dir nicht über die Gesellschaft, sondern über dich und dein Problem sprechen. Und Tante Luci wird unter seiner Dominanz zum Schoßhündchen, folgsam, wie ich sie noch nie gesehen habe. Ja, winselt sie wie vor dem Richter und bekennt sich schuldig. Und steckt die Tülle zwischen die Lippen, lächelt seltsam schräg, pustet mit voller Kraft, reicht das Prüfgerät an den Doktor zurück.

Einskommadreizwei, sagt der Doktor.

Einskommadreizwei? Nix da, sagt Luci, wieder zu Kräften gekommen.

Nie und nimmer.

Das Gerät ist nicht in Ordnung.

Das Gerät ist in Ordnung, sagt der Doktor.

Aber gut, wir testen ein zweites Gerät. Sie wird noch einmal pusten dürfen. Kann schon sein, dass Tante Luci nur eine Schnapspraline gegessen hat. Vielerlei ist möglich, man hat schon Affen von verdorbenen Äpfeln naschen und betrunken umfallen sehen. Und steht zehn Minuten später mit dem nächsten Gerät bereit, lässt die Tante ein zweites Mal pusten, präsentiert das neue Ergebnis: Einskommadreieins.

Einskommadreieins, nickt Tante Luci, durch den Zweittest zum Häuflein Unglück gemacht.

Nimmt die dunkle Brille ab, präsentiert ihre grünblauen Augen, die Pupillen weit geöffnet. Sagt, dass sie schwach ist und keine Kontrolle mehr über sich hat und alles anders geworden ist durch den Tod von Onkelonkel. Und der Doktor weist die Mitarbeiter an, alle nötigen Schritte zur Überführung in die Entgiftungsstation in die Wege zu leiten. Tante Luci sagt »Nein«, sie müsse nicht entgiftet werden, sie kriege das allein hin.

Und bedankt sich für die Diagnose. Kommt auf mich zu, drückt mehr sich an mich als ich mich an sie. Nun ist es also heraus. Nun werde sie wacker handeln. Nun wolle sie nicht mehr nach Hause zurück. Nun werde sie hierbleiben. Aber: Der Doktor soll uns gemeinsam unterbringen. Mehr will sie nicht von ihm. Zwei Gestrauchelte, die einander stützen. Der Blinde, der dem Armlosen zur Hand geht. Die Taube und der Stumme, zwei, die sich zusammen aus dem Dilemma heraushelfen.

Das kriegen wir wieder hin, Junge.

Das sieht nur momentan schlimm aus.

Ich nenne die Situation komisch, Tante Luci meint, sie sei irgendwie auch kosmisch. Dem Himmel sei Dank, wir sind zur rechten Zeit am richtigen Ort unter einem Himmelszelt zusammengeführt worden. Jetzt hat sie wieder eine Aufgabe. Dich, mein Junge.

Mich, du lieber Himmel.

Und trinkt ab dem Tag ihrer Ankunft keinen Alkohol mehr. Zieht bei mir ein, stellt überall Blumen hin, dass es im Deichhaus wie in einer Gärtnerei duftet. Es ist, als seien wir schon seit Jahren gemeinsam hier gewesen. Sie kennt sich bestens aus. Der Herd steht, wo er stehen muss. Sie öffnet einen Schrank, greift blind nach Pfeffer, Salz, zieht mit sicherer Hand die Schublade auf, in der sich die Geflügelschere, der Eierschneider befinden. Man steht staunend daneben.

Sie liest mir aus der Zeitung vor, macht das Radio an, und als wolle sie mir über Bob Dylan etwas sagen – läuft erst *Forever Young* nach *Baby, Let Me Follow You Down*, dass wir gar nicht umhinkönnen, nach der Musik zu tanzen, von den Gitarrensoli gepeitscht, die Rhythmen des Schlagzeuges, als würde einer mit Lust Petersilie hacken. Und Tante Luci übernimmt die Bildschirmherrschaft im Haus, bestimmt, was wir im Fernseher sehen. Sendungen, die vor allem ihr Vergnügen bereiten. Ich schlafe oft genug ein, aber das stört sie nicht, sagt sie, wenn ich nur bei ihr bin. Dafür muss ich nichts weiter tun. Und manchmal läuft im Radio ein Musikstück und ihr laufen zeitgleich Tränen über die Wangen. Und sie beginnt weinend zu tanzen und mitzusingen. Und lächelt dabei. Und sagt dann erschöpft, dass da einmal so etwas wie Glück in ihrem Leben gewesen war.

Sie reinigt die Zimmer, kümmert sich um die Zimmerpflanze, streut Futter ins Vogelhaus vorm Fenster. Mit den Emotionen ist es so ein Ding. Die wollen bis ans Lebensende zu einem gehören. Da hieße es aber auch von einem Lebensabschnitt zum neuen: weg mit allem, was es nicht mehr wirklich braucht. Sich eingestehen, dass man für manche Regung keinerlei Verwendung mehr hat. Alles Störende entsorgen. Für uns stünden Ziele an, die mit altbackener Emotion nicht zu erreichen sind. Wir müssten uns ergänzen, einander bedingen, Zahnräder sein, die gemeinsam ins Werk greifen, sagt sie.

Eine tolle Form von Therapie, die wir da durchziehen, sagt der Doktor, prophezeit uns gute Heilungsaussichten. Wir sollen unsere Leben wie einen Kleiderschrank öffnen, alles voreinander ausschütten, den Kleiderschrank umkippen, auf den Boden fallen lassen, den Kleiderschrank dann wieder aufrichten, uns unsere Leben Stück für Stück vor Augen führen und uns peinlich befragen, was es mit einem selbst noch zu tun hat.

Meine Knüllertante Luci, jubelt es in mir. Das hat nur sie

drauf. Aus dem Auto steigen und hierbleiben, einfach so. Kein Gedanke mehr an ihr verlassenes Zuhause verschwenden.

Aus und vorbei.

Den Deckel zugeschlagen.

Nun wird sich wohlgefühlt.

In den kühnsten Träumen hätte sie nicht gedacht, dass wir noch einmal zueinander fänden. Sie füge sich hier nicht nur ein, verspricht sie, sie richte ihr Leben auf den Verbleib in der Anstalt aus. Sie sei angekommen, nun wirklich daheim. Das Haus am Deich, das wir gemeinsam bewohnen, ist unser neues Zuhause. Wo sie mit mir und Onkelonkel einst gelebt hat, ist nicht mehr ihr Heim. Dunkel nur deutet sie an, sich an das Gartenhaus und die kleine Küchenbank zu erinnern. All die Jahre, die sie ohne mich mit dem Onkel im Haus allein war, konnte sie sich ihm gegenüber aufführen, sich über ihn aufregen, beklagen und herumnörgeln, sagt sie. Onkelonkel widersprach ja nie, sagt sie und beginnt fast zu schluchzen.

Ließ mich gewähren.

Verzog sich nach draußen.

Verschwand, wenn es ihm zu bunt war.

Hackte Holz, sammelte Früchte im Garten ein.

Was geschehen ist, ist geschehen, sagt sie. Jetzt komme es darauf an, eine gemeinsame Haltung zu entwickeln. Und weiter sagt sie nichts. Und ich frage auch nicht weiter nach. Uns bleiben ja die Spaziergänge. Denn meine wiederbelebte, deutlich unternehmungstolle Tante Luci lässt es sich nicht nehmen, bei mir untergehakt durch den Ort zu spazieren. Unsere Runde absolvieren, wie sie es nennt. Ich bin ihr Begleiter. Die dünne feine Dame. Und ihr dicklicher Sancho Pansa. Eine gute Mischung, sagt sie.

Tante Luci und ich schreiben uns, obwohl wir im Deichhaus am Hafen eng zusammenwohnen, wie gewohnt weiterhin Briefe und Postkarten, mit denen wir uns überraschen, als wären wir räumlich getrennt. Jeder teilt dem anderen schriftlich Dinge mit, die wir uns anders nicht zu besprechen trauen. Wir legen uns die einander zugedachten Briefe auf den Frühstücksteller oder zwischen die Seiten eines Buchs, reichen sie wie in einem Restaurant die Rechnung in der Klemmmappe weiter.

Eine schöne Geschichte haben wir uns eingehandelt, sagt Tante Luci und meint damit den Aufenthalt im Ulenhof. Der wächst mir durch ihre Anwesenheit ans Herz. Ich lerne den Ort und seine Bewohner von einer anderen Seite kennen.

Meine immer wieder überraschende Tante Luci, seit sie hier ist, ein Glücksfall. Sie ist mir eine Gehhilfe, der Stock, mit dem ich aufrecht gehen lerne. Sie ist so schnell mit ihrem Urteil und liegt erstaunlich gut. Sie muss nicht lange überlegen. Der dort, das ist ein Heroinjunkie, sagt sie zu Mischa und hat recht damit. Die da ist eine Zigeunerbraut. Und seit sie es gesagt hat, sehe ich es genauso. Es kommt vom vielen Lesen, sagt sie, ihre Menschenkenntnis habe schon Onkelonkel schwer beeindruckt.

Alles in der Gastwirtschaft gelernt.

Mir bindet so leicht keiner einen Bären auf.

Schakale, gutmütige Kumpels, Verführer und Verführte, warme Brüder, Knastis, Zuhälter, Spielsüchtige, Matrosen, Nutten, Ritter des Imbissstandes. Die ich für uninteressierte, abgestumpfte dunkle Typen halte, bringt die Tante mir neu als einst bestimmt recht lustige Gesellen, kleine Aufreißer, pfiffige Ganoven, die einiges auf dem Kerbholz hätten und ohne weiteres Mittun auf die schiefe Bahn geraten sind, näher. Arme Teufel im Grunde.

Und die Leute, mit denen sie spricht, kommen nicht auf die Idee, sich darüber zu wundern, was sie von ihnen weiß, wofür sie sich alles interessiert. Sie benimmt sich erstaunlich galant, spricht mit den Nachbarn, als sei sie schon Jahrzehnte mit ihnen bekannt. Redet mit den Leuten in der Anstalt, als sei sie nicht in einer Reha-Einrichtung, sondern auf ihrem Sommersitz. Bewegt sich wie eine Prinzipalin, der man nichts erklären muss. Ein Blick genügt ihr, und sie ist wieder im Bilde, weiß Bescheid. Und lacht herzlich von oben herab, wenn Nachbar Emil sie einen Neuling nennt. Stellt sich ihm als Heimkehrerin vor. Sieht die Anstalt auch nicht als Unterschlupf an.

Tante Luci bewegt sich wie daheim, fügt sich wundervoll ein, ist sofort im Bilde, involviert, integriert. Redet nicht von der Vergangenheit. Unterhält sich mit den Bewohnern über die Gegenwart. Seelen sind wie die Fenster eines Überraschungskalenders, sagt sie, die man nur öffnen muss. Mach's einfach wie ich. Das musst du rasch lernen. Sonst wird es nichts mit dem Film.

Sie bittet nicht. Sie weist eine Aufgabe an und der Angesprochene übernimmt sie bereitwillig, als hätte er auf sie gewartet: Du wärst eine gute Chefin, sagt der Doktor.

Der Bewohner Hein kommt auf sie zugelaufen, schüttelt ihr herzlich die Hand, sagt ungefragt:

Ich bleibe hier.

Ich will hier nie mehr fort.

Gut so, mein Sohn, sagt Tante Luci, tätschelt seinen Handrücken, sagt, dass die Welt da draußen nichts mehr für ihn sei, er in seinem Willen fest bleiben solle. Und Hein, der als kontaktscheuer Eigenbrötler gilt, hängt ihr an den Lippen. Bietet ihr seine Dienste an. Er könne uns porträtieren. Und auch andere Bewohner gehen forsch auf meine Tante zu. Hanne überreicht ihr einen Kuchen mit Schokoladenstreuseln drauf und will dafür keinen Dank von ihr. Das gehört sich doch so. Das ist doch eine Selbstverständlichkeit, sagt sie, will ihr fortan jede Woche einen Kuchen backen. Es würde ihr eine Ehre sein.

Und ich denke, es muss an ihrer herzlichen rauen Stimme liegen, die ihnen vertraut vorkommt. Sie muss sie nur mit dieser Stimme ansprechen, schon antworten sie ihr wie kleine Schulkinder der Direktorin. Sie muss im Grunde gar nichts weiter sagen, nur da sein, wie ein Frühlingstag die Herzen weiten. Schon sprudelt aus den Leuten das Redequellwasser hervor, sie beichten ihr geradezu, was an Unheil mit ihnen geschah.

Ah, da ist ja der kleine Feuerteufel, sagt sie zu Gerdi, der in der Küche am Abwaschtisch steht. Und der Taubstumme, der sonst nicht hört, nickt wie ertappt und lächelt verschämt. Überlege dir gut, was du sagst, sagt sie, und der vorlaute Chopper-Lars hält sich zurück, sagt nichts, obwohl er schon zu einem Satz angesetzt hat. Zuckt entschuldigend die Schulter. Tritt einen Schritt zurück, als verbände sie und ihn gemeinsames Insiderwissen aus grauer Vorzeit.

Damit kennst du dich bestens aus, sagt sie zu Monika.

Das ist was für dich, das kannst du leisten, sagt sie zu Lothar.

Zum Russen Victor sagt sie: Hier, mein Guter, das ist doch dein Lieblingsessen? Und Victor, der bisher nie Nudeln mit Tomatensoße gegessen hat, erklärt sich bereit, sie zu probieren. Und findet die Nudeln ausgezeichnet. Und verschlingt sie mit Heißhunger. Und verlangt sogar Nachschlag.

Wer ihr frech kommt, den hat sie flink an der Kandare. Sie fordert den Lethargischen auf, sich zu bewegen. Sie stößt den Fußlahmen vorwärts. Wirft dem Jammerlappen den Schwamm hin: Da, wisch dein Gejammer auf. Es grenzt schon an Zauberei, wie sie die Leute in Bewegung setzt. Uli, der sich gern verweigert, nimmt plötzlich die Medikamente an. Yes, Lady, sagt er. Harte Kerle werden gefügig unter ihrer Fuchtel. Sturköpfe geben ihren Widerstand auf. Große Männer lassen sich von der kleinen Person herumkommandieren. Warum kommst du so spät?, heißt es.

Du hättest uns früher besuchen müssen, heißt es.

Sie nimmt dem Koch die Kelle aus der Hand, wenn sie meint, dass er die Suppe verdirbt. Sie übernimmt das Kochen selbst. Sie faucht das mit ihr dorthin beorderte Küchenpersonal grob an:

Wer sind Sie?

Was machen Sie hier?

Raus aus meiner Küche!

Und lässt die beiden verdatterten Kochhilfen dann doch gewähren, weist ihnen Arbeiten an.

Na gut, ausnahmsweise.

Ihr kümmert euch ums Gemüse.

Sie schleppt mit dem Ruf: Finger weg!, sogar den schweren Kartoffelbreitopf in den Esssaal, teilt mit der Kelle heißen Brei aus.

Untersteht euch.

Hier wird nicht gemault.

Es wird gegessen, was auf den Tisch kommt.

Und die von ihr eben noch Heruntergeputzten schätzen sich glücklich, nicht aus ihrer Küche herausgeworfen worden zu sein. Gelegentlich nimmt es groteske Formen an, wie souverän Tante Luci sich im Haupthaus bewegt. Tante Luci passt aber auch Besuch ab und fragt:

Wer zum Teufel sind Sie?

Und der Besuch erklärt sich ihr gegenüber als Steuerberater mit angemeldetem Termin beim Doktor im Büro.

Na gut, ausnahmsweise, sagt Tante Luci, lässt ihn ins Haus.

Der Winter ist ein Kokon aus Eis und Schnee. Der Frühling entschlüpft ihm als Schmetterling und fliegt dann flatternd in den Sommer hinein, wo er dann müde wird und seine bunten Flügel entfaltet und sich in den Winter verkriecht, den Mantel aus Schnee umhängt. Zwei Jahre mit Luci vergehen wie im Schmetterlingsflug. Es ist nicht viel los. Es geschieht dauernd etwas. Tante Luci ist in ihrem Tatendrang nicht zu stoppen. Den Raucherraum will sie nicht mehr neben dem Klo haben. Bisher hörte man alles. Jetzt soll man sich auf dem Klo benehmen können, wie einem lustig ist. Sie richtet im Garten eine überdachte, wettergeschützte Raucherinsel her: Es raucht sich besser mit Blick auf die Natur. Sie stellt einen Speiseplan auf, der mehr Abwechslung bietet. Zweiundfünfzig mal sieben Gerichte, die sich nicht wiederholen. Sie organisiert Kinoabende, legt die Videos persönlich ein, erklärt, wo die Filme gedreht wurden, was diese und jene Szene aussagt. Und will mich dauernd dazu überreden, etwas zum Film zu sagen, wo ich doch zum Film wolle, an einem Drehbuch schreibe.

Tante Luci denkt sich dauernd etwas Neues aus, organisiert Lesungen, Konzerte, Wanderungen, Ausflüge. Und wird bald die ungekrönte, heimliche Chefin genannt. »Nun mal keine Fisimatenten hier« und »Freundchen aber« werden zu geflügelten Worten meiner wuseligen, zierlich-resoluten Tante, die, so klein wie sie ist, nicht auf den Mund gefallen ist.

Zusammen entdecken wir den Ort. Sonst waren da nur zwei provinzielle Kaufmannsläden und dazwischen ein langweiliges Dichterhaus? Wenn ich mit Tante Luci dort einschaue, ist ein Hallo um uns und Tante Luci jubelt: Der Alltag kann so herrlich sein. Man muss sich nur trauen, das Abenteuer wagen.

Wir beehren die Herrschaften an der Fleischtheke, interessieren uns für die mit Rosinen versetzten Grützwurstringe wie für wichtige Ausstellungsstücke, die wir im Auftrag eines Museums begutachten, und kaufen sie dann auch. Im zweiten Laden steht eine betagte Verkäuferin alter Schule. So runzelig und dünn wie Tante Luci, fit wie ein Turnschuh. Trägt Kittel wie Luci. Nur ohne Muster und in Hellrosa. Schneidet Wurst und Käse in Scheiben. Kommen gut ins Gespräch, die beiden. Unterhalten sich über dicke Rippe, die in der kalten Jahreszeit zu essen ist, Großmutters Küche, die schweren Jahre nach dem Krieg, über Eintöpfe, gepökelte Zunge, Bratfett, Gemüseklein, Tomatenmark. Geben sich kleine Tipps:

Aber ja doch, Soße lange leicht aufkochen lassen.

Wo denken Sie denn hin, natürlich Zucker an den Dorschsud.

Bin Linkshänderin. Trinke aus der Tasse für Linkshänder. Kann nicht mit der normalen Schere schnippeln. Muss spezielle Käsemesser verwenden, sagt die Verkäuferin. Und Tante

Luci lobt Linkshänder die feineren Menschen, weil die Linke näher am Herzen ist. Kürzere Blutwege. Mehr Kraft und Schnelligkeit. Die ganze Feinmotorik ist bei ihnen anders. Können einfach schneller schreiben, besser mit dem Ball werfen und schönere Kunststücke ausführen als Rechtshänder, behauptet Tante Luci. Gäbe es nur Linkshänder auf dieser Erde, gäbe es die Kriege nicht. Kommen alle von rechts, die Ausgeburten. Sind eine Last, die Rechten. Das Blöde, das Doofe, das Rechte unterdrückt das Schlaue. Schlau sein heißt zurückhaltend sein. Und reden dann von Hexenkraft, Heilung, Rechtsausleger, dem Boxsport.

Wenn wir die entscheidende Phase durchstehen, kann uns keiner mehr. Abbrechen, in den Sack hauen komme für uns nicht mehr infrage. Wir mögen und ergänzen uns, sind wie füreinander geschaffen, leihen uns gegenseitig Stimme. Tante Luci enthüllt mir gegenüber, dass sie sich nach Onkelonkels Tod umbringen wollte, im letzten Moment aber immer daran gedacht habe, das Haus nicht so unaufgeräumt hinterlassen zu können. Und es stellt sich noch die Frage, was nur aus all ihren Marmeladen werden solle.

Das hat mich vor der Tat bewahrt.

Sie habe nach Onkels Tod viel nachdenken können, sagt Tante Luci. Wir seien uns im Grunde sehr ähnlich, kraxelten zumindest am selben Berghang auf unsicheren Pfaden. Das ist es auch gewesen, warum sie mich zu sich genommen habe. Wir sind uns näher als nur durch verwandtschaftliche Bande. Nun logieren wir gemeinsam hier im Säuferheim. Tante Luci spricht das Wort wie »Nobelhotel« aus.

Luci und ich spüren tiefe Gemeinsamkeit, sind nackt und naiv und werden deswegen hier auch nicht untergehen. Wir werden überleben. Herrliche Zeiten brechen an. Ich bin sogar auf dem Fußballplatz mit Tante Luci, auf dem gerade die Mädchenmannschaften spielen. Am Verkaufsstand bestellt Tante Luci Bockwurst, lobt das Brötchen, den Senf, die Sitzbank, die mit dem Logo eines Baumarkts verzierte Blechhütte und hinter der Bude die Wäscheleinen, Wäschestangen zum Trocknen der Trikots und Abwaschtücher. Wäschestangen. Das in unserer Zeit.

Und lobt dann alles. Lobt die rot-weiße Tonne mit der darauf montierten runden Tischplatte, an der wir stehen. Lobt das Hinweisschild mit der Aufschrift: »Wer den Schiedsrichter beschimpft oder beleidigt, wird des Platzes verwiesen.« Lobt die nach links geneigte Birke hinter uns.

Pisabirke, sagt sie.

Auf dem Sportplatz seid ihr gewesen?, fragt Nachbar Emil, der Sterngucker.

Ein Schwerenöter. Das sehe ich sofort, einer von der Sorte: schon so lange geschieden, dass er nicht mehr weiß, ob er je verheiratet gewesen war. Vergessen die Frau, mit der er zusammenlebte. Vergessen die Gründe, die zur Trennung geführt haben, sagt er. Vergessen, was alles er im Suff angestellt hat, wieso der tolle Beruf und eine Menge Geld einfach so verloren gingen. Wie lange er schon vom Suff weg ist, weiß er auch nicht mehr genau zu sagen. Elf Jahre vielleicht. Er winkt ab, spricht von einer Ewigkeit, die er nicht mehr auf Kräuterschnaps steht, den furchtbar scharfen:

Dass ich mich beim Trinken spüre.

Wurde mit Pfeffi, Kräuter, Anis, Pernod, Bier und Wein zum Säufer. Ist immer häufiger sinnlos betrunken, landete zwischen Mülltonnen, kauerte in der Bushaltestelle, wurde eines hellen Tages, den Kopf im Erbrochenen, am Kopf schwer verletzt, aufgefunden. Es heißt infolge eines Sturzes. Rippenbruch, Prellungen, sagt der Doktor. Und ist dann ins Dorf gebracht worden. Seitdem ein wenig verschroben, nicht mehr der Alte, gutmütig, sagt der Doktor, aber in Behandlung bei einem Kopfspezialisten. Der Doktor bringt ihn im Nebenhaus unter, wo eben durch den Tod der alten Mieterin eine Wohnung frei geworden ist.

Nachbar Emil war Rettungskapitän auf einem Rettungsboot, sagt der Doktor. Hat dann für das Atomkraftwerk um die Ecke Strom verkauft. Sind alle im Dorf seine Kunden gewesen. Jeder rannte mit dieser Atomkraftwerksstrom-Einkaufstüte herum. Damals, als das Atomkraftwerk noch ein umstrittenes Objekt war. Kann sein, kann nicht sein, dass es gut für den Menschen ist, sagt Nachbar Emil. War Chaos damals, als er hierhergezogen ist, erregt er sich. Ausgerechnet nach hier oben ist er versetzt worden, wo sich Seehund und Seestern Gute Nacht wünschen. Von überall hergekommen sind die, um zu protestieren. Im Hof beim Bauern kampierten sie.

Wie ist noch einmal sein Name?

Jeder mit jedem, einer auf dem anderen. Ist immer noch ein Chaot. Ali, richtig, so war sein Name. Vom Atom sagt er: Ist nicht viel gefährlicher als eine Ringelnatter. Lädt uns ins Atomkraftwerk zur Führung ein.

Den Tag darauf stecken wir in weißen Overalls, einen roten Helm auf unseren Köpfen, stehen vor der blauen wässrigen Grube, starren mit mulmigen Gefühlen auf die Brennstäbe, die deutlich zu sehen sind. Ein unbeschreibliches Erlebnis für die Tante und mich, da sind wir uns einig, kaum in Worte zu fassen, weil einem die pure Angst im Nacken sitzt, ein Störfall könne sich ereignen, wir Opfer einer Katastrophe werden. So etwas lähmt jeden Gedanken. Man ist richtig fertig und will nur heil wieder herauskommen. Und meint danach im Dunkeln nun zu leuchten. Und weiß, dass es Frauen in dem Betrieb nicht gibt, wegen der Gefahr für zukünftige Schwangerschaften. So sieht es aus. Sie sagen, es gehe keine Gefahr vom Atomkraftwerk aus, und dulden zukünftige Mütter nicht.

Tante Luci sagt:

Näher an den Tod geht es wohl nicht.

In der ersten sternenklaren Nacht reißen wir auf dem Bürgersteig ein Fernrohr um, das wir beim besten Willen nicht gesehen haben.

Hoppla, sagt Emil.

Immer ruhig mit den Pferden.

Und erzählt uns von den Sternen, dass er süchtig nach den kleinen glänzenden Punkten am Himmel ist. Herrscht reger Verkehr da oben, sagt Nachbar Emil, steht breitbeinig vor Tante Luci, spricht von seiner menschlichen Verlorenheit, dass der Mensch am Ende seines Lebens einfach so verschwinde, unser Dasein auf Erden weniger sei als der Zug an einer Zigarette. Und Tante Luci sagt, ich solle mir Emils Sätze aufschreiben, es wäre einiges dran an dem, was er redet. Klasse Sätze für unser Drehbuch. Emil plaudere sie aus und könne mit ihnen nichts anfangen. Ich würde gesund werden und über unser Leben den großen Film zustande bringen. Ich hätte das Talent, das solle ich nicht vergeuden. Ist eine brauchbare Gegend hier, ist ein musischer Ort, sagt sie, hakt sich ein bei mir, drückt sich fest an mich.

Ist alles Material.

Nachbar Emil sagt, der nächtliche Himmel sei ein unendlicher See, die Sterne in ihm die Fische, mit Sternenstaub sei der Meeresgrund bedeckt. Sterne sind wie die Augen schöner Frauen, sagt er, rezitiert eine Ballade: Sie blicken hinunter in das Meer, das weithin überzogen mit phosphorstrahlendem Purpurduft. Wollüstig girren die Wogen. Heinrich Heine, sagt er: Beim Gaffen in den Gassen sollen wir die Augen brauchen, uns nicht treten lassen, auf die armen Hühneraugen, die uns besonders plagen, wenn wir keine Stiefel tragen. Sterne zu orten ersetze ihm den Kneipengang.

Ich besaufe mich nun mit den Augen.

Das Fernrohr ist der Ersatz für die Flasche.

Tante Luci erklärt mir die Bewohner, und wir haben lange, herzliche Gespräche miteinander. Feuchtfröhliche Runde heißt nun für uns, dass wir beisammen sind und gern viel und laut lachen, oftmals bis uns die Tränen kommen. Sie nennt unser neues Leben eine schöne Bescherung. Wir müssen uns nur andere Arten von Räuschen verschaffen, jeden Tag gegen die kalten Hunde antreten, die wieder zubeißen und uns neu süchtig machen wollen. Wir müssen jeden Tag etwas unternehmen, dass wir nicht auf dumme Gedanken kommen und rückfällig werden. Der Alltag ist eine Wundertüte, sagt sie, die wir jeden Tag neu füreinander füllen werden. Es ist ewig Nikolaustag. Wir stellen jede Nacht wieder unsere Stiefel vor die Tür.

Der Drache, der sich selbst vom Schwanz her frisst. Kaum in Worte zu fassen, wie ich mitunter leide. Denn die Nächte bleiben lang. Das vorherige Leben, das dich von außen her bedrängt, wieder Besitz ergreifen will von dir, bleibt in der Nähe. Sprechblasen blubbern. Das Unterbewusstsein gebiert Monster. Die Hoffnung schwindet, dass es eines Tages ausgestanden ist, der Morgen graut, wenn du auftauchst, die ersten Äste der Bäume zu sehen sind, in denen die Vögel zwitschern, von dort, woher die Bedrohung kommt.

Meine zu Scherzen aufgelegte Gutdrauftante. Wie geraspeltes Süßholz ihre Ermunterungen.

Du packst es.

Spuck in die Hände.

Wir schaffen das schon.

Wir werden ein Schulterschluss.

Das wird schon werden mit uns beiden.

Es gibt die eine Tante Luci und die andere Tante Luci gibt es auch, wie es mich als Säufer gab und nun an ihrer Seite gibt. Und schon fühle ich mich besser, nehme wieder teil am eigenen Leben. Man schläft besser, sagt Tante Luci, sieht man sich als ein Schiffswrack, rechtzeitig geborgen und in Sicherheit gebracht.

Unglück vereint, sagt Tante Luci, nennt das Haus am Hafen unser blaues Wunder. Und sieht dann auch wie Frida Kahlo aus, wenn sie im Sonnenlicht vor der Haustür steht, eine Zigarette im Mundwinkel.

Zwei kamen hier zusammen.

Zwei andere werden das Haus verlassen.

Ich möchte etwas für mich und Tante Luci tun. Ich könnte

zum Beispiel abnehmen, mit ihr Sport treiben, sage ich im Schrebergarten, wohin wir jeden Tag unterwegs sind. Den Mann besuchen, der so unendlich stolz auf seine Hartholzstühle ist, die er jeden Tag ölt. Wenn erst Kissen da sind, will man nicht mehr aus den breiten Sesseln. Auf dem hinteren Beet, wo er zum Spaß Samen ausgestreut hat, will sich kein Radieschenzipfel sehen lassen, nichts in den Frühling lugen. Beim ersten Rundgang im Schrebergarten haben wir ihn kennengelernt; das heißt, die Tante hat ihn animiert, uns zuzurufen:

Euch beide kenne ich.

Seid die zwei aus der Heilanstalt.

Macht nichts, muss es auch geben.

So bekannt sind wir also als Duett. Oder ist der Kerl nur einer von der Sorte, der alle, die sich hierher verirren, vom Gartenzaun aus anredet? Seinem Bruder geht es nicht gut. Zu viel gesoffen. Zu viel geraucht. Nun kommt die Rechnung. Und zwar happig. Macht sich was vor. Kommt nicht mehr hoch. Deswegen kümmert er sich nun also zusätzlich zu den Tauben um dessen Gänse. Die können entsetzlich laut schreien, sagt er, auf dich losstürmen, dich mit Wucht anfallen, beim Hosenbein packen, vom Fahrrad in die Pfütze zerren. Ist den Gänsen nicht abzugewöhnen, dieses Geschrei, jeden Tag, bei geringstem Anlass. Den Hals umdrehen sollte man ihnen, sie schlachten und verspeisen. Er mixt ihnen Aufbaufutter bei, das kräftigt sie. Das hat der Bruder ihm geraten, der sie zu Weihnachten teuer verkaufen will.

Wenn er dann noch am Leben ist.

Öffnet ein Gatter neben sich. Nötigt die Tante und mich, hineinzuschauen.

Gute Tiere.

Treue, dunkle Augen.

Muss man höflich behandeln.

Zwei schöne Puten, nicht wahr.

Hochherrschaftlich und herrlich kahlköpfig, sagt er.

Und einen anderen Verrückten lernen wir im Schrebergarten kennen. Hat seinen Garten zur Festung ausgebaut. Sicherheitszaun. Sieht man nicht gleich, soll man auch nicht gleich sehen. Und Kameras an allen Ecken. Seit der Garten einige Male überfallen worden ist. Es ginge nicht um ihn, es ginge um den Schutz seiner armen Beete, die stattlich geratenen Stauden und herrlich anzusehenden Beerenbüsche, die sensiblen Brechbohnenstangen, die herzensguten Grünkohlgewächse. Er stößt, die Zahnreihen fest geschlossen, die Oberlippe angehoben wie der Hirsch in der Brunft, dass wir seine Zähne blitzen sehen, presst zwischen ihnen seine Worte hervor. Sein Garten war Ziel böswilliger Attacken. Nisteten sich frech in seiner Laube ein, die Unholde: Aßen von seinem Teller. Tranken aus seinem Becher. Drückten ihre Zigaretten auf seinem Teppich aus, sagt er und wird im Gesicht rot wie eine Tomate. Setzten seinen Orchideen zu. Die beißen in meine Äpfel, die werfen die Griebse überall hin. Erregt sich, dass ihm die Stimme aussetzt, er keucht. Spricht von glühender Lavamasse, dampfenden Bleischüben. Heißes Pech soll sich ergießen, das Gesindel im Säurebad ertränken.

Steht, zu alldem entschlossen, an seinem Gartenzaun wie Clint Eastwood in seinen besten Filmen: Wenn das so weitergeht, setze ich blitzschnell wirkende, hochgiftige Betäubungsmittel ein. Indianergiftpfeile lasse ich auf die Bande niederregnen. Frevler um Frevler werde ich zur Strecke bringen. Kohlrabis, die Minen sind. Tulpen, die Tränengas verströmen. Rote Kirschen, die sich als gezielte Schüsse von den Ästen lösen, mit großem Streufaktor und hoher Treffsicherheit, träumt er nebenbei.

Was heißt hier verrückt?, sagt die Tante. Für ihn ist, was er denkt und sagt, normal. Nur uns kommt er komisch vor. Neben den Schrebergärten die Fußballfelder, großkotzig »Störstadion« geheißen, zwei Bolzrasen voller Maulwurfsburgen, eine Tischtennisplatte, ein armseliges Gestell mit Basketballkorb vor der sandgefüllten Sprunggrube. Vier weiße Allerweltsplastikstühle stehen um einen Allerweltstisch. Ein kleiner Grill drückt sich verschämt an die Wand. Neben ihm eine ausrangierte Wanne, ein langer roter Gummischlauch, die dicke Walze, den Rasen niederzuhalten. Zwei rote Straßenbesen, mit dem Stiel in den Boden gerammt, die Borsten nach oben.

Man hat die sieben Sinne wieder besser zusammen, hört, sieht, riecht, fühlt, tastet besser. Man ist nicht mehr so mürrisch und menschensatt und wieder kontaktfreudiger, denkt von den anderen nicht mehr nur, dass sie einem fernbleiben und einen in Ruhe lassen sollen. Man lebt wie unter Bären, die, aus einer Gefangenschaft befreit wie man selbst auch, in einem großen Waldgebiet untergebracht werden, dort angekommen, aber immer noch von den Macken der Gefangenschaft gekennzeichnet sind. Wo im Wald genug Platz ist, herumzustromern, gehen sie auf einer kurzen Trampellinie nur immer drei Schritte vor, drei Schritte zurück. Werden so schnell die alten Gewohnheiten nicht abstreifen und von den neuen Möglichkeiten erst viel später erfahren.

Und dann sitzen wir am kleinen Hafen des Ortes. Nichts Schöneres für einen an der See aufgewachsenen Menschen, als wieder Strandläufer zu sein, barfuß über große, kleine, spitze, harte, runde, zerbrochene, scharfkantige, glitschige Steine hüpfen, alle Gefühle der Kindheit wiederaufleben zu fühlen.

Und was man sieht, muss man erst wieder sehen lernen. Rauch steigt aus der kleinen Esse des Ziegelhauses. Vier Männer, drei von ihnen in wasserdichten Gummilatzhosen, einer stehend, mit Joppe, ausgewaschener Arbeitshose, gelben Gummistiefeln. Wedelt mit seinen Armen. Redet auf die drei anderen ein. Tippt den Zeigefinger an die Stirn, dass sich einer der Angesprochenen reckt, die Brechstange von seiner Linken in die Rechte wechselt, sich die Stirn wischend.

Der Gehilfe, der die Bretter anpackt, dem Vorarbeiter beim Ausheben der Bretter zuarbeitet, setzt sich auf einen Balken.

Der dritte Mann, der die losgelösten Bretter zum Bretter-
stapel schleppt, holt die Zigarettenschachtel hervor und alle
greifen zu, rauchen. Und die Tante weist mich darauf hin,
sagt:
Das alles ist doch spannend anzusehen?
Wir unternehmen tägliche Spaziergänge. Die Tante nennt es
Exkursionen. Wir kommen herum in unserer kleinen Welt.
Bewegen uns in der schleswig-holsteinischen Landschaft wie
auf einem fernen Kontinent. Tante Luci sucht sich für jeden
Spaziergang einen neuen Namen aus. So gehen wir nicht die
Deiche entlang zum Ort hinaus, sondern nach Amerika, Ari-
zona, Colorado, und Brüssel ist, wo der Kuhstall steht. Und
wir staunen, was es hier an fremden Welten zu sehen gibt.
Wir wandern dorthin und dahin. Tante Lucis Bekanntheits-
grad steigt mit jedem Tag. Immer mehr Leute grüßen uns,
Leute aus dem Ort, Leute aus der Anstalt. Leute, die ich nur
vom Sehen kenne, kommen uns besuchen.
Sie hört sich ihre Sorgen an, gibt Tipps, mehr nicht, sagt sie.
Der Mann, der am Morgen da gewesen ist, meint, er könnte
Frau und Kind zurückerobern, wenn er sich therapiert hat,
ist aber hier schon mehrfach rückfällig geworden und nur
deshalb immer wieder aufgenommen worden, weil er sonst
vor die Hunde gehen würde. Sie wird es ihm austreiben. Er
dürfe sich nicht weiter solche Dinge einreden. Zu tief sei
er gefallen. Lang und beschwerlich sei der Weg aus diesem
Loch hinaus. Man könne nicht nahtlos dorthin zurück, wo
man herkam. Die Zeit, die vergangen ist, steht dazwischen
und lässt sich nicht zurückdrehen. Die Tochter ist längst
nicht mehr das Mädchen, das sie bei seinem Abschied gewesen war.
Die beste Art, sich jemandem zu nähern, ihn kennenzuler-
nen, ihm sich zu offenbaren, ist der Spaziergang. Man geht
schweigend nebeneinanderher und redet doch. Man setzt
sich und bleibt schweigend sitzen, handelt im Sitzen schweigend Themen ab, die gar nicht besprochen werden müssen.

Einfach, weil man zusammen ist und zusammen hier sitzt und zusammen schweigt und mit den Augen spricht, wenn man sich ansieht.

Dass wir leben, Junge.

Dass wir keinen Krieg mehr erleben.

Dass wir gesund sind, und das noch eine Weile.

Es geschieht auf einem unserer Gänge. Sie bleibt stehen, umarmt mich lange.

Und ich denke, während sie mich umklammert hält: War schlau, die Tante, nicht Kneipengängerin geworden zu sein. Und gleichzeitig dumm von ihr, ihre Sucht daheim allein mit sich abgehandelt zu haben. Sie ist dem Suff erlegen, weil sie ihm nur insgeheim gefrönt hat. Bei sich daheim. Wo es keinen anderen Wirt gibt als sich selbst. Und also auch keine Respektsperson, die den Absacker untersagen, abkassieren und sie hinauswerfen kann. Sie liegt in ihrem Bett und säuft sich einen an, kippt nach hinten, pennt ein, fertig. Und sie muss nicht nach dem Taxi rufen lassen, braucht am Tag darauf nicht die Zeche zahlen. Ihr bleiben einige Unannehmlichkeiten erspart. Sie fällt nicht über ein Geländer, stürzt auch über keine Bordsteinkante, läuft nicht Gefahr, Treppenstufen rückwärts zu fallen, sich zu verlaufen. Liegt in ihrem Bett, schläft ihren Rausch aus, fällt, wenn sie fällt, auf den weichen Teppich. Wird von keinem Polizisten wachgerüttelt, wird nicht aufgelesen, nicht in die Ausnüchterungszelle gesteckt oder gleich mit Tatütata ins Krankenhaus überführt, wie es mir zum Beispiel so oft ergangen ist.

Mehr als eine kleine Spieluhr hat sie nicht mit in die Anstalt genommen. Die hat ihr Onkelonkel geschenkt. Lässt sich gern von ihr in den Schlaf singen, wie sie zögerlich preisgibt. Früher, sagt sie, hat sie sich an Feiertagen festlich gekleidet. Ein wenig wie die russische Matroschka. Nicht auffällig geschminkt, eher dezent, Ton in Ton. Aber mit funkelnden, falschen Klunkern an den Ohren.

Die mit dem Schnappmechanismus, weißt du noch.

Die du ausprobiert hast und die dich dann ordentlich gezwiebelt haben.

Die Wangen rot gefärbt, wie bei einem Schulmädchen. Wollte für den Fall, dass sie am Suff stirbt und man sie findet, vorbereitet sein.

Du bist der Erste, dem ich es erzähle.

Die adrett angezogene Leiche wollte ich sein.

Ach Gott, ja. Die mit kleinen Früchten besetzte Brosche. Birne aus künstlichen Glitzersteinen. Die ist auch vom Onkel, aus glücklichen Zeiten.

Billigware.

Und wenn schon.

Es ist nicht nur eitler Sonnenschein um uns herum. Da ziehen auch düstere Wolken auf. Sie meint es klopfen zu hören. Sie springt mitten in der Nacht auf, geistert durchs Haus, ist an der Tür. Aber da ist niemand, der geläutet hat. Also schleicht sie, wie von sich selbst beim Verrücktwerden ertappt, in ihr Kämmerlein zurück. Es bleibe verrückt, was verrückt geworden sei. Sie fühle sich immer einsam, obwohl wir hier doch zusammen wohnen. Es sei schlimm um sie bestellt. Der kalte Truthahn kräht und hackt mit seinem harten Schnabel gegen ihre Schläfen. Tante Luci geht, wenn sie Entzugserscheinungen hat, zum nahen Friedhof, studiert Inschriften, den Stand der Nachtblüten, die von Witterung und Jahreszeit gekennzeichneten Steine. Sie liest Namen und Lebensdaten, sich abzulenken. Ich denke, sie trifft sich mit Onkelonkel an einem der namenlosen Steine, redet mit ihm. Dass er ihr so sehr gefehlt hat, sie ihm längst gefolgt wäre, wenn der Junge nicht gewesen wäre. Es ist an ihrem gemeinsamen Hochzeitstag, da bleibt sie länger weg als sonst. Den Geburtstag haben sie im Leben nicht gefeiert. Denn es brauchte damals keinen Feiertag. Sie waren zusammen, das war wie Geburtstag jeden Tag.

Und jedes Mal kehrt sie mit neuen Fragen und Erkenntnissen heim. Wenn sie mich bittet, stehe ich auf, ziehe mir rasch etwas über, begleite sie auf ihren Friedhofsspaziergängen. Schreite mit ihr die Wege ab. Und sie erzählt mir zusammenhanglos Dinge, die ihr in den Sinn kommen.

Gegen den Suff kämpfen ist wie beim Wettangeln, du musst den Fisch allein an Land ziehen, es darf dir keiner beim Herausholen helfen. Die Gewohnheit fallen lassen. An Bier denken, losziehen, um welches zu bekommen. Der Kasten Bier und mehrere Flaschen Wein stehen im Vorraum. Von den Flaschen zu wissen ist Plage. Man ist ziemlich gereizt, wenn sie sich im Fernsehen die Gläser füllen, feiern und sich besaufen. Luci schmerzt es nicht, nicht mehr zu trinken. Sie sagt, sie habe ihre Hustenbonbons und den Alltag und widme sich all den neuen Aufgaben. Ich sitze oft am Fenster, sagt sie, male die Obstbäume und Früchte im Garten. Die Äpfel, die sie malt, sind direkt zum Hineinbeißen. Weißt du noch, das Wandbild im Internat der Schule, das sie nach einer Zeichnung von dir gefertigt haben?

Ich bin jeden Tag mit Tante Luci zusammen. Wir reden über das Leben, was es mit den Menschen anstellt. Tante Luci schneidet meine Gedanken in Papierstreifen und verflicht diese dann mit ihren Worten. Teile ihrer Biografie geraten in die meine hinein. Alte Zeiten werden erweckt. Da lebten wir getrennt voneinander. Ich habe sie nicht einmal mehr besucht. Da lebte jeder sein Leben. Doch nun verbinden sich unsere Lebensläufe wieder. Wovon sie redet, kommt mir so bekannt vor. Wir haben uns nie aus den Augen verloren, sagt sie, wenigstens aus dem Augenwinkel haben wir uns im Blick behalten.

Herein.

Mein Junge.

Was für eine Überraschung.

Ich stelle meine Schuhe auf die Fußmatte an ihrem Platz und fliege die Treppe herauf. Sie hat für uns Tee gekocht. Ich darf mir Kandisstücke nehmen so viel ich mag, sie im heißen Sud knacken lassen.

Wie damals, weißt du noch?

Und ein Wort gibt das andere. Verschüttete, gemeinsame Erinnerungen. Zwei Leben, nicht mehr voneinander zu trennen, wie Rührei vermengt. Das Vergangene ist nicht vergangen. Das Neue weiß noch nichts mit sich anzufangen. Mein Lebenslauf ist Hieb und Liebe und lauter Liederklang. Ein frischer Mut in heiterer Brust macht frohen Lebensgang. Man geht bergauf, man geht bergein, heute grad und morgen krumm, durch Sorgen wird's nicht anders sein, was kümmre ich mich darum. Hei-da! Juchhe.

Der Unterschied zwischen mir und Tante Luci: Sie trank allein, ich in Gesellschaft. Sie soff heimlich, still und leise, ich öffentlich. Ich besoff mich ungeniert in Gemeinschaft, benahm mich daneben, lenkte die Aufmerksamkeit auf mich. Lauter kleine Hilferufe. Ich wollte nicht nur gepackt und zur Tür hinausgeworfen werden, ich wollte gerettet werden. Tante Lucis Alkoholismus blieb unbemerkt. Sie igelte sich ein, sonderte sich ab, sperrte sich weg, wollte nicht als Trinkerin entdeckt werden. Niemand sollte davon wissen, keiner etwas davon mitbekommen. Jetzt sind wir wieder zusammen. Es ist alles wie früher. Nur schöner. Und ich fasse es nicht. Wir sind in die Jahre gekommen. Wir haben unsere Krisen durchlebt. Und nun erwachen wir hier jeden Morgen sehr früh. Dann gehen wir zum Hafen herunter. Der Morgen am Hafen ist besonders schön, wenn der Tag diesig beginnt, Frühnebel den Ort einhüllt. Nebel, aus dem hervor ein schwankendes Licht auftaucht. Das ist das Licht der Fahrradlampe an Ottos Drahtesel. Otto, der mit dem Fahrrad bestückte Schimmelreiter des Ortes, flüstern wir uns zu. Tante Luci hat den alten Zausel so getauft.

Fährt auf seinem Quietschrad kurz vor sechs Uhr an unserer Hütte vorbei. Kann man die Uhr nach stellen. Vieles andere auch, jeden Morgen gleich. Wie in einem endlosen morgendlichen Filmstreifen.

Tante Luci sagt, sie könne die Ledertasche des Onkels riechen, wenn sie am Hafen zur kleinen Werft dieses Ortes hinüberschaue. Wir gehen gemeinsam durch den Ort. Tante Luci gehört wieder mir, ist meine Tante Luci, zeigt auf Dinge, die ihr ins Auge stechen. Die vielen Windmühlen in den Vorgärten. Kunstvoll mit Dach und Rinne, Flügelrad und Zinne versehen. Im Inneren sorgt eine Batterie dafür, dass die Mühle zur Nacht leuchtet, erklärt der stolze Besitzer uns, sagt uns, dass sie die Windmühlen in der Holzwerkstatt der Heilanstalt basteln, sie von dort bis nach Australien verschachern.

Sieh einer an.

Gut zu wissen.

Was Sie nicht sagen.

So eine taffe gute alte Frau.

Wie soll man es einem anderen Menschen erklären. Zwei Jahre sind wir hier zusammen und dann sind die Jahre weg. Tante Luci sagt, verdunstet, ins kalte All verdampft. Wir fahren mit dem Rad, sind unzertrennlich, viel beisammen. Machen uns zum Sonntag landfein. Suchen regelmäßig die Männer in der Schipperhütte am Hafen auf. Lassen uns in ihr Seemannsgarn einspinnen. Sind bei den Reparaturdocks. Stromern dort herum. Bewundern immer wieder die Schienen, Gleisbetten, Pflöcke, Seile, Winden, Hütten, Gestänge, Gerüste, Kräne, Ablagen, die gesondert gelagerten, oft noch in Wachspapier verpackten Ersatzteile. Übersichtlich nebeneinander ausgelegt auch die vielen Schiffsschrauben, manche dumpf und unansehnlich, manche toll glänzend, kleine, große, manche mit Zahlen und Symbolen drauf.

Ein geräuschvoller Akt, wenn so ein lädierter Pott an Land gezogen und auf dem Dock angestellt wird. Maschinen dröhnen, Kräne kommen zum Einsatz, mutige Männer begeben sich unter den Schiffsleib, Holzbalken werden quergelegt, mit mächtigen Schlägen Keile eingeschlagen. Kiel, Ziel. Eile, Keile reimen wir. Und verfolgen über Wochen, wie die Rümpfe abgeschliffen, rostbraun grundiert und dann umgestrichen werden, den neuen Lack erhalten. Himmelblau, rot, grau, grün glänzend, dumpf feierlich schwarz wie für die Beerdigung herausgeputzt. Weiß, gelb, orange leuchtend die Aufbauten.

Und einmal, ehe ich es zu erwähnen vergesse, wird ein Boot mit Namen »Glinka« aufs Trockendock gezogen und ein Arbeiter nähert sich ihm mit einem weißen Helm auf dem Kopf und schwarzem Overall. Er steht in einem kleinen Korb. Den Korb kann er von seinem Basisfahrzeug per Knopfdruck hin und her, auf und nieder bewegen. Er schleift nur den Buchstaben G ab. Mehr passiert nicht. Da geht er ab. Und über Wochen geschieht nichts mit dem Schiff, das nun »linka« heißt.

Ich nicht, die Tante nicht, keiner von uns beiden spricht aus, was wir uns so wünschen. Dass nämlich durch ein P und a aus linka Tante Lucis »Palinka« würde. Stattdessen kommt eines Tages ein Arbeiter angefahren und rasiert die restlichen Buchstaben ab. Das Boot bekommt den Namen »Sunrise« verliehen. Ein Name, an dem wir so gar nichts finden können.

Steht ein Stapellauf an, ist der ganze Ort auf den Beinen. Uns sieht man stets in vorderster Reihe unter die neugierigen Leute gemischt. Man hält den Atem an. Mitunter herrscht Totenstille, obwohl ja die lauten Motoren weiterlaufen. Einmal aber schießt ihnen der Frachter von der Rampe aufs gegenüberliegende Ufer zu, verkeilt sich dort und kann erst unter großer Anstrengung und mit mehreren riskanten Manövern aus der prekären Situation befreit werden. Nichts bewegt sich. Die Arbeiter stehen in Gruppen und keiner weiß etwas zu sagen. Sie lösen sich aus dieser Starre, eine Geräuschkulisse kommt auf. Hektisches Gewusel, scheinbar planlos. Doch dann gibt es eindeutige Zeichen, das Boot wird Stück für Stück in eine bessere Position gelotst. Und dann ist es geschafft. Sirenen erklingen. Die Leute klatschen Beifall. Tante Luci plappert wie ein aufgeregtes Kind. Und wir stehen und sehen noch lange zu, derweil die Leute auseinandergehen, sich in verschiedensten Richtungen verlieren.

Schlepper ziehen den umgearbeiteten, wie neu aussehenden, frisch getauften Kahn bis zur Hebebrücke, wo das Schiff sich dann unter mehrfachem Hupen der Schiffssirene verabschiedet, langsam Fahrt aufnimmt.

Es finden Markttage statt. Wir besuchen die Kirchenmusik. Wir gehen zu den Dorffesten und sind im Zirkus, wenn der Zirkus kommt. Und gehen zum Rockkonzert auf dem freien Platz. Und nehmen an den Ausflügen teil. Mal nach Hamburg ins Beatles-Museum, mal nach Sylt an den Strand.

Chopper-Lars mag Tante Luci sehr, erzählt ihr sein Leben. Dass er von einer Einrichtung hierher strafversetzt worden ist. Wegen Ungehorsam. Hat Anweisungen nicht befolgt, sich gesperrt, wo er nur konnte. Da kam ein Anruf, sagt der Doktor.

Habt ihr noch Platz?

Und jedes Mal eilt es. Am liebsten gestern, heißt es. Ratzbatz wird der Fall vorgefahren. Der Kleinbus mit Kram voll. Möbeln, Fernseher, Kleidung und Krimskram in blauen Säcken, oben mit einem Klebeband verschlossen, alles hingeworfen, übereinandergetürmt. Und mittendrin Chopper-Lars grinsend. Die Säcke und Möbel werden flink ausgeladen, der Bus ist, ehe man sich es versieht, wieder verschwunden. So machen die das. Das heißt bei denen akut. Damit schaffen sie Tatsachen, und man ist sicher, dass der Ankömmling erst einmal bleibt.

Es gibt da einen Trick, sagt Chopper-Lars, den sie gern anwenden. Wird einer erwischt, liefern sie ihn sofort in die Kurzentgiftung, wo er im Eilverfahren von seinen dreifünf auf nullkommanull gebracht wird. Und ist er dann aus der Entgiftung heraus, kommt er nicht mehr in die Anstalt herein. Die ehemalige Einrichtung verweigert die Rücknahme, verweist das Paket an den Ulenhof. Zum Abgewiesenen sagen sie, es wäre besser für ihn. Er sei ein Glücksfall. Nicht jeder komme in den Ulenhof.

Aufmüpfig rennt Chopper-Lars herum, testet aus, wie weit er gehen kann, spielt seine Machtspielchen. Läuft bei den anderen auf. Bekommt die Spielregeln erklärt. Hält sich nicht an sie. Ist zwei Tage später mitsamt Rucksack verschwunden. Ruft nach weiteren zwei Tagen sturzbetrunken an, er wäre soeben am Elbestrand aufgelesen worden. Ruft aus der Akut-Psychiatrie den Doktor an, sagt entnervt:

Okay.

Ich akzeptiere.

Wird zum Ulenhof gebracht. Lässt sich widerstandslos ins Zweimannzimmer einquartieren, richtet sich dort ein. Kein einfacher Geselle, sagt der Doktor. Welcher Alki ist schon einfach? Hat zum Glück sein Hobby. Ist nicht umsonst Chopper-Lars. Kann mit der Fahrradwerkstatt etwas anfangen. Will aus einem Fahrrad möglichst eine echt wirkende Ersatz-Harley basteln. Hinten der dicke Autoreifen, vorne das sportliche, schlanke Vorderrad, mit tollem Profil und der obligate Riesenscheinwerfer. Dreht auf dem neuen Gefährt seine täglichen Dorfrunden. Benimmt sich wie der Vogel in der Balz. Und hat eines Tages den Floh ins Ohr gesetzt bekommen, er könne in einem Zirkus auftreten, Abend für Abend mit seinem Eigenbau in einer Art Wildwest-Show mitspielen. Meldet sich vom Ulenhof ab. Ruft hin und immer Mal wieder beim Doktor an, ihm zu vergewissern, dass es ihm beim Zirkus gut geht. Und dann verdichten sich die Gerüchte, Chopper-Lars sei rückfällig geworden, in Behandlung, erleidet durch den Entzug epileptische Anfälle. So mit Zuckungen am Boden liegen und sich in die Hose pinkeln. Ruft um Wiederaufnahme bettelnd beim Doktor an. Er gelte inzwischen als nicht sesshafte Person, sprich: werde hier als Obdachloser gehandelt, wo er doch den Ulenhof als seine Wohnadresse angebe. Seiner Bettelei gegenüber verhält sich der Doktor reserviert, hält Chopper-Lars hin, um dessen

Bereitwilligkeit und Motivation zu testen. Er sagt, die Aufnahme erweise sich als kompliziert. Das Verfahren zöge sich hin. Verschiedene Geldgeber könnten sich nicht einigen, ein Kostenträger vertröste den Doktor immer wieder. Chopper-Lars müsse sich gedulden. Der aber bettelt weiter um seine Überführung hierher, will unbedingt Bewohner werden. Er soll seine Allüren ablegen. Dann darf er wiederkommen. Zuvor muss er sich einer Kommission im Hilfeplan-Gespräch erklären. Und Chopper-Lars lobt den Ulenhof über den grünen Klee, dass der erprobte Doktor fast errötet.

Ulenhof, sonst gar nichts, sagt er dauernd.

Bekommt sein Zimmer, wird als Küchenbulle eingestellt. Tante Luci und er bilden ein geniales Team, kochen allerfeinste Suppen. Und auch mit ihren Rädern ergänzen die beiden sich. Denn Tante Luci fährt nun auch wieder gern mit dem Rad. Man sieht das seltsame Paar zusammen die große Runde fahren. Er brauche den Kick, sagt er anfangs, hält eisern an den Touren fest. Luci, der Doktor, er und ich sind ein feines Quartett. Das Tempo ist hoch. Chopper-Lars ist an derartig stramme Ausflüge nicht gewohnt. Zu sehr vom Alkohol gezeichnet, gerät er an seine Leistungsgrenze, muss aufgeben, Tante Luci ziehen lassen.

Die Alte hat Powermuskeln, stöhnt er ermattet.

Wir gehen immer wieder unsere bestimmten Routen zu Fuß. Durchs Dorf und um es herum. Vom Haupthaus zur Außenstelle, von dort aus ganz nah ans Atomwerk heran, wobei wir immer dieses Kribbeln spüren und Knacken im Ohr haben, als wären wir lebende Geigerzähler.

An einer Stelle wird warmes Kühlwasser fortlaufend in die Elbe abgelassen. Es dampft. Es grollt. Es wellt, schäumt und sprudelt. Und einmal schwimmt ein Seehund in der Brühe, wie in einem unheimlichen Whirlpool, in den er sich verirrt hat, der ihn verwirrt, wie wir meinen. Wir rufen ihm zu, er möge verschwinden und solle fix aus der Wasserfalle herausfinden. Und dann ist er auch abgetaucht und unseren Blicken entschwunden. Und wir drücken dem Seehund die Daumen, dass er in diesem Bad keinen Schaden genommen hat.

Ist kein gutes Gefühl, am Atommeiler zu stehen, auch wenn gesagt wird, es ginge keinerlei Gefahr von ihm aus, jeder Nassrasierer richte größeren Schaden an. Erst weiter weg fühlen wir uns ein bisschen besser. Und wir sagen uns, wer die Gülle und das Atomkraftwerk überlebt, ist bereits zur Hälfte therapiert und übersteht dann den Rest der Tortur auch.

Eine unserer Spazierrunden führt uns von den Trockendocks an Fluß und Deich entlang jedes Mal am Altersheim vorbei, wo wir uns, wie im Zoo, die alten Leutchen ansehen, die in ihren Rollstühlen in Decken eingemummelt auf die Terrasse ins Sonnenlicht geschoben worden sind. Dort sitzen sie, bewegen nur noch die Augen. Und ich muss der Tante versprechen, dass sie niemals in einem Altersheim landen wird. Und sie kneift mir fest in den Arm.

So möchte ich nicht altern.

Eher nehme ich mir einen Strick.

Wir gehen immer wieder auch auf einen Kurzbesuch zum Mungafahrer H. ins Holzhaus. Eine doppelstöckige Waldhütte, die mit ihren wuchtigen dunklen Balken gar nicht in die Gegend passt. Wirkt außen düster, ist innen nicht viel heller. Und immer bellt drinnen nach dem Klingeln der Hund, der jedes Mal wieder lautstark zurückgerufen und befehligt wird, mit dem Bellen aufzuhören.

Ausjetzt.

Wirstduwohl.

Hierheraberplatz.

So lauten die Befehle, die den Hund nicht davon abbringen, zu kläffen und zu knurren, bis wir eingetreten sind und endlich in den breiten Sesseln sitzen. Dann trollt er sich ins Körbchen, von dem aus er, kaum dass man sich bewegt, wieder knurrt, bellt und sich wie närrisch aufführt.

Durchs gesamte Haus läuft ein dickes Seil, vom Eingang her am Boden entlang zu den Zimmerecken, die Treppe empor in die obere Etage, von dort zur anderen Seite der Treppe wieder herunter zum Eingang zurück. Ariadnes Strick, lacht der Mungafahrer und seine Frau nickt. Sie hätten es zu messen versucht, kann aber keiner genau sagen, wie lang in Meter und Zentimeter das Seil ist.

Obwohl sie weiß, woher wir kommen, wie es um uns steht, fragt jedes Mal die Frau, ob wir einen trinken möchten. Wo es doch so trocken beim Doktor in der Anstalt zugeht, sagt sie, ermuntert uns mit einem Augenzwinkern. Und Mungafahrer H. kichert und fragt: Nicht einmal ausnahmsweise? Und Tante Luci sagt jedes Mal wieder, dass sie längst mit dem Thema abgeschlossen hat. Und der Mungafahrer bezeugt ihr Willensstärke und bewundert, wie sie von einem Tag auf den anderen mit dem Trinken aufgehört hat. Und daran wird sich bei ihr auch nichts mehr ändern, sagt sie. Und ich muss wieder erklären, dass ich nicht trockengesetzt werden möchte, sondern nur lernen will, den Alkoholkonsum radikal zu reduzieren, wobei mir der Doktor behilflich ist. Je öfter ich nichts trinke, desto bessere Heilaussichten hätte ich. Was aber auch eine schwierige Aufgabe ist, viel Zeit braucht. Und wir erklären den beiden, dass wir nicht direkt zur Heilanstalt gehören, uns im Deichhaus selbst versorgen und bekochen, unabhängig von der Anstalt therapieren. Und beide reagieren sie wie stets mit ihren Ein-Wort-Faziten:

Jadochnein.

Nichtdochja.

Daschaueineran.

Achsoverhältessich.

Sind eine Menge anderer Holzhütten auf unserem weiteren Weg: Es sieht aus, als sei hier russische Kolonie. Das lässt uns an Onkelonkel denken. Und Tante Luci bleibt dann im Gedenken an ihn vor der überlebensgroßen, leuchtend gelb angestrichenen Boje stehen, die der Holzhausbesitzer neben seinem Grundstückseingang zur Skulptur errichtet hat. Und danach reden wir über Onkelonkels Unsitten, »Flausen«, wie die mild gestimmte Tante sein früheres Benehmen und die Versoffenheit nennt.

Wir ersparen uns das Neubaugebiet, dessen Perversitäten ich fotografiert und der Tante zugeschickt habe. Die kurz geschorenen Rasen, die künstlichen Arrangements von Brunnen, Teichen und exotischen Pflanzengrüppchen. Die sichtbare Hilflosigkeit des ländlichen Bürgertums: Wie man nur so teuer bezahlt so hässlich wohnen kann?

Mal sind wir an der Elbe. Mal sitzen wir bei Morle im Garten, die von ihrem Mann erzählt, der nun nicht mehr ist. Und ihre Schafe brennen dauernd durch und grasen beim Nachbarn. Das Ganze stört den nicht so sehr wie die Kötteln überall auf dem Weg zu seiner Scheune, die er zum Fahrradmuseum ausgebaut hat. Fahrräder, über Jahrzehnte gesammelt und geschenkt bekommen, vermischt mit Fahrradgeschichten aus der Umgebung. Das Fahrrad der Bäckerei. Das fahrbare Tretgefährt des Schuhmachers. Die Transporträder der Scherenschleifer. Spezialanfertigungen der Werft.

Wenn Straßenumzüge abgehalten werden, verschiedene Feste stattfinden, auf denen es hoch hergeht und ordentlich was hinter die Binde gegossen wird, scheucht der Doktor seine Patienten hierher, dass sie sehen können, wie barbarisch es zugeht. Und mancher ist schwach geworden, wird im hilflosen Zustand aufgefunden und in die Heilanstalt gebracht. Und mancher muss bei den Behörden abgeholt werden, weil er randaliert oder provoziert hat.

Tante Luci hat in wenigen Monaten einen Draht zum Bauern entwickelt, den hier niemand mag, weil er sich hinter hohen Zäunen verbarrikadiert, sich nicht reinschauen lässt und das wenige, was man sieht, einen verwilderten Eindruck macht. Man fragt sich, wie er wohl das Vieh hält. Denn Vieh muss er ja haben, Kühe. So oft wie bei ihm das Milchauto vorfährt, gäben die nicht mal schlecht Milch. Es geistern um ihn allerlei Spukgeschichten, und bin ich mit der Tante bei ihm zu Besuch, gruseln mich nicht nur die kläffenden Hunde, die er vorher in einen ausrangierten Reisebus wegschließt. Sie kläffen dann von den Fahrersitzen aus gegen die Fensterscheiben und wirken umso gemeiner auf mich. Und überall stehen Landwirtschaftsmaschinen herum, die verrotten und niemand mehr gebrauchen kann. Der Bauer hat ja immer Stiefel an. Der wird in den Stiefeln schlafen, sage ich mir. Wir waten und hüpfen auf spitzen Zehen oder nur auf den Hacken durch Modder, der immer da ist, selbst an heißen Sommertagen nicht austrocknet. Als würde er von einem Platzwart jeden Tag frisch gewässert. Auch das Hundegebell hört nie auf.

Wir sind dann in der großen Küche mit dem Sohn, der kein Wort sagt, und der Frau, die nicht viel redet. Und Tante Luci verkehrt mit ihnen, als wären sie lange schon mit ihr befreundet. Sie redet von Grundstückspreisen und Milchleistung und auch, dass hierzulande zu viel gesoffen wird. Und der Bauer verabschiedet uns herzlich. Wir können jederzeit wiederkommen. Für uns macht er das Tor auf, die anderen sollen draußen bleiben. Wie es hier zugeht, sollen wir niemandem sagen.

Wir sind so manchen Tag von morgens bis abends unterwegs. Und sind jedes Mal froh darüber, dass uns nichts aufhält, wir nichts groß versäumen, alles unserer Heilung dient. In Brokdorf sind wir, wo sie alle durch die Atomkraft reich geworden sind. Hotel, Schwimmbad und sogar Eishockeyhalle in der nordischen flachen Gegend, weil irgendein Chef Eishockeyfan und Förderer ist, fest daran glaubt, Brokdorf als Wintersportort etablieren zu können. Schöne feste Häuser, sagt Tante Luci. Richtig gut aussehende Hydranten, fesch im Lack, edel grau, weinrot und teerschwarz.

Es sind die regelmäßigen Spaziergänge und Trainingsfahrten, die festen Riten, die helfen, den steten Kampf gegen sich durchzustehen. Wir haben inzwischen die untere Etage zum

Heimkino umgebaut. Die Anlage hat uns Nachbar Emil vermacht, weil der sich nicht mehr für Fernsehen interessiert, sondern nur noch für die Sterne.

Tante Luci freundet sich im Ulenhof mit keinem wirklich an. Sie schafft emotionale Teppiche, auf denen man sich zu menschlichen Übungen im Umgang miteinander zusammenfinden kann. Edi strotzt vor Selbstbewusstsein. Begibt sich, von Lucis Zuwendung erstarkt, auf den falschen Weg der Erkenntnis. Traut sich zu, was er sich verboten hat, kauft Schnaps im Laden, betrinkt sich und meint, er wäre so weit wiederhergestellt, dass ihm der Alkohol nichts anhaben wird. Ist auch die nachfolgenden Tage betrunken, torkelt vom Laden zur Wohnung. Holt sich nach der ersten Flasche die zweite ins Heim. Legt heimlich ein Flaschenlager an. Verbarrikadiert sich in seine Wohnung. Schlägt alle Aufforderungen, zur Vernunft zu kommen und in den Schoß der Ulenhoffamilie zurückzukehren, aus.

Aus Scham, sagt Tante Luci.

Aus Angst, das Gesicht zu verlieren.

Aus Bammel davor, wortbrüchig zu werden.

Das kenne sie nur allzu gut. Setzt alles auf eine Karte, verliert das Spiel. Ein Bewohner klettert auf den Balkon, sieht ihn auf dem Boden liegen. Die Wohnungstür wird aufgebrochen, weil jeder, der nicht mehr im Ulenhof, sondern im Ort in einer Wohnung lebt, keine Zweitschlüssel hinterlegen muss.

Das ist eine Sache des Vertrauens, sagt der Doktor.

Der herbeigerufene Hausarzt stellt nur noch den Tod fest. Wir erfahren, dass Edi sein Leben in Gewahrsam verbracht hat. Kindererziehungsheim. Jugendgefängnis. Knast. Die hauptsächlichen Delikte Einbruch, verbunden mit Gewalttätigkeit. Und es erklärt sich von selbst, was er gemeint hat, wenn er hin und wieder sagte: Bin ich hier weg, fresse ich was aus.

Kommt ja immer auch Kriminelles vor. Berni, ein feiner, sportlicher Pinkel im Ulenhof, weiß bis zu den Socken gekleidet, der als vertrauenserweckend gilt und ein guter Tischtennisspieler ist, taucht in der Gastwirtschaft immer mal wieder zum Nationalgericht Schweinebacke mit Grünkohl auf, frisst aber vor dem Fressen etwas aus: Während die Bedienung an diesem Tag allein in der Küche für ihn hantiert, plündert er die Kasse und macht sich mit der Beute davon.

Berni etepetete wurde dann später vom Doktor in einer Sparkassenverwaltung untergebracht, wo er mit seinem blütenweißen und sonnenverwöhnten Aussehen am Empfang für wichtige Gäste fungierte. Das hat er im Ulenhof oft geübt, wo er oftmals irrtümlich als Chef des Hauses angesehen wurde: Wenn Sie mit dem Chef reden möchten, so darf ich Ihnen mitteilen, dass selbiger zurzeit im Öltankschacht verschwunden ist und dort die Notabschaltung überprüft. Der Doktor kommt dann auch arg verdreckt mit schmutzigen Händen und pechschwarz im Gesicht. Als der feine Pinkel plötzlich an einem Blutgerinnsel starb, war er die bestangezogene Leiche, die je auf dem Friedhof bestattet wurde. Im Ulenhof sagten sie, in seinen Adern wäre nur Blut aus weißen Blutkörperchen geflossen.

Katrin leidet an Depression, nimmt schwere Medikamente dagegen, ist Dichterin, nein, Lyrikerin, wie sie jedermann korrigiert, mit Themenschwerpunkt Depression. Stammt aus einem bessren Hause, betont sie. Achtet sehr auf Äußerlichkeiten. Will sich an die Unsauberkeit der männlichen Bewohner nicht gewöhnen. Leidet körperlich unter dem ordinären Umgangston. Verdankt ihre lyrischen Einfälle den Antidepressiva in hoher Dosierung. Malt und dichtet, töpfert und bastelt. Kleine Tierchen aus Filz. Postkarte von eigener Hand gezeichnet. Wird immer wieder mal rückfällig, was ihr dann Qual bereitet. Verkriecht sich in ihr Zimmer, schließt sich ein. Tut Buße. Pfeift sich Valeron ein. Bindet in ihre Drogengeschäfte willige Bewohner ein, zahlt deren Beschaffungsdelikte in bar aus. Prostituieren würde sie sich unter keinen Umständen.

Um Männer zu meiden, ging Paulina einst ins Kloster, lebt dort, bis Herr Schrader in ihr Leben kam, seines Zeichens Puppenspieler. Einmal Jesu Lebenszeit älter als sie, gewinnt er spielerisch ihr Herz. Führt sie zum Klostertor hinaus in die weite Welt. Oh ja. Man reist zu zweit quer durch Europa, tritt hier und dort auf, reist durch die skandinavischen Länder. Herr Schrader stirbt unverhofft. Ob sie nun miteinander Sex hatten, wissen die Puppen. Das Puppenspiel hat sie bei ihm gelernt. Sie schlägt sich allein durch. Ihr Kummer ist groß. Sie beginnt zu trinken. Trinkt auf ihren Herrn Schrader bald schon auch vor Spielbeginn, was auf Dauer nicht unbemerkt bleiben kann, zu komischen Patzern und nicht jugendfreien Dialogen führt. Ein beispielloser Vorfall, den sie nicht weiter beschreiben mag, sorgt für Auftrittsverbot. Sie sagt, ihre Puppen hätten sich nicht mehr ans Drehbuchskript gehalten und fürchterlich aufgeführt. Danach trinkt sie noch mehr und kommt in einem Gestüt Schröder unter, wo sie Pferde pflegt:

Vom A zum Ö gewechselt, wie sie sagt.

Wohnt dort in einem Campingwagen, der bald schon ein Treff ist für andere Angestellte. Bis ihr Gerede fahrig wird und niemanden mehr interessiert. Legt sich streitsüchtig mit allen an, beleidigt Gäste und Mitarbeiter. Soll sich im Stall nicht mehr tagsüber sehen lassen. Kommt schließlich in den Ulenhof. Die Puppenbühne, sagt sie, sei in einem Depot. Wo genau sie sich befindet, kann Paulina nicht sagen. Sie wird es herausfinden. Sobald sie therapiert und dazu in der Lage ist. Sie vermutet, in Bremen. Bei den Bremer Stadtmusikanten, sagen die Bewohner. Da lägen so tolle Stücke auf Halde, sagt sie, die mit ihr sterben und wohl nie das Licht der Bühne erblicken würden.

Bei einem unserer Spaziergänge drückt Tante Luci mir fest den Arm und sagt, sie habe in mir einen echt guten Freund gefunden. Und erzählt mir intime Dinge, die sie noch keinem erzählt hat. Was für Zeugs sie früher getrunken hat. Rotwein mit Brausetabletten. Liköre. Naturweine, die angeblich ge-

sünder sind. Eierlikör, ein ganzes Weinglas voll und Eisstücke hineingelegt:
Die Jugend wie Eis zergeht, wie Schnaps verweht.
Und in den Pausen ihrer Beichten geht sie zum Hafen, das Meer sehen oder zumindest erahnen. Denn da ist ja nur der Fluss, der in einen größeren Fluss mündet, der dann ins Meer fließt. Von der Werft sind die Hammerschläge zu hören, die uns kurz an Onkelonkel denken lassen. Und dann hat sie eine Eingebung, die ihr Leben nochmals ändern wird.
Sie will ein richtig gutes Fahrrad haben.
In der Werkstatt wissen sie auf Anhieb, wie das Rad beschaffen sein muss. Der Rahmen. Der Sattel, der mit einem Griff auf niedrig zu stellen ist. Alles auf Tante Lucis Körper zugeschnitten, vom Fachmann vorgegeben, an der Werkbank hergestellt. Sonderanfertigung, wo denken Sie denn hin. Persönliche Ehre, ein Rad zu entwickeln. Eine schöne Aufgabe, für Ihren winzigen Körper das richtige Rennrad zu schneidern. Maßfahrrad mit allem Schick.
Wird werden.
Kriegen wir hin.
Dass sie damit auch an Rennen teilnehmen kann, sagen sie, und meine kleine Tante ist sofort vom Gedanken angesteckt, sich in Form zu bringen. Sie will tatsächlich für ein Rennen trainieren. Das freut die selbst ernannten meisterlichen Rahmenbauer. Das Team ist die Mannschaft, sagen sie. Der Meister setzt sie auf ein Rad, fährt mehrmals mit ihr um das Dorf. Er hat eine Kamera dabei, filmt sie auf dem Rad, damit sie später auswerten können, wie das richtige Rennrad für sie aussehen muss. Dass sie ihren Fahrstil herausfinden.
Gutes Material ist der halbe Sieg.
Gut in den Kurven liegen, ist die andere Hälfte zum halben Sieg.
Eine willkommene Herausforderung für den Laden. Exakter Spezialbau, auf den sie in ihrer Werkstatt lange gewartet haben. Radfahrtechnisch darf bei Tantes Figur von einer gewis-

sen Schönheit und Anmut geredet werden, sagt der Werkstattleiter. Er wäre vom Fach, sei Trainer gewesen, früher, bei den Profis. Zählt Namen auf, die Tante Luci nichts sagen, weil sie nur Skifahrer kennt. Pfeift einen Helfer hinzu. Der soll zu seinen Worten nicken.

Sie bringe die gewisse Coolness mit, die es brauche. Er habe ein Auge dafür. Sie sei ein dankbarer Sonderfall. Er werde ihr das richtige Rennrad konstruieren. Von der Werkstatt gehen die aus dem Film gewonnenen Erkenntnisse zu Mischa, dem Freak an der Technik, der dann die Zeichnung für das ideale Luci-Rennrad am Computer erstellt.

Ein Fahrrad besteht aus einem Rahmen, und an ihm befestigt sind Räder, die mit Muskelkraft angetrieben werden, sagt der Werkstattleiter. Das Ding wird mit einem Lenker gesteuert. Die Kraftübertragung findet über eine Tretkurbeleinrichtung statt. In England wurden die ersten Räder Knochenschüttler genannt. Da hatten die Fahrräder noch Stahlfelgen, das Vorderrad war dreimal so groß wie das Hinterrad. Kugellager, Luftbereifung, gefederte Sitze, Getriebe, Kette, Zahnrad, Hinterradantrieb waren noch unbekannt.

Der Lenker nicht zu sehr gebogen, nicht zu gerade. Dass sie ihn beim Lenken nicht als Lenker empfindet. Griffe, die Ermüdungen in Aktivität umlenken, Gefühl von Taubheit in den Händen gar nicht erst aufkommen lassen, den Fingern Entspannung schenken, die Sehnen während der Fahrt nicht überanstrengen. Ihre Beine, sagt der Meister, keine Sorge, sind kurz, aber wir kriegen das hin. Das Tretlager darf zum Beispiel in riskanter Kurvenfahrt nicht auf den Asphalt aufsetzen. Die Tretkurbel wird vom herkömmlichen Hundertfünfundsiebzigermaß abweichen. Wenn es ihr zu viel Theorie ist, kann sie ja weghören, sich in der Werkstatt umschauen. So was erlebt diese Werkstatt nicht alle Tage.

Sind viele lockende technische Raffinessen.

Er überlegt ernstlich, ob in ihrem Fall nicht doch vielleicht ein Paar Klickpedale zu erwägen sind. Alle haben ihren Spaß, sind Feuer und Flamme. Vielleicht steckt bei dem plötzlichen Interesse auch der Doktor dahinter. Hinter der Hand wird gemunkelt, er wolle ihre Energie aufs Radfahren umlenken. Jedenfalls wird Tante Luci zur Sportlerin, die ihre Zeit auf dem Rad verbringt. Und sie blüht auf, wirkt selbstbestimmt und frei in ihrer neuen Rolle. Das Radteam gibt ihr Struktur. Alle sind ihre besten Freunde. Alle wollen ihr helfen. Sie liefert sich dem aus. Nichts wird sie mehr vom eingeschlagenen Weg abbringen.

Aber erst einmal reiten sie mit Tante Luci im Sportladen ein und sie bekommt den richtigen Helm verpasst, dazu die richtige Rennfahrerhose, einschließlich Trikot, Rennradsocken und Schuhe. Luci lässt gleich alles an, geistert, klickernd und kaum wiederzuerkennen, im Deichhaus herum, richtet die untere Etage zum Trainingsraum her, bewahrt bald alle möglichen Utensilien im Erdgeschoss auf. Beginnt, sich für die Geschichte des Radrennsports zu interessieren. Liest alles, was es zum Thema gibt. Weiß binnen weniger Tage alles über Techniken, Taktiken, das ideale Kampfgewicht und die Erhöhung der Kraftreserven.
Wochen später sitzen sie in gebeugter Stellung auf dem Hometrainer. Und Computerfreak Mischa umkreist sie mit einer Spezialkamera, für das entsprechende 3-D-Computerbild. Auf Mischas Bildschirm erscheint Tante Luci dann als Gerippe. Computeranimiert, ein Luciskelett, das in die Pedale tritt. Die von Mischa ermittelten Werte leitet Mischa in die Werkstatt, wo sich das Luciteam an die Arbeit macht, das ideale Lucirennrad zu bauen. Man kann zusehen, wie aus verschiedenen Teilen alter Fahrräder der geeignete Rahmen entsteht, Sitz und Lenker zugefügt werden. Die richtigen Felgen, Mäntel, Schläuche: alles für das Rad der Sonderklasse, das mehr und mehr Gestalt annimmt und eines Tages von jedermann bewundert in der Werkstatt steht, mit Ansprache aus der Taufe gehoben. Und Tante Luci dreht daraufhin

ein paar Ehrenrunden vor dem Haus. Und der Mungafahrer wird Tante Luci trainieren, bis sie sich richtig eingefahren hat. Es ist mit einem Rennrad wie mit neuen Schuhen, die man sofort an seinen Füßen tragen muss, niemand anders kann sie für einen einlaufen.

Man sieht die Tante fortan ständig unter dem metallischblauen Sturzhelm, jeden Tag muss sie mehrmals auf dem Fahrrad unterwegs sein. Kein Wetter kann sie davon abbringen, selbst wenn vor Sturm und Unwetter gewarnt wird.

Sie fährt durch den Ort, und die Leute sind begeistert. Es ist nun eine andere Form von Sucht, der sie verfallen ist. Sie muss aufs Rad. Und sie ist auf dem Rad dann eine andere Tante. Eine in ihre Radfahrerhaut geschlüpfte Raupe, die bald als Schmetterling erscheinen wird. Für dieses Ziel tritt sie energisch in die Pedale; mit einem Antritt, bei dem ich Mühe habe, ihr zu folgen.

Bewegung tut mir gut. Bin aber keineswegs so aufs Radfahren erpicht und auf Tempo versessen wie sie. Zwei grüne Striche auf dem Radweg zum Beispiel erwecken mein Interesse, dass ich bremse, anhalte und vom Rad steige. Das würde unter Wettkampfbedingungen ein ganzes Feld in einen Massensturz verwickeln, meckert die Tante. Zweier Heuschrecken wegen, die ich mir aus der Nähe anschauen will, halte ich an. Wie sie so zweisam nebeneinander auf dem Asphalt sitzen. Wie sie dann, von irgendeinem Impuls gelenkt, synchron auffliegen und weghüpfen. Wie sie ins Gras abtauchen, Seite an Seite, ins Grün der Schafskoppel. Wie sie mich drei-, viermal noch herzlich grüßen, der ich, das Kinn auf meinen Fahrradlenker gelegt, angerührt von dem Naturschauspiel bin und das Training vergessen habe. Von der Gewissheit ergriffen, dass der Mensch im Leben ein Radrennen gewinnen kann, aber nicht so etwas Schönes im Zweierpack schaffen wird wie diese beiden Hüpfer.

Es sind des Weiteren Nacktschnecken, Regenwürmer, flinke Mäuse zu umfahren. Auch viele tote Tiere. Ich spreche von überfahrenen Tauben, Igeln, Ratten, Katzen, Hasen, die ihr Leben an der Piste gelassen haben. Augen zu und durch, ich muss mich sputen, der Tante hinterherstürmen, die wie ein Roboter eisern radelt, keine Muße besitzt, nur immer weiter in die Pedale tritt. Schöner Nebeneffekt: Das Fahrradfahren verschafft uns Frischluft und wachsendes Publikum. Die Leute kommen an den Straßenrand, wenn sie uns heranfahren sehen, recken ihre Fäuste, rufen: Tempotempo. Die Beine schmerzen. Die Waden werden hart. Wir massieren uns gegenseitig Nacken, Beine, Schultern. Und wenn es sich einrichten lässt, fügt sich der Doktor in die Radfahrergruppe ein und auch mal die Männer der Radwerkstatt.

Unglaublich, welchen Trainingseifer die Tante entwickelt. Sie radelt und singt, wann immer sie mag, das selbst erdachte Radfahrerlied: Ich strample mit den Beinen an meinem Leib, das ist mein schönster Zeitvertreib. Und manchmal lande ich im Teich, das stählt mir den Körper und wäscht ihn auch sogleich.

Weiter heißt es im Lied, ein Rennradsattel sei kein Ruhekissen oder Thron, Fahrtwind putze die Pupillen, heftige Seitenwinde seien auszuhalten, Herbstlaub und Regen verwandelten den Asphalt in Schmierseife.

Der Refrain lautet:

Wir trainieren viel.

Wir haben ein Ziel

und ziehen im Spurt das Tempo an.

Tante Luci vergleicht ihr Rad mit einem guten Pferd. Reiter und Gaul müssen füreinander geschaffen sein. Das Rad darf sich nicht nur treten lassen, es muss die innersten Gedanken seines Reiters erraten.

Und ach, durch unser Dorf rauscht man nicht einfach so hindurch. Gegen Raser ist die Ortseinfahrt Höhe Stöpe unter Kopfsteinpflaster belassen. Autofahrer sollen sich ihre Köpfe im Inneren am Dach stoßen, aussteigen und zu Fuß in den schönen Ort wandern. Sausen wir zu schnell durch die

Stöpe, bekommen wir unsere wild gewordenen Räder nicht gezügelt, werden aus den Sätteln gehoben.

Und hinter der Huckeleinfahrt links ist ein kleiner Stand, nicht viel größer als die Hütte eines Schäferhundes, mit seinen lockenden durchsichtigen Apfeltüten. Rotgelbe, grüne, violette, orange Äpfel aus der Region. Äpfel, für die der Liebesgott Amor seinen Köcher ablegt, in die der Papst gern beißen würde, gäbe es sie in Rom. Ihre Namen findet man auf Zetteln. Den fälligen Obolus entrichtet man in den Schlitz einer kleinen, rosarot gestrichenen Kinderkasse.

Apfel und Schokoriegel.

Schöne Äpfel, liebe Leute.

Mehr braucht ein Radsportler nicht.

Tante Luci spricht von uns beiden als einem Team, obwohl ich nur Mitfahrer bin. Wir seien ruhelose Gesellen und huldigten gemeinsam einem neuen Rausch. So regelmäßig trainieren nur noch die Boßler unter der Anleitung eines Mannes mit dem Rauschebart, der eine lokale Größe auf seiner Teufelsgeige ist, bestehend aus Besenstil, Waschbrett, Tamburin, Eimer und Hupe, Klingel und Trillerpfeife. Sein erfolgreichster Song ist die Matjes-Hymne. Sein Musikinstrument steht unten an der alten Fährstation in der Ecke des Fischimbisses in einem Spind, über und über mit Aufklebern beklebt. Wird er darum gebeten, singt er den Matjes-Song.

Tante Luci sei, was ihre Zähigkeit und Ausdauer beträfe, ein Glücksfall für jeden Trainer, er habe ein Auge dafür und werde ihr auf die Sprünge helfen, sagt der Mungafahrer zum Doktor. Sie habe ein großes Herz, für den Rennsport wie geschaffen. Warum man das nicht schon viel, viel früher entdeckt habe. Im Kindesalter auf den Sattel gehoben und einen Trainer wie ihn zur Seite, wäre aus ihr eine Rennradlerin von Weltruf geworden.

Klein und windschlüpfrig.

Fürs Zeitfahren nahezu ideal.

Muskeln, wo es Muskeln braucht.

Dass der Alkohol ihren Muskeln nichts anhaben konnte, ein Wunder. Als hätte ihre Zähigkeit den Alkohol besiegt. Er ist davon überzeugt, dass sie es in ihrer Altersklasse weit bringen wird. Sie hat auch die unwahrscheinlich gute Lunge, kann viel Sauerstoff ins Blut pumpen, bringt alle Voraussetzungen mit. Er wird sich für Luci ins Zeug werfen, einen Wettkampf für sie organisieren, Rennradlerinnen aus dem gesamten Land zusammentrommeln. Und übernimmt ab sofort die Leitung. Es werden sich doch wohl Sponsoren finden lassen. Der Ort wird kopfstehen. Man wird bald was erleben. Man müsse das Siegertreppchen mit einem Zusatzteil versehen, dass die kleine Siegerin die Unterlegenen bei der Siegerehrung auch überragt, sagt der Mungafahrer, erzählt dann wieder von der Tour de France und den Zeiten, als er in einem Mannschaftswagen gesessen ist. Toller Typ, der Rennfahrer Kunde, ein wirklicher Kunde, den sie alle nicht auf dem Wettschein hatten. Zeigte es allen, aber mächtig. Mussten ihm extra ein Gelbes Trikot schneidern, weit unter Normalmaß. *Karl, den Kurzen* haben sie ihn genannt. Hat während der Rennen Haselnüsse gegessen, angeblich, weil er es mit dem Magen hatte. Stand nach jedem Rennen minutenlang auf dem Kopf. Hat sich immer mal wieder auch mehr als nur ein Glas Sekt gegönnt, auf den Bergetappen, während des Anstieges, Starkbier aus seiner Feldflasche geschlürft.

Hoho, johlen die Männer in der Fahrradwerkstatt.

Wenn er Tante Luci einen Tipp geben darf: Sie muss Anstiege trainieren, gute Rennfahrer meisterten zuerst Anstiege. Kleinere Anstiege gleich bessere Chancen auf den Etappensieg. Leider mangelt es dem flachen Land an Hügeln. Man muss die Tour vom tiefsten Punkt aus in der Wilstermarsch starten. Bei Neuendorf, um die Ecke gelegen. Dreieinhalb Meter und vier Zentimeter unterm Meeresspiegel immerhin.

Im Herbst bietet Jockel seine Unterstützung an. Er hat während seiner Imbissperiode an einem Ersatzgetränk für Bier und Schnaps geforscht, allerhand ausprobiert, mit allen bekannten Fruchtsäften experimentiert, sie mit Ingwer, Zitrone, Essig versetzt, verschiedene Sorten Tee ins Spiel gebracht. Er ist dem Ziel recht nahe gekommen, sagt er. Für den Rest der Arbeit hätte es einen Nahrungsexperten gebraucht, einen Chemiker, der sich besser auskennt. Und kramt seine Forschungsergebnisse hervor. Blättert in seinem kleinen Heft, hat rasch herausgefunden, was für Luci gut ist: Holunder, Kirschsaft, Malzbier und im richtigen Mischungsverhältnis ein Schuss Kaffee und Kakao. Ein gutes Getränk, das nur nicht sonderlich gut aussieht, im Glas bleiben immer Partikel zurück, die wie Schmutz aussehen.

Und ist dann die Nacht hindurch damit beschäftigt, in der Großküche den Drink für das erste Training herzustellen. Ein überraschend geschmackvoller Aufbausaft aus Birne, Fenchel und Pampelmuse mit Honig und Limette versetzt. Jockels Energiedrink für Tante Luci.

Und im Frühjahr trainiert Tantchen, die ich einst als Alkoholikerin im Bett erlebt habe und die zu nichts zu bewegen war, auf dem Rennrad. Träumt davon, Rennen zu gewinnen. Bekommt den Mungafahrer H. als Trainer zur Seite gestellt. Sein Fahrzeug ist ein guter Schrittmacher, von keinem Hindernis aufzuhalten. Und die Lethargie ist verflogen. Tante Luci will Großartiges vollbringen, Radmeisterin ihrer Altersstufe werden.

Die den Sport Mord und bestialisch nannte, hört nicht auf, eisern zu trainieren. Das gesamte Frühjahr hindurch auf der Landstraße. Und ich muss immer mit. Im Bett liegen hat noch keinen Etappensieg hervorgebracht, sagt sie, wenn sie sich mit gymnastischen Übungen auf ihr Training im Freien vorbereitet. Wie eine Froschfrau ankleidet. Und wirkt auf dem Rennrad doppelt so groß wie auf ihren eigenen Füßen stehend.

Ich begleite die Tante durch Frühjahr, Sommer, Herbst und in den Winter hinein. Wir trainieren zusammen, bis es nicht mehr geht. In der trainingsfreien Winterzeit bauen sie in der Werkstatt einen Lastenanhänger für Tante Luci. Mit Stahlrahmen,

Holzboden, wasserabweisender Stoffbespannung, sechzehner Speichenrädern, zweiteiliger Universalachskupplung, Stoßfängern. Ladefläche siebenundsiebzig zu fünfzig zu achtunddreißig. Eigengewicht nicht mehr als zehn Kilogramm. Deichsel in der Länge genau siebenundzwanzig Zentimeter. Wichtig ist der Sicherheitswimpel. Für zusätzliche Sicherheit sorgen die aufgenähten Reflexetiketten. Die Konstruktion des Hakens ermöglicht automatische Abnabelung des Anhängers bei einem Unfall, was niemand hoffen will. Wichtig ist das Ankuppeln, Abkuppeln, kinderleicht und blitzschnell.

Punkt eins: Links von dem Anhänger aufstellen.

Punkt zwei: Rücken des Schutzblechs mit der rechten Hand halten, den Gabelarm mit der linken Hand fassen, das Hinterrad mit dem Anhänger verbinden.

Punkt drei: Die Ladung sollte möglichst gleichmäßig verteilt sein. Schwere Lasten tiefer legen. Das kriegt die Tante mit der Zeit hin.

Sie wird in die Transporte des Ulenhofs eingeplant. Sie soll mit dem Anhänger trainieren, sagt Mungafahrer H. Sie müsse sich im Training zusätzlich belasten, unter erschwerten Bedingungen Rad fahren, und dürfe sich erst kurz vor dem großen Rennen vom Hänger befreien. Dann schösse sie, von der Last befreit, ab wie eine Rakete. Es könne dann nichts schiefgehen. Im Grunde sei das Rennen jetzt schon zu ihren Gunsten entschieden. Anders trainierten selbst Spitzenradsportler nicht. Talent und zusätzliches Gewicht, das seien die entscheidenden Komponenten.

Und Tante Luci ist seitdem mit dem Hänger im Dorf unterwegs, tourt mehrmals täglich zwischen Haupthaus in der Dorfmitte und Außenstelle der Anstalt, transportiert, was ansteht, wozu es nicht lohnt, den Lieferwagen anzuwerfen. Aushilfsdienste. Blitzüberführungen. Bei Wind und Wetter ist die Tante als Radkurier im Einsatz, wärmt sich mit Tee auf, schluckt ihre Mixturen, Zusatzstoffe, Mineralien, auf die es ankommt.

Der Mungafahrer spricht ununterbrochen über seinen Munga, mit ihm war er als Testfahrer in Chile unterwegs. Essen hat er auf dem Benzinkocher bereitet. Nachts in bunter Hängematte gelegen. So unermesslich weit das Land. Hunderte Kilometer am Tag gefahren und auf der Karte waren es nur ein paar Millimeter, immer gen Süden. Einmal sind sie über einen Meeresstrand gebrettert, flach wie eine Glasscheibe. Das andere Mal erzählt er vom Salzsee, den Kakteen und der erbarmungslosen Hitze. Dass sie tagelang über die knisternde Kruste Salz gefahren sind und von wassergefüllten Melonen geträumt haben.

Vor uns liegt der Pazifik, sagt er und spuckt dabei Speichel. Betont die Silbe »Pa« schwach, spricht das »fik« wie »fick« von »ficken« in mutwilliger Schlüpfrigkeit aus. Das ist seine Art, mit der Tante zu flirten.

Die redet verträumt nur von der Toskana. Sie hat einen Film über die Toskana gesehen, sich sofort in die Toskana verliebt. Das blaue Lavendelland. In die blaue Landschaft möchte sie reisen. Zu den blauen Hügeln, die in der Toskana dicht aneinandergeschmiegt liegen sollen. Wie die Leiber von schlafenden Sauriern.

Bläue so weit das Auge reicht.

Meine Toskana ist blau, schwärmt sie.

Blaues Gras. Blaues Moos. Blaue Sträucher.

Blaue Büsche. Blaues Heidekraut. Blaue Pinien.

Blaue Zypressen. Blaue Olivenbäume. Jahrhundertealt, gekrümmt, zerfurcht, faltig, wie sie selbst vom Alter gezeichnet. Ehrwürdige blaue Bäume. Und blaue Weinstöcke. In die blauen Berge möchte ich gehn, über blaue Wälder sehn. Blaues Rosmarin. Blaue Oleanderhecken. Blau die Myrte, blau der Ginster. Und erst die betörenden Düfte, das herrliche Farbenspiel zwischen Blau und Blau. Durchs blaue Lavendel-Land möchte sie mit ihrem Rad fahren. Die blaue Toskana sehen und dann dort alt werden.

Das kleine, blaue Lavendelglück. Ob er sie verstünde, fragt

sie den Mungamann, der mitbekommt, wie viel mehr sie sich für die Toskana interessiert als für seine Testreise. Die Blaue Toskana entlang der toskanischen Küste, im offenen Munga? Ob er sich das vorstellen könnte. Blaue Fledermäuse flattern torkelnd. Zur blauen Abendstunde hin neigt sich der toskanische Tag seinem blauen Ende zu.

Mungafahrer H. redet unbeirrt von Nordchile. Nun, Straße will er es nicht nennen, sagt er, Feldweg ist noch viel zu nobel ausgedrückt. Der Jeep durchquert jeden Fluss, bekommt nicht einmal in der Wüste einen Hustenanfall, schafft es in viertausendfünfhundertsiebenundsechzig Meter Höhe, die ein zerschossenes Schild anzeigt. Ringsherum Berge, Geröll, Steinhalden, trostlose Einöde. Die Wüste liegt hinter ihnen. Koordinaten: 23° 39′ S, 70° 24′ W. Drei Tage lang Zwischenaufenthalt. Man wird von einem Deutschen bekocht. Endlich wieder Eisbein, Sauerkraut, Lungenhaschee, Rosenkohl zum kühlen Flaschenbier. Die Heimat, die man essen und trinken kann.

Und dazu mit Schnaps gemixte exotische Säfte. Herrlich versoffene Wartetage. Und schließlich die Panamericana, Traumstraße aller Jeepfahrer. São Paulo. Bolivien. Nordargentinien. Und dann trifft es sie mitten in Lima. Sie werden in einen teuflischen Unfall verwickelt. Der Wagen wird für mehrere Wochen aus dem Verkehr gezogen. Ein Mann liegt im Krankenhaus. Der Heilerfolg unsicher, wenn er nicht rasch per Flugzeug nach Hause geflogen wird.

Die schwärzeste Zeit meines Lebens.

Und während Mungafahrer H. nachdenkt und im Gedenken an die Zeit schweigt, schwärmt Tante Luci wieder von der blauen Toskana, ihrem Lavendelhain, Blüten, blauen Wiesen. In die Toskana will sie reisen. Am Weingarten wohnen. Auch wenn er brachliegt. Auf einem Hügel möchte sie stehen, ins wellige Tal hinein auf schlanke Zypressen sehen, die wie Kadetten die Wege säumen. Und all die verstreuten Häuser, wie Farbtupfer in die Landschaft gesprenkelt.

Mungafahrer H. redet von La Paz, der wundersam gelege-
nen Stadt, die ihren Reiz der märchenhaften Umgebung verdankt. Die Stadt selbst hat nichts groß zu bieten, sieht man
von der Einladung zur Bierverkostung in einer ortsansässi-
gen Münchener Brauerei ab. Doch fern der Heimat ist jedes
Bier ein Geschenk des Himmels. Jeden Tag sind sie mehrmals stockbetrunken. Können sich nur noch kriechend bewegen. Echsen gleich. Schwerfällig, robbend.
Und langsam wird das Gespräch zum Kopf-an-Kopf-Du-
ell. Sie schwärmt für die wunderbare Natur, die sie nur vom
Hörensagen kennt. Er spricht von Südperu, von den unver-
gleichlichen Anden. Sie sagt, es wäre alles so gediegen in der
Toskana. Das Verwilderte noch wäre mit Bedacht angelegt.
Man hebt einen Ast auf, steckt ihn in die Erde und schaut zu,
wie er Wurzeln schlägt. Er: Der Wagen gibt alles her. Uru-
guay, Brasilien wie beim Sechs-Tage-Rennen. Etappe für
Etappe näher ans Ziel. Einmal unter einem Zitronenbaum
übernachten, übertönt sie ihn. Ist eine feine Kalesche, der
Jeep, sagt er streng. Hat vieles, was andere Jeeps nicht haben. Während sie ausruft: Ich muss von der Herkunft her
eine Toskanerin sein. Wie ich den Lavendel liebe. Mich haben toskanische Winde hierher vertrieben. Munga, sagt er, so
ein pfiffiger Name, da denkt man an ein Tier. Gibt aber kein
Tier mit diesem Namen. Gibt Munga nur als Aromazusatz
bei der Quarkherstellung.
Klingt für sie wie Mamba, Samba, Tango, Mango, sagt Tante
Luci, sitzt auf dem Fahrersitz, lässt sich zeigen, wie mit dem
Munga umzugehen ist: immer schön mit der Kupplung ar-
beiten, aufpassen, dass man nicht allzu heftig die Pedale tritt.
Jeepfahrer H. und der Doktor arbeiten Trainingspläne aus
und versichern allen:
Das macht der Munga.
Da freut sich der Munga.
Das kommt dem Munga wie gerufen.
Redet in der Trainingspause über nichts anderes als über

die Fahrten damals: Da waren nichts weiter als Viehherden. Da wehte nur Staub durch die Luft. Da setzten wir mit der Fähre über. Flussbreite fünfundvierzig Kilometer. Da waren die Menschen scheu und zurückhaltend. Da gab es ein lautes Hallo, wo wir aufkreuzten. Dort haben sie uns bestürmt wie Filmstars.

Tante Lucis Tagebücher füllen sich mit Zahlenketten, mathematischen Formeln, geometrischen Figuren. Die Schultern im Verhältnis zur Breite des Lenkers. Das Rad im Verhältnis zum Körper. Die Lenkstange zur Beinlänge, der Kopfumfang, die Brustbreite zur Größe des Lenkers.

Wenn sie aus der Radfahrermontur schlüpft, sieht sie anders aus und wirkt immer befremdlicher auf mich. Sie ist entschlossen, den Beweis anzutreten, dass sie ein Rennen gewinnen kann.

Die Welt steht still.

Nur die Beine bewegen sich.

Man ist mit dem Rad so herrlich allein.

Das Land klebt an deinen Reifen, hält dich in Balance, lässt dich nicht los. Ich erwache immer öfter, die Arme emporgerissen, ein Zielband um den Oberkörper gewickelt.

Von hier aus nach Glückstadt, über Elmshorn zurück nach Glückstadt, über Krempe zurück nach Glückstadt, über Krempe nach Itzehoe, zurück nach Glückstadt, über Kremperheide, Beidenfleth nach Glückstadt, hierher zurück und dann am Abend noch einmal nach Krempe, Glückstadt hierher zurück, alle Landstraßen zigmal abgefahren. Zurück geht es hinterm Deich entlang, die Landstraße hoch, an Flachland vorbei, das für Gemüsekulturen genutzt wird. Der Acker ist mit Folie bedeckt. Der Wind fährt aus Spaß unter die Folie, schüttelt sie wie ein Bettlaken auf, sie gleicht dann einem flachen Wellenmeer.

Ohne Anstrengung ist das sportliche Ziel nicht zu erlangen. Trainer und Tränen gehören zum gleichen Wortstamm. Wie trainieren unter Tränen. Waden können vor Schmerz weinen. Das Rad ist ein Pferd. Reiter und Gaul müssen sich verstehen. Das Rad muss deinen innersten Gedanken erraten. Du musst mit deinem Rad ein Paar werden. Das ist die ganze Kunst. Strapazen, die einen hart werden lassen. Willenskraft, ja. Talent nutzt nichts. Die Richtung muss klar sein, ein Ziel muss man haben.

Und so radeln wir hinter einem Jeep her, von der morgendlichen Röte bis in den abendlichen Nebel hinein. Es wird eine Königsetappe nach der anderen gefahren. Sind viele gute Kerne in einem Menschen, von denen er nicht weiß. Kann er nicht kennenlernen, wenn er die feste Schale um sich herum nicht knackt. Muss von der Schale gelöst werden, der unwillige Mensch. Der gute Trainer ist ein Nussknacker, muss kneifen, wehtun, es knacken lassen.

Tante Luci ist an meiner Seite, fragt:

Du hältst ihn auch für verrückt?

Und ich antworte:

Ja, leider.

Zum Geburtstag wünscht sie sich Eier von eigenen Hühnern. Und der Doktor und ich müssen einen Stall bauen. Eine feine Aufgabe. Der Doktor kann zeigen, was in ihm steckt, und ich erinnere mich an die Zeit in der Tischlerei. Solide Arbeit. Sind einige Dinge zu beachten. Steckt eine Menge Arbeit in so einem Stall. Als Grundlage nutzen wir den Holzcontainer, in dem der Heimbewohner Victor aus Russland seine Sachen nach Deutschland überführt hat. Das Legehaus besteht aus russischer Presspappe. Die Eierschublade, die Geflügeltränke und den Futtertrog kaufen wir. Und dann geht es richtig los. Denn Hühner brauchen den Stall, um sich zum Eierlegen zurückzuziehen. Wir schneiden Platten zu, in eine die Türöffnung hinein, samt Schiebeklappe, durch die die Hühner dann herein- und herausspazieren werden. Und befestigen einen Haken an der Tür, dass die Klappe offen steht.

Der Doktor kennt sich mit Kanthölzern gut aus. Er zeichnet Latten an, ich schneide sie mit der Stichsäge zu und wir bohren mit dem Akkuschrauber das vorgezeichnete Loch in die Lattenstücke. Wir machen aus Plexiglas das Fensterloch, durch das Tante Luci die Hühner beim Eierlegen beobachten kann. Und bauen eine schicke Dachkonstruktion. Winterfest, wetterbeständig mit einer kleinen Schräge. Alles ohne Ritze und Spalt, dass kein Marder oder Fuchs dieses als Einladung zu einem Besuch versteht. Als Außenanstrich will die Tante Lack, wie beim Bootsbau.

Der Pinsel und ich.

Wir sind gute Freunde.

Wie ich den Lackgeruch mag.

Wir setzen die Sitzstange innen ein, Eierschubladen, den Futtertrog, die Tränke. Und dann ist es so weit. Die Hühner kommen wie eine Touristengruppe hereinspaziert, schauen sich den Stall an, sind mit ihm zufrieden.

Die Last, die du auf deinen Schultern hast. Entschließe dich, sie fortzutragen, so will ich dir die Stege sagen, so wird dein starker Fuß mein Bein, mein helles Auge deines sein. Es fließt viel Wasser den Fluss abwärts. Die Jahreszeiten fliegen ihm voran, wir folgen ihnen nach. Das Vergangene ist vergangen, singt Tante Luci, wenn sie im Deichhaus auf dem Schafspelz sitzt, die Beine im Schneidersitz, zum Hafen blickt, großen Ereignissen im Kleinen beiwohnt. Viele Stunden in Gedanken, nahe bei sich.

Sitzen wir am Hafen, kommt der Russe Victor angelaufen. Victor läuft jeden Tag dreimal das Hafengelände bis ans hinterste Ende ab. Victor zieht seine Runden. Und jedes Mal steht der Russe Victor nach dem Rundgang selbstvergessen im Tor zur Hafeneinfahrt. Mit seiner Zigarette, die er Machorka nennt, mit der er sich belohnt, ehe er sich zur Sitzbank am Landesteg begibt, wo er, die Arme ausgebreitet, steht, eine Art Gebet ausstößt. Die Hände zu Fäusten geballt, mit den Armen wedelnd. Als wäre er ein Taubenzüchter und ließe seine Wettbewerbstaube auffliegen.

DICHTERHAUS

Nüchternheit meint nicht die Umkehrung
zum Betrunkensein.

Der Doktor besorgt ihr eine Arbeit im Dichterhaus, wo junge
Schriftsteller ein paar Monate lang als Stipendiaten leben dürfen. Da sei die alte Haushälterin gestorben. Tante Luci ist
gleich angetan vom Dichterhaus gegenüber. Sie bewirbt sich
um die Stelle. So ist Tante Luci eben. Radfahren ist passé. Sie
trainiert nur noch, wann sie will, und ohne das Gerede des
Mungafahrers. Sie werde sich jetzt um die jungen Dichter und
Schreiberlinge kümmern. Einen größeren Dienst könne man
ihr nicht erweisen, als ihrem Wunsch stattzugeben, schreibt
sie an die Behörde in der Stadt, die für das Haus zuständig
ist. Und ich bin mir sicher, der Doktor wird im Hintergrund
beigetragen haben, dass ihre Bewerbung von den zuständigen
Betreibern wohlwollend beschieden wurde.
Ein Ratschlag, ein Gespräch. Sie bekommt den Zuschlag.
Sie arbeitet sich systematisch ein. Hat ihren Platz gefunden.
Schaltet und waltet im Dichterheim, als wäre sie schon ewig
dort beschäftigt. Richtet die Küche nach ihren Gewohnheiten her. Für empfindsame Künstlerseelen unter den Stipendiaten ist das gewöhnungsbedürftig. Vorrangig für diejenigen,
die nicht gewohnt sind, mit Charakteren wie Luci umzugehen, die Raubeine, Großklappen nicht kennen. Bald aber ist
Tante Luci die gute Fee.

Nennt sie alle Stümpianten. Das ist falsch ausgesprochen und stimmt wiederum haargenau. Und entspricht ungewollt ihrer Neigung, die Dinge bei ihrem Namen zu nennen.

Was für herrliche Gurken Tante Luci einzulegen weiß. Eine großartige Bäckerin, wunderbar ihr Topfkuchen, das Geheimnis sind die Buttermilch und die Mandeln in Scheiben. Holt Blumen aus dem Garten, arrangiert sie zu schönen Sträußen. Begrüßt so die Neuankömmlinge. Stellt ihren rosaroten Pudding wieder her, der zum Renner im Haus wird. Sie schreibt das Rezept nieder, lässt es auf Vorrat kopieren, so oft wie sie darauf angesprochen wird.

So eine taffe gute alte Frau.

Alkoholkrank? Sie doch nicht.

Wie konnte sie da nur hineinschlittern?

Nun kann sie ihre Lebensgeschichte wie Kuchenteig auswalzen. Schön, dass die Stümpianten regelmäßig wechseln, sie manche Geschichte mehrmals erzählen und sich immer mehr bewusst werden kann, wie selbstbezogen sie die letzten Jahre gelebt hat.

Und einmal ist einer, der für die Zeitung schreibt, von Tante Luci sofort begeistert. Im Wintergarten sitzen sie zum Kaffeekränzchen. Er schreibt unermüdlich mit, macht daraus kleinere Zeitungsartikel, bekommt eine Extraspalte, dann eine regelmäßige Kolumne, berichtet jede Woche aus dem Dichterhaus. Man kennt Tante Luci jetzt aus dem Feuilleton. Die Kolumne heißt: »Jetzt rede ich«. Wir lesen jeden Artikel, und ich erfahre Dinge über sie, die selbst ich nicht kannte.

Sie redet von den angehenden Schriftstellern und Dichtern gut, sagt:

Sind alles meine Kinder.

Sind angeschlagene Seelen.

Erholen sich unter meiner Obhut.

Zuerst tritt man in einen Tante-Emma-Laden mit Verkaufstresen und einer Wand voller Schubkästen, jede Lade mit Knauf. Und links in der Stube steht ein runder hoher Ofen mit Delfter Kacheln verziert. Und durch die nächste Tür gelangt man in die große Küche, bestaunt den alten Herd mit Stange und Herdringen. Allerlei Töpfe, Deckel, Pfannen, Kellen an dicken Balken, wo auch trockene Gewürzsträuche und Knoblauchzöpfe hängen. Im Zentrum ein schmaler langer Tisch, der Platz für mehr als ein Dutzend Menschen bietet.

Tante Luci tut sehr geheimnisvoll. Ist hinter mir, stößt mich voran. Treppauf soll ich gehen.

Wir haben Glück.

Sind gerade nicht da.

Schiebt mich in ein Zimmer. Schau, sagt sie, das ist ein Dichterzimmer. Auf der Liege dort ruht der Dichter aus. Dort sitzt er auf dem Suhl am Schreibtisch. Hier liegen Bücher, die er zum Dichten braucht. Dort sind die Stifte schön versammelt. Das ist sein Laptop. Das ist eine Leselampe. Sieh nur, was für schöne grüne Glasschirme. Und es gibt im Zimmer keinen Fernseher, kein Telefon. Nichts stört hier die Ruhe. Sieh nur, so sieht ein Dichterschreibtisch aus. Und das sieht der Dichter, wenn er zum Fenster hinausschaut. Und blickt begeistert zum Fenster hinaus auf den Kirchturm, die Uhr, die eben zarte Töne von sich gibt.

Ich würde ihr eine Freude machen. Ich solle mich auf den Schreibtischstuhl setzen. Sie wolle nur sehen, wie es aussieht, wenn ich dort sitze. Und stuckt mich, zieht mich am Arm, stößt mich Richtung Schreibtisch. Ich soll mich hinsetzen, wo der große Dichter auch immer gesessen, überlegt und geschrieben hat. Immerhin ein preisgekrönter, anerkannter Mann der Sprache.

Und dann sitze ich auf dem Stuhl und sie flattert im Raum und ruft:

Herrlich, herrlich.

Dass ich das noch erlebe.

Und ist mit mir im nächsten Arbeitszimmer, sagt: So viel ist das nicht, Junge. Liege, Stuhl, Regal und Tisch, fertig ist die Schreibstube. Das bekommen wir hin. Und führt mich ins dritte Zimmer, genauso einfach eingerichtet. Und zeigt mir dann geheime Türen, hinter denen sie ihre Reinigungsmittel versteckt. Und öffnet einen Spalt der Tür zum Boden, der voller Spinnweben ist, vor denen sie sich fürchtet. Und zeigt mir ihren Bügelraum, die alte Nähmaschine, die Wäscheschränke und das Brett der Durchreiche, das leise zu öffnen ist, und schon hat sie die ganze Küche im Blick.

Das hier ist nun mein Haus, sagt Tante Luci. Sagt »Meinheim«, wenn sie ins Dichterheim geht. Und ist so oft gut gelaunt und vergnügt, dass sie die Leute daraufhin ansprechen. Ihr ist so wohl, weil sie das Gefühl hat, gebraucht zu werden. Und ihre tolle Stimmung überträgt sich auf die Leute, die auch ein bisschen besser aufgelegt sind, ihr Leben schöner finden.

Tante Luci blüht auf und leuchtet, ist längst nicht mehr die vertrocknete Wüstenpflanze wie einst. Vom frischen neuen Wind wurde sie aus der Verankerung gerissen, entfaltet sich vor aller Augen. Die eingerollten Zweige entrollen sich und zeigen das grüne Innere her, den Glanz von dunkelgrünen Oliven.

Ich führe mich gerade wie eine Dichterin, sagt sie.

Und schläft lange, frühstückt am Mittag, bleibt oft bis Mitternacht im Dichterhaus. Raucht stärker. Kommt mir manchmal bekifft vor. Ist überdreht. Organisiert Lesungen zu Feierstunden. Lädt die Leute aus der Umgebung hinzu. Kauft sich ihre erste Digitalkamera. Schießt Fotos von Stümpianten und Zuhörern gleichermaßen. Zuhören, sagt sie, ist eine besondere Gabe, die nicht jedermann beherrscht. Sie hört hin, selbst wenn sie den Text nicht versteht, ihr alles fremd daran ist. Etwas ist an allem, sagt sie. Erst kommt das Schreiben, dann der Vortrag. Ist wie Gärtner sein, säen und dann die Ernte einbringen. Ist wie Bauer sein. Erst wird der Text gefüttert, dann wird das Schwein geschlachtet.

Der Ulenhof und das Dichterhaus. Alles laufe bestens. Jetzt, wo wir den Kontakt durch Luci zum Dichterhaus hergestellt hätten, sagt der Doktor, solle ich auch schreiben. In dem kleinen Büro nebenan, in dem es einen Computer gibt, könne ich mich entfalten. Fachbücher Grammatik und Rechtschreibung und das Buch *Entwickle deinen Schreibstil* stünden zur Verfügung.

Alles ist Gewöhnungssache. Jetzt, wo Luci im Dichterhaus zu tun hat, müsse ich aufpassen, dass mir die Decke nicht auf den Kopf fällt. Ich sei gefährdeter denn je, müsse mich ablenken. Ich würde mit dem Schreibbüro schon bald etwas anfangen müssen. Aber ich weiß eine Zeit lang nichts mit mir und dem Raum zu beginnen. Ich sitze gelangweilt herum und höre Musik. Bis der Doktor mir ein paar Briefe anvertraut. Notizen seines Vaters, die ich in den Computer tippen soll. Erst sind es amtliche Papiere, dann aber kommen schon bald persönliche Schreiben hinzu. Frühe Gedichte und Handzettel. Und dann legt der Doktor Texte aus seiner eigenen Studentenzeit auf meinen Tisch. Alte Mitschriften von ihren damaligen Versammlungen. Postkarten von den Orten, an denen er sich aufgehalten hat.

Und ich beginne zu schreiben, auch wenn ich nur ein Abschreiber bin. Und wo ich schon nach der Abschrift am Schreibtisch sitze, schreibe ich auch Dinge über mich, Tante Luci, Onkelonkel auf. Und Geschichten über den Doktor, seinen Ulenhof. Und Erinnerungen an Harrys Kellerbar, Floh, der hoffentlich noch Gedichte schreibt und nicht als Säufer stirbt. Und der Doktor meint, ich würde den Kopf noch freier bekommen, wenn ich in der Einrichtung ein Schreibamt übernehme. Ich soll die Bewohner zum Schreiben animieren. Er wolle demnächst eine Zeitung herausgeben. Ich sollte dann unbedingt sein Zeitungsredakteur werden.

Und über Tante Luci könnten wir die Bande zum Dichterhaus noch enger knüpfen. Den Versuch sei es allemal wert. Es gäbe Interesse und Interessenten, Bewohner, die heimlich Gedichte schrieben, ganze Lebensläufe verfasst hätten, wie zum Beispiel einen gewissen Tom, den Mann im grünen Overall und mit der ausgewaschenen Knautschkappe auf dem Kopf, den er mir warm ans Herz lege. Er habe, sagt der Doktor, im Zuge einer Therapiemaßnahme sein Vorleben aufgeschrieben, zwei Jahre lang nichts anderes getan als geschrieben und geschrieben und geschrieben. Über sein Zuhause, den Vater, die Mutter, seinen Bruder. Und wie es dazu kam, dass er nur noch zur Flasche Vertrauen hatte.

Ist Legastheniker, sagt der Doktor, wie man von einem Menschen sagt, dass er Kosmonaut, Bergsteiger, Kapitän oder Matador ist. Wenn das Huhn nur schön scharrt, findet es ein paar Körnchen, sagt der Doktor. Und dass es mir leichter fallen werde, meine Geschichte aufzuschreiben, wenn ich Toms gelesen hätte. Weil ich doch als Sonderschüler ganz wie der Legastheniker auch etwas Besonderes, mit ihm quasi verwandt sei.

Ich hätte Zeit. Was könne mir schon passieren?

Also sitze ich auf des Doktors Rat hin an meinem Schreibtisch und schreibe den Verlauf meines Lebens bis zu jenem Punkt nieder, an dem mir alle Fäden aus den Händen glitten und Tante Luci meine wundersame Rettung wurde. Und schreibe wie im Rausch im Schreibzimmer, das nicht viel größer ist als das Cockpit eines Flugzeugs.

Um ehrlich zu sein, an das meiste kann ich mich nur dunkel erinnern. Es gibt keinen Grund, deswegen unruhig zu werden. Man verliert ein bisschen an Hirnmasse beim Saufen. Ich fördere dennoch beachtliche Aspekte zutage, erlebe mein Leben wie von verschiedenen neuen Seiten her beleuchtet. Nachdenken führt in ungeahnte Tiefe.

Tante Luci sitzt im Geist an meinem Tisch, schaut mir mit ihren gestrengen Augen bei der Schreibarbeit zu. Die Eule auf meiner Schulter. Der Rabe im Genick. Dass ich nicht so viele Fehler mache. Denn ich war ja in der Schule nie gut in Grammatik und Rechtschreibung, bin derjenige, der Sulawesi und Südwales nicht auseinanderhalten, das Wort somnambul nicht aussprechen konnte, Tohuwabohu nicht fehlerfrei über die Lippen bringt und schon gar nicht Worte wie Koryphäe, Dekolleté, Portemonnaie, Biskuit, Kernspintomografie, Schlafittchen, Sisyphusarbeit, Imbusschlüssel, essenziell, substanziell, zartbesaitet, eruieren, lizenzieren, projizieren, krakeelen und respektive reziprok redundantes Resümieren.

Der Doktor legt mir Toms Text nahe. Ich muss mich einige Wochen lang mächtig anstrengen, seine Handschrift zu entziffern. Mit einiger Gewöhnung aber kann ich sein Buch schon flüssig herunterlesen, als säße Tom mir gegenüber und erzählte mir.

Bewohner Uli sagt zu Tom, dem Legastheniker:

Alle Achtung.

Immerhin, ein Legastheniker.

Da hat einer etwas für sich im Leben gefunden.

Das regt den Legastheniker Tom auf, dass er auf Uli zuspringt und ihm seine Meinung sagen möchte, wobei ihm vor Erregung die Luft knapp wird, er zu stottern beginnt, wie immer, wenn er sich zu sehr echauffiert.

Ist ei-ei-eine Schwä-schwä-schwäche, stottert er.

Schwa-schwachsinnig bin ich de-deswe-we-wegen nicht.

Gebongt, verstanden.

Yes Sir, sagt Uli. Alle großen Künstler stottern. Selbst Lou Reed hat kick, kick die kick gestottert. Und man kann nicht sagen, ob er es mit Absicht getan hat oder es ihm passiert ist. Und was so ein Saxophon ist, das stottert nur, wenn es von sich hören lässt. Du du du di du du dumm. Also reg dich schon ab.

Und sucht Tom zu besänftigen. Sagt, dass er nichts gegen Legastheniker und Stotterer habe. Im Gegenteil. Er fände es richtig gut, wenn einer die Wörter nicht nach den Regeln behandele, sie ordentlich durchschüttele und gegen jede Rechtschreibung verstoße, Worte und Sätze so verdreht, dass neue Worte und Sätze entstünden.

Macht doch das Leben erst bunt.

Müssen andere studieren, so etwas zu können.

Die Liste berühmter Legastheniker sei eine lange, behauptet Uli, nennt Namen zum Beweis: Agatha Christie, Einstein, Alfred Hitchcock, Charles Darwin, Cher, Diego Maradona, Jules Verne, Ernest Hemingway, immerhin Nobelpreisträger für Literatur, Galileo Galilei, Hans Christian Andersen, Jack Nicholson, John Lennon, Leonardo da Vinci; alles Legastheniker.

Lauter berühmte Leute.

Denkst du, die schämen sich deswegen?

Und Dustin Hoffman, sagt er, im Film *Rain Man:* wenn er den am Savant-Syndrom leidenden Autisten spielt, der von seinem Bruder Charlie aus der Klinik geholt und mit ins Leben genommen wird, spielt Dustin Hoffman sich da auch selbst. Sie wollen uns das Fremde austreiben. Wir sollen die Worte richtig schreiben. Und lässt du dich darauf ein, bist du nicht mehr einmalig und rar.

Das ist etwas, worauf du stolz sein kannst.

Das macht dir keiner so schnell nach, Mann.

Uli hat sich ins Zeug geworfen, aber Tom versteht ihn weiterhin falsch, reagiert verletzt, springt auf, schreit, er solle sein Maul halten. Leute, die ohne Drogen sind, bewegen sich auf schmalem Grat, verstehen harmlose Witze falsch, deuten freundliche Aussagen in böse Beleidigungen um, legen sich mit Windmühlenflügeln an.

Zweihundertfünfundsechzig Seiten ließe er sich nicht madig reden.

Von keinem.

Schon gar nicht von einem Tastenclown.

Tastenclown?

Sag das noch einmal.

Tastenclown, sagt Tom zu Uli.

Beide stehen sich wie Boxer vor dem Kampf im Ring gegenüber, die sich ein letztes Mal böse und entschlossen anstarren, aber noch ohne die Fäuste zu rühren, die sie mit dem

Gong dann fliegen und für sich sprechen lassen. Aber zu diesem Gong kommt es hier nicht. Uli gibt nach, sagt: Okay, darüber reden wir später noch einmal. Und geht kampflos ab. So rau und herzlich geht es hier zu. Und Uli wechselt rasch das Thema, ist dann in seinem Metier, der Rockmusik. Erinnert an den Song seiner Generation, in dem richtig heftig gestottert wird. Und legt auch gleich richtig los, singt und stottert bühnenreif: People try to put us d-down, talkin' 'bout my generation, just because we g-g-get around, talkin' 'bout my generation, things they do look awful c-c-cold, talkin' 'bout my generation. I hope I die before I get old. Redet von Pete Townshend, der den Text ohne Stottereinlage aufgeschrieben hat, und Roger Daltrey, der ihn erst zu dem gemacht hat, was er nun für alle Zeiten ist. Der Sänger, verrät Uli, sei bei den Aufnahmen im Studio so voll gewesen, dass er den Text nur noch ins Mikrofon habe stottern können. Und nur dem pfiffigen Tontechniker, der ihn hat stottern lassen und dieses Stottern dann in den Song eingepasst hätte, sei es zu verdanken, dass er zur absoluten Hymne einer ganzen Generation geworden sei. Und hätte der Sänger nicht gestottert, wäre die Rocknummer nur ein beliebiger Song unter vielen Songs geblieben. So aber ist sie immer noch ein Aufruf zum Aufruhr gegen die allgemeine Unsicherheit der Jugend, die nämlich zu stottern beginnt, wenn sie der Übermacht gegenübersteht und sich hilflos fühlt.

Und nun liegt die Mappe, die Teil seiner Heilung war, auf meinem Tisch. Der Mohr hat seine Schreibarbeit erledigt. Nun beginne ich Mohrenarbeit, indem ich die Mappe von vorne bis hinten lese und Textstellen aussuche, die für einen Literaturwettbewerb taugen, wie der Doktor meint, der sich mit ihnen dann anonym bewirbt. Hat eigens einen Autorennamen erfunden und den Lebenslauf dazugedichtet, dass sie, wenn sie den beigelegten Briefumschlag öffnen, Name, Alter, Wohnanschrift und Adresse für den Autor wissen, der sich angeblich hinter dem Text verbirgt.

Tricks dieser Art sind erlaubt.

Künstler müssen gepuscht werden.

Er ist sich bewusst, dass Tom als Schriftsteller keine Chance hat, obwohl er mit seiner Mappe etwas Einmaliges geschaffen hat. Deswegen. Und weil wir dann auch prompt die ersten Ablehnungsschreiben bekommen, entwickelt der Doktor extra einen richtigen Ehrgeiz, Toms Texte bei Wettbewerben unterzubringen. Wenn sie Drama verlangen, suchen der Doktor und ich gemeinsam aus Toms Manuskript Dialogpassagen heraus. Wollen sie Lyrik, picken wir wahllos einzelne Sätze heraus, setzen sie in Zeilen und schicken das Ganze dann zum Lyrikwettstreit.

Wir werden richtig bewerbungsgeil. Wir bewerben uns fleißig anonym oder unter unserem Pseudonym, weil uns anonym am meisten liegt, es viel anregender ist, sich inkognito zu bewerben. Und werden mit der Zeit immer besser. Und verlieben uns in unsere Erfindungen, unseren nackten Kaiser. Wir dichten ihm Lebensläufe an, die zum Wettbewerb passen. Man lädt unsere Erfindung zu einer Wettlesung ein. Es heißt, der Text von Tom sei interessant und ungewöhnlich, und dass die Jury sich entschlossen habe, dem Verfasser eine Chance zu geben, sich im Endausscheid zu behaupten. Immerhin.

Die Lesung werde öffentlich und vor ausgesuchtem Publikum stattfinden, die Siegertexte prämiert. Alles werde live im Rundfunk übertragen. Das ist zu viel des Guten, der Doktor will schon absagen, da aber kitzelt sich der Teufel an seinem Bart. Der Doktor wird den Spuk beenden und den Legastheniker Tom zur Lesung schicken.

Und dann kommt der große Tag. Wir fahren im Kleinbus zum Veranstaltungsort. Engel, Uli, Jockel, der Doktor und ich. Und es ist ein bisschen wie in *Einer flog übers Kuckucksnest*. Wir fallen sofort auf, werden alle für potenzielle Bewerber gehalten, den Doktor hält der Organisator für einen bekannten Kritiker. Die Organisatoren sind fast enttäuscht, dass von uns nur Tom ein Schreiberling ist. Tom darf vorne auf einem Stuhl Platz nehmen, extra für ihn unter seinem Namen reserviert.

In der Ecke des Saals spielt eine Band. Die Sängerin ist sehr schön. Der Mann am Piano sei gut, sagt Uli, mit ein bisschen Übung bekäme Uli den Sound aber auch hin. Der Schlagzeuger imponiert dem Doktor, der hier verrät, einmal in einer Skifflegruppe das Waschbrett gerieben und allerlei Geräusche mit ihm erzeugt zu haben. Die Band spielt jenen Jazz, den ich von den einsamen Bars her kenne, in denen ich oftmals abgehangen habe. Eine von diesen toten Bars, wie sie Hopper gemalt hat. Man säuft und schließt die Augen und lässt sich wie auf einem Teppich sitzend ein Stück weit in Illusionen tragen. Bars, in denen man landet, wenn man noch ein bisschen Herr über seine Sinne ist, nicht ganz abgestumpft und etwas mehr zurechnungsfähig, als wenn man weiter abstürzt und dann selbst hier nicht mehr hereingelassen wird und einem nichts weiter als die Proletenkneipe übrig bleibt oder die Theaterkantine. Bars meine ich, die man sich zum Anfang noch leisten kann, weil man bis dahin noch gut in Arbeit steht und vielleicht sogar etwas gespart hat. Wo die Drinks gut, aber auch etwas überteuert sind. Drinks, von denen man nur drei oder vier braucht, stocksteif und besoffen zu werden. Und das Personal ist wie das Flugpersonal einer unbekannten Fluglinie gekleidet und auch so kurz angebunden. Und die Piloten dort sind dauernd mit irgendetwas beschäftigt, selbst wenn man über eine Stunde lang der einzige Gast am Tresen ist. Die Bewirtung geschieht cool von oben herab. Das setzt den feinen Unterschied zur gewöhnlichen Stampe.

Und während ich den Gedanken nachhänge, endet die Musik und die Show beginnt.

Richtig aufregend findet auch Tante Luci das Ganze, die mit den Stipendiaten des Dichterhauses angereist ist.

Das lasse ich mir doch nicht entgehen.

Ja, ja, zischelt sie mir ständig ins Ohr.

Hast du das gehört?

So musst du schreiben.

Und sie klatscht am lautesten Beifall. Sie beklatscht jeden Text. Die Leute da vorne sind für sie alle Meister ihres Fachs, weil sie es bis hierher geschafft haben. Und dann wird Tom vorgestellt und auf die Bühne gebeten. Und der Redner erzählt, dass Tom aus dem Ulenhof kommt, was die Jury nicht wissen konnte, weil die Bewerbung anonym war.

Und dann liest Tom den Text so gut er kann. Beugt den Oberkörper so tief über den Text wie ein Juwelenbegutachter über den Schmuck. Nur dass ihm die Lupe vor dem Auge fehlt. Er liest die Worte so falsch, wie er sie aufgeschrieben hat. Und es ist wirklich ein Riesenvorteil für ihn, dass er den Text so falsch aufgeschrieben hat und wie er dort steht, denke ich und stoße den Doktor an, der hingerissen ist von Tom und dessen erster Lesung. Und alle Zuhörer sind gerührt, wir auch. Tom liest besser, als alle befürchtet haben. Für den Fall, dass er die Krise bekommt, sich verhaspelt und nicht mehr lesen kann, hält der Doktor einen Abdruck parat und springt für Tom ein. Aber dazu kommt es nicht. Er bewältigt den Text in nur dreiundzwanzig Minuten, etwa drei Minuten über der Zeit. Das kommt davon, weil er aufgeregt ist und doppelt so schnell wie sonst liest.

Allerbestes Timing, lobt der Doktor.

Tom schwitzt und ist fertig und steht auf und geht von der Bühne.

Tante Luci klatscht sich die Hände wund. Und das Publikum ist dann von Tom so angetan, dass es ihn als seinen Liebling kürt, Tom den Publikumspreis gewinnt. Und muss dann nach vorne vor die Bühne treten, die Urkunde und einen Blumenstrauß entgegennehmen, sich dem kleinen Blitzlichtgewitter der Pressefotografen stellen.

Er stottert dann in seiner Dankesrede, dass-hass-ess oho-ne den Doktor und mich niemals so weit gekommen wäre. Und kann sich dann der Tränen nicht erwehren. Wie Tante Luci und der Doktor auch nicht. Und erhält so viel Beifall, dass er sich als einziger Gewinner vor den Zuschauern verbeugt. Der Veranstalter sagt: Wer das Publikum auf seiner Seite hat, wird viele Leser finden.

Und weil wir alle in Behandlung sind, keinen Alkohol trinken, brechen wir früh auf, noch bevor sie sich alle zur After-Show-Party treffen. Wir fahren in unserem schunkelnden Bus zurück ins Heim, Tante Luci mit ihren Stipendiaten in Olle Kiste.

Und dann sitze ich am Schreibtisch und schreibe auf, was los war. Und blicke im Morgengrauen zu den vor dem Haus aufgereihten Bäumen, deren Äste gestutzt worden sind. Und murmele ihnen leise zu: Ich schreibe für euch, ihr armen, lieben Weiden.

Neue Triebe werden kommen.

Der Stumpf wird sich begrünen.

Und dann findet im Ort die von Luci organisierte Lesung statt. Die Stipendiaten geben Texte, die im Haus entstanden sind, zu Gehör. Tante Luci kommt in zwei von ihnen vor. Sie findet alles wunderbar.

Aber eines bösen Tages herrscht plötzlich Aufregung. Der Doktor müsse sofort ins Dichterhaus kommen, Luci klemme besoffen auf einem Stuhl und ließe sich nicht mehr von der Sitzfläche lösen. Sie soll im hinteren Kücheneck, wo es das kleine quadratische Fenster gibt, das einst die Durchreiche im Haus war, mit unwissenden Leuten gepichelt haben. Rotwein aus Saftgläsern, dazu ein Wabbelgelee, das neu ist. Das hat sie neu erfunden. Später stellt sich heraus: Statt Wasser nahm sie Einheiten reinen Wodkas. Alles nur eine Frage des Mischverhältnisses. Angeblich nicht für sich selber, nur für ihre angehenden Schriftsteller und die Gäste im Haus. Aber man kann auch nicht ausschließen, dass sie absichtlich harmlos aussehende Götterspeise hergestellt hat, um selbst daran zu naschen. Mit dem kleinen Löffelchen aus den kleinen Gläsern, ohne dass es jemand bemerkt. Und allen, die davon kosten, zwinkert sie zu, dass sie Bescheid wissen und die Luft anhalten.

Götterspeise. Immerhin Glückszustand, sagt der Doktor. Grüne Götterspeise aus jenem Zeug, das sie beinahe erledigt hätte und das sie hierhergeführt hat. Er glaube nicht an einen Blackout mitten in der besten Abstinenzphase. Das kommt bei so einem Menschen wie Luci nicht vor. Sie hat sich gütlich getan an Gelee und rotem Wein. Nicht zu knapp. Die Überreste an mehreren Tellern deuten darüber hinaus darauf hin, dass sie ihren rosa Pudding nicht nur unter die Leute gebracht, sondern auch selbst verspeist hat.

Besser, wir sprechen sie daraufhin nicht an. Besser, wir übersehen es. Er geht davon aus, dass es einmalig bleibt. Wie gesagt, der Doktor arbeitet mit Rückfällen. Und deswegen darf Tante Luci den Job im Dichterhaus auch weiter ausüben. Allerdings nur noch halbtags und nicht mehr allein. Man stellt ihr eine Frau aus dem Ort an die Seite. Im Rahmen ihrer Wiedereingliederung sind die Tätigkeit und das soziale Umfeld für sie sogar nötiger geworden als zuvor, sagt der Doktor. Luci lässt sich auf alles ein, bringt die Arbeit schnell hinter sich, hat wieder mehr Zeit für mich und unser Deichhaus am Hafen.

ABLEBEN

Man ist zu zweit allein.
Man ist zu fünft, zu sechst, zu siebent allein.
Man ist allein allein.

Das kleine Fischerboot mit Namen »Lachmöwe« nahe der Werft hinterm Gebüsch ist unser Refugium. Tante Luci schimpft den Fluss einen blöden, gemeinen, hinterhältigen Fluss. Auf dem Weg dorthin läuft ein Hund an uns vorbei auf den schmalen Bootssteg, springt schwupp ins Wasser, ist in ihm augenblicklich verschwunden. Die Tante weist auf einen Unterwasserschatten, der ungestüm paddelt und nur deswegen auf der Stelle bleibt. Ich werfe mich auf den Steg, greife nach dem Schatten, packe den Hund am Nacken und ziehe das pitschnasse Ding heraus.

Tante Luci zündet sich eine Zigarette an. So eine Aufregung. Vor lauter Dankbarkeit schüttelt der Hund sich, schleudert seine Wasser von sich, trifft mit einer kleinen Ladung Tantes Zigarette, taumelt im Glücksgefühl, gerettet worden zu sein, vorwärts, rutscht aus und ist, ehe man sich's versieht, zum zweiten Mal im Wasser. Dieses Mal bekommt die Tante den Schwanz zu fassen. Zu zweit zerren wir ihn an Land, behalten ihn am Schlafittchen, führen ihn ab, vertreiben ihn ins weite Feld.

Und noch am selben Tag geschieht nach Dienstschluss den Deich entlang ein zweites Abenteuer. Am schrägen Hang liegt ein Mann auf dem Rücken. Eine Frau winkt nach uns und ruft außer sich:

Mein Freund. Er stirbt.

Wir eilen hinzu. Tante Luci krempelt die Ärmel hoch, legt los, sitzt rittlings auf dem Mann, presst unter vollen Körpereinsatz im Takt dessen Brustkorb, führt pumpende Bewegungen mit ihren zwei geballten Fäusten aus. Gleicht einer magischen Reiterin. Von Ferne sind die Signale des Rettungswagens zu vernehmen, den die Frau über Handy alarmiert hat. Hundertmal in der Minute eindrücken, loslassen, eindrücken, loslassen, ächzt die Tante, die Arme zu einem Kolben gebündelt. Auf und nieder, minutenlang.

Pump, pump. Das Krankenauto soll sich sputen, singt sie im Rhythmus, als wäre der Deichhang die Oper. Schweiß läuft ihr an der Augenbraue hinab, über die Wange hin, als weinte sie. Je heftiger sie den Brustkorb pumpt, je mehr sie bei der Arbeit keucht, desto mehr Blut pumpt sie in die Umlaufbahn. Und die Frau steht mit offenem Mund, als wäre Tante Luci, pump, pump, direkt vom Himmel an den Deich geschickt worden, die Tür des dunklen, stillen Raumes zum Leben hin wieder aufzustoßen. Die Tante pumpt und pumpt unverdrossen, als wäre der Mensch unter ihr eine Luftmatratze.

Sieht ganz so aus, als seien wir erfolgreich, pump, pump, keucht sie, singt, während sie unermüdlich weiterpumpt: Und schliefen sie als Weib und Mann, pump, pump, Seite an Seite ein, pump, pump, ich wiegte sie wie meine eigenen Kindlerlein, pump, pump.

Und endlich ist der Krankenwagen da. Das Martinshorn verstummt.

Hier ist ja alles getan worden, was getan werden muss, sagt der eine Sanitäter.

Alle Achtung, sagt der zweite. Und nun sollen wir alle zur Seite treten. Sie gehen zu dem Mann, knöpfen ihm das Hemd erst gar nicht auf, sie zerschneiden es mit einer Riesenschere, schnipp, schnapp, und setzen das Wiederbelebungsgerät an, die blanken metallischen Scheiben mit diesen großen Griffen daran. Der Körper zuckt, wie man es aus den Filmen kennt. Und schon wird die Spritze gesetzt, die Trage aufgebaut, der Patient eingeladen, die Tür hinter der überglücklichen Frau, die mit einsteigen durfte, verschlossen.

Redet nicht jeden Tag klar. Ist manchmal auch verwirrt, die arme Tante. Träumt schlecht, meist vom Atommeiler. Er werde in die Luft gehen. Es werde einen Unfall geben.

Will plötzlich Schnaps trinken.

Schnaps ist nicht.

Im Keller ist Schnaps, Junge.

Und obwohl das Haus keinen Keller besitzt, macht sie sich in der Nacht auf die Suche, stellt das Haus auf den Kopf, dass es danach bei uns wie nach einer Hausdurchsuchung aussieht. Sie sitzt mittenmang in der Unordnung, sagt:

Sie haben mir den Rumtopf geklaut.

Und sie erzählt mir von einem Mann, von dem sie nie vorher etwas gesagt hat. Im früheren Leben, hörst du, Junge, haucht Tante Luci, zieht mich nahe an ihren Mund heran: Es sollte nicht sein. Von dem war ich schwanger.

Sie durchsteht tiefe Krisen. Man kann ihr gar nicht helfen. Sie steht auf, verlässt das Haus, kehrt in schlechter Verfassung zurück, liegt erschöpft im Bett. Ich versuche einiges, sie zu erheitern. Uli bringt rockige Balladen im Haus zu Gehör. Paulina führt nach Jahren wieder einmal ein Puppenspiel auf. Die Bastelfrauen sollen mit ihr Gestecke anfertigen und reden. Sie nimmt es hin, beteiligt sich kaum, bedankt sich für den Besuch, bricht die Vorstellungen ab, entschuldigt sich, sie sei müde, nicht gut drauf, und wäre an meiner Seite eingegangen, wenn mir nicht die Idee mit dem Kino gekommen wäre.

Wir sehen uns zusammen mehrfach *Harold und Maude* an. Diese wunderschöne Liebesgeschichte zwischen einer alten Frau und einem jungen Mann, bei der man mitsingen kann: *if you want to be free, be free.* Der Film könnte unser beider Leben beschreiben. Der Beginn könnte aus Lucis Küche entnommen sein, als Luci sich ins Bett verkrochen und mich auf Abstand gehalten hat, ich Lucis Lieblingsplatten auflegte, Kerzen anzündete und auf den Stuhl stieg, die Glühbirne auszutauschen, statt mich wie Harold im Film zu erhängen. Ich sehe Maude bei fremden Beisetzungen und weiß, wie sehr mir Tante Luci fehlen wird, wenn es bei ihr einmal so weit ist.

Und danach ist dann Liza Minnelli mit *Cabaret* an der Reihe. Unsere gemeinsame Szene, der blonde Bengel, der ein Volkslied zu singen beginnt, nach und nach stimmt ein ganzer Biergarten ein, aus dem kleinen Lied wird ein Marsch und alle erheben sie dann den rechten Arm.

Vierzig Jahre her, dass ich zuletzt im Kino war.

Schweinekram, sagte Tante Luci zu *Der letzte Tango in Paris*, wohin sie damals der Onkel ins Kino geschleppt hat. Der Brando sei nie ihr Typ gewesen. Dass die beiden Filmhelden so einsam und verloren in leeren Wohnungen geisterten, weiß sie noch. Dass sie namenlos irrten und man nicht wusste, woher sie kamen, wohin sie gehen würden, was sie vor dem Film getan haben und was sie voneinander wollten, außer diesem dumpfen Sex auf dem blanken Fußboden. Sie erinnert sich, dass sie aufsprang und Onkelonkel mit sich zog. Dass sie sich empörte, wie man Schauspielern diese Intimität zumuten konnte.

Pfui Teufel, nein.

Sie will sich daran auch nicht mehr in ihrem hohen Alter gewöhnen. Nur den Pelz um den Hals von Maria Schneider weiß sie noch.

Habe ich eine Zeit lang auch getragen.

Sah ich wie eine feine Dame aus, Junge.

Schickes Teil, großstädtisch. Musste ich dann mit der Schere abtrennen, weil Onkelonkel immer so gestichelt hat.

Hin und weg ist sie bei *Papillon*. Dustin Hoffman hat ein bisschen das stoppelige Dreitagebartgesicht des Onkels, der auch solch eine John-Lennon-Brille trug, und genau das rotweiß gestreifte Hemd mit dem kleinen Stummelkragen.

Dieses unschuldige Jungengesicht, sagt sie.

Dieses Himmeln in den Augen, mit dem er sie vom Kutscherbock aus angeschaut und zu sich auf die Bank gezogen hat, in der schönen Anfangszeit, als alles noch gut war, sich warm anfühlte, ohne den verdammten Alltag, der sich aufblähte und wie eine immer größer werdende Blase in ihr Leben drängte. Glück zu der Zeit, dass ich ihr dann in die Hände gefallen bin.

Was wäre sonst aus mir geworden?

Man hat im Leben keine andere Wahl, sagt die Tante. Will man überleben, muss man im Notfall eben Tausendfüßler und Asseln essen. Ihre dauernden vergeblichen Fluchten dauern sie. Unter Tränen schauen wir uns die Idylle am Filmende an. Diese einsame Insel mit Kohlköpfen und einem dicken Schwein.

Mehr baucht es nicht zum Glück.

Der weiße Hai ärgert die Tante so sehr, dass ich die DVD aus dem Player nehmen und ihr versprechen muss, nie wieder einen so tierfeindlichen Film einzulegen.

Das gehört sich nicht.

Haien den Ruf versauen.

Das werde sie dem Spielberg sagen.

Nichts dagegen zu sagen gibt es zum Film mit Nicholson in der Irrenanstalt. Der gefällt ihr ausnehmend gut. Den kann sie sich immer wieder ansehen. Der hat so viel mit dem Leben zu tun, seiner zeitweiligen Vergeblichkeit. Dass man nicht aufhören darf, an die Flucht zu glauben. Die sanften Berge. Das schöne Licht der Sonne, die sich auf dem Wasser eines kleinen Baches spiegelt. Die gleiche Landschaft taucht zum Schluss wieder auf, wenn der mächtige Indianer das eckige Monstrum von Waschbecken samt Sockel aus dem Verankerung im Fußboden reißt und durchs Anstaltsfenster wuchtet, durchs Loch in die Freiheit springt, mit federndem Schritt davonläuft. Die Irrenanstalt sieht dem Ulenhof ähnlich. Wenn die Irren gezeigt werden, muss ich die DVD anhalten, das Bild näher an die Gesichter zoomen. Und sie beginnt, diesen und jenen im Film als Tom, Jockel, Chopper-Lars, Eric, Mischa, Engel, den Mungafahrer, Onkelonkel, mich, sich selbst und auch den Doktor zu bestimmen.

Man zählt, sagt sie, wenn man sich therapieren und vom Alkohol wegbringen lässt, nicht mehr zu den Verrückten, nicht mehr zu den Normalen, ist ein menschliches Zwischending. Alle Schluckspechte werden aus dem Nest gekickt.

Zur meiner Überraschung sieht sie sich *The Rocky Horror Picture Show* von Anfang bis zum Ende an. Sie hat zwei Wasserpistolen besorgt und mit Wasser geladen und wirft an einer bestimmten Stelle Reis zur Leinwand in die Hochzeit. Und schwärmt vom Kinobesuch mit dem Briefträger und der Eierfrau, damals, die ihr beigebracht haben, sich im Film wie auf einer Karnevalsparty zu benehmen. Wir erweitern das Ganze durch Konfetti, Girlanden, Knallfrösche, Papiertüten, die wir aufblasen und zum Platzen bringen.

Still und in uns verkrochen, sehen wir *1900 – 1. Teil: Gewalt, Macht, Leidenschaft, 1900 – 2. Teil: Kampf, Liebe, Hoffnung,* ohne ein Wort miteinander zu wechseln, ohne die Nüsse und Chips anzurühren. Zwischen den beiden Teilen verschwinden wir höchstens aufs Klo und sind dann die gesamten dreihundertachtzehn Minuten stumm. Und reden danach kein einziges Wort. Als wäre da nichts weiter zu sagen. Und reden auch am nächsten Tag nicht darüber.

Von *Rocky* schauen wir uns alle Teile an. Es geht zu wie im Kindergarten, wenn Tante Luci aufspringt und mir ihre Trainingseinheiten vorführt, die manchmal mit den Bewegungen Sylvesters Stallones übereinstimmen, mit dem Luci zu einer vor der Leinwand zappelnden Figur verschmilzt. Sie hätte auch gut eine Boxerin abgegeben, die Gewichtsklasse müsste man für sie erfinden. Unterm Federgewicht. Wir sagen »Daunenfedergewicht« und müssen beide darüber herzlich lachen.

Unsere Kinoabenteuer bekommen der Tante gut. Wir kochen ein üppiges Mahl zu *Brust oder Keule*. Kaninchen, wo im Film Lendenbraten von argentinischem Rind, Alter drei Jahre, Südhang, geredet wird. Und in die Szene mit barbrüstigen alten Männern auf Treträdern, die ihre Fettbäuche abtrainieren, denke ich mir die Tante als Zugabe hinein. *Krieg der Sterne* sehen wir uns der Vollständigkeit halber an, ist aber nicht unser Ding. Genauso reserviert erleben wir *Eraserhead*, den ich als angehender Drehbuchautor sicher gesehen haben muss, wie die Tante meint.

Mir ist der zu dunkel.

Mir brummt der zu bedrohlich.

Den kann ich mir als Prüfungsfrage vorstellen.

Genauso wie das Zeugs von Woody Allen, das man sich nicht angucken will und doch anschaut, weil man nie wissen kann. *The Deer Hunter*, zu deutsch *Die durch die Hölle gehen,* hält sie für einen auf uns gemünzten Film, der so heiter beginnt, eine Hochzeit zeigt, ausgelassene, frohgemute Leute, die ordentlich feiern. Und dann wird mit einem Mal alles anders, der Alltag wird entzaubert. Die Männer werden eingezogen. Die Frauen weinen und bleiben zurück. Hier ist es das rote Tuch um den Kopf von Robert De Niro in der Spielfilmhöhle Saigons. In unserem Leben war es das rote Tuch, von magischer Hand geführt, auf das wir wie wütende Stiere zugerannt sind. Das rote Tuch Suff. Und wir konnten ohne Hilfe so gar nichts ausrichten.

Und dann sehen wir endlich *Alien – das unheimliche Wesen aus einer fremden Welt* an. Die Szene, in der kurz zwei Schluckspechte auftauchen, die ihre Schnäbel in rascher Folge in kleine Gläser tauchen. Putzig anzusehen, wie sie emsig mit Trinken und Herunterschlucken beschäftigt sind. So niedliche kleine Spechte, die voneinander nicht wissen. Und weil ich mir ihre *Feuerzangenbowle* mit Rühmann anschaue, sieht sie mit mir meinen Lieblingsfilm *Apocalypse Now* mit Marlon Brando an. Zwei Stunden und dreiundzwanzig Minuten.

Der Film, den ich immer eingelegt habe, wenn ich besoffen in meiner Großstadtbude anlangte und noch nicht aufhören wollte, Wein aus der Flasche trank, in Käse biss, rohe Mohrrüben, wenn sonst nichts mehr da war. Und immer habe ich von dem Film nicht viel mehr gesehen als den besoffenen Typen, von zwei Militärs rechts und links untergehakt und in die Dusche geschleift, mit kalten Wasserschwällen zu Verstand gebracht. Und Jim von *The Doors* besingt dazu das Ende. Und manchmal bin ich mitten im Dschungel von Vietnam. Napalmbomben fallen in mein Bett. Vom Alkohol gelähmt, als sei ich im Krieg angeschossen, bekomme den Finger nicht an den Ausschaltknopf.

Wir sitzen, wenn wir uns die Filme ansehen, in den großen Ohrensesseln, die der Doktor uns besorgt hat. Tante Luci fordert mir ab, ich solle endlich auch einmal ein Drehbuch schreiben. Ich müsse mich nicht genieren. *Fargo* sei so ein Ideenspender. Wir sehen den Film dreimal hintereinander. Die Tante zuckt, selbst bei Schockszenen, nicht einmal mit der Augenbraue. Knabbert Kekse, wenn zum Beispiel ein abgetrenntes Menschenbein in einen Schredder gedrückt wird und das Blut nur so in den weißen Schnee spritzt.

Das ist gut.

Das kannst du auch.

Das schreibst du mit links, Junge.

Das könnte dein nächster Plot werden, Junge.

Ich schreibe dann auch so etwas wie erste Gedanken zu einem Drehbuch. Ich gebe ihr die auf losen Seiten gekritzelten Entwürfe. Sie studiert sie Satz für Satz. Blickt über den Brillenrand zu mir hin. Notiert mit Kratzgeräusch etwas an den Rand, verbessert Fehler, korrigiert, setzt Worte um und reicht die Seiten dann an mich zurück.

Hat was, sagt sie.

Verstehe ich nicht.

Würde ich vielleicht streichen.

Und dann platzt uns dieser schlimme Tag in unsere Lustigkeit. Das Leben ist kein Drehbuch. Das Leben setzt den Plot. Und niemand ahnt am Morgen, was am Abend geschieht. Der Film des Lebens läuft einfach ab. Er wird nicht vorher aufgeschrieben, vorbereitet, mit einem großen Stab gedreht. Ich weiß nicht, was sie geritten hat, wieder mit dem Radfahren zu beginnen. Kann sein, Stimmen leiteten sie an. Sie hat dafür keine Begründung gegeben. Man sagt, die Sonne stand tief. Man sagt, der Schlick sieht bei tiefer Sonne wie vom Wasser glattgescheuerter Fels aus. Der jugendliche Angler sieht den blauen Metallic-Helm nahe der Brücke auf dem Schlick liegen. Mit seiner Angel ist er versucht, ihn an den Haken zu bekommen, schafft es auch, bekommt den Helm nicht an Land gezogen. Der rührt sich nicht, als wäre er im Schick verankert. Die Angelschnur reißt. Der Haken ist dahin. Der Junge ruft seinen Vater an. Der Vater informiert die Polizei. Die Polizei alarmiert die Feuerwehr. Die Feuerwehr setzt Rettungstechnik ein. Über Planen und ausgelegte Leitern rutscht ein Feuerwehrmann flach auf dem Bauch an den Helm heran, packt ihn, spürt Widerstand. Der Helm sitzt an einem Kopf. Das Rennrad am Ufer ist das der Tante, der Körper unterm Helm wird der von Luci sein.

Die Spuren im Schlick und ein Haufen Papierschiffchen nahe der Unglücksstelle tragen schnell zur Klärung des Falles bei. Die kleine Flotte ist mit der Flut angelandet und lag vielleicht schon über dem Schlick, als Tante Luci sie gesehen hat. Wird sich gedacht haben, vermute ich: Der Junge aber auch, wird doch nicht etwa die Seiten unseres schönen Drehbuchs zu Papierschiffchen gefaltet und sie ausgesetzt haben? Und ist dann vom Rad gesprungen und mit kühnen Sätzen zu den Schiffchen gelaufen und in den Schlick eingesunken, der sich an dieser Flussbiegung auf abschüssigem Untergrund aufgestaut hat.

Ich sehe es als letztes Bild meiner Tante, wie sie sich knietief auf die Schiffchen zubewegt. Sie muss dann über die Kante hinweggetreten sein, die es dort gibt, die man aber nicht sieht. Ein kleiner Schritt und sie fährt schlagartig in den Schlick ein. Und der ist an dieser Stelle einen Meter siebenundfünfzig tief, exakt die Körpergröße Tante Lucis. Auch wenn sie mit den Füßen im Untergrund Halt findet, sie hat keine Chance mehr, da wieder heil herauszukommen. Ohne Helm wäre sie ganz verschwunden. So findet man sie. So kann man sie bergen.

Die Feuerwehr zieht Tante Luci von der Brücke aus wie einen Nagel aus dem Schlick. Ein Papierschiffchen in ihren Händen, die Arme zum Entfalten vor der Brust, kommt sie kerzengrade zum Vorschein. In der Grundhaltung der Gottesanbeterin. Der nasse Schlick lässt ihren Körper wie in Schokolade gehüllt erscheinen. Zum Anbeißen schön, im warmen ersten Morgensonnenlicht.

Und wieder müssen wir Tischlerhandwerk beweisen. Nun bauen wir die Kiste für sie nach allen Regeln der Kunst. Die Vorlage für den Grundriss des Sarges holen wir aus dem Internet. Winkelmaße, Brettstärke, Höhe der Seitenwände, obere und untere Kanten des Sarges. Die Kreissäge kreischt. Wir schneiden alles auf die vorgegebenen Größen zu. Den Boden des Sarges. Den Sargdeckel. Alles in Handarbeit. Gutes Holz für die schlichte Kiste mit flachem Deckel. Fein gehobelte Fichtenbretter. Die Kanten schön abgerundet. Seemannstaue als Seitengriffe. Quadratische Klötze als Füße. Alles ohne Nägel zusammengefügt und gut verleimt. Der letzte Schliff an Lucis Totenschiff. Schlicht angestrichen, naturbelassen, innen mit dem Stoff ihrer Lieblingsbettwäsche ausgelegt.

Und dann bin ich mit dem Sarg im Garten hinterm Haus allein. Und ich lege Musik auf. Die Lautsprecher stehen auf dem Fensterbrett. Und ich höre wieder diesen Song, der mich mein Leben hindurch begleitet hat. Ich habe den Regen zu Beginn des Liedes so gern. Es blitzt und donnert in dem Song, ehe Jim dann *Riders On The Storm* zu krächzen beginnt.

Und dann ist es so weit. Ich muss die Tante lassen. Sie wird in unserem Sarg aufgebahrt. Man sagt, die Beisetzung fände im kleinen privaten Kreis statt. Bei Lucis Abschied wird es aber gedrängt voll in der kleinen Kapelle. Die Ulenhofer. Die Stipendiaten aus dem Dichterhaus. Bürger des Ortes. Der Bürgermeister. Und aus dem Nachbarort der Tierpräparator. Erscheint mit einer aufwendigen Arbeit. Holt einen ausgestopften Specht aus dem Schuhkarton, in den hinein er einen Glaskörper eines handelsüblichen Schluckspechts gearbeitet hat. Eine Auftragsarbeit der Tante, wie der Doktor verrät. Die ganze Zeit vor sich hergeschoben. Er kann es ja jetzt ausplaudern. Die Tante wollte mich zum Geburtstag damit überraschen. Der Präparator macht sonst solche Dinge nicht. Ihr zuliebe hat er sich die Nacht nun um die Ohren geschlagen und dabei vielleicht dann auch einen zu viel getrunken. Denn kaum stellt er den Vogel neben dem Sarg auf, sorgt der für befreites Lachen. Erst tut sich nichts. Und dann können alle Trauergäste mit ansehen, wie der Specht, vom Präparator falsch gestopft, während so andächtig über Tante Luci gesprochen wird, mit dem Schwanz statt mit dem Schnabel ins Schnapsglas taucht, zurückschnappt und mit seinem Kopf dann über dem Boden pendelt.

Nachbar Emil zeigt ein paar Dias aus Kuba, die schönen alten Straßenkreuzer, junge Mädchen, lachend, Arm in Arm in den verfallenen Straßen. Und ich rede von der Toskana, wohin die Tante zum Schluss gern gereist wäre. Und der Doktor hat eine Parfümflasche mit Lavendelöl aus der Toskana besorgt, davon lässt er die Beerdigungsgäste eine Nase voll nehmen. Oh, wundersam violett gefärbter, flaumiger Lavendel, hat sie gesagt, an den schönsten Hängen der Toskana bis zur Waldgrenze hin, die felsigen Hänge herauf. In dicken blumigen Schläuchen, gerade wie bei uns die Spargelreihen, blühe der Lavendel dort, große Wollfäden auf feinem, hellem, gelblich-orangenem Geröll. Lavendel möchte sie bis zur Erschöpfung atmen, sich vom Leben lossagen, fallen lassen, wie ein Kind rücklings in den Schnee, Schneeengel spielen, auf dem Rücken liegend möchte sie Lavendelblüten mit kräftigen Armbewegungen zu Lavendelflügeln formen. Und dann in die Ewigkeit überwechseln.

Sie haben von ihr ein Bild herausgesucht, das sie zeigt, als sie den Helm abgenommen hat, die dürren Haare kleben an ihrem Geierkopf. Sie lacht in die Kamera, als sei alles gut geworden. Der Alte vom Hafen kommt mit seinem seltsamen Instrument, singt den Matjes-Song. Und dann folgt das Lied vom Baum, das die Tante so sehr gemocht hat, vom Doktor und mir für sie eingeübt: Bald wächst ein Haus aus Glas und Stein, dort wo man ihn hat abgeschlagen, bald werden graue Mauern ragen, dort wo er liegt im Sonnenschein. Vielleicht wird es ein Wunder geben, ich werde heimlich darauf warten, und wenn auch viele Jahre gehen, er wird nie mehr derselbe sein.

Und danach kommt Rockmusik, mit der der Doktor sich von der toten Tante Luci verabschiedet. *Dead End Street* ist das Lied der Kinks. Eine alte Frau bekommt ihre alten Schuhe über die alten nackten Füße gezogen. Der Sarg wird hinter einer Straßenecke abgestellt, die Träger setzen sich auf ihn, legen eine Rauchpause ein. Die Tote in ihrem Totenhemd erwacht davon, stößt den Deckel rabiat auf, springt aus dem Sarg, läuft ins Leben zurück. So etwas geht mir durch den Kopf. Das Leben ist nicht mehr dasselbe.

Mungafahrer H. hat ein kostbares Matchboxmodell seines Fahrzeuges mitgebracht. Man sieht ihm an, wie schwer es ihm fällt, es aus der Hand zu geben. Ich lege das fein geschliffene Likörglas der Egészségedre-Palinka-Luci neben den Sarg. Mischa hat den sich stets wiederholenden Animationsfilm geliefert. Auf dem Bildschirm flimmert Tante Luci als durchsichtige Rennradfahrerin. Und tritt und tritt die Pedale. Und ausgerechnet der Milchbauer schleppt das Tablett an, mit dem die Tante zu ihren Glanzzeiten dem Zweimetermann eins übergezogen hat. Es werden neben den Sarg die seltsamsten Mitbringsel abgelegt. Eine urige Sammlung, die der Doktor und ich ganz zum Schluss amüsiert ins Auge fassen.

Unter dem ehrfürchtigen Gesang: »muss i denn zum Städtele hinaus«, wird Tante Luci von allen verabschiedet. Ihr Sarg wird zum Krematorium überführt. Die Urne, das steht schon einmal fest, wird im Familiengrab des Milchbauern beigesetzt. Der hatte nun einmal ihren Worten nach die beste Buttermilch für ihren Blechkuchen, mit denen sie immer wieder erfreuen konnte. Tante Luci hinterlässt über hundert Rezepte hochprozentiger Mixturen, alle höchstpersönlich ausprobiert, festgehalten in ihrem geheimen Heillikörbüchlein.

Nach Tante Lucis Tod muss ich ihre Wohnung auflösen, ein paar Tage in ihrem Haus übernachten. Wo nur beginnen bei so viel angesammeltem Zeug? Die Vorhänge, die bei Tante Luci stets zugezogen waren, werde ich als Erstes aufziehen. Die Fenster öffnen. Und mit meiner toten Tante reden. Zimmer für Zimmer werde ich fotografieren, ein paar mir wichtige Dinge an mich nehmen. Die Musik, die ich beim Aufräumen höre, ist von Charlie The Bird Parker. Billig auf dem Jahresjahrmarkt im Nachbardorf erstanden, zu dem ich mit den Ulenhofern gegangen bin und den ich ach so gern gemeinsam mit Tante Luci besucht hätte. Und werde mich richtig ausweinen, wie ich es auf der Beerdigung nicht konnte. Und werde so lange in ihrem Haus sein, bis ich nach dem Haus rieche.

In wenigen Wochen werde ich dann nicht mehr hier sein, sondern in der Stadt mein Glück versuchen, umsetzen, was ich im Ulenhof gelernt habe. Ich höre bis dahin jeden Tag Leadbelly, sein *Where Did You Sleep Last Night?*. Ich werde das Bild nicht los, sehe die Tante immer wieder in Zeitlupe vom Rad herunterspringen, während das Rad ohne sie weiterrollt und erst ganz spät ins Schlingern gerät, vor der Kurve geradeaus ins Gras hinein, wo es austrudelt und an der Stelle umkippt, an der es dann auch gefunden worden ist. Tante Luci fasst mit den Fingerspitzen ein Papierschiffchen und versinkt mit ihm in der Hand. Und später stellt es sich heraus, dass es ganz normale Papierschiffchen gewesen sind, von einem polnischen Werftarbeiter in der Arbeitspause aus den Briefen gefaltet, die er aus der fernen Heimat erhalten hat. *Czy mnie jeszcze pamiętasz*, erinnerst du dich noch an mich?, als letzten Abschiedssatz auf dem leicht lila getönten Briefpapier, die Zeile aus dem Lied von Czesław Niemen, das ich im Gartenhaus so oft mitgesungen habe. Da kam der Briefträger noch jeden Tag und die Eierfrau wie die Hühner legten vorbei. So schließen sich die Kreise, so treibt das Leben seinen Schabernack. Und mir kommen die Tränen, wenn ich daran denke und Papierschiffchen sehe.

Und nun wird es Zeit, aus allen meinen Notizen endlich das Drehbuch zu schreiben, das Tante Luci immer von mir erwartet hat. Der kurze Film darüber, wie schön die Jugend ist und wie schnell man ins Abseits gerät und wie respektlos das Leben dann mit einem umgeht. Sie wird die Hauptrolle spielen. Und alles beginnt, wie alles mit uns einst begonnen hat. Rot glitzert das Glas, die Kamera fährt zurück, man sieht erst die Hand von Tante Luci, dann ihr schickes Cha-Cha-Cha-Kleid. Und Onkelonkel sitzt im Hintergrund, wie er es ihr ganzes Leben lang getan hat.

DANK AN ...

... meine Jugendfreunde Hardy, Berni, Berno, Büdi, Dieter, Karl, Wolfhard, Wespe, Penzel. Mosterei Scheffer. Böttchermeister Reyer. Dr. Gerd Gedig und sein Team: Jerry, Jessica, Kristina, Stella. Günther Zint (Dokumentarist). Inge Hoffmann (die gute Seele). Uli Fechner (Songschreiber). Michael Orlowski und die Zeitungsgruppe. Die Bewohner des Eulenhofes (Wewelsfleth). Michael Lange und die Fahrradwerkstatt. Edda und Heinz Priebe (Munga-Besitzer). Elmar Zusulka (Sternengucker). Lore und Max Rademann (Bierbauernhof). Gerd Reinstrom (Tierpräparator). Lissy und Peter Hertling (Café Uhrendorf). Protestbauer Ali (Kuhhorngestalter). Privatwirt Heinz Loose. Volker Glockow (Met-Meister, Bienenzüchter). Florian Günther (Dichter). Karsten Krampitz (Erfinder der Trinkerklappe). Andreas und Klaus (Irlandreisende). Stefanie, Franka, Sonja, Maike und alle Frauen, die mich betrunken ertrugen. Maggy & Udo (Schweizer Genussphilosophen). Shanty-Band Skorbut. Augusta, Ursel, Susi, Lilo, Petra (familiärer Halt). Heide und Uli Töllner (Landkinobetreiber). Christine und Jana (Fruchtveredler). Bertold Bartsch (mein Musenmaler). Den Wirten und Kellnern: »Zur Kogge« (Rostock). »Broilerstube« (Bad Doberan). Gasthof »Wormuth« (Ostseebad Rerik). »Malzhaus« (Plauen). »Schusterjunge«, »Fengler«, »Kaffee Burger«, »Pieper« (Berlin). »Poppenhus« (Glückstadt). Hofladen Olde-Hellmann (Borsfleth). Rastwirtschaft »An der Au«, Wolfgang Hörner. Florian Ringwald. Esther Kormann. Den Galiani Verlag.

INHALT